DEANA ZINSSMEISTER

# Die Gabe der Jungfrau

*Buch*

Ein Dorf in der Kurpfalz um 1525. Anna Maria wächst mit vier Brüdern auf einem Hof auf. Niemand ahnt, dass ihr Vater Daniel Hofmeister als junger Mann ein Doppelleben geführt und unerkannt immer wieder gegen den Adel aufbegehrt hat. Als die Bauernaufstände ausbrechen, sieht der Vater es als seine Pflicht an, seine beiden Söhne Peter und Matthias in den Krieg zu schicken. Die Burschen sollen an seiner statt für die Rechte der Unterdrückten kämpfen. Anna Maria wünscht sich, der Vater hätte diese Entscheidung nie gefällt, handelt es sich doch ausgerechnet um die beiden Brüder, zu denen sie ein sehr inniges Verhältnis hat. Bevor sie Peter und Matthias schweren Herzens ziehen lässt, nimmt sie ihnen jedoch am Grab der Mutter das Versprechen ab, dass keiner ohne den anderen heimkehren wird.

Nach dem Aufbruch der Brüder geht das Leben auf dem Hof seinen gewohnten Gang, bis Anna Maria eines Nachts die beiden im Traum sieht. Als sie aufwacht, weiß sie, dass sie Peter und Matthias unbedingt warnen muss, da sie in großer Gefahr schweben. Denn wie einst ihre Großmutter verfügt das Mädchen über eine seltene Gabe.

Anna Maria hält nun nichts mehr in ihrem Heimatdorf, und so macht sie sich auf, die Brüder zu suchen. Aber während ihrer Suche gerät sie selbst in große Gefahr …

*Autorin*

Deana Zinßmeister hat mit dem Schreiben ihre Leidenschaft zum Beruf gemacht. Bereits mit ihrem ersten historischen Roman »Das Hexenmal« gelang ihr auf Anhieb ein Erfolg. Die Autorin lebt mit ihrem Mann und zwei Kindern im Saarland. Weitere Romane von Deana Zinßmeister sind bei Goldmann in Vorbereitung.

Mehr Informationen unter www.deanazinssmeister.de

Von Deana Zinßmeister außerdem bei Goldmann lieferbar

Das Hexenmal. Roman (46705)

Deana Zinßmeister

# Die Gabe der Jungfrau

Roman

GOLDMANN

FSC
Mix
Produktgruppe aus vorbildlich
bewirtschafteten Wäldern und
anderen kontrollierten Herkünften

Zert.-Nr. SGS-COC-1940
www.fsc.org
© 1996 Forest Stewardship Council

Verlagsgruppe Random House FSC-DEU-0100
Das FSC-zertifizierte Papier *München Super* für dieses Buch
liefert Arctic Paper Mochenwangen GmbH.

1. Auflage
Originalausgabe März 2010

Umschlaggestaltung: UNO Werbeagentur, München
Umschlagmotiv: Collage unter Verwendung von Motiven
von The Bridgeman Art Library (François-Pascal Simon,
Baron Gérard; Flemish School, 17th century; Mario Balassi)
IK · Herstellung: Str.
Satz: omnisatz GmbH, Berlin
Druck und Bindung: GGP Media GmbH, Pößneck
Printed in Germany
ISBN: 978-3-442-47036-5

www.goldmann-verlag.de

Für meinen Mann
Helmut
und
in Erinnerung an vier
»echte Pfälzer Buben«
und »ein Mädchen ohne Namen«

Einer tritt vor.
Sein Mund ist ein brennendes Tor,
D'raus schreiten Worte glühend rot;
Bauer, dich hungert, wer hat dein Brot?
Bauer, dein Rücken ist krumm.
Wer schändet dein Weib und macht dich stumm?

Da braust's in das Land, über Stein, Feld und Moos:
Hütet euch, Herren, der Bauer ist los!
Und ein Sturm bricht aus dem Dorfe vor –
Schlägt Flammen und Blut zu den Sternen empor.

Alfons Petzold
(aus dem Gedichtband »Der stählerne Schrei«)

# Prolog

*Frankenhausen 1525*

Unaufhaltsam liefen dem jungen Mann Tränen über die Wangen, und wie den Regen spürte er sie nicht.

Keuchend saß er inmitten eines Waldstücks an einen Baumstamm gelehnt und presste den erstarrten Körper an sich. Der Halbmond erhellte den Nachthimmel, sodass er das Gesicht des Toten klar erkennen konnte.

Fast lautlos flüsterte er den Namen des toten Mannes und wischte mit seinen schmutzigen Fingern die Schlammkruste aus dessen Gesicht. Er verrieb den Moder auf der Haut, bis die Stirn des Toten fast sauber war. Dann drückte er seine Lippen darauf.

Weder die fahle Haut noch der Geruch störten ihn, denn es war sein Bruder, den er wie ein Kleinkind in den Armen hielt. Wieder berührte sein Mund die Stirn des Toten – ein letzter Kuss von Bruder zu Bruder.

Mit letzter Kraft und unter großer Anstrengung hatte er ihn seinem nassen Grab entrissen – ihn mit seinen eigenen Händen aus dem Erdboden geholt.

Der junge Mann spürte weder die Verletzungen, die er sich dabei zugezogen hatte, noch das Brennen der feinen Wunden auf den Fingerkuppen, wo er sich beim Graben die Haut abgerieben hatte. Auch den pochenden Schmerz, den seine tief eingerissenen Fingernägel verursachten, beachtete er nicht.

Für ihn zählte nur, dass sein Bruder nicht mehr in fremder

Erde lag. Jetzt war es an der Zeit, dessen letzten Wunsch zu erfüllen und ihn heimzubringen.

Gegenseitig hatten sie sich dieses Versprechen gegeben – damals, bevor sie in diesen verdammten Krieg gezogen waren, weil der Vater es von ihnen verlangt hatte.

»Bist du nun zufrieden, Vater?«, hätte er am liebsten in die Nacht hinausgeschrien. Doch er blieb stumm. Stattdessen fuhr er sich mit der Hand über die Augen und wischte die Tränen und die Erinnerung fort.

Die Zeit drängte. Es war bereits kurz nach Mitternacht, und er hatte noch viel zu tun.

Behutsam legte er den Leichnam seines Bruders auf den nassen Boden, stand auf und lockerte die steifen Glieder. Nun spürte er den Schmerz, doch er schenkte ihm keine Beachtung, sondern fasste den Toten unter den Armen, um ihn tiefer in den Wald zu ziehen. Erschrocken stellte er fest, dass dabei die Fersen der Leiche verräterische Spuren im aufgeweichten Boden hinterließen. Doch dann sah er, wie der Regen Tannennadeln und Laub über die Vertiefungen spülte und sie wieder verwischte.

›Als ob die Natur meinen Plan gutheißen würde‹, dachte er und zog seinen Bruder weiter ins dichte Gehölz. Dann hatte er einen geeigneten Platz für sein Vorhaben gefunden.

Vom Schweiß der Anstrengung und vom Regen durchnässt, bettete er den Toten behutsam zwischen zwei Bäume und sah sich um. Zufrieden nickte er und flüsterte kaum hörbar: »Hier soll es sein! Hier werde ich mein Versprechen einlösen.«

# *Erster Teil*

# Kapitel 1

*Mehlbach, ein kleiner Ort in der Kurpfalz, 1525*

Die Luft war eisig und brannte doch wie Feuer in der Lunge der jungen Frau. Das flachsblonde Haar fiel strähnig und feucht auf ihre schmalen Schultern. Scheu schaute sie sich um.

Rauchschwaden hingen wie Nebel über der schneebedeckten Ebene, deren Erde wie mit Blut getränkt schien. Aufgespießte und zerstückelte Leiber von Toten, die ihr Leben auf dem Schlachtfeld ausgehaucht hatten, lagen zu Tausenden im Tal. Verwundete wanden sich schreiend in ihren Schmerzen.

Als die junge Frau eine Bewegung wahrnahm, wandte sie den Kopf zur Seite. Sie sah einen Reiter, der sein Schwert wie zum Angriff über dem Kopf schwang und auf die verwundeten Männer zugaloppierte. Mit gezielten Hieben tötete er die am Boden liegenden Verletzten.

Verzerrt drangen die Schreie der Männer zu ihr herüber, berührten sie jedoch nicht. Gleichgültig wandte sie ihre Aufmerksamkeit von dem Reiter ab und ließ den Blick über das Schlachtfeld schweifen.

Die junge Frau wusste nicht, wie sie an diesen Ort gekommen war und was sie hier sollte – zumal sie die einzig Unbeteiligte zu sein schien.

Als sie weitergehen wollte, glaubte sie auf der Stelle zu treten. Ihre Beine fühlten sich an, als ob sie durch Pfützen aus Blut, das ihr bis zu den Knien spritzte, watete. Sonderbarerweise schien es sie aber nicht zu stören. Auch dass Blut ihr weißes Gewand rot verfärbte, berührte sie nicht. Nur die vielen Toten um sie herum waren ihr unheimlich. Plötzlich stand sie dicht vor einem Totem. Er lag auf dem Bauch, und sie konnte sein Gesicht nicht erkennen.

Ihr Herz raste vor Angst, dass der Tote kein Unbekannter sein könnte. Zögerlich drehte die junge Frau den Leichnam auf den Rücken und blickte in die gebrochenen Augen eines Fremden. Auch das Gesicht des nächsten Toten war ihr nicht vertraut. Sie beugte sich über jeden leblosen Körper, über den sie hinwegsteigen musste – jedes Mal von Furcht erfüllt, dass es ein bekanntes Gesicht sein könnte.

Nachdem sie in zahllose tote Gesichter geschaut hatte, ließ sie den Blick über das Feld schweifen.

Rauch breitete sich aus, und nur noch schwach drangen die Schreie und Stimmen der Sterbenden an ihr Ohr. Erschöpft sank sie mitten hinein in eine Pfütze aus Schneematsch und Blut, was sie aber nicht zu erschrecken schien.

Und dann erblickte die junge Frau in der Mitte des Feldes einen jungen Mann. Er war niedergekniet, hatte seine Lanze als Stütze vor sich in den Boden gestemmt und hielt den Blick gesenkt. Sein Körper zitterte, und er blutete aus einer Wunde am Kopf. Obwohl sie sein Gesicht nicht sehen konnte, schien er ihr auf Anhieb vertraut.

Ein zweiter Mann stand neben dem Jüngling, versuchte ihm aufzuhelfen und redete auf ihn ein.

Zuerst verstand die junge Frau nur undeutlich, was er sagte, doch dann drangen die Worte »Es ist vorbei! Lass uns nach Hause gehen!« an ihr Ohr.

Sie glaubte die Stimme zu kennen, doch sie konnte ihr kein Gesicht zuordnen. Als sie den beiden Männern etwas zurufen wollte, kamen keine Laute über ihre Lippen.

Sie sah, wie der kniende Mann den Kopf schüttelte. Mit gebrochener Stimme sprach er: »Nun werden wir auf fremdem Boden sterben und in fremder Erde beerdigt werden!«

Bei diesen Worten brannten Tränen in den Augen der jungen Frau. Doch dann ergriff sie blankes Entsetzen, denn sie sah, wie der Reiter mit dem Schwert auf die beiden Männer zugaloppierte.

Sie erkannte die Gefahr und wollte die Ahnungslosen warnen, wollte auf sie zulaufen. Doch es war, als trete sie auf der Stelle. Völlig außer sich riss sie die Hände in die Höhe um zu winken, damit die beiden Männer die Gefahr erkennen würden.

Der fremde Reiter kam näher und näher. Erbarmungslos schwang er das Schwert über seinem Kopf. Da endlich lösten sich ihre Füße vom Boden, und sie rannte auf die beiden Unbekannten zu. Doch als sie kurz vor ihnen zum Stehen kam, bemerkte sie, dass die beiden Männer sie nicht wahrzunehmen schienen. Keiner der beiden zeigte eine Regung, gerade so, als sei sie unsichtbar. Dann flüsterte der am Boden Kniende: »Ich werde meine Liebste nie wieder sehen!«, und blickte ihr dabei geradewegs in die Augen. Voller Entsetzen erkannte die junge Frau nun den Verwundeten.

Schon spürte sie das Schnauben des Pferdes im Nacken, als ein Schrei sie aufschrecken ließ.

»Anna Maria, wach endlich auf! Herrgott Mädchen, du schreist ja den ganzen Hof zusammen.«

Erschrocken und verwirrt schaute Anna Maria in die weit aufgerissenen Augen von Lena, der Magd.

Ungläubig sah sie an sich herunter. Kein blutverschmiertes Kleid, kein Schlachtfeld, auf dem sie stand. Sie lag in ihrem Bett – daheim auf dem elterlichen Hof. Sie hatte nur einen furchtbaren Traum gehabt.

Doch als sie an die Worte dachte und sich an den Ritter mit dem Schwert in der Hand erinnerte, begann ihr Herz zu rasen. Angst schien ihre Kehle zuzuschnüren.

»Sie sind in Gefahr und ahnen es nicht!«, flüsterte sie. Tränen verschleierten ihren Blick, als sie aufsprang und rief: »Ich muss sie warnen! Sonst werden sie sterben!«

»Wen musst du warnen? Wer ist in Gefahr?«

»Meine Brüder! Peter und Matthias!«

Ungläubig sah die Magd das Mädchen an. »Wie willst du das wissen?«

»Ich habe sie gesehen – mein Traum hat es mir verraten. Ich muss sie suchen.«

Schon war Anna Maria aus dem Bett gesprungen und wollte an der Magd vorbeistürmen. Diese ergriff ihr Handgelenk, um sie aufzuhalten.

»Mädchen, du sprichst wirres Zeug? Es war nur ein Traum!«

»Es war nicht nur ein Traum!«, antwortete Anna Maria mit ernster Stimme.

»Wo willst du sie suchen? Etwa auf dem Schlachtfeld? Als Frau? Anna Maria, das ist dummes Zeug.«

Wütend sah das Mädchen Lena an und wand sich aus deren Umklammerung. Unbeirrt begann es sich anzukleiden.

Die Stimme der Magd klang nun verärgert: »Deine Brüder kämpfen auf Geheiß eures Vaters bei diesen Aufständen. Er würde nie und nimmer gestatten, dass sie nach Hause kommen, nur weil du glaubst, dass sie in Gefahr sind. Du würdest deinen Vater und auch deine Brüder zum Gespött der Leute machen.«

»Verstehst du nicht? Sie werden sterben, wenn ich sie nicht heimhole!«

»Herrgott, Anna Maria, nimm Vernunft an. Selbst wenn du eine Vorsehung hattest, wie willst du ihnen helfen! Du bist eine Frau und begibst dich nur selbst in Gefahr! Vielleicht sind sie schon tot!«

»Nein, sind sie nicht! In meinem Traum war die Erde schneebedeckt, doch jetzt ist Ende September. Ich muss sie gefunden haben, bevor der erste Schnee fällt.«

Als die Magd Anna Marias entschlossenen Blick sah, wusste sie, dass nichts und niemand das Mädchen aufhalten konnte. Lena wusste, wie sehr Anna Maria ihre beiden Brüder liebte. Schon seit frühester Kindheit hatten die drei immer zusammengehalten. Als die Mutter starb, waren Anna Maria deren Aufgaben und Pflichten zugefallen. Besonders für ihren jüngeren Bruder Matthias fühlte sie sich verantwortlich und mit ihrem älteren Bruder Peter verstand sie sich ohne Worte. Lena ließ Anna Marias Arm los.

Für einen Moment schloss die Magd die Augen und atmete tief durch. Dann sah sie Anna Maria an und sagte: »Nun gut, erzähl mir deinen Traum!«

Noch am selben Vormittag suchte Anna Maria ihren Vater in der Stube auf. Daniel Hofmeister stand am Fenster und rief dem Gesinde die letzten Anweisungen zu. Als sie ins Zimmer trat, fragte er überrascht: »Was willst du?«

Seit dem frühen Morgen hatte Anna Maria sich das Gespräch mit dem Vater in Gedanken zurechtgelegt. Sie wusste, wie sie es beginnen und wie sie seine Einwände niederreden wollte. Doch jetzt, als sie vor ihm stand, versagte ihr die Stimme.

Hofmeister baute sich vor seiner Tochter auf, stemmte die Hände in die Hüften und sah sie herausfordernd an. Als noch immer kein Ton über ihre Lippen kam, fuhr er sie an: »Bist wohl in Schwierigkeiten, was?«

Entsetzt schüttelte Anna Maria den Kopf, schwieg aber weiter. Der Bauer verlor nun endgültig die Geduld und raunzte mürrisch: »Verschwinde und mach dich an deine Arbeit!«

Anna Maria wusste, dass sie jetzt etwas sagen musste, sonst wäre die Gelegenheit vertan. Stockend erzählte sie von ihrem Traum und dem Plan, die Brüder zu retten.

Schweigend hörte Hofmeister ihr zu und zeigte keinerlei Regung. Als sie geendet hatte, drehte er sich zum Fenster. Anna Maria stand da und wartete. Nach einer Weile fragte sie leise: »Vater, gibst du mir deinen Segen?«

Er blickte sie wieder an, und seine Augen waren kalt.

»Wie kannst du erwarten, dass ich solch einen dummen Plan billigen würde? Da draußen herrscht Krieg. Gesinde, Bauern und Söldner kämpfen für die Rechte der armen Leute. Glaubst du, dass sie auf ein dummes Mädchen Rücksicht nehmen würden? Wie kannst du Weibsbild glauben, dass du die beiden Burschen finden würdest? Du weißt von der Welt da draußen gar nichts! Dein Platz ist hier auf dem Hof – nirgends sonst!«

Als er sich wieder umdrehen wollte, schrie Anna Maria: »Du hast sie in ihren Untergang geschickt, obwohl ich dich angefleht habe, sie nicht ziehen zu lassen. Sie haben keine Erfahrung und müssen für etwas kämpfen, was du für richtig hältst. Warum bist du nicht selbst gegangen?« Zorn lag in ihrer Stimme.

Bevor Anna Maria in der engen Kammer zurückweichen konnte, war der Vater mit einem Schritt bei ihr und gab ihr eine schallende Ohrfeige. Ihr Gesicht brannte wie Feuer, doch sie jammerte nicht und fasste sich auch nicht mit der Hand an die Wange. Mit trotzigem Blick sah sie den Vater an.

Hofmeisters Gesichtsausdruck war hart geworden. Anna Maria erkannte, dass er sich beherrschen musste, denn er hielt die Hände zu Fäusten geballt.

Sie fürchtete, dass er von seiner Meinung nicht ablassen würde, deshalb sagte sie gefasst: »In der Nacht, als sich Mutter von mir verabschiedete, habe ich ihr geschworen, dass ich auf meine Brüder aufpassen würde.«

Als ihr Vater aber selbst bei der Erwähnung der Mutter keinerlei Regung zeigte, verließ Anna Maria ohne ein weiteres Wort das Zimmer.

Gegen Abend kam Anna Marias jüngster Bruder Nikolaus zu ihr in den Hühnerstall gelaufen und sagte außer Atem: »Der Vater will dich in seiner Stube sprechen. Sofort!«

Anna Maria drückte dem Zehnjährigen den Futtereimer in die Hand und eilte ins Haus. Zaghaft klopfte sie an die Tür und trat auf Geheiß des Vaters ein.

Wieder stand er am Fenster und schaute sie ernst an. Die Härte war aus seinem Gesicht verschwunden. Anna Maria hatte sofort den Umhang auf dem Bett entdeckt, ebenso den Wanderstab. Auch war die Truhe geöffnet, das Allerheiligste des Vaters, zu der nur er den Schlüssel hatte. Bevor Anna Maria darüber nachdenken konnte, was das wohl zu bedeuten hatte, sagte der Vater mit ernster Stimme: »Anna Maria, ich werde dir meinen Segen geben!«

Die Augen des Mädchens weiteten sich ungläubig, und es wollte etwas erwidern. Doch der Vater hob die Hand, damit es schwieg.

»Allerdings«, fuhr er fort, »wirst du dich erst auf den Weg begeben, wenn ich es dir sage!«

»Warum, Vater? Jeder weitere Tag, den ich warte, ist vertan!«

»Herrgott, Anna Maria, musst du immer widersprechen? Kannst du dich nicht einmal fügen?«, fragte er ungehalten. Erschrocken sah sie auf, doch sein Blick ruhte verständnisvoll auf ihr. »Ich werde versuchen herauszufinden, wohin deine Brüder gegangen sind. Es gibt viele Möglichkeiten, und deshalb …«

»Wie willst du das in Erfahrung bringen?«, wurde er von seiner Tochter unterbrochen.

Hofmeister seufzte vernehmlich und sagte mehr zu sich: »Du lässt mir tatsächlich keine andere Wahl.« Dann fuhr er an seine Tochter gerichtet fort: »Auch ich habe in jungen Jahren für die Rechte der armen Menschen gekämpft.«

Wieder unterbrach ihn Anna Maria: »Wann soll das gewesen sein? Du bist doch nur zu Wallfahrten aufgebrochen. Nie habe ich gehört, dass du auch gekämpft hast.« Zweifel lag in ihrer Stimme.

Hofmeister forderte seine Tochter auf, sich auf das Bett zu setzen, und nachdem er neben ihr Platz genommen hatte, wählte er seine Worte mit Bedacht: »Ja, das ist wohl wahr, Anna Maria. Niemand weiß davon! Auch deine Mutter hatte nichts geahnt. Deshalb werde ich dir nur so viel verraten: Nicht alle Wallfahrten führten mich ins Heilige Land. Schon bevor ich deine Mutter kennengelernt hatte, zog ich als Landsknecht übers Land. Deshalb kenne ich die Gefahren und weiß, was dich da draußen erwarten wird. Du hast gefragt, warum ich nicht selbst gegangen bin? Ich bin alt und habe genug gekämpft. Meine zwei Buben haben mein Erbe angetreten und werden für unsere Rechte kämpfen! Du glaubst, dass ich sie gezwungen habe? Nein, Anna Maria, sie gingen freiwillig, und nichts und niemand hätte sie aufhalten können. Sie fühlen denselben Drang, den ich als junger Mann gespürt habe. Nur deshalb ließ ich sie ziehen. Ich lasse auch dich gehen, weil ich weiß, dass nichts und niemand dich aufhalten kann.« Er lachte auf und klopfte ihr auf die Schulter.

»Nimm folgende Ratschläge von mir an, Tochter! Kleide dich mit meinem Pilgerumhang, und nimm meinen Pilgerstab. Wallfahrer werden geachtet, und man lässt sie in Ruhe. Ich hoffe, dass dies auch die umherziehenden Bauern beherzigen werden. Gehe die gebräuchlichen Wege, und nur für die Nacht suche dir einen geschützten Platz in einem Wald.«

Hofmeister stand auf, ging zur Truhe und holte eine kleine Glasflasche hervor. Er setzte sich wieder zu Anna Maria und drückte ihr das Fläschchen in die Hand.

»Kannst du dich daran noch erinnern?«

Anna Maria nickte.

»Auch an die Wirkung und wie viele Tropfen du nehmen darfst?«

Wieder nickte sie.

»Dann ist es gut, mein Kind! Nimm das Fläschchen, vielleicht wird es dir auf der Reise dienlich sein.«

Anna Maria sah zur Truhe und nahm all ihren Mut zusammen. Jetzt fragte sie den Vater, was sie sich vor vielen Jahren, als sie schon einmal einen Blick in die Truhe erhascht hatte, nicht zu fragen getraut hatte.

»Verbirgt diese Kiste deine Vergangenheit, Vater?«

Hofmeister bejahte.

»Erzählst du mir, welche Bedeutung das Zeichen auf dem Papier hat?«

Sein Blick erstarrte. »Nein, Anna Maria, du weißt schon mehr, als gut für mich ist! Morgen werde ich versuchen zu erfahren, in welche Richtung deine Brüder aufgebrochen sind. Es wird sehr schwer sein, sie zu finden, aber es gibt immer Leute, die weiterhelfen können. Wir müssen auf Gott vertrauen!«

Damit schien das Gespräch beendet, doch Anna Maria hatte noch etwas auf dem Herzen: »Vater, wenn ich fort bin, dann bitte ich dich, dass Sarah meinen Platz auf dem Hof einnehmen kann.«

Kaum hatte sie den Namen von Hofmeisters Schwiegertochter ausgesprochen, verfinsterte sich sein Gesicht. Doch Anna Maria ließ sich davon nicht beirren: »Sie hat bewiesen, dass sie eine anständige und fleißige Frau ist. Keine andere hätte nach einem solch schlimmen Unfall zu ihrem Liebsten gestanden. Doch Sarah ist trotz der schweren Verletzung bei Jakob geblieben. Obwohl du ihr das Leben nicht leicht gemacht hast, hat sie ihn geheiratet. Gesteh ihr das Recht der Bäuerin zu!«

Hofmeister wusste, dass er keine andere Wahl hatte. Er konnte die Schwiegertochter nicht übergehen, schließlich war sie die Frau des Hoferben.

»Ich werde es diesem Weibsbild aber nicht sagen!«

»Musst du nicht, Vater! Ich werde mit Sarah sprechen.«

Einige Tage später, am frühen Morgen stand Anna Maria, gekleidet in den Pilgerumhang und mit dem Pilgerstab in der Hand, auf dem Hof, um sich zu verabschieden. Liebevoll umarmte sie ihren ältesten Bruder Jakob, seine Frau Sarah und deren kleine Tochter Christel. Ihr jüngster Bruder Nikolaus klammerte sich an ihren Umhang. Ihm fiel der Abschied besonders schwer, deshalb versuchte sie ihn mit leisen Worten zu beruhigen. Auch die Knechte und Mägde hatten sich versammelt. Seit dem Tod der Mutter hatte Anna Maria die Pflichten der Bäuerin übernommen. Sie hatte mit strenger, aber gerechter Hand die Arbeit der Mutter fortgeführt und war beim Gesinde beliebt.

Nun ging sie zu ihrer Schwägerin Sarah und bat sie freundlich: »Solange ich fort bin, möchte ich, dass du meinen Platz als Bäuerin einnimmst.« Als Sarah etwas erwidern wollte, unterbrach Anna Maria sie sogleich: »Ich habe mit dem Vater gesprochen. Er ist einverstanden und wird es zulassen.«

Mit großen Augen sah Sarah nun zu ihrem Mann, der aufmunternd seinen gesunden Arm um sie legte. Dann wandte sie sich wieder Anna Maria zu und nickte stumm.

Die Magd Lena kam mit einem Bündel aus dem Haus gelaufen, das sie Anna Maria mit den Worten überreichte: »Hier, mein Kind, damit du nicht verhungerst. Komm gesund mit deinen beiden Brüdern nach Hause.«

Anna Maria war gerührt und rang für einen kurzen Augenblick um Fassung. Doch rasch fing sie sich wieder und erwiderte lächelnd: »Ja, Lena, das verspreche ich!«

Dann trat sie einige Schritte zurück und schaute hinauf zu der Stube ihres Vaters. Wie sie gehofft hatte, stand er am Fenster und blickte zu ihr herunter. Sie hatte nicht erwartet, dass er sich vor allen von ihr verabschieden würde. Doch als er seine Hand zum Gruß hob, überkam sie ein Gefühl der Ruhe. Wärme breitete sich in ihrem Körper aus. Das tiefe Gefühl der Verbundenheit zwischen sich und dem Vater hatte sie viele Jahre zuvor schon einmal spüren können. Damals, als ihr Bruder Peter schwer verletzt war und der Vater sie ins Vertrauen gezogen hatte.

Sie hob den Pilgerstab, um den Gruß des Vaters zu erwidern, und schritt entschlossen zum Tor hinaus.

## Kapitel 2

Gegen Abend schmerzten Anna Marias Füße, und sie hatte Blasen an den Fersen. In einem Waldstück, etwas abseits des Weges, suchte sie sich an einem Bachlauf einen Schlafplatz für die Nacht.

Mit schmerzverzerrtem Gesicht zog sie die neuen Lederbundschuhe aus, die der Vater ihr hatte anfertigen lassen. Erleichtert kühlte sie die Füße im kalten Wasser.

Sie nahm ein Stück Brot aus dem Beutel und schnitt sich eine dicke Scheibe von der Grauwurst ab, die Lena ihr eingepackt hatte. Zufrieden und hungrig nahm sie ihr Mahl zu sich. Den Durst löschte sie mit dem klaren Wasser des Bachs. Als sie nach einem Apfel im Beutel suchte, spürte sie die kleine Glasflasche in ihrer Hand. Mit gemischten Gefühlen zog sie das Behältnis hervor. Ein Lichtstrahl brach sich im Glas und ließ die Flüssigkeit dunkelblau leuchten. Anna Maria drehte die kleine Flasche hin und her.

Schon einmal war ihr Bruder Peter dem Tod nahe gewesen, und nur weil der Vater besonnen gehandelt hatte, war er am Leben geblieben. Anna Maria erinnerte sich genau an den Tag, der so harmlos begonnen hatte und beinahe in einer Tragödie geendet hätte.

*Mehlbach, November 1521*

Aufgeregte Stimmen drangen an das Ohr des schlafenden Mädchens. Zuerst hörte es diese nur schwach. Wie zarte Melodien, die langsam anschwollen, wurden die Geräusche lauter und weckten Anna Maria. Die Augen aber hielt sie geschlossen, sie spürte nur, dass ihre Nasenspitze und der rechte Arm, der unverhüllt auf der Decke gelegen hatte, kalt waren. Fröstelnd zog sie den Arm unter die warme Bettdecke und umschlang ihre Beine.

»Es ist eisig geworden, nicht wahr?« vernahm sie eine Stimme.

Erschrocken öffnete Anna Maria die Augen und schaute in das Gesicht ihres jüngsten Bruders Nikolaus, der vor ihrem Bett stand. »Bist du närrisch, mich so zu erschrecken?«, fuhr sie ihn an. Doch schnell beruhigte sie sich wieder, gähnte und fragte: »Was willst du?«

»Mutter schickt mich. Du sollst mehr Mehl mahlen. Außerdem sind die Tante und der Onkel von der Rauscher Mühle schon da.«

»Dann sind sie aber sehr früh losgefahren«, sagte Anna Maria verwundert. Obwohl es noch dunkel war, konnte man auf dem Hof bereits reges Treiben hören.

»Ist Vater schon unten?«

Nikolaus schüttelte den Kopf. »Nein, er schläft noch ... Das ist auch gut so ...«

Fast mitleidig sah sie ihren Bruder an. Erst gestern hatte Nikolaus vom Vater mit dem Riemen Schläge bekommen. Sie hatte ihn weinend im Hühnerstall gefunden und ihn getröstet. Auf ihre Frage, warum er eine Tracht Prügel bekommen hatte, wollte er nicht antworten. Das Mädchen wusste, dass der Vater keinen Grund benötigte, um seine Kinder zu züchtigen. Nur zu schnell rutschte ihm die Hand aus – besonders bei seinem Jüngsten.

»Dann werde ich mich jetzt ankleiden.«

Als ihr Bruder keine Anstalten machte zu gehen, sagte sie: »Dreh dich zur Seite, Nikolaus.«

»Warum?«, fragte er mürrisch und setzte sich auf die Bettkante.

»Damit du mir nicht beim Ankleiden zuschauen kannst.«

Seit Anna Maria festgestellt hatte, dass sich ihr Körper veränderte, hätte sie ihre Brüste am liebsten unter einem weiten Kittel versteckt. Es war ihr unangenehm, zumal sie nun, mit dreizehn Jahren, die Blicke der Knechte schon auf sich spürte.

»Aber ich weiß doch, dass deine Brust schon fast so groß ist wie die von Lena ...«

Mit hochrotem Kopf fauchte Anna Maria ihn an: »Dreh dich um oder ich werde dir eine Abreibung geben, die du nicht vergessen wirst. Außerdem erzähle ich es dem Waldgeist, und der zieht dich zwischen die Wurzeln der großen Eiche, wo er wohnt.«

Anna Marias Drohung hatte ihre Wirkung nicht verfehlt. Erschrocken sprang der Sechsjährige auf und verließ rasch die Kammer der Schwester.

Anna Maria ging ins Backhaus, wo die Magd Hilde gerade dabei war, Brotteig in den hohen Ofen zu schieben. Bereits mehrere fertig gebackene Brotlaibe lagen zum Abkühlen auf dem Tisch.

»Ich hatte doch genug Mehl gemahlen. Warum benötigst du noch mehr?«

Schwitzend zog die Magd die nächsten gebackenen Laibe aus dem Backofen hervor. Statt zu antworten wies sie mit dem Kinn in eine Ecke des Raumes. Dort lagen vier verkohlte Brote.

»Du dummes Ding hast sie verbrennen lassen!«, schimpfte Anna Maria. Obwohl sie jünger als Hilde war, konnte sie sich als Tochter des Bauern solch eine Zurechtweisung erlauben.

Die Magd blieb weiter stumm und legte erneut Teig auf den Schieber. Anna Maria konnte am Blick der Magd erkennen, dass ihre Schelte sie nicht berührte.

Mürrisch holte Anna Maria den Schlüssel aus ihrer Rocktasche, öffnete die Kornkiste und entnahm mit einer Holzschaufel Weizen. Vorsichtig, damit kein Korn verloren ging, füllte sie den Weizen in das Steinloch der Mehlmühle. Dann drehte sie gleichmäßig die Kurbel der Mühle und zerrieb die Schale. In dem Holzkasten, in dem die Steinmühle stand, sammelte sich das helle Mehl. Als Anna Maria genügend Weizen gemahlen hatte, füllte sie das Mehl in eine Schüssel und stellte sie der Magd auf den Tisch.

»Hier, das müsste reichen.« Im Hinausgehen fügte sie noch hinzu: »Aber pass dieses Mal auf, dass das Brot nicht wieder verbrennt!«

Anna Maria ahnte, dass ihr das Mädchen hinter ihrem Rücken die Zunge herausstrecken würde.

Erst im letzten Jahr hatte die Mutter der Tochter die Aufgabe des Mehlmahlens anvertraut, denn nur so konnte sie sichergehen, dass nicht ein Korn verschwendet würde.

Mit knurrendem Magen ging Anna Maria ins Küchengebäude. Als die Mutter sie sah, strich sie ihr liebevoll die Mehlspuren aus dem Gesicht.

»Hunger?«, fragte sie die Tochter. Ohne eine Antwort abzuwarten stellte sie ihr eine Schüssel mit warmem Hirsebrei und einen Becher Milch auf den Tisch.

»Zur Feier des Tages«, sagte die Mutter, als sie etwas Honig in den Brei fließen ließ. Mit einem breiten Lächeln bedankte sich Anna Maria und aß gierig das süße Frühstück.

Zwischen zwei Bissen sagte sie zur Mutter: »Nikolaus hat behauptet, dass die Tante und der Onkel schon da seien, aber ich habe sie nirgends gesehen.«

»Dein Onkel Willi ist im Stall und schaut nach dem Vieh, und deine Tante Margarete musste sich nach dem Frühstück ein wenig hinlegen, da sie die Anreise erschöpft hat.«

Erstaunt hielt Anna Maria inne und sah die Mutter fragend an. Diese zwinkerte nur. Tante Margarete war dafür bekannt, dass sie sehr gerne aß – meist so viel, dass ihr schlecht wurde. Außerdem suchte sie stets nach einer Ausrede, um sich vor der Arbeit zu drücken. Dazu hätte man ja schließlich das Gesinde, meinte sie. Dass es bei einem Schlachtfest hektisch zuging und man jede helfende Hand brauchen konnte, davon wollte sie nichts wissen. Mittlerweile war die Mutter sogar froh, wenn die Tante sich während der Arbeit nicht blicken ließ, da sie nur untätig im Weg herumstand.

Anna Maria hatte gerade den letzten Löffel in den Mund geschoben, als die Tür aufging und ihr Vater vor ihr stand.

»Hast du nichts zu schaffen?«, fragte er schroff.

»Doch, Vater!«, antwortete die Tochter und stand sogleich von ihrem Stuhl auf. Im Hinausgehen hörte sie, wie er gebratene Eier verlangte.

›Solche bekommen wir nur an Festtagen‹, dachte Anna Maria. Als sie auf den Hof trat, hörte sie die Schweine im Stall quieken und sah ihren ältesten Bruder, wie er mit einem Strick darin verschwand.

Plötzlich vernahm das Mädchen die donnernde Stimme des Vaters in ihrem Rücken. »Jakob!«, brüllte er über den Hof. Sogleich steckte dieser den Kopf aus der Stalltür.

»Du sorgst dafür, dass der Hannes nicht solch eine Sauerei macht wie beim letzten Mal. Ich will das Blut in der Schüssel und nicht auf dem Boden haben. Ist das klar?«

»Ja, Vater!«, erwiderte Jakob und ging zurück in den Stall.

»Du stehst ja noch immer unnütz herum! An die Arbeit, aber schnell!«, fuhr der Vater nun seine Tochter an.

Zwar tat Anna Maria, als befolge sie den Befehl. Aber als der Vater im Haus verschwunden war und ihr Bruder Jakob mit dem ersten Schwein am Strick erschien, lief das Mädchen die kleine Anhöhe hinterm Hof hinauf.

Seit vor einigen Jahren ein Schwein mit abgeschlagenem Ohr dem Schlachter entwischt und blutend und schreiend auf Anna Maria zugelaufen war, vermied sie es, beim Abstechen dabei zu sein.

Jakob würde auf zwei Fingern pfeifen, wenn die beiden Schweine tot waren. Da der Vater sich erst wieder blicken lassen würde, wenn die Schweinehälften am Haken hingen, würde er ihr Verschwinden nicht bemerken.

Als das Mädchen weit genug vom Hof weg war, sang es zuerst leise, dann mit kraftvoller Stimme ein Lied. Es wusste, dass sein Gesang auf dem Hof nicht zu hören war. Zum Glück! Denn weder malen noch singen erlaubte der Vater seiner Tochter.

An manchen Sonntagen, wenn die Arbeit ruhte und Anna Maria den Vater im Gasthof im Nachbardorf Katzweiler wusste, ging sie tief in den Wald zum stillgelegten Steinbruch.

Dort malte sie mit Holzkohle Bilder an die Steinwände. Aus der Erinnerung heraus konnte Anna Maria Tiere des Waldes zeichnen. Egal ob Fuchs, Hase oder Maus – jedes Bild sah so lebendig aus, als ob die Tiere einem entgegenspringen würden. Auf der Wand des Steinbruchs fand sich kaum eine Stelle, die nicht bemalt war.

Anna Maria hatte lange mit sich gerungen, bevor sie sich ihrem Bruder Peter anvertraute und ihm die bemalten Wände zeigte. Sie erinnerte sich, wie er die Zeichnungen voller Bewunderung betrachtet hatte.

»Kleine Schwester, du machst mir Angst. So etwas habe ich noch nie gesehen, als ob die Tiere jeden Moment anfangen würden zu atmen.«

Anna Maria hatte vor Stolz gestrahlt. Doch dann hatte Peter gemurmelt: »Wie von Teufelshand geschaffen!«

Das hatte sie so erschreckt, dass sie in Tränen ausgebrochen war. Als ihr Bruder begriff, was er da soeben gesagt hatte, versuchte er rasch, sie zu beruhigen: »So habe ich es nicht gemeint, Anna Maria! Es ist nur, ich kenne niemanden, der so etwas kann. Wenn Vater davon wüsste, er würde dich so schlimm züchtigen, dass du nicht mehr sitzen könntest. Du weißt, dass er das nie sehen darf.«

Das Mädchen wusste, wie sehr ihr Bruder Recht hatte. Käme ihr Vater je hinter ihr Geheimnis, so würde das schlimme Folgen für sie haben. Erst vor kurzem hatte er ihr eine schallende Ohrfeige gegeben, als sie beim Äpfelschälen laut ein Liedchen geträllert hatte. Dabei war es ein Dankeslied gewesen, das sie in der Kirche gehört hatte.

»Willst du unseren Herrgott verspotten?«, hatte der Vater sie mit zornig funkelnden Augen angeschrien. Allein um ihre hausfraulichen Pflichten solle sie sich kümmern. »Nur dafür hat dich unser Herrgott erschaffen!«

Anna Maria wusste, dass sie sich auf ihren älteren Bruder Peter verlassen konnte und ihr Geheimnis bei ihm sicher war. Schließlich hatte er oft am eigenen Leib zu spüren bekommen, wie es sich anfühlte, wenn der Vater wütend war.

Als Jakobs Pfiff ertönte, ging Anna Maria zurück zum Hof. Das Stimmengewirr, das sie bereits kurz vor den Stallungen empfing, ließ die vielen Menschen auf dem Hof erahnen. Beim Schlachten halfen stets Nachbarn mit, zumal es hieß »Wurst wider Wurst« – was nichts anderes bedeutete, als dass bei jedem Schlachtfest jeder dem anderen von seinem Schwein etwas abgeben musste. Solange die Wege schneefrei waren, ließen es sich auch Verwandte aus den umliegenden Dörfern nicht nehmen, in das kleine Bauerndorf Mehlbach zu kommen. Konnten sie sich doch an der Wurstsuppe satt essen und über die neuesten Geschehnisse plaudern. So erkannte Anna Maria schon von weitem die schrille Stimme ihrer Tante von der Rauscher Mühle.

Beide Schweine lagen tot im Hof. Eines war bereits ausgeblutet, aus dem anderen lief nur noch ein schwaches rotes Rinnsal.

Jakob hatte sorgsam darauf geachtet, dass der Knecht das Blut in einem Trog auffing und kaum etwas danebenging.

Ein anderer Knecht übergoss die Schweine mehrmals mit heißem Wasser. Peter reichte seiner Schwester ein scharfes Messer, mit dem sie die Haut abschaben sollte. Eifrig sammelte Nikolaus die abgeschabten Borsten ein. Er wusch und sortierte sie der Größe nach, denn fahrende Händler würden sie im Frühjahr kaufen.

Nachdem Anna Maria die Schweine gesäubert hatte, band Peter beiden Tieren einen Strick um die Hinterläufe, um sie auf ein Gerüst hochziehen zu können.

Das Ausnehmen der Schweine ging den Knechten leicht von der Hand. Lachend und feixend trieben sie sich gegenseitig an, denn wenn die Hälften am Haken hingen, bekamen die Männer den ersten Selbstgebrannten zu trinken.

»Ist das Schweinchen hakenrein, muss erst mal getrunken sein«, riefen sie dann und prosteten sich zu. Bald würde es auch Essen geben, und darauf freuten sich alle.

Als Anna Maria den Knechten Tröge und Schüsseln für die Innereien auf den Boden stellte, sah sie, wie Jakob den Kindern aus der Nachbarschaft heimlich die abgeschnittenen Schweineschwänze zusteckte.

Es war ein alter Brauch, der vor allem die Jüngsten erfreute. Der abgeschnittene Schweineschwanz wurde einem Erwachsenem heimlich am Hinterteil befestigt. Und wenn der es nicht bemerkte und mit diesem Schwänzchen hin und her lief, hatten alle ihren Spaß.

Heute sollte der alte Stiegelmeier als Erster zum Gespött der Leute werden. Mit glühenden Wangen versuchte Nikolaus, ihm ein Schwänzchen anzubinden, was Anna Maria ein lautes Lachen entlockte.

»Wir brauchen frisches Wasser, um die Därme zu putzen!«, rief ihr Peter zu und hielt ihr den leeren Eimer hin.

Das Mädchen verscheuchte die Katzen, die das Blut aufleckten, das sich in kleinen Pfützen am Boden des Schlachtplatzes gesammelt hatte. Erschrocken krähend flog ein Hahn hoch und brachte sich auf dem Heukarren in Sicherheit.

Als sie am Brunnen Wasser schöpfte, kam der Vater aus dem Haus. Mit kritischem Blick prüfte er die Schweinehälften und das aufgefangene Blut. Wortlos nickend schickte er Peter den Selbstgebrannten holen.

Das Wasser schwappte aus dem Eimer und durchnässte Anna Marias Schürze, als sie ihn vor die Füße des Bruders stellte. Ihr Vater bedachte das Mädchen mit einem kurzen Blick.

»Rühr das Blut im Kessel, damit es nicht gerinnt!«, ordnete er an, bevor er einen Knecht anwies, die Haxe mit einem wuchtigen Schlag zu zerteilen.

Kaum hatte Anna Maria den großen Rührlöffel, der mehr einem Paddel als einem Löffel glich, in der Hand, als sie die Stimme ihrer Tante Käthe vernahm.

Käthe, genannt Kätsche, war die unverheiratete Schwester ihrer Mutter und verfolgte Anna Maria stets, indem sie von dem Mädchen ein Versprechen forderte: »Gell, Mädchen, du vergisst es Kätsche nicht und sorgst dafür, dass dein Vater ihr was vererben tut!«

»Aber Tante Kätsche, du bist doch älter als der Vater und wirst sicher vor ihm sterben«, entgegnete Anna Maria dann mit schonungsloser Ehrlichkeit.

Daraufhin verfinsterte sich der Ausdruck in den Augen der gebeugten Alten. Mit ihrem dünnen, krummen Zeigefinger fuchtelte sie vor den Augen des Mädchens herum und brachte krächzend hervor: »Der Herrgott hat gehört, dass du mir den Tod wünschst. Er wird dich richten, ebenso wie deinen Vater, den Saubauer!« Dabei sah sie ängstlich zu Anna Marias Vater hinüber, der mit kritischem Blick überwachte, wie die Rippenstücke der Schweine zersägt und zerteilt wurden.

Anna Maria hörte der Alten kaum zu, da sie sich bei fast jedem Zusammentreffen dieselbe Litanei von ihr anhören musste. Nach dem ersten Mal hatte sie dem Vater von Käthes Worten berichtet. Der hatte damals nicht gezögert, die Tante am Arm aus dem Hoftor zu zerren und ihr eine schallende Ohrfeige zu geben, als die Alte ihn verfluchte. Ein Jahr lang war Käthe nicht mehr auf dem Gehöft der Hofmeisters erschienen. Die Mutter hatte die Kinder mit Essen und Brennholz zu ihr geschickt. Erst die Verlockung, am Schlachttag ein ordentliches Stück Fleisch mit nach Hause nehmen zu können, ließ Käthe die Angst vor dem Bauern im folgenden Winter vergessen. Allerdings vermied sie die unmittelbare Begegnung mit dem alten Hofmeister. Der duldete sie zwar trotz des Zwischenfalls, bedachte sie aber hin und wieder mit einem bösen Blick.

Als Käthe merkte, dass sie Anna Maria auch dieses Mal kein Versprechen entlocken konnte, zog sie ihr schwarzes Kopftuch tiefer in die Stirn und ging zu den Knechten hinüber in der Hoffnung, etwas vom Schnaps abzubekommen.

Nachdenklich schaute das Mädchen der Frau hinterher. Im Herzen tat die Tante der jungen Anna Maria leid. Käthe hatte niemanden, der sich um sie sorgte. Sie lebte allein in einem zerfallenen Haus am Rande des Mehlbachs, der dem Ort seinen Namen gab. Selten ließ sich Käthe im Dorf blicken, nur sobald geschlachtet wurde, konnte man sie auf vielen Bauernhöfen der näheren Umgebung antreffen. Mitleidig steckten ihr die Bäuerinnen gepökeltes Fleisch für die kalten Tage zu.

Von der Mutter wusste Anna Maria, dass Käthe in jungen Jahren mit einem feschen Burschen aus der Nachbarschaft verlobt gewesen war. Doch als er eines Tages fortging und nicht mehr zurückkam, war Käthe dem Gespött der Leute ausgesetzt gewesen. Man hatte ihr voller Häme vorgeworfen, dass sie den Burschen mit ihrem ewigen Gezeter verscheucht hätte. Tatsächlich war Käthe kein einfacher Mensch, und ihretwegen hatte es manchen Streit in der Familie gegeben. Trotzdem leugnete sie jahrelang, dass ihre Verlobung aufgelöst worden war. Stattdessen behauptete sie stur, ihr Bräutigam würde eines Tages zurückkehren. Doch die Jahre gingen dahin. Käthe wurde alt, einsam und verbittert.

Das Kläffen der Hofhunde, die sich um einen Knochen stritten, lenkte Anna Maria von ihren Gedanken ab. Ihr Arm schmerzte vom Rühren, deshalb sah sie sich nach ihrem nur wenig jüngeren Bruder Matthias um. Er sollte sie ablösen, doch sie konnte ihn nirgends entdecken.

»Jakob, weißt du, wo Matthias ist?« Der Bruder blickte scheu zum Vater und schüttelte kaum merklich den Kopf.

»Er soll mich ablösen, mein Arm schmerzt«, fügte Anna Maria hinzu, doch statt einer Antwort trat der Vater an den Topf und steckte den Finger in die dunkle, heiße Masse.

»Nehmt den Topf vom Feuer«, befahl er seinen beiden Kindern und leckte sich die dickflüssige, braune Masse vom Finger. »Und du, Anna Maria, sag der Mutter, dass ich Hunger habe. Sie soll mir von dem Schweinehirn für die morgige Brotzeit etwas aufheben, bevor die Gäste alles auffressen.«

Würziger Bratengeruch empfing das Mädchen in der Waschküche, wo mehrere Frauen vor Hitze und Anstrengung schwitzten. Mit scharfen Wiegemessern zerkleinerten die beiden Mägde Lena und Hilde Fleischstücke, um später mit der Masse die Därme zu stopfen. Die Leber der Schweine wurde zu einem Brei zerschnitten und gewürzt. Gemeinsam hatten die Mutter und Lena bereits die Hälfte der Innereien in heißem Fett gebraten und mit gedünsteten Zwiebeln und ausgelassenem Speck abgeschmeckt. Anna Maria wiederholte, was der Vater ihr aufgetragen hatte, und die Mutter nickte.

»Dann stell schon einmal Teller und Becher auf den Tisch. Das Essen ist bald fertig«, wies sie die Tochter an, während sie das Brot aufschnitt.

Im Nebenraum war bereits einen Tag zuvor ein großer, langer Tisch aufgebaut worden, an dem alle Platz finden würden.

Kaum stand der letzte Becher, kamen der Bauer, seine Söhne und Helfer, sowie das Gesinde und die Gäste herein. Alle sprachen laut durcheinander, bis die gefüllten Schüsseln und Krüge mit kühlem Wein auf dem Tisch standen. Dann kehrte Ruhe ein. Nach einem kurzen Tischgebet langten alle kräftig zu. Zwischen zwei Bissen vom Schweineherz bemerkte ein Bauer aus der Nachbarschaft: »Ich vermisse deinen Sohn Matthias, Hofmeister. Wo steckt er denn?«

Plötzlich herrschte Stille am Tisch, und jeder schien auf die Antwort des Bauern zu warten. Anna Maria sah, wie die Hand der Mutter leicht zitterte, als diese ein Stück Brot zum Mund führte.

»Er ist unterwegs, um …«

»Was schlägst du mich?«, schrie Nikolaus auf und rieb sich den Hinterkopf.

»Ich brauche keinen Grund. Du hast immer Schläge verdient«, antwortete sein großer Bruder Peter. Nun lachten alle und nickten Peter zu. Anna Maria sah erstaunt ihren Bruder an, der ihr eindringlich in die Augen blickte. Anna Maria ahnte, dass etwas nicht stimmte.

Das kleine Schauspiel hatte seinen Zweck erfüllt und die Leute abgelenkt. Man sprach über anderes, lachte und flachste. Dann erhob der alte Hofmeister seinen Weinbecher, schaute kurz in die Runde und sprach: »Da läuft der gute kühle Wein in den Hals hinein!«

Alle tranken einen kräftigen Schluck und stellten dann die Becher mit lautem Knall auf den Tisch. Damit war das Essen beendet. Während den Männern Wein nachgeschenkt wurde, gingen die Frauen zurück in die Waschküche. Fleisch musste zerkleinert werden, bevor man mit dem Unterheben der Gewürze beginnen konnte. Erst nachdem die Gewürze die Wurstmasse mit ihren Aromen durchzogen hatten, würde man damit die Därme füllen.

Derweil räumten Anna Maria und die Mägde das Geschirr ab. Als das Mädchen die letzte Platte mit dem kläglichen Rest Nierchen aufnehmen wollte, griff Bauer Schütter nach dem Stück.

»Richtig zubereitet schmeckt selbst so ein dreckiges Schwein. Aber zur Abwechslung ein schönes Stück Wild, dem wäre ich nicht abgeneigt«, sagte er und stocherte mit einem spitzen Stück Holz zwischen den wenigen Zähnen herum, die ihm geblieben waren.

»Bist du wohl ruhig, du Dollbohrer!«, fauchte ihn sein Gegenüber an. »Wie soll das Stück Reh auf deinen Teller kommen? Du weißt doch, dass wir nicht jagen dürfen!«

»Seid ruhig!«, stieß ein anderer Bauer hervor. »Wenn uns jemand belauscht, sind wir dran …«

Doch Erwin Schütter ließ sich nicht einschüchtern: »Letzte Woche jagte mein Hund eine Krähe und bekam sie zu fassen. Ich hab dem Mistvieh den Kopf abgebissen … wunderbares dunkles Fleisch …«, schmatzte er.

»Halt dein Maul, Erwin! Wilddieberei wird hart bestraft.«

»Niemand wird sich diesem Wagnis aussetzten.«

Erschrocken hatte Anna Maria zum Vater geschaut, der jedoch kein Wort sagte. Das heimliche Jagen war eine große Leidenschaft des alten Hofmeister. Seinem Sohn Matthias hatte er diese Leidenschaft vererbt. Deshalb ahnte Anna Maria, dass ihr jüngerer Bruder wohl im Wald unterwegs war, um Wild zu erlegen. Denn bei einem Schlachtfest war es einfach, das Wildfleisch unter dem Schweinefleisch zu verstecken.

Doch Hofmeister blieb ruhig und nahm ungerührt einen weiteren Schluck aus seinem Becher und forderte dann die Männer auf: »Lasst uns zurück an die Arbeit gehen.«

Als sich die Männer von ihren Plätzen erhoben, krachten die Stuhlbeine lärmend auf den blanken Boden, sodass Anna Maria nicht verstehen konnte, was der Vater mit ihrem Bruder Peter sprach. Sie sah nur, dass Peter nickte und dann nach draußen verschwand.

Es war spät, als Anna Maria am Ende dieses langen, arbeitsreichen Tages die Schürze abnahm und müde die Holzstufen zu ihrer Kammer hochstieg. Sich den honigblonden Zopf aufbindend, schlich sie an der Schlafstube der Eltern vorbei. Die Tür war angelehnt, und die Stimmen von Vater und Mutter waren zwar leise, aber deutlich zu hören. Neugierig blieb das Mädchen stehen und lauschte, doch es konnte nur Satzfetzen verstehen: »… seit den frühen Morgenstunden …«, klagte die Mutter.

»Frau, beruhige dich … guter Schütze!«, hörte Anna Maria die gedämpfte Stimme des Vaters.

»Aber wenn der Grundherr …«

»Nichts wird er … der Junge weiß, was er tut!« Die Stimme des Vaters klang nun ärgerlich.

»Was sollen wir tun?«

»Peter wird ihn finden!«

Dann wurde die Tür geschlossen.

Anna Maria hatte kaum zu atmen gewagt. Ihr Herz pochte laut. Mit zittrigen Händen löste sie die Strähnen aus dem Zopf. Sie hatte es geahnt, und das belauschte Gespräch der Eltern war die Bestätigung.

»Matthias«, flüsterte sie, »sei vorsichtig!«

Anna Maria konnte nicht schlafen. Unruhig wälzte sie sich hin und her und lauschte angestrengt in die Stille der Nacht hinein.

Immer wieder schreckte sie hoch, da sie glaubte, Stimmen zu hören. Doch rasch merkte sie, dass sie sich getäuscht hatte. Angespannt knetete sie die Bettdecke zwischen ihren Fingern. Wie spät mochte es sein?

Plötzlich hörte sie das Knarren einer Tür. Hastig sprang Anna Maria aus dem Bett und lief auf Zehenspitzen zur Tür der Kammer. Rasch wich die Wärme aus ihrem Körper, und Kälte kroch die Beine herauf. Sie beachtete ihr Zittern nicht, blies ihren warmen Atem zwischen die gefalteten Hände und presste das Ohr gegen das Holz der Tür. Auf dem Gang war nichts zu hören. Dann – wieder ein Knarren! Sie hatte sich nicht getäuscht. Das musste die Tür der Burschenkammer gewesen sein. Die Stimmen, die sie erwartet hatte, blieben aber aus.

Enttäuscht und frierend kroch das Mädchen zurück unter die Bettdecke. Tränen brannten ihr in den Augen. Sie wollte nicht weinen und unterdrückte ein Schluchzen. Doch die Angst ließ sich nicht bezwingen. Wo waren ihre beiden Brüder? ›Lieber Gott, beschütze sie‹, dachte Anna Maria und faltete die Hände zum Gebet.

Vier Brüder hatte sie, wie sie unterschiedlicher nicht sein konnten. Jakob war der Älteste, vier Jahre älter als sie selbst, und stets ruhig und besonnen. ›Vermutlich kann er deshalb so gut mit Pferden umgehen‹, dachte Anna Maria. Niemals wurde seine

Stimme laut, seine Worte nie böse oder gehässig. Er wusste alles über Pferde, und sein Geschick mit den Vierbeinern brachte ihm so manche Bewunderung der alten Bauern des Dorfes ein. Nur vom Vater hörte er selten ein lobendes Wort.

Anna Marias Gedanken wanderten zu Peter, und sogleich entspannte ein Lächeln ihr vor Angst verkniffenes Gesicht. Peter, der Zweitgeborene, war Anna Marias Lieblingsbruder. Ein unsichtbares Band schien sie mit ihm zu verbinden. Sie spürte, wenn Peter Kummer hatte, und er wusste ohne Worte, wann er sie aufmuntern musste. Auf ihn konnte sie sich verlassen – das stand außer Frage. Aber jetzt war er da draußen und suchte nach Matthias, und sie konnte nichts tun, als darauf zu hoffen, dass beide bald unversehrt zurückkehren würden.

Es fiel Anna Maria schwer, ihre Gedanken zu ordnen. Zu sehr lenkte die Angst sie ab. Sie versuchte sich einzureden, dass sie sich ihre Furcht nur einbildete. Mit geschlossenen Augen hörte sie in sich hinein. Doch da war sie, die Angst, die ihr die Luft zum Atmen nahm. Etwas war geschehen, und sie wusste, dass ihre Sinne sie nicht täuschten.

»O Gott, was soll ich tun?«, flüsterte das Mädchen und presste die Hände vors Gesicht. Anna Maria wollte weinen, schreien, toben. Doch stattdessen kroch sie tiefer unter die Bettdecke. Mit weit aufgerissenen Augen starrte sie in die Dunkelheit des Zimmers.

›Hoffentlich sind Peter und Matthias zusammen‹, schoss es ihr dann durch den Kopf. Da sie wusste, dass sich ihr ein Jahr jüngerer Bruder Mattias mit seinem ungestümen Wesen oft in Schwierigkeiten brachte, hoffte sie, dass Peter nun bei ihm war und achtgab, dass er keine Dummheiten machte. Stur und rechthaberisch, wie Matthias war, provozierte er so manchen Streit. Stets hatte er das letzte Wort und ließ schnell, viel zu schnell, seine Fäuste sprechen. Trotzdem fühlte sich Anna Maria auch ihm verbunden und hätte alles für ihn getan, wenn er in Not geriete. Doch heute war die Schwester machtlos. Nichts konnte sie tun, obwohl sie das Gefühl nicht loswurde, dass beide Brüder in Gefahr waren.

Wieder lauschte Anna Maria angestrengt, doch kein Geräusch drang in die Schlafstube. Lange würde sie den Schlaf nicht mehr abwehren können. Mit vor Müdigkeit brennenden Augen versuchte sie wach zu bleiben und dachte an ihren jüngsten Bruder.

Nikolaus war das Küken der Familie und wurde von den Geschwistern verhätschelt, was er schamlos ausnutzte. Anna Maria hatte früh Pflichten übernehmen müssen, die Schwestern kleiner Brüder zufallen. Doch je älter Nikolaus wurde, desto weniger duldete er ihre Anordnungen. Immer öfter begehrte er auf und erklärte ihr mit zorniger Miene: »Du bist nicht meine Mutter! Du hast mir nichts zu sagen!« Mit einer Ohrfeige wies Anna Maria ihn dann zurecht, sodass für einige Zeit Ruhe herrschte.

Anna Maria lachte leise auf, als sie an die wütenden Blicke ihres kleinen Bruders dachte. Seine blauen Augen schienen dann noch heller zu leuchten.

Dieses helle Blau, das ihr Vater immer stolz das »Hofmeister-Blau« nannte, hatten alle Hofmeister-Kinder geerbt. Ihre Brüder hatten auch alle das dunkelblonde Haar des Vaters, nur Anna Marias Haar, das glatt über ihre Schulter fiel, war von außergewöhnlichem Sonnengelb. Frisch gewaschen, glänzte es wie flüssiger Honig. Niemand in der Familie war mit solch wundervoller Haarpracht gesegnet. Deswegen hatte sich die Mutter manch dumme Bemerkung anhören müssen. Doch die durch und durch blauen Augen des Mädchens bewiesen dem Vater stets, dass Anna Maria seine Tochter war.

Anna Maria merkte nicht, wie sie einschlief. Langsam fielen ihr die Augen zu, und ihre Gedanken verloren sich im Nebel der Träume. Sie träumte von einer riesigen weißen Wand, auf der sie alle Tiere malen durfte, die sie kannte. Sie träumte von einem Ort, an dem sie laut singen durfte und niemand sie deshalb züchtigen würde.

Plötzlich schreckte sie hoch. Im ersten Moment wusste sie nicht, ob sie das Geräusch nur geträumt hatte. Sie setzte sich im Bett auf und wischte sich mit der Hand über die Augen, um den Schlaf zu verscheuchen. Konnte sie etwas hören, oder täuschte sie sich wieder? Nein! Da waren leise Stimmen.

Rasch stieg sie aus dem Bett und zog sich ihr Kleid über. Barfuß lief sie durch die dunkle Stube zur Tür, die sie geräuschlos öffnete.

Auf dem Gang war es stockfinster. Nichts wies darauf hin, dass jemand wach war – kein Licht, das durch eine Ritze, kein Laut, der durch eine Tür drang.

Anna Marias Körper versteifte sich, als sie hörte, wie die Tür zum Keller leise geschlossen wurde. Frierend verschränkte sie die Arme vor der Brust. Sie hasste den Winter!

Leise ging sie die Stiege vom Obergeschoss nach unten und lauschte an der Kellertür. Ihr Herz schlug so heftig, dass sie außer dem Pochen nichts hören konnte. Vorsichtig drückte sie die Klinke und öffnete die Tür einen Spalt breit. Als sie die Mutter leise weinen hörte, schloss sie die Augen. Ihr Gefühl schien sie nicht getäuscht zu haben – es war etwas geschehen.

Lautlos schob Anna Maria sich durch die Tür, schloss sie hinter sich und blieb auf der obersten Stufe der Kellertreppe stehen. Hier konnte sie alles hören, ohne gesehen zu werden. Der Schein der Kerzen an der Wand ließ die Schatten von Vater und Mutter gespenstig tanzen.

»Beruhige dich, Elisabeth! Sie sind wohlauf!«, hörte das Mädchen den Vater mit gedämpfter Stimme zur Mutter sagen.

Anna Maria atmete tief aus. Doch Erleichterung wollte sich

nicht einstellen. Deshalb blieb sie wie angewurzelt stehen und lauschte angestrengt weiter.

»Und du sagst, dass sie das Wild nicht finden können?«

»Nein Vater, wir haben den Rehbock im Mehlbach versteckt. Äste und Wurzeln hängen an dieser Stelle ins Wasser und verdecken ihn. Niemand wird dort unsere Beute vermuten.«

»Gut! Wir werden einige Tage warten und ihn holen, wenn sich alles beruhigt hat.«

Das Weinen der Mutter war verstummt. Sie schniefte in ein Tuch und klagte: »Warum habt ihr euch nicht ruhig verhalten?«

Leise, aber in hitzigem Ton antwortete Matthias: »Was hätten wir tun sollen? Er hat auf einmal vor uns gestanden und direkt geschossen. Zum Glück ist der Pfeil an mir vorbeigeschwirrt. Bevor er die Armbrust nachladen konnte, habe ich ihm meinen Pfeil durch den Oberschenkel geschossen. So konnte er uns nicht folgen. Doch ich hätte den Saukerl besser umbringen sollen«, fluchtete der Junge.

Ein Schlag und die zornige, aber verhaltene Stimme des Vaters waren zu hören.

»Bist du vollkommen närrisch? Willst du am Galgen landen? Man löscht nicht einfach ein Menschenleben aus. Ich kenne dich, Matthias! Wolltest wohl wieder den Helden spielen. Deine Mutter hat Recht. Hättet ihr euch ruhig verhalten, wären die Leute des Grundherrn an euch vorbeigezogen, und nichts wäre passiert. Peter, hast du dazu nichts zu sagen?«

›Peter‹, schoss es Anna Maria durch den Kopf. Ihr Herz begann zu rasen, und das ungute Gefühl verstärkte sich. Ohne zu überlegen, rannte sie die Steinstufen hinunter und sah sich nach ihrem älteren Bruder um.

»Wo kommst du denn her? Hast wohl gelauscht, was?«, hörte das Mädchen den Vater wütend schnauben. Doch es huschte an ihm vorbei zu seinem Bruder, der bleich an der Wand lehnte. Erst jetzt bemerkten die Eltern und Mattias, dass Peters Gesicht mit

Schweiß bedeckt war. Seine Beine drohten einzuknicken, und der Vater trat vor seinen Sohn, um ihn aufzufangen. An der Stelle, an der Peter sich angelehnt hatte, war ein Blutfleck an der Wand.

Anna Maria hörte, wie die Mutter »Jesus und Maria!« flüsterte. Wortlos fegte der Vater alles vom Tisch und legte seinen Sohn bäuchlings darauf. Peter stöhnte. Mit wenigen Griffen zerriss der Vater das Hemd des Verletzten. Mutter und Tochter pressten gleichzeitig die Fäuste vor den Mund, um nicht laut aufzuschreien. Ein abgebrochener Pfeil ragte unterhalb des Schulterblatts hervor.

»Dich hat der Pfeil nicht erwischt, aber deinen Bruder!«, zischte der Vater, während er die Ränder der Wunde abtastete. Peters Stöhnen wurde lauter.

»Warum hat er nichts gesagt? Ich habe es nicht bemerkt«, stammelte Matthias.

Hofmeister wandte sich seiner Frau zu und zählte auf: »Ich brauche Schnaps, Tücher, heißes Wasser, und du, Matthias, bringst mir die Zange aus dem Schuppen. Seid leise, damit niemand im Haus wach wird.«

Eilig liefen die beiden die Treppenstufen hinauf. Anna Maria blieb bei ihrem Vater und Peter. Hilflos wischte sie dem Bruder mit der Handfläche den Schweiß vom Gesicht und rieb sich die Hände am Kleid trocken. Heiß waren seine Wangen, und seine Augenlider flackerten.

»Das gefällt mir nicht!«, murmelte der Vater und berührte den Pfeilstumpf. Peter jaulte auf.

Plötzlich sah der alte Hofmeister seine Tochter an und packte sie an den Schultern. Sie befürchtete schon, er wolle sie fürs Lauschen bestrafen, aber er fragte nur mit leiser eindringlicher Stimme: »Du weißt doch, wo meine Truhe steht?«

Das Mädchen nickte. Daraufhin zog Hofmeister einen Schlüssel aus der Jackentasche und fuhr fort: »Hier ist der Schlüssel zu der Schatulle, in der der Truhenschlüssel liegt.«

Ängstlich sah Anna Maria ihn an.

»Weißt du, wo die Schatulle sich befindet?«

Nun schüttelte sie den Kopf.

»Das will ich hoffen! Die Schatulle ist in der guten Stube, im Schrank hinter der Bibel versteckt. Mit diesem Schlüssel kannst du sie öffnen. In ihr befindet sich ein weiterer Schlüssel. Diesen nimm heraus, verschließe die Schatulle wieder, und stelle sie zurück unter das Leinen. Dann schließ die Truhe in unserer Schlafkammer auf, und nimm die kleine Flasche heraus, die unten auf dem Truhenboden steht. Ich verbiete dir aber, die anderen Gegenstände in der Truhe anzusehen! Hast du mich verstanden?«

Eingeschüchtert nickte sie. Als er sie leicht, aber unsanft schüttelte, wisperte sie: »Ja, Vater!«

Er legte seine große schwere Hand auf ihren Scheitel und fügte hinzu: »Und du wirst niemanden erzählen, was ich dir eben gesagt habe!«

»Ja, Vater!«

»Gut, Kind, dann beeil dich. Bring außerdem einen Topf mit glühenden Kohlen.«

Erschrocken riss das Mädchen die Augen auf, doch Hofmeister ließ das unberührt. Stattdessen blaffte er: »Was stehst du hier noch unnütz rum?«

Stumm rannte Anna Maria die Treppe hinauf.

Anna Maria fand, wie vom Vater beschrieben, die Schatulle in der Stube und konnte sie mühelos mit dem kleinen Schlüssel öffnen. Sie entnahm den schweren Eisenschlüssel, verschloss und versteckte die Schatulle wieder und lief ins elterliche Schlafgemach. Hinter der Tür stand die schwere Holztruhe, die aus grob zugehauenen, dicken Eichenbrettern gezimmert war.

Behutsam strich Anna Maria mit den Fingerspitzen über

das Holz. Oft hatte sie heimlich vor dieser Truhe gestanden und sich gefragt, was sie wohl enthalten könnte? Geschickt führte sie den groben Schlüsselbart in das Schloss und drehte mit beiden Händen den Schlüssel um. Beim Öffnen knackte das Schloss. Nur schwer ließ sich der wuchtige Deckel heben. Als Anna Maria endlich hineinschauen konnte, verzog sie enttäuscht das Gesicht. Sie sah nur wertlosen Kram, wie einen Haufen Papiere, alte Stofffetzen, Dosen und Schachteln.

Lustlos räumte sie die Sachen zur Seite. Wie vom Vater beschrieben fand sie die Glasflasche, die in einer Ecke der Truhe stand. Sie war mit einem Korken verschlossen, der mit einer Wachsschicht überzogen war. Vorsichtig nahm Anna Maria die Flasche heraus und stellte sie sachte auf den Boden. Dann legt sie die Sachen zurück an ihren Platz, ließ langsam den Deckel zuklappen und verschloss die Truhe mit dem wuchtigen Schlüssel. Nachdem sie den Eisenschlüssel zurück in die Schatulle gelegt und aus der Küche einen Henkeltopf mit glühenden Kohlen geholt hatte, hastete sie, den Topf in der Hand und die Glasflasche unter den Arm geklemmt, zurück in den Keller. Dort übergab sie ihrem Vater sogleich das Fläschchen. Den Topf mit den heißen Kohlen stellte sie auf den Boden. Auch die Mutter und Matthias waren zurück und legten Schnaps, Leinenstreifen, das heiße Wasser und eine Zange auf die Bank, die neben dem Tisch stand.

Als die Mutter die Kohlen erblickte, zuckte sie zusammen.

»Daniel?«

Weiter kam sie nicht, denn der alte Hofmeister streifte seine Frau mit einem Blick, der sie verstummen ließ. Mit einem Messer schabte er die Wachsversieglung des Fläschchens ab und zog mit seinen Zähnen den Korken heraus.

Er zählte einige wenige Tropfen in einen Becher und goss Schnaps dazu. Mit dem Zeigefinger verrührte er die Mixtur. Sein Blick schweifte zurück zu seiner Frau, die ein Schluchzen kaum unterdrücken konnte. Er hielt kurz inne, nahm sie zur Seite, sodass Peter das Gespräch nicht verstehen konnte. Dann sprach er mit gedämpfter Stimme: »Elisabeth, die Pfeilspitze ist verdreckt, vielleicht sogar mit Mist verseucht. Ich weiß, was das für unseren Sohn bedeuten kann, denn ich habe schon viele solche Verletzungen gesehen. Auch die Folgen kenne ich. Der Pfeil sitzt im Knochen fest, ich muss ihn also herausziehen und vergrößere so durch die Widerhaken an der Spitze das Eintrittsloch. Wenn ich ihm die Wunde nicht ausbrenne, stirbt er in wenigen Tagen an Wundfieber. In der Glasflasche aber ist ein Mittel, das ich von einer meiner Wallfahrten mitgebracht habe und das ihn tief schlafen lassen wird, sodass ich die Wunde versorgen kann.«

Mit vor Schreck großen Augen hatten Anna Maria und Matthias dem Vater zugehört. Beide waren kreidebleich. Matthias begann zu zittern, und Anna Maria legte beruhigend eine Hand auf seinen Arm, denn sie ahnte, dass ihr Bruder sich schuldig fühlte.

Zweifelnd sah die Mutter zu Peter. Als dieser laut aufstöhnte, nickte sie und sagte zu ihrem Mann: »Daniel, tu, was du tun musst. Wenn's nur dem Buben hilft!«

Vorsichtig versuchte der alte Hofmeister seinen verletzten Sohn zur Seite zu drehen, damit die Mutter ihm Schluck für Schluck die Schnapsmischung einflößen konnte. Hustend wollte der Junge das scharfe Getränk wieder ausspucken, doch der Vater zischte: »Trink!«

Peter gehorchte. Als er den Becher geleert hatte, schnappte er keuchend nach Luft. Seine Augen tränten. Schleim tropfte aus seinem Mund. Dann sackte sein Kopf nach vorne. Der Vater nickte und drehte den Verletzten zurück auf den Bauch. Er steckte das Messer zwischen die glühenden Kohlen und wartete, bis das Metall der Klinge sich erwärmte und hellgelb zu leuchten begann.

»Halt deinem Bruder beide Arme fest, Matthias, und du, Anna Maria, das eine Bein, Elisabeth, du das andere. Doch zuerst lasst uns für Peter beten.«

Alle vier schlossen die Augen und murmelten kaum hörbar ein Gebet. Als der Vater ein lautes »Amen!« sprach, blickten die anderen fragend auf. Er nickte. Daniel Hofmeister holte tief Luft, legte die Zange an und zog mit einem gewaltigen Ruck die Pfeilspitze aus dem Fleisch seines Sohnes. Ein hässliches Geräusch war zu hören, als die Spitze mit dem Widerhaken den Muskel zerriss. Blut floss in einem feinen Rinnsal den Rücken des Jungen hinab. Trotz des Gebräus, das der Vater seinem Sohn zu trinken gegeben hatte, schrie Peter. Er bäumte sich so heftig auf, dass die Mutter sein Bein nicht mehr festhalten konnte. Es schnellte zur Seite und erwischte den Vater am Oberschenkel. Hofmeister fluchte und presste seinen Sohn mit der Kraft seines Oberkörpers auf den Tisch zurück. Mit dem Knie drückte er dem Jungen aufs Gesäß, mit der Hand hielt er ihm den Mund zu. Peter versuchte mit den Armen um sich zu schlagen. Doch Matthias hielt seine Handgelenke fest.

»Elisabeth, tropf das Mittel aus der Glasflasche in den Becher bis ich halt sage. Dann füll Schnaps dazu«, keuchte Hofmeister.

»Aber …«

»Tu es einfach«, schrie er. Schweiß rann ihm in die Augen, und sein Kopf war hochrot.

Mit zitternden Fingern tat die Frau, was ihr Mann verlangte. Hofmeister zählte leise.

»Halt!«, brüllte er, und noch ehe Elisabeth die Tropfen mit Schnaps verrühren konnte, befahl ihr Mann. »Her damit!«

Der Vater ließ Peters Gesäß los und nahm den Becher. Peter hatte die Kraft verlassen. Erschöpft lag er auf dem Tisch und stöhnte.

Wieder drehte Hofmeister den Jungen auf die Seite und flößte ihm die Tropfen ein. Peter wehrte sich nicht. Nach wenigen

Schlucken entspannte sich sein Körper, und Hofmeister ließ von seinem Sohn ab. Erschöpft wischte er sich über das Gesicht.

»Ich hoffe, dass die Betäubung jetzt ausreicht! Ihr könnt ihn einen Augenblick loslassen.«

Damit Hofmeister die Wunde besser sehen konnte, wusch er mit einem feuchten Lappen vorsichtig das Blut von der Haut. Dann hob er die Augenlider des Sohnes.

»Ich glaube, er wird nichts spüren. Es ist aber besser, wenn ihr ihn nochmals festhaltet. Wird er wach, packt ihr kräftig zu.«

Anna Maria sah die Tränen, die der Mutter über die Wangen liefen. Ihrem Vater stand wieder Schweiß auf der Stirn, und Matthias war blass. Ihr wurde schwarz vor den Augen, als der Vater das Messer aus den Kohlen zog. Er klopfte die Scheide zweimal gegen die Steinwand. Funken stoben auf. Dann blickte er seine Frau und seine Kinder kurz an. Anna Maria schloss die Augen. Sie hörte das Zischen, als der glühende Stahl in die Wunde drang. Der beißende Gestank von verbranntem Fleisch breitete sich sogleich im Keller aus. Aus Peters Kehle drang ein langgezogenes Stöhnen. Doch er regte sich nicht und öffnete auch nicht die Augen.

»Unser Herrgott ist gnädig und hat ihn in die Ohnmacht gleiten lassen. Lasst uns danken«, sagte der Vater. Er griff nach der Hand seiner Frau, doch sie entzog sie ihm.

»Ich werde ihm danken, wenn er meinen Sohn am Leben lässt«, sprach die Mutter. Hofmeister wollte etwas erwidern, aber ihr Blick hielt ihn ab.

Anna Maria zitterte ebenso wie ihr jüngerer Bruder. »Matthias, geh zu Bett. Nimm die Kohlen und den Schnaps mit hinauf. Auch du geh schlafen, Elisabeth. Morgen muss alles seinen gewohnten Gang nehmen, damit niemand Verdacht schöpft. Anna Maria, du hilfst mir, Peter zu verbinden, dann kannst auch du zu Bett gehen. Ich werde heute Nacht bei ihm Wache halten.«

Elisabeth küsste ihrem ohnmächtigen Sohn die Stirn und

strich ihm übers Haar. Dann legte sie den Arm um Matthias' Schultern und zog ihn die Treppe hinauf aus dem Keller.

Als Anna Maria mit ihrem Vater allein war, schienen ihn die Kräfte zu verlassen. Er setzte sich auf die Bank, wischte sich übers Gesicht und verschränkte die Arme hinter dem Kopf. Er streckte seinen Rücken, bis einige Wirbel knackten. Als er sich erhob, stützte er sich mit beiden Händen auf den Oberschenkeln ab. Anna Maria half ihm, saubere Leinenstreifen um Peters Oberkörper zu wickeln. Als die Wunde abgedeckt war, hob der Vater seinen Sohn vorsichtig hoch. Schlaff hing Peters Körper in seinen Armen. Das Mädchen rieb das Blut von der Wand und versteckte schnell die verräterischen Tücher, damit sie am Morgen nicht von einer der Mägde entdeckt würden. Dann huschte es die Kellertreppe hinauf, um dem Vater die Tür zu öffnen.

Leise stiegen sie ins Obergeschoss hinauf, wo sich Peters Kammer befand, die er mit seinen Brüdern teilte. Als Anna Maria die Tür öffnen wollte, sprang diese auf, und Jakob war im Begriff, herauszustürmen. Tränen schimmerten in seinen Augen. Matthias saß kerzengerade auf seinem Bett, nur der kleine Nikolaus schlief tief und fest. Als Jakob dem Vater helfen wollte, befahl der barsch: »Geht schlafen. Wir können im Augenblick nichts für Peter tun. Sein Geschick liegt nun in Gottes Hand.«

Der alte Hofmeister bettete den schwer verletzten Sohn auf sein Lager. Dann scheuchte er Anna Maria mit einer Handbewegung hinaus. Das Mädchen schloss die Tür. Erschöpft schlich es in seine Kammer und kroch ins Bett. Erst jetzt bemerkte Anna Maria, dass ihre Füße eiskalt waren. Die Bettdecke war klamm. Zähneklappernd rollte sie sich unter der Decke zusammen und zog ihr Hemd über die Knie.

Doch Anna Maria konnte nicht schlafen, sie war zu aufgewühlt. Nicht nur der schreckliche Unfall ihres Bruders, auch die Tatsache, dass der Vater ihr verraten hatte, wo der Schlüssel für seine Truhe zu finden war, hielten sie wach.

Zwar hatte deren Inhalt sie enttäuscht, aber nun verband sie mit dem Vater etwas Besonderes. Sie beide teilten ein Geheimnis miteinander. Anna Maria wusste nur nicht, ob sie sich darüber freuen sollte, denn sie dachte an den finsteren Blick des Vaters, als er ihr das Versteck des Schlüssels verraten hatte. Welche Geheimnisse barg diese Truhe, dass der Vater den Schlüssel verstecken musste? Für sie war alles nur unnützer Kram gewesen. Hatte sie in der Eile etwas übersehen? Etwas, was sich erst auf den zweiten Blick als wertvoll enthüllen würde?

Anna Maria rieb nervös die Fingerspitzen aneinander. Dann versuchte sie sich zu erinnern und zählte leise auf: »Da waren: zwei, nein drei Papierrollen und ein dicker Stapel Papiere. Der Deckel des Stapels war schon alt, mit vielen Flecken verschmutzt und von einer dünnen Kordel zusammengehalten. Darunter lagen bunte, zusammengefaltete Tücher.«

Beim Herausnehmen der Tücher hatte sie erkennen können, dass eines blauweiß gemustert war. Auch glaubte sie sich an ein Kreuz aus Stoff zu erinnern, das auf das Tuch genäht war. Obwohl sie nicht lesen konnte, war sie sich sicher, dass sie auch Buchstaben erkannt hatte, die mit schwarzem Garn auf die bunten Stoffe gestickt waren.

Das Merkwürdigste in der Truhe war ein abgewetztes Paar Schnürschuhe, das unter den Tüchern verborgen lag. Und welches Zaubermittel mochte die kleine Glasflasche enthalten?

Anna Maria nahm sich vor, den Vater zu fragen, wenn sie mit ihm allein wäre. Jetzt, wo sie ein Geheimnis teilten, würde er ihr sicherlich Auskunft geben.

Vor Aufregung und Anspannung zitterte der schlanke Körper des Mädchens unter der Bettdecke. Wenn das ihre Brüder wüssten – sie würden gelb vor Neid werden!

Plötzlich zuckte Anna Maria zusammen. Das sonderbare Zeichen hatte sie beinahe vergessen. Das Zeichen, das auf dem verschmutzten Papierdeckel zu erkennen war. Zwei längliche

Striche, die in der Mitte mit Strich-Bogen-Strich verbunden waren. Ob das wohl auch ein Buchstabe war? Auch das würde sie den Vater fragen.

Während sie noch über das merkwürdige Zeichen nachdachte, fielen ihr die Augen zu. Mit einem feinen Lächeln im Gesicht schlief sie ein.

Daniel Hofmeister zog sich einen Stuhl an das Bett seiner Söhne heran und ließ sich schwer auf die Sitzfläche fallen, dass der Holzboden unter ihm laut knarrte. Erschöpft schloss er für einen Moment die Augen. Hofmeister wollte nicht schlafen – noch nicht. Erst wenn er sich sicher wähnen konnte, dass Peter in tiefem Schlaf lag, würde er sich entspannen können. Das gleichmäßige Atmen von Matthias und Jakob verriet ihm, dass beide Buben endlich eingeschlafen waren. Sein Ältester, Jakob, hatte noch Minuten zuvor anklagend vom Vater wissen wollen, warum man ihn nicht zu Hilfe gerufen habe. Als sein Ton heftig wurde, hatte Hofmeister dem Sohn barsch befohlen, er solle Ruhe geben. Mit strengem Blick, der keine Widerworte duldete, hatte er die beiden Söhnen angewiesen, endlich zu schlafen.

Nun blickte Hofmeister auf die vier schlafenden Gesichter und hoffte aus tiefster Seele, dass Peter wieder genesen würde.

## Kapitel 3

*Mehlbach, 1525*

Bereits zwei Tage war seine Tochter Anna Maria unterwegs. Zwei Tage, in denen Daniel Hofmeister seine Kammer nicht mehr verlassen hatte – auch nicht, um etwas zu essen. Da er unwirsch jeden hinausschickte, stellte man seine Mahlzeiten vor der Stubentür ab, doch meistens rührte er sie nicht an.

Während Hofmeister sich in seiner Kammer verkroch, dachte er an seine eigene Jugend zurück – genauso wie an die Gefahren, die in unruhigen Zeiten herrschten und denen nun drei seiner Kinder ausgesetzt waren. Da Hofmeister sie nicht beschützen konnte, betete er still für sie. Auch hoffte er, dass sie den gleichen Überlebenswillen in sich spürten wie einst er selbst.

Er lachte kurz in sich hinein. Als er Anna Maria versprach, sich nach dem Verbleib ihrer Brüder zu erkundigen, war sein alter Kampfgeist erwacht, und mit einem Schlag hatte er sich wieder jung gefühlt.

So hatte er herausgefunden, dass Peter und Matthias nach Norden unterwegs sein mussten, und deshalb ging das Mädchen nun ebenfalls in diese Richtung.

Der Bauer wusste aus seiner Zeit als Landsknecht, dass man Neuigkeiten meist bei den Gastwirten erfahren würde. Hier trafen sich die Menschen aus allen Himmelsrichtungen und tauschten Neuigkeiten aus. Es war bekannt, dass die Wirte ihre Ohren überall hatten und so manches hörten, was anderen verborgen blieb.

Hofmeister kannte einige Gastwirte von früher, und Anna Maria musste deren Namen und die Namen der Gasthäuser auswendig lernen.

»Warum muss ich diese Namen wissen?«

»Damit du die Richtigen fragen wirst, denn nur diese gehören dazu und kennen die Losung. Und wer die weiß, dem helfen sie auch.«

»Wozu gehören sie?«, fragte das Mädchen erstaunt.

»Je weniger du weißt, desto besser ist es für dich. Vertraue mir, Tochter! Doch nun merke dir Folgendes: Wenn du den Wirt aufsuchst und er den Namen bestätigt, mit dem du ihn rufst, dann flüstere ihm zu: Nichts denn Gottes Gerechtigkeit!«

Nun war Anna Maria fort, und was ihm blieb, waren die Erinnerungen, die ihn einholten und ihn diesmal nicht mehr losließen. Er hatte schon so etwas befürchtet, als er die Truhe öffnete und die Glasflasche in Händen hielt. Denn in jener Nacht vor vier Jahren, als Hofmeister den Inhalt des Glasfläschchens zuletzt benötigt hatte, war es genauso gewesen. Er hatte am Bett seines verletzten Sohnes Peter Wache gehalten und über seine Vergangenheit nachgedacht.

*Mehlbach 1521*

Fünf gesunde Kinder hatte er gezeugt. Welch großes Glück ihm widerfahren war! Aus Tradition, Dankbarkeit und tiefem Glauben hatte er seinen Kindern Namen aus dem alten Testament gegeben.

Von den fünfen war aber immer schon Anna Maria, seine einzige Tochter, sein Augenstern gewesen. Da Maria als alleiniger Vorname eher ungewöhnlich war, hatte er sie Anna Maria taufen lassen. Der Namen Anna bedeutete Liebreiz, und liebreizend war seine Tochter wahrhaftig. Auch hatte sie die Schönheit und die honigfarbenen Haare seiner Mutter. Zwar hatte er seine Mutter verehrt, doch ihre außergewöhnliche Fähigkeit war ihm stets unheimlich geblieben, und er hoffte inständig, dass seine Mutter sie nicht an Anna Maria vererbt hatte.

Eines schien Hofmeister sicher: Wenn seine Tochter erst einmal im heiratsfähigen Alter war, würde sie eines der begehrtesten Mädchen weit und breit sein.

Bei den Gedanken an seine Familie verzog Daniel Hofmeister betrübt sein Gesicht. Viel zu oft hatte er seine Frau und seine fünf Kinder allein gelassen. Das hatte er bei jedem Abschied gewusst.

Hofmeister kratzte sich am Hinterkopf und stützte seine Ellenbogen auf die Knie.

Niemand im Dorf wusste, dass er sich schon seit einiger Zeit immer mehr Martin Luther zuwandte und die Alte Kirche ablehnte. Früher war er blind dem traditionellen Glauben gefolgt, hätte für ihn gekämpft und jeden mit Worten bedroht, der nur eine Silbe gegen die Kirche geäußert hätte. Früher – das war lange her. Niemand in seinem Umfeld wusste, dass er mittlerweile nur zum Schein ein gläubiger Katholik war. Luther war derjenige, dem er nun folgte. Die Lehren des Reformators hatten schon lange Zweifel am alten Glauben in Hofmeister geweckt und ihn zum Grübeln gebracht. Doch das durfte niemand wissen. Zwar wurde im Wirtshaus lautstark über Luther geredet, aber seiner Lehre offen zuzustimmen wagte keiner – noch!

Hofmeister holte tief Luft. Er musste sich auf den nächsten Morgen vorbereiten. Er wusste, was anderntags passieren würde. Der Grundherr würde nach den Wilddieben suchen lassen. Das Jagen war den einfachen Menschen ebenso untersagt wie das Fischen. Jeder wurde streng bestraft, der dieses Gebot missachtete. Die hohen Herren würden die Gelegenheit sofort ergreifen, um wieder einmal zu zeigen, wie gering sie die kleinen Leute schätzten. Wie oft hatte Hofmeister gesehen, wie man Kleine hängte und Große laufen ließ. Aber er würde ihnen wieder einen Schritt voraus sein! Das war schon vor Jahren sein Vorteil gewesen. Hofmeister schätzte sich glücklich, dass ihn bislang niemand hatte fassen können. Wenn die Leute im Dorf wüssten, wer hier unter ihnen lebte, wäre er dann seines Lebens sicher?

Der Bauer fuhr sich mit beiden Händen durch das dichte Haar. Manchmal gab es Verkettungen im Leben, die man nicht beeinflussen konnte. So wie heute: Wegen Peters Unfall musste Anna Maria die Truhe öffnen, in die Hofmeisters Vergangenheit mitsamt der Glasflasche weggesperrt war. Und nun kamen die Erinnerungen wie Donnerschläge zurück.

Erst jetzt wurde Hofmeister bewusst, dass er schon lange nicht mehr über seine Vergangenheit nachgedacht hatte. Leicht, sehr leicht hatte er sich in ein fremdes Leben eingefügt, das *sein* Leben geworden war.

Hofmeister lehnte sich zurück und streckte die Beine von sich. Auch wenn er entspannt wirkte, so tobte doch in seinem Inneren ein Sturm der Gefühle. Er musste einsehen, dass er seine Gedanken nicht fortschieben konnte. Und deshalb erlaubte er es sich zum ersten Mal seit langem, wieder an den Mann zu denken, dessen Platz er vor vielen Sommern eingenommen hatte. Dachte an diesen Fremden, der in seinen Armen gestorben war – dachte an den wahren Daniel Hofmeister.

Es war ursprünglich nicht seine Absicht gewesen, in dem Dorf von Daniel Hofmeister sesshaft zu werden. Er wollte lediglich das Versprechen einlösen, das er einem Sterbenden gegeben hatte – wollte Hofmeisters Eltern die traurige Nachricht überbringen, dass ihr Sohn in der Fremde gestorben war – doch dann kam alles anders, und er hatte beschlossen, sich selbst als Daniel Hofmeister auszugeben. Er, der bis zu diesem Zeitpunkt Joß Fritz geheißen hatte.

*1493 Basel*

Als man Johann Ullmanns Arme und Beine zum Vierteilen mit Stricken an die Pferde band, war der Verurteilte noch am Leben, was selbst den Scharfrichter erstaunte. Kurz zuvor hatte man dem Gezeichneten mit einem scharfen Messer den Bauchraum geöffnet und ihm die Gedärme herausgerissen, die nun stinkend im Feuer verbrannten.

Der Henker sah fragend zum Richter und hob gleichzeitig das Schwert mit beiden Händen, bereit, dem Verdammten den

Kopf abzuschlagen und ihn von den Höllenqualen zu erlösen. Doch der Richter schüttelte unbarmherzig den Kopf. Schon bei der Urteilsverkündung hatte er dem ehemaligen Bürgermeister von Schlettstadt verkündet, dass er kein Mitleid zu erwarten habe.

Johann Ullmann war einer der Aufrührer gewesen, die in Schlettstadt eine Verschwörung angezettelt hatten. Sie forderten die Abschaffung des Zolls, eine Beschränkung der Pfarrerpfründe und eigene Gerichte. Doch die Verschwörer wurden gefangen genommen, gefoltert und verstümmelt, die Anführer Johann Ullmann und Nicolaus Ziegler außerdem zum Tode verurteilt.

Joß Fritz stand am Rand des Henkersplatzes unter unzähligen Schaulustigen. Wie der Verurteilte hatte auch Joß Fritz allen Grund aufzubegehren. In seinem Heimatdorf Untergrombach war er als Leibeigener geboren worden und kannte die Sorgen der Bauern. Missernten, Hungersnöte und Krankheiten machten den armen Menschen schwer zu schaffen, doch wurden sie zusätzlich vom Adel, den reichen Herren, von Wucherern und Advokaten ausgebeutet.

Auch Joß Fritz wollte etwas verändern und war deshalb nach Schlettstadt ins Elsass gekommen, um sich Rat bei Gleichgesinnten zu holen. Doch dazu sollte es nicht mehr kommen. Stattdessen musste er der Zerschlagung der »Bundschuh Verschwörung« und der Verurteilung Johann Ullmanns beiwohnen. Nach der Urteilsverkündung hatte er sich sogleich nach Basel begeben, die Stadt aber erst erreicht, als die Hinrichtung bereits in vollem Gang war.

Joß ließ seinen Blick durch die Menge schweifen. Der Adel und die Reichen sahen dem Spektakel regungslos zu. Doch in den Gesichtern der armen Menschen erkannte Fritz Trauer und Wut.

Alle Hoffnung der Landbevölkerung hatte auf Ullmann und

Ziegler gelegen. Und nun mussten die Bauern tatenlos zusehen, wie Ullmanns Körper vor ihren Augen auseinandergerissen wurde. Man hatte sie gezwungen, anwesend zu sein, denn die Reichen wollten den Armen ihre Macht demonstrieren – ihnen zur Abschreckung zeigen, was mit Aufständischen geschehen würde.

Fassungslos über die Grausamkeit stand Joß Fritz am Hinrichtungsplatz und betete, dass Ullmann von seinen Qualen bald erlöst sein würde.

Plötzlich griff jemand nach seinem Umhang. Ohne zu überlegen schlug er zu, sodass der Angreifer zu Boden ging.

»Was erlaubt Ihr Euch?«, zischte Fritz, bemüht, keine Aufmerksamkeit zu erregen. Doch die Umstehenden waren abgelenkt, denn auf dem Richtplatz war das Reißen von menschlichem Fleisch zu hören.

Als sich der Mann zu seinen Füßen nicht bewegte, kniete Fritz nieder und drehte ihn auf den Rücken. Er blickte in ein fahles eingefallenes Gesicht, aus dem die Wangenknochen spitz hervorstachen. Die Lippen des Mannes waren rissig, und sein Körper verströmte einen unangenehmen Geruch.

Nicht der Schlag hatte den Unbekannten niedergestreckt, sondern anscheinend war er in Ohnmacht gefallen und hatte sich beim Fallen an Fritz klammern wollen.

Leicht rüttelte Fritz an den Schultern des Mannes. Die Lider des Fremden flackerten, und er kam langsam zu Bewusstsein.

»Ihr habt wohl lange nichts zu essen bekommen«, stellte Fritz fest und half dem Mann auf die Beine. Schwach und zittrig stand er nun da und sah mit bleichem Gesicht zum Henkersplatz. Fritz folgte seinem Blick und sah, wie der auseinandergerissene Körper des Verurteilten auf einem Karren geworfen wurde.

»Ja, es ist schon einige Tage her, dass ich etwas gegessen habe«, flüsterte der Unbekannte mühevoll.

Joß Fritz musterte ihn.

»Ihr tragt den Umhang eines Pilgers. Doch wo ist Euer Pilgerstab und Eure Trinkflasche?«

»Beides habe ich gegen Essen eingetauscht.«

»Ich war der Ansicht, dass man als Pilger überall etwas zu essen bekommt und aufgenommen wird. Gilt es nicht als Werk der Barmherzigkeit, wenn man mit Pilgern teilt?«

Der Fremde machte eine abwertende Handbewegung.

»Überall ist die Not groß – selbst in den Klöstern. Ich komme aus dem Heiligen Land, ich war in Jerusalem …«

Fritz sah den Fremden misstrauisch an, woraufhin der Wallfahrer aus seiner Tasche eine Pilgermarke hervorzog. Fritz betrachtete die Marke kritisch.

»Man kann so etwas fälschen … habe ich gehört!«

»Ich könnte Euch von meiner Reise berichten, doch ich sehe keinen Nutzen darin, Euch von meiner Ehrlichkeit zu überzeugen. Auch dass es mich Zeit kosten würde, die ich nicht habe, denn es eilt mich, da ich auf dem Weg zu meinem Elternhaus bin.«

»So schwach wie Ihr seid, werdet Ihr wohl kaum dort ankommen.«

»Woher wollt Ihr wissen, wie weit ich noch zu marschieren habe?«

»Euer Dialekt hat mir verraten, dass Ihr kein Schweizer, sondern ein Landsmann von mir seid. Was haltet Ihr davon, wenn ich Euch ein warmes Mahl und einen Krug kühles Bier spendiere, und Ihr erzählt mir von Eurer Reise nach Jerusalem? Mit vollem Wanst lässt es sich besser wandern. Ich möchte wissen, warum Ihr eine solch gefährliche Pilgerreise unternommen habt und was Euch dabei widerfahren ist.«

Der Fremde nahm den Vorschlag an. In einer Schenke bestellte Fritz für beide eine warme Suppe mit frisch gebackenem Brot und zwei Krüge kühles Bier.

Der Fremde hieß Daniel Hofmeister und erzählte Joß Fritz bereitwillig seine Geschichte: »Ihr erinnert Euch sicherlich noch, dass vor einigen Jahren die Ernte auf den Feldern verfaulte. Es regnete unaufhaltsam, und die Nahrung für Mensch und Tier wurde rar. Die Folge war, dass die Kühe keine Milch mehr gaben, die Hühner keine Eier legten und die Speisekammern leer blieben. Zuerst starben die Tiere und die Armen, dann griff der Hungertod auch bei den Wohlhabenden um sich. Einige sprachen bereits vom ›Jüngsten Gericht‹. Auch unsere Speisekammern leerten sich, und die Tiere starben.«

»Seid Ihr etwa von adeliger Herkunft?«, unterbrach Joß Fritz den Pilger sogleich.

Überrascht sah dieser von seinem Mahl auf.

»Nein, natürlich nicht! Wir sind freie Bauern in Mehlbach. Das liegt in der Kurpfalz«, beteuerte der Fremde und fuhr dann mit seiner Erzählung fort.

»Mein Vater ist ein gläubiger Mann und versprach im Beisein von Freunden und Verwandten, dass er eine Dankeswallfahrt nach Jerusalem unternehmen würde, hätte Gott ein Einsehen und würde die Menschen erretten. Ohne sich über die Tragweite seines Versprechens im Klaren zu sein, war mein Vater vor dem Priester auf die Knie gefallen, hatte seine Hände zum Himmel erhoben und dieses Versprechen mit lauter Stimme wiederholt. So wurde es wirksam und konnte nicht mehr zurückgenommen werden. Und tatsächlich! Es schien, als würde das Flehen, Beten und Bitten meines Vaters erhört. Im Jahr darauf gab es eine gute Ernte, sodass die Speisekammern sich wieder füllten. Nun erwarteten alle, dass mein Vater sein Versprechen einlösen würde. Erst dann begriff er, was dies bedeuten würde. Er wäre jahrelang fort und wüsste nicht, was während seiner Abwesenheit aus dem Hof würde. Außerdem lauern viele Gefahren auf solch einer Reise, und kaum jemand kehrt aus der Ferne zurück. Meine Mutter jammerte tagein, tagaus, zumal diese Wallfahrt eine große Summe Geld verschlingen würde. Doch das erwies sich als die geringste Sorge. Denn sogar unser Grundherr zeigte sich erfreut, dass uns das Jüngste Gericht verschont hatte, sodass er einen beachtlichen Betrag für die Wallfahrt spendete. Selbst der ärmste Bauer im Dorf gab seinen Teil dazu, damit mein Vater in seinem Namen um Ablass im Heiligen Land bitten sollte. Doch meinen Vater ängstigte die Reise, und er zögerte sie immer wieder hinaus, bis sich Missstimmung in unserem Ort breitmachte. Jeder fürchtete, dass unser Herrgott uns für das nicht eingelöste Gelübde bestrafen würde. Natürlich hatte auch mein Vater Angst, und so rang er sich endlich durch, die Pilgerreise anzutreten. Doch anscheinend hatte er zu lange gewartet. Er wurde schwer krank. Wir befürchteten das Schlimmste. Könnt Ihr Euch vorstellen, welche Ängste nicht nur meine Eltern, sondern auch die Menschen in unserem Dorf ausgestanden haben? Was blieb mir anderes übrig? Ich bin das einzige Kind, das ihnen geblieben ist.«

Daniel Hofmeister sah Joß Fritz dabei so erbärmlich an, dass dieser beschämt zu Boden blickte.

»Wenn mein Vater gestorben wäre und sein Gelübde nicht eingelöst hätte, er wäre niemals selig geworden. Ihr wisst, was das bedeutet hätte?«

Joß Fritz nickte. Verwandlung in einen Totengeist.

»Deshalb nahm ich die Pflicht meines Vaters auf mich und ging ins Heilige Land. Ich war siebzehn Jahre alt und bin sechs Jahre lang fort gewesen. Ich weiß nicht, ob mein Vater noch lebt. Doch ich weiß, dass er nicht in einen Geist verwandelt wurde, der nicht sterben kann.«

»Euer Vater kann stolz auf Euch sein! Zumal Ihr einer der wenigen seid, die diese weite und gefährliche Reise unversehrt überstanden haben«, warf Fritz nun ein.

Daniel Hofmeisters Augen bekamen einen traurigen Glanz, und er starrte vor sich hin. Dann sagte er mit leiser Stimme:

»Mir bleibt nicht viel Zeit. Etwas wächst in meinem Bauch und frisst mich auf.«

Erschrocken sah Fritz auf.

»Wie wollt Ihr das wissen?«

Mit trübem Blick und schwacher Stimme erzählte Hofmeister weiter: »Als ich auf dem Rückweg meiner Reise auf einem Schiff das Mittelmeer überquerte, lernte ich einen fremd aussehenden Mann kennen. Pechschwarze Haare und schrägstehende Augen wie Schlitze – so würde ich ihn beschreiben. Obwohl wir die Sprache des anderen nicht verstehen oder sprechen konnten, verbrachten wir viel Zeit miteinander. Er redete, sobald die Sonne aufging, und schwieg erst wieder, wenn sie im Meer versunken war. Seine Sprache hatte einen besonderen Klang, dem ich fasziniert lauschte. Ich nannte ihn Han-Chin, denn nur diese beiden Silben habe ich deutlich heraushören können.

Es war am dritten Tag meiner Überfahrt, als ich glaubte sterben zu müssen. Schon Wochen zuvor hatte ich immer wieder reißende Leibschmerzen gehabt, die ich auf einen verdorbenen Magen schob und auf die Hitze, die kargen Mahlzeiten und die Anstrengung. An diesem Tag kamen die Schmerzen so heftig zurück, dass ich nicht mehr aufstehen konnte und gekrümmt auf Deck liegen blieb. Ich weiß nicht, ob Han-Chin ein Arzt war, aber er schien medizinische Kenntnisse zu haben und wusste, was mir helfen würde. Er vermischte wenige Tropfen aus einer Glasflasche mit Wasser und gab sie mir zu trinken. Das Gebräu war bitter wie Galle, doch es linderte meine Schmerzen. Mehrmals an diesem Tag musste ich die widerwärtigen Tropfen trinken und am Abend fühlte ich mich geheilt. Als ich mich jedoch am nächsten Tag weigerte, sie wieder einzunehmen, drückte mein neu gewonnener Freund mir auf den Leib, und glaubt mir, ich hätte ihn dafür liebend gern umgebracht. Aber so wollte Han-Chin mir zeigen, dass ich nicht gesund war und es auch nicht mehr würde. Als wir an Land kamen, begleitete er mich noch einige Tage, dann trennten sich unsere Wege. Zum Abschied schenkte er mir die Glasflasche. Ich weiß nicht, welches Gebräu darin enthalten ist. Ich weiß nur, dass es mir die Schmerzen erträglich macht. Mittlerweile kommen sie in kürzeren Abständen, deshalb habe ich die Mischung verändert. Verrührt mit einem Selbstgebrannten schmecke ich kaum noch die Bitterkeit der Tropfen und kann sie so leichter trinken. Allerdings bin ich dann nicht mehr fähig zu gehen. Aber ich habe wundervolle Träume.« Nun gluckste er leise vor sich hin. »Ich hoffe, dass die Tropfen bis Mehlbach reichen werden. Ich will endlich nach Hause!«

Tränen standen dem jungen Mann in den Augen. Das Gefühl, das Joß Fritz überkam, hatte er nur wenige Male in seinem Leben gespürt. Er wusste nicht, warum, aber er sagte: »Ich muss ebenfalls in Eure Richtung – nach Bruchsal. Wenn Ihr wollt, können wir ein Stück des Weges gemeinsam gehen, und Ihr könnt mir von den heiligen Stätten erzählen, die Ihr besucht habt.«

Daniel Hofmeister blickte Joß Fritz kritisch an.

»Ich kenne nicht einmal Euren Namen, aber habe Euch schon mein halbes Leben erzählt.«

Fritz streckte Hofmeister die Hand entgegen.

»Ich heiße Joß Fritz und stamme aus Untergrombach.«

»Was verschlägt dich nach Basel, Joß Fritz?«

»Das ist auch eine lange Geschichte, die ich dir auf unserer Reise erzählen werde, denn ich bin ebenfalls ein Bauernbursche, allerdings ein Leibeigener.«

»So siehst du nicht aus.«

»Das mag sein, ich war zuletzt Landsknecht.«

»Ich besitze nichts, dessen du mich berauben könntest.«

»Wenn ich das wollte, würde ich mir jemanden aussuchen, der reich ist. Außerdem ist es in Zeiten wie diesen stets besser, wenn man sich zusammenschließt und nicht allein reist.«

Das schien Hofmeister zu überzeugen, denn er stimmte dem Vorschlag zu, und gemeinsam verließen sie Basel.

Sie kamen nur langsam voran, was Fritz nichts ausmachte, denn die Geschichten, die Hofmeister erzählte, waren kurzweilig. Auch mussten sie immer längere Pausen einlegen, da Hofmeister trotz regelmäßiger Mahlzeiten stetig schwächer wurde.

Nach einer Woche kamen sie zu einer auf freiem Feld allein stehenden Scheune, in der sie sich ausruhen wollten. Doch am darauffolgenden Morgen war beiden klar, dass der kranke Pilger diese Scheune nicht mehr lebend verlassen würde.

In der letzten Stunde seines Lebens bat Hofmeister seinen Wegbegleiter nach Mehlbach zu gehen und seine Eltern aufzusuchen. Joß Fritz sollte ihnen berichten, dass ihr Sohn ihnen keine Schande bereitet hatte und dass sein Vater ins Himmelreich einziehen konnte, da sein Sohn das Gelübde erfüllt hatte. Als Beweis sollte Joß Fritz ihnen die Pilgermarke zeigen und von der Wallfahrt berichten – genau so, wie Daniel Hofmeister es ihm berichtet hatte.

Nachdem Joß Fritz den Toten begraben hatte, machte er sich auf den Weg, um den letzten Wunsch des Verstorbenen zu erfüllen.

Als er den Hof erreichte, öffnete ein altes Mütterlein das Tor. Sogleich schrie sie: »Herr im Himmel, Daniel, mein Sohn!« Immer wieder schrie sie dies laut hinaus, sodass die gesamte Nachbarschaft zusammenlief.

Joß Fritz hatte vergeblich versucht, den Irrtum aufzuklären. Doch das alte Mütterlein wollte nicht zuhören, glaubte felsenfest, in ihm den heimgekehrten Sohn zu erkennen, und ließ ihn nicht zu Wort kommen. Vielmehr ergriff sie seine Hand und zog ihn in ihre Schlafkammer, wo der alte Hofmeister krank daniederlag.

Mit verschwommenem Blick sah der Todkranke auf und begann sofort dem Herrn zu danken, dass er nun endlich in Ruhe sterben könne und vor dem Tod keine Angst mehr haben müsse.

Selbst Nachbarn und Verwandte zweifelten nicht, dass Daniel vor ihnen saß. Und weil die Freudentränen der alten Frau an diesem Tag nicht versiegen wollten, nahm Fritz sich vor, die Wahrheit auf den nächsten Tag zu verschieben.

In der Nacht lag er auf einer mit Heu gefüllten Matratze in der alten Kammer von Daniel Hofmeister und grübelte, warum die alte Frau keine Zweifel hatte, in ihm den Sohn wiederzuerkennen. Konnte selbst eine Mutter sich so irren? Zwar gab es tatsächlich eine gewisse Ähnlichkeit zwischen ihm und dem wahren Daniel Hofmeister. Beide waren groß, schlank, blauäugig, und auch die Haarfarbe und das Alter stimmten. Aber darüber hinaus?

Fritz dachte stundenlang in dieser Nacht darüber nach, welche Vorteile es ihm bringen würde, in die Rolle eines anderen Mannes zu schlüpfen. Und welche Nachteile daraus entstehen könnten.

Am Morgen hatte Joß Fritz den Entschluss gefasst zu bleiben – jedenfalls solange es ihm keinen Schaden brachte.

Als der Tag dämmerte, ging er zum alten Hofmeister in die Stube und sagte: »Vater, dein Sohn ist heimgekehrt!«

So wurde aus einem unfreien Bauer ein freier.

*Mehlbach, 1521*

Fritz' Blick, der während seines gedanklichen Ausflugs in die Vergangenheit auf seinen Fußspitzen geruht hatte, schweifte nun zurück zu seinen Kindern. Er erhob sich und kontrollierte Peters Verband. Die Wunde hatte die Leinenstreifen durchnässt. Doch da der Junge ruhig schlief, verschob der Vater den Verbandswechsel auf den Morgen.

Müde rieb er sich die Augen, fürchtete aber, dass seine Gedanken ihn wach halten würden. Also setzte er sich wieder und seufzte leise. Wie lange hatte er die Erinnerungen vergraben? Wie lange hatte er sie nicht mehr an die Oberfläche kommen lassen? Ausgerechnet heute mussten sie zurückkommen! Ungläubig schüttelte er den Kopf.

Und schuld war diese kleine Glasflasche, die in seine Hosentasche passte. ›Herrgott, Joß! Warum kannst du die Glasflasche nicht einfach wieder wegschließen und vergessen?‹, schalt er sich in Gedanken.

›Weil Anna Maria den Inhalt der Truhe gesehen hat!‹, beantwortete er seine eigene Frage.

Auch, wenn sie mit dem, was sie in der Truhe gesehen hatte, nichts anfangen konnte – ihre Neugierde war geweckt worden. Das ahnte er, denn Fritz kannte seine Tochter. Nur mit Strenge und Furcht vor dem Vater würde er ihren Vorwitz unterdrücken können.

Dass er seine Kinder liebte, hatte er ihnen selten gezeigt. Oft spürte er den betrübten Blick seiner Frau, wenn er die Kinder anbrüllte oder züchtigte. Aber er konnte sich keine Gefühle leisten, zu groß war die Angst, sich zu verraten und so alle in Gefahr zu bringen. Es hatte lange gedauert, bis er nachts nicht mehr hochschreckte oder schweißüberströmt wach lag, weil die Vergangenheit ihn bis in seine Träume verfolgte und nicht losließ. Auch seine Frau Elisabeth wusste nicht alles über ihn. Nur das Nötigste, und selbst das war gelogen.

»Warum nur?«, seufzte er leise. Im Grunde hatte er immer geahnt, dass er sich eines Tages der Wahrheit würde stellen müssen.

Die Vergangenheit ließ sich nicht einfach in einer Holztruhe wegschließen. Auch nicht, wenn der Deckel schwer und der Schlüssel gut versteckt war.

›Irgendwann muss man für alles im Leben bezahlen!‹, ging es ihm durch den Kopf.

»Aber nicht heute und nicht morgen!«, flüsterte er, als er die Glasflasche aus seiner Hosentasche zog.

›*Daniel* bedeutet: Gott sei mein Richter – und deshalb wird kein weltliches Gericht je über mich richten, nur Gott und der ist auf der Seite der Gerechten!‹

Mit diesen Gedanken ging er den Eisenschlüssel holen und verbannte die Glasflasche und seine Vergangenheit erneut in die Truhe; und aus Joß Fritz wurde wieder Daniel Hofmeister.

## *Kapitel 4*

Bereits am zweiten Tag suchte Anna Maria eines der Gasthäuser auf, deren Namen sie auswendig gelernt hatte.

Ängstlich ging das Mädchen in die dunkle Spelunke hinein. Schon an der Tür schlug ihm der Mief der unzähligen Gestalten entgegen, die im Schankraum herumlungerten. Ein Raunen ging durch die Anwesenden, als Anna Maria sich an die Theke stellte. Bevor sie ein Wort sagen konnte, gesellte sich ein dicker Landsknecht zu ihr und flüsterte ihr unanständige Worte ins Ohr, sodass sie vor Scham rot im Gesicht wurde. Wütend hob Anna Maria den Pilgerstab und rief ungehalten: »Habt Ihr keine Achtung vor einem Weib, das für die armen Seelen betet.«

Er lachte laut auf. Dabei konnte Anna Maria die verfaulten Zahnstummel in seinem Mund erkennen und wollte sich angewidert wegdrehen. Doch der Landsknecht packte sie an den Schultern und zog sie zu sich heran.

»Du bist ein dummes Weib! Weißt du nicht, was Luther sagt? Deine Wallfahrt bringt dir und den armen Seelen nichts, gar nichts! Also zier dich nicht und komm her. Ich hatte schon ewig keine Frau mehr unter mir.«

Als er ihr an die Brust fassen wollte, schlug sie ihm den dicken Knauf des Pilgerstabs gegen die Stirn, sodass er laut aufjaulte. Die übrigen Männer lachten und verspotteten ihn, was den Dicken wütend machte. Mit Gewalt nahm er Anna Maria den Stab aus der Hand und warf ihn verächtlich auf den Boden. Dann versuchte er sie an den Haaren durch die Schankstube zu schleifen.

»Na warte, du Miststück! Das wirst du mir büßen!«

Verzweifelt versuchte Anna Maria zu kratzen und zu beißen, doch der Dicke war stärker. Die angetrunkenen Männer grölten und forderten ihn lachend auf, es dem Frauenzimmer richtig zu besorgen. Niemand half Anna Maria, und sie hielt ihre Lage schon für aussichtslos. Doch plötzlich dröhnte eine tiefe Stimme durch den Schankraum: »Lass sie los!«

Sogleich verstummten alle. Der Dicke ließ erschrocken von ihr ab und trat einige Schritte zurück. Dann sagte er mürrisch: »Willst sie wohl für dich haben, Kilian!«

»Halt's Maul, und mach, dass du fortkommst, Heiner!«

Der Mann mit Namen Kilian hob den Pilgerstab auf und ging damit auf Anna Maria zu. Sie glaubte zunächst, dass er sie damit schlagen wolle, aber er fasste sie nur am Oberarm und zog sie unter lautem Geschrei zur Tür. Mutig versuchte sich Anna Maria zu wehren, doch der Fremde gab ihr vor allen eine kräftige Ohrfeige, die sie aufheulen ließ und ihre Gegenwehr brach. Noch draußen vor dem Wirtshaus konnte man das Gelächter und die Häme der Männer hören.

Erst in einer etwas weiter gelegenen Scheune ließ der Fremde Anna Maria los. Verängstigt versuchte sie zu fliehen.

»Das würde ich an deiner Stelle nicht tun. Die Meute wartet nur darauf, dass ich mit dir fertig bin, um dann über dich herzufallen.«

Anna Maria spürte, dass es kein Entrinnen gab. Das Blut schien aus ihrem Körper zu entweichen. Ihre Beine gaben nach, und sie wäre gefallen, hätte der Fremde sie nicht aufgefangen.

Die Augen vor Entsetzen geweitet starrte sie ihn an. Doch er strich ihr nur behutsam das Haar aus der Stirn. Dabei bemerkte Anna Maria, dass dem Fremden der Zeige- und Mittelfinger der rechten Hand fehlten. Sie begann zu zittern und betete im Stillen, dass es schnell vorbei sein würde. Doch der Mann ließ sie los. Er betrachtete den Pilgerstab und fragte sie mit durchdringendem Blick: »Woher hast du diesen Stab?«

»Von meinem Vater!«

Zweifelnd sah er sie an. »Sein Name?«

Als sie nichts sagte, ging er einige Schritte auf sie zu.

»Höre, Mädchen! Wenn du mir nicht antworten willst, dann werde ich dich nehmen und das machen, was nach mir noch einige andere mit dir tun werden – so lange, bis wir morgen weiterziehen. Niemand wird dir helfen, und du bleibst geschändet zurück. Oder aber du sagst mir, wer du bist, und dann werden wir weitersehen.«

Anna Maria schluckte schwer, dann entgegnete sie mit leiser Stimme: »Mein Vater heißt Daniel Hofmeister.«

»Daniel Hofmeister«, wiederholte der Fremde und schien zu überlegen. »Den Namen habe ich noch nie gehört.«

Vorsichtig fragte Anna Maria: »Warum solltet Ihr meinen Vater kennen?«

Der Fremde antwortete nicht, sondern starrte sie nur weiter durchdringend an. Unsicher wandte Anna Maria den Blick ab. Immer wieder drehte der Mann den Stab in den Händen und fuhr mit den Fingerkuppen über eine bestimmte Stelle im Holz.

»Wo lebt ihr?«, wollte er dann von ihr wissen.

Auch diese Antwort gab Anna Maria nur zaghaft.

Draußen hörte sie das Gegröle der anderen Männer, die den Fremden lachend anfeuerten. Als sie an der Scheunentür rüttelten, rief der Söldner: »Haut ab! Das Weibsstück ist meine Beute!«

Er sah, wie Anna Maria bleich wurde, und Spott blitzte in seinen Augen auf.

»Du siehst, du bist mir auf Gedeih und Verderb ausgeliefert. Deshalb antworte ehrlich, denn ich glaube dir bislang kein Wort. Woher hast du diesen Pilgerstab?«

Anna Maria sprach sich in Gedanken Mut zu. Schließlich hatte sie vier Brüder, gegen die sie sich von klein an hatte durchsetzen müssen. Und so reckte sie nun das Kinn nach vorne und sah den Fremden herausfordernd an.

»Verratet mir, was an diesem Stück Holz so Besonderes ist, dass Ihr dessen Herkunft unbedingt wissen wollt!«

Der Blick des Unbekannten verlor seine Härte, und Anna Maria glaubte ein anerkennendes Lächeln auf seinem Gesicht zu erkennen.

»Siehst du dieses Zeichen im Holz?«

Anna Maria konnte zuerst nichts erkennen. Doch dann drehte der Mann den Stock ins Licht, und da sah sie es. Zwei Längsstriche, in deren Mitte verbunden mit Strich, Bogen, Strich. Das Zeichen, das sie von den Papieren ihres Vaters her kannte. Ihr stockte der Atem. Das Symbol war weit unten in das Holz geschnitzt worden. Durch die helle Holzfärbung konnte man erkennen, dass jemand es erst vor kurzem eingekerbt haben musste.

»Kennst du das Zeichen?«

Anna Maria konnte dem Fremden nicht in die Augen sehen und wusste nicht, was sie antworten sollte. Sie schluckte schwer und blieb stumm.

»Du kennst es also!«, schlussfolgerte er. Gefährlich leise fragte er sie dann: »Warum ziehst du umher?«

»Um zu wallfahrten!«

»Du lügst!«, schrie er und kam auf sie zu. Voller Angst schlug Anna Maria die Hände vors Gesicht und glaubte, dass nun alles verloren sei. Deshalb sagte sie stammelnd: »Ich muss meine Brüder finden!«

Wieder bezichtigte er sie so laut der Lüge, dass sie sich in eine dunkle Ecke der Scheune verkroch. Ihr Herz raste, und all ihr Mut löste sich in nichts auf. Verängstigt gab sie zu: »Ja, ich kenne dieses Zeichen, aber nicht seine Bedeutung.«

Mit zusammengekniffenen Augen musterte er sie. Ihre Angst wuchs stetig, sodass sie schließlich zu erzählen begann: »Ich habe es vor vielen Jahren schon einmal auf einem Schriftstück gesehen.«

Sein Blick verriet, dass er mehr wissen wollte.

»Mein Vater bewahrt in einer Truhe seine Vergangenheit auf, wie er es nennt. Darin sind auch Papiere, von denen eines dieses Zeichen trägt.«

»Was stand in den Papieren?«

Hilflos zuckte Anna Maria mit den Schultern. »Das weiß ich nicht. Ich kann nicht lesen.« Beschämt blickte sie zu Boden.

Sie hörte, wie der Fremde immer wieder den Namen ihres Vaters vor sich her sagte und dabei den Kopf schüttelte.

»Verflucht! Ich kenne keinen Daniel Hofmeister aus Mehlbach!«

Wieder musterte er das Mädchen eingehend. »Warum ziehst du umher? Sag mir nun endlich die Wahrheit, und dir wird nichts passieren.«

Anna Maria holte tief Luft und erklärte: »Ich schwöre bei allen Heiligen, dass ich meine Brüder suche.«

»Ich kann dir nicht glauben!« Als er Anna Marias unschuldigen Blicks gewahr wurde, rieb er sich mit der Hand übers Gesicht, und seine Stimme bekam einen sanften Klang: »Aber Mädchen, wie kannst du annehmen, dass du deine Brüder finden wirst? Überall herrscht heilloses Durcheinander in diesen Tagen, und du wirst nirgends sicher sein. Und nicht immer wird einer zur Stelle sein, der dich rettet, wenn dir einer zwischen die Beine will. Schließlich juckt es einen jeden, und jedes Frauenzimmer wäre ihm recht. Wie konnte dein Vater dir nur so etwas Gefährliches erlauben? Oder bist du heimlich von zu Hause fortgegangen?«

»Nein! Mein Vater weiß, was ich vorhabe, und hat mir sogar geholfen ...«

Er unterbrach sie abrupt: »Wie meinst du das? Mit dem Umhang und dem Pilgerstab?«

Anna Maria bejahte und fügte hinzu: »Außerdem nannte er mir Gasthäuser so wie dieses, in denen mir die Wirte weiterhelfen würden.«

»Das verstehe ich nicht. Erkläre es mir genauer!«

»Das darf ich nicht!«

»Wenn ich dir die Kehle durchschneide, hilft es dir nichts mehr, also sprich!«

Vor Schreck schrie Anna Maria auf, was den Fremden zu einem leisen Lachen veranlasste.

»Mein Vater nannte mir eine Kennung – doch ich weiß nicht woher sie stammt«, stieß sie dann hastig hervor.

»Nenne sie mir!«

»Nein, das werde ich nicht, und es ist mir einerlei, was dann mit mir passieren wird«, erklärte sie mit kindlichem Trotz.

Scheinbar hatte der Fremde kein Verlangen mehr, Anna Maria noch weiter auszuhorchen, denn er riet ihr: »Geh nach Hause, Mädchen! Du wirst deine Brüder nicht finden. Im Gegenteil, du wirst wieder in Gefahr geraten, und nicht immer wird dir jemand wohlgesinnt sein und dir zur Seite stehen.«

Anna Maria verstand und sagte schüchtern: »Ich danke Euch, Herr Kilian, dass Ihr mich verschont, aber ich muss meine Brüder finden. Ohne mich sind sie dem sicheren Tod geweiht!«

Seine braunen Augen blickten sie fragend an. Daraufhin setzte sie sich auf einen Scheunenbalken und erzählte von ihrem Traum. Als sie geendet hatte, schwieg er zuerst und sagte dann: »Wenn du die Gefahr sehen konntest, dann musst du doch auch wissen, wo deine Brüder zu finden sind, und auch, ob du sie retten kannst.«

»Nein!«, widersprach sie. »Ich bin keine Seherin …«

Draußen waren wieder Stimmen zu hören. Als der Landsknecht zum Scheunentor ging, überkam Anna Maria die Angst, dass er sie allein lassen würde, deshalb rief sie: »Nichts denn Gottes Gerechtigkeit!«

Abrupt blieb er stehen.

»Ich wusste es!«, flüsterte er und kam wieder auf Anna Maria zu. »Nur wenige kennen diese Losung! Nur dieser verdammte Name deines Vaters ist mir unbekannt.« Forschend sah er sie an.

»Auch Ihr kennt diese Worte?«, fragte Anna Maria, um die Stille zu durchbrechen. Er ging auf ihre Frage nicht ein, sondern sagte: »Egal, wer dein Vater ist, er war schlau, dir diese Kennung anzuvertrauen, denn sie gewährt dir Schutz. Auch das Zeichen in den Stock zu ritzen, war eine achtsame Entscheidung.«

»Ich wusste nichts von dem Zeichen, ich schwöre.«

»Ja, das glaube ich dir, Mädchen. Doch sei wachsam. Halte dich an die Wirte, deren Namen du kennst. Sie gehören dem alten Verbund an und kennen die Losung, haben darauf einen Eid abgelegt. Nur denen darfst du vertrauen. Und noch ein Rat: Solltest du so wie heute in Gefahr schweben, dann schreie die Kennung hinaus. Nicht jeder wird mit den geheimen Worten etwas anfangen können, doch viele von uns sind da draußen, denn sie wollen den Kampf zu Ende führen.«

»Wollt Ihr mir nicht verraten, um welchen Verbund es sich handelt?«

Er schüttelte den Kopf.

»Nein! Sicher gebe ich dir die gleiche Antwort wie dein Vater:

Je weniger du weißt, desto sicherer bist du! Vertraue auf Gott, aber nicht auf dein Talent oder deine Träume, denn sie werden dich nicht weiterbringen!«

Am Scheunentor sah er sich nochmals zu Anna Maria um.

»Versteck dich auf dem Heuschober. Ich werde dir etwas zu essen bringen.« Er war schon fast beim Tor hinaus, als er sie fragte: »Wie heißt du überhaupt, und wie alt bist du?«

»Anna Maria und ich bin siebzehn!«

»Meine Tochter hieß Anne und wäre heute dreizehn Jahre alt.«

Mit diesen Worten wandte er sich ab und ging hinaus.

## *Kapitel 5*

Nachdem der Landsknecht Kilian dafür gesorgt hatte, dass Anna Maria am nächsten Morgen ungesehen aus der Scheune verschwinden konnte, marschierte sie weiter nach Norden. Sie mied die üblichen Pfade aus Angst, dass ihr erneut eine Schar umherziehender Söldner begegnen könnte, und durchquerte ein dichtes Waldgebiet.

Sie kam nur mühsam voran, musste sie doch über umgestürzte Baumstämme klettern, Schluchten durchwandern und tiefe Gräben umgehen.

Sie fand Pfifferlinge zuhauf und sammelte eifrig die kleinen gelblichen Pilze. Zwar wusste sie die echten von den falschen zu unterscheiden, doch Pilze roh zu essen, würde ihr Leibschmerzen verursachen. Mit Feuersteinen und Zunderschwamm, die sie in einem Säckel mit sich führte, entzündete sie ein Feuer und legte einen großen, flachen Stein hinein, damit dieser sich erhitzte. Auf dem heißen Stein konnte sie nun die gelben Trompeten garen.

›Schade, dass es keine Beeren mehr gibt‹, dachte Anna Maria, als sie auf einer Lichtung die Brombeersträucher entdeckte.

Am dritten Tag glaubte sie, dass sie sich in dem unwegsamen Waldstück verirrt hatte und im Kreis ging. Schuld an ihrer Unaufmerksamkeit waren die Worte des Landknechts, die ihr nicht mehr aus dem Kopf gehen wollten.

Bereits die Nacht zuvor hatte sie lange gegrübelt und unruhig geschlafen. Müde und kraftlos war sie an diesem Morgen aufgewacht und hatte sofort den Schmerz gespürt, der hinter ihrer Stirn pochte.

Nur mühsam konnte Anna Maria sich aufraffen weiterzugehen. Bei jedem Schritt zuckte sie zusammen, da die Kopfschmerzen immer schlimmer wurden. Zudem quälten sie ihre Gedanken: Sollte ihr Talent wirklich fauler Zauber sein? War ihr Traum von dem Schicksal ihrer Brüder nur ein Trugbild, entstanden aus ihrer Angst heraus?

Anna Marias Wangen glühten. Erschöpft ließ sie sich an einer Quelle nieder und kühlte ihr Gesicht. Obwohl ihr Magen knurrte, verspürte sie keinen Hunger.

›Für heute sollte ich mir einen geschützten Platz suchen. Es sieht nach Regen aus‹, dachte das Mädchen, als es durch die Baumwipfel den Himmel erkennen konnte.

Nach langem Suchen fand Anna Maria eine Kiefer, deren Zweige dicht über ihrem Kopf ein schützendes Dach bildeten.

Wie jeden Abend, dankte sie auch heute im Gebet dem Vater für den dicht gewebten Pilgerumhang. Schützte er sie tagsüber vor Dornen und niederem Gestrüpp, so wickelte sie sich nachts darin ein und spürte die aufkommende Kälte kaum. Den Pilgerstab legte sie griffbereit neben sich. Bereits in der ersten Nacht hatte sie damit einen Luchs in die Flucht schlagen können.

Obwohl sie keinen großen Hunger hatte, aß Anna Maria von dem letzten Stück Brot, das ihr geblieben war. Morgen würde sie sich neues beschaffen müssen, und das hieß, dass sie den Schutz des Waldes verlassen musste.

Vorsichtig kaute sie auf dem trockenen Kanten. Langsam ließ der Schmerz in ihrem Kopf nach, doch die Gedanken blieben. Warum glaubten andere, dass ihr Talent fauler Zauber sei?

Jetzt erst erkannte Anna Maria, wie weise ihr Vater ihr damals geraten hatte. Kein Fremder dürfe je von ihrer Fähigkeit erfahren, hatte er sie gewarnt. Doch mit dreizehn Jahren hatte sie seinen Ratschlag nicht verstehen können.

*Mehlbach 1521*

Das neue Jahr war bereits einige Wochen alt, und der Winter hielt das Land fest im Griff. Das Wasser in den Bächen war zu Eis erstarrt, und Felder und Wiesen waren unter einer dicken, verharschten Schneeschicht vergraben.

Durch die Kälte gefror der Atem und klebte die Barthaare der Knechte zu kleinen Eisklumpen zusammen. Die Luft war so eisig, dass ihnen sogar die Nasenspitzen abzufrieren drohten. Um sich zu schützen, schmierten sie ihre Nasen dick mit kostbarem Schweineschmalz ein. Die Füße wärmten sie, indem sie die Schuhe mit Stroh umwickelten, das außerdem verhinderte, dass man im glatten Hof ausrutschte.

Jeder Dorfbewohner von Mehlbach, Katzweiler und Schallodenbach, der einen Hof besaß, hatte Anrecht an der Allmende. Im Frühjahr bei der Versammlung der Berechtigten war entschieden worden, wie viel Brennholz jeder schlagen durfte, damit es im Winter ausreichte. Doch dieser Winter war besonders kalt, und so musste mit dem Brennholz sparsam umgegangen werden.

Weil Daniel Hofmeister mehr als eine Kuh und ein Schwein besaß, hatte er einen vom Wohnhaus abgetrennten Viehstall.

Das schindete zwar Eindruck, doch in dieser Kälte zeigte es sich als undienlich, da selbst ein Schwein den Wohnraum zusätzlich erwärmte.

Weise vorausdenkend hatte Hofmeister im Sommer veranlasst, dass alle undichten Stellen und jede noch so kleine Ritze in den Hauswänden mit Lehm und Stroh abgedichtet wurden. Trotzdem fand der eisige Wind einen Weg ins Haus, und nicht jede Kammer konnte geheizt werden.

Der einzige Raum, in dem ständig ein Feuer brannte, war die Küche. Nur an den seltenen Festtagen und manchmal sonntags feuerte man auch den Ofen in der Stube an, denn Hofmeister achtete streng auf den Verbrauch des Feuerholzes. Erst recht seit die Alten prophezeit hatten, dass die eisige Kälte bis in den Frühling hinein andauern würde.

Während der grimmigen Winterzeit ruhte zwar die meiste Hofarbeit, doch tagtäglich musste das Vieh versorgt werden. Um die Tiere tränken zu können, schlugen die Männer Eisklumpen aus dem zugefrorenen Bach, die nachts in Trögen zum Auftauen in die warme Küche gestellt wurden.

Sobald die wenige Arbeit erledigt war, saß man zusammengedrängt um den Herd, wo die Mägde ihre Zeit mit Nähen und Kochen und die Knechte mit dem Ausbessern der Arbeitsgeräte verbrachten. An manchen Wochenenden wurde vergnüglich musiziert und ausgelassen getanzt. Doch kaum war es dunkel, flüchtete jeder in seine Kammer und verkroch sich unter die wärmende Bettdecke in seiner Schlafnische.

Der Vollmond schien durch alle Ritzen und erhellte Anna Marias Kammer, als sei es Tag. Anna Maria lag wach und konnte keinen Schlaf finden. Aber nicht nur das Licht störte sie, auch Lena, die Magd, die mit ihr ein Bett teilte, hielt sie wach. Lena schnarchte wie ein Mann, und selbst wenn Anna Maria sich die Ohren zuhielt, konnte sie das Sägen noch hören. Genervt rutschte sie an den äußersten Rand des Betts und zog sich die Decke übers Gesicht. Doch statt müde zu werden wurde Anna Maria wieder munter, und obwohl sie ihre Kleidung nicht ausgezogen hatte, fror sie unter der Bettdecke. Auch juckte ihre Haut am ganzen Körper.

»Sobald es Frühling ist, werde ich das Heu in der Matratze auswechseln lassen«, schimpfte sie leise und kratzte sich an Armen und Beinen. Immer wieder hauchte sie ihren Atem unter die Decke, doch auch das wärmte sie nicht.

›Meine Brüder haben es gut‹, dachte das Mädchen grollend, ›sie halten sich gegenseitig warm und müssen nicht neben einem schnarchenden Ungeheuer liegen!‹

Unruhig drehte sich Anna Maria von einer Seite auf die andere. Um sich abzulenken zählte sie leise alle Menschen auf, die sie kannte, und schlief endlich darüber ein.

Wenig später spürte Anna Maria, wie sich die feinen Härchen an ihren Beinen aufstellten. Eine Gänsehaut überzog ihren Körper und ließ sie erschauern. Sie hatte das Gefühl, als krabbele unter ihrer Bettdecke etwas an ihr hoch, als würde ihr Bauch zusammengedrückt und ihr die Luft aus dem Körper gequetscht. Anna Maria schrie aus Leibeskräften nach Lena, doch die Magd schien den Schrei nicht zu hören, denn sie grunzte zufrieden und drehte ihr weiter den Rücken zu. Das Mädchen schrie sich die Seele aus dem Leib. Doch niemand hörte seine Schreie, niemand kam ihm zu Hilfe.

Als Anna Maria erwachte, sah sie sofort unter der Bettdecke nach. Doch da war nichts! Auch an ihrem Körper konnte sie nichts Besonderes erkennen. »Ich habe nur geträumt«, murmelte sie erleichtert.

»Was hast du geträumt?«, fragte die Magd gähnend.

»Dass jemand unter meiner Bettdecke war und mir die Luft aus den Rippen quetschen wollte.«

Langsam setzte sich Lena im Bett auf und flüsterte entsetzt: »Jesus und Maria! Erzähl mir genau, was du geträumt hast!«

Anna Maria tat wie ihr geheißen, und als sie geendet hatte, starrte Lena sie völlig entgeistert an.

»Das war kein Traum!«, sagte sie leise. »Ein Nachtschreck hat dich heimgesucht.«

»Dummes Zeug! Ich habe geträumt«, antwortete Anna Maria, musste aber doch schlucken.

»Glaube mir, Kind! Ein Alb wollte von dir Besitz ergreifen, und er wird dich wieder aufsuchen, das weiß ich!«

Mit bleichem Gesicht zog Anna Maria die Bettdecke bis zum Kinn. »Was soll ich machen, wenn er wiederkommt?«, fragte sie mit weinerlicher Stimme und kroch dicht an die Magd heran. Lena umarmte das Mädchen und wog sie wie ein Kleinkind hin und her.

»Sobald du spürst, dass ein Kälteschauer deinen Körper überläuft, musst du folgende Worte dreimal hintereinander sprechen: Ich hab dich erkannt, du bist gebannt! Sprich es mir nach!«

Mit zitternder Stimme krächzte Anna Maria die Formel nach.

»Ich werde außerdem die Erzengel Gabriel und Michael bitten, dass sie über dich wachen, dass sie ihre Flügel über dich ausbreiten und dich beschützen.«

»Meinst du, dass die Erzengel das tun werden?«

Lena gab dem verstörten Mädchen einen Kuss auf die Stirn.

»Ja, mein Kind, davon bin ich überzeugt! Jetzt komm, es wird Zeit, dass wir das Frühstück zubereiten.«

Tagelang fürchtete Anna Maria die Schlafenszeit und ging erst zu Bett, wenn Lena schlafen ging. Als in den folgenden Tagen und Wochen nichts weiter geschah, vergaß sie den fürchterlichen Traum aber wieder.

Mittlerweile war es Anfang März, und noch immer umklammerte die klirrende Kälte das Land. Der Himmel war mit dichten grauen Wolken überzogen, die weitere Schneefälle prophezeiten, und die Sonne ließ sich nur selten blicken.

Jeder auf dem Hof versuchte schnellstmöglich seine Arbeit zu verrichten, um dann in die warme Küche flüchten zu können. Während die Knechte im Stall das Vieh fütterten und tränkten, melkten die Mägde die Kühe. Jakob und Matthias halfen beim Misten, und selbst Nikolaus musste mit anpacken. Seit den frühen Morgenstunden mahlte Anna Maria ununterbrochen Roggenkörner zu Mehl, aus dem die Bäuerin und zwei Mägde Brot backten. Nur Hofmeister ließ sich bis zu den Essenszeiten nicht sehen, verbrachte viel Zeit in seiner Schlafkammer, worum ihn jeder beneidete.

»Das ist halt das Recht des Bauern!«, grummelte der älteste Knecht Hermann mürrisch, als er den Kragen seines Kittels höher zog und das Haus verließ, um in der Kälte Eis zu schlagen.

Peter war noch nicht vollständig genesen. Zwar hatte sich die Wunde geschlossen, aber der Muskel, der beim Herausziehen des Pfeils zerrissen war, bereitete ihm weiterhin Schmerzen. Auch konnte er den Arm noch nicht ganz strecken und belasten, und so wurden ihm nur leichte Arbeiten aufgetragen.

Als Anna Maria mit Kohlköpfen unter dem Arm aus dem Vorratskeller in die Küche kam, saß Peter dicht vor der wärmenden Feuerstelle und schnitzte Kienspäne. Sie setzte sich neben ihn und schnippelte das Gemüse in kleine Stücke, aus dem sie einen Eintopf kochen sollte.

»Gibt es schon wieder Gemüsebrühe?«, fragte er mürrisch. Anna Maria stutzte. »Eintopf wärmt von innen«, antwortete sie.

»Mir kommt die wärmende Brühe schon zu den Ohren heraus! Wann gibt es wieder einen anständigen Braten? Der würde mich noch mehr erwärmen.«

»Ist dir nicht wohl?« Freundlich blickte sie ihn an. Peter antwortete nicht, sondern hielt seinen Kopf nach vorn gebeugt. Er schabte das Holz ab, dass die Späne nur so flogen, und Anna Maria erkannte, dass ihn irgendetwas verärgert haben musste.

»Wenn es deine Laune hebt, dann hole ich dir getrocknete Apfelscheiben aus dem Vorratskeller.«

»Pah, die kannst du selbst essen.«

»Herrgott, Peter! Was ist los mit dir? Hab ich dir etwas getan, dass du so unwirsch mit mir sprichst?«

Laut seufzend blickte er sie an.

»Hast ja Recht, Anna Maria, du kannst wahrlich nichts dafür. Aber diese ewige Kälte spüre ich in meiner Schulter. Seit Monaten sitze ich nur untätig herum oder verrichte Weiberarbeit. Ich will endlich wieder aufs Feld! Selbst die Ställe mit Laub auszustreuen ist besser, als nichts zu tun. Ich kann es kaum erwarten, wieder richtig anpacken zu können, und ich hoffe, dass sich das Wetter endlich ändert, damit man durch die Wälder streifen und samstags ...« Er schwieg einen Moment, dann fügte er leise hinzu: »... nach Katzweiler gehen kann.«

»Was willst du dort? Etwa zum Tanz?«

Als eine feine Röte seine Wangen färbte, sagte sie lachend: »Sag nichts! Ich weiß es: Susanna Nehmenich heißt das Zauberwort!« Ertappt lächelte Peter.

»Erzähl mir von ihr!«, forderte Anna Maria ihn auf, und als er zögerte, versprach sie: »Ich werde weder lachen noch unser Geheimnis weitererzählen.« Als er noch immer nichts sagte, fragte sie ihn direkt: »Weiß Susanna, was du für sie empfindest?«

Hilflos zuckte er mit den Schultern.

»Wir haben uns einige Male getroffen.«

Anna Maria hielt mit dem Schneiden des verschrumpelten Kohlkopfs inne. Erwartungsvoll waren ihre Augen auf ihren Bruder gerichtet, aber als er nicht weitersprach, forderte sie ihn ungeduldig auf: »Jetzt erzähl endlich, und lass dir nicht jedes Wort wie einen Wurm aus der Nase ziehen!«

»Ich durfte ihre Hand halten, sie ist so wunderschön. Ich würde sie sofort heiraten!«

Jetzt staunte Anna Maria. Die Nehmenich und schön? Sie versuchte sich an Susanna zu erinnern: fade braune Haare, Sommersprossen auf Wangen und Nasenrücken, zudem abstehende Ohren und eine dickliche Figur. ›Was an ihr ist denn so wunderschön?‹, dachte Anna Maria bei sich, schwieg jedoch.

»Meinst du nicht, dass du noch zu jung bist, um ans Heiraten zu denken?«, versuchte sie dann vorsichtig einzuwenden.

»Wenn ich Hoferbe wäre, würde ich Susanna sofort fragen.«

»Du bist aber nicht der Hoferbe! Das ist Jakob! Außerdem ist Susanna die Tochter eines unfreien Bauern – Vater würde, selbst wenn du der älteste Sohn wärst, niemals zustimmen.«

»Dann ist es ja gut, dass ich nicht Hoferbe bin, denn so kann ich eines Tages den Hof verlassen und gehen, wohin ich will.« Peter klang wütend.

»Auch dafür benötigst du Vaters Zustimmung«, wies Anna Maria ihren Bruder zurecht. Sie warf den klein geschnittenen Kohl in das kochende Wasser und stand auf, um verschiedene Gartenkräuter hinzuzufügen, die getrocknet in Töpfen auf einem Brett standen.

»Wie ich das hier alles hasse!«, rief Peter erregt.

»Wenn Matthias so sprechen würde, könnte ich es verstehen. Aber wenn du so etwas sagst, dann muss doch noch etwas anderes dahinterstecken«, meinte Anna Maria nun und sah ihren Bruder fragend an.

»Ich bin zu nichts mehr nütze!«, entfuhr es Peter nun.

Ach, daher wehte der Wind! Weil der Vater ihm nur kleine Arbeiten auftrug, war Peter unzufrieden.

»Aber schau, Peter«, versuchte Anna Maria ihn nun zu besänftigen, »der Vater meint es doch nur gut mit dir. Du bist noch nicht stark genug, um schwere Arbeiten zu verrichten.«

»Blödsinn! Er will mich bestrafen!«

»Für was soll er dich bestrafen?«

Im selben Moment wurde die Tür aufgestoßen, und Hofmeister erschien in der Küche.

»Was schwatzt ihr beiden? Ist das Essen bald fertig?« Als er den Topf mit der Kohlsuppe sah, befahl er seiner Tochter: »Brate mir ein Stück Speck dazu!«

Mit grimmigem Blick bedachte er den Sohn. »Wenn du nichts zu schaffen hast, dann sieh nach, ob die Hühner Eier gelegt haben.«

Geschäftig rührte Anna Maria die Suppe um. Nester ausnehmen war die Arbeit einer Magd! Ein kurzer Blick in das Gesicht ihres Bruders reichte, um Peters Gefühle zu erraten.

»Mach, Bursche, dass du in den Hühnerstall kommst!«

Als die Tür mit einem lauten Knall zufiel, blickte das Mädchen zu seinem Vater.

»Vater«, begann Anna Maria zaghaft, »sei nicht so streng mit Peter.« Kaum hatte sie die ersten Worte ausgesprochen, gab Hofmeister ihr eine schallende Ohrfeige und schrie sie an: »Was erlaubst du dir? Willst mir sagen, wie ich mich zu verhalten habe? Jeder auf dem Hof, der essen will, muss arbeiten.«

»Aber seine Verletzung«, versuchte das Mädchen erneut.

»Sei still, du dummes Frauenzimmer, selbst der Depp im Dorf bekommt nichts geschenkt! Merk dir das!«

Wieder knallte die Tür im Rahmen.

Wie gelähmt stand Anna Maria am Herd und rieb sich die Wange. Solch harte Worte hatte der Vater seit langem nicht mehr zu ihr gesagt. ›Vielleicht werden sich die Gemüter wieder beruhigen, wenn endlich der Frühling zurückkommt‹, dachte das Mädchen und rührte weiter im Suppentopf herum. Als Anna Maria jedoch das Fell an der Küchenluke zurückschlug und den grauen Himmel sah, ahnte sie, dass der Frühling noch eine Zeitlang auf sich warten lassen würde.

Wütend ging Hofmeister zurück in seine Kammer und verschloss die Tür. Als sein Blick auf die Truhe fiel, verrauchte seine Wut, und wie an vielen Tage zuvor, setzte er sich auf die Bettkante und starrte auf das Möbelstück. Immer noch wagte er nicht, die Truhe zu öffnen, obwohl er den Schlüssel schon längst aus seinem Versteck geholt hatte. Er wusste, was im Innern gelagert war und musste nicht erst den Deckel hochklappen, um alles vor sich zu sehen. Seit Jahren hatte er die Gegenstände nicht mehr in Händen gehalten, hatte sie aus seinem Leben verbannt, so wie die Erinnerungen an seine Vergangenheit.

Seit Peters Unglück waren die Alpträume zurückgekehrt. Um die Erinnerung zu verdrängen konzentrierte er seinen Zorn auf den Jungen, weil der Unfall im Wald Hofmeister gezwungen hatte, mit der Truhe seine Vergangenheit zu öffnen. Jedes Mal, wenn er den Sohn sah, schürte das seine Wut aufs Neue.

Hofmeister fuhr sich mit beiden Händen über das Gesicht. »Was soll das?«, fragte er sich selbst. »Peter kann nichts dafür. Irgendwann muss sich jeder seinem Leben und seinen Taten stellen.«

Er stand auf und zog den Schlüssel unter seinem Kopfkissen hervor. Schwerfällig kniete er sich vor die Truhe. Das Schloss knackte laut, als er den Schlüssel umdrehte und die Truhe öffnete. Mit Leichtigkeit hätte er den schweren Deckel hochheben können, doch er zögerte. Wie ein kleiner Junge saß er auf dem Boden und focht einen inneren Kampf mit sich. Als er sich endlich durchgerungen hatte und seine Hände die Holzkante umfassten, um den Deckel hochzuklappen, rief seine Tochter ihn zum Essen.

Schwer atmete Hofmeister aus und schloss für einen Augenblick die Augen. Als er sie wieder öffnete, zog er langsam den Schlüssel zurück aus dem Schloss, stand auf und versteckte diesen wieder. Mit einem letzten Blick sah er zurück zur Truhe. »Ich weiß, dass ich dir nicht entkommen kann«, flüsterte er. Dann verließ er den Raum.

Nach dem Zwischenfall mit dem Vater war Anna Maria froh, als es endlich Schlafenszeit war. Der Tag war lang und anstrengend gewesen, denn es hatte sie viel Kraft gekostet, den schweren Mahlstein gleichmäßig rund laufen zu lassen. Selbst als Anna Maria im Bett lag, schmerzten ihr noch die Arme vom Mehlmahlen.

Rasch schlief sie ein und träumte vom Frühling und vom Tanz mit ihrem Bruder Peter. Während sie sich mit ihm im Kreis drehte, spürte sie im Schlaf, wie ein Schauer durch ihren Körper ging. Eine Gänsehaut kroch ihre Beine hoch, sodass sie voller Angst zu keuchen begann. Sie schaffte es nicht, die Augen zu öffnen. Unruhig wälzte sie sich im Bett hin und her, als plötzlich etwas ihre Bauchdecke zusammenpresste und bis zu ihrem Rippenbogen wanderte. Voller Grausen schrie sie in Gedanken dreimal: ›Ich hab dich erkannt, du bist gebannt!‹, und flehte die Erzengel herbei.

Kurz darauf war der Spuk vorbei. Anna Maria spürte, wie ihr rasendes Herz sich beruhigte, ihr Körper schwer wurde und sie in einen tiefen traumlosen Schlaf fiel. Doch plötzlich gab es einen Knall wie bei einem Donnerschlag, und sie glaubte zu erwachen. Nur schwach erhellte die Mondsichel die Kammer. Zaghaft setzte sie sich auf, um unter die Bettdecke zu schauen, als sie eines weiteren Menschen im Raum gewahr wurde. Erschreckt stieß Anna Maria einen spitzen Schrei aus. Das Blut rauschte in ihren Ohren, als sie sich zu Lena drehte. Doch die Magd schnarchte leise vor sich hin und schien die Schreie des Mädchens nicht zu hören.

Während Anna Maria nun ihren Blick durch den Raum wandern ließ, betete sie leise: »Bitte, bitte lieber Gott, mach, dass ich aus diesem bösen Traum erwache!« Sie wagte kaum zu atmen noch sich zu bewegen.

Da war noch immer jemand! Langsam, Schritt für Schritt, kam die Person näher, und als Anna Maria sie im fahlen Licht des Mondes schließlich erkannte, stöhnte sie erleichtert auf.

»Tante Kätsche, hast du mich erschreckt! Was machst du in meiner Kammer? Wie kommst du hierher? Draußen ist es bitterkalt, und du trägst nur ein dünnes Hemd.«

Am Fußende von Anna Marias Bett blieb Kätsche stehen und sagte mit schwacher Stimme: »Es ist Zeit, dass ich gehe.«

»Wohin willst du gehen, Kätsche?«

»Mein Verlobter ruft. Mir ist so kalt!«

»Rede keinen Unsinn, und komm ins Bett. Für dich ist noch Platz«, forderte Anna Maria die dürre Alte auf und schlug die Bettdecke zurück. Doch die Tante blieb am Fußende stehen.

»Jetzt komm ins Bett!«

Als sie erneut nicht antwortete, legte Anna Maria die Decke über sich und sagte zornig: »Wenn du es dir anders überlegt hast, dann kannst du dich hinter mich legen. Ich will jetzt schlafen! Ich bin müde!« Das Mädchen gähnte herzhaft, kuschelte sich dichter an den warmen Körper der Magd und drehte der alten Frau den Rücken zu.

Nur kurz schielte Anna Maria über die Schulter zurück und sah, wie die Tante vor dem Fenster stand. Leise murmelte die Frau: »Es ist so kalt!«

Mürrisch zog Anna Maria sich die Decke bis zum Kinn. Erst dieser Traum und nun die Tante! Sie wollte endlich schlafen!

Sie kugelte sich wie ein Kleinkind zusammen und fiel bald in einen traumlosen Schlaf.

Als Anna Maria erwachte, spürte sie sofort, dass sie allein im Bett lag. Suchend sah sie sich im Zimmer um, aber da war niemand. ›Sicher ist Lena schon mit Tante Kätsche in der Küche‹, dachte sie und zog sich ihre Kleider über.

Wohlige Wärme umfing Anna Maria, als sie die Küche betrat. Ihre Mutter, der kleine Nikolaus sowie Lena saßen am Tisch um eine Schüssel mit warmen Bier und tunkten darin Brotstücke ein.

»Wo ist Tante Kätsche?«, fragte Anna Maria und setzte sich dazu. Sie nahm sich einen Kanten Brot und schwenkte ihn in dem Gerstensaft, bis er sich vollgesogen hatte. Genüsslich biss sie hinein.

Fragend schaute die Mutter sie an. »Warum sollte das Kätsche bei uns sein?«

»Die Tante war letzte Nacht in meiner Kammer und hat bei mir im Bett geschlafen.«

»Was?«, fragte Lena erstaunt. »Ich habe nicht bemerkt, dass die Alte da gewesen wäre. Bist du sicher?«

Anna Maria nickte. »Ja, natürlich war sie da. Ich habe doch mit ihr gesprochen, nur du hast seelenruhig geschlafen! Selbst, als der Alb wieder unter meine Decke kroch, und ich nach dir geschrien habe, bist du nicht wach geworden.«

Vor Schreck ließ die Magd ihr Brot fallen, das vollgesogen im Bier versank.

»Jesus und Maria! Ich habe es wieder nicht bemerkt. Hast du meine Formel gesagt und zu den Erzengeln gebetet?«

»Ja! Alles, was du mir geraten hast, habe ich gemacht, und es hat geholfen. Der Nachtschreck war plötzlich verschwunden, und dann stand die Tante im Raum.«

Nikolaus sah ängstlich zu seiner Mutter, der ebenfalls die Farbe aus dem Gesicht gewichen war.

»Nikolaus, geh raus! Das ist nichts für deine Ohren! Ich rufe dich, wenn du wieder hereinkommen kannst.«

Verstört stand der Sechsjährige auf, und als die Magd etwas sagen wollte, hielt er sich die Ohren zu und verließ eilends die Küche. Erst auf dem Gang nahm er die Hände von den Ohren und setzte sich auf die unterste Treppenstufe. Das sah der Vater, der gerade aus der Schlafstube nach unten kam.

»Warum hältst du dir die Ohren zu? Hast du etwas ausgefressen?«

Erschrocken schüttelte der Knabe den Kopf. »Nein, Vater, ich habe nichts angestellt. Aber Anna Maria …«

Weiter kam er nicht, denn der Vater betrat die Küche, wo die drei Frauen aufgebracht durcheinandersprachen. Hofmeister verstand kein Wort und brüllte, dass sie Ruhe geben sollten. Erst jetzt bemerkten die Frauen den Bauern und schwiegen erschrocken.

»Was ist das für ein Lärm am frühen Morgen? Und warum hält sich der Junge die Ohren zu?«

Herausfordernd sah er seine Frau an. Anna Maria und die Magd blickten zu Boden.

»Lena behauptet, dass ein Nachtschreck Anna Maria aufgesucht habe, ich aber sage, dass das Mädchen geträumt hat, genauso wie …« Elisabeth geriet ins Stocken.

»Sprich weiter! Ich habe nicht den ganzen Tag Zeit, mir eure Einbildungen anzuhören. Was hat Anna Maria angestellt?« Zornig funkelte Hofmeister seine Tochter an. »Nein!«, sagte Elisabeth rasch. »Sie hat nichts angestellt. Sie glaubt nur, dass Tante Käthe heute Nacht in ihrer Kammer gewesen sei, aber Lena hat nichts bemerkt und nichts gesehen.«

Hofmeister kniff die Augen zusammen und betrachtete Anna Maria, forschte in ihrem Gesicht.

»Setz dich und sprich!«, forderte er sie auf, während er ihr gegenüber Platz nahm. »Und du«, wandte er sich barsch an die Magd, »schlägst mir zwei Eier in die Pfanne.«

Zaghaft erzählte Anna Maria zuerst von dem Alb und dann von dem Ereignis der letzten Nacht. Während der Bauer sein Frühstück löffelte, sah er kaum auf und schien unbeeindruckt zuzuhören.

Als Anna Maria geendet hatte, wischte der Vater mit dem letzten Bissen Brot einen Tropfen Eigelb auf und trank das erkaltete Bier aus der Schüssel.

Drei Augenpaare blickten ihn erwartungsvoll an.

»Nikolaus!«, rief er in Richtung Küchentür. Kurz darauf erschien sein jüngster Sohn.

»Sag deinen Brüdern Peter und Jakob, dass sie nach der Käthe sehen sollen. Sofort! Einerlei welche Arbeit sie gerade verrichten. Und sie sollen mir rasch Bescheid geben!«

Die Mutter reichte dem Jungen einen Laib Brot.

»Hier! Den sollen sie der Tante mitnehmen.« Hofmeister wollte etwas einwenden, schwieg jedoch.

»Bis die Burschen zurück sind, verrichtet jeder wie gewohnt seine Arbeit!«, befahl er und verließ die Küche.

Es war bereits kurz vor Mittag, als Jakob und Peter durchgefroren zurückkamen. Ihre Lippen waren blau verfärbt und ihre Wangen feuerrot. Zähneklappernd knieten sie sich vor den Herd und wärmten ihre Hände über der offenen Feuerstelle.

»Was hat die alte Käthe gesagt?«, wollte die Magd neugierig wissen. Die Burschen sahen sich unsicher an und schwiegen. Erst als der Vater, gefolgt von der Mutter, Anna Maria und Nikolaus, die Küche betrat, erhoben sie sich vom Feuerplatz. Nach einem Blick in die Gesichter seiner Söhne befahl er seinem Jüngsten: »Nikolaus, ab auf die Treppe!« Erschrocken zuckte der Junge zusammen und noch bevor er den Raum wieder verließ, hielt er sich die Ohren zu.

Alle sahen Hofmeister erwartungsvoll an. »Legt das Brot auf den Tisch!«, sagte er zu Jakob und Peter, als Nikolaus die Tür hinter sich geschlossen hatte. Ungläubig sah der Älteste zum Vater auf und zog den Laib unter seinem Kittel aus dem Hosenbund.

»Die Alte ist tot!«, fügte Hofmeister leise hinzu.

Die beiden nickten.

Elisabeth presste die Hand vor den Mund, um nicht aufzuschreien. Lena hingegen kreischte so laut »Jesus Maria, Jesus Maria!«, dass Hofmeister sie unwirsch anfauchte, die Küche zu verlassen. Auch Peter und Jakob schickte er vor die Tür.

Aus Anna Marias Gesicht war alle Farbe gewichen. Sie spürte den Blick des Vaters auf sich ruhen. Angst stieg in ihr hoch, für den Tod der alten Frau verantwortlich gemacht zu werden. ›Warum bin ich nicht aufgestanden und habe ihr ins Bett geholfen?‹, klagte sie in Gedanken. ›Warum ist sie bei der Kälte zurück in ihr Haus gegangen? Sicherlich war das ihr Tod.‹

Lautlos liefen dem Mädchen Tränen über die Wangen, als es plötzlich die Hand des Vaters auf dem Scheitel spürte. Zitternd blickte Anna Maria auf und sah in seine freundlich blickenden Augen. Auch die Mutter schien über diese Geste erstaunt zu sein. Weinend schnäuzte sie ihre Nase in die Kleiderschürze und fragte ihren Mann: »Woher hast du gewusst, dass das Kätsche tot ist?«

Zuerst schwieg Hofmeister, doch dann sagte er leise: »Weil sie sich von Anna Maria verabschiedet hat.«

»Wie meinst du das?«

Stumm setzte sich Hofmeister auf einen Stuhl an den Tisch und starrte seine Tochter an. Verlegen kratzte Anna Maria sich am Hals und wusste nicht, wo sie hinschauen sollte.

»Setzt euch!«, forderte er seine Frau und das Mädchen auf. Als jemand die Küchentür öffnete, schrie er: »Raus!«

Fragend sahen sich Mutter und Tochter an. Elisabeth wurde

ungeduldig, da sie es war, die die Beerdigung der Tante vorbereiten musste und so keine Zeit mit Rumsitzen vertrödeln konnte.

Hofmeister fuhr sich durch die Haare und schien nach Worten zu suchen. Dann sagte er an seine Tochter gewandt: »Anna Maria, du hast die ›Gabe‹!«

»Welche Gabe?«, wollte die Mutter wissen.

Der Bauer zögerte, schien nachzudenken und sagte dann mit fester Stimme: »Die Gabe meiner Mutter!«

Hofmeister stützte die Ellbogen auf den Tisch und vergrub für einige Augenblicke das Gesicht in den Händen.

»Daniel! Welche Gabe hat Anna Maria, und was hat das mit deiner Mutter zu tun?«

Hofmeister faltete die Hände auf der groben Tischplatte und erklärte: »Meine Mutter hatte die Gabe Menschen, die sie kannte und besonders diejenigen, die ihr nahestanden, vor dem Tod im Traum zu sehen. Sie glaubte, dass diese Menschen sich von ihr verabschieden wollten, bevor sie ins Himmelreich einfuhren.«

Es herrschte Stille, bis Elisabeth leise wissen wollte: »Und was ist mit denen, die im Fegefeuer schmoren werden?«

Anna Maria, die keinen Ton hervorbrachte, sah erschrocken zu ihrem Vater auf. Doch der schüttelte den Kopf.

»Nur die Guten kommen zu ihr.«

Die Mutter bekreuzigte sich dreimal und dankte dem Herrn, dass ihre Schwester ins Himmelreich einfahren würde.

Als Anna Maria ihre Stimme wiedergefunden hatte, fragte sie den Vater flüsternd: »Werden mich nun jede Nacht die Sterbenden besuchen?«

»Nein, Kind, nur wenn dieser Mensch eine besondere Verbindung zu dir hatte!«

»Und deine Mutter hatte ebenfalls diese Gabe?«, wollte Elisabeth wissen. Ihr Mann nickte.

»Seltsam! Du hast es nie erwähnt, und im Dorf habe ich nie

gehört, dass die alte Hofmeisterin die Fähigkeit gehabt haben soll, Menschen, die ihr nahestanden, vor dem Tod zu sehen.«

›Das ist auch nicht verwunderlich, dachte Hofmeister, niemand hier kennt meine wahre Mutter.‹

Er wusste, dass er die seltsame Befähigung seiner Mutter weder seiner Frau noch Anna Maria verheimlichen durfte, doch um das Geheimnis seiner Vergangenheit zu wahren, erzählte er eine Geschichte, die nur zum Teil stimmte: »Zuerst wollte mein Vater von dieser Gabe nichts wissen. Er unterstellte meiner Mutter, dass sie lüge. Als sich jedoch ihre Träume wiederholten und als Wahrheiten herausstellten, verlor er nie wieder ein Wort darüber, und auch meine Mutter schwieg. Doch wir konnten es morgens an ihrem Blick erkennen, wenn sich des Nachts wieder ein Sterbender von ihr verabschiedet hatte.«

Ängstlich fragte Anna Maria: »Werden mir diese Menschen Leid zufügen?«

»Nein, sie werden dir nichts tun! Du darfst deine Fähigkeit nicht als Strafe, sondern als von Gott gegebene Gabe sehen, die nicht jedem zuteilwird. Trotzdem dürfen wir es niemandem erzählen. Denn wir wissen nicht, wie andere sich verhalten, wenn sie davon erfahren würden. Deshalb, Anna Maria, schwöre, dass du keinem jemals davon erzählen wirst. Hast du mich verstanden?« Die Stimme des Vaters hatte ihren freundlichen Klang verloren.

Nachdem das Mädchen bei allen Heiligen geschworen hatte, dass es sein Geheimnis nie mit jemandem teilen würde, stieß Hofmeister den Stuhl zurück und verließ ohne ein weiteres Wort die Küche. Stumm ergriff Elisabeth die kalte, zitternde Hand ihrer Tochter und drückte sie liebevoll.

In Anna Maria aber kroch Angst hoch. Die Angst vor der kommenden Nacht, und sie wusste, dass sie nichts dagegen unternehmen konnte.

Obgleich die grimmige Kälte nachgelassen hatte, war der Frühling noch immer nicht in Sicht. Heftige Regenschauer hatten Wiesen und Äcker in kleine Seen verwandelt, und obwohl die Wasserlachen den Boden an der Oberfläche aufweichten, konnte noch nicht mit der Feldarbeit begonnen werden. Nachts war es immer noch empfindlich kalt, sodass das Wasser auf Wiesen und Feldern zu Eis erstarrte.

Doch langsam wurden die Tage länger, und hin und wieder zwitscherte sogar ein Vögelchen, was die Stimmung unter den Menschen hob. Voller Tatendrang verrichteten sie die liegengebliebenen Arbeiten und erwachten langsam – wie die Tiere – aus ihrem Winterschlaf.

Von all dem bekam Anna Maria nichts mit. Müde quälte sie sich durch den Tag und hatte bereits am Morgen Angst vor der Nacht. Seit sie von ihrer Gabe wusste, scheute sie sich davor, schlafen zu gehen. Sie stand als Erste auf und ging als Letzte zu Bett. Schutzsuchend lag sie dann dicht gedrängt neben Lena und versuchte verzweifelt wach zu bleiben. Mit weit aufgerissenen Augen starrte sie in die Dunkelheit und hoffte inständig, dass niemand sterben würde.

Selbst Lenas Schnarchen war für Anna Maria zu einem angenehmen, vertrauten Geräusch geworden, da es sie meist daran hinderte, selbst einzunicken. Geschah es trotzdem, dann fiel sie nur in einen leichten Schlaf, aus dem sie beim leisesten Geräusch oder Lenas kleinster Bewegung hochschreckte und sich verängstigt umblickte.

Tagsüber schlich Anna Maria erschöpft durchs Haus und war kaum fähig, die ihr aufgetragene Arbeit ordentlich zu verrichten. Ihre schmale Gestalt und die dunklen Schatten unter ihren Augen verrieten, dass es ihr nicht gut ging. Selbst dem Vater fiel das auf, aber er sagte kein Wort. Doch als sie zum zweiten Mal während des Essens einschlief, bestrafte er das Mädchen mit einem Schlag auf den Hinterkopf. Verhalten fauchte er: »Füge dich deiner Bestimmung!«

Die Brüder blickten Anna Maria mitfühlend an. Sie ahnten, dass etwas mit der Schwester nicht stimmte. Doch sie wagten nicht, sie mit Fragen zu bedrängen. Zwar spürte Anna Maria Peters sorgenvollen Blick, bemerkte auch seine Versuche, mit ihr darüber zu sprechen, was sie quälte. Doch sie verstand es, ihm auszuweichen.

Der mangelnde Schlaf zehrte mehr und mehr an Anna Marias Kräften. Bleich und hohlwangig saß sie bei der Mutter in der Küche und konnte kaum die Augen aufhalten. Sie zitterte, und ihre Haut war eiskalt. Tröstend fuhr die Mutter ihr übers Haar, als das erschöpfte Mädchen bitterlich zu weinen begann. Elisabeth nahm ihre Tochter in den Arm und forderte sie sanft auf: »Anna Maria, leg dich in dein Bett und versuche zu schlafen.«

»Nein!«, keuchte das Mädchen »Ich will nicht in mein Bett!« Die Mutter strich der Tochter eine Haarsträhne hinter das Ohr und fragte. »Warum nicht?«

»Ich habe Angst, allein in meinem Bett zu liegen.«

»Dann leg dich in das Bett deiner Brüder. Vielleicht fühlst du dich in einem anderen Bett wohler. Versuche es, denn du musst endlich schlafen, Kind!«

»Und der Vater?«, fragte Anna Maria ängstlich.

»Er ist auf den Weg zu deiner Tante nach Schalodenbach, da es ihr nicht gut geht. Der Onkel erzählte, dass die Schmerzen zurückgekommen wären. Dein Vater wird also nicht bemerken, wenn du dich am Tage ausruhst.«

Dankbar lächelte Anna Maria der Mutter zu und ging in die Kammer der Brüder. Kaum hatte sie sich hingelegt, war sie auch schon eingeschlafen.

Anna Maria hatte traumlos geschlafen, als sie erwachte und sofort spürte, dass sie nicht allein in der Kammer war. Ihr Herz begann zu rasen, denn sie konnte jemanden atmen hören. Nur langsam öffnete sie die Augen und schaute in ein freundliches Gesicht.

»Peter!«, flüsterte sie glücklich.

»Mutter hat mir alles erzählt, Anna Maria! Warum hast du mir nichts davon gesagt?« Ein leichter Vorwurf war aus seiner Stimme herauszuhören. Anna Maria setzte sich auf und sah ihn traurig an.

»Ich musste es dem Vater bei allen Heiligen versprechen.«

»Trotzdem! Ich bin vor Sorge fast krank geworden.«

»Was soll ich tun, Peter? Ich habe solche Angst, dass wieder jemand stirbt.«

»Du wirst es nicht verhindern können.«

»Doch, Peter! Das kann ich, denn seit ich kaum schlafe, ist niemand mehr gestorben.«

»Ach, Schwesterherz, das ist dummes Zeug! Niemand kann den Tod aufhalten, geschweige denn bezwingen!«

»Aber was soll ich tun, Peter?«

»Du musst deine Gabe annehmen, Anna Maria! Sie ist nichts, wovor du dich fürchten musst. Gott hat dich auserwählt! Die Sterbenden besuchen dich in deinen Träumen, weil sie dir vertrauen. Du bist der letzte Mensch auf Erden, mit dem sie sprechen wollen, bevor sie in das Himmelreich einfahren. Das ist keine Last, es ist eine Ehre! Ich glaube, dass ich mich über solch eine Gabe freuen würde.«

Erstaunt über seine Worte, sah sie ihn fragend an.

»Ja, Schwesterchen! Du musst dich nicht fürchten. Ich bin über deine Gabe glücklich, denn ich weiß, dass du die Letzte sein wirst, die ich vor meinem Tod sehen werden.«

Erschrocken sah Anna Maria ihn an. Doch Peter lachte nur und nahm sie in den Arm.

»Keine Sorge, ich habe nicht vor zu sterben.«

»Danke, Peter!«, flüsterte sie an seine Schulter gelehnt.

»Nicht mir musst du danken, sondern unserer Mutter. Sie hat sich über Vaters Verbot hinweggesetzt, und so hast du dein Versprechen nicht gebrochen. Du musst mir aber schwören, Anna Maria, dass du, wenn es dir wieder schlecht geht, mit mir sprichst und mich nicht im Unklaren lässt! Du weißt, dass ich dir immer helfen werde.«

Liebevoll umarmten sie sich. Als Anna Maria aufstehen wollte, druckste er herum.

»Du, Anna Maria?« Fragend blickte sie auf.

»Wenn du solch eine Gabe hast, kannst du dann auch sehen, ob Susanna und ich?«

Als Anna Maria verstand, was er meinte, musste sie laut lachen. »Ach Peter! Nein, ich weiß nicht, ob Susanna dich will. Schließlich bin ich keine Seherin! Das musst du allein herausfinden.«

»Schade!«, sagte er und lachte ebenfalls.

Anna Maria fand ihre Mutter in der Backstube und umarmte sie wortlos. Liebevoll streichelte Elisabeth ihr über die Wange. Dieser Augenblick bedurfte keiner Worte.

Dank ihrer Unterredung mit Peter fürchtete Anna Maria die Schlafenszeit fortan nicht mehr. Doch eines Nachts wälzte sie sich unruhig im Bett hin und her, als sie von der Tante von der Rauscher Mühle träumte. Anna Maria sah sie im Traum vor ihrem Bett stehen. Die Frau schien sich zu fürchten, da ihre Augen ängstlich hin und her blickten. Als Anna Maria sie das Wort »Fegefeuer« murmeln hörte, versicherte sie ihr freudig, dass sie ins Himmelreich aufsteigen würde. Daraufhin erhellte ein Lächeln das Gesicht der Tante.

Als Anna Maria einen Tag später erfuhr, dass ihre Tante gestorben war, wurde sie nachdenklich und überlegte: ›Vielleicht hat Gott mir die Gabe gegeben, damit ich den Menschen die Angst vor dem Tod nehme.‹

Zusammengerollt in ihren Pilgerumhang lag Anna Maria unter der Kiefer im tiefen Wald. Tränen brannten in ihren Augen, als sie sich der Worte ihres Bruders Peter erinnerte und sie leise vor sich hin murmelte: »... denn ich weiß, dass du die Letzte sein wirst, die ich vor meinem Tod sehen werde.«

»Noch ist es nicht so weit, Bruderherz! Ich werde Matthias und dich finden und nach Hause bringen. Das schwöre ich!«

Mit einem entschlossenen Gesichtsausdruck schlief Anna Maria ein und träumte von einem großen Festessen mit ihren vier Brüdern.

## *Kapitel 6*

Hofmeister allein hatte entschieden, dass seine Söhne Matthias und Peter in einen Kampf ziehen sollten, den der Alte vor vielen Jahren erfolglos beendet hatte.

Was er seinen Söhnen nicht verraten hatte, war, dass sich hinter ihm ein anderer verbarg, der nun seine Kinder dazu brachte, dort weiterzumachen, wo er einst aufgehört hatte.

Obwohl Hofmeister im Laufe seines Lebens viel Elend, Not und Leid gesehen hatte, war er stets ein Mann der Tat gewesen. Er hatte einst für Gerechtigkeit gekämpft und musste während dieser Zeit viele Menschen unter dem Beil des Henkers sterben sehen. Er hatte Freunde verloren und oft genug dem Tod ins Auge geblickt. Nie hatte er sich Gefühle erlaubt. Doch seit Anna Maria ihm ihren Traum geschildert hatte, wurde er von Sorge überwältigt. Die Ungewissheit, ob seine beiden Söhne die Reise unbeschadet überstehen würden, schien ihm das Herz zuzuschnüren.

Lange hatte Hofmeister überlegt, ob er Matthias und Peter die geheime Losung verraten sollte. Doch er hatte sich schließlich dagegen entschieden.

Im Gegensatz zu ihren Brüdern war Anna Maria besonnen, und Hofmeister konnte sich sicher sein, dass sie die Losung mit Bedacht einsetzen würde. Deshalb hatte er sie nur seiner Tochter mit auf den Weg gegeben.

Doch weil er seine Söhne nicht ohne einen Schutz ziehen lassen wollte, hatte Hofmeister ihnen zum Abschied je eine Fahne ans Herz gelegt – im wahrsten Sinne des Wortes. Unter seinen Männern war einst bekannt gewesen, dass Hofmeister verborgen unter seinem Kittel einen solchen Stofffetzen auf seine Brust gebunden hatte. Bis heute war er überzeugt, dass dieses Tuch ihm Glück gebracht hatte. Wie oft hatte man ihn verfolgt, ihm Fallen gestellt und ihn verraten? Doch nie hatte man ihn fassen können.

Nun hoffte Hofmeister, dass diese Fahnen auch seine Söhne beschützen würden. Matthias hatte er eingebläut, dass man solch einen Glücksbringer immer am Herzen tragen müsse und ihn weder entfernen noch vorzeigen dürfe.

Peter aber hatte der Vater ins Vertrauen gezogen und ihm erklärt, dass er diese Fahnen schwenken sollte, sobald sie sich in wahrer Gefahr befänden.

»Woran erkenne ich eine wahre Gefahr?«, hatte Peter wissen wollen. Verblüfft über diese Frage hatte Hofmeister geantwortet: »Wenn es um Leben oder Tod geht!«

Erschrocken wollte Peter daraufhin mehr über die Fahne erfahren, doch Hofmeister beendete das Gespräch, indem er seinen Sohn schroff anwies, keine weiteren Fragen zu stellen. In diesem Augenblick war dem Vater schmerzlich bewusst geworden, wie wenig seine beiden Söhne von dem Kampf da draußen wussten, dem Kampf, den auch er einst gekämpft hatte.

Aufgeschreckt durch die Warnung des Vaters hatte Peter indes versucht, sich ohne seinen jüngeren Bruder Matthias auf den Weg zu machen. Aber der wollte davon nichts wissen. Obwohl sich Hofmeister der Gefahr bewusst war, hatte er beide ziehen lassen – so wie auch andere Väter ihre Söhne losschickten, um für Rechte zu kämpfen, die man ihnen verwehrte. Obwohl seine Familie gewisse Rechte hatte und es ihnen an wenig mangelte, war Hofmeister selbst nicht blind und beobachtete seit Jahren die Ungerechtigkeit und das Elend um ihn herum. Auch war er sich dessen bewusst, was die armen Menschen am Leben zu erhalten schien. Es war ihre Zuversicht!

Wie wenig die Armen zu essen hatten, wie schlecht sie entlohnt wurden und wie sehr man ihre Rechte beschnitt, nie verloren sie die Hoffnung auf bessere Zeiten und auf einen gerechten Gott.

Auch erkannte Hofmeister, wie die Missstimmung um ihn herum größer wurde, da die Grundherren den armen Bauern selbst das Wenige vorenthielten, was ihnen zustand. Die Kirche aber machte die unwissenden Menschen folgsam, indem sie die Angst vor einem strafenden Gott schürte.

Erst vor wenigen Jahren drang die Kunde eines Augustinermönchs namens Martin Luther zu den einfachen Menschen, eine Kunde, die vom Aufbegehren gegen Kaiser und Klerus handelte. Und es war dieser fromme Mann, der erklärte, dass sich auch die römische Kirche in manchen Belangen irren könne.

Wenige getrauten sich anfangs, sich öffentlich zu Martin Luther zu bekennen, und auch Hofmeister verschwieg lange, dass er sich mit den Lehren des Mönchs beschäftigte. Bis zu jenem Tag vor vier Jahren, der zu einem Wendepunkt in seinem Leben werden sollte.

*Mehlbach 1521*

Die kurpfälzische Gemeinde Mehlbach, in der nur elf Familien lebten, war von drei Seiten mit Wald umgeben. Die wenigen Einwohner des kleinen Orts arbeiteten in der Landwirtschaft und hatten gerade so viel Auskommen, dass sie davon leben und die Abgaben an die Herrschaft Sickingen zahlen konnten. Um den Ertrag zu steigern, überlegte man, die Ödungen, die mitten in der Anbaufläche lagen, ebenfalls zu bewirtschaften. Aus diesem Grund wollten die Bauern sich im einzigen Gasthaus der Umgebung zusammensetzen und darüber beraten.

Als Hofmeister sein Pferd auf den Weg hinters Haus führte, zog er fröstelnd den Umhang aus grober Wolle enger um die Schultern. Obwohl es schon Ende März war und die Tage länger wurden, war der Winter noch immer nicht vorbei. Das meinten vor allem die älteren Bauern und prophezeiten weitere kalte Wochen.

›Hoffentlich kommt kein Frost mehr‹, dachte Hofmeister, denn er wollte mit der Feldarbeit beginnen. Allerdings war der Boden noch so hart gefroren, dass kein Pflug durchkam. Er wollte sich in diesem Frühjahr nicht wie schon einmal zuvor von seiner Ungeduld leiten lassen und den Fehler machen, mit dem Pflügen zu beginnen, obwohl der Boden noch nicht vollständig aufgetaut war. Das Ergebnis waren damals ein gebrochener Pflug und erschöpftes Vieh gewesen.

Auf der Höhe, die nach Katzweiler führte, erfasste Hofmeister ein milder Luftzug, der seinen Umhang aufblähte und seinen Körper umschmeichelte. Er streckte dem Lüftchen sein Gesicht entgegen und schnupperte.

»Ich kann dich riechen«, flüsterte er. »Du bist nicht mehr weit.« Erfreut trat er seinem Pferd in die Flanken. Der Gedanke, dass allen Unkenrufen zum Trotz der Frühling im Anmarsch war, hob seine Stimmung.

Im Wirtshaus des alten Christmann saßen nicht nur Bauern aus Mehlbach, sondern auch aus Schalodenbach und Katzweiler zusammen. Stickige Luft schlug Hofmeister entgegen, als er den düsteren Raum betrat. Der kahlköpfige Wirt stand hinter der Theke und schaute zu ihm herüber. Einige Männer waren so sehr in ihr Gespräch vertieft, dass sie Hofmeisters Eintreten nicht bemerkten. Trotzdem grüßte er nickend in die Runde. Mit Handzeichen bestellte er einen Krug Bier und setzte sich auf einen freien Platz. Hofmeister nahm einen kräftigen Zug des dunklen, starken Gebräus und hörte scheinbar unbeteiligt dem Gespräch des Bauern Emil aus Schalodenbach zu, der schimpfend am Nachbartisch saß.

»Die Tochter des Grundherrn wird im Mai heiraten. Zehn Eier soll ich zusätzlich abgeben, da bleibt für unsereins nicht viel übrig.«

Sein Nachbar warf ein: »Von mir verlangt er ein Viertel Malter Korn mehr. Woher soll ich das nehmen? Ich bin froh, wenn ich meine fünf Kinder satt bekomme.«

»Meine Frau soll eine Woche lang in der Küche helfen, dabei brauche ich jede helfende Hand auf dem Hof«, sagte ein Dritter.

Hofmeister hatte von der geplanten Hochzeit gehört, doch ihn betrafen die gesonderten Abgaben nicht, da er als freier Bauer dem Grundherrn nur zum Kriegsdienst verpflichtet war. Weder Abgaben, noch Fron- oder Spanndienste musste er leisten. Deshalb beteiligte er sich nicht am Gespräch. Doch ein angetrunkener Bauer aus Katzweiler pöbelte ihn an: »Hast du nichts dazu zu sagen, Hofmeister? Ah, wie dumm von mir, ich vergaß, du bist ein freier Bauer und hast mit unsereins nichts gemein.«

Während er sprach, war er auf Hofmeister zugegangen, der

mit dem Rücken zu ihm saß. Bei jedem Wort tippte er ihm mit seinem langen dünnen Finger in den Rücken. Jeder im Raum konnte sehen, dass er angetrunken war und Streit suchte.

»Nehmenich, halt's Maul!«, forderte der Wirt den Mann auf. Der ließ sich nicht beirren und fasste Hofmeister an der Schulter, um ihn zu sich herumzudrehen. Ohne Widerstand ließ Hofmeister es geschehen und sah dem Stänkerer ins Gesicht, dessen hasserfüllter Blick auf ihm haftete. Die Männer im Schankraum hielten die Luft an, denn Nehmenich war bekannt dafür, dass er keiner Schlägerei aus dem Weg ging. Doch von einem Moment zum anderen bekamen seine Augen einen trüben Glanz, und er fuhr sich müde durch die grauen Haare.

»Wo soll ich die Eier hernehmen? Mein bestes Huhn hat letzte Woche der Fuchs geholt, doch das ist dem Grundherrn einerlei. Er würde sicherlich noch unser letztes Hemd verlangen, wenn er es brauchen könnte.«

Versöhnlich streckte Hofmeister ihm die Hand entgegen und versprach: »Mein Sohn wird dir eines von meinen Hühnern bringen.«

Der Bauer schlug Hofmeisters ausgestreckte Hand weg und zischte: »Du kannst dir deine Almosen sparen, Hofmeister! Von dir werde ich nichts annehmen.«

Karl Nehmenich setzte sich zwischen zwei andere Männer und starrte stumpfsinnig auf die Tischplatte. Seine Wut war stummer Verzweiflung gewichen.

Hofmeister spürte, dass die übrigen Bauern ihn anstarrten und warteten, wie er sich verhalten würde. Doch er wusste, dass es das Beste wäre, den Zwischenfall nicht weiter zu beachten. Deshalb zuckte er mit den Schultern, drehte sich um und nahm einen weiteren Schluck aus dem irdenen Krug.

Auch, wenn alle Bauern sich über die zusätzlichen Abgaben

ärgerten – außerhalb des Wirtshauses würde es keiner zugeben. Zu groß war die Angst, dass sie beim Grundherrn angeschwärzt würden und so ihr Hab und Gut verlieren könnten.

Hofmeister wäre am liebsten gegangen, denn er konnte die offene Ablehnung der anderen spüren. Kaum einer sprach ein Wort mit ihm. Obwohl er ein Einheimischer war, wurde er von den Bauern aus Katzweiler, Schalodenbach und Mehlbach nur geduldet, nicht gemocht. Er ahnte, dass keiner ihm zur Seite stehen würde, hätte er je Hilfe nötig. Manchmal grübelte er, warum dies so war. Vielleicht weil sie wussten, dass er die Welt gesehen hatte und vieles darüber zu berichten wusste? Einer der Gründe war gewiss, dass er ein freier Bauer war und die Nöte und Sorgen des unfreien Bauern nicht teilte. So dachten sie und ahnten nicht, dass Hofmeister sie sehr wohl verstand. Würden sie ihm genauso ablehnend gegenüberstehen, wenn sie wüssten, wer er wirklich war? Oft fragte sich der Bauer, ob der wahre Daniel Hofmeister auch diese Schwierigkeiten gehabt hätte?

Selten wurde er um seine Meinung gefragt, aber stets misstrauisch beäugt. Deshalb war er überrascht, als er einen Bauern offen sagen hörte: »Was der Nehmenich sagt, stimmt! Der Adel missbraucht seine Herrschaft!«

»Gott hat ihnen die Herrschaft gegeben!«, antwortete ein anderer und sah in die Runde.

»Und deren Platz da oben ist von Gott ebenso vorgegeben wie unser Platz hier unten. Daran wird sich nichts ändern«, behauptete ein dritter Bauer.

»Ich schimpfe ja auch nicht gegen Gott, sondern nur gegen den Adel. Ist es Gottes Wille, dass die hohen Herren uns ausbeuten dürfen? Ich spare und spare, um endlich einen Ablassbrief für die Seele meines Bruders kaufen zu können. Ihr wisst doch, dass sobald das Geld im Kasten klingt, die Seele aus dem

Fegefeuer springt. Siegfrieds Seele soll nicht länger Höllenqualen erleiden, nur weil er selbst Hand an sich gelegt hat.« Betretenes Schweigen machte sich breit.

»Woher weißt du, dass Siegfrieds Seele wegen eines Stücks Papier tatsächlich in den Himmel fahren wird?«

»Halt's Maul, Hofmeister! Wer hat dich gefragt? Du hast so viele Wallfahrten unternommen, dass es für uns alle reichen würde«, presste der Bauer hervor. »Ich aber kann mir das nicht leisten und werde sicher erst vor meinem eigenen Tod meinen Bruder aus dem Fegefeuer befreien können.«

Hofmeister ließ sich jedoch nicht einschüchtern, sondern erklärte ruhig: »Martin Luther sagt, dass allein durch die Gnade Jesu und nicht durch Geld unsere Sünden vergeben werden.«

»Du predigst ja selbst wie dieser Mönch. Doch ich sage dir, dass Luther ein Ketzer ist und brennen wird!«, warf ein Bauer aus Schalodenbach wütend ein.

»Woher willst du das wissen?«, forderte Hofmeister den Schalodenbacher heraus, der mit den Schultern zuckte und mürrisch erwiderte: »Er soll mit dem Kirchenbann belegt worden sein. Das habe ich jedenfalls gehört.«

Dann sagte ein Bauer, in dessen Gesicht eine grobporige dicke Nase prangte: »Dieser Luther soll nach Worms kommen.«

»Woher weißt du das, Heini?«, wollte der Wirt wissen.

Heini Ratgeb sah sich unsicher in der Runde um. Auch wenn man sich seit Kindertagen kannte, herrschte Misstrauen untereinander. Es war bekannt, dass manch einer den Nachbarn ausspionierte, um beim Grundherrn gut dazustehen und so vielleicht seine Abgaben zu mindern. Jeder war sich selbst der Nächste. Heute schien es anders zu sein, denn der Bauer fuhr fort: »Dieser Tage kam ein Wanderprediger zu mir auf den Hof, um für sein Pferd Heu zu erbitten, was ich ihm nicht verwehrte. Außerdem bat ich ihn an meinen Tisch. Er war sehr dürr, und seine Lippen waren blau gefroren.«

Anerkennend nickten ihm einige Bauern zu. Sie hatten selbst kaum zu essen, und wenn jemand das Wenige, das er hatte, teilte, dann war das ehrbar.

»Ich fragte ihn, woher er käme und wohin er wolle. Und da sagte er mir, dass er unterwegs nach Worms sei, denn Luther sei aufgefordert worden, auf dem Reichstag zu erscheinen, um seine Lehren zu widerrufen.«

»Welche Lehren?«, fragte ein Mehlbacher.

»Das wollte ich auch wissen, und so zeigte er mir zwei Büchlein. Das eine hieß ›Freiheit des Christen‹, und das andere war an den christlichen Adel gerichtet.«

Neugierig rückten die Männer näher zusammen. Doch statt noch mehr zu berichten, schwieg der Bauer jetzt. Hofmeisters Gedanken hingegen schwirrten hin und her. Seit langem beschäftigte er sich mit Luther und dessen Lehren, kannte auch einige seiner Schriften.

›Jetzt war Luther also nach Worms befohlen worden? Warum nicht nach Rom?‹, überlegte er.

Dann hörte er den Bauer Eckhart leise fragen: »War das alles, Heini? Ihr müsst doch noch mehr gesprochen haben als diese wenigen Sätze.«

Heini Ratgeb rieb sich mit der Handfläche über seine dicke Nase, als jucke sie ihn. Erst nachdem er sich vergewissert hatte, dass kein Fremder in der Wirtsstube hockte, zog er unter seinem Kittel einen zusammengefalteten Zettel hervor. Plötzlich herrschte Stille im Schankraum. Kaum einer wagte hörbar zu atmen. Ratgeb faltete das Blatt vorsichtig auseinander und strich es mit der Handfläche glatt. In verschnörkelten Lettern waren Wörter mit dunkler Tinte auf den gelblichen Untergrund geschrieben worden.

Ein verhaltenes »Hm« war zu hören, dann fragte einer der Männer: »Und, was steht in dem Brief?«

Erwartungsvoll sahen alle Ratgeb an, doch der zuckte mit

den Schultern und sagte: »So genau weiß ich das nicht. Der Wanderprediger hat es für mich aufgeschrieben. Er hat es zwar auch vorgelesen, aber ich kann es nicht so wiedergeben. Es soll aus Luthers Buch über die Christenmenschen sein.«

»Wir sollten es verbrennen! Nicht dass die Ketzerworte uns verzaubern!«

Plötzlich sprachen alle aufgeregt durcheinander, was mit dem Schriftstück geschehen sollte.

»Es nutzt uns nichts – im Gegenteil! Es kann uns in Teufels Küche bringen!« Zustimmend nickten die meisten.

Hofmeister griff über den Tisch hinweg und drehte das Stück Papier so herum, dass er die Schrift vor sich sah. Nachdem er sie studiert hatte, las er laut vor: »*Von der Freiheit eines Christenmenschen.*«

»Du kannst lesen?«, wurde er erstaunt gefragt.

Über all die Jahre hatte er auch dieses Geheimnis wahren können, doch nun war es an der Zeit, es zu lüften.

»Ja, ich kann lesen und schreiben. Ich habe es auf meiner letzten Wallfahrt erlernt.«

»Und damit rückst du erst jetzt heraus?«, warf ihm einer der der Bauern vor.

»Hast du mich je gefragt? Oder du? Oder du?«, zischte Hofmeister und sah jedem der Angesprochenen fest in die Augen. Verlegen wandten diese den Blick ab.

Natürlich konnte Hofmeister nicht erst seit seiner letzten Pilgerreise lesen und schreiben. Bereits in jungen Jahren, als er als Landsknecht Joß Fritz unterwegs gewesen war, hatte er sich diese Fähigkeiten angeeignet.

»Dann lies vor!«, forderten ihn die Bauern nun auf.

»Er kann uns vorlesen, was er will, aber wisst ihr auch, ob das tatsächlich so geschrieben steht?«

»Halt dein Maul, Nehmenich! Sonst bekommst du Hausverbot!«, schimpfte der Wirt.

Laut las Hofmeister nun vor: »*Ein Christenmensch ist ein freier Herr über alle Dinge und niemand untertan. Ein Christenmensch ist ein dienstbarer Knecht aller Dinge und jedermann untertan.*«

»Das verstehe ich nicht!«, flüsterte ein Bauer.

»Ich auch nicht! Kann das jemand erklären?«

»Fragt doch den Hofmeister! Au!«, schrie Nehmenich auf, als man ihm in die Rippen stieß.

Alle Augen waren auf Hofmeister gerichtet. Er wusste sehr wohl die Bedeutung dieser Worte, doch würden es die Bauern verstehen? Verstehen wollen? Er räusperte sich, um Zeit zu schinden.

»Also, was ist? Kannst du das erklären?«

»Gebt mir einen Moment Zeit, ich muss überlegen.«

»Er kann es nicht! Das dachte ich mir«, sagte der Störenfried, wandte sich ab und stellte sich an den Tresen. Drei Männer folgten ihm.

Mit gewählten Worten, die seine eigenen Gedanken nicht verrieten, erklärte Hofmeister: »Weil ein Christenmensch zu seinem Herrn Jesus Christus gehört, ist er gegenüber allem sonstigen frei und keinem Menschen Untertan. Da er aber im Sinne Jesu Christi seine Mitmenschen lieben soll, soll er allen dienen, das heißt ein dienstbarer Knecht aller sein und jedem helfen, der seine Hilfe braucht!«

»Das sagen diese Worte? Das sind viel mehr Wörter als die, die da geschrieben stehen«, mäkelte der Wirt. Ein anderer warf ein: »Dann wären wir auch nicht mehr dem Adel verpflichtet!« Die Spannung löste sich in allgemeinem Gelächter auf.

»So wird es wohl sein«, erwiderte Hofmeister und stand auf. Heute würde man die Angelegenheit mit den brachliegenden Flächen wohl nicht mehr lösen, und so verließ er unter Nehmenichs höhnischem Spott das Wirtshaus. Der Spott kümmerte ihn nicht, denn ihm gingen zu viele Fragen durch den Kopf, und er wusste, dass er eine Antwort nur an einem bestimmten Ort bekommen würde.

*Worms, April 1521*

Hofmeister wurde von der grölenden Menschenmenge mitgerissen. Jeder in Worms schien auf den Beinen zu sein, um Martin Luther zu sehen.

Gerüchten zufolge war der von der Kirche erhoffte Bußgang Luthers eher zu einem Triumphzug geworden. Allerorts wurde Luther vom Volk mit Begeisterung empfangen, und so nutzte er seine Anreise zum Reichstag, um zu predigen.

Auch in Worms würde es nicht anders sein, dachte Hofmeister, als er durch die engen Gassen humpelte.

Um weder als Daniel Hofmeister noch als Joß Fritz erkannt zu werden, hatte er sich als Bettler verkleidet.

Schon viele Jahre zuvor, als er noch Joß Fritz war, hatte er nur überleben und fliehen können, weil er das Verkleiden meisterhaft beherrschte und in so manche Rolle geschlüpft war.

Für Worms hatte er sich ein durchlöchertes Hemd, eine zerrissene Hose und einen verschmutzten Umhang übergezogen und das Gesicht mit Ruß verschmiert. Sein linkes Auge verdeckte eine dreckige Binde, und die Haare waren unter einer Wollkappe versteckt.

Er ging nach vorne gebeugt, als habe er einen Buckel, und das linke Bein zog er nach. Mit einem Blechnapf in der Hand bat Hofmeister die vorbeihastenden Bürger um eine milde Gabe, die ihm meist verwehrt blieb. Niemand schöpfte Verdacht, dass hinter dieser zerlumpten Verkleidung ein ganz anderer steckte.

Plötzlich ging ein Aufschrei durch die Menge, denn Martin Luther war in der Hauptgasse gesichtet worden. Auf dem Markt würde er seine Predigt halten, hörte Hofmeister aus den Gesprächsfetzen vorbeieilender Menschen und folgte ihnen.

Unter einem Torbogen presste er sich dicht an das Gemäuer – von hier würde er Luther sehen und hören können.

Nicht nur Hofmeister war von den Lehren des Mönchs angetan. Die Menschenmenge brach in begeisterten Beifall aus, als Luther über den Missbrauch der Kirche sprach und das Verkaufen von Ablassbriefen mit dröhnender Stimme verurteilte. Leidenschaftlich versprach er der Menge, dass er die Kirche umgestalten wolle. Als er ausrief, dass der Papst die Heilige Schrift zwar deuten, sich aber nicht darüberstellen dürfe, hingen die Menschen an seinen Lippen, als verspreche er ihnen das Paradies.

Mit den Worten: »Es hat für mich den Anschein, als ob das Böse mehr gehasst als das Gute geliebt wird«, beendete Luther seine Predigt und machte sich durch die engen Gassen auf den Weg zum Reichstag. Er kam an dem verkleideten Hofmeister vorbei und für einen kurzen Augenblick kreuzten sich ihre Blicke. Hofmeister glaubte Unbehagen in Luthers Gesichtszügen zu erkennen.

›Dieser Mensch soll die Kirche verändern?‹, fragte er sich zweifelnd und folgte dem Mann in der dunklen Mönchskutte.

Die Menschen versuchten Martin Luther anzufassen oder wollten ihm aufmunternd und wohlwollend auf die Schulter klopfen. Wie in Verzückung riefen sie laut seinen Namen, »Luther! Luther!«, um dann »Martin!« zu brüllen, als Zeichen, dass sie sich ihm verbunden fühlten. Vor dem Reichstag wurde die Menschenmenge von Wachmännern zurückgedrängt, denn nur Adelige und Kirchenträger durften das Tor passieren. Hofmeister glaubte von weitem seinen Lehnsherrn Franz von Sickingen und dessen Freund Ulrich von Hutten zu erkennen. Beide folgten Luther die Stufen hinauf und durchschritten hinter ihm das Eingangsportal.

Kurz darauf schien das Gebäude überfüllt zu sein, denn vor dem Portal versammelten sich mehr und mehr wohlhabende Bürger, denen der Eintritt verwehrt blieb. Alle wollten dabei sein, wenn Martin Luther seine Ansichten widerrufen würde.

Erschöpft von der krummen Haltung und dem ungewohnten Gang, lehnte sich Daniel Hofmeister gegen ein Mäuerchen und streckte seine Glieder. Unter seiner Binde juckte die Haut, und er hätte sich diese ebenso wie die Wollmütze gerne vom Kopf gerissen. Doch geduldig ertrug er das Jucken und das Warten, denn der Kaiser hatte Luthers Verhandlung als letzten Punkt auf die Tagungsordnung setzen lassen.

Es war bereits Nachmittag, als die Menschen vor dem Eingangsportal des Reichstags unruhig wurden und laut durcheinandersprachen. Rasch wurde bekannt, dass Luther die Geistlichen und den Kaiser aufgefordert habe, ihm seine Verfehlungen auf Grundlage der Bibel nachzuweisen. Das jedoch hätte die Kirche wie der Kaiser abgelehnt und stattdessen die Verhandlung auf den nächsten Tag verlegt.

Hofmeister seufzte. ›Das heißt, dass ich noch einen weiteren Tag in dieser Kluft verbringen muss‹, dachte er bei sich.

Früh am nächsten Morgen stand Daniel Hofmeister wieder an derselben Stelle und wartete auf Luthers Antwort.

Durch das Volk ging ein freudiger Aufschrei, als bekannt wurde, dass der Mönch seine Thesen nicht widerrufen hatte.

Hofmeister wusste, was das bedeutete. Die Reichsacht würde über Luther verhängt werden, und ein jeder konnte ihn gefangen nehmen und an Rom ausliefern. Wer ihm Unterschlupf gewährte, würde sich strafbar machen.

All dies schien dem Volk einerlei zu sein. Für die Menschen zählte nur, dass sich der Mönch gegen den Klerus und den Adel aufgebäumt hatte und auf der Seite des Volkes stand.

›Ein Mann, der es wagte sich gegen bestehende Regeln zu wehren, kann nur die Wahrheit sprechen‹, überlegte Hofmeister und schwor sich, dass er von nun an Martin Luther vertrauen und folgen würde. Von diesem Gedanken bestärkt ging er von dannen.

## *Kapitel 7*

Seit mehr als zwei Wochen folgte Anna Maria nun schon dem Weg in Richtung Norden. Sie fragte jeden, der ihr begegnete, nach ihren Brüdern. Doch niemand hatte die beiden gesehen oder konnte sich an sie erinnern.

Die Angst, Peter und Matthias nicht rechtzeitig zu finden, trieb Anna Maria stetig voran, und sie gönnte sich kaum Ruhe. Bislang war sie aber nur an einem der Gasthäuser vorbeigekommen, die der Vater ihr genannt hatte, und so beschlich sie allmählich das ungute Gefühl, dem falschen Weg zu folgen.

Doch der blaue Himmel, der einen sonnigen Herbsttag versprach, hob Anna Marias Laune wieder ein wenig. Leichtfüßig schritt sie durch ein großes umgepflügtes Feld. Schon von weitem sah sie am Rand des Ackers ein Fuhrwerk mit einem Ochsen stehen. Als sie näher kam, erkannte das Mädchen, dass am Karren ein Rad gebrochen war.

Während eine Magd das Tier am Nasenring festhielt, schnallte ein Knecht ihm das schwere Holzgeschirr ab und legte es an den Wegesrand.

Freundlich fragte Anna Maria, ob sie helfen könne. Die Magd, ein recht junges Ding, beäugte sie kritisch, sagte aber keinen Ton. Der Knecht hingegen, dem der Schweiß auf der Stirn stand, nickte ihr lächelnd zu und sagte: »Ich benötige Steine, die ich übereinander legen kann, um das Fuhrwerk abzustützen.«

Anna Maria legte ihren Stab zur Seite und sammelte rasch flache Steine aus dem Acker zusammen, die der junge Mann neben dem gebrochenen Rad aufstapelte. Zum Schluss hob er das Fuhrwerk an, sodass Anna Maria den letzten Stein dazwischenklemmen und er das Rad abnehmen konnte.

»Ich muss zurück in den Ort zum Wagner. Thea, du wartest mit dem Ochsen hier.«

Das Mädchen nickte mürrisch, sagte aber noch immer keinen Ton.

»Willst du mich begleiten?«, fragte der Knecht Anna Maria.

»Nein, ich muss weiter. Kannst du mir sagen, ob es auf dem Weg ein Wirtshaus gibt?«

»Einen Tagesmarsch von hier entfernt kommst du an dem Gasthaus ›Zur Rose‹ vorbei.«

»Genau da muss ich hin!«, unterbrach ihn Anna Maria jubilierend.

Daraufhin warf ihr die Magd einen feindseligen Blick zu, und der Knecht meinte abschätzig: »Und ich dachte, du wärst ein anständiges Mädchen. So kann man sich täuschen! Pfui Teufel!« Mit diesen Worten ließ er Anna Maria stehen und zog das kaputte Rad hinter sich her zurück in den Ort.

Sprachlos schaute Anna Maria ihm nach. Als sie sich zu dem Mädchen umdrehte, spuckte ihr das vor die Füße.

»Was ist mit euch los? Bedankt man sich so in dieser Gegend?«

Doch noch bevor die Angesprochene etwas erwidern konnte, nahm Anna Maria ihren Stab wieder auf und ging kopfschüttelnd davon.

Erst am späten Nachmittag des nächsten Tages erreichte sie das Gasthaus »Zur Rose«. Es lag nicht wie die anderen Wirtshäuser inmitten des Dorfes, sondern am Ortsausgang, versteckt hinter dichten Bäumen.

Vor der Tür saßen drei Männer um ein Fass herum, würfelten und beschuldigten sich gegenseitig des Betrugs. Als sie Anna Maria gewahr wurden, musterten sie das Mädchen eingehend. Einer der Männer sagte etwas, was Anna Maria nicht verstand, die anderen aber zum Lachen brachte. Sie beachtete die drei Gesellen nicht weiter und betrat zögerlich das Wirtshaus. Vorsichtig schaute sie sich im Schankraum um, in dem an einem Tisch nur ein Gast saß.

Der Wirt hievte gerade ein Bierfass hinter die Theke, als er Anna Maria bemerkte.

»Seid Ihr Hannes Götze?«, fragte sie.

Mit zusammengekniffenen Augen musterte er sie und sagte: »Ich brauche kein weiteres Mädchen. Ich habe von euch Weibsbildern schon mehr als Zimmer in meinem Haus. Also geh deines Weges!«

Nun sah auch der einzige Gast zu Anna Maria herüber und meinte lachend: »Ich hätte nichts dagegen, wenn du sie behalten würdest, Hannes. Den ersten Kunden hätte sie bereits!«

Fragend blickte Anna Maria von einem zum anderen. Ein jeder der beiden mochte so alt wie ihr Vater sein. Der eine leckte sich über die Lippen, der andere schüttelte den Kopf und sagte: »Wenn es dich juckt, Wendel, dann geh nach oben und nimm die Braunhaarige. Ich brauche kein weiteres Frauenzimmer. Und schon gar keines, das brav aussieht.«

Langsam dämmerte es Anna Maria, über was die Männer sprachen, und sie wurde puterrot. Sofort hob sie den Pilgerstab in die Höhe und kreischte: »Kommt mir nicht zu nahe!«

Lachend streckte der Gast seine Hände in die Höhe und sagte: »Langsam, junges Fohlen! Ich will nichts von dir, was du mir nicht freiwillig gibst.«

Anna Maria stutzte und starrte auf die rechte Hand des Mannes. Wie dem Landsknecht Kilian fehlten auch ihm Zeige- und Mittelfinger.

Der Mann folgte ihrem Blick. Missmutig blaffte er sie an: »Hast wohl noch nie eine verkrüppelte Hand gesehen?«

»Doch, erst vor wenigen Tagen!«

Nun hielt der Wirt in seiner Arbeit inne, kam um die Theke herum und baute sich vor Anna Maria auf. Als sie seine Statur sah, wusste sie, dass sie selbst mit ihrem Pilgerstab nichts gegen ihn würde ausrichten können.

»Was willst du?« Der Wirt sah sie feindselig an. Auch der Gast meldete sich zu Wort und wollte wissen, wo sie solch eine Hand gesehen habe.

Abwechselnd sah Anna Maria von einem zum anderen und hielt den Stab als Schutz dicht vor sich.

»Beantworte unsere Fragen oder ich schwöre dir, du kommst nicht mehr heil aus meinem Gasthaus heraus«, fuhr der Wirt sie ungehalten an.

Anna Maria schluckte, dann sagte sie zögerlich: »Vor ein paar Tagen hat mir ein Landsknecht geholfen, als eine Horde Männer über mich herfallen wollte. Auch ihm fehlten an der rechten Hand zwei Finger.«

»Wie hieß er?«

»Kilian.«

»Weiter?«

Anna Maria zuckte mit den Schultern. »Ich hörte nur, wie einer der Männer ihn beim Vornamen nannte.«

Sichtlich unwohl kratzte sich der Gast am Kopf und wandte sich dem Wirt zu: »Scheinbar noch jemand, der mit der Axt nicht umgehen kann!«, und zeigte dabei seine Hand. Doch der Gastwirt ging darauf nicht ein, sondern fragte Anna Maria misstrauisch: »Wenn du keine Dirne bist, woher kennst du meinen Namen?«

»Nichts denn die Gerechtigkeit Gottes!«, sagte Anna Maria und wartete ab. Beide Männer starrten sie sprachlos an.

›Sogar beide kennen die Losung!‹, dachte sie und ließ den Stab nun sinken. Die Blicke der beiden Männer wanderten zwischen dem Mädchen und ihnen hin und her. Plötzlich starrte Hannes Götze auf den Pilgerstab. Anna Maria folgte seinem Blick – er hatte das Zeichen entdeckt! Es dauerte einige Augenblicke, bis der Wirt seine Stimme wieder gefunden hatte.

»Wer um alles in der Welt bist du?«

Anna Maria erklärte, wer sie war und was sie wollte.

»Daniel Hofmeister aus Mehlbach kennen wir nicht, ist aber auch nicht tragisch, denn man kann nicht alle im Verbund kennen!«, sagte der Gast, und der Wirt nickte zustimmend.

»Würdet ihr mir sagen, zu wem ihr gehört? Wer seid ihr, dass ihr euch nicht kennt, aber einander vertraut, sobald ihr die Losung hört?«, wollte Anna Maria wissen.

Ohne lange nachzudenken, antwortete der Wirt: »Hättest du es wissen sollen, dann hätte dein Vater es dir erklärt. Da aber weder er noch dieser Kilian dich aufgeklärt haben, werden wir einen Teufel tun und dich einweihen. Es ist besser für dich, glaube mir, mein Kind. So, nun setz dich! Ich hole dir etwas zu essen, und dann erzählst du uns, warum du unterwegs bist und wie wir dir helfen können.«

Nachdem Anna Maria einen großen Teller mit Gemüse, Braten mit dunkler Soße sowie frisch gebackenem Brot gegessen hatte, fühlte sie sich träge und müde. Immer wieder hatte der Wirt ihren Teller nachgefüllt und der Gast namens Wendel ihr frischen Apfelsaft eingeschenkt.

Während des Essens hatte sie über sich erzählt und alle Fragen beantwortet. Jetzt, wo sie das Vertrauen der beiden Männer gewonnen hatte, behandelten sie das Mädchen wie eine Tochter. Der Schankraum füllte sich mehr und mehr, aber jedem Gast, der an Anna Maria gewandt anzügliche Bemerkungen machte, fuhren der Wirt und Wendel schroff über den Mund.

»Bleib heute Nacht hier, Anna Maria! Eines der Mädchen

kann sein Zimmer räumen, sodass du unbehelligt schlafen kannst. Wendel und ich werden derweil versuchen zu erfahren, ob deine Brüder hier vorbeigekommen sind«, sagte der Wirt, doch als er Anna Marias Blick sah, fügte er ernst hinzu: »Keine Angst, mein Kind. Hier wird dir nichts geschehen, denn wir würden dich mit unserem Leben beschützen!«

Auch in Wendels Augen konnte sie bei diesen Worten Entschlossenheit erkennen. Beruhigt stimmte Anna Maria zu und folgte Hannes zu den Schlafkammern.

Als Anna Maria die Treppe ins obere Geschoss hochstieg, hörte sie verschiedene Stimmen, die laut schimpften und durcheinandersprachen. In der Etage standen mehrere Mädchen auf dem Gang, verstummten aber, als sie den Wirt sahen. Schüchtern betrachtete Anna Maria die jungen Frauen, die nur wenige Jahre älter als sie selbst waren, doch durch ihr äußeres Erscheinungsbild reifer wirkten. Auch die Dirnen beäugten Anna Maria neugierig, und in ihren Gesichtern konnte man lesen, dass sie alles andere als erfreut über ihren Besuch zu sein schienen.

Eine schöne schwarzhaarige Frau mit ebenso dunklen Augen baute sich vor dem Wirt und Anna Maria auf und sagte ungehalten: »Was soll das, Hannes? Wir können nicht noch eine gebrauchen. Weder haben wir genügend Zimmer noch ausreichend Kunden.«

»Halt's Maul, Philippa! Sie ist eine Freundin und wird nur eine Nacht bleiben. Ich erwarte von euch, dass ihr sie ordentlich behandelt und ihr ein sauberes Bett zur Verfügung stellt.«

»Welches Bett soll deine neue Freundin bekommen? Etwa mein Bett? Dann verdiene ich kein Geld, und das wird dir kaum recht sein. Bekommt sie das Bett von Klara, verdient die heute Nacht keinen Pfennig.«

Herausfordernd blickte Philippa den Wirt an. Ihre dunklen Augen schienen Funken zu sprühen.

Hannes schob die anderen Frauen zur Seite und stellte sich dicht vor die schwarzhaarige Schönheit.

»Sie wird dein Bett bekommen, Philippa! Glaube nicht, dass du etwas Besonderes bist, nur weil ich ab und zu mein Lager mit dir teile.«

Zu den anderen Frauen sagte er: »Anna Maria ist wie eine Tochter für mich! Ihr werdet sie gut behandeln!«

Erstaunt über diese Aussage waren alle Blicke auf das Mädchen gerichtet, das sich schüchtern hinter dem breiten Rücken des Wirts versteckte. Aufmunternd nickte Hannes Anna Maria zu, ließ sie dann aber allein und ging zurück in den Schankraum.

Hilflos stand das Mädchen zwischen den jungen Frauen, bis die Schwarzhaarige sie in ihr Zimmer zog. Die anderen Frauen folgten ihr sogleich in die enge Kammer.

»Erzähl, Mädchen! Woher kennst du Hannes, dass er dich Tochter nennt?«

Rasch hatte Anna Maria die Lage erfasst. Sie wusste, dass sie nichts verraten durfte, und log deshalb ungeniert: »Er ist ein entfernter Verwandter meines Vaters.«

Diese Antwort schien den Frauen so langweilig, dass sie sich wortlos umdrehten und hinunter in den Schankraum eilten, um ihrem Gewerbe nachzugehen. Nur Philippa blieb zurück. Wortlos erneuerte sie das Laken und legte Anna Maria eine saubere Decke bereit.

»Es tut mir leid, dass ich dich aus deinem Zimmer vertreibe«, versuchte Anna Maria sich zu entschuldigen.

»Mach dir darüber keine Sorgen«, lachte die rassige Schönheit, »ich werde mir schon zu helfen wissen.«

Als Anna Maria am nächsten Morgen erwachte, wusste sie im ersten Moment nicht, wo sie sich befand, und brauchte einige Augenblicke, um sich zu erinnern.

Obwohl die Sonne bereits aufgegangen war, herrschte Stille im Haus. Anna Maria gähnte und streckte sich. So tief hatte sie lange nicht mehr geschlafen.

›Ob Hannes und Wendel etwas über meine Brüder erfahren konnten‹, überlegte sie, während sie sich anzog. Sie wollte direkt hinunter in den Schankraum eilen, um den Wirt zu fragen. Zuerst aber flocht sie ihre Haare zu kleinen Zöpfen, die sie dicht am Kopf feststeckte. Dann öffnete sie leise die Kammertür. Auf dem Gang war es ruhig. Als sie die Stiege nach unten gehen wollte, ging eine der Türen auf und Philippa trat verschlafen heraus, nur ein Laken um den Leib geschlungen. Hinter ihr erschien Hannes und drückte sich seufzend an ihr Hinterteil. Peinlich berührt schaute Anna Maria zur Seite, was der jungen Frau einen gurrenden Laut entlockte. Erst jetzt erblickte auch der Wirt das Mädchen und schubste daraufhin Philippa von sich. »Verschwinde!«, raunzte er, tätschelte aber freundlich ihre Hüfte. Lachend ging Philippa in ihre Kammer. Anna Maria blickte den Gastwirt an, der ein zufriedenes Lächeln im Gesicht hatte.

»Hast du Hunger?«, wollte er wissen. Das Mädchen nickte und folgte ihm nach unten.

Als hätte Wendel die Eierpfannkuchen gerochen, erschien er in der Küchentür. Hungrig blickte er zu der Pfanne, in der die Omelettes in Schweineschmalz goldgelb gebacken wurden.

»Mmh!«, entfuhr es ihm, und ohne zu fragen, setzte er sich zu Anna Maria an den Tisch. Erwartungsvoll sah er zum Wirt, der ihn stirnrunzelnd musterte. Kaum sichtbar nickte Wendel daraufhin. Als die Köchin ihm einen Teller mit dem Frühstück vor die Nase stellte, rief er freudig: »Das ist, als ob alle Sonntage zusammenfallen würden.«

Während Wendel begierig sein Frühstück aß, bekam Anna

Maria kaum einen Bissen hinunter. Besorgt fragte Hannes: »Schmeckt es dir nicht, mein Kind?«

»Doch, aber …«, druckste sie herum und wusste nicht, wie sie es ausdrücken sollte. Die beiden Männer sahen erst Anna Maria und dann einander an.

Wendel schob seinen leeren Teller von sich und sagte: »Ich wollte zuerst mit Hannes reden, aber ich kann verstehen, dass du ungeduldig auf Neuigkeiten wartest. Und deshalb werde ich dir jetzt sofort sagen, was ich letzte Nacht erfahren habe. Erst vor zwei Wochen ist eine Gruppe junger Burschen in einem Nachbarort gesehen worden. Es waren vierzehn junge Männer, von denen man weder Namen noch Herkunft kennt.«

Als Wendel Anna Marias enttäuschten Blick sah, lächelte er sie freundlich an und fuhr fort: »Ich weiß jedoch, wo ich Auskünfte einholen kann, und dorthin werde ich mich heute noch begeben.«

Nun strahlte Anna Maria, und Wendel zwinkerte ihr zu.

»Was sitzt du dann noch hier herum? Mach, dass du fortkommst!«, schimpfte Hannes und lachte. Im Hinausgehen nahm sich Wendel ein Stück Brot und versprach: »Ich werde um die Mittagsstunde zurück sein.«

Ungeduldig erwartete Anna Maria seine Rückkehr. Da sie die Mädchen im oberen Stockwerk nicht stören wollte, ging sie auf den Friedhof des Dorfes. Schon in ihrem Heimatort Mehlbach suchte sie gern den Kirchhof auf, wenn sie allein sein wollte, da man an solch einem Ort selten angesprochen wurde.

Langsam wanderte Anna Maria an den Gräbern entlang. An einer geschützten Stelle stand eine verwitterte Steinbank, auf der sie Platz nahm.

Ihre Gedanken schweiften zu dem Tag zurück, an dem ihre beiden Brüder ins Ungewisse zogen. Am Grab der Mutter hatten Matthias, Peter und sie sich die Hände gereicht, und die beiden Burschen mussten schwören, nicht ohne den anderen nach Hause zurückzukommen. Anna Maria hingegen gelobte im Stillen, dass sie die Brüder suchen würde, sollte sie sie in Gefahr wissen. Dabei hatte sie sich jedoch keine Gedanken gemacht, wie sie die Brüder finden würde oder wo sie sie suchen sollte. Auch dass solch eine Reise für ein junges unerfahrenes Mädchen gefährlich sein konnte, hatte sie nicht bedacht. Doch nun war sie aufgebrochen und würde nicht eher nach Hause zurückkehren, bis sie Matthias und Peter gefunden hätte.

Anna Maria horchte in sich hinein. Ihr Herz schlug gleichmäßig, und alle Sinne schienen ruhig. Sie war sich sicher, dass beide Brüder wohlauf waren.

Zuversichtlich atmete sie tief ein und schloss für einen Moment die Augen. Sie rief sich ihre Mutter ins Gedächtnis und stellte sich vor, wie sie ihr sanft eine Haarsträhne aus dem Gesicht strich.

»Ich werde sie finden, Mutter. Sei unbesorgt!«, flüsterte Anna Maria, bevor sie die Augen wieder aufschlug.

Kaum hatte Wendel das Gasthaus »Zur Rose« betreten, stand Anna Maria auch schon neben ihm und blickte ihn mit fragenden Augen an.

Wendel sah erschöpft aus. Sein Gewand war voller Staub, und sein Gesicht war mit Dreck bespritzt. Ermattet fuhr er sich über die Augen und setzte sich an den Tisch, an dem zuvor Anna Maria gewartet hatte.

Götze spendierte einen Krug Bier, den Wendel in einem Zug leerte. Mit dem Handrücken wischte er sich den Schaum von den Lippen.

»Woher kommst du?«, wollte Götze wissen.

»Vom Schucklust Bartel!«

»Dann hattest du einen harten Ritt, mein Freund!«

Wendel nickte und reichte dem Wirt den leeren Krug, den dieser erneut füllte.

Anna Maria setzte sich zu ihm an den Tisch und wartete geduldig, bis Wendel einen weiteren Schluck Bier getrunken hatte. Nachdenklich ergriff er über den Tisch hinweg ihre Hand und sagte: »Man hat deine Brüder gesehen, Anna Maria, und es ging ihnen gut!«

Vor Freude schossen dem Mädchen Tränen in die Augen, und es erwiderte den Druck von Wendels Hand. Nachdem es mehrmals geschluckt hatte, konnte es mit gefasster Stimme fragen: »Was habt Ihr in Erfahrung bringen können?«

Neugierig setzte sich auch Götze zu ihnen an den Tisch.

»Es war nicht leicht, Mädchen, da es immer mehr Burschen werden, die umherziehen, und die stellen sich den Leuten nicht vor«, erklärte Wendel mit einem Augenzwinkern. »Doch *deine* Brüder sind den Leuten aufgefallen, denn sie nennen sich die ›Fahnenträger‹, was sonderbar ist, weil sie keine Fahne mitführen. Auf die Frage, woher ihr Name stamme, erklärten sie, dass sie die Fahne auf dem Herzen tragen würden.«

»Es heißt ›im Herzen tragen‹, Wendel, und nicht ›auf dem Herzen‹«, verbesserte Götze seinen Freund. Der schüttelte den Kopf und erwiderte missmutig: »Ja, das weiß ich, Hannes, schließlich bin ich kein Depp. Aber diese Burschen betonen, dass sie ihre Fahne *auf* dem Herzen tragen.«

An Wendels Blick war zu erkennen, dass er es vorziehen würde, wenn Götze einfach schweigend zuhörte. Dann fuhr er fort: »Deine Beschreibung, Anna Maria, passt Wort für Wort auf diese beiden jungen Kerle. Ihre blauen Augen sind den Leuten ebenso in Erinnerung geblieben wie auch, dass der Jüngere Matthias gerufen wurde.«

»Fahnenträger«, flüsterte Anna Maria lächelnd. »Solch einen Einfall kann nur Matthias gehabt haben.«

»Einerlei, was der Grund für diese Bezeichnung gewesen sein mag. So aber wird es für dich leichter sein, ihnen zu folgen.«

»Wohin sind sie gezogen?«, wollte Götze wissen.

Wendel kratzte sich am Kopf, sodass der Staub aus seinem Haar nur so auf die Tischplatte rieselte, bevor er schließlich antwortete: »Sie sind auf den Weg ins Elsass.«

»Ins Elsass?«, rief Götze ungläubig. Wendel nickte und erklärte: »Ich habe gehört, dass die Burschen friedlich übers Land gezogen sind und in Dörfern Gleichgesinnte gesucht haben. Stetig sind es so mehr Weggefährten geworden. Aber als ihnen eine Geschichte aus dem Elsass zugetragen worden ist, sollen sie sich wütend dorthin auf den Weg gemacht haben.«

Verwirrt fragte Anna Maria: »Welche Geschichte? Und wo liegt dieses Elsass überhaupt?«

Fast mitleidig ruhte Wendels Blick auf dem Mädchen, als Götze ihn ungeduldig aufforderte: »Jetzt sag uns schon, warum die Burschen ins Elsass marschiert sind! Schließlich sind es bis dorthin ja mehrere Tagesmärsche.«

Wendel schien innerlich mit sich zu ringen und entgegnete schließlich: »Die Geschichte ist wahrlich abscheulich.«

»Erzählt!«, bat ihn Anna Maria. Ihr Gesicht hatte einen entschlossenen Ausdruck angenommen.

Zaghaft begann Wendel zu berichten.

»Wie wir alle wissen, hat das Bauernvolk kein Jagdrecht. Selbst, wenn das Wild ihnen die junge Saat vernichtet oder die Rinde von den Bäumen frisst, darf der Bauer weder Hirsch noch Reh noch sonst ein Stück Vieh erlegen. Im Elsass hat nun eine Rotte Wildschweine zum wiederholten Mal den Acker eines Bauern umgepflügt und so großen Schaden angerichtet. Da der Bauer sich nicht mehr zu helfen wusste, legte er sich nachts auf die Lauer und tötete mehrere Schweine. Als das der Landesherr erfuhr, ließ er dem Bauern beide Augen ausstechen, damit er sich nie wieder über den Anblick des Wildes zu ärgern brauchte. Anschließend vertrieb er den blinden Mann samt seiner Frau und vier kleinen Kindern von seinem Land.«

»Wie furchtbar!«, stöhnte Anna Maria auf.

Götze schüttelte den Kopf. »So sahen es die Burschen wohl auch. Sie sollen außer sich gewesen sein. Und sie schworen, dass sie ›Göttliches Recht‹ vom Landesherrn im Elsass fordern würden. Niemand konnte sie aufhalten, und so machten sie sich vor einigen Tagen auf den Weg dorthin.«

»Was haben sie mit ›Göttliches Recht‹ gemeint?«, wollte Anna Maria wissen. Wendels Blick schweifte kurz zu Götze, der stumm nickte.

»Das ist nicht einfach zu erklären, aber ich werde es versuchen. Bereits vor vielen Jahren forderten *wir* das ›Alte Recht‹ für die Bauern zurück.« Stolz blickte Wendel zu seinem Freund, der seinen Blick erwiderte. »Früher«, fuhr Wendel fort, »hatten die Bauern das Recht fortzuziehen, wenn sie anderswo ihr Glück versuchen wollten. Es war ihnen erlaubt, Partei zu ergreifen, wenn sich zwei Herren um ein Dorf stritten – einen zu unterstützen und ihm damit zum Sieg zu verhelfen. Sie konnten heiraten, wen sie wollten, und mussten bei der Hochzeit keine Sonderabgaben verrichten. Sie durften jagen und fischen, wo immer sie mochten, und wenn die Eicheln reif waren, ihr Vieh in die Wälder treiben. Holz zum Bauen und Brennen nahmen sie, so viel wie sie benötigten, denn nach der Bibel sind alle Menschen gleich. Doch die Pfaffen und der Adel haben uns um unsere alten Rechte betrogen. Sie rechtfertigen ihre Forderungen und Steuern damit, dass die alten Rechte nur überliefert, aber nirgends niedergeschrieben seien, und kein Bauer wagte es, sich gegen diese Erklärung aufzulehnen. Selbst uns gelang es nicht, etwas zu ändern, obwohl wir es, weiß Gott, gewollt haben, und Tausende sich zusammenfanden, um für das ›Alte

Recht‹ zu kämpfen. Selbst unser Anführer und Freund, der alles versucht hatte und dem wir bis in den Tod gefolgt wären, war machtlos gegen Adel und Kirche. Als Martin Luther seine Schrift ›Von der Freiheit eines Christenmenschen‹ herausbrachte, gab er den Menschen die Hoffnung zurück, denn dieser Mann versteht unsere Sorgen und Forderungen. Und wir, wir können anhand des Evangeliums unsere alten Rechte wieder einfordern.«

Wendel nahm einen kräftigen Schluck Bier. Kurz stierte er in den Krug und schien nachzudenken. Dann sah er auf und fuhr mit kraftvoller Stimme fort: »Die Bibel ist das wahre Gesetz! Hier steht geschrieben, was uns zusteht. Das ist das ›Göttliche Gesetz‹ – besser, wahrer und größer als das ›Alte Recht‹. Wir sind Christen und wollen nach keinem Gesetz leben, das nicht das Gesetz Gottes ist. Wer dem Gesetz Gottes widerspricht oder es nicht anwenden will – sei es ein Priester oder ein Adeliger –, verrät Gott selbst. Weg mit allen menschlichen Gesetzen! Nur das Gesetz Gottes aus der Bibel zählt!«

Vor Aufregung bildeten sich rote Flecken in Wendels Gesicht. Anna Maria hatte aufmerksam zugehört, doch ihr fragender Blick verriet, dass sie seine Erklärung nicht verstanden hatte.

»Im Evangelium«, erklärte Wendel nun ruhig weiter, »kann man es nachlesen, das allgemein gültige Recht für alle. Diesem ›Göttlichen Gesetz‹ kann sich kein Bischof oder Abt und kein adeliger Herr widersetzen. Ich hoffe, dass die Bauern endlich das erlangen werden, was man ihnen seit ewigen Zeiten verweigert. Dann war unser Kampf und der Tod vieler unserer Mitstreiter nicht umsonst.«

Nach einigen Augenblicken des Schweigens, wagte Anna Maria erneut zu fragen: »Wer seid ihr? Nun sagt schon!«

Doch beide Männer sahen Anna Maria nur stumm an.

Das Mädchen spürte, dass es keine Antwort erhalten würde,

und erklärte deshalb: »Ich muss meinen Brüdern folgen. Vielleicht kann ich sie einholen.« Hannes und Wendel schienen ihren eigenen Gedanken nachzuhängen, denn sie starrten ohne Regung vor sich hin.

»Welche Richtung muss ich einschlagen?«, fragte Anna Maria, als keiner der beiden etwas sagte. Erst jetzt schienen die Männer aus ihren Gedanken zu erwachen, und Wendel erklärte ihr den Weg.

»Dann muss ich jetzt in die entgegengesetzte Richtung weiterziehen«, schlussfolgerte das Mädchen nachdenklich. »Gibt es denn keine Abkürzung, die mich schneller ins Elsass bringt?« Hastig verneinte Wendel, doch Anna Maria hatte den kurzen Blick bemerkt, den er Hannes zugeworfen hatte.

»Sagt, was stimmt nicht?«, wollte sie wissen.

»Es ist alles in bester Ordnung, mein Kind. Leider haben wir kein Pferd, das wir dir geben könnten«, fügte Götze hinzu, doch Anna Maria spürte, dass mehr hinter seinen Worten stecken musste.

»Vielen Dank, aber euer Pferd würde mir nichts nützen, denn ich kann nicht reiten. Außerdem habe ich Angst vor Pferden.«

»Eine Bauerntochter, die sich vor Pferden fürchtet?«, fragte Hannes ungläubig. Anna Maria zögerte einen Augenblick, erzählte dann aber: »Mein Bruder Jakob wäre beinahe ums Leben gekommen, weil ein Pferd ihn mitgeschleift hatte. Seitdem gehe ich diesen Vierbeinern aus dem Weg. Doch lenkt nicht ab! Ich weiß doch, dass ihr mir etwas verschweigt.«

Statt einer Erklärung schickte Hannes Anna Maria in die Küche, wo sie sich Verpflegung für die nächsten Tage einpacken lassen sollte.

Mürrisch befolgte das Mädchen die Anweisung, doch auf dem Weg zur Küche konnte sie hören, wie die beiden Männer miteinander stritten.

Mit einem Bündel gefüllt mit Brot, Wurst, Käse und Äpfeln kam Anna Maria zurück. Götze schien schlechter Laune zu sein, und die Flecken hatten sich von Wendels Gesicht nun auch auf seinen Hals ausgebreitet. Fragend blickte Anna Maria die Männer an, doch beide wichen ihrem Blick aus. Da es bereits früher Nachmittag war, bedankte sie sich für die Hilfe, legte den Pilgerumhang um, nahm den Stab auf, öffnete die Gaststubentür und ging hinaus. Doch bevor die Tür ins Schloss fiel, hörte Anna Maria, wie Götze nach ihr rief. Hoffnungsvoll wandte sie sich um und ging zurück nach drinnen. Der Wirt machte ihr ein Zeichen, sich noch einmal zu ihnen zu setzen. Sein Gesichtsausdruck war unverändert mürrisch, Wendel hingegen schien sich zu freuen. Erwartungsvoll nahm Anna Maria Platz.

»Jetzt sag es ihr, schließlich war es dein Vorschlag«, schimpfte Götze.

Wendel zwinkerte Anna Maria zu. »Es gibt tatsächlich eine Abkürzung, mit der du mehrere Tage einsparen kannst. Statt den Wald zu umgehen, gehst du mitten hindurch.«

»Warum habt ihr das denn nicht gleich gesagt?«, rief Anna Maria erfreut aus.

Wendel wischte sich verlegen über die Stirn und schaute zu Götze, der seinen Blick wütend erwiderte.

»Anna Maria, dieser Wald ist gefährlich!« Zögerlich fügte Wendel hinzu: »In ihm liegt die Wolfsschlucht.«

»Deshalb wollte ich dir nichts von der Abkürzung erzählen«, erklärte Götze aufgebracht. »Aber Wendel ist der Ansicht, dass du es schaffen könntest, vorausgesetzt, du bleibst auf dem Schmugglerweg.«

»Wolfsschlucht, Schmugglerweg!«, wisperte das Mädchen, ihre Vorfreude schien wie verflogen.

»Anna Maria, es wird nicht einfach werden, aber nur so kann es dir gelingen, deine Brüder bald einzuholen. Keiner durchquert den Wald, der den Weg nicht kennt, Wilderer und

Schmuggler aber benutzen ihn seit vielen Jahren. Er führt durch dichtes Unterholz. Oft musst du durchs Gebüsch kriechen, aber dieser Weg führt um die Wolfsschlucht herum, sodass du den Wölfen nicht begegnen wirst. Der Weg ist klar erkennbar, und du darfst ihn nie verlassen.«

»Wisst ihr mit Sicherheit, dass mir die Wölfe auf dem Schmugglerweg nicht nachstellen werden?«

Wendels Blick wurde hart. »Nein, Anna Maria, das wissen wir nicht. Aber wir können mit gutem Gewissen sagen, dass uns nie zu Ohren gekommen ist, dass je ein Mensch auf diesem Pfad angegriffen worden wäre.«

Anna Maria wusste, dass sie keine andere Wahl hatte, als den Schmugglerweg zu gehen. Sosehr sie dieser Gedanke im ersten Moment erschreckt hatte, so entschlossen war sie nun, diese Abkürzung ins Elsass einzuschlagen. Allein die Aussicht, ihre Brüder zu finden, bevor der erste Schnee gefallen war, stärkte ihre Zuversicht.

»Ich werde mich daran halten und dem Weg folgen«, versprach sie. »Aber wie erkenne ich den Schmugglerweg, und wo muss ich in den Wald eintreten?«

»Nicht wir werden dir den Weg beschreiben, sondern jemand, der in der Nähe des Waldes wohnt und der den Pfad mehrmals gegangen ist«, antwortete Götze. »Wir werden dich nur ein Stück des Weges dorthin begleiten.«

## *Kapitel 8*

Hofmeister erschrak, als sich sein Gesicht im Wasser der Waschschüssel spiegelte. Seit Anna Marias Aufbruch war er gealtert. Der graue Bart und die dunklen Augenränder ließen sein Gesicht fade und welk aussehen.

Mürrisch riss der Bauer die Stubentür auf und schrie die Treppe hinunter: »Lena, komm rauf und rasier mich!«

Zurück im Zimmer setzte er sich aufs Bett und fuhr sich mit beiden Händen übers Gesicht. Eben erst war er aufgewacht, und doch fühlte er sich, als ob er etliche Tage nicht mehr geschlafen hätte. Solche Gefühle waren ihm fremd und ließen ihn nachdenklich werden.

Am Todestag seiner Frau Elisabeth hatte ihn erstmals das Gefühl beschlichen, dass ihm allmählich die Kraft fehlen würde, sich tagtäglich dem Leben zu stellen.

»Ich werde alt!«, sagte er sich und wollte es insgeheim doch nicht wahrhaben. Auch dass sein ältester Sohn Jakob stetig mehr Aufgaben und Pflichten auf dem Hof übernahm, verstärkte in Hofmeister das ungute Gefühl, nicht mehr gebraucht zu werden. Am meisten ärgerte ihn, dass Anna Maria, bevor sie fortgegangen war, Jakobs Frau die Aufgaben der Bäuerin übertragen hatte.

»Diese Frau macht einfach was sie will!«, nörgelte Hofmeister leise. Fast täglich gab es Streit, denn Sarah war nicht nur stur, sondern hatte auch keine Angst vor Hofmeister.

»Dabei ist sie eine Fremde!«, schimpfte er. Eine, die er vom ersten Augenblick an nicht hatte leiden können und die sich – wie er meinte – in die Familie eingeschlichen hatte.

»Was ist nur aus dem Hofmeister Hof geworden?«, grübelte er leise. »Als Elisabeth noch lebte, hatte alles seine Ordnung.«

Bei dem Gedanken an seine Frau lächelte er traurig. Von allen Frauen, mit denen er das Bett geteilt hatte, war sie ihm die liebste gewesen. Keine hatte sein Herz so berührt wie Elisabeth – doch das wusste er erst, seit sie tot war. Wären seine Gefühle für Elisabeth schon zu ihren Lebzeiten so stark gewesen, hätte er ihr vielleicht das Geheimnis seines Lebens anvertraut.

Obgleich sich Hofmeister, wenn er so nachdachte, nicht sicher war, ob Elisabeth nicht ohnehin vermutet hatte, dass er vor ihr etwas verheimlichte.

Der Bauer erinnerte sich an kleine Begebenheiten, die ihn in dieser Annahme bestärkten. Er dachte an Elisabeths Blicke, mit denen sie ihn im Laufe der Jahre immer wieder bedacht hatte – stets dann, wenn sie glaubte, dass er es nicht bemerken würde. Am Anfang ihrer Ehe hatte seine Frau oft versucht ihn auszufragen. Immer wieder einmal hatte sie wissen wollen, was Hofmeister und ihr Vater damals in der Scheune beredet hatten. Doch mit barschen Worten gelang es Hofmeister jedes Mal, seine Frau zurechtweisen, sodass sie schwieg.

Hofmeister lachte in sich hinein. Wenn Elisabeth je erfahren hätte, dass er sie beim Würfelspiel mit ihrem Vater gewonnen hatte – das Gekeife wäre nicht auszuhalten gewesen. Es erschien ihm noch Jahrzehnte später als besonders schlauer Schachzug, dass er dem alten Bauern erst von seinen Wallfahrten erzählte, ihn dabei betrunken machte und dann ein Würfelspiel vorschlug. Nur so war es möglich gewesen, die einzige freie Bauerntochter der Umgebung zu heiraten, obwohl Elisabeth bereits einem anderen versprochen war.

Grübelnd saß der Bauer auf der Matratze und starrte auf den Boden. Was war aus seinem Leben geworden? Die Familie Hofmeister, die von vielen beneidet wurde, gab es so nicht mehr. Alles war aus den Fugen geraten, und er hatte keine Gewalt mehr darüber, was geschah.

Seine Frau war seit zwei Jahren tot, und drei seiner Kinder waren fort. Seit der älteste Sohn diese Fremde angeschleppt hatte, sprach er mit ihm nur noch das Nötigste, und sein jüngster Sohn Nikolaus war nicht so geraten, wie er ihn sich gewünscht hatte. Er, der einst versucht hatte, die Welt zu verändern, saß in dem kleinen Ort Mehlbach unnütz auf seinem Hof herum und hing Erinnerungen nach.

»Ach, Elisabeth!«, flüsterte er leise. »Wenn wenigstens du noch bei mir wärst.«

Wieder holten ihn lang vergessene Ereignisse in Gedanken ein. Besonders das große Schlachtfest vor einigen Jahren war in seiner Erinnerung haften geblieben. Denn in jener Nacht war es gewesen, dass die Treiber des Grundherrn seinen Sohn Peter beim Wildern angeschossen hatten. Doch zum Glück hatte der Bursche sich unerkannt nach Hause schleppen können.

Hofmeister hatte damals gewusst, dass der Grundherr die Gehöfte in der näheren Umgebung nach dem Wilddieb absuchen lassen würde. Deshalb hatte der Bauer sich einen Plan zurechtgelegt.

*Mehlbach, November 1520*

Gegen Mittag zog der Duft von frisch gebrühten Würsten über den Hofmeister-Hof. Der alte Knecht Seppel leckte sich hungrig die rissigen Lippen und flachste: »Hoffentlich sind viele Würste geplatzt.«

»Red nicht so dumm daher!«, schnaubte Hofmeister. »Willst wohl im Winter schon recht bald Hunger leiden? Schau lieber, dass wir im Kamin genügend Rauch haben.«

Mit einer abwertenden Handbewegung schlurfte der alte Seppel hinüber zum Schuppen, um weitere Holzspäne zu holen. Schon seit Tagen freute er sich auf die Wurstsuppe und würde sich durch den Tadel des Bauern die Vorfreude nicht verderben lassen. In Gedanken sah er schon die leckere Wurstfüllung im Brühwasser schwimmen. Die Suppe angereichert mit Gewürzen, Karotten, Kohl und Winterrüben würde seinen Bauch wärmen. Als er die Holzspäne in die Glut warf, verzog sich sein zahnloser Mund zu einem breiten Lächeln.

Der sechsjährige Nikolaus stand neben seinem Vater und beobachtete ihn, wie er ausgesuchte Fleischstücke mit einem spitzen Messer durchbohrte. Solche einfachen Arbeiten verrichtete normalerweise ein Knecht, doch heute wollte der Bauer es selbst erledigen. Eifrig reichte der Junge ihm eine Kordel, die Hofmeister durch das Loch fädelte. Nikolaus wusste, dass das Fleisch anschließend im Rauch langsam geräuchert werden würde.

Der Junge wollte den Vater gerade etwas fragen, als Reiter in den Hof trabten. Erschrocken schaute der Knabe auf die großen Pferde, deren mächtige Hufe Abdrücke im Boden hinterließen. Hofmeister sah den ängstlichen Blick seines Jüngsten und fuhr ihm beruhigend übers Haar.

Der unerwartete Besuch schien die Knechte und Mägde auf dem Hof in Aufruhr zu versetzen. Nur Hofmeister selbst band unbekümmert den nächsten Schinken an ein Seil und sagte, ohne von seiner Arbeit aufzublicken: »Falls Ihr den Blutzehnt für das Schwein meines Schwagers eintreiben wollt, so kommt ihr zu spät. Wir haben bereits vor zwei Tagen ein Huhn zu Euch bringen lassen – für mein Schwein ist kein Zehnt nötig.«

»Das wissen wir, Hofmeister!«, antwortete der Mann mürrisch und stieg von seinem Pferd. »Außerdem ist es als Jäger des Grundherrn nicht meine Aufgabe, den Zins fürs Schlachten einzutreiben, Bauer«, fügte er herablassend hinzu.

Auch wenn Hofmeister ein freier Bauer war, so war er doch ein Bauer, und ihn das spüren zu lassen, schien dem Jäger Vergnügen zu bereiten.

Langsam sah Hofmeister auf, sagte aber nichts, sondern wartete. Er hoffte, den Jäger dadurch zu verunsichern. Hofmeister erkannte, dass dieser nur mit Mühe seine Abneigung unterdrücken konnte, denn er presste zwischen schmalen Lippen unwirsch hervor: »Wir sind gekommen, weil jemand in unseren Wäldern wildert. Erst letzte Nacht wurde einer meiner Männer mit einem Pfeil verletzt, und nun suchen wir den Mistkerl, der ihm das angetan hat.«

»Warum kommt Ihr dann zu mir?«, fragte Hofmeister ruhig. Die Blicke des Jägers und des Bauern kreuzten sich.

»Was gibt es Einfacheres, als frisch erlegtes Wild zwischen Schweinefleisch verschwinden zu lassen«, raunzte einer der Treiber, die den Jäger begleiteten.

Verächtlich schüttelte Hofmeister den Kopf, ließ den Mann aber nicht aus den Augen. Derweil kam seine Frau Elisabeth aus dem Haus.

»Stefan!«, sagte sie ungläubig. Ihre Stimme zitterte leicht. Der Jäger wandte sich der Bäuerin zu, und sein Gesichtsausdruck entspannte sich.

»Ich grüße dich, Elisabeth!« Mehr kam nicht über seine Lippen. Doch dieser eine Satz reichte Hofmeister, um die Gedanken des Mannes zu erahnen. Auch sein Blick wanderte zu seiner Frau, und er sah, was auch der Jäger sehen konnte: Strähnen dunklen Haares hatten sich aus Elisabeths Knoten im Nacken gelöst. Durch die Hitze in der Küche waren ihre Wangen jugendlich gerötet. Schweiß glänzte in ihrem Gesicht. Trotz der fünf Geburten war ihr Körper ansehnlich geblieben, und ihre haselnussbraunen Augen strahlten Stolz und Zufriedenheit aus.

Hofmeister wusste, dass das Herz seiner Frau heftig klopfte – er konnte es an der pochenden Ader an ihrem Hals erkennen.

»Es wurde gewildert, Elisabeth, und nun denkt der Jäger des Grundherrn, dass wir es waren! Das ist doch so?«

Hofmeister sah den Jäger unverwandt an. Dessen sanfter Gesichtsausdruck wurde hart.

»Mein verletzter Treiber hat mir gesagt, dass es sich bei dem Wilddieb um einen jungen Burschen handeln muss, denn er war flink wie ein Wiesel und nicht größer als ein zwölfjähriger Junge. Ihr habt doch vier von der Sorte, oder?«, fragte er höhnisch, wartete jedoch keine Antwort ab, sondern fuhr fort: »Außerdem glauben wir, dass der Wilderer ebenfalls verletzt sein muss, denn mein Treiber konnte einen Pfeil auf ihn abschießen. Den abgebrochenen Schaft, an dem Blut klebte, haben wir gefunden. Doch die Pfeilspitze muss noch im Wilddieb stecken.«

An Elisabeth gewandt, fügte er hinzu, und seine Stimme hatte den bissigen Unterton verloren: »Wir werden jeden Hof in der Umgebung aufsuchen, Elisabeth, nicht nur das Hofmeister Gehöft.«

Der Jäger blickte die Bäuerin fast entschuldigend an, so, als wolle er um Verständnis bitten.

»Mein Knecht wird Euch das Fleisch zeigen, damit Ihr sehen könnt, dass es Schwein und kein Wild ist, das zerlegt im Vorratskeller liegt.«

Der Jäger nickte dem Bauern zu und gab einem der Treiber ein Zeichen, dem Knecht zu folgen.

»Wo sind Eure Burschen, Bauer?«, fragte der Jägersmann, und man konnte wieder hören, wie er erneut abfällig das Wort Bauer betonte und dabei Elisabeth ansah. Diese schien sich gefasst zu haben, reckte ihr Kinn in die Höhe und stellte sich dicht an die Seite ihres Mannes. Hofmeister verstand und legte ihr besitzergreifend den Arm um die Taille. Doch nur für einen Moment – nur um zu zeigen, zu wem sie gehörte. Dann ging er zu seinem Jüngsten und fragte mit ernster Miene: »Nikolaus, warst du heute Nacht im Wald und hast gewildert?« Die Augen des Sechsjährigen weiteten sich entsetzt, und er schüttelte heftig den Kopf. Knechte und Mägde lachten verhalten. Herausfordernd sah Hofmeister zum Jäger und konnte erkennen, wie Zornesröte langsam in dessen Wangen kroch.

»Ich will die übrigen Kinder sehen!«

»Anna Maria wildert nicht!«, erklärte die Mutter vorwurfsvoll.

»Das kann man nie wissen!«

»Stefan!«, sagte sie empört.

Sein Blick wurde nun auch ihr gegenüber eine Spur härter, und er erwiderte: »Ich meinte Eure Söhne!«

Daraufhin rief der Bauer: »Jakob, zeig dich!«

Der Älteste kam sogleich angelaufen. Einen Ackergaul am Führstrick hinter sich herziehend, stellte er sich zum Vater. Dann rief Hofmeister nach Matthias. Es dauerte einen Moment, bis Matthias keuchend auf den Hof kam. Unter der Last des Feuerholzes, das er auf den Armen trug, wankte er zu seinem Bruder und fragte mit unschuldiger Miene: »Was ist, Vater?« Als er beinahe das Holz fallen ließ, raunzte der Jäger dem Knaben zu: »Verschwinde!« Dann wandte er sich wieder an Hofmeister: »Einer fehlt aber noch, Bauer, es waren vier Söhne!«

»Es sind noch immer vier Söhne!«, erklärte Hofmeister lächelnd und rief laut: »Peter, zeig dich!« Doch von dem vierten Sohn war nichts zu sehen. Die Lippen des Verwalters verzogen sich schon zu einem gehässigen Lächeln, als die Tür des Schweinestalls aufsprang und beißender Geruch sich ausbreitete. Ein lautes »Ihh« war von Nikolaus zu hören, der sich sofort die Nase zuhielt.

»Vater?«, fragte der Knabe hustend. Seine Füße waren voller Schweinemist, und auch die Wangen waren mit Jauche bespritzt. Er hatte die Kappe tief ins Gesicht gezogen und hielt eine Mistgabel voller Dung in Händen. Er wollte schon auf die Reiter zugehen, als der Jäger die Hände hob.

»Es ist gut! Bleib, wo du bist! Der Gestank ist ja nicht auszuhalten!«

Der Junge zuckte mit den Schultern, drehte sich um und ging zurück in den Stall. Die Tür ließ er diesmal offen stehen.

Der Treiber kam aus dem Keller zurück und erklärte, dass er außer Schweinefleisch nichts hätte finden können.

»Es scheint, als ob Ihr mit der Wilderei nichts zu tun habt!«

»Ich hatte nichts anderes erwartet!«, erklärte der Bauer lächelnd. Doch da meldete sich Nikolaus zu Wort, und bevor man ihn daran hindern konnte, sagte er geheimnisvoll: »Ich weiß, wer im Wald die Rehe tot macht!«

Hofmeister schien zu erstarren, und seine Frau wurde bleich. Der Jäger des Grundherrn lächelte. »Hört, hört! Dachte ich es mir doch! Dann erzähl uns, was du weißt, mein Junge!«

Nikolaus strahlte ihn an. Dann erklärte er flüsternd und mit Ehrfurcht in der Stimme: »Es ist der Waldgeist! Er zieht die armen Rehe zwischen die Wurzeln der Bäume!«

Kaum hatte der Junge das ausgesprochen, prusteten das Gesinde sowie die Hofmeisters laut los. Nur dem Jäger war nicht zum Lachen zumute.

»Törichtes Balg!«, schimpfte er den Knaben, saß auf und wendete sein Pferd. Im selben Augenblick streckte der Stalljunge zitternd seinen Kopf aus der Schweinestalltür. Gerade rechtzeitig galoppierten der Jäger und seine Begleiter vom Hof, denn die Mütze des Jungen verrutschte, und eine honigblonde Strähne lugte hervor.

Elisabeth Hofmeister schob die Tierhaut an der Fensteröffnung zur Seite und atmete die kühle Nachtluft ein. Sterne funkelten wie goldene Edelsteine am schwarzen Nachthimmel. Die kühle Luft nahm ihr den Druck von den Schläfen, über die sie immer wieder mit den Fingerkuppen strich. Peters schwere Verletzung sowie das unangenehme Zusammentreffen mit dem Jäger bereiteten ihr Kummer. Schon seit dem frühen Abend klopfte der Schmerz hinter ihrer Stirn. Erst jetzt, wo der Tag zu Ende war, fing sie langsam an, sich zu entspannen. Sorgfältig verschloss sie die Luke mit dem Ledertuch. Gemischte Gefühle tobten in ihrem Innern, als sie zu ihrem schlafenden Mann blickte. Fragen, auf die sie keine Antworten finden konnte, beschäftigten Elisabeth nicht zum ersten Mal. Schon lange war ihr bewusst, dass sie fast nichts über Daniel wusste.

Schon gleich zu Beginn ihrer Ehe hatte Elisabeth gespürt, dass ihn ein Geheimnis umgab. Doch jeden ihrer Versuche, mit ihm über seine Vergangenheit zu sprechen, erstickte er im Keim.

Die Frage, warum ihr Vater seine Tochter einem Fremden zur Frau gegeben hatte, blieb ebenso unbeantwortet wie die, was Daniel und ihr Vater damals in der Scheune besprochen hatten. Von Mittag bis spät in die Nacht hatten sich die beiden Männer nicht blicken lassen, und erst weit nach Mitternacht hatte man sie wieder zu Gesicht bekommen – ein jeder von beiden wirkte zufrieden. Zwei Tage später erfuhr Elisabeth von ihrem Vater, dass sie und Daniel heiraten würden. Wie ein Lauffeuer hatte sich damals die Neuigkeit in ihrem Heimatort Schallodenbach verbreitet, und bereits am Abend stand Stefan im Hof von Elisabeths Eltern, den Hopfenstetters. Er war völlig außer sich und verlangte eine Erklärung des Bauern. Schließlich war ihm Hopfenstetters Tochter seit längerem versprochen gewesen.

In der Erinnerung hörte Elisabeth noch immer die Worte ihres Vaters: »Es ist, wie es ist!« Mehr sagte er nicht, sondern schickte den jungen Mann rüde fort.

Kurz darauf wurden Daniel und sie Mann und Frau.

Im Rückblick musste Elisabeth sich eingestehen, dass die Wahl des Vaters richtig gewesen war.

Als sie Stefan nun zum ersten Mal nach Jahren wiedergesehen hatte, war sie über seinen Anblick erschrocken. Seine Statur war gedrungen, er wirkte wie aufgeblasen. Keuchend war er vom Pferd gestiegen und nur mit Hilfe eines der Treiber konnte er wieder aufsitzen. Auch seine Haare hatten sich gelichtet, und tiefe Falten waren in sein Gesicht gegraben. Die beiden Furchen rechts und links neben den Nasenflügeln verliehen seinem Gesicht ein verbittertes Aussehen. Auch wusste sie, dass er keine hübschen Kinder gezeugt hatte – sie waren unförmig wie er selbst.

Ganz anders ihr Mann Daniel! Er hatte ihren Kindern nur das Beste vererbt. Hübsch waren sie und gesund. Elisabeth fand, dass besonders Anna Maria ihrem Vater glich. Sie hatte seinen unbeugsamen und starken Willen. Auch wie Anna Maria den Jäger und die Treiber am Morgen getäuscht und so getan hatte, als sei sie Peter, war unverkennbar ein Talent, das sie von ihrem Vater hatte. Das Mädchen hatte einen kühlen Kopf bewahrt, meisterhaft alle hinters Licht geführt und so ihren Bruder Peter gerettet. Auch Daniel schien von Anna Marias Täuschung beeindruckt zu sein. Elisabeth hatte beobachtet, wie Daniel im Vorbeigehen seiner Tochter kurz auf die Schulter geklopft hatte. Aber ein Gestank war das gewesen! Elisabeth musste beim Gedanken daran lächeln. Anna Maria war so durchgefroren, dass die Magd immer wieder heißes Wasser in den Waschtrog nachgießen musste. Selbst beim Essen hatte das Mädchen noch mit den Zähnen geklappert.

Seufzend setzte sich Elisabeth auf die Bettkante. Mit einem schüchternen Lächeln betrachtete sie ihren Mann beim Schlafen. Sein Oberkörper war halb entblößt, und nur mühsam konnte sie sich beherrschen, ihm nicht über die breite Narbe zu streicheln, die quer von seiner linken Schulter über die Brust verlief. In der Hochzeitsnacht hatte sie weitere Narben entdeckt. Eine besonders unansehnliche an seinem Oberschenkel zeugte von einer tiefen Verletzung, die er jedoch erst auf der letzten Wallfahrt bekommen haben musste. Die Frage, woher die Wunden stammten, blieb genauso unbeantwortet wie all die Fragen über seine Pilgerzeit. Dabei hätte Elisabeth so vieles gern gewusst. Außer Mehlbach, ihrem Heimatort Schallodenbach und ein paar Nachbarorten kannte sie nichts von der Welt. Sie wäre immer gern mit ihrem Mann gereist. Aber auch wenn er sie mitgenommen hätte, sie wäre nicht gegangen. Ihre Angst vor dem Unbekannten hätte gesiegt. Elisabeth bewunderte ihren Mann für seinen Mut, in die Fremde zu ziehen. Und stets lauschte sie aufmerksam seinen seltenen Erzählungen. Eines Tages hatte Elisabeth bei einer Geschichte aufgehorcht, denn ihr wurde plötzlich klar, dass ihr Mann immer die gleichen Erlebnisse erzählte – nur stets in andere Worte verpackt.

Seit sie das bemerkt hatte, hörte sie aufmerksamer zu, und von Mal zu Mal wurde das Geheimnis um sein Leben größer. Doch da er ihren Nachfragen auswich, gab sie es bald auf, mehr von ihm zu erfahren. In Gedanken aber grübelte sie weiter darüber nach. Zeitweise hegte sie sogar Groll gegen ihn, weil er sie im Unklaren ließ. Wenn sie dann jedoch die begehrlichen Blicke der Weiber sah, die ihrem Mann schmachtend hinterherschauten, war sie mit ihrem Schicksal versöhnt.

Sie konnte die Frauen verstehen, denn Daniel war ein stolzer Mann. Anders als die meisten war er hoch gewachsen, hatte eine volle dunkle Haarpracht und alle Zähne. Wenn man ihn so sah, hätte man annehmen können, dass er ein Landsknecht war.

Allerdings kamen aus seinem Mund auch grobe Worte, und er duldete keinen Widerspruch. Obwohl er oft den Lederriemen einsetzte, war er ein guter Vater und Ehemann. Er sorgte für seine Familie, und es mangelte ihnen an nichts. In den letzten Jahren war er nicht mehr fort gewesen, sodass Elisabeth keinen Grund hatte, ihm zu misstrauen. Im Gegenteil, das Vertrauen zwischen ihnen war gewachsen und aus Zuneigung sogar Liebe entstanden.

Begehrlich schaute Elisabeth ihren schlafenden Mann an. Im Bett war er nicht nur ein stürmischer, sondern auch ein einfühlsamer Liebhaber. Zu Beginn ihrer Ehe hatte sie den Beischlaf teilnahmslos über sich ergehen lassen, denn sie glaubte, dass eine Frau nur gefügig sein dürfte. Doch Daniel hatte sie anderes gelehrt und gewusst, wie er Lust in ihr wecken konnte.

Mit heißen Wangen streichelte sie vorsichtig seine Brusthaare. »Wer bist du?«, flüsterte sie im Glauben, dass er fest schlafen würde. Sie täuschte sich. Mit geschlossenen Augen zog er sie an sich. Fast gleichzeitig schob er das Betttuch nach unten und Elisabeth das Hemd über das Gesäß. Als er in sie eindrang, stöhnte er laut auf.

*Mehlbach, 1525*

Mit einem Krug Wasser, Seife und dem Rasiermesser betrat die Magd Lena die Schlafstube des Bauern. Doch als sie seinen Blick sah, wusste sie sogleich, dass er etwas anderes dringender brauchte als eine Rasur. Nachdem sie die Gegenstände auf der Truhe abgestellt hatte, öffnete sie die Kordel ihres Kittels und ließ diesen langsam zu Boden gleiten.

Gut gelaunt und mit glatt rasiertem Kinn stand Hofmeister wenig später am Fenster seiner Stube und schaute in dem Augenblick auf den Hof hinunter, als sein jüngster Sohn Nikolaus durch das Hoftor trat.

Am Tag zuvor hatte der Bauer den Burschen damit beauftragt, am nächsten Morgen von Katzweiler eine trächtige Sau nach Hause zu treiben. Schon vor einigen Tagen hatte er das Borstenvieh vom Bauern Glöckner mit Handschlag gekauft.

Hofmeister kniff die Augen zusammen und starrte auf die Sau.

»Dieser unsägliche Dollbub!«, murmelte er, und seine gute Laune war im Nu verflogen.

Als er auf den Hof trat und seine Vermutung sich bestätigte, wurde er laut: »Du unglaublicher Nichtsnutz! Du bist wahrlich zu nichts zu gebrauchen! Selbst um eine trächtige Sau von einer nichtträchtigen Sau zu unterscheiden bist du zu dumm«, schrie er Nikolaus an.

Ängstlich sah der Junge zu seinem Vater und ahnte Schlimmes. Mehrfach ging der alte Bauer um die Sau herum und schüttelte den Kopf.

»Nein, o nein, womit habe ich einen solchen Strohkopf verdient?« Ungehalten packte er Nikolaus am Ohr und zog ihn um das Hinterteil der Sau herum.

»Bück dich, du Schwachkopf!«

Zaudernd tat der Junge wie ihm geheißen, hatte er doch große Angst, dass der Vater den Riemen holen würde. Doch stattdessen zeigte der Vater ihm das Gesäuge der Sau.

»Siehst du das? Daran kann ein Bauer erkennen, ob der Eber die Sau gedeckt hat und ob sie trägt. Die Zitzen müssen prall wie kleine Knospen sein. Diese hier sehen aus wie vertrocknete Erbsen. Merk dir das, sonst wird aus dir nie ein anständiger Bauer! Und jetzt bring dieses Mistvieh zurück zum Glöckner und hol die trächtige Sau ab. Sag dem alten Schlitzohr, dass er sich einen anderen suchen soll, den er betrügen kann!«

Während Hofmeister mit seinem Sohn sprach, drehte er ihm das Ohr um, sodass Nikolaus kurz aufjaulte. »Und jetzt verschwinde, bevor ich mich vergesse!«

Hastig trieb Nikolaus die Sau vor sich her aus dem Hoftor und rieb sich dabei das feuerrote Ohr.

Mürrisch wollte Hofmeister zurück ins Haus gehen, als er jemanden leise lachen hörte. Verärgert blickte er um sich, um zu sehen, wer es da wagte, ihn zu verhöhnen, als eine Männerstimme sagte: »Der arme Mann in der Welt mag nit mehr genesen!«

Der Schreck fuhr Hofmeister durch Mark und Bein, und sein Herz begann zu rasen, als er die geheime Losung hörte, deren Antwort er sehr wohl kannte. Zuerst glaubte er, sich getäuscht zu haben, aber als er dem Mann auf seinem Hof gewahr wurde, wusste er, dass er richtig gehört hatte. Mühsam versuchte er sich nichts anmerken zu lassen.

Stumm musterten sich die beiden Männer, und keine Regung ließ die Gedanken des anderen erahnen. Schließlich fragte Hofmeister mit rauer Stimme: »Wie hast du mich gefunden?«

Als der Mann ihm antwortete, konnte man ein Glitzern in seinem Blick erkennen: »Nicht nur die blauen Augen deiner Tochter haben dich verraten!«

Hofmeister bat den ungebetenen Gast in die gute Stube, denn die Erwähnung seiner Tochter hatte ihn neugierig gemacht. Nachdem die Magd ihnen Bier und eine Brotzeit gebracht hatte, verschloss der Bauer Stubentür und Fenster sorgfältig, damit niemand dem Gespräch lauschen konnte.

Erfreut über das Essen langte der Gast kräftig zu, während Hofmeister keinen Bissen aß. Nach einer Weile schob der Mann den Teller gesättigt von sich und verschränkte die Hände auf dem Tisch. Bis jetzt hatten die beiden Männer kaum miteinander gesprochen, doch nun fragte Hofmeister: »Du hast deine Schwurfinger eingebüßt?«

Der andere nickte. »Ja, wie so viele von uns!«

Feine Lachfalten bildeten sich um die Augen des Mannes. »Tagelang habe ich gegrübelt, warum mir der Name Daniel Hofmeister aus Mehlbach nichts sagte, aber seine Tochter mir vertraut schien. Du warst immer ein schlauer Fuchs, Joß Fritz, doch dieses Doppelspiel hätte ich dir nicht zugetraut.«

Nun musste auch Hofmeister schmunzeln, doch in ihm tobte die Furcht, dass seine Tarnung auffliegen würde. Der Mann schien das zu ahnen, denn er blickte dem Bauern fest in die Augen und sagte: »Du musst keine Angst haben, Joß! Ich bin nicht gekommen, um dich zu verraten, auch, wenn mich diese Treue zu dir bereits meine zwei Finger gekostet hat. Doch selbst wenn sie mir die ganze Hand abhackten – ich würde schweigen. Dafür verdanke ich dir zu viel, mein Freund!«

Erleichtert erwiderte Daniel Hofmeister nun den Blick des

Mannes und sagte: »Ich danke dir, Kilian! Du warst schon immer einer meiner treuesten und besten Männer.«

Kilian begann seinem Freund von dem Zusammentreffen mit Anna Maria zu erzählen.

»Dieses Mädchen kannst du nicht verleugnen. Sie ist unverkennbar deine Tochter! Du hättest sie sehen sollen, als sie sich gegen meine Männer gewehrt hat – wagemutig, ohne Angst in diesen blauen Augen, die dich verraten haben«, sagte Kilian lachend. »Du warst schlau, Anna Maria unsere Losung anzuvertrauen und ihr das Zeichen in den Stab zu ritzen. Auch ihr die Namen unserer alten Verbündeten, den Gasthauswirten, zu nennen – hervorragend, dieser Einfall. Sie alle werden deiner Tochter helfen, dessen kannst du dir sicher sein.«

Stolz hörte Hofmeister dem Landsknecht zu. Bis zum späten Mittag schwelgten die Kameraden in Erinnerungen, und Kilian erfuhr nun auch, wie aus seinem Freund Joß Fritz der Bauer Daniel Hofmeister geworden war.

»Niemand hat jemals Verdacht geschöpft?«

»Niemand!«, antwortete Hofmeister ernst.

»Unglaublich!«, sagte Kilian erstaunt. »Auch unsere Männer haben nie gewusst, wohin du plötzlich verschwunden bist. Und du weißt, dass einige hervorragende Kundschafter sind. Die unglaublichsten Gerüchte kamen so zustande. Selbst Else …«, erschrocken verstummte des Landsknecht. Bei der Erwähnung des Namens war Hofmeister zusammengezuckt, doch rasch hatte er seine Gefühle wieder im Griff.

Beide Männer hingen einige Augenblicke ihren Gedanken nach. Dann fragte Hofmeister: »Weißt du, was aus Else geworden ist?«

»Es ist eine Weile her, als ich sie das letzte Mal gesehen habe. Ich hatte sie nach dem missglückten zweiten Aufstand aufgesucht, weil ich dich sprechen wollte, aber du warst verschwunden.« Forschend blickte Kilian in Hofmeisters Gesicht und sagte: »Du weißt, dass Else kein Kind von Traurigkeit ist!«

»Ja«, antwortete Hofmeister, »und deshalb habe ich mich nie um sie gesorgt. Else wusste immer, in welchem Bett sie Unterschlupf finden konnte.«

»Darf ich dir eine Frage stellen, Daniel?« Kilian schmunzelte, als er den fremden Vornamen wählte.

Hofmeister nickte.

»Wie ist das, wenn man mit zwei Frauen gleichzeitig verheiratet ist und zwei Leben führt?«

Hofmeister blickte seinen einstigen Weggefährten ungläubig an.

»Du willst mich wohl nicht glauben lassen, ich hätte vergessen, dass du dich ebenfalls mit zwei Frauen vergnügt hast. Ich erinnere dich an die Witwe, die in dir schon ihren nächsten Ehemann gesehen hat. Kaum hattest du ihr Bett verlassen, bist du unter die Decke der Metzgerstochter geschlüpft.«

Lachend machte Kilian eine wegwerfende Handbewegung. »O ja, daran erinnere ich mich gut. Ich glaubte damals, dass ich sterben würde, weil ich am Ende meiner Manneskraft war. Aber das kann man nicht mit deinem Leben vergleichen. Ich war immer nur der Landsknecht Kilian, der hin und wieder sein Vergnügen in zwei verschiedenen Betten gesucht hat. Doch du hast zwei voneinander unabhängige Leben geführt. Hier in Mehlbach bist du ein gewöhnlicher Bauer mit Eheweib und Kindern. In Untergrombach hingegen hattest du eine Frau, die mit dir Seite an Seite kämpfte. Else hat Joß Fritz vergöttert, und Adel und Klerus haben ihn gefürchtet. Warum hast du dich für das langweilige Leben eines Bauern entschieden?«

Nachdenklich starrte Hofmeister auf einen Punkt an der Wand. Diese Frage hatte er stets vermieden, da es darauf keine einfache Antwort gab. Dann sah er seinen alten Freund wieder an. »Vielleicht, weil ich die vielen Misserfolge und die vielen Toten nicht mehr ertragen konnte.«

Es war Nachmittag geworden, und Kilian wollte aufbrechen. Hofmeister begleitete ihn ein Stück weit, und so ritten die beiden Männer Seite an Seite langsam einen kleinen Hang unweit vom Hof hinauf.

»Ich bin froh, Joß, dass ich meinem Gefühl gefolgt bin und dich aufgesucht habe.« Hier draußen, wo sie niemand belauschen konnte, benutzte Kilian Hofmeisters richtigen Namen.

»Ja, auch ich habe mich gefreut, dich nach so langer Zeit wiedergesehen zu haben, Kilian. Du weißt, dass du niemandem von unserem Treffen erzählen darfst?«

»Keine Bange, dein Geheimnis ist bei mir sicher.«

»Wohin wirst du gehen, Kilian?«

»Wir planen, zuerst nach Stuttgart und dann weiter nach Basel zu ziehen.«

Auf der Kuppe nahe dem Volzenhof hielten beide ihre Pferde an. Nur unweit vor ihnen lag das Dörfchen Schallodenbach. Nachdenklich schweifte Hofmeisters Blick über die Landschaft.

»Nach Stuttgart«, flüsterte er.

Kilian beobachte ihn. Auch ohne Worte wusste er, an wen sein alter Freund dachte, und ein Schatten fiel über sein Gesicht.

»Joß, komm mit uns. Sei wieder unser Anführer. Was hält dich noch hier? Deine Frau ist von dir gegangen, deine Kinder sind fort und auf dem Hof wirst du nicht mehr gebraucht. Aber wir, wir brauchen dich, haben dich immer gebraucht. Keiner, der nach dir kam, konnte dir das Wasser reichen. Niemand hat deine Fähigkeiten, Joß. Nicht einer konnte die Männer so mit seinen Reden begeistern wie du.«

Daniel Hofmeister blieb seinem Freund eine Antwort schuldig. Nur mit Mühe konnte er ein gleichgültiges Gesicht aufsetzen, denn die Erinnerung an Stuttgart raubte ihm den Atem.

Als Kilian erkannte, dass er seinen alten Freund nicht würde umstimmen können, fügte er hinzu: »In einer Woche werden wir uns mit einigen anderen in Neustadt im ›Goldenen Ochsen‹ treffen. Du kennst den Wirt dort ebenfalls, es ist …«

»… Melchior Spindler!«

Lächelnd nickte Kilian.

»Ich werde dort einen Tag und eine Nacht auf dich warten, Joß!«

Kilian hob die Hand zu einem letzten Gruß, wendete sein Pferd und galoppierte den Hang hinunter. Joß Fritz schaute ihm nach, bis er nur noch als kleiner Punkt zu erkennen war, und ritt dann zum Hof zurück, um dort wieder in die Rolle des Daniel Hofmeister zu schlüpfen.

## *Kapitel 9*

Als Anna Maria die kleine Anhöhe erreicht hatte, konnte sie das Waldgebiet, das sich sanft an einen Hang schmiegte, vor sich liegen sehen. Wie Wendel und Götze prophezeit hatten, würde sie am späten Nachmittag bei der Kastanienlichtung sein.

»Zum Kastanien-Martin musst du gehen. Er wird dir alles erklären. Kein anderer kann dir das Zeichen des Schmugglerweges zeigen«, hatten die beiden Männer ihr anvertraut. Götze packte ihr für Martin eine Speckseite und einen Laib Brot in den Beutel und schmunzelte. »Das wird seine Laune heben!«

Anna Maria überquerte die Lichtung, an deren Ende der Wald begann. Kurz davor konnte sie den Kastanienhain sehen, der Martin seinen Namen gegeben hatte.

Eine feine Rauchfahne zeigte Anna Maria, wo die Hütte des Bauern und seiner Familie stand. Zielsicher ging sie darauf zu.

Zwei Ziegen waren jeweils an einen Pflock unweit der einfachen Behausung angebunden. Meckernd kauten sie Gras. Ein kleiner Junge, den Anna Maria auf zwei Jahre schätzte, saß vor der Feuerstelle und stocherte mit einem Stock in der Glut. Seine Hände und sein Gesicht waren schwarz von Ruß, und auch in den hellen Haaren des Kindes konnte Anna Maria dunklen Aschestaub erkennen. Zutraulich blickte der Junge zu ihr auf und leckte sich die schmutzigen Finger. Als Anna Maria das Kind nach den Eltern fragen wollte, hörte sie ein lautes Stöhnen aus der Hütte. Erschrocken trat sie an die Türöffnung, als ihr ein ekelhafter Geruch den Atem raubte. Angewidert drehte sie den Kopf zur Seite und schnappte nach frischer Luft. In diesem Moment erblickte sie eine Frau, die mit einem Bündel Ästen auf den Schultern aus dem Hain heraustrat. Ein etwa achtjähriger Junge, ebenfalls mit einem Bündel Zweigen auf dem Rücken, folgte ihr.

»Wer seid Ihr?«, rief die Frau schon von weitem.

Anna Maria wartete, bis die Frau näher gekommen war, dann antwortete sie: »Der Wirt Götze schickt mich!«

»Weshalb sollte Götze eine Dirne schicken?«, fragte die Frau und ließ die zusammengebundenen Zweige auf den Boden gleiten. Herausfordernd stemmte sie die Hände in die Hüften und sah die junge Besucherin abschätzig an. Auch Anna Maria musterte die Frau, die hager und abgearbeitet wirkte und die dunkle Schatten unter den Augen hatte. Ihr braunes Haar, das mit vielen grauen Fäden durchzogen war, war mit einem Tuch zusammengebunden. Der Junge beachtete Anna Maria nicht, sondern sagte leise: »Ich habe Hunger, Mutter!«

Mit einem tiefen Seufzer griff die Frau in die Schürzentasche. »Hier, das sind die letzten Kastanien, Kaspar. Teile sie mit deinem Bruder. Schau auch, ob die Ziege Milch gibt.«

»Ich bringe Euch Speck und Brot«, sagte Anna Maria und reichte der Frau den Beutel. Ungläubig nahm diese das Gastgeschenk entgegen, als wieder ein langgezogenes Stöhnen aus der kleinen Hütte an ihr Ohr drang. Verzweifelt sah die Frau zur Tür. Sie ging einige Schritte auf die Hütte zu, blieb dann aber wie angewurzelt stehen. Erst als ihr Sohn erneut nach Essen quengelte, schien sie zu erwachen.

»Ich kann Euch für das Brot und den Speck nichts zahlen!«

»Ich sagte bereits, dass Götze mich mit der Verpflegung schickt. Ihr könnt Euren Kindern unbesorgt von dem Brot und Speck geben. Auch bin ich keine Dirne, sondern jemand, der Eure Hilfe braucht. Aber sagt, wer liegt in Eurer Hütte?«

Die Frau antwortete zunächst nicht, sondern gab ihren Kindern von dem Brot und dem Speck. Dann nahm sie Anna Maria beim Arm und zog sie einige Schritte von den Kindern fort. Mit brüchiger Stimme erklärte sie ihr dann: »Das ist mein Mann Martin. Er stirbt!«

Anna Maria glaubte, sich verhört zu haben, doch die Frau fuhr fort: »Vor zwei Tagen hat er sich beim Fällen einer dicken Kastanie mit der Axt ins Bein geschlagen. Nun ist die Wunde entzündet und vereitert.«

»Aber Ihr könnt doch Euren Mann nicht einfach sterben lassen«, sagte Anna Maria fassungslos.

Hilflos zuckte die Frau mit den Schultern. »Was soll ich machen? Niemand kam vorbei, der mir hätte helfen können. Auch konnte ich die Kinder nicht bei Martin zurücklassen, um einen Heiler zu holen. Zudem habe ich nichts, womit ich ihn bezahlen könnte. Jetzt ist es zu spät. Martin wird Wundbrand bekommen und sterben. In ein paar Tagen wird ihn unser Herrgott zu sich nehmen.«

Wieder zerriss ein gequälter Laut die Stille des späten Nachmittags. Ein Schauer überlief Anna Maria.

»So lange wollt Ihr hier draußen warten?«, fragte sie.

»Was soll ich machen?«, antwortete die Frau und setzte sich zu den Kindern ans Feuer.

Anna Maria überlegte nicht lange und legte Pilgerstab und Rucksack an der Tür ab. Ihren Arm vor Nase und Mund gepresst, betrat sie die Hütte. Der widerliche Gestank, der ihr sogleich entgegenschlug, ließ sie beinahe wieder nach draußen stürmen, doch das Stöhnen des Mannes hielt sie davon ab. Zögernd schritt sie auf sein Krankenlager zu. Obwohl sie ahnte, dass er sie nicht hören würde, erklärte sie ihm, wer sie war.

Schweiß glänzte auf seinem Gesicht, das von Fieber gerötet war. Mit offenen Augen starrte der Mann an die Decke, während er vor Schmerz wimmerte.

Sein Lager war so verschmutzt wie seine Kleidung. Vertrocknetes Blut klebte an der dünnen Decke, die er sich bis zum Kinn hochgezogen hatte, um sich vor der Kälte zu schützen. Anna Maria hob das Laken an, was den Mann gequält aufschreien ließ. Beruhigend sprach sie auf ihn ein. Sie hatte sich nun an den Geruch gewöhnt, sodass sie den Arm von Nase und Mund nehmen konnte.

Das Bein war angeschwollen, und die entzündeten Wundränder klafften auseinander. Eiter überdeckte die Wunde.

»Ich habe Martin einen Rabenschädel unter das Kopfkissen gelegt«, sagte die Frau, die plötzlich hinter Anna Maria stand.

»Einen Rabenschädel?«

»Er soll vor Wundbrand schützen!«

Anna Maria glaubte nicht an Magie, schwieg jedoch.

»Die Wunde muss ausgewaschen werden, nur so kann man Wundbrand verhindern. Habt Ihr Lavendel oder Lavendelöl?«

Die Frau schüttelte den Kopf und fragte hoffnungsvoll: »Seid Ihr eine Heilerin?«

»Gott bewahre! Nein, aber ich habe vier Brüder, und fast täglich kam einer von ihnen mit Schrammen nach Hause.«

»Ich habe bereits versucht, ihm den Eiter abzukratzen, aber Martin hat so fürchterlich geschrien, dass sogar die Kinder weinen mussten.«

Mitfühlend blickte Anna Maria erst die Frau und dann den Mann an.

»Gute Frau, es besteht nur Hoffnung, wenn die Wunde ausgewaschen und anschließend ausgebrannt wird.«

»Ihr seid eine Hexe!«, schrie die Frau leise, und ihre Stimme bekam einen schrillen Klang. »Ihr rührt meinen Mann nicht an!«

»Vermaledeit!«, schimpfte Anna Maria. »Jetzt seid still! Ich will Euch helfen. Außerdem muss ich mit Eurem Mann sprechen. Nur er kann mir den Weg zeigen!« Anna Maria stutzte einen Augenblick und beäugte die Frau kritisch.

»Oder kennt Ihr den Pfad der Wilderer und Schmuggler?« Hastig antwortete die Frau: »Nein! Ich habe nie davon gehört. Wo soll dieser Weg sein?«

»Wenn ich das wüsste, wäre ich nicht hier!«

Erneutes Stöhnen ließ die beiden Frauen zusammenfahren.

»Ich will noch Brot!«, sagte eine Stimme hinter ihnen. Kasper stand in der Tür und sah seine Mutter bittend an. Wortlos folgte sie dem Jungen nach draußen. Auch Anna Maria verließ die Hütte und nahm den Pilgerstab und ihren Beutel wieder auf. Mehrmals atmete sie tief ein und aus. Dann ging sie zum Feuerplatz, wo die Frau und ihre Kinder saßen. Sie setzte sich dazu und sagte: »Ich heiße Anna Maria und komme aus Mehlbach. Ich bin auf der Suche nach meinen Brüdern, die ins Elsass unterwegs sind.« Mit wenigen Worten erklärte das Mädchen ihr Anliegen.

Stumm hatte die Frau zugehört und erwiderte schließlich: »Mein Name ist Ruth, und das sind Kasper und Jäcklein. Wenn du uns helfen kannst, dann bitte ich dich aus tiefstem Herzen darum. Sollte Martin sterben, wird der Grundherr uns das Land wegnehmen, und eine andere Familie wird die Kastanienstöcke ernten. Ich werde mit meinen Kindern betteln gehen müssen.«

Anna Maria betrachtete die daumendicken langen Stöcke, die zuhauf aufgeschichtet neben der Behausung lagen.

»Ist das Brennholz?«, wollte Anna Maria wissen.

»Um Himmels willen!«, lachte Ruth bitter auf. »An den Kastanienstöcken werden die jungen Weinpflanzen angebunden. Wir pflanzen die Kastanien in den Boden, und wenn aus ihnen eine Pflanze wächst, wird sie geerntet, sobald der Stamm dick genug ist.«

Anna Maria sah der Frau fest in die Augen: »Wie ich bereits sagte, wir müssen die Wunde ausbrennen.«

»Wie willst du das anstellen? Martin wird sich wehren, und ich habe nicht die Kraft, ihn festzuhalten.«

Anna Maria griff in ihren Beutel und zog die kleine Glasflasche hervor.

»Damit wird es gelingen!«

Fragend blickte die Frau das Mädchen an. Anna Maria ahnte, was Ruth wissen wollte.

»Ich kann dir nicht sagen, aus welchem Kraut es gebraut wurde. Ich kenne nur seine Wirkung. Dein Mann wird nichts spüren. Sobald er davon getrunken hat, wird er tief schlafen. Dann können wir die Wunde behandeln. Wenn du kein Lavendelöl hast, dann werden wir das Bein mit Essig abwaschen.«

»Essig? Ja, den haben wir reichlich, um das übel schmeckende Wasser anzureichern.«

»Damit können wir auch das Gebräu verdünnen.«

»Kasper, hol den Essigkrug und einen Becher!«, forderte Ruth ihren Sohn auf.

Prüfend schaute sich Anna Maria die Glut in der offenen Feuerstelle an. Wortlos reichte Ruth ihr das Messer, mit dem sie zuvor Speck für die Kinder geschnitten hatte. Anna Maria steckte die Scheide tief in die glühenden Kohlen. Dann bat sie die Frau um ein sauberes Tuch, das sie in handbreite Streifen riss.

Kasper kam mit dem Essig und einem Becher zurück.

Wie Anna Maria es bei ihrem Vater abgeschaut hatte, zählte

sie die Tropfen in den Becher und vermengte sie mit Essig und Wasser. Mit dem Zeigefinger rührte sie um.

Beide Frauen betraten angstvoll die Hütte. Martin hatte die Augen geschlossen und atmete laut und unruhig.

Fragend blickte Ruth zu Anna Maria, die sie mit ruhiger Stimme anwies: »Du fasst ihn an den Schultern und ziehst ihn hoch. Dann hältst du ihm die Nase zu, und wenn er wie ein Fisch nach Luft schnappt, flöße ich ihm das Gebräu ein.«

Auf Zehenspitzen ging Ruth um das Lager ihres Mannes herum und stellte sich ans Kopfende. Als sie zögerte, befahl Anna Maria ihr: »Beeil dich! Bald schwindet das Tageslicht.«

Mit dem Mut der Verzweiflung packte Ruth ihren Mann nun bei den Schultern und drückte ihn hoch. Sie lehnte sich gegen ihn, löste eine Hand und presste seine Nasenlöcher zusammen. Als Martin nach Luft rang, schüttete Anna Maria vorsichtig etwas von der Flüssigkeit in seinen Mund. Er schluckte. Die beiden Frauen wiederholten den Vorgang, bis Anna Maria sicher sein konnte, dass er ausreichend Betäubungssaft getrunken hatte.

Die Tropfen wirkten rasch, und Martin begann gleichmäßig zu atmen. Erleichtert ließ Ruth ihren Mann los.

Vorsichtig wusch Anna Maria die Wunde aus. Der Gestank wurde schlimmer, und mehrmals musste Ruth das Essigwasser erneuern. Als die Wunde gesäubert war, prüfte Anna Maria, ob Martin noch immer betäubt war. Beruhigt sagte sie zu Ruth: »Er schläft entspannt wie ein Kleinkind. Doch nun kommt der schwierigste Teil.«

Ruth verstand, was sie meinte, und folgte Anna Maria nach draußen. Das Mädchen holte das Messer vorsichtig am Griff aus der Glut und klopfte die Messerscheide mehrmals auf einen Stein, damit die Holzkohle abfiel.

Ruths Kinder saßen am Feuer und schauten mit ängstlichen

Augen zu. Um die Kinder abzulenken, sagte Anna Maria: »Kaspar, in meinem Beutel sind Äpfel und Käse. Nimm dir und Jäcklein so viel davon, wie ihr möchtet.«

Erfreut über die seltenen Speisen, sprangen die beiden Jungen auf.

Dankend nickte Ruth Anna Maria zu und folgte ihr mit den Leinenstreifen in die Hütte.

Ohne zu zögern presste Anna Maria das glühende Eisen in die Wunde des Mannes. Der Geruch von verbranntem Fleisch verschlug den beiden Frauen den Atem.

Wie damals bei Peter drang auch aus Martins Kehle ein langgezogener Wehlaut, sein Körper bebte und zuckte. Er wachte jedoch nicht auf.

Als Anna Maria sicher war, dass die Wundränder sauber ausgebrannt waren, nickte sie Ruth zu, den Stoff auf die frische Wunde zu pressen. Anschließend umwickelte Anna Maria das Bein straff mit den Binden. Dann bezogen sie Martins Lager mit einem frischen Laken und einer sauberen Decke.

Die letzten Sonnenstrahlen waren verschwunden und die beiden Knaben am Feuer eingeschlafen. Die Frauen trugen die Kinder auf ihr Lager neben dem Bett des Vaters und setzten sich dann erschöpft ans Feuer.

»Glaubst du, dass Martin es schaffen wird?«, fragte Ruth leise.

»Diese Frage kann nur unser Herrgott beantworten«, entgegnete Anna Maria erschöpft.

Stunden später lag Anna Maria auf einem Lager aus frischem Laub in der Hütte des Kastanienbauers und starrte in die Dunkelheit. Bei jedem Geräusch zuckte sie zusammen. Zuerst hatte sie vermutete, dass es der Wind war, der so laut ums Haus heulte. Dann aber erkannte sie, dass es Wölfe im Wald sein mussten. Nie zuvor hatte sie solch furchteinflößende Laute gehört. Ängstlich zog sie den Pilgerumhang fester um sich, als könne er sie beschützen.

Da – wieder war das langgezogene Jaulen zu hören. Auch das Meckern der Ziegen wurde lauter. »Die Wölfe kommen näher!«, flüsterte Anna Maria angsterfüllt und setzte sich auf. Ihr Herz pochte heftig. Dann plötzlich war es draußen gespenstisch still.

»Du musst dich nicht fürchten!«, hörte sie Ruths leise Stimme neben sich. »Sie werden uns nichts tun!«

»Wie willst du das wissen?«, flüsterte Anna Maria.

»Auf unserer Hütte und auf dem Vieh liegt ein Bann. Wir können die Wölfe zwar hören, haben sie aber noch nie gesehen.«

»Was für ein Bann?«, wollte Anna Maria wissen.

»Im letzten Frühjahr, als wir hier unsere Hütte bauten, kam ein Schäfer mit seiner Herde vorbei. Jedes Tier war mit einem schwarzen Punkt auf dem Rücken gekennzeichnet. Als wir ihn nach dem Grund für die seltsame Bemalung fragten, erklärte er uns, dass ein Wolfsbanner einen Zauber über die Herde gelegt habe. Dieser schwarze Fleck und eine geheimnisvolle Formel, die der Fremde geflüstert hatte, würden die Wölfe davon abhalten, die Herde zu überfallen. Da der Hirte im Freien nächtigte, hatte auch er solch ein Zeichen auf der Stirn. Er versicherte uns, dass er seitdem kein Tier mehr verloren habe und dass auch er die geheime Zauberformel kennen würde. Wir haben ihm unseren letzten Pfennig gegeben, damit er über uns und die Ziegen einen Bann ausspricht. Und tatsächlich meiden die Wölfe unsere Hütte; und auch unsere Tiere leben alle noch.«

Mir zitternder Stimme wisperte Anna Maria: »Wo finde ich diesen Schäfer? Er soll auch über mich einen Bann sprechen, damit ich unbeschadet durch diesen Wald komme.«

»Wir haben den Schäfer danach leider nie wiedergesehen«, erwiderte Ruth.

Anna Maria schwieg. Dann war ein leises Weinen zu hören. Ruth kroch zu Anna Maria, die ihr Gesicht in ihren Umhang gepresst hatte. Tröstend legte sie den Arm um die Schulter der jungen Frau.

»Seit Wochen versuche ich meine Brüder zu finden«, schluchzte Anna Maria. »Ich habe in einsamen Schluchten unterm Sternenhimmel übernachtet, mich gegen raubeinige Gesellen durchgesetzt und mich beschimpfen lassen müssen. Aber die Hoffnung, Peter und Matthias bald wiederzusehen, hat mich vorangetrieben und hat mich alles ertragen lassen. Doch jetzt zweifle ich, ob ich es schaffen werde, meine Aufgabe, die mir der liebe Herrgott aufgetragen hat, zu erfüllen.«

Mütterlich streichelte Ruth ihr übers Haar.

»Anna Maria, du bist so weit gekommen, warum zweifelst du jetzt?«

»Nicht nur, dass der Abstand zu meinen Brüdern tagtäglich größer wird, auch muss ich durch ein Waldgebiet, in dem gefährliche Wölfe leben. Damit ich heil durch die Wolfsschlucht hindurchkomme, brauche ich den Bann des Hirten. Und dein Mann, der mir einen sicheren Weg nennen könnte, wird vielleicht sterben, bevor er mir diesen verraten hat. Jetzt sage selbst, wie viel Hoffnung soll ich noch haben?«

Ruth wusste auch keinen Rat, und so blieb ihr nichts anderes übrig, als still zu beten.

Am nächsten Morgen sah es aus, als ob Martin Anna Marias Behandlung gut verkraftet hätte. Das Fieber war zurückgegangen, und er war weniger blass im Gesicht. Als er kurz erwachte und über Schmerzen klagte, gab Anna Maria, da Ruth sie darum bat, Martin erneut von dem Gebräu zu trinken. Rasch fiel er zurück in tiefen Schlaf.

Voller Hoffnung, bald mehr über den Schmugglerweg zu erfahren, half Anna Maria Ruth beim Kastanienschneiden. Übermütig sprangen die Kinder um die beiden Frauen herum, sodass sogar die sonst so ernste Ruth lachen musste.

Als es Zeit für eine Brotzeit war, trugen beide Frauen die abgeschnittenen Kastanienstöcke zur Hütte. Friedlich grasten die Ziegen davor.

»Ich werde nach Martin sehen!«, sagte Ruth, kaum dass sie die Last abgelegt hatte. Anna Maria und die Kinder setzten sich an einen sonnigen Platz, als ein verhaltener Schrei aus der Hütte drang. Anna Maria ahnte sofort, was geschehen war.

»Kommt Kinder! Ihr müsst von eurem Vater Abschied nehmen.« Ruth stand aschfahl in der Tür der Hütte.

Im Gegensatz zu seinem Bruder war Jäcklein noch zu klein, um die Worte seiner Mutter zu verstehen. Kaspar aber kullerten Tränen über die Wangen.

Regungslos saß Ruth mit den Kindern an Martins Lager und hielt seine kalte Hand, als Anna Maria eintrat. Sie befürchtete, dass Ruth ihr die Schuld am Tod ihres Mannes geben könnte. Doch Ruth murmelte nur: »Jetzt muss er im Fegefeuer schmoren, weil wir kein Geld für einen Priester haben, der ihm die Sünden vergeben kann.«

Zuerst zauderte Anna Maria, doch dann erwiderte sie: »Fürchte dich nicht, Ruth. Martin Luther sagt, dass allein durch die Gnade Jesu und nicht durch Geld unsere Sünden vergeben werden.«

»Ach ja?« Ruth schien erstaunt, doch Anna Maria sah, dass noch andere Gedanken sie quälten.

»Was soll nun aus mir und den Kindern werden? Was soll ich jetzt machen?«, fragte sie kraftlos. Als Jäcklein und Kaspar sich an die Mutter schmiegten, war es mit ihrer Beherrschung vorbei. Weinend vergrub sie das Gesicht an der Schulter ihres Ältesten.

Nachdem Ruth einen Platz für Martins letzte Ruhestätte bestimmt hatte, begann Anna Maria zornig ein Grab zu schaufeln. Jeder Hieb in den Waldboden galt ihrer Wut über den Tod des Mannes, der Verzweiflung seiner Frau, den armen vaterlosen Kindern, ihrer eigenen aussichtlosen Lage, aber auch dem Gedanken, dass sie am Tod des Mannes Schuld haben könnte. Ruth ahnte nicht, welche Gefühle Anna Maria beschäftigten, denn sie ging wieder nach drinnen zu den beiden Buben, die noch immer am Bett des Vaters wachten.

Nach geraumer Zeit kam Anna Maria nassgeschwitzt und mit Blasen an den Händen zu der kleinen Hütte zurück. Immer wieder streckte sie ihren Rücken, der ebenso sehr schmerzte wie ihre Arme.

»Ich hoffe, das Grab ist tief genug, damit Tiere ihn nicht finden können«, stöhnte sie leise, während sie ihre wunden Hände mit Wasser kühlte. Obwohl Ruth den Leichnam in ein Betttuch eingenäht hatte, verströmte er einen unangenehmen Geruch.

Gemeinsam trugen ihn die beiden Frauen zur Grabstelle.

Als Martin in dem dunklen Loch lag, wurde Anna Maria bewusst, dass dieser Mann niemals wieder zu seiner Familie zurückkommen würde. Scham über ihr Selbstmitleid ließ sie erröten. Zusammen mit den Kindern sprachen die Frauen laut ein Gebet für den Verstorbenen, als Ruth plötzlich sagte: »Herr, ich danke dir, dass du uns Anna Maria geschickt hast!«

Erstaunt über diese Worte blickte Anna Maria auf.

»Ich wusste, dass er sterben musste. Das Todeskäuzchen hatte geschrien, als er sich verletzte. Dein Gebräu hat ihm aber den Tod leichter gemacht.«

Als das Grab zugeschaufelt war, pflanzte Kaspar mehrere kleine Kastanienpflanzen darauf. Mittlerweile brach die Dämmerung herein, und der Nebel stieg im Tal empor. Eilig gingen die Frauen und die Kinder zurück zur Hütte. Kaum waren sie dort angekommen, hörten sie auch schon das Heulen der Wölfe.

»Ruth, ich habe ein ungutes Gefühl. Vielleicht spüren die Wölfe, dass Martin gestorben ist. Lass uns die Ziegen heute in die Stube holen.«

Auch Ruth war unwohl zumute. »So früh am Abend habe ich die Wölfe noch nie gehört!« Sie scheuchte die Knaben nach drinnen und lief mit Anna Maria zu den beiden Ziegen. Auch die schienen etwas zu spüren, denn sie zogen laut meckernd an den Stricken.

Im Wohnraum band Ruth die Tier in einem kleinen Verschlag fest und gab ihnen Futter. Zwischenzeitlich hatte Anna Maria die Tür verschlossen und den schweren Riegel vorgeschoben.

Die beiden Jungen schienen die Furcht der Frauen nicht zu spüren, trauerten sie doch um den Vater. Nachdem alle zusammen ein weiteres Gebet für den Verstorbenen gesprochen hatten, schliefen die Kinder ein. Nur Anna Maria und Ruth fanden keinen Schlaf. Hellwach saßen sie auf ihrem Lager und lauschten in die Dunkelheit.

»Es wird kälter!«, sagte Ruth plötzlich. Das kleine Feuer im Herd erhellte schwach Anna Marias erschrockenes Gesicht.

»Schnee?«, wisperte sie.

»Nein! Dann würde es in meinem Kopf pochen. Mir tun jedoch die Knochen weh, was ein Zeichen dafür ist, dass es kälter wird. Die Herbststürme werden bald übers Land fegen.«

Erleichtert schwieg Anna Maria, als ein langgezogenes Jaulen zu hören war.

»Was wirst du jetzt machen, Ruth? Du kannst nicht mit den Kindern allein hierbleiben.«

»Ich weiß!«, flüsterte die Witwe. »Ich werde die bereits abgeschnittenen Kastanienstöcke zum Grundherrn bringen und den restlichen Lohn verlangen. Er ist ein harter Mann und wird kein Mitleid mit mir haben und mich fortschicken. So muss ich schauen, wo ich mit den Buben den Winter verbringen kann. Es wird nicht leicht werden, Arbeit zu finden«, seufzte sie.

»Geh zu Götze!«

»Ins Dirnenhaus? Nie und nimmer werde ich das tun!«, rief Ruth aufgebracht.

»Götze ist ein guter Mann! Vielleicht kannst du in der Küche helfen.«

»Du hast anscheinend keine Hemmungen gehabt, in diesem anstößigen Haus zu nächtigen. Aber ich habe zwei kleine Kinder! Was denkst du dir dabei, mir solch einen Vorschlag zu machen?«

»Falscher Stolz ist hier nicht angebracht, Ruth!«

Ruth drehte Anna Maria daraufhin den Rücken zu und sagte kein Wort mehr.

Irgendwann verrieten die gleichmäßigen Atemzüge, dass die junge Witwe eingeschlafen war. Anna Maria aber fand keine Ruhe. Nicht nur Ruths Schicksal raubte ihr den Schlaf, auch der Gedanke an ihre eigene Zukunft hielt sie wach. Was sollte sie machen? Zwei Tage war sie nun schon hier, und der Abstand zu ihren Brüdern wuchs. Gab es überhaupt noch Hoffnung, dass sie sie fand, bevor der erste Schnee kommen würde? War ihr Plan nicht von Anfang an zum Scheitern verurteilt gewesen? Vielleicht wäre es besser, wenn sie umkehren würde? Über diesen quälenden Fragen schlief Anna Maria schließlich ein. Sie träumte von einem schneebedeckten Schlachtfeld und einem Ritter, der sein Schwert schwang, um die Überlebenden zu töten.

Schweißgebadet und nach Luft keuchend, erwachte Anna Maria. Ihre Wangen waren nass von den Tränen, die sie im Schlaf geweint hatte.

»Ich muss fort! Ich muss meine Brüder finden!«, flüsterte sie. Doch ein Blick zur Fensterluke zeigte ihr, dass es tiefe Nacht war. Unruhig wälzte sie sich hin und her und wartete, dass die Morgendämmerung hereinbrach.

Schweigend hatten Ruth und Anna Maria die abgeschnittenen Kastanienstämmchen auf den kleinen Karren geladen, den die beiden Ziegen ziehen würden. Als auch die wenigen Habseligkeiten von Ruth und den Kindern verstaut waren, war es Zeit, Abschied zu nehmen.

Nachdem sie sich lange umarmt hatten, sagte Ruth: »Ich weiß, dass du deinen Vorschlag, bei Götze unterzukommen, nur gut gemeint hast. Ich weiß auch, dass ich als Witwe mit zwei kleinen Kindern nur schwerlich eine Arbeit finden werde. Trotzdem muss es einen anderen Weg geben.« Dabei blickte sie sorgenvoll zu ihren Söhnen. Anna Maria konnte ihre Bedenken verstehen und hatte bereits in der Nacht einen Einfall gehabt, von dem sie Ruth nun erzählte: »Geh mit deinen Kindern nach Mehlbach, auf den Hof meines Vaters. Sage ihm, dass ich dich schicke, und erkläre ihm deine Lage. Wenn er von mir hört, dann wird er dir sicherlich helfen.«

Ungläubig hatte Ruth zugehört. »Aber …«, stammelte sie, wurde jedoch sofort von Anna Maria unterbrochen: »Sag ihm, dass du in Tante Kätsches Kate wohnen könntest.«

Überglücklich umarmte Ruth das Mädchen. Plötzlich zerrte ein kalter Wind an ihren Kleidern. Ängstlich blickte Anna Maria zum Waldesrand. Durch die heftigen Windstöße fielen die gelb gefärbten Blätter zu Boden, und es sah aus, als regne es Blätter.

»Komm mit uns!«, flehte Ruth, doch Anna Maria schüttelte den Kopf.

Als die Frau erkannte, dass nichts das Mädchen umstimmen würde, lief sie zurück in die Hütte und kam mit mehreren Klumpen erkalteter Kohle zurück.

»Ist das dein Abschiedsgeschenk?«, lachte Anna Maria beim Anblick der Kohlen.

»Ich weiß nicht, ob es wirken wird, aber wenn du dir einen schwarzen Punkt auf die Stirn malst – vielleicht schützt dich das vor den Wölfen!«

»Sehr überzeugend klingt das nicht. Schließlich sagtest du etwas von einer Zauberformel, die der Schäfer gesprochen haben soll.«

Zerknirscht nickte Ruth. Dann erhellte sich plötzlich ihr Gesicht: »Ich erinnere mich, dass er murmelte: Wölfe hinweg mit euch! Oder so ähnlich.«

Nun musste Anna Maria laut lachen. »Dann mal mir den schwarzen Punkt auf die Stirn. Schaden wird es sicher nicht.«

Ruth tat wie ihr geheißen, und anschließend verstaute Anna Maria die übrigen Kohlestücke in ihrem Beutel.

»Vergiss nicht, den Punkt immer wieder zu erneuern!«, ermahnte Ruth das Mädchen. Beide umarmten sich ein letztes Mal, bevor Ruth mit ihren Kindern den Weg entlang des Tals einschlug.

Anna Maria sah ihnen nach. Dann atmete sie tief ein, sprach sich Mut zu und betrat den dichten Wald.

## *Kapitel 10*

Nachdem man den jungen Männern die Hände vor dem Bauch zusammengebunden hatte, wurden sie nacheinander vom Karren gestoßen und durch die umstehende, grölende Menschenmenge getrieben. Keiner der Gaffer zeigte Mitleid.

Zwei Verurteilten liefen Tränen über die Wangen. Verzweifelt versuchten sie ihre Handfesseln zu zerbeißen. Zwar bluteten ihre Lippen von den groben Seilen, aber gegen die dicken Fesseln konnten sie nichts ausrichten.

Ein Todgeweihter flehte die Umherstehenden laut um Gnade an, doch er wurde nur verspottet.

Die beiden letzten Burschen, die die Leiter zum Hinrichtungsplatz hinaufwankten, blieben stumm. Nur in ihren Gesichtern konnte man lesen, dass sie Todesangst hatten.

Dem Scharfrichter war das Gebaren der Todgeweihten einerlei. Für ihn zählte nur der Lohn, der in seiner Tasche klimperte.

Ein Fremder, den hier niemand kannte, stand bewegungslos zwischen den Zuschauern. Ihm war klar, dass nichts die Burschen retten würde. Die fünf hatten gewusst, auf was sie sich einließen, und sie hatten gewusst, dass ihnen dafür der Tod drohen könnte. Trotzdem waren sie das Wagnis, sich den rebellischen Bauern anzuschließen, eingegangen. Jung waren sie! Viel zu jung, um unter dem Beil zu sterben.

Der Blick des Fremden wanderte zu Herzog Ulrich, der inmitten seines Gefolges auf einer Tribüne saß und gelangweilt über die Verurteilten hinwegsah – so als gehe ihn die Hinrichtung nichts an. Dabei war er es gewesen, der über die Burschen das Todesurteil verhängt hatte.

Sie waren des Versuchs für schuldig befunden worden, heimlich die Tore der Residenzstadt für die Aufständischen zu öffnen. Wäre es ihnen gelungen, hätten die fünf den Herzog wahrscheinlich umgebracht – so glaubte der.

›Und es wäre rechtens gewesen‹, dachte der Fremde. Unersättlich war die Gier des Herzogs nach dem Wenigen, das den Bauern blieb. Immer mehr hatte er gefordert, obwohl die Zeiten schlecht waren. Für diese Habgier sollte er eine gerechte Strafe erhalten.

›Diesmal konnte ich dir nichts anhaben, aber meine Zeit wird kommen und die deine vorüber sein‹, dachte der Fremde zornig.

Sein Blick blieb an einem alten Mütterlein hängen, das starr auf einen der Verurteilten stierte. Die Lippen der Greisin formten leise einen Namen. »Jörg!«, flüsterte sie.

Als hätte der Bursche seinen Namen gehört, schaute er in ihre Richtung. Sein Mund verzog sich zu einem gequälten Lächeln. Er hob seine zusammengebundenen Hände und grüßte die Alte. Im selben Moment entwich ein Klagelaut ihrer Kehle, und sie schluchzte auf. Mitfühlend legte der Fremde seinen Arm um ihre Schultern. Als er wieder zum Henkersplatz sah, blickte er in die Augen des jungen Mannes, der keine Miene verzog. Beide Männer starrten sich an. Der Fremde hielt den Blick des Burschen stand und dachte, nein, der Mann konnte unmöglich wissen, wer er war. Doch er schien es zu ahnen. Ohne den Blick abzuwenden, kniete der Verurteilte nieder und begann das Vaterunser zu beten. Dann sagte er laut das Ave Maria auf. Zögerlich taten die anderen vier es ihm gleich.

Niemand störte sie, denn letzte Gebete durften zum Tode Verurteilten nicht versagt werden. Als sie Vaterunser und Ave Maria zu wiederholen begannen, wurde der Henker ungeduldig, was die Todgeweihten jedoch nicht davon abhielt, beide Gebete fünfmal zu sprechen. Dann erhoben sie sich.

Kaum wahrnehmbar nickte der Fremde ihnen nun zu und zeigte, dass er verstanden hatte. Nur Eingeweihte kannten die geheime Absprache, Gebete fünfmal zu sprechen, um so zu zeigen, dass man dazugehörte. Jörg flüsterte seinen Kameraden etwas zu. Daraufhin schlossen alle fünf für einige Atemzüge die Augen und blickten anschließend regungslos in die Menge. Nun wusste der Fremde, dass die Burschen ihm nicht grollten und in Frieden sterben würden.

Wieder blickte er die alte Frau an. Tränen liefen über ihr zerfurchtes Gesicht.

Dann verstummte die Menschenmenge, und ein dumpfer Schlag war zu hören. Der erste Kopf war zu Boden gefallen, und die Gaffer applaudierten laut. Erneut hob der Schafrichter das Beil. Die Menge johlte. Als der letzte Verurteilte niederkniete und sein Haupt auf den Henkersklotz senkte, krallten sich die Finger der alten Frau in den Arm des Mannes, der neben ihr stand. Der Fremde ließ es geschehen, denn er fühlte sich schuldig. Schuldig, weil die jungen Männer sterben mussten. Schuldig für den Schmerz der Mutter, die ihren Sohn verlor. Schuldig, als die alte krummbucklige Frau nach vorne wankte und den abgeschlagenen Kopf ihres Sohnes aufhob und umklammerte.

Entsetzt wollte er sie davon abhalten, aber seine Füße waren schwer – wie in Blei gegossen.

Angewidert sah der Herzog über die Alte hinweg. Seine Augen wanderten suchend umher, bis sie auf dem Fremden haften blieben. Der ballte die Fäuste und wusste doch, dass er nichts würde ausrichten können. Doch ohne Furcht erwiderte er für einen Moment den kalten Blick des Adeligen. Dann wandte er sich der alten Frau zu. Aus den Augenwinkeln sah er, wie sie den abgehackten Kopf ihres Sohnes streichelte.

Die Greisin hatte längst keine Tränen mehr, doch sie wollte sich nicht von dem Kopf ihres Sohnes trennen. Wenigstens er sollte in geweihter Erde beerdigt werden.

Der Henker hatte die übrigen Köpfe in einen Sack gesteckt und die fünf Körper zusammengebunden. Ohne Erbarmen wollte er der schreienden Frau den blutigen Kopf ihres Sohnes entreißen. Mit letzter Kraft umklammerte sie den Schopf und sah sich hilfesuchend nach dem Fremden um. Aber sie war zu schwach, um sich lange zu wehren. Kraftlos gaben ihre Hände nach.

Nachdem der Scharfrichter auch den letzten Kopf in den Sack gestopft hatte, ließ er die Leiber von seinem klapprigen Gaul durch die Gassen zum Zwingertor schleifen. Auf dem Schindanger würde er die Körper verscharren, die abgehackten Köpfe sollten auf Lanzen aufgespießt und vor der Stadt zur Schau gestellt werden.

Plötzlich rüttelte jemand am Arm des Fremden. Er schaute nach unten und sah den kopflosen Körper des jungen Jörg Tiegel. Schreiend schlug er nach dem Toten, doch dessen kalte Hand hielt die seine umklammert …

»Daniel … Daniel …?«

Schweißgebadet kam Hofmeister zu sich. Es dauerte einen Moment, bis er wusste, wo er war.

»Hast du schlecht geträumt?«, fragte die Magd, die diese Nacht bei ihm geblieben war. Er gab keine Antwort, sondern sagte nur: »Schlaf weiter, Lena!«

Die Magd drehte ihm den Rücken zu und schlief wieder ein. Hofmeister jedoch war hellwach. Da war er wieder, der Traum, der keiner war. Er konnte sich noch genau an die Hitze erinnern, die an jenem Tag im August 1514 in Stuttgart geherrscht hatte. Damals, als viel Blut floss, da der Plan des jungen Jörg Tiegel verraten wurde. Ein Plan, den er, Daniel Hofmeister, befohlen hatte. Damals, als er noch nicht Daniel Hofmeister hieß.

Mit dem Zipfel der Bettdecke wischte sich Hofmeister den kalten Schweiß aus dem Gesicht und atmete mit geschlossenen Augen tief ein und aus. Erst als er spürte, dass sein Herz nicht mehr raste, öffnete er die Augen wieder.

Jahrelang hatte er die Erinnerung an das alte Mütterlein verdrängt, sie sogar irgendwann vergessen. Doch nun sah er selbst im Schlaf ihre rot geweinten Augen vor sich, glaubte sogar, das Blut riechen zu können, das sich in großen Pfützen um den Henkersklotz gesammelt hatte.

›Zum Glück hatte sie nicht mehr den Anblick des aufgespießten Kopfs ihres Sohns ertragen müssen‹, dachte Hofmeister bitter und wusste doch, dass es kein Trost war. Die Greisin hatte sich damals, in der Nacht zum 9. August, in der Nähe des Kruzifix am Ilgenzwinger erhängt.

Starr blickte Hofmeister in das dunkle Zimmer. Er wusste, dass er keinen Schlaf mehr finden würde, und verließ leise die Kammer.

Im Hof sog er die kühle Luft in die Lungen und musste husten. »Verdammt, Kilian!«, haderte Hofmeister. »Warum musstest du kommen? Jahrelang habe ich nicht mehr an die Vergangenheit gedacht!« Und Hofmeister fragte sich, ob ihn nun sein früheres Leben eingeholt hatte.

Er stand gebeugt da, die Hände in den Achselhöhlen vergraben, und fühlte sich alt und kraftlos. Ihn fröstelte. Zurück im Haus setzte er sich in der Küche dicht vor den Herd, in dem ein Rest Glut eine heimelige Wärme verströmte. Gedankenverloren rieb er die Handflächen aneinander.

Würden ihn im Alter all die Toten im Traum aufsuchen, die seinetwegen ihr Leben gelassen hatten?

›Ich habe niemanden gezwungen mir zu folgen!‹, versuchte er sich zu beruhigen. ›Freiwillig waren sie gekommen, denn sie wollten genau wie ich ihr armseliges Leben ändern!‹

Vergeblich versuchte er die Erinnerung zu unterdrücken. Aber sie kam an diesem frühen Morgen mit aller Macht unerbittlich zurück. Er schloss die Augen und dachte, um sich abzulenken, an das Gespräch mit seinem Freund, dem Landsknecht Kilian.

Bei dem Gedanken an seinen alten Wegbegleiter überzog sogar ein leichtes Lächeln sein Gesicht. Doch nur für einen kurzen Augenblick, dann wurde sein Blick hart.

»Verdammt«, fluchte Hofmeister leise. Kilian hatte Recht! Joß Fritz war zu anderem berufen, als seinen Lebensabend als alter Bauer zu verbringen.

Schon damals, als er bereits einige Jahre als Daniel Hofmeister in Mehlbach lebte, hatte er es gewusst und diese Unruhe gespürt, die auch jetzt wieder Besitz von ihm ergriff.

Seine Kinder waren noch nicht geboren gewesen, als sich die Kunde übers Land verbreitete, dass Pest und Hunger den Menschen zusetzten. Eine große Dürre hatte die Ernte vernichtet, sodass sich kaum einer satt essen konnte. Menschen starben wie Fliegen. Die Lebenden aber konnten ihre Abgaben nicht bezahlen, und kein Bitten, kein Drohen konnte den Bischof von Speyer umstimmen. Er ließ seine Steuereintreiber ausschwärmen, damit sie auch das Letzte aus den Bauern herauspressten.

Obwohl sein Hof als freier Bauer von den Abgaben verschont blieb, wuchs in Hofmeister der Groll. Er wusste, dass die Bauern ohne einen Anführer, der sie wachrütteln und lenken konnte, keine Aussicht hatten, sich gegen die Allmacht des Adels und des Klerus zu wehren.

Hofmeister wusste auch, dass er einer der wenigen war, der die Fähigkeit hatte, die Bauern anzuführen – das hatte er bereits in früheren Zeiten bewiesen. Er konnte Menschen begeistern und selbst das einfache Volk dazu bringen, ihm zuzuhören, denn er redete und verstand ihre Sprache.

Doch Hofmeister zögerte, seine Tarnung aufzugeben. Denn alles stünde auf dem Spiel, würde er sein neues Leben als freier Bauer mit dem Leben eines Aufständischen tauschen.

Als jedoch eines Tages ein Wanderprediger von dem Unmut der Bauern in Bruchsal berichtete, wusste Hofmeister, dass seine Zeit gekommen war und er handeln musste. Das war leichter gesagt als getan, denn zwischenzeitlich war er verheiratet. Doch es war ausgerechnet seine Frau Elisabeth, die ahnungslos eines Tages eine Lösung anbot. Mit Tränen in den Augen blickte sie von ihrer Flickarbeit auf und sagte mit bebender Stimme: »Im Morgengrauen ist nun auch das letzte von Bauer

Melchiors acht Kindern an Hunger gestorben. Seine Frau ist ebenfalls schwach und kränklich, und das Schlimmste steht zu befürchten. Ach, Daniel, so kann es nicht weitergehen! Wenn sich doch einer unser erbarmen und sich auf den Weg ins Heilige Land begeben würde, um für uns zu beten.«

Ohne weiter darüber nachzudenken, erklärte sich Hofmeister zu einer Wallfahrt bereit. Seine Pilgerreise endete jedoch im Bistum Speyer. Hier war er geboren, hier kannte er sich aus. Und hier trat er wieder als Joß Fritz auf.

Beim Gedanken an seine Reden erfasste Hofmeister Stolz, und er drängte sich in der Küche dichter vor den wärmenden Herd.

Damals in Bruchsal und Untergrombach hatte er seinen Anhängern zugerufen, dass man die Abschaffung der Leibeigenschaft fordern würde. Auch die Verteilung der Kirchengüter an das Volk wollte er erzwingen und den Leuten klarmachen, dass sie keinen anderen Herrn mehr dulden sollten außer Kaiser und Papst.

Er wusste, was die armen Menschen von ihm hören wollten, wusste, wie er es anstellen musste, damit sie sich ihm anschlossen. Im Jahr 1502 waren ihm nach nur wenigen Monaten des Werbens Tausende Männer und sogar Hunderte Frauen gefolgt. *Bundschuh* nannten sie sich. Bundschuh, wie der Schnürschuh des einfachen Mannes – der sollte ihr Wahrzeichen werden. Alles war damals bestens durchdacht und geplant gewesen. Doch bevor die *Bundschuh Verschwörung* ihre Pläne in die Tat umsetzen konnte, wurde sie an den Bischof von Speyer verraten. Viele Anhänger waren verhaftet und einige getötet worden.

Joß Fritz konnte nach Mehlbach fliehen und wurde wieder Daniel Hofmeister. Seine missglückte Wallfahrt erklärte er mit Krankheit, die ihn noch vor Antritt der Pilgerreise ereilt habe.

Keiner zweifelte an dieser Begründung, sah er doch bei seiner Rückkehr ausgezehrt und heruntergekommen aus.

Schnell fügte er sich wieder in das tägliche Leben eines Bauern ein, doch in Gedanken war er oft bei dem niedergeschlagenen Aufstand und den unfreien Bauern. Obschon Hofmeister in den besten Jahren seines Lebens stand, fühlte er sich leer und müde und war mit seinem Leben unzufrieden.

Sieben Jahre nach dem missglückten Aufstand in Untergrombach hielt er die Enge auf dem Hof in Mehlbach nicht mehr aus und machte sich wieder auf, um angeblich erneut an einer Wallfahrt teilzunehmen. Ohne Murren ließ seine Frau ihn ziehen, spürte sie doch schon lange, dass ihn etwas bedrückte.

Die zweite Pilgerreise führte ihn nicht weiter als nach Lehen im Breisgau. Hier konnte er wieder der sein, der er in seinem Inneren stets geblieben war: Joß Fritz, der Mann, zu dem die Menschen aufblickten, an dessen Lippen sie hingen und dessen Worten sie lauschten.

Eine Frau war besonders von ihm und seiner Schaffenskraft angetan und teilte alsbald sein Bett. Else Schmid konnte er all das erzählen, was er seiner Frau Elisabeth verschweigen musste. Sie verstand und ermunterte ihn, an seinen Plänen festzuhalten. Else und Joß ergänzten sich nicht nur in dem gemeinsamen Drang nach Freiheit, sondern auch im Bett. Er empfand damals mehr Zuneigung für sie als für die Mutter seiner Kinder und so heiratete er Else im Jahr 1510. Er sah nichts Verwerfliches darin, mit zwei Frauen gleichzeitig verheiratet zu sein, war er doch für die eine Daniel Hofmeister und für die andere Joß Fritz. Zufrieden und ohne einen Gedanken an Mehlbach zu verschwenden, nahm er die Stelle eines Bannwarts in den Weinbergen an. Und mit großer Klugheit und Geduld bereitete er den Boden für eine neue Bundschuhverschwörung vor. Die Saat, die er ausgelegt hatte, sollte aufgehen, denn drei Jahre später hatte Joß Fritz erneut eine große Anhängerschaft um sich geschart. Und er richtete neue Forderungen an Adel und Klerus, darunter das Recht auf freien Fischfang, freie Vogeljagd und auf Nutzung von Wald und Weiden und die Abschaffung ungerechtfertigter Steuern und Zölle.

Daniel Hofmeister lachte leise bei dem Gedanken. Das war wahrhaft vermessen gewesen, das wusste er jetzt wie damals. Regungslos saß er weiter am Herd und hing seinen Erinnerungen nach. Auch Stoffel von Freiburg kam ihm in den Sinn, und seine Augen begannen zu glänzen.

Stoffel war ein wahrer Segen für die Bundschuhverschwörung gewesen. Äußerlich erschien er wie ein Ritter. Mit einem weißen, mit schwarzem Samt ausgelegten Mantel ritt er über die Lande und bediente sich Bettlern und Landstreichern, um Nachrichten hin und her zu tragen. Das war ein schlauer Plan gewesen, denn die Bettler waren wie eine Zunft organisiert und unterstanden Hauptleuten, die sie sich selbst erwählten. Mit diesen Oberen knüpften Joß und Stoffel Verbindungen, und so standen ihnen ganze Bettlerrotten zur Verfügung.

Stoffel von Freiburg teilte von Gau zu Gau Gesellen ein, die ihre Bezirke beobachteten und ihm Meldung machten. Außerdem bekamen sie für jedes neu geworbene Mitglied einen Pfennig. So wuchs die Bundschuhvereinigung stetig an, und Joß und Stoffel hielten Musterungen ab – vorwiegend nachts. Doch trotz guter Planung und sorgfältiger Vorbereitung wurde auch diese Verschwörung verraten, da man einen der ihren durch Folter dazu gebracht hatte, von ihren Plänen zu erzählen.

Rasch wurden Hunderte Verschwörer gefangen genommen und getötet. Glücklicherweise konnten die meisten fliehen. So gelang auch Joß Fritz und Stoffel von Freiburg die Flucht, und sie sahen sich nie wieder.

Hofmeister vergrub das Gesicht in den Händen. Dann wischte er sich über die Augen und seufzte.

Es wäre für Joß Fritz gefährlich gewesen, das Leben mit Else wiederaufzunehmen. Er wusste, dass sie auch ohne ihn zurechtkommen würde, und so kehrte er zu Elisabeth und den Kindern in die Pfalz zurück. Denn nur in Mehlbach als Daniel Hofmeister fühlte er sich sicher. Hier ahnte niemand etwas von seinem Doppelleben.

Wie groß seine Kinder geworden waren! Sie bestürmten ihn mit Fragen über das gelobte Land, und bildhaft erzählte er, was sie hören wollten: von fremden Ländern und wilden Tieren. Von Überfällen, bei denen seine Pilgermarke und alle anderen Dinge abhandengekommen waren, auch von vielen Gefahren, die er angeblich bezwungen hatte.

Jeder im Ort bewunderte seinen Mut, und so fühlte sich Daniel Hofmeister in Mehlbach als Sieger, obwohl er als Joß Fritz im Breisgau eine Niederlage erlitten hatte.

Doch das ruhige Bauernleben währte nur wenige Jahre, als Hofmeister erfuhr er, dass im Oberrheingebiet Menschen wieder bereit waren, Joß Fritz erneut zu folgen. So verließ er ein weiteres Mal die Familie. Zum Abschied hatte der Pfarrer zu ihm gemeint: »Ja, wenn einen einmal das Pilgerblut gepackt hat, dann kann man davon nimmer lassen!« Und so wallfahrtete Hofmeister angeblich nach Spanien. In Wirklichkeit führte ihn sein Weg wieder in seine Heimat, wo er einmal aufs Neue eine Verschwörung aufzubauen gedachte …

»Ihr seid schon auf, Bauer?«

Hofmeister wurde aus seinen Gedanken gerissen, und es dauerte einen Moment, bis er sich gefasst hatte. Dann fuhr er die Küchenmagd unwirsch an: »Ich glaubte schon, du faules

Weibsstück würdest den ganzen Tag im Bett liegen. Seit geraumer Zeit sitze ich nun hier und warte, dass du mir etwas zu essen machst.«

Die Magd schöpfte daraufhin sogleich Wasser aus einem Eimer, um ihrem Herrn Gerstenbrei zu kochen.

Grummelnd verließ Hofmeister die warme Küche. Vor der Zimmertür atmete er tief durch.

»Fort mit den Erinnerungen!«, befahl er sich leise. Doch ungewollt klangen Kilians Worte in ihm nach: »Wir brauchen dich, Joß, haben dich immer gebraucht.«

Plötzlich hatte er das Gefühl, als fließe neu gewonnene Kraft durch seinen Körper. Er streckte das Kreuz und straffte die Schultern. »Sie brauchen mich!«, flüsterte er heiser und wusste, was er zu tun hatte.

An den darauffolgenden Abenden sprach Daniel Hofmeister mehrmals mit seinem ältesten Sohn Jakob und regelte alle ihm wichtig erscheinenden Angelegenheiten auf dem Hof.

Mitten in der Nacht schlich er dann zu seinem jüngsten Sohn Nikolaus und strich dem schlafenden Jungen über das Haar.

Daniel Hofmeister hatte seinen Söhnen und dem Gesinde bereits mitgeteilt, dass er sich zu einer weiteren Pilgerreise ins gelobte Land entschlossen habe. Es gab nichts mehr zu sagen, und so verließ er kurz nach Mitternacht unbemerkt den Hof.

Die Sichel des Halbmondes stand hoch am Himmel und spendete Licht. Hofmeister drehte sich auf der Kuppe in der Nähe des Hofs ein letztes Mal um, um den Anblick seines Anwesens in sich aufzunehmen. Dann gab er dem Pferd entschlossen die Sporen und ritt in Richtung Neustadt davon.

# Kapitel 11

Die Äste knackten und brachen, als Anna Maria auf sie trat. Sie hatte das Gefühl, als verschlucke der Wald das Tageslicht. Die Bäume, die dicht an dicht standen, wirkten düster und unheimlich. Nur wenn sich die Sonnenstrahlen in den Baumkronen brachen, erschien der Wald in freundlicherem Licht.

Anna Maria erinnerte sich an Wendels Rat, in den Morgenstunden mit der Sonne im Rücken zu marschieren. Um die Mittagszeit sollte die Sonne dann auf ihrer rechten Seite und ab Mittag vor ihr stehen. Wenn sie das beachtete, würde sie auf direktem Weg ins Elsass gelangen. Auch hatte Wendel ihr erklärt, dass Bäume auf der Seite, die nach Norden wies, oft mit Moos bewachsen waren. Wenn die Sonne also einmal nicht scheinen würde, könnte sie mit Hilfe der moosbewachsenen Baumseiten den Weg und die Richtung bestimmen. Doch dürfe sie nie in diese Richtung gehen, denn dann würde der Weg sie nach Norden führen, und dorthin wolle sie auf keinen Fall.

Anna Maria hatte keine Angst, sich zu verlaufen. Viel mehr fürchtete sie die Wölfe, von denen sie zwar weder etwas hörte noch sah. Doch das Wissen, dass es sie hier gab, flößte ihr Furcht ein. Das Mädchen hoffte, dass die Wolfsschlucht noch weit entfernt war, zumal Ruth ihm erklärt hatte, dass sie nie dort gewesen war. Allerdings hatte sie auch ängstlich hinzugefügt: »So weit in den Wald hinein habe ich mich nie getraut!«

Anna Maria kannte die Schauermärchen, die die Vaganten sich erzählten. Jeden Winter um dieselbe Zeit kam eine Gruppe des fahrenden Volkes nach Mehlbach, um dort in einer abgelegenen Scheune die kalten Wintermonate zu verbringen.

Zwar hatte die Mutter ihrer Tochter und ihren Söhnen stets verboten, sich mit den Fremden abzugeben, doch die Geschichten, die das Wandervolk zu erzählen wusste, verzauberten nicht nur die Kinder. Es war ihr Vater gewesen, der Anna Maria und ihre Brüder heimlich zu den Vaganten mitgenommen hatte. Während er sich mit den Ältesten der fahrenden Gesellen unterhielt, lauschten die Buben und Anna Maria dem Geschichtenerzähler der Gruppe. Gespannt hatten sie um das Lagerfeuer gesessen und dem Alten zugehört. Dabei erfuhren sie von Menschen, die sich in Wölfe verwandeln konnten, von wilden Kreaturen, die nachts in die Dörfer gingen, um zu jagen, und aus diesem Grund selbst gejagt wurden.

Beim Gedanken an die Gruselgeschichten, die sie als Kind gehört hatte, verlangsamte Anna Maria ihre Schritte. Achtsam beobachtete sie den Wald. Und mit jedem weiteren Schritt erinnerte sie sich an die Märchen von Dämonen, Hexen und Werwölfen, und ihre Angst wuchs. Hastig atmend lehnte sie sich an eine Kiefer und versuchte die Gedanken zu verscheuchen.

Damals hatte der Vater ihr erklärt, dass es nur erfundene Geschichten seien, die nichts mit der Wirklichkeit zu tun hätten. Doch damals wie jetzt in diesem dunklen Wald hatte Anna Maria ihre Zweifel, ob die Schilderungen des fahrenden Volks tatsächlich nur der Einbildungskraft des Geschichtenerzählers entsprungen waren.

Inmitten des Waldes schien es windstill zu sein, obwohl Anna Maria wusste, dass über ihr der Wind an den Bäumen rüttelte. Gelb gefärbte Blätter rieselten auf sie herab. Zwischen den Wipfeln konnte das Mädchen ab und an einen Blick auf den Himmel erhaschen, wo dunkle Wolken wie eine Schafherde vorbeizogen.

Es war an der Zeit, sich einen Schlafplatz zu suchen, denn rasch würde die Dämmerung hereinbrechen. Unter umgestürzten Bäumen, deren Stämme zu einem Dach verkeilt waren, wollte sie sich für die Nacht ein Lager herrichten. Eilig raffte sie Laub zusammen, um den Schlafplatz zu polstern. Sie schaffte es gerade rechtzeitig, sich in ihrem Versteck zu verkriechen, als ein aufziehendes Unwetter die Bäume ächzen ließ.

»Als ob er vom Tod singen würde«, wisperte Anna Maria, als der Wind durch einen der hohlen Baumstämme strich und eine gespenstische Melodie erklingen ließ. Anna Maria hüllte ihren Körper in den dunklen Pilgerumhang und zog sich die Kapuze tief ins Gesicht. Niemand würde vermuten, dass sich ein verängstigtes Mädchen unter den Baumstämmen verbarg.

›Sicherlich werde ich kein Auge zutun‹, fürchtete Anna Maria, als der schrille Schrei eines Vogels sie erschaudern ließ.

Als sie wenig später ein Rascheln und Schnauben hörte, schlug sie langsam die Kapuze zurück, um besser sehen zu können. Spinnen und anderes Getier fielen von dem morschen Holz auf ihr Gesicht. Am liebsten wäre sie aufgesprungen und schreiend weggerannt, doch die Geräusche kamen näher. Etwas Weiches stieß an ihr Bein. Wie tot blieb sie liegen und wagte kaum zu atmen. Nur Tränen, die ihr an den Nasenflügel hinunterliefen, verrieten, dass sie noch lebte.

Was knisterte dort drüben im Gebüsch? Da! Anna Maria konnte viele kleine Füße über den weichen Waldboden trappeln sehen. Wieder ein Schnauben, ein Grunzen. Erleichtert erkannte sie, dass es eine Rotte Wildschweine war, die mit ihren weichen Nasen die Erde durchwühlten.

Sie verhielt sich ruhig, und schon bald zogen die Tiere weiter. Eine gespenstische Stille breitete sich aus. Langsam setzte feiner Regen ein. Wenn die Wolken den Mond freigaben, spiegelte sich sein Licht auf dem feuchten Farn und den nassen Büschen. Anna Maria spürte, wie ihre Augenlider schwer wurden.

Erst als das Licht die Schatten der Morgendämmerung verdrängte, erwachte sie. Der Regen hatte aufgehört. Wind trocknete den Boden und schob dunkle Wolken vor sich her.

Mit schmerzenden Gliedern kroch Anna Maria aus ihrem Versteck. Sie reckte und streckte sich, doch der Schmerz blieb.

»Wenigstens habe ich die Nacht überlebt!«, tröstete sie sich. Als sie sich über das Gesicht wischte, bemerkte sie den Ruß auf ihren Fingern.

›Vielleicht hat Ruth recht daran getan, mir den Fleck auf die Stirn zu malen‹, überlegte Anna Maria. Sie suchte in ihrem Beutel nach der Kohle und malte sich erneut einen großen schwarzen Punkt auf die Stirn. Sofort fühlte sie sich stärker. Sie aß ein Stück Brot. Als sie auch Käse aus dem Sack holen wollte, erkannte sie, dass Kaspar und Melchior ihr nichts übrig gelassen hatten. In der Erinnerung an die beiden Knaben lächelte sie und dachte: ›Einerlei! Ich werde nicht verhungern.‹

Gestärkt und frohen Mutes setzte sie ihren Weg durch den Wald fort. Nicht immer war der Pfad mühelos zu beschreiten. Oft musste sie sich durch dichtes Buschwerk kämpfen, umgestürzte Bäume umgehen oder über gurgelnde Bäche springen.

Dann hinderte sie ein steiler Hang am Weitergehen. Zwar fand sie eine etwas flachere Stelle, an der sie hinaufklettern konnte, aber dennoch war der Hang nur mühsam zu erklimmen. Sie musste sich an Zweigen und Wurzeln hochziehen. Immer wieder rutschten ihre glatten Bundschuhe auf dem feuchten Untergrund weg. Nach kurzer Zeit keuchte Anna Maria wie ein altes Weib. Erschöpft hielt sie sich an einer freihängenden Wurzel fest und verschnaufte für einen Augenblick. Als sie nach unten schaute, überkam sie das Gefühl, beobachtet zu werden. Sie glaubte das Knacken von Ästen zu hören und ein Keuchen. Doch außer dichtem Buschwerk unter ihren Füßen konnte sie nichts erkennen. Furcht überkam sie. So schnell sie konnte, zog sie sich den Hang hinauf. Als sich ein Stein aus dem

Untergrund löste, drohte sie abzurutschen und nach unten zu fallen. Vor Schreck stieß sie einen schrillen Schrei aus, doch es gelang ihr, sich am Geäst festzuhalten und nach oben zu ziehen. Ihre Arme und Beine zitterten vor Anstrengung. Keuchend legte sie sich auf den Waldboden, als ein leises Winseln an ihre Ohren drang. Erschrocken drehte sie sich auf den Bauch, um nach unten schauen zu können. In diesem Moment heulte der Wind auf, und die Bäume wogten gespenstisch im Takt dazu. Hastig sprang Anna Maria auf und lief los. Zweige peitschten ihr ins Gesicht, und als Regen einsetzte, rutschte sie immer wieder aus. Ihr Umhang zerriss an Ästen, denen sie nicht ausweichen konnte. Ihre Hände wurden von Dornen zerkratzt, und die feinen Wunden bluteten und brannten.

Bald goss es in Strömen. Anna Maria konnte kaum etwas sehen und irrte im Regen umher. Sie ahnte, dass sie vom rechten Weg abgekommen war. Verzweifelt suchte sie einen geschützten Unterschlupf. Doch der Regen, der wie aus Eimern geschüttet vom Himmel fiel, behinderte ihre Sicht immer mehr. Sie war bereits bis auf die Haut durchnässt, denn selbst der fest gewebte Umhang konnte sie vor dem heftigen Regenguss nicht schützen.

Zitternd hockte sich das Mädchen an den Stamm eines mächtigen Baumes und betete, dass es endlich zu regnen aufhören würde. Lauter Donner war die Antwort. Mächtige Äste brachen von den Bäumen und fielen laut krachend zu Boden. Ein Blitz schlug in einen alten Stamm ein und ließ ihn zersplittern. Anna Maria schrie aus Leibeskräften, doch der Sturm verschluckte ihre Stimme.

Weinend vergrub sie ihr Gesicht in den Händen. Da drang erneut ein Geräusch an ihr Ohr. Vorsichtig sah sie auf und erschauderte. Nur wenige Schritte entfernt sah sie mehrere Wölfe vorbeiziehen. Erschrocken wollte sie aufspringen und fortlaufen, als einer der Wölfe plötzlich stehen blieb, sich wie ein

Mensch auf zwei Beine aufrichtete und zu ihr herübersah. Seinen durchdringenden Blick konnte sie trotz der Entfernung und des dichten Regens spüren. Seine Augen sahen sie an und hielten sie gefangen. Wie gelähmt saß Anna Maria da, als ein schriller Pfiff den Spuk beendete und die Tiere aus ihrem Blickfeld verschwanden. Sie erwachte aus ihrer Erstarrung und lauschte angestrengt in die Richtung, in die das Rudel gelaufen war. Doch es war nichts zu hören oder zu sehen.

Anna Maria war eingenickt, und erst als sie erwachte, bemerkte sie, dass der Regen aufgehört hatte. Sofort wanderte ihr Blick zu der Stelle, wo sie zuvor die Wölfe gesehen hatte. Aber sie konnte nichts erkennen, was sie in ihrer Angst bestärkt hätte, dass einer der Wölfe ein Werwolf gewesen sein musste. »Ich habe sicherlich geträumt«, murmelte sie. Doch das beklemmende Gefühl, das sie beim Anblick des Wolfsmenschen erfasst hatte, blieb. Hastig erneuerte sie den schwarzen Punkt auf ihrer Stirn. Als sie sich aufrichten wollte, fiel sie hart auf den Steiß. Ihre Glieder fühlten sich taub und schwer an. Kräftig rieb sie über ihre Beine, bis sie ein Kribbeln spürte. Nur langsam kam das Gefühl zurück, und sie konnte aufstehen.

Da Anna Maria in der nassen Kleidung fror, wollte sie ein Feuer entzünden, konnte aber kein trockenes Holz finden.

›Es bleibt mir nichts übrig als weiterzuziehen‹, dachte sie bei sich. ›Wenn ich mich nicht bewege, werde ich krank.‹

Sie versuchte zu erraten, welche Tageszeit es war. Schließlich entschied sie, dass es später Mittag sein musste. Als sie zwischen den Bäumen zum Himmel emporblickte, war keine Sonne zu sehen, die ihr den Weg weisen würde. Sie suchte einen Baum, um sich an der mit Moos bewachsenen Seite zu orientieren. Nun wusste sie, in welche Richtung sie weiterziehen musste, und dankte Wendel stumm für seine Ratschläge.

Der Sturm hatte im Wald schweren Schaden angerichtet. Überall lagen abgebrochene Äste herum. Unter einem besonders dicken Stück Holz fand Anna Maria einen erschlagenen Fuchs.

Plötzlich breitete sich ein widerlicher Gestank aus. Anna Maria wagte kaum zu atmen. Sie folgte dem Gestank, bis sie einen steilen Abhang erreichte. ›Die Wolfsschlucht‹, dachte sie erschrocken.

Der Gestank schien aus der Schlucht emporzusteigen, denn als sie sich über den Rand beugte, wurde er stärker. Plötzlich rutschte der Boden unter ihren Füßen weg, und sie rollte den Abhang hinunter. Laub und dünne Äste verfingen sich in ihren Haaren. Unsanft landete sie am Fuße des Hanges. ›Zum Glück habe ich mir nichts gebrochen!‹, dachte sie, als sie sich die Schürfwunden an Knien und Händen besah.

Sie richtete sich auf und klopfte den Umhang ab, der nass und schwer an ihr hing. Unweit entfernt fand sie auch ihren Pilgerstab und den Beutel wieder – beides hatte sie beim Sturz verloren. Wieder stieg ihr ein widerwärtiger Geruch in die Nase, doch Bäume und Buschwerk versperrten ihr die Sicht.

Wie magisch angezogen folgte sie dem Gestank, der immer mehr zunahm. Angewidert presste sie den Arm vor die Nase, während sie weiterging. Plötzlich hörte sie ein Jaulen, Winseln und Knurren. Rasch versteckte sie sich hinter einem Baumstamm, der ihre Gestalt vollkommen verdeckte. Anna Maria wusste, dass es klüger wäre, eilends den Weg zurückzugehen, doch die Neugier siegte. Schwer atmend lugte sie hinter dem Stamm hervor und konnte nur mit Mühe einen Schrei des Entsetzens unterdrücken. Es würgte sie, denn Übelkeit stieg in ihr auf.

›Unmöglich!‹, dachte sie. ›Ich glaube nicht, was ich sehe!‹ Wieder schaute sie hinter dem Baum hervor und erkannte, dass ihre Augen sie nicht getäuscht hatten. Zittrig suchte sie nach dem Stück Kohle in ihrem Beutel und malte sich die Stirn schwarz an. Dabei flüsterte sie kaum hörbar: »Ich muss nichts fürchten. Sie werden mir nichts tun, denn ich trage das Bannzeichen auf der Stirn!«

Doch als sie erneut zu dem Ort des Grauens blickte, wusste sie, dass sie nichts würde schützen können. »Lieber Gott, bitte hilf mir! Ich will noch nicht sterben!«, betete sie inbrünstig.

Auf der kleinen Waldlichtung stand ein abgestorbener hoher Baum, an dem eine Leiche hing. Es war der Verwesungsgeruch, der von dem Toten ausging, dem Anna Maria gefolgt war. Mehrere Wölfe, größer als jeder Hund, den Anna Maria je gesehen hatte, sprangen immer wieder an dem Toten empor und fraßen das Fleisch von seinen Beinen. Es war bereits bis zu den Oberschenkeln abgefressen, und die Unterschenkelknochen fehlten. Um die abgetrennten Beinknochen stritten sich am Boden gleich mehrere kleine Wölfe. Krähen, die auf dem Kopf des Gehängten Platz genommen hatten, hatten ihm Augen und Nase ausgehackt. Trotz der Entfernung konnte Anna Maria die dunklen, leeren Augenhöhlen erkennen. Als erneut ein Wolf mehrmals an dem Toten hochsprang, schaukelte die Leiche hin und her. Laut schimpfend flogen die Krähen auf. Erst, als der Leichnam wieder ruhig hing, setzten sie sich erneut auf seine Schultern und setzten ihre Mahlzeit fort.

Angewidert und zugleich gebannt, verfolgte Anna Maria das gruselige Schauspiel. Wer mochte der Tote sein? Wie alt war er gewesen, und wer hatte ihn aufgehängt? Voller Verzweiflung dachte sie an ihre Brüder. Sie weigerte sich, darüber nachzudenken, ob ihnen Ähnliches passieren könnte, und schlug sich mit der flachen Hand mehrmals an den Kopf, als könne sie so die furchtbaren Gedanken verscheuchen.

›Wäre das doch nur ein Traum, aus dem ich gleich erwachen würde!‹, dachte Anna Maria flehentlich. ›Vielleicht ziehen sich die Wölfe aber für die Nacht zurück‹, ging es ihr dann durch den Kopf, als sie ein lautes Knurren zusammenzucken ließ. Langsam wandte sie den Kopf zur Seite.

Ein grauer Wolf, größer als alle anderen, war aus dem Wald getreten und sah von einer Steinplatte zu dem Rudel hinüber. Er knurrte und zog seine Lefzen hoch, sodass Anna Maria sein starkes Gebiss erkennen konnte.

Ein Wolf des Rudels stellte sich dem Eindringling entgegen, während die anderen aus sicherem Abstand ihn zu beobachten schienen. Dieser Wolf war der kräftigste und größte des Rudels.

Angespannt kauerte Anna Maria hinter dem Baumstamm. Noch hatte sie keiner der Wölfe bemerkt, und sie hoffte, dass dies so bleiben würde.

Mit zusammengekniffenen Augen beobachtete Anna Maria das Treiben. Plötzlich preschte der graue Wolf auf den Anführer des Rudels zu. Knurrend und zähnefletschend, mit nach oben gehaltener Rute sprang er hoch und biss dem Gegner in den Nacken. Dieser wehrte sich und wälzte sich auf dem Boden, um den Angreifer loszuwerden. Doch der ließ nicht von ihm ab, sondern verbiss sich in der Kehle seines Gegners. Lautes Jaulen war zu hören, und Anna Maria sah, wie sich das Fell des unterlegenen Wolfes rot färbte. Als ein weiterer Wolf aus dem Rudel sich in den Kampf einmischen wollte, ertönte wieder der schrille Pfiff, den Anna Maria bereits in der Nacht gehört hatte. Woher kam der Ton, und wer stieß ihn aus? Kein Vogel, der Anna Maria bekannt war, machte solch einen Laut. Wieder war der Pfiff zu hören, und erschreckt machte Anna Maria einen Schritt nach hinten. Das Knacken der Äste hallte in der Schlucht gespenstisch wider. Nun blickten die Wölfe in ihre Richtung und reckten ihre Nasen in die Höhe. Sie schienen das Mädchen zu wittern, denn sie fletschten die Zähne. Doch statt Anna Maria anzugreifen, suchte das Rudel winselnd zwischen den Bäumen Schutz. Nur der graue Wolf, der siegreich über seinem verletzten Gegner stand, schien keine Furcht zu haben. Zähnefletschend schaute er in die Richtung des Baums, hinter dem Anna Maria sich versteckte. Sie glaubte zu erkennen, dass seine Augen rot glühten. Voller Angst ergriff sie Pilgerstab und Beutel und rannte los. So schnell ihre Beine sie trugen, lief sie den Weg zurück, den sie gekommen war, und hoffte, dass der Wolf in der Nähe des Rudels bleiben würde. Doch schon hörte sie sein Knurren im Rücken. Anna Maria versuchte den Hang hinaufzukrabbeln, um den Wolf hinter sich zu lassen. Doch vergeblich. Die nasse Kleidung schien sie nach unten zu ziehen, und sie rutschte ab. Aus den Augenwinkeln sah sie, wie der Wolf näher kam. Sie stürmte weiter und übersah eine dicke Baumwurzel. Sie stolperte und schlug hart mit dem Kopf auf einen Stein. Benommen spürte sie, dass ihr Blut übers Gesicht lief und ihr schlecht wurde. Mühsam drehte sie sich auf den Bauch, als der Wolf knurrend über ihr stand. Furchterregend waren seine spitzen Zähne, auch sein Blick. ›Die Augen glühen rot‹, dachte sie zitternd und hatte Angst, bewusstlos zu werden. Sie kämpfte gegen die drohende Ohnmacht an, die sich ihres Körpers bemächtigen wollte. Verzweifelt suchten ihre Hände auf dem Boden nach einem Stock, mit dem sie den Wolf abwehren könnte. Schon näherte sich sein kräftiges Gebiss ihrer Kehle. Als sie seinen stinkenden Atem roch, schrie sie ihre Angst hinaus. Sie keuchte, und die Übelkeit nahm zu. Doch plötzlich jaulte der Wolf auf und sackte über ihr zusammen. Schwer lag sein Körper auf dem ihren, und sie spürte, wie etwas Warmes über ihr Gesicht lief. Wieder schrie sie aus Leibeskräften. Dann schwanden ihr die Sinne.

Als Anna Maria wieder zu sich kam, ruhte die Last des grauen Wolfs nicht mehr auf ihr. Ihre Lider flatterten, und als sie wieder deutlich sehen konnte, schrie sie erneut auf.

Wieder blickte sie in das Gesicht eines Wolfs. Doch dessen Augen funkelten nicht rot, sondern waren so blau wie der Himmel. Sein Gebiss war weder kräftig, noch waren seine Zähne spitz. Nur die Farbe des Fells glich dem des anderen Wolfs. Finster war der Blick, mit dem er Anna Maria betrachtete. Sie spürte, wie die Ohnmacht zurückkehrte, und dieses Mal kämpfte sie nicht dagegen an.

Anna Maria träumte. Die Bilder in ihrem Traum sprangen hin und her.

Zuerst stand sie nackt auf freiem Feld. Ihre langen blonden Haare verhüllten ihre Brüste. Aus einem wolkenlosen Himmel brannte die Sonne erbarmungslos auf sie herunter. Die Hitze wurde unerträglich, und Anna Maria hatte das Gefühl, bei lebendigem Leib zu verbrennen. Als plötzlich eine Quelle vor ihr aus dem Boden trat, trank sie begierig. Das Wasser schmeckte süß wie Honig, hinterließ jedoch einen bitteren Nachgeschmack.

Ohne Vorwarnung veränderte sich das Wetter, und es schneite plötzlich. Rasch war die Landschaft mit einer weißen Schicht überzogen und die Quelle zugefroren. Obwohl Anna Maria eisige Kälte umgab, fand sie sich unbekleidet auf dem Acker ihres Vaters wieder. Ihre langen Haare schützen sie nicht vor der beißend kalten Luft, und sie fror entsetzlich. Ebenso plötzlich umgab sie wieder Wärme, und als sie an ihrem Körper herunterblickte, erkannte sie, dass auf ihrer Haut Wolfspelz gewachsen war. Anna Maria schrie auf und versuchte sich das Fell von der Haut zu reißen, doch vergeblich.

Erneut wandelte sich der Traum. Hinter einem Baum lugten rot glühende Augen hervor und blickten Anna Maria durchdringend an. Sie versuchte zu fliehen, als aus den roten blaue Augen wurden.

Es begann zu nieseln. Sanfter Regen kühlte Anna Marias erhitzten Körper. Die blauen Augen blickten freundlich auf sie herab, doch als sie etwas sagen wollte, verschwanden sie, und Anna Maria stand erneut frierend auf dem Acker.

So tanzten die Bilder hin und her. Nur der Klang der Trommeln, die sie unentwegt aus der Ferne hörte, veränderte sich nie.

Dann verschwanden alle Träume, und auch der Trommler schwieg. Langsam öffnete Anna Maria die Augen. Sie befand sich in einer Höhle, die vom Feuerschein erhellt wurde. Gespenstisch tanzten die Schatten der Flammen an der Decke.

Anna Maria lag auf gepolstertem Boden, eine weiche Decke verhüllte ihren Körper. Der Raum war ihr fremd, und sie konnte sich nicht erinnern, wie sie in die Höhle gelangt war.

Auf ihrer Stirn haftete ein Verband. Vorsichtig fuhr sie mit den Fingerspitzen darüber. Als sie einen leichten Schmerz spürte, zog sie den Verband ab und tastete nach der verletzten Stelle. Eine Kruste hatte die Wunde verschlossen.

Vorsichtig drehte Anna Maria den Kopf und sah sich um. Es schien eine kleine Höhle zu sein, denn sie konnte Steinwände erkennen, sie sogar berühren.

Sie ließ ihren Blick durch den Raum wandern und dann sah sie ihn! Der Wolf saß am Feuer und hatte ihr den Rücken zugewandt.

Anna Maria hielt sich die Hand vor den Mund, um nicht laut aufzuschreien. Jetzt fiel ihr alles wieder ein! Die roten Augen, der Tote am Baum, das viele Blut.

Furcht erfasste sie. Als sie die Decke fortstrampeln wollte, erkannte sie das Fell – es war ein Wolfspelz! Anna Maria sprang auf und schwankte. Die Wände um sie herum schienen sich zu drehen. Bevor sie zu Boden fiel, fing der Wolf sie auf. Er hatte zwei Arme und zwei Beine – wie ein Mensch. Anna Maria schrie, wehrte sich und schlug auf ihn ein, doch sein Griff verstärkte sich.

»Vater unser im Himmel!«, stammelte sie leise und erstarrte vor Angst. Sein Fell rieb grob auf ihrer Haut und verströmte einen ekelhaften Geruch. Angewidert von dem Gestank senkte die den Kopf und erkannte, dass sie nackt war. Sie erschauerte. Regungslos hing sie in seinen Fängen, nur ihr Herz klopfte wild in ihrer Brust.

Mühelos legte der Wolf sie zurück auf das Lager. Anna Maria griff nach dem Fell und bedeckte sich damit. Ihre Kehle war wie zugeschnürt, und sie bekreuzigte sich mehrmals. Der Wolf sah von oben auf sie herab.

»Ihr seid geschwächt! Bevor Ihr Euch erhebt, müsst Ihr zu Kräften kommen!«

›Ein sprechender Wolf! Ich bin wahnsinnig geworden!‹, dachte Anna Maria voller Grausen. Sie schloss die Augen und betete, dass dies nur ein Alptraum war. Doch als sie wieder aufblickte, starrte der Wolf sie regungslos aus blauen Augen an. Verstört wich sie zurück.

»Ich werde Euch jetzt allein lassen!«, sagte er.

»Ein Wolf, der mit mir spricht!«, flüsterte Anna Maria verwirrt. Verhaltenes Lachen war die Antwort, doch die blauen Augen blieben kalt. ›Die gleichen Augen wie in meinen Träumen‹, dachte sie dann.

»Ich bin kein Wolf«, erklärte die Stimme, »ich bin ein Mensch – leider!«

»Aber Ihr habt ein Fell«, widersprach Anna Maria.

»Das ist meine Tarnung!« Wie einen Umhang zog er das Oberteil, das aus Fell gearbeitet war, über den Kopf. Sein nackter Oberkörper glänzte im Schein des Feuers. Muskeln und Narben waren zu erkennen. Verfilzte Haare fielen bis auf seinen Rücken, ein zotteliger Bart, auf dem ebenso wie auf seinen Haaren Kletten und Zweigstücke klebten, reichte bis zur Brust.

Zaghaft blickte Anna Maria zu dem Mann hoch, als sie sich ihrer eigenen Blöße erinnerte. Feine Röte färbte ihre Wangen.

»Wer hat … habt Ihr … warum … nackt?«, fragte sie stammelnd. Die blauen Augen musterten sie spöttisch, und er erklärte knapp: »Ihr wart bis auf die Haut durchnässt!«

»Das ist doch kein Grund!«, stammelte sie entrüstet.

Kopfschüttelnd zog er eine Augenbraue hoch.

»Wie lange bin ich schon hier?«

»Ihr habt drei Tage mit dem Fieber gekämpft.« Er zeigte auf ihre Stirn. »Eure Kopfwunde hatte sich entzündet.«

»Drei Tage?«, schrie sie auf. Es war Anna Maria einerlei, dass sie hätte sterben können – nur die Zeit zählte.

»Warum habt Ihr mich hier festgehalten? Ich muss fort, sonst kann es zu spät sein«, jammerte sie und sah den Mann zornig an.

»Hätte ich Euch im Wald liegen lassen sollen?«

»Ihr versteht nicht!«, klagte sie.

»Ihr scheint nicht zu schätzen, wenn man Euch Gutes tut!«, sagte der Fremde, während er das Wolfsfell wieder über den Oberkörper zog. Er warf einige Holzscheite ins Feuer und ging wortlos zum Höhleneingang.

»Wo wollt Ihr hin?«

»Jagen!«

»Ich habe keinen Hunger!«

»Nicht für Euch, sondern für die da«, sagte er und wies mit dem Kopf in eine Ecke. Erst jetzt bemerkte Anna Maria vier kleine Wolfsjungen, die schliefen.

»Das sind Wölfe!«, schrie sie auf, »Ihr könnt mich mit diesen Bestien nicht allein lassen!«

»Der Mensch ist die Bestie, nicht der Wolf!«, erklärte der Mann, und seine Stimme bekam einen harten Klang.

»Trotzdem bleibe ich nicht allein hier. Ich werde Euch begleiten!«, sagte sie ungerührt.

»Seid nicht albern. Die Wolfsjungen sind erst wenige Monate alt.«

»Wo ist die Wölfin? Sicherlich wird sie zurückkommen!«, fürchtete Anna Maria und schaute ängstlich zum Höhleneingang. Dann forderte sie: »Gebt mir meine Kleider! Ich werde mitkommen!«

»Seid still, Weib! Die Wölfin ist tot! Ihr könnt Euch ankleiden und gehen, wohin Ihr wollt, doch nicht mit mir.« Er warf ihr die Kleider zu, nahm Pfeil und Bogen auf und verschwand ohne ein weiteres Wort nach draußen. Fassungslos starrte Anna Maria ihm hinterher, als sie den Pfiff hörte, den sie bereits Tage zuvor im Wald vernommen hatte.

Anna Maria ließ die Wolfsjungen nicht aus den Augen.

›Wo ist mein Beutel?‹, überlegte sie nervös. ›Ich brauche die Kohle, um mir den Punkt auf die Stirn zu zeichnen.‹ Vorsichtig stand sie auf und spürte sofort, wie ihr schwarz vor Augen wurde. Verzweifelt legte sie sich zurück aufs Lager und vergrub ihr Gesicht in den Armen.

»Drei Tage!«, flüsterte sie. »Drei Tage, die ich verloren habe.« Ihr Körper bebte, als jemand an ihren Haaren zog.

»Au!«, jaulte sie und drehte sich um. Goldfarbene Augen blickten sie an. Ungeschickt krabbelte ein Wolfsjunges auf ihr Lager. Es schien keine Angst vor ihr zu haben. Der kleine Kerl schnupperte an der Felldecke, drehte sich mehrmals im Kreis und legte sich darauf nieder. Zweifelnd blickte Anna Maria auf das Junge, das zusammengerollt auf dem Bauch lag und schlief. ›Es vermisst sicher seine Mutter!‹, dachte Anna Maria und hatte plötzlich Mitleid mit dem kleinen Wolf. Nun drang ein Winseln aus der Ecke, und bevor das Mädchen es sich versah, lagen alle vier Wolfsjungen am Rand ihrer Matte. Jedes Mal, wenn sie sich bewegte, gaben sie einen Grunzlaut von sich. Steif blieb Anna Maria liegen und wagte kaum zu atmen, bis sie der Schlaf übermannte.

Anna Maria erwachte, als etwas durch ihr Gesicht fuhr. Erschrocken öffnete sie die Augen und konnte nicht verhindern, dass der kleine Wolf ihr abermals die Wangen leckte. Mit beiden Händen packte sie ihn unter den Vorderläufen und hob ihn hoch.

»Falls du mich fressen willst, beiße ich zurück!«, fauchte sie. Klägliches Winseln war die Antwort. Erschrocken setzte Anna Maria den Welpen zurück auf den Boden. Der Kleine schloss sich sofort den anderen drei an, die munter durch die Höhle tollten. Anna Maria nutzte den Augenblick und zog sich ihre Kleider über – stets die Wolfsjungen im Blick. Je länger sie die Welpen beobachtete, desto mehr verlor sie ihre Angst. Das Verhalten der kleinen Wölfe erinnerte Anna Maria an junge Hunde zu Hause auf dem Hof in Mehlbach.

Ihr Schwindelgefühl war verflogen, und so stand sie auf und legte Holz auf die Glut. Als sie sich nach den kleinen Wölfen umblickte, entschwand einer nach draußen.

»Halt, wo willst du hin?«, rief Anna Maria und ohne zu überlegen, ging sie ihm nach.

Dunkelheit umfing sie, sodass sie kaum etwas erkennen konnte. Trotzdem suchte sie die nähere Umgebung nach dem kleinen Wolf ab und lockte ihn leise. Doch weder sah noch hörte sie ihn. Als Äste knackten, erschrak sie und lief eilends zur Höhle zurück.

Die drei Wolfsjungen empfingen sie jaulend. Zaghaft setzte sich Anna Maria nieder, und sofort kamen die Kleinen angelaufen. Wieder hörte sie vor der Höhle beunruhigende Geräusche, als sich das Gebüsch vor dem Eingang teilte und der Wolfsmensch mit dem entflohenen Jungen unterm Arm hereinkam. Anna Maria konnte nicht leugnen, dass sie erleichtert war, als sie ihn erblickte – auch, weil er den kleinen Wolf gefunden hatte.

Als der Mann die Höhle betrat, pfiff er leise, und die drei Wölfe versammelten sich um ihn. Stürmisch wurde er begrüßt.

Abwechselnd hingen sie an seinem Hosenbein oder knabberten an seinen Füßen, und er musste aufpassen, dass er nicht auf sie trat. Dann setzte er das Junge zu seinen Geschwistern, die es laut anbellten.

»Ich weiß, dass ihr Hunger habt«, sagte er mit einer Sanftheit in der Stimme, die Anna Maria erstaunte.

Bis jetzt hatte er sie keines Blickes gewürdigt. Er fasste in den Beutel, den er über dem Rücken getragen hatte, und holte einen Batzen Fleisch hervor. Dann zog er ein Messer, um das Fleisch zu zerteilen, und konnte nur mit Mühe die Wolfsjungen, die ihn anknurrten, zurückhalten. Als der größte der jungen Wölfe seine Zähne fletschte, herrschte der Mann ihn knurrend an. Zwar legte das Junge die Ohren an, doch nur für einen kurzen Augenblick, dann sprang es wieder hoch, um als Erstes ein Stück Fleisch zu bekommen.

Nachdem der Mann das Fleisch in mehrere kleine Stücke geschnitten hatte, nahm er eines zwischen die Zähne und kniete sich nieder. Nun war er auf Augenhöhe mit den kleinen Wölfen. Gierig schnappte das frechste der Jungen zu und entriss dem Mann das Stück Fleisch aus dem Mund. Dabei tropfte das Blut des frisch erlegten Wilds in den Bart des Wolfsmenschen. Während der erste Wolf seinen Anteil fraß, bekam der zweite, der dritte und zum Schluss das schmächtigste Tier sein Stück.

Das Schauspiel wiederholte sich, bis jedes der Jungtiere satt zu sein schien. Dann leckten die vier den Bart des Mannes und dessen Mundwinkel ab. Angewidert wandte Anna Maria den Blick ab. Allerdings war ihr aufgefallen, dass eines der kleinen Wolfsjungen weniger fraß als die übrigen drei.

»Hat es keinen Hunger?«, fragte Anna Maria.

Der Mann blickte auf und erklärte mit starrem Blick: »Er ist ein Weibchen. Sie ist die Kleinste und Schwächste und wird deshalb von den anderen beim Fressen abgedrängt.«

»War das Muttertier der Wolf mit den roten Augen?«

»Nein! Sie hatte sich zwischen den Wolf und das Rudel gestellt.«

Anna Maria erschauderte, als sie an das viele Blut dachte.

»Habt Ihr den Wolf mit den glühenden Augen getötet?«

»Ich hatte keine andere Wahl!«, erklärte der Fremde. Anna Maria bildete sich ein, einen traurigen Klang in seiner Stimme zu hören, und sagte deshalb: »Das Ungeheuer hätte mich sicherlich umgebracht!«

»Wölfe töten in der Regel keine Menschen!«

»Der Wolf mit den glühenden Augen wollte mir ebenso an die Kehle wie die Wölfin!«, antwortete Anna Maria erregt.

»Ich kannte diesen Wolf, seit er nicht älter war als die vier hier. Er war der Bruder der Wölfin, und er war sehr krank. Die Wut ist eine schlimme Krankheit und macht aus harmlosen Tieren wilde Kreaturen.«

»Ich habe gehört, dass Wölfe Menschen fressen, und sicherlich leidet nicht jeder Wolf an der Wut.«

Nun blickte der Mann Anna Maria voller Verachtung an. »Was wisst Ihr schon von Wölfen? Doch nur, was dumme Menschen erzählen. Wölfe fürchten Menschen und ergreifen die Flucht, denn sie werden seit Jahrhunderten von ihnen gejagt und getötet. Von jeher hat der Mensch Angst vor Wölfen und sagt ihnen Schlimmes nach. Nichts davon ist wahr. Weder sind sie Tiere des Teufels, noch heulen sie Dämonen an. Es ist der Mensch, der aus ihnen Ungeheuer macht, denn er hasst die Wölfe und will sie vernichten, obwohl er sie nicht kennt. Wölfe meiden die Menschen, doch die treiben sie in die Enge und wundern sich, wenn der Wolf sich wehrt. Wer würde das nicht tun?«, fragte er bitter und blickte Anna Maria entschlossen in die Augen. Sie glaubte in seinem Blick Schmerz zu erkennen.

Anna Maria erinnerte sich, wie das gesamte Rudel vor ihr geflüchtet war. Nur der eine Wolf, der, wie der Fremde sagte, krank gewesen war, hatte sie verfolgt.

»Wer seid Ihr?«, fragte sie. Der Mann antwortete nicht, sondern schnitt zwei Stücke Fleisch ab, spießte sie auf und legte sie in die Glut.

Anna Maria gab sich mit seinem Schweigen nicht zufrieden und sagte: »Ich habe nie gehört, dass Wölfe rote Augen haben.«

»Es ist die Krankheit, die die Augen rot werden lässt. Sie beschert einen furchtbaren Tod. Zumindest der ist ihm nun erspart geblieben.«

»Habt Ihr die Kleinen zu Euch genommen, um sie aufzuziehen?«

Plötzlich sprang er auf und stellte sich vor sie: »Hört mit diesen Fragen auf! Ich hätte Euch im Wald liegen lassen sollen«, schnaubte er.

Erschrocken war Anna Maria zurückgewichen und schwieg, bis beißender Gestank sich ausbreitete.

»Das Fleisch verbrennt!«

Fluchend holte der Mann die Spieße mit den angekohlten Fleischstücken aus dem Feuer. Nachdem er die schwarze Kruste mit dem Messer abgekratzt hatte, reichte er Anna Maria einen Spieß. Schweigend aßen sie.

Dann nahm der Wolfsmensch ein Fell, legte es neben die Wolfsjungen und kauerte sich dazu. Dabei drehte er Anna Maria den Rücken zu. Auch Anna Maria legte sich zum Schlafen nieder.

›Morgen werde ich mich wieder auf den Weg machen!‹, beschloss sie und schlief zornig ein.

Anna Maria erwachte, als die jungen Wölfe winselten. Ein Blick zum Höhlenausgang zeigte ihr, dass es mitten in der Nacht sein musste. Sie setzte sich auf und sah, wie die vier Jungen dem Wolfsmenschen schwanzwedelnd hinterherliefen.

Anna Maria fand das Verhalten des Mannes inmitten stockdunkler Nacht befremdlich.

»Was ist geschehen?«, fragte sie. Der Mann antwortete nicht, wirkte jedoch gehetzt. Hastig suchte er verschiedene Dinge zusammen und beachtete weder die Kleinen noch das Mädchen.

Deshalb bemühte sich Anna Maria mit fester Stimme zu erklären: »Ich werde heute weiterziehen. Gebt mir meinen Beutel und meinen Pilgerstab zurück.« Leise fügte sie das Wort »bitte« hinzu.

Nun blickte der Wolfsmann zu ihr auf, und während er ihr Beutel und Pilgerstab auf die Decke warf, sagte er: »Bevor Ihr geht, gebt den Wölfen zu fressen und Wasser. Der Krug steht dort drüben, und das Fleisch hängt hier oben in dem Beutel. »Er zeigte zu einem kleinen Vorsprung in der Steinwand, auf dem sie Krug und Beutel entdeckte.

»Etwa so wie Ihr?«, fragte sie und schüttelte sich dabei.

»Wenn Ihr das könnt!«

»Nein, natürlich nicht. Ich verstehe nichts davon und habe auch keine Zeit …«

Unvermittelt hielt er in seinen Bewegungen inne und sagte: »Wolfsjäger sind im Wald unterwegs. Ich muss mein Rudel in einen anderen Wald führen – hier sind die Wölfe nicht mehr sicher!«

Jetzt verstand Anna Maria seine Aufregung.

»Woher wisst Ihr, dass Wolfsjäger in der Nähe sind?«

»Ich habe sie gesehen und belauscht!«

»Wann?«

»Als Ihr geschlafen habt«, sagte er knapp und verschwand.

»Wann kommt Ihr zurück?«, rief sie ihm nach, doch er antwortete nicht. Stattdessen hörte sie seinen Pfiff, dem die kleinen Wölfe jaulend antworteten. Als der größte dem Wolfsmenschen hinterherlaufen wollte, konnte Anna Maria ihn gerade noch packen. Suchend lief die Viererbande in der Höhle umher. Anna Maria nahm den Beutel von dem Mauervorsprung herunter und holte das Fleisch heraus. Dann pfiff sie ebenso leise wie der Wolfsmann. Die Wölfe spitzen ihre Ohren, und als Anna Maria den Pfiff wiederholte, versammelten sie sich um sie. Lachend zerteilte sie einen Teil des Fleischs in kleine Stücke.

»Entweder ihr fresst mir aus der Hand, oder ihr müsst hungern!«, warnte Anna Maria die Tiere. Gierig schnappten sie nach den Fleischstücken, bis sie satt waren. Zufrieden verkrochen sich die Kleinen auf ihr Lager und schliefen ein. Da es noch lange nicht dämmern würde, legte sich auch Anna Maria wieder hin.

Das Getrappel kleiner Füße weckte sie. Sie fühlte sich ausgeruht und gestärkt. Gierig tranken die Wolfsjungen von dem klaren Wasser aus dem Krug, das Anna Maria für sie in eine Schale goss. Als die Welpen winselten, schnitt Anna Maria wieder kleine Fleischstücke zurecht, um sie zu füttern. Sie schnitt auch für sich Fleisch ab, grillte es im Feuer und aß hungrig.

Nachdem die Wölfe wieder müde eingeschlafen waren, nahm Anna Maria ihre Sachen auf. Als sie ein letztes Mal auf die schlafenden Wolfsjungen blickte, hoffte sie, dass der Wolfsmensch bald zurückkommen würde. »Es hat keinen Sinn!«, murmelte sie, »ich muss weiter, sonst werde ich meine Brüder nie finden.« Dann verließ sie die Höhle. Nach nur wenigen Schritten erkannte sie, dass ihr Vorhaben Irrsinn war. Das Gebiet um die Höhle war unwegsam. Dichtes Buschwerk, Dornengestrüpp und Abhänge machten es unmöglich, allein und ohne den Weg zu kennen, von der Höhle fortzukommen. Auch wusste sie nicht, in welche Richtung sie gehen musste. Weder wies die Sonne ihr den Weg noch konnte sie Moos an den Bäumen entdecken. Wütend stampfte sie mit dem Fuß auf.

Anna Maria musste einsehen, auch wenn sich alles in ihr sträubte, dass sie allein den richtigen Weg nicht finden würde. Sie musste zur Höhle zurück und auf den Fremden warten. Verstimmt kehrte sie um und wusste, dass sie einen weiteren Tag verlieren würde.

Die jungen Wölfe hatten von Anna Marias kurzem Ausflug nichts mitbekommen. Als sie die vier schlafend erblickte, verrauchte ihre Wut.

Anna Maria sah sich in der Höhle um. Viel mehr als nackte Wände gab es nicht zu entdecken. Sie erinnerte sich an die Kohle in ihrem Beutel, und ein Lächeln erhellte ihr Gesicht.

Anna Maria holte die Kohlestücke hervor und suchte sich an den Wänden einen geeigneten Platz. Dann begann sie zu zeichnen. Sie zeichnete die Wolfsjungen beim Schlafen, beim Fressen, beim Spielen, und sie zeichnete den Fremden. Als die Kohle fast aufgebraucht war, fand sie am Rand der Feuerstelle neue Stücke.

Erst als die Dämmerung hereinbrach, hörte Anna Maria mit dem Zeichnen auf, denn das Licht wurde schwach, und sie konnte kaum noch etwas erkennen.

Sie setzte sich auf ihr Lager und versuchte ihre geschwärzten Finger an der Felldecke zu säubern. Während des Zeichnens hatte sie an ihre Brüder denken müssen. Immer wieder hatte sie in sich hineingehört. Sie spürte kein angsterfülltes Herzklopfen, konnte auch kein ungutes Gefühl ausmachen, wie so viele Male zuvor, wenn sie glaubte, dass den beiden etwas passiert sein könnte. »Es geht ihnen gut!«, beruhigte sie sich.

Die Wolfsjungen erwachten und lenkten Anna Maria von ihren Gedanken ab.

Für die letzte Fütterung vor der Nacht verbrauchte sie das restliche Fleisch. Damit die Jungen genügend zu fressen bekamen, verzichtete das Mädchen sogar auf seinen Anteil.

»Hoffen wir, dass der Wolfsmensch morgen frisches Fleisch mitbringt.«

Nachdenklich kaute sie auf ihrer Unterlippe. ›Was mache ich, wenn er nicht zurückkommt?‹, fragte sie sich und schaute sorgenvoll auf die vier schlafenden Wölfe.

»Das werde ich morgen entscheiden!«, sagte Anna Maria

müde und schloss die Augen. Doch sie konnte keinen Schlaf finden, zu viele Gedanken hielten sie wach.

Das Flackern des Feuerscheins, der die Höhlenwände erhellte, schien ihre Zeichnungen zum Leben zu erwecken.

Anna Maria war von ihren eigenen Bildern beeindruckt. Viele Jahre hatte sie nicht mehr gezeichnet und doch hatte sie nichts verlernt. Die Wolfsjungen sahen aus, als ob sie jeden Augenblick von den Wänden springen würden. Selbst der Wolfsmensch schaute so grimmig wie in Wirklichkeit.

»Wenn Peter das sehen könnte«, seufzte Anna Maria und dachte an den Tag zurück, als ihr Vater beinahe ihr Geheimnis entdeckt hatte.

Anna Maria erinnerte sich, als wenn es gestern gewesen wäre. Sie hatte Peter in seiner Schlafstube aufgesucht, wo er schwer verletzt im Bett lag.

Einen Tag zuvor war der Jäger des Grundherrn auf dem Hofmeister Hof erschienen, da er zwischen dem frisch geschlachteten Schweinfleisch erlegtes Wild vermutet hatte und die Hofmeister Söhne der Wilderei verdächtigte.

*Mehlbach, November 1520*

»Jakob und Mattias haben mir erzählt, wie du den Forstverwalter an der Nase herumgeführt hast«, hatte Peter seine Schwester gelobt.

Anna Maria spürte, wie Hitze in ihre Wangen schoss. Verlegen schaute sie zur Seite.

»Mein Essen wird kalt!«, sagte Peter lachend.

»Oh, entschuldige!«, stammelte sie, und ihr Gesicht verfärbte sich noch eine Spur dunkler.

Erst einige Tage nach dem Zwischenfall im Wald durften die Geschwister ihren Bruder Peter besuchen. »Der Bub muss sich gesund schlafen!«, hatte die Mutter sorgenvoll erklärt und jedem den Zutritt zu seiner Kammer verwehrt.

Jakob, Matthias und Nikolaus mussten sogar in anderen Zimmern nächtigen.

Als es Peter besser ging und die Eltern den Geschwistern erlaubten, ihn zu besuchen, waren Jakob und Matthias in sein Zimmer gestürmt, um ihm von den neuesten Ereignissen auf dem Hof zu berichten.

Anna Maria legte Peter ein kleines Brett über die Bettdecke und stellte den Becher mit Milch und die Holzschüssel mit der Fleischpastete darauf.

Ungelenk und mit vor Schmerz verzerrtem Gesicht versuchte Peter die gefüllte Teigtasche zu zerteilen.

»Warte, ich helfe dir!«

Als sich Anna Maria herabbeugte, hielt Peter sie am Arm fest, sodass sie ihm in die Augen blicken musste.

»Danke! Ohne dich würde ich jetzt im Kerker sitzen!«

Anna Maria lächelte unsicher. Sie zerteilte die Pastete in mundgerechte Stücke. Obwohl die Wunde spannte, versuchte Peter sich im Bett aufzusetzen.

»Mutter hat gesagt, dass deine Wunde gut verheilt. Vater hat recht daran getan, dir die Verletzung auszubrennen.«

»Allein, wenn ich an das bittere Gebräu denke, das Vater mir eingeflößt hat.« Angewidert kräuselte er die Nase.

»Ich hoffe, dass ich bald mein Lager verlassen kann.«

»Du wirst dich noch schonen müssen, Peter.«

Er stimmte ihr zwar zu, doch in seinem Gesicht konnte sie seinen Unmut darüber lesen.

Zwischen den letzten beiden Bissen Fleischpastete fragte er: »Wann wird Vater das Wild aus dem Wald holen?«

»In wenigen Tagen. Vater will den Neumond abwarten.«

»Dann wird er von der Dunkelheit gänzlich verschluckt werden, ebenso wie deine Zeichnungen.«

Anna Maria war im Begriff das Geschirr abzuräumen, als sie innehielt und den Bruder fragend anblickte.

»Du weißt es nicht?«, stellte er verwundert fest.

»Was?«

»Dass Matthias das Wild beim alten Steinbruch versteckt hat.«

Erschrocken weiteten sich Anna Marias Augen, und sie setzte sich ans Fußende des Bettes. So heiß wie ihre Wangen eben noch geglüht hatten, so kalt und bleich waren sie jetzt.

»Warum? Weiß Matthias ... Hat er sie gesehen?«, fragte sie stammelnd.

»Nein! Dafür war keine Zeit, wir mussten uns beeilen. Sorge dich nicht, Anna Maria. Vater wird ebenfalls keine Zeit haben, sich den Steinbruch genauer zu betrachten. Warum sollte er auch? Schließlich hegt er keinen Verdacht. Und falls er die Zeichnungen doch sieht, wird er kaum ahnen, dass sie von dir stammen. Außerdem muss der Rehbock rasch geborgen werden, da die Jäger des Grundherrn auf der Lauer liegen könnten.«

»Das glaube ich nicht, denn sie vermuten, dass der Wilderer das erlegte Vieh bereits mitgenommen hat. Sonst hätten sie es nicht reihum auf den Höfen gesucht.«

Peter nickte. »Matthias wusste, wie wir alle Spuren am geschicktesten verwischen. Darin ist er meisterhaft, genauso wie er fehlerlos mit der Armbrust trifft. Kurz vor der Lichtung hat er dem Bock sauber ins Herz geschossen. Trotzdem ist das Tier zurück in den Wald gelaufen und erst nach fast fünfzig Schritten tot zusammengebrochen. Als wir die Hunde des Jägers hörten, haben wir den toten Rehbock einige Zeit durch das eiskalte Wasser des Mehlbachs getragen. In Höhe des Grubenlochs sind wir auf die andere Seite des Waldes gewechselt. Am Steinbruch, wo der Dachsbau ist, haben wir das Wild ausgeweidet und die Gedärme dem alten Dachs vors Loch geworfen. Ich wette, dass davon kurze Zeit später nichts mehr zu sehen war. Stell dir vor, Anna Maria, der Bock war kurz davor, sein Gehörn zu verlieren, denn als Mattias ihn wegschleifen wollte, hatte er die Gehörnstangen in der Hand.« Peter lachte kurz auf. »Obwohl es dunkel war, wusste Matthias, wo die Wurzeln der Bäume und Sträucher frei in den Bach ragen. Genau dort haben wir den Rehbock ins fließende Wasser gelegt und seinen Bauch mit Flusssteinen gefüllt, damit er nicht auftauchen kann. Wenn Vater den Bock holen kommt, wird das Fleisch so weich sein, dass es vom Knochen fällt.«

Anna Maria hatte ihrem Bruder kaum zugehört, denn sie war sehr beunruhigt. Als Peter geendet hatte, umfasste er die Hand seiner Schwester. Als sie zu ihm aufblickte, zwinkerte er ihr aufmunternd zu. »Dein Geheimnis wird gewahrt bleiben!«

»Versprichst du mir das?«

»Wäre ich nicht ans Bett gefesselt, dann könnte ich dir das sogar schwören, aber so … Du musst Matthias und Jakob einweihen, damit sie Vater am Steinbruch ablenken, oder aber sie müssen ihn überreden, dass er zu Hause bleibt.«

»Nie und nimmer würde ich Matthias von den Zeichnungen erzählen. Ich hätte keine Ruhe mehr! Ständig hätte ich Angst, dass er sich wichtig machen will und mein Geheimnis preisgibt. Und Vater wird auch nicht daheim bleiben. Denn er musste Mutter versprechen, Matthias und Jakob nicht allein gehen zu lassen.«

Peter seufzte. »Dann bleibt dir wohl nichts anderes übrig, als zu beten.«

Ohne ein weiteres Wort nahm Anna Maria das Essgeschirr und verließ die Kammer.

Erschöpft legte sich Peter zurück in die Kissen und grübelte.

Er verstand Anna Marias Ängste und hätte seiner Schwester gern geholfen, doch er wusste nicht wie.

Als Anna Maria die Kammertür hinter sich schloss, war das wunderbare Gefühl, das sie seit Tagen begleitete, verschwunden.

Dieses Gefühl, das sie in dem Augenblick erfüllt hatte, als sie frierend aus dem Schweinestall auf den Hof getreten war und der Vater ihr stolz zugelächelt hatte. Noch nie hatte er sie so angesehen, und noch nie hatte ihr Herz vor Freude so schnell in ihrer Brust geschlagen wie in diesem Moment. Obwohl Anna Marias Kleidung von Mist verdreckt gewesen war und sie selbst wie ein Borstenvieh gestunken hatte, wurde sie von der Mutter liebevoll umarmt. Sogar mehrmals durfte die Magd kostbares heißes Wasser, dem die Mutter wohlriechende, getrocknete Kräuter hinzugefügt hatte, in den Waschzuber gießen.

Jeder auf dem Hof hatte mitbekommen, dass Anna Maria die Männer des Grundherrn getäuscht hatte, indem sie in die Rolle von Peter geschlüpft war. So blieb dem Bauern nichts anderes übrig, als von Peters Verletzung und auch von dem Umstand zu erzählen, der dazu geführt hatte. Anschließend drohte er dem Gesinde mit deutlichen Worten Schlimmes an, sollte einer das Geheimnis verraten.

Hofmeister wusste aber, dass er auf die Verschwiegenheit der Knechte und Mägde zählen konnte. Schließlich waren die Zeiten hart, Arbeit rar, und die meisten Menschen hatten kaum zu essen. Nicht so auf dem Hofmeister Hof. Da er als freier Bauer von den Abgaben befreit war, musste niemand Hunger leiden. Und nach der mutigen Tat von Peter und Matthias würde sogar schmackhaftes Wild schon bald den Essensplan bereichern. Warum also sollte das Gesinde so dumm sein und eine gute Stellung aufs Spiel setzen?

Anna Marias Welt hatte sich seit dem Tag, als sie in Peters Rolle geschlüpft war, gewandelt. Ihr Theaterspiel wurde von allen als Heldentat gefeiert. Mit einem Augenzwinkern steckten ihr die Mägde ein Stück Hefegebäck zu, und nur zu gerne halfen ihr die Knechte, Wasser aus dem Brunnen zu schöpfen. Überall sah das Mädchen in freundliche Gesichter.

Sogar das Verhalten des Vaters gegenüber der Tochter hatte sich verändert. Zwar sprach er auch weiterhin kaum mit ihr, doch allein das kurze Lächeln, mit dem er sie bedachte, wenn sie sich auf dem Hof oder im Haus begegneten, ließ Anna Marias Herz einen Satz machen, so sehr freute sie sich über die Anerkennung des Vaters. Selbst als sie die Milch verschüttete, raunzte er sie weder an, noch bekam sie Schläge.

Nachdem Anna Maria mit Peter gesprochen hatte und wusste, wo Matthias und er den Bock versteckt hatten, fürchtete sie jedoch, dass sie nur für kurze Zeit ein glückliches Mädchen sein durfte. Lieber Gott, dachte sie, ich würde alles dafür tun, wenn es nur so bliebe.

Sie ging nach unten und kniete in der kalten Stube vor dem kleinen Holzkreuz an der Wand nieder. Stumm bat sie darum, dass ihr Geheimnis gewahrt bleiben möge. Doch auch das Gebet konnte ihr nicht das Unbehagen nehmen. Von Augenblick zu Augenblick wurde es größer und verdrängte den Rest Hoffnung in ihr.

Aber Anna Marias Befürchtungen schienen unbegründet, denn tags darauf kamen der Vater und seine beiden Söhne gut gelaunt mit dem erlegten Rehbock nach Hause.

Um nichts Verräterisches von dem Wild auf dem Hof zu haben, hatten sie ihn bereits im Wald zerteilt und die Läufe, den Kopf und auch die Felldecke vor die Dachsgrube geworfen. Der alte Dachs würde sich sicherlich sofort darüber hermachen – dessen war sich der Bauer sicher.

Wie Peter prophezeit hatte, war das Wildfleisch durch das fließende Wasser zart und weich und konnte direkt verarbeitet werden.

Die Mutter und die Mägde wuschen und zerschnitten das Fleisch, die Knechte zersägten die Knochen und Sehnen, damit daraus eine kraftvolle Suppe gekocht werden konnte.

Die Stimmung unter den Leuten war ausgelassen, denn jeder freute sich auf den Rehbraten, der am Sonntag auf dem Herd schmoren würde.

Immer wieder blickte Anna Maria scheu zum Vater, der eine Flasche Selbstgebrannten vor sich auf dem Tisch stehen hatte und das Treiben still beobachtete. Nichts in seinem Blick wies darauf hin, dass er um ihr Geheimnis wusste.

Nachdem das Fleisch mit Gewürzen eingerieben war, wurde ein Stück gepökelt, ein anderes Stück in den Rauch zum Schweineschinken gehängt und der Rest mit verschiedenen Kräutern in Sud eingelegt.

Endlich war die Arbeit getan. Später als an anderen Abenden kehrte Ruhe auf dem Hofmeister Hof ein. Als Elisabeth an ihrem Mann vorbei nach oben ging, klopfte sie ihm wohlwollend auf die Schulter. Hofmeister trank noch einen letzten Schnaps.

Mit Daumen und Zeigefinger löschte er die Kerzen und folgte seiner Frau in die Schlafstube. Vielleicht war Elisabeth noch wach, damit er ihr von seiner seltsamen Entdeckung im Steinbruch erzählen konnte.

Die Erinnerungen an zu Hause trieben Anna Maria Tränen in die Augen. Mit beiden Händen fuhr sie sich übers Gesicht. Allein mit vier Wolfsjungen in einer Höhle fernab von anderen Behausungen schwor sie sich in die Dunkelheit: »Morgen werde ich mich wieder auf den Weg machen, und nichts wird mich aufhalten können!«

Der kalte Wind zog durch die Höhle und wehte Blätter durch die Öffnung. Anna Maria fröstelte. Im Halbschlaf zog sie sich die Felldecke über die Schultern. Als sie kurz mit den Augenlidern blinzelte, erkannte sie, dass es dämmerte.

Ungewohnte Ruhe herrschte in der Höhle. ›Die Wölfe‹, schoss es ihr durch den Kopf. Rasch setzte sie sich auf und blickte zum Lager der Welpen. Erleichtert stellte sie fest, dass der Wolfsmensch in der Nacht zurückgekommen war. Gleichmäßig atmend lag er mit den kleinen Wölfen im Arm auf dem Boden.

Um ihn nicht zu wecken, streckte Anna Maria sich wieder aus und beobachtete den Mann nachdenklich.

›Wie er wohl ohne diesen furchtbaren Bart aussehen würde?‹, überlegte Anna Maria. Mit den Zotteln im Gesicht konnte sie sein Alter nicht schätzen. ›Vielleicht ist er alt und hässlich‹, dachte sie. Als er sich plötzlich bewegte, stellte sie sich schlafend.

Lautes Fluchen ließ sie ihr Schauspiel schnell beenden. Der Mann stand vor der Wandzeichnung, die ihn darstellte, und schimpfte wüst. Er schien zu wissen, dass sie nicht schlief, denn ohne sich zu ihr umzudrehen, fauchte er wütend: »Wie kommt Ihr dazu, solche Bilder an die Wände zu schmieren?«

Nun richtete er seinen zornigen Blick auf Anna Maria, die sich nicht erklären konnte, was ihm an den Bildern missfiel. Er ahnte, dass sie seine Aufregung nicht verstand, deshalb erklärte er aufbrausend: »Wenn die Wolfsjäger Eure Zeichnung von mir sehen, wissen sie, wie ich aussehe, und können gezielt Jagd auf mich machen.«

Erschrocken weiteten sich Anna Marias Augen. Daran hatte sie im Traum nicht gedacht! Hastig riss sie einen Streifen Stoff von ihrem Rock und wischte über die Kohlezeichnung. Da es nichts nutzte, versuchte sie es mit Wasser. Trotzdem waren die Konturen noch immer deutlich zu erkennen. Sie wusste sich keinen Rat und übermalte das Bild so, dass aus dem zotteligen Wolfsmenschen ein großer alter Baum wurde.

Der Mann, der zwischenzeitlich die Wölfe gefüttert hatte, besah sich mit zusammengekniffenen Augen die neue Zeichnung und lachte dann völlig unvermittelt los. Anna Maria traute sich nicht, etwas zu sagen, und ertrug stumm das Gelächter.

Als der Wolfsmensch sich beruhigt hatte, fragte Anna Maria nach den Wolfsjägern. Sein Gesichtsausdruck wurde sofort wieder ernst.

»Ich konnte das Rudel in ein entlegenes Waldstück führen, und ich hoffe, dass die Tiere dort sicher sein werden. Ich werde ihnen nun schnellstmöglich mit den Kleinen folgen.«

»Ist die Schlucht, in der der Tote am Baum gehangen hat, die Wolfsschlucht?«, wollte Anna Maria wissen.

»Nein. Der Leichengeruch hatte die Wölfe angelockt – nur deshalb waren sie dort anzutreffen.«

»Wer seid Ihr? Warum lebt Ihr mit Wölfen zusammen?«, brach es aus dem Mädchen heraus.

Der Mann stöhnte laut auf. »Ich hatte Euch bereits gesagt, dass ich …«

»Ich werde heute noch weiterziehen«, unterbrach Anna Maria ihn, »warum sträubt Ihr Euch also, mir meine Fragen zu beantworten? Werdet Ihr gesucht?«

Nachdenklich starrte er sie an.

»Mein Leben geht Euch nichts an. Genauso wie ich nichts über Euer Leben erfahren will.«

»Warum nicht? Schließlich habt Ihr mich gerettet.«

Doch der Mann schüttelte den Kopf. »Erspart mir Eure Geschichte! Euer Name und Euer Leben sind mir einerlei, denn wir werden uns nie wiedersehen.« Dann drehte er sich um, nahm eines der Jungen unter den Arm und ging hinaus. Die drei anderen Welpen folgten ihm.

Anna Maria hatte gehofft, mehr über den seltsamen Fremden zu erfahren, auch wollte sie wissen, wer der Tote im Wald war. ›Dieser Klotzkopf!‹, dachte sie wütend und packte ihre Sachen zusammen. Dann hüllte sie sich in den Pilgerumhang und nahm Beutel und Wanderstab auf. Bevor sie die Höhle verließ, malte sie sich einen schwarzen Punkt auf die Stirn. »Man kann nie wissen«, brummte sie. Plötzlich breitete sich ein widerlicher Gestank in der Höhle aus. Drei der vier Wolfsjungen waren zurückgekehrt, dicht gefolgt von dem Wolfsmann, der den vierten Welpen noch immer auf dem Arm trug.

»Igitt!«, rief Anna Maria und hielt sich die Nase zu. »Ihr stinkt genauso wie die Wölfe!«

Der Wolfsmann schnüffelte an seinem Fell. »Ich kann nichts riechen! Wölfe wälzen sich gerne in Aas – vielleicht ist es das, was Euch anwidert.« Als er ihren Beutel sah, fügte er hinzu: »Ihr seid zum Aufbruch bereit? Das ist gut, denn ich muss ebenfalls fort.« Kritisch beäugte er sie. »Nun habe ich doch eine Frage an Euch.« Erstaunt blickte Anna Maria zu ihm auf. »Was bedeutet dieses Zeichen auf Eurer Stirn?«, wollte er von ihr wissen.

Anna Maria glaubte ein verräterisches Glitzern in seinen Augen zu erkennen. Sie stemmte die Hände in die Hüften und erklärte: »Es ist ein Bannzeichen und soll mich vor Wölfen beschützen.«

»Dachte ich es mir doch!«, presste er hervor und prustete los.

»Das ist kein Grund, sich über mich lustig zu machen!«, verteidigte sie sich.

»Ihr wollt mir doch nicht weismachen, dass Ihr solch faulem Zauber Glauben schenkt?« Kopfschüttelnd wischte er sich über die Augen.

Anna Maria ging nicht darauf ein, sondern fragte verstimmt: »Könnt Ihr mir die Richtung ins Elsass zeigen?«

»Ins Elsass?«, wiederholte er und runzelte die Stirn.

Der Wolfsmensch überlegte und wies stumm nach draußen. Er klang verärgert, als er sagte: »Selbst wenn ich Euch die Richtung erklären würde, Ihr würdet Euch verlaufen. Es gibt keinen Pfad, dem Ihr folgen könnt, und hier ist der Wald sehr dicht bewachsen.«

»Das habe ich gestern auch schon bemerkt. Aber es soll einen Schmugglerweg geben.«

Sein Kopf fuhr herum, und er sah sie durchdringend an. Dann entspannten sich seine Gesichtszüge. »Das ist wohl wahr, aber ich kann Euch nicht helfen. Zwar habe ich von diesem Pfad gehört, doch ich kenne die Zeichen nicht, die den Weg weisen.« Mehr zu sich selbst meinte er dann: »Es bleibt mir wohl nichts anderes übrig, als Euch aus dem Waldstück hinauszuführen.« Etwas lauter fügte er hinzu: »Am Nachmittag aber werden sich endgültig unsere Wege trennen.«

Es klang wie eine Drohung in Anna Marias Ohren. Trotzdem dankte sie ihm, was der Wolfsmensch schweigend überging. Wortlos nahm er zwei große Beutel, die aus Wolfsfell gefertigt worden waren, und steckte jeweils zwei Wolfsjunge hinein. Erschrocken blickte Anna Maria in den Beutel. Die kleinen Wölfe kuschelten sich in das Fell und gähnten herzhaft. Der Mann warf sich einen Beutel über den Rücken, den anderen trug er vor dem Bauch. Er blickte sich kurz in der Höhle um und ging dann nach draußen. Anna Maria folgte ihm.

Der Wolfsmann bewegte sich mit großen Schritten sicher durch den Wald. Leichtfüßig überwand er Hindernisse, kletterte über umgestürzte Bäume oder sprang über Bäche. Um ihm folgen zu können, musste Anna Maria beinahe rennen. Rasch bekam sie Seitenstechen und Atemnot. Als sie sich beklagte, wies er sie schroff zurecht, dass sie keine Zeit zu verschwenden hätten. Von den Wolfsjungen im Beutel hörte man keinen Laut, nur den bestialischen Aasgeruch, der von ihnen und dem Wolfsmenschen ausging, konnte Anna Maria noch immer deutlich riechen.

Starker Wind kam auf, und selbst im dichten Wald spürte man die Kälte, die er mit sich brachte. Anna Maria zog ihren Pilgerumhang fester um sich.

Als sich der Wald lichtete, konnte sie in der Ferne Berge erkennen.

»Ist dort das Elsass?«, fragte sie schnaufend.

»Nein!«, war die knappe Antwort.

Statt wie erhofft aus dem Wald zu treten, schlug der Mann einen Bogen und verschwand zwischen den Bäumen.

Anna Maria folgte ihm, bis er anhielt und sich nach ihr umdrehte: »Seht Ihr rechts von Euch die Schlucht?« Sie nickte.

»Dieser folgt Ihr bis zu einer Weggabelung, dann geht Ihr rechts den breiten Pfad entlang. Er wird Euch ins Elsass führen.«

»Was ist mit der Wolfsschlucht?«, fragte sie besorgt.

»Wir haben sie umgangen!«

»Oh, das war mir nicht bewusst. Nun kann mir nichts mehr passieren?«

»Was soll ich Euch auf eine so dumme Frage antworten?«, spottete er. Anna Marias Wangen überzog eine tiefe Röte. Sie wandte sich von ihm ab und blickte in die Richtung, die er ihr gewiesen hatte. Dabei wiederholte sie seine Worte. »War das richtig so?«, fragte sie.

Erschrocken erkannte Anna Maria, dass er verschwunden war. Unsicher blickte sie sich um. Nichts deutete darauf hin, dass er jemals neben ihr gestanden hatte. Selbst der Gestank war wie fortgeweht.

Bekümmert, dass er ihr nicht Lebewohl gesagt hatte, setzte sie ihren Weg fort. Noch einmal schaute sie zurück. Nichts war zu sehen, und so straffte sie ihre Schultern und folgte der Schlucht.

Der Wind hatte zugenommen und zerrte an Anna Marias Umhang. Als die Dämmerung einsetzte, suchte sie sich einen Platz zum Schlafen. An einer geschützten Stelle entfachte sie ein Feuer. Als Anna Maria zur Ruhe kam, verspürte sie Hunger. In ihrem Beutel fand sie ein Stück alten Brots, das sie in kleine Stücke teilte. Jedes kaute sie sorgfältig. ›Sicherlich komme ich morgen in ein Dorf, wo ich etwas zu essen kaufen kann‹, machte sie sich Mut.

Der Wind ließ das Feuer unruhig flackern. Anna Maria zog sich die Kapuze tief ins Gesicht und wickelte den Umhang fest um sich. Frierend presste sie sich dichter an den Stamm des Baumes und wünschte sich zurück in die schützende Höhle.

Anna Maria erwachte, als jemand unsanft gegen ihr Bein trat. Es dauerte einen Moment bis sie wusste, wo sie sich befand. Die Flammen waren erloschen, und nur noch wenig Glut glimmte in der Feuerstelle. Als sie im Halbdunkel erkannte, dass jemand vor ihr hockte, begann ihr Herz zu rasen.

Erneut wurde ihr gegen das Bein getreten. Der Mann, der in der Hocke vor ihr saß, sagte mit lachenden Augen: »Na, schönes Kind, so allein hier im dunklen Wald?«

Anna Maria erkannte, dass zwei weitere finstere Gesellen auf sie herabblickten. Erschrocken setzte sie sich auf und starrte den, der vor ihr kauerte, an. Er schlug ihre Kapuze zurück und fragte mit tiefer Stimme: »Hast wohl deine Sprache verloren, was?« Dann befahl er: »Michel, entzünde das Feuer, damit wir sie besser sehen können.«

Rasch brannte frisches Holz auf der Feuerstelle und erhellte

Anna Marias Gestalt. Auch sie konnte nun die Fremden deutlich erkennen.

»Was wollt ihr von mir?«, flüsterte sie mit heiserer Stimme. Die Männer sahen sich gegenseitig an und lachten voller Häme.

»Horch, was ich dir sage!«, sprach der Mann und stand auf. Seine Nase war so krumm wie der Schnabel eines Raubvogels. »Nicht du stellst die Fragen, sondern wir!« Als Anna Maria darauf nicht antwortete, blaffte er: »Hast du verstanden?« Vor Schreck zuckte sie zusammen und nickte.

»Das ist gut so!«, mischte sich der Jüngste der drei ein und lachte dümmlich. Über sein Gesicht verlief eine glänzende Narbe, und das Augenlid hing halb über seinem rechten Auge.

Der Bursche, der das Feuer entzündet hatte und auf den Namen Michel hörte, fragte den Krummnasigen: »Warum halten wir uns mit dem Weibsstück auf, Hans?«

»Horch, was ich dir sage! Ich bin der Älteste, und ich bestimme, was getan wird!« Eingeschüchtert blickte Michel daraufhin zu Boden.

»Dann ist das ja geklärt!«, lachte Hans und schlug Michel dabei so fest auf den Rücken, dass der zwei Schritte vorwärtsstolperte.

»Also, schönes Kind, was machst du so allein im Wald?«

»Schlafen, und ihr?«, fragte Anna Maria aufmüpfig.

Der mit der krummen Nase zog sie an den Haaren in die Höhe, sodass sie laut aufschrie.

»Hüte deine Zunge, sonst könntest du sie verlieren. Also, warum bist du allein unterwegs?«

Plötzlich war Wolfsgeheul zu hören, und der Mann ließ Anna Maria los. Die Pferde der Männer, die einige Bäume entfernt angebunden waren, wieherten ängstlich.

»Er ist hier! Ich wusste es!«, sagte der Krummnasige, und seine Augen begannen zu strahlen.

Anna Maria ahnte, wen der Mann meinte. Vorsichtig blickte sie sich um, ob sie den Wolfsmenschen zwischen den Bäumen entdecken konnte. Doch außer Dunkelheit war nichts zu sehen. ›Er ist fort‹, frohlockte sie in Gedanken. Wieder hörte man einen Wolf heulen.

»Er entfernt sich!«, sagte der mit der Narbe.

»Du Schwachkopf! Er ist ganz in unserer Nähe. Ich kann ihn riechen.«

Michel, der Anna Maria nicht aus den Augen gelassen hatte, schüttelte den Kopf und sagte schließlich: »Karius hat Recht, Hans! Du kannst nicht *ihn*, sondern *sie* riechen!«

Fragend richtete der Krummnasige zuerst seinen Blick auf Michel und dann auf Anna Maria. Mit wenigen Schritten war er bei ihr. Als seine krumme Nase an ihrem Hals und an ihren Haaren schnüffelte, schrie sie voller Entsetzen auf. Er roch an ihrem Umhang, und als sein Gesicht zu ihrem Schoß wanderte, stieß sie ihn mit aller Kraft von sich.

Fluchend landete er auf seinem Gesäß, was die beiden anderen Gesellen zum Lachen brachte. Wütend funkelte er Anna Maria an.

»Horch, was ich dir sage! Ich werde dich am nächsten Baum aufknüpfen, wenn du abermals wagen solltest, dich mir zu widersetzen!«

Das Bild des Erhängten, dem die Krähen das Fleisch vom Schädel pickten, kam Anna Maria in den Sinn, und sie schluckte mehrmals.

Als der Mann erneut an ihr roch, schloss sie die Augen und biss sich auf die Unterlippe, um nicht laut aufzuschreien.

»Wahrhaftig, Michel! Das Luder stinkt wie ein ganzes Wolfsrudel!« Mit zusammengekniffenen Augen ging er um Anna Maria herum und schien zu überlegen.

»Wo ist er?«

»Wen meint Ihr?«

»Den Wolfsbanner!«

»Ich kenne niemanden, der so heißt. Letzte Nacht habe ich mich aus Versehen in Aas gelegt – vielleicht ist es das, was ihr riechen könnt.«

Nun schnupperte auch Karius an ihr, und seine Nase wanderte weiter abwärts. Anna Maria überlegte nicht lange, sondern trat ihm mit dem Knie gegen die Nase. Jaulend fiel er rückwärts zu Boden.

»Ich blute!«, brüllte er und holte aus, um Anna Maria eine Ohrfeige zu geben. Aber Hans hielt seinen Arm fest und schüttelte stumm den Kopf. Scheinbar verstand Karius, denn er trat einige Schritte zur Seite.

»Ein letztes Mal, wo ist er?«

»Wer?«, fragte sie erneut und erhielt dafür eine kräftige Ohrfeige von Hans.

»Horch, was ich dir sage! Du willst einfach nicht verstehen!«

Aus den Augenwinkeln sah das Mädchen, wie der Krummnasige seinen Wegbegleitern ein Zeichen gab. Es ging so schnell, dass Anna Maria nicht wusste, wie ihr geschah. Michel zog ihr eine Schlinge um den Hals, während der andere das Seil über einen Ast warf und spannte. Anna Maria schrie und trat um sich. Mit beiden Händen versuchte sie die Schlinge um ihren Hals zu lockern, doch vergeblich. Stattdessen drehte Hans ihr die Arme auf den Rücken und band sie mit einem Strick zusammen.

»Steh still, schönes Kind, sonst zieht sich die Schlinge zu, und du erstickst jämmerlich.«

Michel zog das Seil strammer, sodass Anna Maria sich auf Zehenspitzen stellen musste, um nicht erdrosselt zu werden. Mit aller Macht zwang sie sich, ruhig zu stehen. Doch das Stillstehen war anstrengend, und so tänzelte sie von einem Fuß auf den anderen. Sie konnte nichts sagen, da sie gerade so viel Luft bekam, dass sie am Leben blieb. Langsam verfärbte sich ihr Gesicht. Erneut fragte Hans: »Also, mein schönes Kind, wo ist der Wolfsbanner?«

Anna Maria war sich sicher, dass der Kerl nur den Wolfsmenschen meinen konnte. Obwohl sie den Wolfsmann in Gedanken verfluchte, wollte sie ihn nicht verraten, denn sie wusste, dass Verrat sie nicht retten würde. Stattdessen versuchte sie den drei Gesellen verständlich zu machen, dass sie nichts wusste, doch sie krächzte wie ein Rabe.

Der Strick schnitt immer tiefer in ihren Hals. Die Furcht, hier zu sterben und von Wölfen gefressen zu werden, raubte Anna Maria fast den Verstand.

›Jetzt werde ich vor meinen Brüdern sterben!‹, dachte sie, brachte aber keinen Ton heraus. Nur Tränen rannen lautlos aus ihren Augenwinkeln.

Wieder heulte ein Wolf in der Ferne.

Nachdenklich sah Hans zum Himmel.

»Er zieht tatsächlich weiter!«, sagte er und blickte zu Anna Maria.

Diese spürte, wie sie die Kräfte verließen und sie sich nicht mehr auf den Zehenspitzen halten konnte.

»Gott, ich gebe mich in deine Hände!«, murmelte Anna Maria und ließ sich auf die Fußsohlen ab. Das Letzte, was sie spürte, war ein Ruck, dann wurde ihr schwarz vor Augen.

Als Anna Maria wieder zu sich kam, schlug ihr fauliger Atem entgegen. Auch konnte sie Stimmen hören, die sich stritten. Als sie versuchte Luft zu holen, würgte und hustete sie.

»Ich hab befürchtet, dass sie abkratzt.«

»Horch, was ich dir sage! Ich hatte alles genau im Blick und wusste, wann sie genug hatte.«

»Genützt hat es nichts, denn wir wissen immer noch nicht, wo sich der Wolfsbanner versteckt hält.«

»Wir werden wieder Fallen aufstellen!«

»Du bist verrückt, Michel!«, schimpfte Karius. »Sieh dir mein Gesicht an! Das habe ich deiner Falle zu verdanken!«

»Doch nur, weil du vom Weg abgewichen bist. Niemand hatte dir erlaubt, nach meiner Falle zu sehen.«

»Ein Tier hatte geschrien! Aua, warum schlägst du mich!«

»Damit du das nächste Mal von meiner Falle wegbleibst, du Hohlkopf.«

Anna Maria setzte sich auf und fuhr sich immer wieder über die Stelle am Hals, wo der Strick einen tiefen Einschnitt in der Haut hinterlassen hatte. Die Verletzung brannte wie Feuer.

»Unser schönes Kind ist aufgewacht!«, sagte Hans und setzte sich zu ihr.

»Wasser!«, krächzte Anna Maria und musste husten. Michel reichte ihr einen Schlauch. Vorsichtig trank sie. Selbst das Schlucken bereitete ihr Schmerzen.

»So, mein Kind, dann erklär uns jetzt, was du allein im Wald zu suchen hast. Den Wolfsbanner scheinst du tatsächlich nicht zu kennen, sonst hättest du es sicherlich verraten«, griente Hans.

»Ich bin auf dem Weg ins Elsass, um meine Brüder heimzuholen«, flüsterte Anna Maria. Ihr Hals schmerzte, und sie zitterte.

»Ins Elsass? Was haben deine Brüder dort zu schaffen?«

Anna Maria versuchte, soweit es ihre Schmerzen zuließen, zu erklären, was sie in diese Wildnis geführt hatte. Dann sah sie Hans fest in die Augen und flüsterte: »Nichts denn die Gerechtigkeit Gottes!«

»Was soll das heißen?«, fragte er verständnislos.

»Ich kenne den Spruch«, erklärte ausgerechnet Karius.

»Und, was bedeutet er?«, wollte jetzt auch Michel wissen.

Karius zog die Schultern hoch. »Weiß ich nicht, aber mein Vater hat das gesagt, als wir zu einem fremden Mann gezogen sind.«

Michel schlug ihm gegen den Kopf und feixte: »Dein Vater? Den kennst du doch gar nicht! Deine Mutter hat doch jeden unter ihren Rock gelassen!«

Karius Gesicht verfärbte sich puterrot. Mit beiden Fäusten ging er auf Michel los. Hans schien es nicht zu stören, dass die beiden sich die Nasen blutig schlugen. Nachdenklich blickte er zu Anna Maria und fragte plötzlich: »Wie kommt ein Weibsbild dazu, sich allein aufzumachen, um ihre Brüder zu suchen? Da stimmt doch was nicht!«

»Ich habe in meinen Träumen gesehen, dass sie in Gefahr schweben. Bis der erste Schnee kommt, muss ich sie gefunden haben – sonst ist es zu spät!«, erklärte Anna Maria in der Hoffnung, dass die Kerle sie endlich laufen lassen würden.

»Du bist eine Seherin!«, rief Hans erstaunt.

Nun ließen sogar die beiden Prügelknaben voneinander ab und horchten auf.

»Nein!«, entgegnete Anna Maria sogleich, so laut sie konnte. »Ich bin bei Leibe keine Seherin! Gott hat mir eine Gabe geschenkt. Die aber hat nichts mit der einer Seherin gemein.«

Doch Hans beachtete sie nicht weiter und nach einer Weile, die Anna Maria wie eine Ewigkeit vorkam, sagte er zu seinen Begleitern: »Holt die Pferde! Wir reiten zurück.«

»Was ist mit den Wölfen? Nicht ein Fell haben wir erbeutet!«, schimpfte Michel.

»Horch, was ich dir sage! Im Schnee werden wir die Spur der Wölfe leichter verfolgen können. Nur Geduld! Wir werden genügend Felle bekommen und ihn dazu!« Bei diesen Worten lachte Hans laut auf, und Michel und Karius fielen ein.

Als Karius kurz darauf die Pferde am Zügel herbeiführte, hoffte Anna Maria, dass man sie nun endlich ziehen lassen würde. Stattdessen band Hans ihr erneut die Hände zusammen.

»Was soll das?«, schrie sie, so laut sie konnte. »Lasst mich gehen! Ich weiß nichts und kann euch nicht weiterhelfen!«, jammerte Anna Maria, und in ihrer Stimme lag Verzweiflung. Flehend blickte sie Hans an und flüsterte: »Bitte, lasst mich gehen!« Doch der schüttelte nur den Kopf. »Horch, was ich dir sage! Wir haben keine Wolfsfelle, die wir verkaufen können, doch du, mein schönes Kind, wirst uns einen Beutel voll Gold einbringen. Eine Seherin, noch dazu eine junge und hübsche, geht selten in die Falle.«

»Aber ich bin keine Seherin!«, wisperte Anna Maria, als Michel das Pferd an ihre Seite führte. Mit Leichtigkeit hievte er sie auf den Pferderücken und setzte sich hinter sie. Als er spürte, dass sie zitterte, feixte er: »Du kannst mit deinem schönen Arsch ruhig näher an mich heranrücken – ich werde dich beschützen!«

»Wohin bringt ihr mich?«

»Auf die Burg Nanstein«, antwortete Karius, während er aufsaß.

»Nanstein? Wo liegt das?«

»Drei Tagesritte von hier entfernt!«

Anna Marias Blick schweifte verzweifelt durch die Dunkelheit, doch sie konnte nichts erkennen.

›Als ob es die Wölfe und den Wolfsmann nie gegeben hätte!‹, dachte sie. Für den Augenblick blieb ihr nichts weiter übrig, als sich zu fügen, da sie den drei Männern schutzlos ausgeliefert war. Doch die Angst, was nun mit ihr passieren würde, wurde von Stunde zu Stunde größer.

*Burg Nanstein*

# *Zweiter Teil*

## Kapitel 1

Der köstliche Duft von frisch gebratenem Kaninchen hing wie eine Glocke über der Feuerstelle auf der kleinen Lichtung. Fünf junge Burschen konnten es kaum erwarten, dass das Fleisch endlich gar wurde. Gierig schnitten sie es auseinander und aßen es noch heiß. Nur Peter verspürte keinen rechten Hunger.

Obwohl das Jagen verboten war und hart bestraft wurde, hatte Matthias es gewagt, zwei Kaninchen zu fangen. Peter war unruhig und ließ seinen Blick achtsam umherschweifen, da er befürchtete, die Jäger des Landvogts könnten sie aufspüren.

»Beruhig dich, Bruderherz! Wo kein Kläger ist, da ist auch kein Richter!«, sagte Matthias lachend und biss in ein gegrilltes Kaninchenbein.

»Dein Wort in Gottes Ohr!«, flüsterte Peter und zerpflückte sein Fleischstück. Kaum hatte er einen Bissen im Mund, fragte eine Stimme aus der Dunkelheit: »Reicht eure Mahlzeit für zwei weitere hungrige Mäuler?«

Den Burschen blieben die Bissen im Halse stecken. Erschrocken sprang Peter auf und griff nach seinem Stock.

»Wer schleicht sich da an?«, fragte er mit bebender Stimme.

Wie aus dem Nichts erschienen zwei Männer aus dem Dunkel und stellten sich neben das Feuer. Vater und Sohn, wie sie erklärten. Als der Schein der Flammen ihre Gesichter erhellte, sagte Peter zögerlich: »Dann setzt euch dazu. Ihr scheint länger nichts gegessen zu haben.«

»Das ist wohl wahr!«, antwortete der Vater, der sich als Jacob Hauser vorstellte. Er nahm dankbar zwei Stücke Fleisch für sich und seinen Sohn Florian entgegen. »Woher kommt ihr?«, wollte Friedrich, einer der fünf Burschen, wissen.

»Aus Stühlingen im Schwarzwald.«

»Wir wollen nach Weißenburg ins Elsass!«, erklärte Matthias.

»Ach ja?« In der Stimme des alten Hauser lag Zweifel.

»Was stört Euch daran?«, wollte Peter wissen, der den Mann und seinen Sohn misstrauisch beäugte. Er schätzte den Jungen nicht älter als seinen jüngsten Bruder Nikolaus.

»Was habt ihr dort zu suchen? Ihr sprecht nicht die Sprache des Elsass!«, entgegnete der Fremde.

Irritiert antwortete Matthias: »Was spielt die Sprache für eine Rolle? Wir wollen Gerechtigkeit für ein armes Bäuerlein, dem man übel mitgespielt hat!«

»Gerechtigkeit? Glaubt ihr, dass ihr im Elsass eher Gerechtigkeit findet als hier?«, fragte der Alte, während er den Knochen blank nagte.

»Ihr scheint den Glauben daran verloren zu haben«, stellte Friedrich fest.

»Gerechtigkeit haben die hohen Herrn und die Kirche für sich allein gepachtet«, erklärte Hauser und blickte die Burschen prüfend an.

»Wenn wir den Glauben verlieren, dass auch das einfache Volk Gerechtigkeit erlangen kann, was bleibt uns dann noch?«, wollte Johannes wissen.

»Das mag wohl so sein, aber Gerechtigkeit ist rar gesät.« Hauser schien kurz zu überlegen, dann sagte er: »Ich werde euch eine Geschichte erzählen, damit ihr selbst urteilen könnt. Ein Bäuerlein fing unerlaubt einige Krebse aus einem Bach, der dem Herrn von Eppstein gehörte. Der ließ daraufhin den Bauern gefangen nehmen und forderte aus der Stadt den Henker an, um den Dieb richten zu lassen. Doch der Rat der Stadt entschied, dass man wegen ein paar Krebsen den Mann nicht enthaupten könne. Damit gab sich der Herr von Eppstein jedoch nicht zufrieden. Er verschaffte sich selbst einen Scharfrichter und ließ dem Bauern den Kopf abschlagen.

Wie ihr seht, meine leichtgläubigen Burschen, musste das Bäuerlein wegen ein paar lausiger Krebse sterben, doch der hohe Herr konnte einem Menschen das Leben nehmen, ohne dafür belangt zu werden.«

Der Alte warf den abgenagten Kaninchenknochen in das Feuer und wischte sich über den Mund. Dann blickte er einem jeden der Jungen nacheinander fest in die Augen.

»Wo war da die Gerechtigkeit?«

Nachdenklich schwiegen die Burschen.

»So sollten wir Eurer Meinung nach nicht ins Elsass ziehen und dem Unrecht seinen Lauf lassen?«, fragte Peter nachdenklich.

»Ihr könnt tun und lassen, was ihr wollt. Ich habe gelernt, dass man allein nichts erwirken kann.«

»Könnt Ihr nicht zählen, alter Mann? Wir sind nicht allein, sondern eine Hand voll!«, entfuhr es Matthias. »Mein Bruder Peter, unsere Freunde Johannes, Friedrich, Michael und ich!«

Hauser ging darauf nicht ein, sondern wandte sich an Peter: »Wenn ihr fünf es erlaubt, würden mein Sohn und ich gerne die Nacht bei euch am Feuer verbringen. Die vergangenen Nächte habe ich nicht gewagt, die Augen zu schließen. Stets war ich wachsam aus Furcht, dass uns der Landvogt erwischen könnte. Doch nun bin ich erschöpft und könnte im Stehen einschlafen.«

»Vor uns hattet Ihr keine Furcht?«, fragte Matthias, und Zweifel schwang in seiner Stimme mit. Der Alte schüttelte den Kopf. »Nein! Wer Kaninchen jagt, ist genauso hungrig wie wir und schert sich nicht um den Landvogt.«

Peter blickte fragend in die Runde. Keiner der Burschen schien etwas dagegen einzuwenden zu haben, dass Vater und Sohn an ihrem Feuer rasteten. Und so nickte er dem Alten zu.

»Bleibt die Nacht und ruht Euch aus. Wir werden Wache halten.«

Der nächste Morgen begann ungemütlich. Eisiger Regen hatte eingesetzt und weckte die Männer unsanft. Rasch packten sie ihre Sachen zusammen und flüchteten tief in den Wald hinein, wo die Bäume dicht zusammenstanden. Hier kauerten sie sich unter mehrere Kiefern, deren Zweige wie ein Dach ineinanderhingen. Nur mit Mühe konnten sie ein Feuer entfachen. Der Qualm hing zwischen den Zweigen und brannte in ihren Augen. Erst als Michael einige Äste entfernt hatte, zog der Rauch nach oben ab.

Wie der Zufall es wollte, saßen Peter und Jacob Hauser nebeneinander unter einem Baum. Verstohlen betrachtete der junge Hofmeister den Fremden von der Seite.

Der alte Hauser verbarg unter seinem schäbigen grauen Umhang einen ausgezehrten Körper. Seine Augen lagen tief in den Augenhöhlen, und die Wangenknochen stachen spitz hervor. Der Blick des Mannes hatte etwas an sich, das Peter nicht zu deuten wusste. Zuerst glaubte er, Härte und Wut darin zu erkennen. Doch als Jacob Hauser seine Augen auf seinen Sohn richtete, konnte Peter Trauer und Schmerz in ihnen sehen.

Florian sagte kaum etwas. Sein struppiges Haar stand ihm in alle Richtungen vom Kopf ab, und sein Gesicht war mit Pusteln übersät, die er aufgekratzt hatte. In dünne Kleidung gehüllt, saß er neben Johannes und schaute ihm zu, wie der einen Stock anspitzte. Peter nahm seinen Umhang und legte ihn dem Knaben um die Schultern. Florian blickte erschrocken, dann dankbar zu Peter auf.

»Er erinnert mich an unseren Bruder Nikolaus«, sagte Matthias, und Peter nickte. Doch bevor sie wehmütig an ihr Zuhause denken konnten, lenkte Friedrich die Brüder von trüben Gedanken ab.

»Ich habe Hunger! Wenn ich an das Kaninchen von gestern Abend denke, dann läuft mir das Wasser im Mund zusammen!«, sagte er und knotete bereits aus der Kordel, die er um seinen Bauch trug, eine Schlinge.

Peter wollte protestieren, doch auch er verspürte ein Kneifen im Magen und blieb deshalb still.

Sogleich knüpfte auch Matthias eine Schlinge. Mit verschmitztem Lächeln um die Augen beruhigte er seinen Bruder: »Bei diesem Sauwetter wird uns niemand begegnen – höchstens jemand, der ebenfalls wildert.« Dann verschwanden beide Burschen lachend zwischen den Bäumen.

»Dein Bruder scheint nichts und niemanden zu fürchten!«, stellte Jacob Hauser fest.

»Ja, so war er immer! Sehr zum Leid unserer Mutter«, erklärte Peter und kratzte sich lachend am Hinterkopf.

Die Aussicht, etwas zu essen zu bekommen, hob auch seine Stimmung, zumal der Regen nachließ.

Florian half eifrig Astgabeln zu finden, mit denen sie das Wild aufspießen konnten, um es zu grillen. Michael alberte herum und brachte den Jungen auf diese Weise sogar zum Lachen.

»Wo ist seine Mutter?«, wagte Peter den Alten zu fragen, der seinen Sohn fürsorglich beobachtete.

»Tot!«

Beschämt blickte Peter zu Boden, doch Hauser sprach weiter: »Sie ist einfach umgefallen und war tot!«

Nach einer kurzen Pause fragte er: »Willst du hören, was geschah?« Als Peter nickte, räusperte sich Jacob Hauser und fuhr dann fort: »Es war der Tag, an dem wir den Geburtstag Johannes des Täufers hätten feiern sollen. Wir wollten uns zum ersten Mal nach Wochen von der Feldarbeit erholen, doch die Natur fragte nicht danach.

Am Tag zuvor hatte die Alte aus unserem Dorf für den nächsten Abend ein Gewitter vorhergesagt, und wir mussten uns beeilen, das Heu noch rechtzeitig in die Scheune einzufahren. Da sich die alte Berta in ihren Wettervorhersagen noch nie getäuscht hatte, halfen alle mit. Auch meine Lizzi, obwohl sie sich seit Tagen nicht wohlgefühlt hatte. Von Tagesanbruch an schufteten alle Bauern mit ihren Frauen auf den Feldern. Die Sonne brannte vom Himmel, doch niemand jammerte. Wir waren dankbar! Der Sommer zuvor war verregnet gewesen, und das Heu war verfault, sodass wir im Winter kaum Futter fürs Vieh hatten.

Zuerst wurde das Heu von den kleinen Wiesen eingebracht, danach von den größeren. Selbst zur Mittagszeit machten wir keine Pause. Trotzdem schien die Arbeit nicht weniger zu werden. Die Frauen rechten das Heu zu großen Haufen zusammen, und wir Männer beluden die Karren. Die größeren Kinder fuhren das Heu zu den Scheunen, und die kleineren wachten über die jüngsten. Alle arbeiteten Hand in Hand.

Plötzlich kam ein Reiter übers Feld galoppiert. Das Pferd war nass geschwitzt, so sehr hatte er es angetrieben. Kaum stand das Ross still, sprang der Mann aus dem Sattel und kam auf uns zugelaufen.

Er erklärte, dass er im Auftrag der Gräfin von Stühlingen käme, die verlangte, dass wir sofort die Arbeit ruhen lassen und uns in die Weinberge begeben sollten. Die Gräfin bräuchte leere Schneckenhäuser, um ihr Garn aufzuwickeln. Und deshalb sollten wir unverzüglich Schneckenhäuser sammeln.«

Peters Augen wurden riesengroß. »Was wollte die Gräfin? Schneckenhäuser für ihr Garn?«, fragte er ungläubig. Hauser nickte. »Ja, du hast richtig gehört! Du kannst dir sicherlich vorstellen, dass wir unserem Unmut Luft machten. Sogar dem Boten war es unangenehm, uns diese Nachricht überbringen zu müssen, war er doch selbst ein Bauernsohn und wusste, wie wichtig das Einbringen des Heus vor Beginn des Gewitters war.

Schweigend ertrug er unseren empörten Widerspruch, der eigentlich der Gräfin galt. »Erklärt mir, wie die Gräfin auf solch einen dummen Einfall kommen konnte.«

»Die Dame Helena von Rappoltstein war dafür berüchtigt, ihre Untertanen zu triezen. Meist an Feiertagen fiel ihr ein, dass sie unstillbare Gelüste auf Erdbeeren, Himbeeren oder Kirschen hatte. Immer wieder mussten wir für die Dame unsere Arbeit, meist während der Erntezeit, unterbrechen, um ihre Wünsche zu erfüllen. Doch dieses eine Mal haben wir uns dem Befehl der Gräfin widersetzt. Wir sind nicht in die Weinberge gegangen, sondern haben das restliche Heu eingeholt. Doch unsere Feiertagslaune war verflogen, denn die Angst vor der kommenden Strafe saß uns im Nacken.

Gegen Abend, unsere Arbeit war fast getan, rang meine Lizzi plötzlich nach Luft und dann, ganz ohne Vorwarnung, brach sie tot zusammen! Von einem Augenblick zum anderen lag sie leblos vor meinen Füßen. Ich wollte nicht glauben, was meine Augen sahen. Ich kniete mich neben sie, rief immer wieder laut ihren Namen, aber vergebens. Lizzi hatte uns für immer verlassen. Die alte Berta sagte, dass die Aufregung schuld gewesen sei. Lizzis Herz sei einfach stehen geblieben.«

Peter wusste nicht, was er sagen sollte. Nach einer langen Pause fragte er schließlich: »Seid Ihr vor der Strafe auf der Flucht?«

Jacob Hauser lachte leise: »Es gab keine Strafe! Das haben sie sich nicht getraut! Wir haben eine Fahne genäht und uns mit anderen Bauern zusammengeschlossen. Gemeinsam sind wir zum Grafen Sigismund gezogen, der uns notgedrungen Zugeständnisse machte. Schließlich stehen wir treu zum alten Glauben und verlangen nur Gerechtigkeit. Doch als der Graf als Gegenleistung verlangte, dass wir vor ihm niederknien, um Verzeihung bitten und unsere Fahne übergeben sollten, lehnten wir ab. Da schienen sie Angst vor uns zu bekommen, und sie haben uns vorgeschlagen, die Sache vor ein Schiedsgericht zu bringen.«

»Und warum habt Ihr Euch viele Tagesmärsche von Stühlingen entfernt?«, wollte Peter wissen.

»Ich werde Florian zu der Schwester meiner Frau bringen. Sie wird für ihn sorgen, da bin ich sicher. Ich aber werde mich nicht mehr länger knechten lassen und mich Thomas Müntzer anschließen!«

»Thomas Müntzer? Der Name klingt vertraut. Erzählt mir von ihm.«

»Er soll in Thüringen leben. Ein Wanderprediger hat von ihm berichtet, der Müntzers Fürstenpredigt in Allstedt gehört hat. Müntzer muss ein Querkopf sein, der kein Blatt vor den Mund zu nehmen scheint. Er prangert die Kirche und den Adel an. Einen Mann wie ihn brauchen wir! Auf Luther habe ich gehofft, doch er ist nur ein Schwätzer und sieht den Adel als von Gott gegeben. Seine schönen Worte bewegen nichts, denn wir werden weiterhin von den Adeligen bis aufs Blut ausgesaugt. Müntzer hingegen ist ein Mann der Taten! Er will einen Aufstand gegen den Adel anführen und braucht Gefolgsleute. Ich werde mich ihm anschließen! Die Zeit ist reif für Veränderungen. Viel zu lange haben wir alles erduldet. Der Wanderprediger erzählte auch, Müntzer sei der festen Überzeugung, dass Gott selbst ihm in seinem Kampf für uns Bauern beistehen und mit himmlischen Armeen auf seiner Seite kämpfen werde!«

Bei diesen Worten bekamen Jacob Hausers Augen einen besonderen Glanz, und Peter musste schlucken.

Als er seinen Bruder Matthias auf sich zukommen sah, wischte er sich verstohlen über die Augen. Er nahm sich vor, mit ihm über Müntzer zu sprechen, sobald die anderen schliefen.

Freudestrahlend kamen Friedrich und Matthias mit drei großen Hasen zurück, von denen einer noch zappelte. Lachend hielt Matthias ihn hoch, um dann den Körper des Tieres gegen einen Baum zu schmettern, bis er nicht mehr zuckte.

Es war mitten in der Nacht. Am Himmel blinkten die Sterne, und Peter versuchte den Nordstern zu finden. Er war der einzige Stern, den er kannte. Der Vater hatte ihm diesen Stern eines Nachts gewiesen und erklärt: »Egal, wo du auf der Welt bist, Peter, an ihm kannst du immer die Himmelsrichtungen bestimmen.« Es war einer der wenigen Momente, in denen der Vater den Sohn seine Zuneigung hatte spüren lassen.

»Was würdest du mir raten, Vater?«, flüsterte Peter nun, da er den Stern am Himmel erblickt hatte.

Seit sie unterwegs waren, wachte sowohl Peter als auch Matthias bei der kleinsten Bewegung oder dem leisesten Geräusch sofort auf.

So auch jetzt, als Peter Matthias sachte anstupste.

Fragend sah der den Bruder an. Peter gab ihm ein Zeichen, ihm leise zu folgen.

Abseits des Lagers erzählte Peter, was der alte Hauser ihm berichtet hatte.

»Warum erzählst du mir das?«

»Weil ich denke, dass wir mit ihm gehen sollten.«

»Warum sollten wir ihm folgen? Wir wollen ins Elsass und nicht nach Thüringen.«

»Ja, ich weiß, aber wir kämpfen dort nicht *unseren* Kampf. Müntzer sucht Gleichgesinnte, um gegen den Adel und die Kirche zu ziehen. Dort wären wir richtig. Sei ehrlich, Matthias! Wir wollen doch nur ins Elsass, um endlich etwas zu erleben. Außerdem bin ich überzeugt, dass unser Vater diesen Schritt befürworten würde.«

Matthias zögerte. Doch dann schien ihm Peters Vorschlag einzuleuchten, denn er erwiderte: »Gut, dann werden wir mit Hauser ziehen. Lass uns Michael, Friedrich und Johannes ebenfalls für Müntzer begeistern. Wenn sie nicht wollen, werden wir allein mit dem Alten gehen, obwohl ich ihn nicht besonders leiden mag.«

Erfreut klopfte Peter ihm auf die Schulter.

»Du musst ihn ja nicht heiraten!«, feixte er leise.

Zufrieden legten sich beide wieder schlafen.

Peter schaute ein letztes Mal zum Nordstern, dann fielen ihm die Augen zu.

Obwohl es mehrere Häuser in dem Örtchen gab, konnte Peter nicht glauben, dass Hauser seinen Sohn ausgerechnet in das düstere, heruntergekommene Haus, das nun vor ihnen stand, bringen wollte. ›Selbst die zerfallene Kate der alten Tante in Mehlbach war in einem besseren Zustand‹, dachte Peter und erschauderte. Er hatte Zweifel, ob Florian hier willkommen sein würde.

In der kurzen Zeit ihrer gemeinsamen Wanderschaft war der Junge aufgeschlossen und redselig geworden. Doch als er sah, wo ihn der Vater unterbringen wollte, verstummte er.

Der Boden der engen Gasse war aufgeweicht, und man musste durch knöcheltiefen Schlamm waten, um zu dem Haus zu gelangen. Der Unrat, der vor die Kate gekippt worden war, stank ekelerregend. Durch den Eingang, der keine Tür hatte, wehte das nasse Laub. Ratten huschten an der zerfallenen Hauswand entlang.

Die fünf Burschen verabschiedeten sich von Florian und blieben abseits des Hauses stehen.

Jacob Hausers Stimme zitterte, als er nach seiner Schwägerin rief. Eine in Lumpen gehüllte Frau erschien und musterte Vater und Sohn eingehend.

Peter verstand nicht, was Hauser ihr erzählte, doch er erkannte, dass das Gesicht der Alten keine Regung zeigte. Stumm blickten verkniffene dunkle Augen den Schwager unfreundlich an.

Das trübe, nasskalte Wetter und der mit dunklen Wolken verhangene Himmel unterstrichen die Trostlosigkeit, in der der Junge von nun an leben sollte.

Hauser drückte der Frau etwas in die Hand. Misstrauisch streifte ihr Blick die fünf Burschen.

Peter vermutete, dass Hauser ihr Geld gegeben hatte, denn ihre Miene hellte sich für einen kurzen Augenblick auf, um sich dann wieder zu verfinstern. Florian, der hinter dem Vater stand, wurde nun zu seiner Tante geschoben.

Der Junge wehrte sich und umfasste die Hüfte des Vaters. Erst als der ihm eine schallende Ohrfeige gab, ließ er los.

Die knochigen Finger der Frau krallten sich in die Schulter des Knaben und schoben ihn in den Hausgang.

Peter musste sich abwenden, und auch die vier übrigen Burschen sahen zu Boden.

Jacob Hauser ging wortlos an ihnen vorbei. Nur seine gekrümmte Gestalt verriet seinen Kummer.

## *Kapitel 2*

Am Nachmittag des dritten Tages erreichten die Wolfsjäger und Anna Maria eine Anhöhe. Auf ihre Frage, welcher Ort am Fuße zu erkennen sei, bekam sie von Michel die knappe Auskunft: »Landstuhl!«

Gegenüber, auf einem kahl geschlagenen Berg, stand eine Burg, deren Steine rötlich schimmerten. Mehrere Zäune und Mauern umgaben das Gelände, auf dem Sträucher und Dornenhecken wuchsen. Noch bevor das Mädchen Michel danach fragen konnte, brummte er: »Das ist Burg Nanstein!«

Nie zuvor hatte Anna Maria eine Burg gesehen, und sie war von der mächtigen Steinfestung beeindruckt.

Vorsichtig schritten die Pferde den steilen Hang hinunter. Auf dem Sandsteingeröll kamen sie nur langsam voran. Als sie die Senke erreicht hatten, mussten sich die Pferde auf der anderen Seite beschwerlich den steilen Hang hinaufquälen.

Die Burg, die aus der Ferne einschüchternd auf Anna Maria gewirkt hatte, sah beim Näherkommen weniger bedrohlich aus. Das Mädchen erkannte, dass sie teilweise zerstört und verfallen war.

An manchen Stellen klafften riesige Löcher in dem dicken Mauerwerk, teilweise fehlten ganze Mauerabschnitte. Ein gewaltiger Turm war im oberen Bereich in sich zusammengebrochen. Geröll, Steinbrocken und Holzbohlen lagen überall verstreut.

Anna Maria wusste nicht warum, aber die Burg kam ihr wie ein verwundetes Tier vor. Das Gefühl wurde noch dadurch verstärkt, dass wie bei einem Toten Krähen über den Festungsmauern kreisten. Nur ihre schrillen Schreie waren zu hören und ließen den Ort unheimlich wirken.

Anna Maria war neugierig und hätte gern gewusst, was hier vorgefallen war, doch sie wagte es nicht, den mürrischen Michel danach zu fragen.

Heftig schnaubend schritten die drei Pferde durch das zerstörte Tor. Beißender Gestank empfing sie. Hunde liefen auf dem Vorhof umher und begrüßten die Ankommenden mit lautem Gebell. Die Pferde scheuten, sodass Hans fluchte: »Heinrich, du elender Hurensohn, nimm die verdammten Köter fort!«

Es dauerte einige Augenblicke, bis ein Mann angelaufen kam und die Hunde zurückrief. Kinder eilten hinter ihm her.

»Führ dich nicht so auf, Hans! Was willst du hier?«

»Ich will zu Johann!«

»Der ist nicht zu sprechen!«, sagte Heinrich und wollte sich schon wieder umdrehen, als er Anna Maria erblickte. Er ging auf sie zu, und sein Mund verzog sich zu einem zahnlosen Grienen.

»Was hast du uns hier mitgebracht?«, fragte er und wollte Anna Maria an den Oberschenkel fassen.

»Lass die Finger von ihr!«, sagte Hans und führte seine Hand zu dem Messer, das er im Stiefel stecken hatte.

»Ist wohl dein Liebchen!«, feixte der Zahnlose. »Die ist mir sowieso zu dürr! Und jetzt macht, dass ihr verschwindet!«

»Sag Johann, dass ich ihn sehen will!«, ließ Hans nicht locker. »Wenn er hört, warum ich hier bin, wird er sicherlich mit mir sprechen wollen.«

Das schien Heinrich zunächst nicht zu überzeugen, doch dann starrte er auf Anna Maria und verstand. Zu den Kindern sagte er: »Lauft und holt Johann!«

Währenddessen saßen die drei Wolfsfänger ab. Wortlos umfasste Michel Anna Maria und hob sie vom Pferderücken.

Als sie nach dem langen Ritt endlich wieder mit den Beinen auf dem Boden stand, schmerzten ihr Knie und Rücken von der unbequemen Haltung hoch zu Ross. Auch die Innenseiten ihrer Oberschenkel waren wund gescheuert und brannten wie Feuer.

Anna Maria streckte sich und hoffte, dass der Schmerz bald nachlassen würde.

Übelgelaunt blickte Karius zu ihr herüber. Seine Platzwunde am Kopf war mit Blut verkrustet, und seine Lippe war noch immer angeschwollen.

Angewidert wandte sich Anna Maria von ihm ab. Ihre Hand hielt den Pilgerstab fest umschlossen, sodass sich ihre Knöchel weiß abzeichneten.

Am Abend zuvor hatte Karius versucht ihr zwischen die Beine zu fassen. Sie glaubte noch immer seinen fauligen Atem riechen und seine Lippen auf ihrem Hals spüren zu können.

Karius hatte gewartet, bis alle schliefen, und sich dann auf Anna Maria gestürzt. Mit der einen Hand hielt er ihr den Mund zu und mit der anderen versuchte er unter ihren Rock zu langen. Sie hatte seinen keuchenden Atem dicht an ihrem Ohr gehört und hatte versucht sich zu wehren, doch er war stärker gewesen. Zum Glück war Hans wach geworden und hatte Karius mit einem Knüppelschlag niedergestreckt. Als der vor Schmerzen aufjaulte und den Kopf hob, hatte Hans ihm mit der Faust ins Gesicht geschlagen. Dabei traf er Karius' Oberlippe, die sofort angeschwollen war.

Außer sich vor Zorn hatte Hans den jammernden Burschen an den Haaren von Anna Maria fortgezogen und ihn angebrüllt: »Horch, was ich dir sage, du Narr! Ich habe gehört, dass nur Jungfrauen Seherinnen sein können. Halte dich von ihr fern, oder ich werde dich töten!«

Zuerst hatte Anna Maria erneut widersprechen und erklären wollen, dass sie keine seherischen Fähigkeiten habe. Doch da dieser Aberglaube sie, wie es schien, vor Übergriffen schützen würde, hatte sie geschwiegen.

Anna Maria ließ ihren Blick erneut über die Burganlage schweifen, als sie einen Mann auf sich zukommen sah, dem zwei Männer in verschlissener Landsknechttracht folgten. Scheinbar mühelos trugen sie ihre wuchtigen Schwerter, die über ihren Schultern lagen.

»Johann, mein Freund!«, rief Hans ihm entgegen.

Erst als der Fremde dem Wolfsjäger Auge in Auge gegenüberstand, erwiderte der: »Ich wüsste nicht, dass ich dein Freund bin.«

Hans schluckte, hielt aber dem verächtlichen Blick stand.

»Was willst du?«, fragte Johann ungerührt und starrte Hans missmutig an. Als der Wolfsjäger mit einer Handbewegung Johanns Blick auf Anna Maria lenkte, musterte der das Mädchen kurz und fragte dann mürrisch: »Was soll ich mit noch einem Weibsbild? Es sind schon genug Mäuler zu stopfen!«

Mit einem Glitzern in den Augen zog Hans Johann am Ärmel von den anderen fort. »Horch, was ich dir sage!« Erst als sie außer Hörweite waren, sprach er leise weiter.

Johanns Augen weiteten sich ungläubig, und sein Blick heftete sich auf das Mädchen. Die Arme vor dem Brustkorb verschränkt, schritt er auf Anna Maria zu und ging mehrmals um sie herum.

Johanns Männer beobachteten sie schweigend, die Hände auf die Schwerter gestützt, deren Spitzen sich in den Staub auf dem Boden gebohrt hatten.

»Was sagst du?«, fragte Hans nach einer Weile.

Johann blieb nun dicht vor Anna Maria stehen. Da sie ihren Kopf gesenkt hielt, hob er ihr Kinn mit dem Zeigefinger an.

Sie starrte in Augen so blau wie der Himmel. Erschrocken taumelte sie ein paar Schritte rückwärts.

»Was siehst du?«, fragte Johann aufgebracht. Sie schwieg, doch als sich sein Blick verfinsterte, sagte sie: »Ich habe diese Augen in meinen Träumen gesehen!«

›Das ist nicht gelogen‹, tröstete sie sich in Gedanken.

»Was hast du noch gesehen?«

»Blaue Augen kämpften gegen rot glühende Augen und die blauen besiegten den schwarzen Dämon.«

Alle Männer starrten sie an. Der Landsknecht trat einen Schritt zurück.

Plötzlich erkannte Anna Maria, welche Macht sie als angebliche Seherin haben würde. Vielleicht, dachte sie, würde sie sogar fliehen können.

Ihr Körper entspannte sich langsam. Sie richtete sich auf, hob den Kopf und entschied in Gedanken: ›Wenn ihr dieses Spiel spielen wollt – ich bin bereit!‹

Nachdem Hans entlohnt worden war, ritt er mit Michel und Karius gut gelaunt von dannen.

Anna Maria hingegen musste Johann folgen. Die bewaffneten Landsknechte gingen dicht hinter ihr, als befürchteten sie, sie könne jeden Moment fliehen. Sie wurde über die Burganlage in einen Wohnraum geführt, wo Männer, Frauen und Kinder zusammensaßen. Alle Augen waren mit einem Mal auf sie gerichtet.

Eine Frau mit braunen Haaren musterte sie von Kopf bis Fuß und schimpfte: »Was soll das? Es sind schon genügend Weiber hier auf der Burg!«

»Beruhige dich, Gerhild!«

Johann wollte die Frau am Arm packen und an sich ziehen, doch sie schlug seine Hand fort und ging auf Anna Maria zu. Außer sich vor Zorn keifte sie: »Falls du Luder glaubst, dass du dich in ein warmes Bett legen kannst, dann hast du dich geschnitten!«

»Warum sagt Ihr so etwas? Ihr kennt mich doch gar nicht!«, begehrte Anna Maria auf.

»Ah, eine Vornehme bist du also! Ich muss dich nicht kennen, denn ich kenne deinesgleichen. Deine unschuldigen Augen verraten dich!«

Johann trat hinter Gerhild, griff nach ihrem Arm und drehte sie mit einem Ruck zu sich um.

»Zügle deine Zunge, Weib, dann werde ich meine Hand zügeln.« Er sprach nicht weiter, sondern schubste die Frau weg und packte stattdessen Anna Maria am Arm.

Fluchend zog er sie in einen anderen Raum und ließ krachend die Holztür hinter ihnen ins Schloss fallen.

Sie befanden sich in einem großen düsteren Saal. Ein Feuer brannte in einem fast mannshohen Kamin, der mit von Ruß geschwärzten Eichenbalken eingefasst war.

Anna Maria stellte sich mit dem Rücken zu den lodernden Flammen und genoss die Wärme.

Der Landsknecht blickte das Mädchen forschend an, und

auch Anna Maria musterte ihn eingehend. Beutel und Stab hielt sie wie zum Schutz vor ihre Brust gepresst.

Johann war jünger als die anderen Landsknechte, die zuvor ihren Weg gekreuzt hatten. Seine dunklen Haare fielen bis zur Schulter. Ein Vollbart ließ sein Gesicht finster erscheinen, und sie hätte sich vor ihm gefürchtet, wären da nicht diese blauen Augen gewesen.

Das Mädchen hätte schwören können, dass der Wolfsmensch die gleichen Augen hatte. Bei diesem Gedanken erschauerte Anna Maria. Weitere Gemeinsamkeiten zwischen dem Wolfsmensch und dem Landsknecht konnte sie jedoch nicht feststellen, da die Gesichtszüge des Mannes von dem dunklen Barthaar weitgehend verdeckt waren.

Johann trug die typische Landsknechttracht – bunt, schäbig und abgetragen. Die aufgepluderten Ärmel, die in zerschnittenen Streifen herabhingen, waren aus dunkelblauer, stark gefilzter Wolle. Seine dunkelblauen Pluderhosen reichten bis zu seinen Schuhen.

Die Schuhe erinnerten Anna Maria an ein Kuhmaul, da sie vorne so breit wie ein Maul geschnitten waren.

Als ihr Blick auf seinen Schamlatz fiel, röteten sich ihre Wangen, und sie drehte ihren Kopf zur Seite.

»Woher kommst du, und was hast du mit den Wolfsjägern zu schaffen?«, fragte Johann sie nun scharf.

Anna Maria atmete tief durch. Wie oft musste sie ihre Geschichte wohl noch erzählen? Gleichgültig erklärte sie, woher sie stammte, warum sie unterwegs war und dass die Wolfsjäger sie entführt hatten.

»Was hat ein Mädchen nachts im Wald zu suchen?«, fragte Johann misstrauisch.

»In meinen Träumen …«, sie stockte kurz und fuhr dann fort: »Unser Vater hat meine Brüder in den Krieg geschickt, denn sie sollen für die Rechte der Bauern kämpfen. Ich habe gesehen, dass beide in Gefahr schweben. Deshalb bin ich auf der Suche nach ihnen. Ich muss sie gefunden haben, bevor der erste Schnee fällt, sonst wird es zu spät sein!«

Johanns Augen forschten stumm in ihrem Gesicht, bevor er ehrfurchtsvoll fragte: »Du bist wahrhaftig eine Seherin?«

Anna Maria zögerte mit ihrer Antwort. Nie in ihrem Leben hatte sie gelogen – bis auf ein paar kleine Notlügen. Nie hatte sie wissentlich etwas behauptet, was nicht stimmte. Doch jetzt erklärte sie ohne Zweifel in der Stimme: »Ja, ich bin eine Seherin!«

Johann lachte auf. »Was bin ich doch für ein Glückspilz!«

In dem Moment wurde die Tür aufgestoßen, und Gerhild trat ein. Der Landsknecht wandte sich ihr zu, aber als er ihr finsteres Gesicht sah, befahl er ihr sogleich mit harter Stimme: »Du wirst dafür verantwortlich sein, dass es ihr gut geht und dass niemand sie anrührt!«

»Auch du nicht?«, wollte die dunkelhaarige Frau herausfordernd wissen.

Johann zischte: »Ich habe dich gewarnt, Gerhild. Zügle deine Zunge, sonst wird eine andere mein Bett teilen! Wir beide wissen, dass jeder austauschbar ist.« Er packte sie und presste seine Lippen hart auf die ihren. Dann stieß er sie weg und ging lachend nach draußen.

Die Frau wischte sich mit dem Handrücken über den Mund und spuckte vor Anna Marias Füßen aus. »Wehe, du kommst mir ins Gehege!«, schleuderte sie der jungen Frau entgegen und verließ ebenfalls den Raum.

Über eine schmale Wendeltreppe wurde Anna Maria nach unten in einen Raum mit riesigen nackten Steinwänden gebracht. Eisige Kälte empfing sie und ließ sie erzittern. Sie hatte das Gefühl, sich tief unter der Erde zu befinden. Nur drei runde

Schächte an der hohen gewölbten Decke ließen Tageslicht und frische Luft herein. Scheinbar wurde der langgezogene, in einem Bogen verlaufende Raum als Lager genutzt. Einzelne Fässer sowie Körbe und Kisten mit Gemüse und Obst standen an den Wänden. Gepökeltes Fleisch, auch Wurstwaren, an Schnüren aufgehängt, wurde hier gehortet.

Einer der Männer, der Anna Maria hergebracht hatte, warf ihr einen Strohsack zu, sodass sie nicht auf dem blanken Lehmboden sitzen musste. Dann hörte sie, wie der Schlüssel im Schloss umgedreht wurde.

»Verhungern werde ich hier jedenfalls nicht!«, tröstete sie sich. Als habe der Söldner ihre Worte gehört, drehte sich erneut der Schlüssel im Schloss, und der Mann streckte seinen Kopf herein. »Wagt nicht, Euch an den Vorräten zu vergreifen! Wir wissen genau, was und wie viel hier gelagert ist.«

»Soll ich etwa verhungern?«, schrie Anna Maria empört. Erschrocken hörte sie den dumpfen Schall ihrer Stimme in dem hohen Raum.

»Seid still, Weib! Ihr werdet genügend zu essen bekommen!«

Der Schlüssel knackte erneut im Schloss, und Anna Maria war allein.

Wütend und mit Tränen in den Augen zog sie den mit Stroh gefüllten Sack vor ein Fass, an das sie sich anlehnen konnte, und setzte sich nieder. Zuvor nahm sie sich einen Apfel aus einer der Kisten.

»Das beweise mir erst mal einer, dass die Äpfel abgezählt sind!«, sagte sie trotzig und biss hinein.

## Kapitel 3

Die fünf jungen Burschen setzten gemeinsam mit Jacob Hauser schweigend ihren Weg nach Mühlhausen fort. Ohne zu zögern hatten alle fünf zugestimmt, den ursprünglichen Plan aufzugeben und jetzt nach Thüringen zu wandern.

Mehrmals hatte Matthias versucht, den Alten umzustimmen und Florian zurückzuholen, doch Hauser zeigte sich unerbittlich. »Ich ziehe in einen Kampf und kann den Jungen nicht gebrauchen«, wies er Matthias zurecht. Als er die entrüsteten Blicke der anderen sah, fügte er hinzu: »Wenn der Kampf vorbei ist, werde ich meinen Sohn wieder zu mir nehmen!«

Doch keiner der fünf schien seinen Worten Glauben zu schenken, denn in Hausers Stimme hatten Zweifel mitgeklungen.

»Ich konnte ihn vom ersten Augenblick an nicht leiden!«, zischte Matthias Peter zu. »Lässt Florian bei solch einer Hexe zurück. Überall wäre der Junge besser aufgehoben als da!«

Peter stimmte ihm zwar zu, da es jedoch nicht zu ändern war, schwieg er.

Anfang November verschlechterte sich das Wetter. Kalter Wind, sogar die zu dieser Jahreszeit seltenen Gewitter und heftiger Regen wechselten sich ab und erschwerten die Reise. An manchen Tagen war es selbst für die jungen Burschen anstrengend weiterzumarschieren, da sie sich gegen heftige Windböen stemmen mussten. Oft überraschte sie lautes Donnerknallen und heftiges Blitzzucken, und manchmal kugelten sie sich vor Schreck auf dem Boden zusammen. Trotzdem gönnten sich die Männer nur selten eine Nacht im Wirtshaus. Meist verkrochen sie sich unter Buschwerk, in leer stehenden Hütten oder Scheunen.

Nun warteten die Wanderer schon seit zwei Tagen in einer verlassenen Holzfällerhütte darauf, dass der Regen endlich aufhören würde. Doch es schüttete wie aus Eimern, und der graue Himmel ließ vermuten, dass das Wetter noch eine Weile so bleiben würde.

Der Rast überdrüssig, lagen die sechs gelangweilt auf ihren Lagern aus im Wald gesammeltem Laub und kleinen Tannenzweigen, womit sie den Boden der Hütte gepolstert hatten.

Matthias seufzte und sagte zu seinem Bruder: »Was würde ich jetzt für Mutters Gemüseeintopf mit Speck geben!«

Beim Gedanken an das gute Essen seufzte auch Peter und fiel ein: »Oder die dicke Blutsuppe, die es zu den Schlachtfesten gab. Erinnere dich an die Sonntage, wenn Vater es erlaubte, dass auch wir Eier zum Frühstück bekamen. Mutter röstete uns das Brot mit guter Butter in der Pfanne, um anschließend die Eier darüberzuschlagen.«

»Seid endlich still, ihr Deppen! Vom Essen reden macht nicht satt, der Magen knurrt nur noch mehr!«, schimpfte Johannes und machte ein finsteres Gesicht. Michael und Friedrich nickten zustimmend. Hauser hingegen fragte: »Ihr habt wohl nie Hunger leiden müssen?«

Erstaunt schauten sich die Brüder an. »Nein!«, antworteten beide wie aus einem Mund.

»Dann müsst ihr wahre Glückskinder sein!«

Bis jetzt wusste Jacob Hauser nur die Namen der Burschen, doch nun war seine Neugier geweckt.

»Woher stammt ihr, und warum seid ihr fortgegangen, wenn es euch gut ging?«

Peter setzte sich auf und zupfte einige Tannennadeln von einem Ästchen. Bereitwillig erzählte er: »Wir sind freie Bauern und stammen aus einem kleinen Ort namens Mehlbach, der in der Kurpfalz liegt. Unser Hof ist der größte in der Umgebung. Dank

Vaters umsichtiger Wirtschaft mussten wir nie Not leiden und hatten auch im längsten Winter stets genügend zu essen. Unsere Mutter war die beste Köchin weit und breit. Sie war eine gütige Frau, bei jedem beliebt. Unser Vater hingegen ist sehr streng und macht auch bei uns keine Unterschiede. Wir Kinder müssen ebenso anpacken wie das Gesinde. Doch er ist gerecht und schickt niemanden fort, der um Hilfe bittet.«

»Das hört sich gut an. Warum habt ihr euer Zuhause denn dann verlassen?«, wollte Hauser wissen.

»Als unser Vater erzählte, dass die Bauern im Land sich zusammenschließen, um für ihre Rechte zu kämpfen, da wollten wir dabei sein.«

Peter wurde nachdenklich. Nach einigen Augenblicken sagte er: »Unser Vater führte daheim seinen eigenen Kampf gegen die Ungerechtigkeit. Er versuchte die Menschen zu unterstützen, denen es schlecht ging. Vater ist schlau und kann lesen, sodass viele sich an ihn wendeten, wenn sie glaubten, dass sie zu viele Abgaben verrichten mussten. Er macht zwischen arm und reich, dumm und schlau keinen Unterschied.« Peter hielt kurz inne, dann wandte er sich an seinen jüngeren Bruder: »Matthias, kannst du dich noch an das fahrende Volk erinnern, das die Wintermonate bei uns in der alten Scheune verbrachte?«

»Aber sicher, ihre Gruselgeschichten werde ich wohl nie vergessen. In Vollmondnächten habe ich aus Angst, ein Werwolf könne mich holen, kein Auge zugetan!«

Peter lächelte. »Nicht nur die Geschichten der Vaganten waren unheimlich. Auch die Menschen waren mir als Kind nicht geheuer. Sie sahen in ihren eigenartigen bunten Kleidern nicht nur anders aus, sondern kannten auch Dinge, die mir fremd waren. Unser Vater redete meist mit dem Ältesten der Sippe. Ich weiß nicht, über was. Ich erinnere mich nur, dass ich das Wort ›Bundschuh‹ verstehen konnte, als ich Vater einmal einen Krug

Wein brachte. Und ich war verwundert, dass sich zwei Männer über Schuhe unterhielten.«

Jacob Hauser stutze. »Bundschuh? Wie heißt euer Vater?«

»Daniel Hofmeister!«

»Noch nie gehört!«, sagte er nachdenklich und fragte dann: »Ich verstehe trotzdem nicht, warum ihr euch in einen Kampf begeben wollt, der euch nichts angeht!«

»Es war unser Vater, der uns darin bestärkte«, erklärte Peter. Matthias fügte grüblerisch hinzu: »Wenn ich recht überlege, dann klangen seine Wort mehr wie ein Befehl. ›Zieht los und schließt euch den Bauern an!‹, hat er zu uns gesagt und hinzugefügt, dass es unsere Pflicht sei, für die Ärmeren gegen Adel und Klerus zu kämpfen. Auch erzählte er, dass sich bereits vor etlichen Jahren mehrmals Bauern aus diesem Grund zusammengefunden hätten. Doch jedes Mal seien sie verraten und auseinandergetrieben worden und hatten so nichts bewirken können. Vater vertritt die Ansicht, dass die Bauern damals versagt haben. Doch er meint auch, dass jetzt die Zeit reif für Veränderungen ist.«

»Warum ist euer Vater dann nicht selbst losmarschiert?«

Peter zuckte mit den Achseln. »Wir wissen es nicht. Vielleicht weil er zu alt ist.«

Hauser lachte bitter auf. »Man ist nie zu alt, um für die Gerechtigkeit zu kämpfen! Das ist eine Sache der Einstellung.«

»Eure Worte hören sich gebildet an«, stellte Johannes anerkennend fest. In sich gekehrt blickte Hauser an dem Jungen vorbei und sagte: »Ich bin kein Gelehrter, nur ein einfacher Bauer, der seinen Traum noch nicht aufgegeben hat.« Bevor die Burschen ihn nach seinem Traum fragen konnten, lenkte er ab und fragte: »Kommt ihr alle aus Mehlbach?«

»Nein«, antwortete Johannes zögernd. »Ich komme aus Schallodenbach – das liegt in der Nähe von Mehlbach.«

»Hat dein Vater dich auch ermutigt, in den Kampf zu ziehen?«

Johannes' Gesichtszüge verhärteten sich, und er schüttelte den Kopf. »Nein, mein Vater hat mich von morgens bis abends verprügelt. Er war fast immer betrunken, und der kleinste Anlass genügte ihm, um auf meine Geschwister und mich mit dem Rohrstock einzuschlagen.«

Zum Beweis hob er sein Hemd. Rücken und Brust waren mit blauen Flecken und Narben übersät. Einige Striemen waren noch nicht vollständig verheilt. Bei dem unschönen Anblick sogen die anderen scharf die Luft zwischen den Zähnen ein.

»Als ich von Peter hörte, dass er mit Matthias weggehen würde, habe ich mich ihnen angeschlossen. Warum und wohin war mir einerlei – Hauptsache fort von meinem Vater und seinen Schlägen!«

Hauser richtete nun seine Augen fragend auf Michael. Der druckste einen Augenblick herum, dann erzählte auch er: »Ihr habt die beiden nach Hunger gefragt. Ich kenne das Gefühl, wenn man tagelang nichts außer Wasser zu sich nehmen kann. Ich kenne den Schmerz, wenn der Magen leer ist und man glaubt, er würde sich selbst auffressen.« Michael stockte. »Als die Ernteerträge stetig weniger wurden, der Abt aber trotzdem seine Abgaben verlangte, litten wir unsäglichen Hunger. Letzten Winter starben zuerst meine vier jüngeren Geschwister, dann meine ältere Schwester, meine Mutter und vor zwei Monaten auch mein Vater. Als Matthias, Peter und die vielen anderen Burschen durch unsere Gegend zogen, habe ich alles hinter mir gelassen und bin ihnen gefolgt. Ich scheue nicht den Kampf, auch nicht den Tod. Ich habe nichts mehr zu verlieren, denn ich habe bereits alles verloren.«

Die anderen schwiegen betreten. Schließlich blickten sie zu Friedrich, da sie auch seine Geschichte erfahren wollten. Der machte einen zerknirschten Gesichtsausdruck. »Ich schäme mich fast, denn ich habe weder Hunger gelitten, noch wurde ich geschlagen, noch hat mein Vater mich aufgefordert, in den

Kampf zu ziehen. Als ich von einem Gastwirt erfahren habe, dass die ›Fahnenträger‹ durch unser Dorf zogen, bin ich ihnen heimlich gefolgt.« Mit anerkennendem Blick schaute er zu Peter und Matthias, denen das unangenehm war.

»Seid ihr Fahnenträger?«, fragte Hauser die beiden erstaunt.

Matthias nickte. »Die anderen Burschen haben uns so genannt.«

»Aber ihr führt keine Fahne mit euch!«

Bevor Peter seinen Bruder daran hindern konnte, hob der auch schon sein Hemd und zeigte voller Stolz das Stück Stoff, das er über seine Brust gebunden hatte.

»Was ist das für eine Fahne, und warum trägst du sie auf der Brust?«, fragte Hauser irritiert.

»Unser Vater hat jedem von uns eine Hälfte als Glücksbringer übers Herz gebunden, bevor wir losgezogen sind. Aber ich weiß nicht, was das für eine Fahne ist«, erklärte Matthias unbedarft.

»Darf ich sie sehen?«, fragte Hauser und zerrte ohne eine Antwort abzuwarten den Stoff unter Matthias' Hemd hervor.

»Lasst das!«, zischte Peter und nahm ihm die Fahne ab. Hauser war bleich geworden.

»Ist Euch nicht wohl?«, fragte Michael besorgt.

»Ich kenne diese Fahne!«, erklärte Hauser mit versteinertem Gesichtsausdruck.

»Ach ja?«, fragte Peter zweifelnd.

»Wie war der Name eures Vaters noch?«

»Daniel Hofmeister.«

Hauser überlegte. »Es waren zu viele. Man konnte nicht alle kennen«, murmelte er vor sich hin. »Hat euer Vater ein besonderes Merkmal, woran man ihn erkennen könnte?«

Peter und Matthias sahen sich fragend an. »Nein, nicht dass wir wüssten. Er hat blaue Augen, die gleiche Haarfarbe wie wir, vielleicht etwas heller, groß – er sieht aus wie jeder andere auch«, beschrieb Matthias den alten Hofmeister.

»Ja, die Beschreibung könnte wahrlich auf jeden passen, sogar auf Joß Fritz. Der stammt allerdings aus Untergrombach«, sagte Hauser, der mehr mit sich selbst als mit den Burschen sprach.

Neugierig bat Matthias den Fremden: »Erklärt uns, was die Fahne bedeutet.«

Zögernd blickte der alte Hauser die jungen Burschen an, die seine Söhne hätten sein können. Alte Erinnerungen wurden in ihm wach.

»Der Bundschuh«, begann er, »galt vor vielen Jahren als Erkennungszeichen für die sogenannten Bauernaufstände.«

Matthias' und Peters Augen weiteten sich, doch Hauser fuhr unbeirrt fort: »Man wählte den Bundschuh, weil er das Schuhwerk des einfachen Mannes ist und sich von den sporenklirrenden Ritterstiefeln unterscheidet. Joß Fritz war ein Bauer und kannte die Not und Ungerechtigkeit, die unter den einfachen Menschen herrschte. Er soll angeblich dreimal Tausende von Bauern um sich geschart und versucht haben, gegen Adel und Klerus zu kämpfen. Jedes Mal wurden die Bauerntruppen verraten und niedergeschlagen – es ist die Geschichte, die auch euer Vater euch erzählt hat. Es gab mehrere Fahnen, die die Bauern als Zeichen der Zusammengehörigkeit mit sich führten. Meist war ein Bundschuh darauf zu sehen – so wie auf deinem Fahnenstück. Joß Fritz besaß seine eigene Fahne, und nur wenige bekamen dieses Banner mit seinen besonderen Motiven zu Gesicht. Fritz hatte diese Fahne nach seinen Vorstellungen nähen und bemalen lassen, und er hat sie nie aus der Hand gegeben. Und er zeigte sie auch nur wenigen Auserwählten.«

»Wenn die Fahne niemand zu Gesicht bekam, wieso glaubt Ihr, dass ausgerechnet unsere Fahne die Bundschuhfahne von Joß Fritz sein soll?«, fragte Peter.

»Weil ich damals Fähnrich bei Joß Fritz war. Zwar habe auch ich das Banner nie gesehen, doch es wurde mir genau beschrieben. Auf die Fahne soll neben allerlei Emblemen und Bildern der Bundschuh, ein weißes Kreuz, sowie die Inschrift ›Herr, steh deiner göttlichen Gerechtigkeit bei‹ gemalt sein.«

Hauser, Michael, Friedrich und Johannes blickten Peter und Matthias herausfordernd an. Ihre Blicke ließen keine Zweifel, dass sie von den Brüdern erwarteten, die Motive der Fahne zu zeigen.

»Nein«, rief Peter bestürzt, der ihre Blicke richtig zu deuten wusste, »unser Vater hat uns befohlen, niemanden die Fahnenstücke zu zeigen, und wir mussten es schwören. »Nur getragen auf dem Herzen bringt sie Glück«, sagte er bei unserer Abreise. Und da bleibt die Fahne auch – auf unseren Herzen.«

Peter stand auf und blickte Matthias scharf an, der sich daraufhin ebenfalls von seinem Platz erhob. Beide verließen trotz des Regens die Hütte.

Jacob Hauser hielt die Burschen nicht zurück, denn was sie gerade gesagt hatten, hatte ihn tief erschüttert. Kreidebleich wiederholte er flüsternd die Worte, die er früher schon einmal gehört hatte: »Nur getragen auf dem Herzen bringt sie Glück.«

Ungläubig schüttelte er den Kopf. ›Sie könnten *seine* Söhne sein, aber auch genauso gut meine, denn blaue Augen haben viele Menschen. Ihre Gesichtszüge‹, dachte er dann, ›nein, da war nichts Auffälliges.‹

Hausers Gedanken sprangen hin und her, und doch kam er zu keiner schlüssigen Erklärung. Schließlich beruhigte er sich in Gedanken: ›Alles nur Zufall! Wer weiß, woher dieser Hofmeister die Fahne hat. Vielleicht hat er sie sogar gestohlen!‹ Doch während die anderen bereits schliefen, lag er selbst die halbe Nacht wach und grübelte vor sich hin.

Am nächsten Tag änderte sich das Wetter, sodass die Männer ihren Weg fortsetzen konnten. Die Straße war vom Regen aufgeweicht, und sie mussten umsichtig marschieren. Trotzdem rutschten sie auf dem matschigen Boden des Öfteren aus.

Peter spürte, dass Hauser ihn und Matthias immer wieder von der Seite betrachtete.

»Sagt, Herr Hauser, welche Gedanken beschäftigen Euch?«, fragte er schließlich.

Erstaunt blickte der Alte Peter an, der daraufhin lächelte.

»Ich sehe, dass Ihr Matthias und mich mustert, als ob Ihr etwas in unseren Gesichtszügen suchen würdet.«

»Du hast mich erwischt!«, antwortete Hauser lächelnd. »Eure Fahne lässt mir keine Ruhe. Es ist sonderbar, wenn man plötzlich etwas wiedersieht, das einst ein großes Geheimnis war und für das man keine Erklärung findet. Viele Fragen schwirren durch meinen Kopf. Einige lassen mir keine Ruhe: Woher kommt die Fahne? Warum hatte sie euer Vater? Kenne ich euren Vater vielleicht? Doch in euren Gesichtern finde ich nichts, was ihn verraten könnte.«

»Wenn unsere Schwester Anna Maria hier wäre, dann bekämt ihr sicherlich die Antwort auf Eure Frage. Sie ist das Ebenbild unseres Vaters – auch dem Wesen nach. Wenn man sie sieht, dann weiß man sofort, zu wem sie gehört. Ich hingegen komme eher nach meinem Onkel von der Rauscher Mühle. Na ja, das ist immer noch besser als bei meinem ältesten Bruder. Der gleicht nämlich meiner Tante aus Katzweiler, und so will niemand aussehen«, sagte Peter verschmitzt, was Hauser zum Lachen brachte.

Johannes trat nun zu den beiden. »Da vorne scheint ein Gasthaus zu sein. Können wir dort einkehren und uns einen Teller heiße Suppe gönnen?«

Kalter Wind blies durch ihre Kleidung. Michael, dem Schmächtigsten unter den Burschen, zitterten die dünnen Beine, und er nickte heftig.

Die jungen Männer kramten ihr verstecktes Geld hervor.

»Für einen letzten Teller Suppe wird es wohl reichen«, sagte Friedrich.

»Wir sind bald in Mühlhausen«, erklärte Hauser. »Dort kenne ich jemanden, bei dem wir schlafen können und der uns auch zu essen geben wird. Ihr müsst heute nicht sparen!«

Ungläubig blickten die Burschen ihn an.

»Sagte ich nicht, dass Bundschuhleute überall zu finden sind und sie einander helfen?« Die fünf schüttelten die Köpfe. Matthias aber antwortete argwöhnisch: »Erst gestern habt Ihr gesagt, dass es zu viele gewesen seien, um sie alle zu kennen. Nun wollt Ihr uns weismachen, dass man sich gegenseitig helfen würde – einerlei wo und einerlei wer. Das verstehe ich beim besten Willen nicht, und ehrlich gesagt, weiß ich nicht, ob ich Euch trauen kann!«

Hauser sah die fünf nachdenklich an. Nach einem Augenblick, der wie eine Ewigkeit schien, erklärte er feierlich: »Kommt, meine jungen Freunde, ich werde euch in die Geheimnisse des Bundschuh einweihen.«

Die armselige Taverne stand unter einer Gruppe von Bäumen direkt an der Straße. Es gab keine weiteren Häuser, nur einen zerfallenen Stall, versetzt hinter dem Gasthaus. Darin wieherte laut ein Pferd, und eine Ziege antwortete meckernd.

Die Männer gingen hinein.

Innen war das Gasthaus genauso schäbig wie außen. Nur wenige Talglichter spendeten schummriges Licht. Es gab vier runde Tische, an denen niemand saß. Hinter der Theke stand ein dicker Mann, der kleiner war als Michael. Sein Doppelkinn hing in Falten und verdeckte seinen Hals. Das Haupthaar war auf Stoppellänge abrasiert.

›Läuse‹, vermutete Peter und musste sich im selben Moment kratzen. An der Ecke des Tresens saß ein altes Weib. Tiefe Falten zerfurchten ihr Gesicht, und ihr Schädel war wie der des Wirts kahl rasiert. Sie rauchte eine langstielige Pfeife. Der süßliche Tabakgeruch breitete sich bei jedem Zug mehr und mehr aus und überdeckte den Kohlgeruch, der aus dem Raum hinter der Theke drang. Die Alte musterte die Männer eingehend, sagte jedoch kein Wort.

Die sechs setzten sich an einen der Tische. Sogleich kam der dickliche Wirt und wischte mit einem verschmutzten Lappen über die Tischplatte.

»Wir hätten gerne Suppe«, bestellte Hauser freundlich.

Der Dicke schüttelte den Kopf und sagte in unhöflichem Ton: »Es gibt nur Kohl!«

Fragend blickte Hauser in die Runde.

»Besser als nichts!«, sagte Matthias, und Johannes nickte. Die anderen stimmten zu, und man bestellte Kohl und warmen Würzwein.

Das Weib schlurfte herbei und stellte jedem einen Becher hin. Bereits nach dem ersten Schluck schimpften die Burschen, dass der Wein verwässert sei.

»Wenn es euch nicht schmeckt, dann geht, aber vergesst nicht zu zahlen!«, zischte die Alte zwischen ihren faulen Zahnstummeln und ging zurück zu ihrem Platz.

Der Wirt kam aus der Küche mit einem Brett, auf dem sechs Holzschüsseln mit gedünstetem Kohl standen. Als er das Brett auf den Tisch stellte, fragte Michael. »Wo ist das Brot?«

»Gibt es keines!«, war die knappe Antwort. Die Burschen meckerten, nur Hauser blieb ruhig und sagte mit ernster Miene: »Gott grüße dich, Gesell, was hast du für ein Wesen?«

Der Dicke blickte ohne Regung zu ihm hin und erwiderte: »Der arm' Mann in der Welt mag nit mehr genesen!«

Daraufhin ging ein Leuchten über Hausers Gesicht, und auch der Dicke lächelte. Beide Männer umarmten sich kurz. Dann rief der Dicke dem Weib laut zu: »Bring das frischgebackene Brot, den Speck und den guten Wein!«

Ohne Murren schleppte die Alte eine Pfanne mit Speck, einen Korb voll mit Brot und einen bis zum Rand gefüllten Weinkrug herbei. »Greift zu, meine Freunde!«, sagte der Dicke nun freundlich, und Hauser forderte er auf: »Wenn du gegessen hast, lass uns über die alten Zeiten reden!« Kauend nickte Hauser.

Die Burschen kamen aus dem Staunen nicht heraus. Gierig griffen sie nach Speck und Brot. Zwischen den Bissen sagte Peter: »Im Grunde ist es mir einerlei, welche Zauberformel den Alten dazu veranlasst hat, uns dieses Essen zu bringen. Aber ich vermute, dass es mit dem geheimnisvollen Bundschuh zu tun hat.«

Hauser lächelte. »Du bist ein schlauer Bursche, Peter!«

»Woher wusstet Ihr, dass der Wirt dazugehört?«

»Seine Hände haben ihn verraten!«

Mehr sagte Hauser nicht, sondern biss herzhaft in den geräucherten Speck.

Nachdem jeder satt und zufrieden war, schenkte der Wirt einen weiteren Becher Würzwein aus. Dieser war stark und kräftig im Geschmack und wärmte von innen.

Man konnte den Burschen anmerken, dass sie gespannt darauf warteten, mehr zu erfahren.

Endlich setzte sich der Wirt zu ihnen. Seine Augen strahlten Hauser an.

»Selten kommen welche von uns hier vorbei. So freut es mich sehr, dass es dich hierher verschlagen hat. Wohin soll die Reise gehen?«

»Wir wollen uns Müntzer anschließen.«

»Müntzer?«, fragte der Wirt ungläubig.

»Er ist unsere letzte Hoffnung! Wir sind damals einen Weg gegangen, der nichts gebracht hat«, erklärte Hauser. »Luther konnte uns mit seinem Geschwätz nicht retten. Also müssen wir nun einen anderen Weg einschlagen, und der heißt Müntzer! Ich habe gehört, dass er in Mühlhausen sein soll.«

»Die Leute erzählen viel dummes Zeug, und jeder will es besser wissen!«, schimpfte der Dicke. »Ich weiß aus sicherer Quelle, dass der Rat von Mühlhausen Müntzer und Heinrich Pfeiffer der Brandstiftung beschuldigt und beide im September aus dem Gebiet der Freien Reichsstadt verwiesen hat. Sie sind zusammen nach Nürnberg gewandert. Doch Pfeiffer konnte auch dort seinen Mund nicht halten und musste so auch Nürnberg wieder verlassen. Angeblich soll er zurück auf dem Weg nach Mühlhausen sein. Müntzer hingegen blieb in Nürnberg und verhält sich ruhig.«

Hauser kaute auf einem Zahnstocher und überlegte.

»Pfeiffer? Muss man ihn kennen?«

»Er war Mönch – drüben im Kloster Reifenstein auf dem Eichsfeld, einem Landstrich in Thüringen. Hat dann auf Scharfenstein die Lehre Luthers gepredigt, was nicht jedem gefallen haben muss, denn er wurde der Burg verwiesen. Seine Reden begeistern aber die einfachen Menschen, und sie sind es, die ihm folgen. Als man ihm in der Marienkirche das Predigen verbot, predigte er auf Marktplätzen«, lachte der Wirt.

Hauser überlegte. »Einerlei! Wir gehen nach Mühlhausen und sehen dann weiter. Der Winter naht, und da ist es von Vorteil, wenn man ein festes Dach über dem Kopf hat.«

»Weiß du, wohin du dich in Mühlhausen wenden kannst?«, wollte der Gastwirt wissen. Hauser nickte. »Es gibt genügend, die uns helfen werden.«

Michael und Matthias waren am Tisch eingeschlafen, und Johannes und Friedrich schien das Gespräch nicht zu fesseln, sie labten sich lieber an dem starken Wein.

Peter hatte den beiden Männern als Einziger gelauscht. »Herr Hauser«, wollte er nun wissen, »wie habt Ihr erkannt, dass der Wirt zu Euch gehört?«

Mit einem besonderen Glitzern in den Augen forderte Hauser den Wirt auf: »Zeig ihm deine Hand!«

Stumm hielt der Dicke seine rechte Hand in die Höhe. Beide Schwurfinger fehlten. Nicht einmal einen Stummel hatte der Henker von den Fingern übrig gelassen.

»Wann?«, fragte Hauser, und man konnte Bewunderung aus seiner Stimme heraushören.

»Wenige Tage vor dem geplanten zweiten Aufstand – es war kurz vor der Bienger Kirchweih Anfang Oktober 1513, da verpfiff ein Verräter dem Marktgrafen von Baden den Plan des Aufstandes. Die Obrigkeit fackelte nicht lang und schlug zu. Ein Teil der Bundschuhmitglieder wurde verhaftet, doch die meisten konnten fliehen. Über ein Dutzend der Festgenommen wurden hingerichtet, einigen die Schwurfinger abgehackt.« Der Gastwirt lachte bitter. »Sie glaubten, dass sie uns so davon abhalten könnten, uns erneut Joß Fritz anzuschließen und auf seine Fahne zu schwören. Sie wussten nicht, dass sie uns sogar die ganze Hand hätten abhacken können. Nein, auch das hätte uns nicht daran gehindert, zu Joß Fritz zu stehen. Zum Glück konnte Fritz fliehen, doch keiner wusste, wohin er entkommen war. Selbst Kilian und seine Männer konnten Joß nicht finden. Er war wie vom Erdboden verschluckt. Bis zum Spätsommer 1517. Damals verbreitete sich das Gerücht, dass Fritz ausgemusterte Landsknechte, Gaukler, Bettler, Hausierer, wandernde Handwerker – eben alle, die unauffällig und ungehindert das Land durchstreifen konnten – aufgefordert habe, als Werber von Ort zu Ort zu ziehen. Zwar gab es nie Beweise dafür, dass es in Wäldern und Schankwirtschaften geheime Zusammenkünfte gab. Man erzählte sich aber, dass angeblich Tausende Fritz gefolgt wären. Doch gesehen hat sie nie jemand.«

»Woher weiß man dann davon?«, fragte Peter mit vor Aufregung hochroten Wangen.

»Ein unbedarftes Bäuerlein soll es unter der Folter gesagt haben, um dem Henker zu entgehen. Mehr weiß ich auch nicht. Joß Fritz wurde nie gefangen genommen, und ich habe ihn nie wiedergesehen. Vielleicht ist auch er längst tot, denn er ist nicht mehr der Jüngste«, fügte der Wirt hinzu.

»Was waren das aufregende Zeiten!«, flüsterte Peter. »Nur zu gerne wäre ich einer von euch gewesen!«

Die beiden älteren Männer sahen sich wissend an. In ihren Augen konnte man ablesen, dass sie auf ihre Vergangenheit stolz waren. Nach einigen Augenblicken des Schweigens fragte Hauser den Wirt: »Hast du jemals die Fahne von Joß Fritz gesehen?«

»Nein! Es war bekannt, dass er sie nie aus der Hand gegeben hat und dass nur wenige das Banner zu Gesicht bekamen. ›Nur getragen auf dem Herzen bringt sie Glück‹, so sagte Joß Fritz stets. Warum fragst du?«

Hauser blickte Peter eindringlich an. Nach kurzem Zögern zog der Bursche die Fahnenhälfte unter seinem Hemd hervor.

Auf der Stirn des dicken Wirts sammelten sich Schweißperlen, und er war blass geworden. Er nahm das Tuch in beide Hände und hielt es gegen das trübe Licht der Talgkerze. Der seidige helle Stoff glänzte im Schein der kleinen Flamme. »Herr im Himmel!«, flüsterte der Dicke ergriffen. »Woher hast du sie?«

Peter erklärte es ihm stockend.

»Daniel Hofmeister«, flüsterte der Wirt. Nachdenklich blickte er Hauser an, doch der zuckte nur wortlos mit den Schultern. Der Dicke forschte in Peters Gesicht, fasste ihn am Kinn und besah sich sein Profil. Plötzlich ergriff er Peters Hände und zog auch die Hand des schlafenden Matthias' vom Tisch.

Verständnislos blickten Peter und Hauser den Dicken an. Der fragte den Jungen atemlos: »Hat euer Vater ein Mal auf dem Handrücken? Ein schwarzes?«

Hauser schlug sich gegen die Stirn. Das Mal! Wie konnte er das Muttermal auf Fritz' Handrücken vergessen. Aufgeregt wandte auch er sich an den Jungen. »Hat dein Vater ein solches Mal?«

Peter begann zu zittern. Er wusste nicht, was er antworten

sollte. Die Wahrheit oder eine Lüge? Waren diese beiden Männer tatsächlich Freunde oder eher Feinde seines Vaters?

Sie wirkten angespannt und schienen ungeduldig auf seine Antwort zu warten. Was würde die Wahrheit für die beiden alten Kämpfer bedeuten? Was würde die Wahrheit für ihn bedeuten?

Einige quälende Augenblicke verstrichen, bevor Peter schließlich log: »Nein, mein Vater hat kein Mal auf seinem Handrücken.«

»Schade«, sagte der Wirt. »Es hätte mich gefreut zu hören, dass es unserem Joß gut geht.«

Hauser hingegen erwiderte nichts, sondern verfiel in nachdenkliches Schweigen.

## *Kapitel 4*

Der Nachthimmel über Burg Nanstein war wolkenverhangen. Die Glocke in der Senke schlug elf, und in den Häusern von Landstuhl herrschte Ruhe.

Auch die meisten Menschen oberhalb des Städtchens, die in der Ruine von Burg Nanstein den Winter verbringen wollten, schliefen. Trotz großer Zerstörungen im Jahr zuvor war es den Männern der Burg gelungen, den großen Saal so herzurichten, dass er den Bewohnern genügend Schutz vor Wind und Wetter bot. Jeden Abend legten Mann und Frau, Jung und Alt ihr Strohlager dicht vor dem Kamin auf dem kalten Steinboden aus. Oft gesellten sich Katz und Hund dazu und rollten sich, meist dicht an die Kinder gedrängt, zusammen.

Lautes, vielstimmiges Schnarchen hallte an den rötlichen Steinwänden wider. Die, die noch wachlagen, verhielten sich leise, um die Schlafenden nicht zu stören. Die, die zu zweit sein wollten, fanden sich in den dunklen Ecken der Burgruine ein, wo verhaltenes und doch lustvolles Stöhnen die Nachtruhe unterbrach.

Der Landsknecht Johann saß in seinem Gemach vor dem fast mannshohen Kamin und starrte in das flackernde Feuer. Er hatte die Beine weit von sich gestreckt, und die Hände wie zum Gebet vor seinen Mund gefaltet.

Gerhild lag nebenan in seinem Bett und beobachtete aus den Augenwinkeln ihren Bettgefährten.

Etwas schien ihn zu beschäftigen, und sie musste nicht lange überlegen, um zu ahnen, was es war. ›Diese verfluchte Jungfrau!‹, schimpfte Gerhild in Gedanken. Doch sie wusste, wie sie ihren Liebhaber ablenken konnte.

»Komm zu mir, Johann, und wärme mich!«, schnurrte sie und klopfte mit der Hand auf die freie Bettseite neben sich.

Der Landsknecht war der einzige auf der Burg, der zwei Räume für sich allein bewohnte – sogar mit einem Bett darin.

Gedankenverloren sah Johann Gerhild an. Seit fast drei Jahren teilte er nun mit ihr schon sein Lager, doch noch immer war sie nur seine Bettgefährtin und nicht sein Eheweib – obwohl sie ein verflucht hübsches Frauenzimmer war, wie er immer wieder aufs Neue feststellen musste.

Ihre dunklen Haare lagen wie ein Schleier auf dem Kissen. Ihr nackter Körper war makellos und weiß wie frisch gefallener Schnee. Die wohlgeformten Brüste waren fest und prall, da sich noch nie ein Balg an ihnen gelabt hatte.

›Irgendwann werde ich einen Sohn zeugen müssen!‹, dachte Johann, als er das dunkle Dreieck zwischen Gerhilds Schenkeln anstarrte. ›Aber nicht mit ihr‹, war sein zweiter Gedanke, denn er traute dem Weib nicht über den Weg. Bitter erinnerte er sich daran, dass Gerhild ihm bereits bewiesen hatte, wie schnell sie einen Mann durch einen anderen ersetzen konnte.

Auch vermutete er, dass sie nicht bei ihm wäre, würde er wie die anderen im großen Saal auf dem Boden schlafen. Gerhild wäre dann bei dem, der an seiner statt in diesen Räumlichkeiten wohnen würde. Das war für ihn zwar kein schöner Gedanke, doch machte das auch den Reiz an ihr aus. Sie war wie eine Katze – anschmiegsam und trotzdem wild und eigen. Der Landsknecht war sich sicher, Gerhild kannte nur ein einziges Ziel: Sie wollte überleben – gut überleben! Nur weil er der Stärkste unter seinen Männern war, Befehle erteilte und keinen Befehlen gehorchen musste, teilte Gerhild das Bett mit ihm.

›Sie hat sich das stärkste Männchen im Rudel ausgesucht – wie bei den Wölfen!‹, dachte er mürrisch und wusste, dass sie gehen würde, sobald er Schwäche zeigte. ›Und das ist so sicher wie das Amen in der Kirche!‹

Wieder gurrte Gerhild und sah ihn unter ihren langen Wimpern verführerisch an. Sie drehte sich auf den Bauch, sodass er ihr wohlgeformtes Hinterteil betrachten konnte. Schon spürte er ein Ziehen in den Lenden. Er machte sich nicht die Mühe, sich der Hose zu entledigen, sondern öffnete nur den Schamlatz.

Als er ihr Hinterteil grob mit beiden Händen packte und zu sich heranzog, sagte er heiser: »Du willst einen starken Wolf, dann besorge ich es dir auch wie einer!«

Anna Maria kauerte an dem kleinen vergitterten Fenster in dem Steingewölbe und starrte in die dunkle Nacht hinaus. Es war so finster, dass sie nichts erkennen konnte. Nicht ein Stern blinkte am Himmel, und selbst den riesigen Mond sah sie wegen der dichten Wolkendecke nicht.

Die junge Frau spürte die kalte Luft auf ihren Wangen, und sie wusste, dass der Winter bald hereinbrechen würde.

Verzweifelt rüttelte Anna Maria an dem Gitter, doch es saß fest verankert in der dicken Steinwand.

»Die halbe Burg hat man zusammengeschossen, nur diesem Gitter konnte man nichts anhaben«, schimpfte sie leise. Tränen brannten in ihren Augen.

Müde und traurig lehnte sie sich zurück und dachte nach, wie sie es anstellen konnte, diesem Verließ zu entfliehen.

›Welche Lüge muss ich sehen, die mir hier heraushilft?‹, fragte sich Anna Maria verzweifelt, doch weil sie nun mal keine Seherin war, fiel ihr beim besten Willen nichts ein.

Wind frischte auf und ließ sie erschauern. Die junge Frau ging zurück in den Raum, der zwar eisig kalt, aber ohne Luftzug war.

Fest in ihren Pilgerumhang gehüllt legte sie sich auf den Strohsack und versuchte zu schlafen.

Nachdem Gerhild zufrieden eingeschlafen war, legte Johann einige Holzscheite nach und setzte sich erneut auf den Stuhl vor dem Kamin. Er sah dem Spiel der Flammen zu, das die Wände hellrot leuchten ließ.

›Vor nicht allzu langer Zeit war hier alles mit Holz vertäfelt‹, dachte er wehmütig. ›Damals, als Franz von Sickingen noch lebte.‹

Der Landsknecht hatte den Ritter viele Jahre seines Lebens gekannt, und obwohl er mehr als ein Jahrzehnt jünger als von Sickingen und niederen Standes war, waren sie mit der Zeit Freunde geworden.

Franz von Sickingen hatte ein beträchtliches Vermögen geerbt. Er mehrte seinen Besitz, indem er Fehden und unzählige kriegerische Auseinandersetzungen mit Kirche und Adel führte, was ihn als Raubritter brandmarkte. Ritterschaft und Bauern aber verehrten ihn, weil er das geltende Recht im Reich bekämpfte, das Bauern und niederen Adel benachteiligte. Dank reicher Beute nach siegreichen Feldzügen konnte von Sickingen sich eines der größten Heere im deutschen Reich leisten.

Wie viele andere Landsknechte ließ auch Johann sich für das Heer anheuern. Die Gründe, warum Franz von Sickingen in den Kampf zog, waren ihm dabei einerlei – Hauptsache der Sold stimmte.

Der Landsknecht erinnerte sich nicht mehr daran, wann zwischen ihm und dem Ritter eine Freundschaft entstanden war. Vielleicht in der Zeit, als von Sickingen um sein Eheweib Hedwig trauerte, das bei der Geburt des siebten Kindes im Wochenbett starb. Vielleicht war es auch am Lagerfeuer gewesen, als der Ritter mit dem Landsknecht über seine Pläne sprach.

An was sich Johann jedoch genau erinnern konnte, waren die Feldzüge, die sie zusammen unternommen hatten. Gerne erinnerte er sich an das Jahr 1517, als der Ritter in den kaiserlichen Dienst eingetreten war. Stolz hatte damals Johanns Herz erfüllt, für diesen Ritter kämpfen zu dürfen.

Seite an Seite führten sie erfolgreiche Fehden gegen Worms, Lothringen, Metz, die Landgrafschaft Hessen und die Reichsstadt Frankfurt am Main. Die Erfolge bescherten von Sickingen bedeutendes politisches Gewicht im Reich und ein beträchtliches Vermögen.

Zwei Jahre später kämpfte Johann mit von Sickingen gegen den tyrannischen Ulrich von Württemberg, den sie wegen Landfriedensbruchs aus seinen Ländereien vertrieben. Auch war der Landsknecht an von Sickingens Seite, als dieser gemeinsam mit seinem Freund, dem Ritter Georg von Frundsberg aus Schwaben, die Wahl von Karl V. zum deutschen Kaiser schützte. Dank seines Heeresaufgebots setzten von Sickingen und seine Mannen die Kurfürsten unter Druck, ihre Stimme dem Habsburger Karl V. und nicht dem französischen König Franz I. zu geben.

Mit Wehmut dachte Johann an die vielen Gespräche zurück, die sie beide geführt hatten – meist nachts, wenn die anderen schliefen. Sorgenvoll hatte von Sickingen ihm den Machtverlust des Ritterstandes geschildert, da neue Methoden der Kriegsführung ihre Stellung auf dem Schlachtfeld schwächten. Ohne Ruhm und Beute aus siegreichen Feldzügen drohte der Ritterstand zu verarmen und in die Abhängigkeit der Landesfürsten getrieben zu werden.

Die Machtfülle der Landesfürsten wollte von Sickingen ebenso einschränken, wie er es sich zum Ziel gesetzt hatte, die Überlegenheit der Kirche zu brechen und das deutsche Reich zu reformieren.

Getreu der Lehre des von ihm verehrten Humanisten Ulrich von Hutten war von Sickingen der Ansicht, dass kirchliche Besitztümer in weltliche Hände übergehen sollten, um die Bauern von der Ausbeutung durch die Kirche zu befreien.

Der Ritter schätzte Johanns Meinung – auch wenn die beiden Freunde nicht immer der gleichen Ansicht waren. Johann erinnerte sich besonders an ihren Streit, als von Sickingen dem Reformator Martin Luther nach dem Reichstag zu Worms Zuflucht auf der Ebernburg angeboten hatte. Johann plädierte dagegen, da er den Zorn der katholischen Fürsten fürchtete. Von Sickingen hatte damals die Bedenken seines Freundes beiseitegewischt. Luther hatte sein Angebot zwar nicht angenommen, aber der Ritter machte in dieser Zeit seine Burgen zu Zufluchtsorten für so manchen verfolgten Reformator oder Humanisten. Bald nannte man sie so auch »Herbergen der Gerechtigkeit«.

Aber nicht die Burgen, sondern das Schlachtfeld war ihrer beider Zuhause gewesen. Gemeinsam bestritten und gewannen Johann und sein Ritter viele Auseinandersetzungen.

Da Franz von Sickingen dafür bekannt war, taktisch klug vorzugehen, konnten blutige Kämpfe meist vermieden werden, weshalb ihm seine Söldner und die befreundeten Ritter lange begeistert folgten. Doch irgendwann hat alles ein Ende, und ihr Ende kam mit der Belagerung des Kurfürstentums Trier.

Johann seufzte leise. Das Holz im Kamin war abgebrannt, und die Wärme der glimmenden Glut reichte nicht mehr bis zu seinem Stuhl. Leise, um Gerhild nicht zu wecken, rückte er den schweren Holzsessel näher an die Feuerstelle heran.

Während er seinen Erinnerungen nachhing, hatte er nicht bemerkt, dass seine Hände und Füße eiskalt geworden waren. Johann hielt seine Handflächen über das erlöschende Feuer und schob seine Füße nahe an die Glut. Als er die Wärme wieder in seinem Körper hochsteigen fühlte, lehnte er sich gegen die Lehne seines Stuhls und murmelte leise den Wahlspruch seines toten Herrn und Freundes: »Allein Gott die Ehr – Lieb den gemeinen Nutz – Beschirm die Gerechtigkeit! Wer hätte gedacht, dass sie dich so schändlich verraten würden, mein Freund?«

*September 1522*

Mit starrem Blick schaute Franz von Sickingen auf die Benediktinerabtei Sankt Maximin, deren Wirtschaftsgebäude lichterloh brannten.

»Dieser verdammte Kurfürst von Trier! Wie konnte er wissen, was ich vorhabe?« Der Qualm brannte in seinen Augen, als er zu Johann sah.

»Man sagt, der Kurfürst von Trier sei ein leidenschaftlicher Kriegsmann. Er wird versucht haben, Eure Taktik nachzuvollziehen!«, antwortete Johann ernst, konnte aber nicht verhindern, dass ein feines Lächeln seinen Mund umspielte.

»Ihr wollt mich verspotten! Doch auch Ihr wisst, dass ich die dort gelagerte Truppenverpflegung, das Pferdefutter und das Kriegszeug dringend für meine angeworbenen Ritter brauche, die auf dem Vormarsch nach Trier sind. Als Hauptmann ihrer brüderlichen Vereinigung muss ich sie und ihre Mannen versorgen!«, erklärte Sickingen, dem Sorgenfalten die Stirn zerfurchten.

Johann wandte den Kopf zur brennenden Scheune, die krachend in sich zusammenfiel. Stumm hörte er dem Freund zu, der beschwörend erklärte: »Ich brauche eine rühmliche Tat, Johann! Eine große, in ganz Deutschland gerühmte Tat.«

»Dann lasst uns ohne Unterstützung der angeworbenen Ritter nach Trier reiten und diesem elenden Kurfürsten die Stadt unter dem Hintern belagern! Die Ritterschaften können auch dort zu Euch stoßen.«

Franz von Sickingen stimmte sofort zu und rief: »Gebt Befehl zum Aufsitzen, Johann!«

Franz von Sickingen hegte seit langem den Traum von einem neuen, großen Reich mit einem starken Kaiser und dem Rittertum als Hauptstütze. Doch nicht jeder, den er versucht hatte zu überzeugen, schlug sich auf seine Seite. Zwar standen im Reich etliche Heere mit Pferden, Knechten und Geschützen bereit, ihre Ritter zauderten jedoch, sich ihm anzuschließen. Weil Franz von Sickingen wusste, dass sie ihn aus der Ferne beobachteten, bedurfte es eines großen Sieges, um die Unentschlossenen auf seine Seite zu ziehen. Und dafür war die Besetzung Triers bestens geeignet.

Eine schwere Rauchwolke lag über dem Moseltal und verdunkelte den Himmel, als sich der Reitertrupp Richtung Trier in Bewegung setzte.

Anfang September stand Franz von Sickingen mit eintausendfünfhundert Reitern, fünftausend Mann Fußvolk und schwerem Geschütz vor Trier. Rasch erkannte er, dass man die Stadt nicht belagern, geschweige denn einnehmen konnte. Er sah ein, dass er blauäugig gehofft hatte, die Bürger von Trier würden ihm die Stadttore freiwillig öffnen – schließlich waren viele seiner Anhänger unter ihnen.

Als Franz von Sickingen mit seiner Reiterspitze dicht vor den Stadtmauern stand, konnte er erkennen, dass alle Zinnen und Türme mit Bewaffneten besetzt waren. Es würde ihm weder gelingen, die Wächter zu überrumpeln noch die Zugänge freizukämpfen.

Der Ritter saß auf seinem Schlachtross und kochte vor Wut.

»So nicht!«, fluchte er verhalten, doch dann brüllte er los: »Geschütze in Position bringen!«

Johann war erstaunt und zog eine Augenbraue fragend nach oben.

»Falls Ihr mir widersprechen wollt, spart Euch den Atem! Mit dem Fall Triers will ich die Fackel entzünden, die den großen Aufbruch kennzeichnet. Das Licht soll im ganzen Land zu sehen sein – man soll erkennen, dass im Reich ein großer Aufstand begonnen hat.« So leise, dass nur sein getreuer Freund es hören konnte, fügte er hinzu: »Ich will endlich den Makel des Raubritters abstreifen!«

Der Söldner verstand nur zu gut, was von Sickingen meinte. Diese brennende Fackel, von der der Ritter sinnbildlich sprach, war bislang nicht einmal entfacht worden. Aber Johann war der Ansicht, dass das von Sickingen auch mit dem Sturm auf Trier nicht gelingen würde. Nichts würde diesen Angriff von seinen zahlreichen Fehden unterscheiden, die er in der Vergangenheit mit seinen Gefährten und Soldknechten geführt hatte.

Pausenlos ließ Franz von Sickingen einen Mauerabschnitt von seiner Artillerie beschießen – sieben Tage lang. Währenddessen ritten seine Freunde durchs Land, um Verstärkung heranzuholen.

Angespannt wartete der Ritter darauf, dass sie mit Freiwilligen zurückkämen. Doch vergebens! Stattdessen erreichten ihn schlechte Nachrichten: Ritter aus dem Kurfürstentum Köln, die sich von Sickingen zuvor verpflichtet hatten, blieben dem Schauplatz fern, da der Erzbischof ihnen und ihren Familien mit Sanktionen gedroht hatte. Andere Ritter zogen sich mit ihren Söldnerheeren auf halber Strecke zurück, da ihre Landesherren angekündigt hatten, ihnen das Lehen zu entziehen, wenn sie sich Franz von Sickingen anschließen würden. Einige andere wurden gefangen genommen und kamen nur frei, als sie sich gegen von Sickingen und für seine Feinde entschieden.

Als am siebten Tag der Belagerung die Kanonenkugeln endlich eine Bresche in die Mauer geschossen hatten, drang Franz von Sickingen mit seinen Mannen in die Stadt ein. Doch sie kamen nicht weit, denn in den schmalen Gassen waren Barrikaden aufgebaut worden. War eine zerstört, standen sie schon vor der nächsten.

So blieb den Söldnern nur der Nahkampf, doch der erfahrene Ritter wusste, dass er auf diese Weise unnötige Verluste würde hinnehmen müssen.

Am frühen Abend ließ Franz von Sickingen zum Rückzug blasen. Sein Plan war gescheitert.

Der Ritter musste mit seinem Heer fliehen, weil Kurfürst Ludwig von der Pfalz und Landgraf Philipp von Hessen ihn verfolgen wollten, wie Späher gemeldet hatten.

Da es auf seinen Burgen weder Platz noch Verpflegung für Tausende von Menschen gab, musste Sickingen die Söldner auszahlen und ziehen lassen. Nur wenige Fußknechte und einige bewaffnete Reiter behielt er in seinem Dienst.

Als Kaiser Karl V. Anfang Oktober 1522 die Reichsacht über den Ritter verhängte – über den Mann, den er zwei Jahre zuvor zu seinem Rat und seinem Feldhauptmann ernannt hatte –, wusste von Sickingen, dass er sich in Sicherheit bringen musste. Denn jeder durfte ihn fortan ungestraft töten.

Der Ritter zog sich mit seinen Leuten auf die Ebernburg bei Kreuznach zurück. Zwar wurde er von seinen Feinden beobachtet, doch ließen sie ihn und seine Männer dort in Ruhe.

Mittlerweile war das neue Jahr angebrochen, und Franz von Sickingen wurde unruhig. Als zum Frühling einige Ritter auf die Ebernburg kamen, um sich ihm anzuschließen, erklärte er: »Johann, es ist Zeit, dass etwas geschieht. Wir werden nach Süden ziehen und Kaiserslautern einnehmen! Dann sehen wir weiter.«

Johann hatte nicht widersprochen, obwohl er große Bedenken hegte, mit so wenigen Männern eine ehemalige Freie Reichsstadt einnehmen zu wollen.

Seine Zweifel erwiesen sich als berechtigt. Die Bürger von Kaiserslautern wollten sich nicht mit dem Ritter verbünden, und an eine Belagerung war nicht zu denken, da die Schar um Franz von Sickingen zu klein war.

Erneut musste sich der Ritter geschlagen geben. So zog er sich auf Burg Nanstein zurück, um dort auf seine Feinde zu warten.

»Sie werden kommen, Johann, dessen bin ich mir sicher!«

Wehmütig erinnerte sich Johann an die letzten Lebenstage seines Freundes. Bis zum Schluss hatte der treue Landsknecht ersehnt, dass Franz von Sickingens Hoffnungen Erfüllung fänden und seine Freunde ihm zu Hilfe eilen würden.

Doch mit dem Frühjahr kamen nur seine Feinde.

Es war kurz nach Ostern, als Kurfürst Ludwig von der Pfalz, Erzbischof Richard von Trier und Landgraf Phillip von Hessen mit ihrer Feldartillerie und den neuen Belagerungsgeschützen Burg Nanstein umstellten.

Als Franz von Sickingen von der Burgmauer aus die vielen Männer sah – er schätzte das Heer auf dreißigtausend Mann –, sagte er voller Bitterkeit: »Die Feinde kommen, die Freunde nicht!«

»Herr, Ihr könnt fliehen! Ihr kennt alle Wege und Schlupfwinkel ringsum, und bis die Festung völlig abgeriegelt ist, habt Ihr Zeit, Euch in Sicherheit zu bringen.«

Franz von Sickingen, der einen Kopf kleiner als Johann war, trat auf ihn zu, streckte sich in die Höhe, legte seine Hand auf die Schulter des Landknechts und sagte, den Blick ins Tal gerichtet: »Nein, ich werde mich nicht davonschleichen. Hier bei meinen treuen Gefolgsleuten und bei meinen wahren Freunden werde ich bis zum bitteren Ende bleiben!«

Ende April war es dann so weit. Johann bildete sich ein, noch immer den Pulvergestank riechen zu können und den Staub auf der Zunge zu schmecken.

Ununterbrochen beschossen die großen Kanonen der Angreifer die Mauern der Burg. Die Festung war zwar stark, aber ein Teil der dicken Mauern war erst im Jahr zuvor ausgebessert worden und der Kalkmörtel noch nicht vollständig abgebunden.

Zuerst wurde der große Turm, auf dem von Sickingen seine Geschütze in Stellung gebracht hatte, zerstört.

Als der Ritter seine Kanonen zerborsten zwischen den Steinquadern auf dem Burghof liegen sah, sagte er voller Zorn: »Sechs Jahre lang haben wir Ritter uns gegenseitig Hilfe und Beistand versprochen, um das Reich zu erneuern. Wo sind sie jetzt? Sie sitzen auf ihren Burgen und warten!«

Zwei Tage später stand Franz von Sickingen an einer breiten Schießscharte und schaute auf das gegnerische Lager. Als er die vielen Reiter und Knechte sah, ließ er eine Kanone aufstellen, die mit Pulver und gehacktem Blei geladen wurde.

Sickingen war nur einen kurzen Augenblick aus der Deckung getreten, als eine Kugel die Scharte traf. Das Geschütz wurde aus seiner Lafette gerissen, und das Bronzerohr schleuderte ihn gegen einen Bauholzstapel. Sickingens Bein wurde zerquetscht und seine rechte Leibseite aufgerissen.

Johann schauderte, als er an die Schreie seines Herrn und das viele Blut dachte, das aus der klaffenden Wunde geflossen war. Lunge und Leber des Ritters lagen frei, und die Schmerzen mussten unbeschreiblich gewesen sein.

Der treue Landsknecht ließ Franz von Sickingen in ein sicheres Gewölbe bringen. Im Stroh liegend und durch den Blutverlust schwächer und schwächer werdend, gab er Anweisungen, wie man die Burg verteidigen sollte.

Als von Sickingen erkennen musste, dass jede weitere Stunde mehr Tote, aber keinen Sieg bedeuten würde, ließ er einen Mann mit einer weißen Fahne nach unten gehen – als Zeichen, dass er sich ergab.

Johann schloss für einige Augenblicke die Augen. Zorn stieg in ihm hoch, als er daran dachte, wie die drei Fürsten vor dem sterbenden Franz von Sickingen gestanden hatten und sich nicht scheuten, den Todgeweihten zu verfluchen.

Sowohl der Erzbischof von Trier wie auch Landgraf Philipp blieben ungerührt und beschimpften den Sterbenden, bis Kurfürst Ludwig gebot, dass sie Ruhe geben sollten.

Mit schwindender Kraft sprach Franz von Sickingen seine letzten Worte: »Ich muss vor einen höheren Herrn treten!«

Als der Erzbischof ihn bedrängte, die Beichte abzulegen, bevor er vor seinen Richter trete, flüsterte von Sickingen: »In meinem Herzen habe ich Gott bereits gebeichtet!«

Als Franz von Sickingen Anfang Mai 1523 seine Augen für immer schloss, wusste Johann, dass mit ihm die letzte Hoffnung zerbrach, das Reich zu erneuern.

»Mein Freund, du wirst unvergessen bleiben!«, flüsterte Johann in schmerzhafter Erinnerung.

Nachdem man Franz von Sickingen in einen Harnischkasten gelegt hatte, wurde er am selben Tag in der Marienkapelle unterhalb der Burg beerdigt. Danach nahmen sich die Sieger drei Tage Zeit, um die Burg zu plündern. Selbst die edle Wandvertäfelung rissen sie von den Mauern. Kein Möbelstück ließen sie zurück, keine Waffe, keinen Schild – alles was sie tragen konnten, wurde mitgenommen.

Die letzten Getreuen zerstreuten sich in alle Himmelsrichtungen. Auch Johann zog mit seinen Männern von dannen. Doch ihre Welt daheim war ihnen nach den Jahren auf dem Schlachtfeld und in der Fremde eng geworden. So zogen sie umher, um sich neuen Feldherrn anzuschließen, was nicht leicht war, denn Söldner ohne Arbeit gab es viele.

Als der Herbst kam, mussten sie sich eine Unterkunft für die Wintermonate suchen, denn einige hatten ihre Familien im Tross dabei. Nach über einem Jahr führte sie ihr Weg zurück nach Landstuhl.

Als Johann auf einem Ausläufer des Kahlenbergs zwischen den Bäumen die Burg Nanstein erblickte, erwärmte der Anblick sein Herz, und er wusste, was zu tun war.

Sofort ging er zum »Löwensteinischen Haus«, einem Wehrbau, der in der Stadtbefestigung als kleine Burg eingepasst war. Mit viel Überredungskunst konnte der Landsknecht den dortigen Verwalter der kurpfälzischen Besatzung dazu bringen, dass es ihm gestattet war, die Winterzeit auf Burg Nanstein zu verbringen.

Sobald die Wege vom Schnee getrocknet wären, würden sie wieder von dannen ziehen – so lautete die Vereinbarung.

Doch je mehr Zeit Johann auf der Burgruine verbrachte, desto besser gefiel ihm der Gedanke, hier neuer Burgherr zu werden. Zwar waren große Teile der Festung durch die Zerstörung unbewohnbar, doch Johann zweifelte nicht daran, dass er im Laufe der Zeit mit geschickten Handwerkern die Burg würde instand setzen können.

Davon, das wusste er, würde die kurpfälzische Besatzung in Kaiserslautern nicht begeistert sein. In diesen Stunden vor dem Kamin aber reifte in ihm ein Plan, den er noch in dieser Nacht umzusetzen gedachte.

Der Landsknecht erhob sich aus seiner gebeugten Haltung und streckte sich. Dann verließ er leise das Zimmer und überquerte den Hof, um die steile Wendeltreppe zum Gewölbekeller hinunterzusteigen.

So leise wie möglich drehte er den großen Eisenschlüssel im Schloss. Eisige Kälte schlug ihm entgegen, als er die schwere Holztür öffnete.

Anna Maria zitterte im Schlaf, und ihre Lippen waren blau verfärbt. Ohne zu zögern hob der Landsknecht sie hoch. ›Leicht wie eine Feder‹, dachte er, als er sie im Arm hielt. Sie erwachte nicht. Ein breites Lächeln entspannte die Gesichtszüge des Mannes.

»Du wirst der Schlüssel zu meinem Glück sein!«, flüsterte er und trug das schlafende Mädchen über den Hof die Treppe hinauf.

# Kapitel 5

Peters Gefühlswelt hatte sich verändert, seit er glaubte, die Wahrheit über seinen Vater erfahren zu haben. Nichts schien mehr so, wie es war. Aufgewühlt wollte er seinem Bruder von dem Verdacht, dass ihr Vater Joß Fritz sein könnte, berichten. Doch Peter zauderte, da er nicht wusste, wie Matthias es aufnehmen und sich verhalten würde. Auch musste Peter diese Vermutung selbst erst einmal verdauen. Deshalb versuchte er sich seit dem Verlassen der Taverne an Begebenheiten zu erinnern, die den Vater als Joß Fritz verraten haben könnten. Doch außer dem Erlebnis mit dem umherziehenden Volk und dem Wort Bundschuh, das er einmal im Vorbeigehen aufgeschnappt hatte, konnte er sich an nichts erinnern, was ihn in seiner Vermutung bestärkte.

Er wusste, dass ihm nur ein Gespräch mit Hauser Gewissheit bringen würde. Auch Hauser selbst schien mit ihm reden zu wollen, denn Peter spürte den Blick des Mannes ständig auf sich ruhen. Aber Peter wich ihm aus und mied seine Nähe. Stur marschierte er zwischen Michael und Friedrich voran.

Die sechs waren noch mehr als einen Tag von Mühlhausen entfernt, als sie auf der Straße eine Menschenansammlung erblickten. In der Mitte befand sich ein Reiter, der von den Umstehenden eingekreist wurde. Beim Näherkommen erkannten sie, dass es sich um fünf Bauern und drei Frauen handelte. Der Mann zu Pferd schien der Kleidung nach ein Ritter zu sein.

Mit Stöcken fuchtelten die Bauern wild umher, sodass das Pferd nervös zu tänzeln begann.

»Lasst mich in Ruhe!«, brüllte der Reiter. »Ich habe weder Geld noch Wertsachen.«

»Du trägst ein feines Gewand, sitzt auf einem edlen Ross und willst uns erzählen, dass du nichts in der Tasche hast?«, spöttelte ein Bauer.

»So glaubt mir doch, Leute! Ich bin ein Landsknecht, der ebenso arm ist wie ihr. Das Pferd und den Umhang habe ich gestohlen, weil mein Feldherr mir den Sold für meine Dienste nicht zahlen wollte.«

Eine kleine Frau mit einem Buckel, deren verkrüppelte Finger einen Stock umklammerten, kreischte los: »Dann gib uns das Pferd! Daran können wir uns viele Tage lang satt essen!«

Schon ergriff einer das Zaumzeug, und ein anderer hob schwungvoll seine Axt in die Höhe.

»Lasst mein Pferd in Ruhe oder ich werde so viele von euch töten, wie ich kann.« Rasch zog der Landsknecht ein Kurzschwert unter seinem Umhang hervor und hielt es über seinen Kopf, sodass jeder es sehen konnte.

»Wir sind in der Überzahl. Knüpft ihn am nächsten Baum auf!«, kreischte die Alte ihren Mitstreitern zu. Ein kahlköpfiger Mann schnaubte verächtlich. »Entweder Pferd oder Leben! Du sagst selbst, dass du ein Dieb bist, und Diebe werden aufgehängt.« Wieder schnaubte er geräuschvoll und zog seine Kordel aus der Hose.

Erneut riss einer der Männer am Zügel. Das Pferd wieherte angstvoll und riss die Augen weit auf.

»Er will es nicht anders! Fesselt ihn wie Schlachtvieh!«, schrie ein Mann und riss den hilflosen Reiter aus dem Sattel. Der Fremde konnte nicht entkommen. Wie Wahnsinnige prügelten die Leute auf ihn ein. Vergeblich versuchte er sich zu wehren, doch es waren zu viele, die ihn schlugen.

Die fünf Burschen sahen Jacob Hauser an.

»Das können wir nicht zulassen, Herr Hauser!«, wandte sich Peter an den Alten. Doch der zuckte nur mit den Schultern, drehte sich wortlos um und marschierte an der Meute vorbei.

Friedrich und Johannes folgten ihm. Unschlüssig blickten

Matthias und Michael den dreien hinterher, sahen dann Peter an und schienen zu warten, was er tun würde.

Plötzlich schrie das Pferd erbärmlich auf, denn die Alte mit dem Buckel schlug mit ihrem Stock immer wieder auf es ein. Als jemand versuchte, das Tier am Halfter nach unten zu ziehen, bäumte es sich wiehernd auf. Es blutete aus dem Maul und wollte fliehen, doch die Männer hielten es fest und zerrten es zu Boden.

»Herr Hauser!«, brüllte Peter dem Alten hinterher, der scheinbar ungerührt weiterging. Der Junge ahnte, dass Hauser ihn reizen wollte. Deshalb rief er erneut seinen Namen. Da drehte der Alte sich um und schrie Peter entgegen: »Hat er ein Mal auf dem Handrücken?«

Verständnislos blickten die anderen Burschen die beiden an.

›Reiter und Pferd schreien um ihr Leben und Hauser interessiert sich für dieses verfluchte Mal‹, dachte Peter wütend.

Aus den Augenwinkeln konnte er erkennen, dass das Gesindel das Pferd nun mit einem Messer attackierte. Auch der am Boden liegende Mann schrie aus Leibeskräften.

»Ja, er hat ein schwarzes Mal auf dem Handrücken! Seid Ihr nun zufrieden? Jetzt kommt und helft!«

Hauser lachte laut auf und lief auf die Meute zu. Die Burschen folgten ihm und warfen sich mit Gebrüll auf die Bauern.

Der Angriff der sechs Männer überraschte sie, und sie suchten eilends das Weite. Aus sicherer Entfernung schimpfte und fluchte die Meute, traute sich aber nicht zurück.

Friedrich und Hauser lösten dem Reiter die Fesseln. Seine rechte Augenbraue war aufgeplatzt, und er blutete aus einer Kopfverletzung.

»Morgen werde ich sicherlich einige blaue Flecken haben«, sagte er mühsam lächelnd, als Hauser ihm aufhalf. Der Fremde streckte jedem seine Hand entgegen und bedankte sich für die Hilfe. »Ohne euch würden mein Pferd und ich sicherlich nicht mehr leben. Habt Dank!«

Matthias versuchte das verängstigte Tier zu beruhigen, damit Peter seine Verletzungen untersuchen konnte. Der Körper des Pferdes war übersät mit Stichverletzungen, aus denen feine Blutrinnsale liefen.

Peter tätschelte den Hals des Pferdes. »Es sieht schlimmer aus, als es ist. Die Wunden sind nicht tief.«

Der Reiter ging zu seinem Pferd und sprach beruhigende Worte in einer fremd klingenden Sprache. Sofort spitzte es die Ohren und schien mit dem Kopf zu nicken.

Als der Mann in die fragenden Augen seiner Retter blickte, erklärte er lächelnd: »Lorenzo stammt aus Italien. Vor zwei Jahren diente ich im Heer des Ritters Georg von Frundsberg. Es war bei der Eroberung von Mailand, als wir keinen Sold bekommen sollten. Deshalb nahm ich mir das Pferd, einen Umhang aus kostbarem Stoff und verließ bei Nacht und Nebel das Heer. So habe ich ein Pferd bekommen, das nur Italienisch versteht.«

Plötzlich legte das Pferd die Ohren an und wieherte unruhig.

»Es wäre besser, wenn wir von hier fortgehen würden!«, schlug Peter vor und blickte zum Waldrand hinüber.

»Soll ich Euch aufs Pferd helfen?«, fragte Hauser, der sah, dass der Fremde sein Bein nur unter Schmerzen bewegen konnte.

»Nein, besser nicht. Ich versuche mit Euch Schritt zu halten!«

Matthias führte das Pferd am Zügel, Hauser stützte den Fremden, und die Burschen hielten Ausschau, ob es die Bauern noch einmal wagen würden, sich ihnen zu nähern.

Nachdem sie ein gutes Stück Wegs hinter sich gebracht hatten, ohne dass von den Bauern noch einmal etwas zu sehen gewesen wäre, verlangsamten sie ihren Schritt.

»Wohin seid Ihr unterwegs?«, fragte Michael neugierig. Unentschlossen zuckte der Fremde mit den Schultern. »Nach hier oder nach da!«, sagte der Mann und wies mit dem Daumen nacheinander in die vier Himmelsrichtungen. Dann erklärte er: »Seit ich aus Italien zurück bin, biete ich jedem meine Dienste an, der sie gebrauchen kann. Ich meide jedoch das große Schlachtfeld und kämpfe nur noch bei kleinen Fehden.«

»Das verstehe ich nicht«, sagte Matthias nachdenklich. »Ist es nicht ein erhabenes Gefühl, wenn man in einem großen Heer einem großen Feldherrn dienen kann?«

»Wie heißt du?«

»Matthias, Herr!«

»Nenn mich nicht Herr, Bursche. Mein Name lautet Andreas Täuber, und ich stamme aus dem Schwabenland.«

Matthias strahlte voller Stolz, dass er einen Landsknecht mit seinem Namen anreden durfte.

»Wenn du gesehen hättest, was ich auf dem Schlachtfeld sehen musste, dann könntest du mich verstehen«, sagte Täuber leise, und der Ausdruck auf seinem Gesicht verhärtete sich, sodass Matthias nicht weiter nachfragte.

Bald war der Landsknecht erschöpft. Sein Bein und auch sein Kopf schmerzten. Als er Hauser aufforderte, mit den Burschen allein weiterzuziehen, lehnten alle entrüstet ab.

»Es wird bald dunkel, und da ist es besser, wenn wir uns rechtzeitig eine Bleibe suchen«, sagte Hauser freundlich.

Dankbar lächelte der Schwabe.

Bald kamen sie an eine zerfallene Scheune, in der zwar verfaultes, aber trockenes Heu auf dem Boden lag. An einem kleinen Bach hinter dem Haus füllten sie ihre Wasserschläuche und tränkten das Pferd. Matthias und Friedrich versuchten so viel Gras wie möglich für den Gaul zu rupfen, doch es war wenig, was sie im November finden konnten. Deshalb brachen sie einige Tannenäste mit weichen Nadeln, die sie dem Pferd zum Fressen gaben. Als es auf den Nadeln kaute, breitete sich ein angenehmer Duft aus.

Da der Wirt aus der Taverne am Morgen jedem Mann reichlich Speck und Brot eingepackt hatte, gaben sie Täuber etwas ab.

Nach dem Essen konnte Matthias nicht länger an sich halten und fragte den Landsknecht neugierig: »Wie war es in Italien? Ist es weit weg?«

Täuber hatte damit gerechnet, dass der Junge nicht lockerlassen würde. »Das ist es doch nicht, was dich interessiert, Bursche«, entgegnete er. »Vielmehr willst du doch wissen, was ich auf dem Schlachtfeld erlebt habe!«

Matthias errötete, weil Täuber ihn durchschaut hatte. Die Miene des Landsknechts wurde ernst. Vorsichtig legte er sich nieder und begann zu erzählen: »Ich bin kein gewöhnlicher Landsknecht, sondern ein Hurendeibel. Wir tragen die Verantwortung für den gesamten Tross, der einen Landsknechtverband begleitet. Hurendeibel sind für den Arbeitseinsatz, den Lageraufbau und für die Marschordnung verantwortlich. Dafür erhalten wir ein Vielfaches des normalen Solds. Das lockt, und ich diene jedem, der mich bezahlen kann. So kam ich in die Dienste des Adeligen Georg von Frundsberg, der ein Heer zusammenstellte um Italien zu erobern. Nachdem er bereits viele Städte unterworfen hatte, wollte er nach Mailand ziehen. Wie jeder andere Kriegsherr versprach auch er gute Bezahlung und reiche Kriegsbeute. Ich diente schon vielen, doch dieser Adelige überraschte mich, denn er hatte die Angewohnheit, seine Mannen als ›Brüder‹ oder ›Söhne‹ anzureden. Das weckte Vertrauen. Man hatte das Gefühl, Mitglied einer großen Familie zu sein. Doch schon bald wusste ich, dass ich mich geirrt hatte. Kein Kriegsherr interessiert sich für dich – gleichgültig, wie er heißt oder wie er dich anredet. *Er* will siegen und *sich* bereichern. Ob du dabei auf der Strecke bleibst, ist ihm einerlei. Der Teufel persönlich muss mich vor zwei Jahren überredet haben, Georg von Frundsberg in dieses verdammte Italien zu folgen. Mitten im Winter überquerten wir die Alpen.«

Andreas Täuber sah die fragenden Blicke der jungen Männer und erklärte: »Das sind Berge so hoch, dass man glaubt, Gott nahe zu sein. Es war eisig kalt dort oben, und nicht wenige erfroren in dieser Eiseskälte. Während der Überquerung betete ich, dass Gott mich nicht als Krüppel die Schlacht überleben ließe. Denn als Krüppel, das wusste ich, würde ich nie wieder das Gebirge überqueren können. ›Hole mich ganz oder gar nicht‹, schlug ich Gott vor.« Täuber lachte leise auf.

»Es kam, wie es kommen musste! Kurz vor Mailands Stadtmauer ging das Gerücht durchs Lager, dass die Kriegskasse leer sei. Für uns Landsknechte ist das nicht weiter schlimm – können wir nicht bezahlt werden, fackeln wir nicht lange und ziehen ab. Doch der Feldherr lockte mit der Kriegsbeute. Uns wurde versichert, dass wir jedes Messer, jeden Rock, jedes Paar Stiefel der Gefallenen veräußern könnten, denn die Händler würden darauf bereits warten. Was er jedoch nicht erwähnte, war, dass die Händler niedrigste Preise zahlen würden, da sie die Einzigen waren, denen wir die Beute verkaufen konnten. Auch verschwieg Frundsberg, dass dieses wenige Geld nicht reichen würde, um unsere täglichen Kosten zu bestreiten. Auf der einen Seite bezahlten die Händler so gut wie nichts für Kriegsbeute, doch auf der anderen Seite verlangten die Marketenderinnen Wucherpreise für alles, was wir benötigten. Egal ob für Tabak, für Essen oder für die Versorgung der Wunden. Alles ließen sie sich doppelt und dreifach entlohnen. Hinzu kamen die hohen Preise für die leichten Mädchen.«

Fünf hochrote Köpfe drehten sich beschämt zur Seite. Hauser sah den Landsknecht kopfschüttelnd an, konnte sich aber ein verschmitztes Lächeln nicht verkneifen.

»Wenn es nach mir gegangen wäre«, fuhr Täuber fort, »wäre ich sofort nach Hause geritten. Doch meine Männer wollten einige Tage ausharren, und so blieb ich zähneknirschend, weil ich Angst hatte, allein die Berge zu überqueren. Am nächsten Tag zogen wir in die Schlacht, und ich bin sicher, dass die wenigsten wussten, warum sie dort kämpften. Vor der Schlacht schärfte man uns ein: Seid tapfer und siegt! Doch letztendlich zählte nur, dass man überlebte.«

Täuber atmete laut aus und schwieg einige Augenblicke, bevor er weitersprach. »Es war ein Gemetzel! Nach kurzer Zeit blies der Gegner zum Rückzug. Doch statt uns die gegnerischen Soldaten verfolgen zu lassen, rief Georg von Frundsberg uns zur Besonnenheit auf. Großer Unmut breitete sich unter den Landsknechten aus. Nichts in der Kriegskasse, und jetzt sollten sie auch noch ihre Beute ziehen lassen! Wütend stürmten sie hinaus aufs Schlachtfeld und plünderten die Gefallenen. Denen, die noch lebten, schnitten sie die Kehle durch. Verwundete, die das sahen, flohen. Voller Furcht sahen sie keinen anderen Ausweg, als ins eiskalte Wasser der Kanäle zu springen. Viele ertranken jämmerlich, und die, die schwimmen konnten, wurden von ihrem Brustharnisch in die Tiefe gezogen.

Da das italienische Heer größtenteils aus Franzosen bestand, waren auch Adelige unter den Getöteten. Einige Landsknechte hatten den Einfall, Lösegeld von deren Familien zu verlangen, da man die Toten sicherlich anständig beerdigen wollte. Gottlob war es kalt, denn die Leichen der getöteten Franzosen türmten sich zu Bergen an der Stadtmauer auf. Tatsächlich kamen Abgesandte der Familien und versuchten den Söldnern die Gefallenen abzukaufen. Doch einige Familien waren nicht gewillt, den unverschämten Preis zu zahlen, den die Landsknechte verlangten. Wie auf einem Viehmarkt wurde um die Toten gefeilscht. Bekam ein Landsknecht nicht die geforderte Summe, warf er die Leichen ins Wasser.

Die Männer zeigten weder Scham noch Moral, so groß war der Zorn über den entgangenen Sold. Als ich das sah, wusste ich, dass ich von dort fort musste. Denn auch wenn ich Geld nehme, um in den Kampf zu ziehen und zu töten, ehrlos wollte ich nicht werden.

Das Pferd stand am Rande des Schlachtfeldes, durch hohe Mauerreste verdeckt – vielleicht hat man den Gaul deswegen nicht bemerkt. Treu harrte er bei seinem gefallenen Herrn, einem Adeligen mit gespaltenem Schädel, gekleidet in ein edles Gewand. Ich nahm mir Umhang und Pferd und ritt allein über die Berge zurück nach Hause. Jeden Tag danke ich dem Herrn, dass er mich beschützt und sicher über dieses elende Gebirge geleitet hat!«

»Woher wusstet Ihr, dass das Pferd Lorenzo heißt?«

»Das wusste ich nicht. Ich gab ihm diesen Namen. Ich kann wenige Wörter auf Italienisch sprechen, aber das reichte scheinbar, dass es Vertrauen zu mir bekam.«

Nachdenklich sagte Matthias: »Ich kann mir nicht vorstellen, dass ich einen Menschen töten könnte.«

»Das glaube ich dir«, antwortete Täuber. »Oft, wenn man das erste Mal töten muss, schwebt man selbst in Gefahr und muss sich wehren. Wenn einen danach das schlechte Gewissen plagt, spielt es keine Rolle, warum man getötet hat. Der Tote wird dich in deinen Träumen verfolgen. Doch irgendwann wird das Töten leicht, man hinterfragt nichts mehr, und die Alpträume verschwinden.«

»Gruselig!« Friedrich erschauderte.

»Ihr seid losgezogen, um zu kämpfen. Habt ihr nie daran gedacht, dass ihr dafür auch töten müsst?«, fragte Hauser erstaunt.

»Ich könnte einen Menschen umbringen!«, sagte ausgerechnet der schmächtige Michael.

»Hoffen wir, dass es nie so weit kommt!«, entgegnete Hauser ernst.

»Manchmal geht es schneller, als man sich vorstellen kann«, bemerkte der Landsknecht und schloss die Augen.

Es war dunkel geworden, und nur das spärliche Mondlicht erhellte die Scheune. Die Männer streckten sich auf der dünnen Strohschicht aus – ein jeder mit seinen eigenen Gedanken beschäftigt.

Zuerst glaube Peter, dass er das Wiehern des Pferdes nur träumte, doch rasch wusste er, dass Lorenzo tatsächlich aufgeregt schnaubte und wieherte. Sogleich waren alle hellwach. Matthias versuchte das Pferd zu beruhigen, als plötzlich lautes Gebrüll zu hören war. Wie aus dem Nichts standen die Bauern in der Scheune – nur dieses Mal waren es einige mehr.

Noch immer hielt Matthias das Pferd am Halfter fest. Aus Furcht blähte es die Nüstern und riss den Kopf hoch, sodass der Junge loslassen musste.

Als ein Bauer sich an der Mähne auf den Pferderücken hochziehen wollte, stieg der Hengst in die Höhe und trat mit den Vorderhufen in die Luft. Ein Schmerzenschrei war zu hören. »Du verdammtes Mistvieh!«, schrie der Getroffene. »Ich steche dich ab!«, drohte er und griff erneut nach der Mähne. Im selben Moment trat das Pferd mit dem Hinterhuf seitlich aus und erwischte den Mann im Unterleib. Jaulend ging der Bauer zu Boden.

Täuber, der sich gegen einen Angreifer wehren musste, rief Matthias zu: »Lass Lorenzo laufen.« Matthias öffnete das Scheunentor und gab dem Pferd einen Klaps. Sofort galoppierte es mit hochgestelltem Schweif davon.

Hauser, die Burschen und der Landsknecht kämpften tapfer gegen die Bauernhorde. Hauser verteidigte sich wie ein junger

Mann. Zwischendrin hörte man ihn sogar lachen und laut rufen: »Wie in alten Zeiten!«

Matthias konnte sehen, wie Täuber die Kräfte verließen und er auf die Knie sank. Der Junge sprang ihm zu Hilfe, als ein schmerzerfüllter Schrei ihn herumfahren ließ. Voller Entsetzen sah er, wie sein Bruder Peter neben ihm schreiend zusammenbrach. Ein Bauer hatte ihm mit einem dicken Knüppel auf den Kopf schlagen wollen. Als Peter versucht hatte, den Schlag mit dem Arm abzuwehren, wurde er am Ellenbogen getroffen. Der Knochen zersplitterte durch die Wucht des Schlags und bohrte sich durch die Haut nach außen. Obwohl Peter unmenschlich laut schrie, schien der Bauer davon unbeeindruckt. Mit Schwung holte er aus und zielte erneut auf Peters Schädel. Bevor er jedoch zuschlagen konnte, knickte er in den Knien ein. Seine Augen weiteten sich, bevor sie brachen, und der Mann tot nach vorne kippte.

Matthias stand regungslos da, sein Gesicht mit Blut besudelt. In der Hand hielt er Täubers Kurzschwert.

Als ein Bauer sich mit lautem Gebrüll auf ihn stürzen wollte, hob der Junge das blutverschmierte Schwert und zielte auf die Kehle des Angreifers. Hauser umklammerte Matthias' Handgelenk und hinderte ihn am Zustechen.

Zornig schrie er die Bauern an: »Nehmt euren toten Gefährten und verschwindet, bevor hier noch mehr sterben müssen!«

Entschlossen rappelten sich die Burschen und Täuber auf und stellten sich neben Matthias und Hauser. Nur Peter lag wimmernd auf dem Boden und hielt sich den zertrümmerten Arm.

Ohne Widerspruch hoben zwei der Bauern den Toten auf und verließen die Scheune. Die anderen folgten ihnen wortlos.

Erst als er sicher sein konnte, dass die Angreifer fort waren, kniete sich Hauser neben Peter nieder.

Der Junge lag kreidebleich am Boden. Sein Gesicht glänzte vor Schweiß.

»Wir müssen so schnell wie möglich nach Mühlhausen zu einem Arzt!«, sagte Hauser mit sorgenvollem Blick zu Täuber. Der nickte und sagte: »Er wird seinen Arm verlieren!« Hauser nickte. »Das steht zu befürchten!«.

Erst jetzt schien Matthias aus seiner Erstarrung zu erwachen. Zitternd kniete er sich neben Hauser und seinen Bruder nieder. Mit letzter Kraft stieß Peter Matthias mit seinem gesunden Arm zur Seite, fasste Hauser am Kragen und zog ihn dicht zu sich heran: »Wenn Ihr zulasst, dass man mir den Arm abnimmt, komme ich zurück und werde euch alle töten!« Peters Blick war so kalt, dass Hauser keinen Augenblick daran zweifelte, dass er ihm mit seiner Drohung ernst war. Dann erschlaffte Peters Hand, und er wurde ohnmächtig.

Täuber humpelte nach draußen und stieß einen langgezogenen Pfiff aus. In der Ferne hörte man Lorenzo wiehern. Erneut pfiff Täuber. Hufgetrampel ließ die Erde erbeben, und das Schlachtross kam zurück zur Scheune.

»Könnt Ihr reiten?«, fragte Täuber den Alten. Als Hauser nicht sofort verstand, erklärte der Landsknecht: »Ich bin verletzt und keine Hilfe für den Jungen. Er kann nur gerettet werden, wenn er schnellstmöglich behandelt wird. Die Burschen sind zu jung, also müsst Ihr den Verletzten zum Arzt bringen. Wir werden Euch nach Mühlhausen folgen.« Als er sah, mit welchem Blick Hauser das kräftige Pferd betrachtete, musste Täuber schmunzeln. »Auf Lorenzo ist Verlass. Er wird Euch nicht im Stich lassen.«

»Euer Wort in Gottes Ohr!«

Peter wurde behutsam auf den Pferderücken gehievt. Zuvor hatte Täuber für den verletzten Arm aus einem Stück Stoff seines Umhangs eine Schlinge gemacht.

Als Hauser mit Peter auf Lorenzo in der Dunkelheit verschwand, zitterte Matthias wie Espenlaub. »Kommt Burschen, lasst uns gehen!«, forderte Täuber die vier auf und stützte sich auf den Stock, den Johannes für ihn gebrochen hatte.

»Hoffentlich lauern uns die Bauern nicht noch einmal auf!«, flüsterte Michael und blickte ängstlich zum Wald.

»Sie sollen nur kommen!«, schrie Matthias. »Ich werde jedem die Kehle aufschlitzen und kein Erbarmen haben!«

Erschrocken sahen Johannes, Michael und Friedrich den Freund an. Sein blutverschmiertes Gesicht sah gespenstisch aus und machte ihnen Angst. Nur Täuber konnte die Blässe unter der Blutkruste erkennen und ahnte, was Matthias wirklich fühlte.

## *Kapitel 6*

Der Schrei, der in der Nacht die Stille auf Burg Nanstein zerriss, ließ Gerhild aus dem Schlaf aufschrecken. Sie glaubte, ihr Herz würde stehen bleiben, so markerschütternd war der Schrei gewesen. Entsetzt blickte sie neben sich zu Johann, der ebenfalls aus dem Schlaf gerissen worden war.

»Wer hat da so fürchterlich geschrien?«, fragte ihn Gerhild leise.

Der Landsknecht antwortete nicht, sondern lauschte angestrengt in die Dunkelheit. Nach einigen Augenblicken sprang er aus dem Bett und zog sich stumm die Hose an. Im Gehen streifte er sein Hemd über und eilte hinaus die enge Treppe hinunter.

Verwundert blickte Gerhild ihm hinterher. ›Was will er dort?‹, fragte sie sich, denn kein anderer Raum in diesem Teil der Burg war bewohnt. Doch als sie Stimmen hörte, zog auch sie sich an und folgte ihrem Bettgefährten.

Anna Maria hatte so unmenschlich laut geschrien, weil ihr im Traum dieser furchtbare Schmerz durch den ganzen Körper gefahren war. In dem Augenblick, als sie erwachte, wusste sie jedoch, dass es nicht ihr eigener Schmerz war, den sie gespürt hatte.

Sofort sprang sie von ihrem Lager auf und stolperte durch den fremden Raum. Es dauerte einige Augenblicke, bis sie begriff, dass sie sich nicht mehr in dem dunklen, kalten Verlies befand. Die Flamme einer Kerze, die in einer Halterung auf einem Schemel stand, erhellte schwach die Kammer, in der sie lag.

Anna Maria bildete sich ein, im hinteren Teil des länglichen Raums ein Tierfell zu erkennen. Zitternd ging sie darauf zu und ertastete das Fell. Wie sie vermutet hatte, befand sich dahinter ein kleines Fenster. Bebend vor Angst schob sie die Haut zur Seite und starrte hinaus.

Die Morgendämmerung hatte bereits eingesetzt. Sie ließ ihren Blick weit über das Land schweifen und ihr wurde klar, dass sie sich hoch oben in der Burg befinden musste.

Auch hier blies ihr kalter Wind ins Gesicht. Beruhigt schloss sie für einige Herzschläge die Augen. ›Kein Schnee‹, dachte sie erleichtert. Dann schnupperte sie in die Luft. ›Es wird noch keiner kommen!‹, beruhigte sie sich, und ein glückliches Lächeln umspielte ihre Lippen. »Es geht ihnen gut!« Doch dann kehrte unvermindert heftig die Erinnerung an den Schmerz in ihrem Traum zurück und zwang sie keuchend in die Knie.

So fand Johann Anna Maria vor. Entsetzt fragte er: »Hat Euch jemand belästigt?«

Das Licht der Kerze spiegelte sich in ihren Tränen. Stumm schüttelte sie den Kopf und versuchte sich aufzurichten. Als ihre Beine nachzugeben drohten, umfasste er ihre Taille.

In diesem Augenblick trat Gerhild hinzu. Unbemerkt von den beiden beobachtete sie, was vor sich ging. Und mit einem Mal wusste sie, dass sie Johann verlieren würde.

›Sie bekommt ihn nur über meine Leiche. Doch so weit wird es nicht kommen – eher stirbt die Jungfrau!‹, schwor sich Gerhild in Gedanken. Dann wandte sie sich ab und ging ebenso unbemerkt zurück in ihr Schlafgemach.

Kaum hatte sich Gerhild wieder ausgezogen und ins Bett gelegt, stürmte der Landsknecht Heinrich in das Gemach, in der Hand ein Schwert.

»Kannst du nicht anklopfen, du ungehobelter Kerl?«, schimpfte Gerhild. Ohne darauf einzugehen fragte Heinrich aufgebracht: »Hast du den Schrei gehört? Als ob der leibhaftige Teufel hinter einer Seele her wäre!«

Gerhild erwiderte nichts, sondern wies mit dem Daumen nach unten. Heinrich runzelte die Stirn. Mit einem Schritt war er wieder auf der Treppe, hob das Schwert und stürmte in die Kammer einen Stock tiefer.

Als er Johann erblickte, ließ er die Waffe sinken. Fragend sah er ihn an. Die junge Frau saß mit gesenktem Blick auf ihrem Lager.

»Hat sie so geschrien?«, fragte Heinrich.

»Sei still, du Depp! Sie hatte eine Vorsehung!«

Anna Maria wollte dem Landsknecht keine Lügen erzählen. Doch als er sie bedrängte, ließ Johann ihr keine Wahl, als eine Geschichte zu erfinden.

»Es tut mir leid!«, sagte Anna Maria und blickte Heinrich anklagend an. »Meine Vorsehungen wurden gestört. Alle Bilder sind verschwunden.«

Johann verstand sofort, und sein Gesicht verfinsterte sich.

»Du dämlicher Kerl! Wer hat gesagt, dass du hierherkommen sollst?«

»Aber Johann«, stammelte Heinrich, »ich hörte den Schrei und wähnte dich in Gefahr!«

»Als ob ich nicht auf mich selbst aufpassen könnte!«

Anna Maria wurde übel. Sie wollte nichts mehr hören oder sagen. Vor allem wollte sie keine Geschichten mehr erfinden müssen.

»Lasst mich allein!«, bat sie mit zitternder Stimme. Als die beiden Männer keine Anstalten machten zu gehen, rief sie gereizt: »Ich brauche Ruhe! Nur dann können die Bilder zurückkommen.«

Sofort stieß der Landsknecht seinen Freund in Richtung Tür. Als Heinrich etwas sagen wollte, zischte Johann: »Halt's Maul und komm mit hinauf!«

Nachdem die Tür von außen geschlossen wurde, presste Anna Maria das Gesicht in ihren Umhang und dachte verzweifelt: ›Was ist nur geschehen? Welches Leid müssen meine Brüder ertragen?‹

Zurück in Johanns Gemach erklärte Heinrich unverblümt: »Ich glaube dem Weibsbild nicht! Und ich traue ihr nicht.«

Johann ging leise einen Schritt auf Gerhild zu. Als er sah, dass sich ihr Brustkorb gleichmäßig hob und senkte, wandte er sich Heinrich zu.

»Warum traust du ihr nicht?«

»Ich finde es merkwürdig, dass sie ausgerechnet jetzt auftaucht. Vielleicht ist sie eine Spionin des Verwalters des Kurfürsten unten in Landstuhl.«

»Wie kommst du auf solch einen Gedanken? Die Wolfsjäger haben sie im Wald drei Tagesritte von hier entfernt gefangen genommen.«

»Und du traust diesen Wolfsjägern? Die erzählen dir alles, wenn die Bezahlung stimmt!«

Johann lehnte sich an den Kamin, in dem nur noch wenig

Glut glimmte. Nachdenklich stützte er sich gegen den schwarz verfärbten Holzbalken.

»Nein, ich denke nicht, dass die Wolfsjäger mich belügen würden – nicht in diesem Fall, denn niemand weiß von meinem Plan. Als die Frau in ihrer Vorsehung den Kampf zwischen roten und blauen Augen sah, hat sie mich überzeugt.«

Zweifelnd blickte Heinrich seinen Freund an. »Woher weißt du, dass es stimmt, was sie erzählt? Und was sollen ihre Bilder bedeuten?«

Johann lächelte spöttisch, dann erklärte er mit Hohn in der Stimme: »Ich bin sicher, dass der schwarze Dämon, den sie erkannt hat, Eckbert von Hauen ist – der Bruder des Verwalters des Kurfürsten. Ich weiß, dass auch er die Burg besitzen will. Und sein Schild ziert ein schwarzer Eber mit roten Edelsteinaugen.«

»Ach?«, fragte Heinrich wenig überzeugt. »Und wem gehören die blauen Augen?«

Johann sagte nichts, sondern riss seine Augen weit auf.

»Dann brauchen wir uns ja keine Gedanken zu machen! Der Sieg ist uns gewiss!«, sagte Heinrich und konnte nur schwer den Spott in seiner Stimme verbergen.

»Spar dir deinen Hohn, mein Freund!«

»Aber was ist, wenn du dich doch in ihr täuschst?«

Johann musste nicht lange überlegen. »Dann wird sie mir einen Sohn gebären!«, antwortete er zwar unwirsch, doch als er Heinrichs anerkennenden Blick sah, musste er leise lachen.

»Was wird aus Gerhild?«

»Die kannst du dann haben«, antwortete Johann ungerührt.

»Dann wünsche ich dir einen kräftigen Sohn!«

Johann schlug Heinrich auf die Schulter. »Die Nacht ist vorbei! Lass uns nach unten gehen und einen Becher heißen Wein trinken.«

Zustimmend nickte Heinrich und folgte dem Landsknecht.

Kaum war die Tür ins Schloss gefallen, öffnete Gerhild die Augen. Ihr Herz schlug laut. Wie konnte dieser Mann es wagen, sie einfach gegen eine andere austauschen zu wollen? Und nicht nur das! Er verkuppelte sie sogleich mit Heinrich, den sie nicht einmal in ihr Bett lassen würde, wenn er der letzte Mann auf Erden wäre.

»Einen Sohn will er zeugen!«, murmelte sie verbittert vor sich hin, »aber nicht mit mir!«

Wütend stieg sie aus dem Bett, wickelte sich nur das Betttuch um ihren nackten Körper und ging leise in den Raum unter Johanns Gemach.

Anna Maria lag schlafend auf einem Strohlager. Gerhild hielt mit der einen Hand das Tuch um sich geschlungen und mit der anderen griff sie nach dem brennenden Kienspan. Der Schein der Flamme erhellte die ebenmäßigen Gesichtszüge der jungen Frau.

Gerhild betrachtete die langen Wimpern, den geschwungenen Mund, die makellose Haut.

»Du bist wahrlich ein hübsches Ding«, flüsterte sie. »Ich sollte dich zu meiner Freundin machen! Nur so werde ich erfahren, wer du tatsächlich bist und was du hier willst. Gerhild stellte vorsichtig den Kienspan zurück und schlüpfte hinaus.

Seit die Wolfsjäger Anna Maria auf Burg Nanstein zurückgelassen hatten, waren mehr als zwei Wochen vergangen.

Anna Maria wurde erlaubt, den Raum unter dem Gemach des Landsknechts zu bewohnen. Die junge Frau bat ihn, ihr Pilgerstab und Beutel zu bringen, denn beides hatte er im Verlies zurückgelassen.

Als Johann ihr den Stab übergab, achtete Anna Maria auf den Ausdruck auf seinem Gesicht. Aber er verzog keine Miene und fragte auch nicht nach dem eingeritzten Zeichen. ›Entweder hat er es noch nicht bemerkt oder er kennt das Symbol nicht‹, dachte sie.

Ihr war zwischenzeitlich gestattet worden, sich auf dem Burghof aufzuhalten, obwohl die Gefährten des Landsknechts Bedenken geäußert hatten. Auch durfte sie mit den anderen Bewohnern von Nanstein im großen Saal speisen. Trotzdem fühlte sie sich eingesperrt.

Tagsüber verbrachte sie die meiste Zeit auf der Burgmauer und schaute in die Ferne. So auch an diesem Tag.

Auf ihren Pilgerstab gestützt sah Anna Maria zum Himmel empor. Inzwischen war es Ende November, und es war merklich kalt geworden.

›Sicher wird es nicht mehr lange dauern, bis der erste Schnee fällt‹, dachte sie verzweifelt und spürte, wie sie sich verkrampfte und ihr übel wurde. Das Unwohlsein kam stets, wenn sie daran dachte, dass die Zeit nutzlos verrann. Auch ängstigte sie der Gedanke, dass sie eines Nachts im Schlaf einen ihrer Brüder vor sich sehen würde und von ihm Abschied nehmen müsste. Deshalb zögerte sie es lange hinaus, sich schlafen zu legen – wie damals, als sie ihre Gabe das erste Mal zu Hause in Mehlbach wahrgenommen hatte. Und wie damals zeichnete sich auch jetzt der mangelnde Schlaf deutlich in ihrem Gesicht ab.

Der Landsknecht, dem die Veränderung nicht entgangen war, führte Anna Marias schlechtes Aussehen auf ihre Prophezeiungen zurück. Sie hatte ihm erklärt, sie brauche sehr viel Kraft für ihre Bilder. Um nicht täglich von ihm bedrängt zu werden, machte sie ihm glaubhaft, dass sie für die Ausübung ihrer Gabe außerdem ungestört sein müsse.

Anna Maria nutzte die Zeit, in der sie allein war, um nachzudenken, wie sie von der Burg fliehen könnte. Zwar durfte sie sich auf dem Hof frei bewegen, doch war sie nie allein – stets waren Bewacher in der Nähe, die sie beobachteten, stets bereit einzugreifen, sollte sie einen Fluchtversuch wagen.

Als Anna Maria wütend gegen die zerstörte Mauer trat, fragte eine Stimme sanft: »So verzweifelt!«

Anna Maria musste sich nicht umdrehen um zu wissen, dass Gerhild hinter ihr stand. Mehrmals hatte sich das Weib zu ihr gesellt und mit ihr gesprochen. Sie tat besorgt und hatte sich stets nach Anna Marias Befinden erkundigt.

»Ich habe dir frisches Hefegebäck mitgebracht.« Gerhild lächelte die junge Frau an. Dankend nahm Anna Maria den noch warmen Kuchen entgegen und biss ein Stück ab.

Gerhild blickte Anna Maria forschend ins Gesicht. Dunkle Ränder lagen unter ihren tiefblauen, aber geröteten Augen. Ihre Haut wirkte fahl, und sie sah müde aus.

»Hast du nicht gut geschlafen?«, fragte Gerhild mit besorgter Stimme. Sie ahnte, dass Anna nicht krank war, doch sie schien bedrückt. ›Ich wäre auch nicht freudig gestimmt, wenn man mich auf einer Burg festhalten würde‹, dachte sie bei sich. Als Anna Maria nicht antwortete, sagte Gerhild tröstend: »Du kannst froh sein, dass du während der Wintermonate ein Dach über dem Kopf hast.« Sie zog den Umhang fester um ihre Schultern. »Schnee liegt in der Luft!«

»Nein!«, rief Anna Maria und blickte zum Himmel. »Woher willst du das wissen?«

Gerhild legte ihre Stirn in Falten und sah die junge Frau nachdenklich an. »Du als Seherin müsstest doch wissen, dass der Winter bald hereinbrechen wird.«

»Man muss keine Seherin sein, um zu wissen, wann der Winter kommen wird. Doch woher nimmst du die Gewissheit, dass es schneien wird?«, fragte sie mit erregter Stimme.

Gerhild zuckte mit den Schultern. »Das spürt man!«

»Ich spüre nichts«, erwiderte Anna Maria schroff und weigerte sich, darüber nachzudenken, dass es bald Schnee geben könnte. Sie stützte sich auf die Burgmauer und zerbröselte den Hefekuchen.

»Ich muss hier fort!«, jammerte sie leise. Als sie sich wieder zu Gerhild umwandte, konnte diese den Schmerz in Anna Marias Gesicht erkennen. Plötzlich glaubte Gerhild zu erraten, was mit der jungen Frau los war.

»Dein Geliebter wartet auf dich! Oder ist es gar dein Ehemann? Nein, einen Ehemann hast du nicht, denn nur Jungfrauen haben die Gabe des Sehens.«

Erstaunt blickte Anna Maria Gerhild an. ›Was redet sie da nur für einen Unsinn?‹, fragte sie sich in Gedanken. Zu gerne hätte sie Gerhild die Wahrheit ins Gesicht geschrien, doch da sie die Folgen nicht abschätzen konnte, blieb sie stumm.

Gerhild beobachtete jede Regung im Gesicht der jungen Frau. ›Verflixt!«, dachte sie zornig. ›Wenn ich doch ihr Geheimnis erraten könnte!‹

»Gerhild, was willst du wirklich?«, fragte Anna Maria sie jetzt direkt, da sie der Spielchen überdrüssig war. »Hast du Angst vor mir?«

Als Anna Maria Gerhilds erschrockenen Blick sah, musste sie schmunzeln.

Gerhild kaute auf der Unterlippe, dann fragte sie: »Willst du mir Johann wegnehmen?«

»Sind deine Gefühle für ihn so stark?«

Gerhild schien zu überlegen, dann zuckte sie mit den Schultern und erklärte: »Ich habe bereits einen Mann verloren und kenne den Schmerz, den der Verlust hinterlässt. Johann ist ein guter Mann – jedenfalls der beste, der hier herumläuft. Wenn er mich verlässt, bleibt mir nur einer von denen, die keine andere will. Schließlich muss jemand für mich sorgen. Kannst du das verstehen?«

Anna Maria nickte. »Woran ist dein erster Mann gestorben?«

»Er wurde bei der Jagd getötet und er war nicht mein Ehemann. Wir waren erst seit wenigen Monaten zusammen, trotzdem glaubte ich damals, ein Teil von mir sei mit ihm gestorben.«

»Und dann hast du den Landsknecht kennengelernt?«

Gerhilds Gesichtszüge wurden weich. »Nein, Johann habe ich bereits gekannt. Er war sein Bruder.«

Als Gerhild bemerkte, dass Anna Maria sie erstaunt ansah, versteifte sie sich, und der sanfte Zug verschwand aus ihrem Gesicht. Sie lachte laut auf. »Eine schöne Geschichte, die ich dir da erzählt habe. Nun sage mir, ob ich die Wahrheit gesprochen oder gelogen habe, Seherin!«

Als Anna Maria sie verständnislos anschaute, packte Gerhild sie hart am Handgelenk und drohte: »Wage es nicht, dich meinem Liebsten zu nähern, sonst wird es dir übel ergehen!«

Abrupt ließ sie die junge Frau los und ging zurück in die Burg. Anna Maria rieb sich das brennende Handgelenk und flüsterte: »Du hast die Wahrheit gesprochen, und deshalb werde ich schon bald wieder frei sein.«

Gerhild, die am anderen Ende des Tisches saß, bedachte Anna Maria mit bösen Blicken.

›Du glaubst wohl, ich hätte Angst vor dir‹, dachte Anna Maria amüsiert. ›Doch weit gefehlt! Ich werde dich dazu bringen, mir zu helfen.‹ Zwar hatte Anna Maria keine Erfahrung mit Männern, doch wusste sie, wie sich die Mägde auf dem Hof ihres Vaters verhalten hatten, wenn sie die Aufmerksamkeit eines Knechts auf sich lenken wollten.

Sie ließ ihren Blick zu Johann schweifen, der mit Heinrich am anderen Tischende sprach. Während sie ihr Brot in die Suppe tunkte, schlug sie verführerisch die Augen auf und fuhr sich mit der Zunge sinnlich über die vollen Lippen. Ihr Lachen glich einem Gurren.

Johann brach mitten im Satz ab und starrte Anna Maria an.

Jeder in der Runde konnte seine Gedanken erraten – auch Gerhild. Sie wurde puterrot im Gesicht, sagte jedoch keinen

Ton, sondern strafte Anna Maria mit einem weiteren bösen Blick.

Anna Maria blieb davon ungerührt, nahm ihren Becher und ging zu dem Landsknecht hinüber.

»Ich möchte mehr Wein!«, schnurrte sie, und ihr Blick blieb an seinen Lippen hängen. Johann schluckte schwer, und auch die übrigen Männer starrten die junge Frau begehrlich an.

Anna Maria hoffte, dass es sinnlich aussähe, wenn sie den Blick senken und mit ihren Haaren spielen würde.

Als sie hörte, wie der Landsknecht scharf die Luft einsog, ahnte sie, dass er sich kaum beherrschen konnte.

Die anderen Frauen am Tisch waren mit den Kindern und dem Essen beschäftigt und hatten anscheinend von Anna Marias Theater nichts mitbekommen. Anmutig nahm die junge Frau den gefüllten Becher entgegen und setzte sich wieder auf ihren Platz. Mit einem siegessicheren Blick lächelte sie Gerhild spöttisch an.

Anna Maria war sich sicher, dass ihr Schauspiel seine Wirkung nicht verfehlt hatte. Weil sie Gerhild nicht noch mehr reizen wollte, nahm sie ihren Becher, wünschte eine gute Nacht und verließ mit leicht schwingenden Hüften den Saal – in dem Wissen, dass die Blicke der Männer und auch Gerhilds Blick ihr folgen würden.

Es war früh am nächsten Morgen, als Anna Maria an der zerschossenen Burgmauer stand und den Fels hinunterblickte. Eine Reifschicht lag über dem Land, und die Luft war eisig.

Verstohlen schaute sie sich um. Hinter einer kleinen Mauer erkannte sie einen der Männer, der Holzscheite aufsetzte. ›Armer Tropf‹, dachte sie, ›sicherlich sitzen alle anderen um das Kaminfeuer im großen Saal. Nur du musst wegen mir in der Kälte frieren.‹ Aus den Augenwinkeln sah sie Gerhild auf sich zukommen. Das Weib nickte dem Mann zu, der daraufhin eilig in die Burg lief.

»Bist du die Ablösung für den armen Kerl? Er hatte schon blaue Lippen«, spöttelte Anna Maria.

Gerhild antwortete nicht, sondern fragte stattdessen: »Was machst du so früh hier draußen?«

»Ich wüsste nicht, was dich das angeht!«

Gerhilds Gesichtsfarbe veränderte sich. Anna Maria erwartete einen Wutausbruch, zumal sie wusste, dass die Frau wegen ihres Auftritts am Abend zuvor noch immer zornig war.

Gerhild schien zu überlegen. Beide Frauen zitterten vor Kälte, doch keine machte Anstalten, nach drinnen zu gehen. Plötzlich entspannten sich Gerhilds Gesichtszüge, und sie sagte mit leiser Stimme: »Ich weiß, dass du Johann gestern Abend nur etwas vorgegaukelt hast. Leider weiß ich auch, dass er dich begehrt. Deshalb möchte ich dich bitten, mir eine Frage ehrlich zu beantworten.«

»Das kommt auf deine Frage an«, entgegnete Anna Maria vorsichtig.

Gerhild schluckte schwer, so als müsste sie all ihren Mut zusammennehmen. »Hast du wirklich die Fähigkeit des Sehens?«

Anna Maria stöhnte laut auf. »Warum willst du das wissen?«

Wieder schien Gerhild mit sich zu kämpfen. »Das kann ich dir erst sagen, wenn du mir die Frage beantwortet hast.«

Anna Maria musterte das Weib aus zusammengekniffenen Augen. Gerhild wich zurück.

›Wahrscheinlich denkt sie, dass ich jetzt in die Zukunft schaue, um die Gründe ihrer Neugier zu erkennen‹, höhnte Anna Maria innerlich.

Der Wind frischte auf, und Gerhild zitterte immer mehr. Als Anna Maria keine Anstalten machte zu antworten, drehte sie sich wortlos um und wollte wieder nach drinnen gehen.

In dem Moment kam Anna Maria der Gedanke, dass Gerhild

vielleicht hoffte, Anna Maria könne für sie eine gemeinsame Zukunft mit Johann vorhersehen.

»Gerhild«, rief sie.

Diese blieb sofort stehen und wandte sich um. Anna Maria gab ihr ein Zeichen, dass sie zurückkommen sollte. Dicht vor der jungen Frau blieb Gerhild stehen. Anna Maria beugte sich nach vorn, um ihr etwas ins Ohr zu flüstern, als sie an Gerhilds Schulter vorbei am gegenüberliegenden Hang einen Reiter zwischen den laublosen Bäumen zu erkennen glaubte. Um besser sehen zu können, kniff Anna Maria die Augen leicht zusammen und erkannte kleine Atemwölkchen in der Ferne, die nur von Ross und Reiter stammen konnten. Dann hörte Anna Maria eine verärgerte Stimme. Johann kam über den Hof geeilt und rief schon von weitem: »Was macht ihr hier?«

Als Gerhild den Mund öffnete, um etwas zu erwidern, wandte sich Anna Maria dem Landsknecht zu. Mit starrem Blick sah sie ihn an. »Was siehst du?«, fragte er erregt.

»Ein Reiter wird kommen!« Sofort drehte Johann sich um und sah auf den gegenüberliegenden Hang, auf den zuvor Anna Maria geschaut hatte. Aber der Landsknecht konnte nichts außer Bäumen erkennen.

Überrascht fragte er: »Wann wird er kommen?«

»Schon bald!«, flüsterte Anna Maria.

»Ist er ein Feind?«

Die junge Frau schloss für einen Moment die Augen und überlegte: ›Nähert sich ein Reiter einer Burg allein, kann er nur in friedlicher Absicht kommen – zumal es kurz vor dem Winter ist.‹ Sie öffnete die Augen, starrte den Landsknecht an und erklärte: »Ihr müsst Euch nicht fürchten, er kommt in friedlicher Absicht!«

Johann atmete erleichtert aus. »Dann werden wir warten bis er kommt!«, sagte er und forderte beide Frauen auf, ihn in den warmen Saal zu begleiten. Gerhild ging beschwingt neben ihm her und flüsterte ihm etwas zu, woraufhin er laut lachte und dem Weib auf das Hinterteil klopfte.

Zögerlich folgte Anna Maria den beiden. Ihre Zuversicht, einen Reiter auf der anderen Seite gesehen zu haben, schrumpfte, je länger sie darüber nachdachte. ›Wie konnte er so schnell aus meinem Blickfeld verschwinden?‹, fragte sie sich.

Der große Saal war der einzige Raum neben Johanns Gemach, in dem es einen Kamin gab. Deshalb versammelten sich hier alle Burgbewohner. Das Holz im Kamin knisterte laut, und als Heinrich ein Scheit nachwarf, stoben Funken auf.

Holzblöcke wurden hereingetragen und Holzplatten darauf gelegt. Sie dienten als Tische, um das Morgenmahl einzunehmen. Schüsseln mit heißem Gerstenbrei und frisch gebackenes Brot wurden gereicht. Zwei Frauen stellten Krüge mit warmem Bier, das man mit aromatischen Kräutern verfeinert hatte, auf die Tische. Der Duft der Gewürze überdeckte den Geruch von Mensch und Tier.

Nach dem Frühstück saß man zusammen und besprach die Arbeit des Tages. Anna Maria sah zu Gerhild, die ein Kleinkind auf dem Schoß wiegte, als die wuchtige Holztür des Saals aufflog. Erschrocken kläfften die Hunde, und auch die Menschen fuhren erschreckt zusammen.

Ein Mann kam hereingestürmt.

»Schließ die Tür, Augustin!«, brüllte Johann ihm entgegen. »Die Wärme entschwindet, du Narr!«

Mit hochroten Wangen trat Augustin gegen die Tür und rief aufgeregt: »Ein Reiter kommt den Weg herauf!«

Mit großen Augen blickte Johann Anna Maria an. Die setzte sich aufrecht hin, reckte ihr Kinn nach vorne und dachte: ›Zum Glück habe ich mich nicht getäuscht!‹

»Welch wunderbare Nachricht!«, sagte Gerhild laut, und in ihren Augen schimmerte Anerkennung.

Als Augustin keine Anstalten machte, wieder nach draußen zu gehen, fragte Johann unwirsch: »Was gibt es sonst noch?«

Der Mann tippelte nervös von einem Bein aufs andere und schien nach Worten zu suchen.

»Herrgott, Augustin, sprich endlich!«

»Der Reiter«, sagte er und senkte dabei den Blick.

»Was ist mit ihm? Kommt er feindlich gesinnt?«, fragte Johann. Augustin schüttelte den Kopf. »Das denke ich nicht!«

»Sondern?«

Die Gespräche im Saal waren verstummt. Alle Augen waren auf Augustin gerichtet. Als dieser noch immer nicht mit der Sprache herausrückte, brüllte der Landsknecht erzürnt: »Jetzt sprich endlich oder geh mir aus den Augen.«

Augustin zuckte zusammen und sagte dann leise: »Ich glaube, es ist Veit!«

Der Becher, den Gerhild gerade zum Mund führen wollte, fiel scheppernd zu Boden. Im Saal herrschte Totenstille. Erst als eines der Kinder zu weinen begann, schienen die Erwachsenen wieder zu sich zu kommen.

Anna Maria beobachtete jeden Einzelnen, als wolle sie in den Gesichtern lesen, was der fremde Name zu bedeuten hatte. Dabei entging ihr nicht, dass Gerhild alles Blut aus dem Gesicht gewichen war.

Johann starrte Augustin ungläubig an. Heinrich schien auf Johanns Befehl zu warten. Die übrigen Frauen und Männer redeten leise durcheinander. Anna Maria konnte mehrmals die Worte »Das kann nicht sein!« aus dem Gemurmel heraushören.

Dann erwachte Johann aus seiner Erstarrung und streifte Gerhild mit einem Blick. Anna Maria wusste diesen Blick nicht zu deuten, glaubte jedoch Zorn in seinen Augen zu erkennen. Johann stand auf und sagte in hartem Ton: »Dann werden wir unseren Gast willkommen heißen!«

Erstaunt sah Anna Maria, wie er Gerhild seinen Arm reichte.

›So eine Geste habe ich bislang bei ihm nicht gesehen!‹, dachte sie. Auch überraschte es sie, dass Gerhild nur zögerlich seinen Arm ergriff. Wie König und Königin schritten beide hinaus. Die anderen Männer und Frauen folgten ihnen, und keiner achtete mehr auf Anna Maria. Als die junge Frau erkannte, dass sie sich allein im Saal befand, ging auch sie langsam nach draußen. Als auch auf dem Burghof niemand anzutreffen war, rannte sie los. ›Tatsächlich gehen alle dem Reiter entgegen‹, dachte sie, während sie auf die zerschossene Burghofmauer zueilte. Ohne zu überlegen, krabbelte sie über die Mauerreste in die Freiheit. Nur kurz dachte sie daran, dass sie ihren Umhang, den Pilgerstab und ihren Beutel zurückließ. »Einerlei«, murmelte sie, »so eine Möglichkeit bietet sich so schnell nicht wieder.«

Hastig rutschte Anna Maria auf dem Hinterteil den Hang hinunter. Sie blickte nicht zurück, sie spürte keinen Schmerz. Als sie versuchte mit den Händen Halt zu finden, rissen ihre Fingernägel schmerzhaft ein, und sie schürfte sich die Haut am Handballen auf. Vor Anstrengung keuchte sie. Ihr Kleid hing klamm und schwer am Körper. Trotzdem rannte sie, als sie unten angekommen war, so schnell sie konnte über die flache Ebene, um auf der anderen Seite den Hang wieder hinaufzulaufen. Schnaufend suchte sie Deckung zwischen den Bäumen und hoffte, dass ihr Verschwinden noch nicht bemerkt worden war. Sie kämpfte sich durch dichtes, dorniges Gestrüpp und blieb an hervorstehenden Wurzeln hängen. Sie hatte schon fast den Hang überwunden, als sie es wagte, kurz zurückzublicken, um die Entfernung zum Burgfelsen abschätzen zu können.

Zwar hatte Anna Maria schon ein großes Stück zwischen sich und Nanstein gebracht, aber sie wusste, dass sie keine Zeit verschwenden durfte. Deshalb wandte sie sich wieder um und rannte zwischen zwei Bäumen hindurch, als etwas Hartes sie an der Schläfe traf. Benommen sackte sie auf die Knie. Der Schlag war so heftig, dass sie alles um sich herum nur noch wie durch einen Vorhang wahrnahm. Sie würgte und spürte warmes Blut an ihrer Schläfe herablaufen. Bevor es ihr schwarz vor Augen wurde, konnte sie dicht an ihrem Ohr hören, wie jemand ausrief: »Horch, was ich dir sage!«

Das Erste, was Anna Maria wahrnahm, als sie langsam zu sich kam, war Wärme, die ihr Gesicht zu streicheln schien. Und dann war da ein pochender Schmerz in ihren Schläfen. Ohne die Augen zu öffnen versuchte sie sich langsam aufzusetzen. Doch als ein stechender Blitz durch ihren Kopf zuckte, legte sie sich stöhnend zurück auf ihr Lager. Weich fühlte sich die Decke unter ihrem Körper an, als sie darüberstrich.

Vorsichtig öffnete sie erst das linke, dann das rechte Auge und blickte geradewegs in ein loderndes Feuer, das in einem mannshohen Kamin brannte. Sie schien allein zu sein, denn sie konnte weder Schatten an den Wänden noch Stimmen ausmachen.

Trotz der Schmerzen dachte sie angestrengt nach, wo sie sich befand und was passiert war. Plötzlich drangen Stimmen an ihr Ohr – Männerstimmen –, und die Erinnerung kehrte wie ein Keulenschlag zurück.

Anna Maria spürte, wie das Blut in der Ader an ihrem Hals heftig pulsierte. Aus Angst wagte sie kaum zu atmen. Die Stimmen kamen näher, sie hörte Worte ohne Zusammenhang. Dröhnendes Lachen folgte. Dann hörte sie deutlich, wie einer fragte: »Ist sie wach?« Schritte näherten sich. Rasch schloss sie die Augen und stellte sich schlafend. Jemand stieß ihr hart in die Seite, und sie konnte nur mühsam einen Aufschrei unterdrücken.

»Nein, sie ist noch immer bewusstlos!«

»Vielleicht ist sie schon tot! Dann nehmen wir sie mit und verfüttern sie als Köder an die Wölfe. Sollen die sich an ihr satt fressen!«

Erschrocken vernahm Anna Maria diese Worte. Sie roch stinkenden Atem über ihrem Gesicht, als der Mann sie anfasste und hochheben wollte. Nun wusste sie, dass es ums Überleben ging. Hastig setzte sie sich auf und stieß den Fremden von sich. Der dröhnende Schmerz in ihrem Schädel ließ sie laut aufstöhnen. Als sie aufblickte, schaute sie in das dämlich grinsende Gesicht von Karius. Die Wolfsjäger Hans und Michel sowie andere Männer von Burg Nanstein lachten schallend.

Es schien bereits spät zu sein, denn die Binsenlichter an den Wänden und auf den Tischen brannten und spendeten nur schwaches Licht. Die Männer hielten Fleischkeulen in den Händen, und Fett triefte aus ihren Bärten. Angewidert wandte Anna Maria den Blick ab. ›Es ist keine Frau im Raum‹, dachte sie bestürzt.

Sie starrte in die Flammen – ihr Fluchtversuch war fehlgeschlagen. ›Ich komme nie wieder von hier fort!‹, ging es ihr durch den Kopf.

Das Lachen der Männer verstummte plötzlich.

Anna Maria blickte auf.

Johann war in den Raum getreten und bedachte die junge Frau mit einem feindseligen Blick.

Als Anna Maria die Kälte in seinen Augen sah, überlief ein eisiger Schauer ihren Rücken.

Mühsam richtete sie sich auf. Ihre Beine zitterten, und ihr Körper schmerzte.

›Was soll er mir schon antun?‹, beruhigte sie sich in Gedanken. ›Er denkt, dass er mich braucht, also wird er mich in Ruhe lassen‹.

Grimmig stand Johann in der Mitte des Saals und schwieg.

Auch Anna Maria sagte nichts, sondern sah ihn nur herausfordernd an, als sie eine Bewegung hinter ihm wahrnahm. Ein Mann, der von der Gestalt Johanns verdeckt gewesen war und den Anna Maria im schummrigen Licht nicht bemerkt hatte, trat plötzlich neben den Landsknecht.

Der Mann hielt seinen Blick gesenkt, und Anna Maria traute sich, zu ihm hinzusehen. Der Fremde war einen halben Kopf größer als Johann und von schlanker Gestalt. Anders als die übrigen Burgbewohner schien er gebadet zu haben, denn er verströmte einen feinen Duft. Sein Haar war kurz geschnitten, und sein Bart sauber ausrasiert.

Langsam hob der Mann den Kopf. Als Anna Maria in seine Augen schaute, überkam sie blankes Entsetzen. Sie starrte in Augen so blau wie der Himmel.

## Kapitel 7

*Zwei Wochen zuvor*

Hauser versuchte das Pferd in einen sanften Galopp zu bringen, damit Peters Körper nicht zu sehr durchgeschüttelt wurde. Trotzdem stöhnte der Bursche bei jedem Atemzug. Als das Pferd über einen umgestürzten Baumstamm springen musste, bäumte sich Peter schreiend auf und verlor das Bewusstsein.

Hauser spürte den schlaffen Körper in seinen Armen und trat dem Pferd heftig in die Flanke. Schon schoss es im harten Galopp nach vorn.

Die Stadtmauer von Mühlhausen war durch den feinen Nieselregen nur schemenhaft zu erkennen. Das graue Gemäuer schien mit dem Grau der Morgendämmerung zu verschmelzen. Vor dem Stadttor warteten bereits Menschen darauf, dass es geöffnet wurde.

Um nach vorn zu gelangen, führte Hauser sein Pferd vorsichtig an den Leuten und den Fuhrwerken der Händler vorbei. Gereizt hob manch einer der Wartenden seinen Stock und beschimpfte den Reiter, da er sich in die erste Reihe vordrängelte.

»Seid still, Leute! Ich habe einen Schwerverletzten dabei, der dringend Hilfe benötigt.«

Als er am Tor angelangt war, schlug er kräftig dagegen. Eine Luke öffnete sich, und ein verschlafener Wachmann blaffte: »Die Turmuhr hat noch nicht voll geschlagen, also hört auf, solch einen Lärm zu machen.«

Hauser beugte sich vor und blickte dem Mann direkt in die Augen. »Mein Sohn stirbt! Ich brauche rasch Hilfe!«, log er. »Öffnet das Tor!«

Der Wachmann streckte seinen Kopf weiter aus der Klappe heraus und konnte nun den bleichen Burschen erkennen.

»Hat er eine ansteckende Krankheit?«, wollte er wissen. Daraufhin wichen die Leute, die sich neugierig genähert hatten, ängstlich zurück.

»Diebe haben ihm den Arm zertrümmert!«, erklärte Hauser knapp. Ein Raunen ging durch die Menge. Dann war nur noch das Knarren und Knattern des schweren Holztors zu hören. Eine Seite des Tores wurde geöffnet, und als Hauser hindurchgeritten war, sofort wieder geschlossen.

»Wo finde ich die Bader?«

Der Wachmann wies ihm die Richtung, in der die Badergasse lag. Der Hufschlag des Pferdes hallte in den Straßen. Als Hauser die Gasse erreicht hatte, betrachtete er jede Haustür sorgfältig. Endlich fand er das Portal, auf dem fast unmerklich das geheime Zeichen der Bundschuhleute eingeritzt war. Strich Bogen Strich – das lateinische H – für Fremde unkenntlich.

Auch gegen diese Tür hämmerte Hauser. ›Ich wecke die gesamte Nachbarschaft auf‹, dachte er, doch hörte er nicht auf, bis ihm die Pforte geöffnet wurde.

Ein Mann mit grau gelocktem Haar schimpfte ohne den Blick zu heben: »Seid Ihr von Sinnen? Es ist noch früher Morgen. Kommt später wieder!« Er drehte Hauser den Rücken zu und wollte die Tür schon wieder ins Schloss werfen, als Hauser die geheime Losung sprach. Sofort hielt der Grauhaarige in seiner Bewegung inne und wandte sich dem Reiter zu. Wässrig blaue Augen starrten in Hausers Gesicht. Nicht eine Miene verriet die Gedanken des Mannes. Doch als Hauser ihn fragte: »Willst du mich nicht hereinbitten, Gabriel?«, nickte der Mann wortlos.

»Hilf mir, der Junge ist verletzt und ohne Bewusstsein.«

Erst jetzt schien der Bader den Burschen zu bemerken. Vorsichtig half er, Peter vom Pferd zu hieven. Der Junge hing schwer in Hausers Armen. Ächzend folgte er Gabriel ins Haus.

In dem Badhaus hörte man nur vereinzelt Türen schlagen.

»Jetzt herrscht noch Ruhe in der Badestube, aber um die Mittagszeit wird das Treiben zunehmen. Bis dahin sind wir ungestört!«, erklärte Gabriel, während Hauser ihm mit Peter im Arm folgte.

Die beiden Männer überquerten den Innenhof des Hauses und gelangten in die Küche. Eine Magd war gerade damit beschäftigt, das Feuer zu entfachen, und beachtete die Männer nicht weiter.

Durch eine Pforte kamen sie in einen schmalen Gang, von dem rechts und links mehrere Türen abgingen. Aus manchen drangen Kicherlaute, aus anderen lustvolles Stöhnen.

Nachdem die Männer eine schmale Treppe nach oben gestiegen waren, betraten sie einen großen Raum. Dies war der private Bereich des Badbesitzers.

»Leg ihn auf mein Lager!«, forderte Gabriel Hauser auf und schlug das Bettzeug zur Seite. Behutsam legte Hauser Peter auf den mit Tuch bezogenen Strohsack.

Erst jetzt bemerkte Hauser, dass Peters Gesicht glühte. Sanft strich er ihm über die schweißnasse Stirn. Dann wickelte er vorsichtig das Tuch vom Arm. Knochensplitter kamen zum Vorschein, auch war der Arm angeschwollen. Als Gabriel die Verletzung sah, verzog er das Gesicht.

»Das wird ihn den Arm kosten«, sagte er. Doch Hauser schüttelte den Kopf. »Das darf nicht geschehen! Er hat geschworen, dass er uns alle umbringen wird, wenn ihm der Arm amputiert wird.«

»Wenn der Arm dranbleibt, wird es dazu nicht kommen, denn dann wird der Bursche sterben!«

»Gabriel, du hast schon viele gerettet. Wenn einer den Arm erhalten kann, dann du. Versuch es!«, bat Hauser eindringlich.

»Verdammt, Jacob! Bist du gekommen, um mich in Schwierigkeiten zu bringen? Ich bin kein Arzt!«

»In der Heilkunst bist du besser bewandert als mancher Quacksalber, der sich Arzt schimpft! Ich vertraue dir!«

Gabriel betrachtete prüfend den gebrochenen Arm, als Peter leise aufstöhnte. »Er wird den Arm verlieren, Jacob!«

Der Bader ging in eine Ecke des Raumes, wo ein Junge auf einer Pritsche schlief. Hauser hatte ihn bis dahin nicht bemerkt. Sanft rüttelte der Mann ihn an der Schulter.

»Fritz«, flüsterte er, »wach auf, mein Sohn, du musst mir helfen.«

Müde rieb sich der Knabe, den Hauser auf zehn Jahre schätzte, die Augen. »Was ist, Vater?«, fragte der Junge gähnend.

»Geh in die Küche und bringe mir frische Tücher, heißes Wasser und Schnaps. Schnell!«

Der Junge stand auf und verließ den Raum.

»Wie alt ist dein Sohn, Jacob?«, wollte der Bader wissen, als er den Inhalt seiner Tasche ausbreitete. Säge, Hammer, Zange, Nadel und allerlei andere Werkzeuge kamen zum Vorschein. Hauser schluckte.

»Er ist nicht mein Sohn, sondern seiner!«

Fragend blickte der Bader Hauser an. »Wessen Sohn?«

»Der Sohn dessen, nach dem du deinen Sohn benannt hast!«, lächelte Hauser.

Nachdenklich zog Gabriel die Augenbrauen zusammen. Als

er die Worte begriffen hatte, schien sein Gesicht zu erstarren. »Wir waren der Ansicht, er sei tot!«

Hauser schüttelte den Kopf. »Nein, er führt ein Doppelleben. Noch weiß ich nichts Genaues. Deshalb darf Peter weder sterben noch den Arm verlieren. Nur wenn er uns vertraut, werden wir mehr über Joß Fritz erfahren können.«

In dem Moment kam der junge Fritz mit Tüchern, einem Kessel mit heißem Wasser und einer Schnapsflasche zurück. Mit zittrigen Händen umklammerte Gabriel die Schultern seines Sohnes und zwang ihn, ihm in die Augen zu blicken.

»Fritz«, sprach er, »hör deinem Vater genau zu! Lauf so schnell du kannst zu Bruder Paul in die Kornmarktkirche und sage ihm, dass ich dringend seine Hilfe brauche. Er soll alle Heilkräuter bringen, die ich für einen Knochenbruch benötige. Auch sein geheimes Betäubungsmittel.«

»Aber Vater«, jammerte der Knabe, »Bruder Paul wird nicht mit mir sprechen wollen!«

»O doch, mein Sohn, das wird er, denn du wirst ihm erklären, dass Annabelle sonst nicht mehr an seinen Gebetsstunden teilnehmen wird.«

Fritz schien nicht überzeugt zu sein, dass Bruder Paul ihm folgen würde, doch der Vater drängte zur Eile. Als der Junge das Zimmer verlassen hatte, setzte sich Gabriel auf einen Stuhl und blickte Hauser an.

»Im Augenblick können wir für den Burschen nichts tun. Erzähl mir in der Zwischenzeit, was du über Joß weißt, und auch, wie es dir in den letzten Jahren ergangen ist, Jacob.«

Ein feines Lächeln umspielte Hausers Mund. »Immer noch so neugierig wie früher!«, neckte er den Freund aus vergangener Zeit und begann zu erzählen.

Bruder Paul war ein hagerer junger Mann. Schlecht gelaunt betrat er das Zimmer und schimpfte mit Gabriel: »Das nennt man Erpressung! Das einzige unschuldige Lamm, das es unter diesem Dach gibt, wollt Ihr Eurem Zweck opfern?«

»Nennt es, wie Ihr möchtet, Bruder. Ich benötige Eure Hilfe, und da ist mir jedes Mittel recht!«

Bruder Paul legte seinen Beutel auf den Tisch und ging zu dem Verletzten. Er besah sich die Wunde und fragte: »Wird er gesucht?«

»Was spielt das für eine Rolle?«, antwortete Hauser. Der Mönch blickte auf und erklärte mit kalten dunklen Augen: »Ich behandle keine Übeltäter!«

Fassungslos wollte Hauser von ihm wissen: »Sind vor Gott nicht alle Menschen gleich?«

»Doch, aber keine Missetäter.«

Gabriel machte dem Streit ein Ende und erklärte: »Der Bursche wurde von Strauchdieben überfallen und niedergeschlagen. Er hat nichts getan!«

Bruder Paul schien nicht restlos überzeugt zu sein, doch als Peter laut stöhnte, sagte er: »Der Arm muss amputiert werden – ich denke das wisst Ihr und könnt es allein erledigen. Warum habt Ihr mich also kommen lassen?«

»Weil der Arm erhalten bleiben muss, einerlei, wie Ihr das bewerkstelligt. Ihr habt die nötigen Kenntnisse sowie Kräuter und das Rauschmittel, das Ihr von Eurer Wallfahrt mitgebracht habt«, erklärte Gabriel und fügte hinzu: »Eine Hand wäscht die andere!«

Bruder Paul atmete laut aus und blickte den Bader böse an. Dann entnahm er seinem Beutel mehrere kleine braune Flaschen, einen Tiegel, Paste und getrocknete Kräuter. Außerdem eine bauchige Flasche, in der sich eine dunkle Flüssigkeit befand.

»Schickt den Vater des Burschen und Euren Sohn hinaus!«, befahl der Mönch dem Bader mürrisch.

Gabriel klärte ihn nicht auf, sondern sagte zu seinem Sohn

gewandt: »Fritz, bring Jacob in die Küche. Annabelle soll euch ein kräftiges Frühstück zubereiten.«

Hauser blickte auf Peter, dann zu dem Mönch und zu Gabriel, der ihm zunickte. Mit rauer Stimme sagte Hauser: »Ich vertraue dir!« und folgte dem Jungen.

Annabelle war Gabriels Tochter und sehr hübsch. Blonde Haare fielen ihr in wilden Locken bis zum Gesäß. Sie hatte ebensolch graublaue Augen wie ihr jüngerer Bruder und ihr Vater. Freundlich begrüßte sie den fremden Mann. Fritz wiederholte die Worte des Vaters, woraufhin das Mädchen ihnen Brot, Honig und Gerstenbrei auf den Tisch stellte. Dazu reichte sie ihrem Bruder warme Milch und Hauser warmes Bier. »Langt zu!«, forderte sie die beiden auf.

Nachdem Hauser sein Frühmahl beendet hatte, fragte das Mädchen ihn höflich, ob er ein Bad nehmen wolle. Hauser gefiel der Gedanke, sich in warmem und wohl duftendem Wasser zu aalen, doch er zögerte.

Annabelle bemerkte sein Zaudern. »Ich werde dafür sorgen, dass Ihr ungestört baden könnt. Erst zu späterer Zeit werden die Badezuber von mehreren Gästen benutzt werden.«

Zufrieden schloss Jacob Hauser die Augen. Wie lange hatte er kein warmes Bad mehr genossen? Das Wasser roch angenehm nach Kräutern. Annabelle hatte Handtücher und Seife bereitgelegt. Der weiße Klumpen verwandelte das Wasser in eine milchige Brühe.

Hauser erwachte, als das Wasser in dem Zuber ihm ins Gesicht schwappte. Erschrocken schnappte er nach Luft und wischte sich über die Augen. Gabriel hatte sich zu ihm gesellt. Fragend blickte Hauser den Freund an, der sich das Blut von den Händen wusch.

»Bruder Paul hat gute Arbeit geleistet. Wir haben die kleinen Knochensplitter entfernt und die großen zusammengefügt. Ich muss gestehen, dass ich mich nicht getraut hätte, die Wunde mit saurem Wein auszuwaschen. Doch Bruder Paul wagte es sogar, den Arm mit in Wein getränkten Umschlägen zu bedecken. Zum Glück war der Bursche dank des Schlafsafts betäubt, und Bruder Paul konnte noch ungehindert Beinwell auftragen.«

»Beinwell?« Verunsichert blickte Hauser seinen Freund an.

»Wusstest du das nicht? Das Kraut heilt Knochen. Allerdings darf es nicht innerlich angewendet werden, denn dann bringt es die Körpersäfte durcheinander.«

»Hm, ich war der Ansicht, dass Schafgarbe oder gar der kriechende Ganser das richtige Kraut wäre. Beinwell kenne ich nur zur Behandlung von Geschwüren an den Gliedern.«

»Da siehst du, mein Guter, dass man niemals auslernt!«, feixte der Bader. Doch dann wurde er wieder ernst: »Jacob, wir haben alles getan, damit er den Arm nicht verliert, aber er ist noch lange nicht über den Berg. Allerdings ...«, der Bader stockte einen Augenblick, dann räusperte er sich und fuhr fort: »... wir wissen nicht, ob er den Arm jemals wieder beugen kann.«

»Mach dir darüber keine Sorgen, Gabriel, Hauptsache er wird wieder gesund. Das andere wird sich finden.«

Am späten Mittag wartete Hauser vor dem Stadttor von Mühlhausen auf seine Weggefährten. Als Matthias den Alten auf der Mauer sitzen sah, rannte er auf ihn zu und schrie von weitem: »Wie geht es Peter?«

Mit ängstlichem Blick blieb er vor Hauser stehen. Der Mann legte beruhigend seine Hände auf die Schultern des Jungen und erklärte: »Deinem Bruder geht es gut! Man hat für ihn alles getan, was möglich war. Doch erst die nächsten Tage werden zeigen, ob er seinen Arm behalten wird.« Lächelnd blickte er zu den anderen. »Kommt meine Freunde! Ihr seid sicher hungrig und durstig.«

Kaum waren sie in der Badstube angekommen, wollten die jungen Kerle nach Peter sehen, doch nur Matthias war es gestattet. Hauser führte ihn in das obere Stockwerk und öffnete leise die Tür. Annabelle beugte sich gerade über Peter und tupfte ihm den Schweiß von der Stirn. Ihr Vater stand auf der anderen Seite des Bettes und untersuchte den Verband. Als das Mädchen aufblickte, sah es direkt in Matthias' Augen, der stehen blieb und Annabelle stumm anstarrte.

»Bist du festgewachsen?«, fragte Hauser den Burschen, der beschämt den Kopf senkte.

Gabriel hatte den Blick bemerkt, mit dem Matthias seine Tochter betrachtet hatte. Grimmig sah er Hauser an. »Matthias ist Peters Bruder!«, erklärte der und zwinkerte seinem Freund verschwörerisch zu.

Annabelle schien Matthias' Unsicherheit nicht zu bemerken und erklärte: »Als Peter kurz die Augen aufschlug, nannte er mich Anna Maria!« Fragend blickte sie die beiden an.

»Sie ist unsere Schwester«, stotterte Matthias unbeholfen. »Du gleichst ihr!«, stellte er fest. Nachdem er sich mehrmals geräuspert hatte, fragte er: »Wie geht es meinem Bruder?« Immer noch mürrisch erklärte der Bader ihm die Behandlung. Annabelle fügte hinzu: »Dank Bruder Pauls Arznei spürt er keinen Schmerz und braucht nur Ruhe.«

Hauser verstand und stupste Matthias zur Tür. Der Blick des Jungen wanderte abwechselnd zwischen seinem Bruder und dem Mädchen hin und her, so, als müsse er sich zwischen den beiden entscheiden.

Auf der Treppe schnappte Matthias laut nach Luft. »Habt Ihr schon einmal solch ein hübsches Mädchen gesehen, Herr Hauser?«

Schmunzelnd klopfte Hauser dem Burschen auf die Schulter. »Komm, Matthias, lass uns etwas essen!«

Während Matthias sogleich seinen Bruder aufgesucht hatte, war der Landsknecht Andreas Täuber zu seinem Pferd Lorenzo geeilt. Zufrieden stand der Hengst in einem Verschlag und fraß Heu.

»Na, mein Alter!«, flüsterte Täuber, während er ihm über die weichen Nüstern strich. »Es wird Zeit, dass wir uns eine Bleibe für den Winter suchen!«

Wiehernd schien ihm das Pferd zu antworten. Täuber plante in wenigen Tagen aufzubrechen. Er wusste, dass es während der Wintermonate schwer sein würde, in einem Heer anzuheuern. Aber hier konnte und wollte er nicht bleiben. Die Enge des Hauses und der Stadt war er nicht mehr gewohnt.

»Wir werden uns Richtung Süden begeben, mein Alter. Vielleicht verschlägt es uns sogar in die Schweiz, dort sollen Unruhen herrschen. Warum nicht für die Eidgenossen kämpfen?«, fragte er sich laut.

Zufrieden mit seiner Entscheidung füllte Täuber Lorenzos Wassereimer auf und ging zurück ins Haus.

Zwei Tage später suchte Andreas Täuber Peter in seinem Zimmer auf. Bleich und schwach lag der Bursche auf dem Lager. Der Landsknecht bedankte sich bei ihm für seine mutige Tat und erklärte ihm, dass er weiterziehen müsse. Beide waren sich jedoch sicher, dass sie sich eines Tages wiedersehen würden.

Zwischenzeitlich waren mehrere Tage vergangen und Andreas Täuber auf dem Weg nach Süden.

Johannes, Michael, Friedrich, Matthias, Hauser und Gabriel saßen in der Küche und beratschlagten, wie es weitergehen sollte.

»Ich kann euch nicht alle durch den Winter füttern. Ihr müsst selbst für euren Unterhalt sorgen«, sagte Gabriel ernst. »Peter kann so lange bleiben, bis er gesund ist. Ebenso du, Jacob, und auch du, Matthias. Aber ihr drei müsst anderswo unterkommen.«

Hauser kratzte sich am Hals. »Das habe ich mir schon gedacht, Gabriel, und bereits mit Gleichgesinnten gesprochen. Friedrich ist kräftig und stark, deshalb konnte ich ihn in der Fleischergasse bei unserem Freund Gottfried Frohne unterbringen. Frohne ist nicht mehr der Jüngste, und ihn schmerzt der Rücken, wenn er die Schweinehälften tragen muss. Sein Gehilfe ist faul und versoffen. Deshalb kann Friedrich sofort dort anfangen. Michael wird dem Wirt vom ›Blauen Hecht‹ in der Grasegasse unter die Arme greifen. Michael kann dort die Bierfässer in den Keller rollen und in der Küche aushelfen. Nur für Johannes habe ich noch nichts auftreiben können.«

»Vielleicht finde ich für ihn eine passende Arbeit«, überlegte der Bader.

Annabelle betrat den Raum und teilte ihrem Vater mit, dass es Zeit für ihre Gebetsstunde bei Bruder Paul sei.

»Darf ich dich begleiten?«, fragte Matthias sofort. Als er die vielsagenden Blicke der anderen bemerkte, wurde er rot. Keinem im Raum war entgangen, wie Annabelle und Matthias sich ansahen, wenn sie sich begegneten. Auch war allen aufgefallen, dass der Bursche immer dort anzutreffen war, wo Annabelle zu arbeiten hatte. Selbst dem Bader war das nicht entgangen, deshalb fragte er misstrauisch: »Wozu?«

»Er könnte mir beim Tragen helfen, denn ich muss nach der Gebetsstunde in die Apotheke, da die besonderen Kräuter für das Badewasser ausgegangen sind. Außerdem benötigen wir Brot und Gemüse«, erklärte Annabelle hastig.

Gespannt warteten alle auf die Antwort des Baders, der schließlich knurrte: »Bevor die Kirchenuhr erneut die halbe

Stunde schlägt, seid ihr beide zurück! So habt ihr keine Zeit, auf dumme Gedanken zu kommen!«

Als Matthias mit Annabelle die Küche verlassen hatte, kicherten die Burschen, und Hauser sagte erheitert: »Du wirst es nicht verhindern können. Es kommt, wie es kommen soll! Zumal sie ein wahrhaft hübsches Mädchen ist.«

»Spar dir deine Weisheiten, mein Freund. Ich lasse ihn ab morgen die schweren Wassereimer für die Badezuber schleppen. Dann wird seine überschüssige Manneskraft schnell aufgebraucht sein. Ich hätte Annabelle in ein Kloster stecken sollen!«

Als Gabriel Hausers fassungslosen Blick sah, brummte er: »Schau nicht so! Ich will sie nur vor den lüsternen Mannsleuten in Sicherheit wissen!«

Matthias wusste nicht, wie ihm geschah. Seit dem Augenblick, als er Annabelle zum ersten Mal erblickt hatte, fing sein Herz jedes Mal heftig an zu pochen, wenn er ihr über den Weg lief. Berührten sich ihre Hände, zuckte er zusammen, und war sie nicht in seiner Nähe, vermisste er sie schmerzlich.

Es war sich sicher, so etwas zuvor noch nicht erlebt zu haben. Keine seiner Liebschaften hatte seine Gefühle so durcheinandergewirbelt wie Annabelle.

Auch jetzt, da sie nebeneinander durch Mühlhausen schritten, wurde er magisch von ihr angezogen – trotzdem wagte er nicht, ihre Hand zu ergreifen. Immer wenn seine Finger die ihren fast berührten, verließ ihn der Mut. Innerlich verfluchte er sich für seine Schwäche. Doch dann tröstete er sich, dass viele der jungen Männer, die Annabelle schmachtend hinterhersahen, gerne an seiner Stelle gewesen wären. Matthias reckte das Kinn in die Höhe. Dann senkte er wieder den Blick, weil ihn Zweifel überkamen, ob Annabelle für ihn die gleichen Gefühle hegte, wie er für sie. Zwar war sie freundlich, scherzte und lachte mit ihm, doch als er sie am Abend zuvor an sich gezogen hatte, um ihr einen Kuss auf die Wange zu hauchen, hatte sie den Kopf zur Seite gedreht und in strengem Ton gesagt: »So nicht, Matthias Hofmeister!«

Als er wissen wollte, wie denn, antwortete sie: »Das musst du selbst herausfinden!«

Nun grübelte er, was sie damit gemeint hatte und wie er ihr Herz erobern könnte.

Vor der Hofmauer der Kornmarktkirche ging Matthias auf und ab. Er versuchte die Kälte aus seinen Knochen zu vertreiben, indem er mit den Händen gegen die Oberarme schlug und kräftig auf der Stelle trat. Trotzdem fror er bitterlich.

Endlich war die Gebetsstunde beendet, und Annabelle kam aus dem Kirchenportal – gefolgt von Bruder Paul, der Matthias argwöhnisch betrachtete. Höflich grüßte der Bursche, doch der Mönch beachtete ihn nicht und ermahnte stattdessen Annabelle: »Wir sehen uns pünktlich nächste Woche wieder!«

Nachdem der Mönch im Innern der Kirche verschwunden war, blickte Matthias das Mädchen freudestrahlend an.

Als Annabelle sein Lächeln erwiderte, nahm der Junge all seinen Mut zusammen und ergriff ihre Hände. Warm und zart waren sie.

»Deine Hände sind ja eiskalt!«, stellte sie erschrocken fest und hauchte ihren warmen Atem dagegen. In diesem Augenblick war es Matthias, als würde eine Hitzewelle seinen ganzen Körper durchlaufen und die Kälte aus seinen Knochen vertreiben.

## Kapitel 8

Anna Marias Fluchtversuch war gescheitert. Unglücklich lag sie auf ihrem Lager und presste vorsichtig die Finger gegen die Schläfe, die durch den Schlag des Wolfjägers dunkel verfärbt und angeschwollen war. Der Schmerz hämmerte in ihrem Schädel.

Gequält schloss Anna Maria die Augen und hoffte, dass der Schlaf sie einlullen würde – doch ihre Gedanken hielten sie wach.

›Ich werde nie wieder von dieser Burg fortkommen‹, ging es ihr durch den Kopf. ›Sicherlich wird man mir nun den Hofgang verbieten und mich erneut ins Verlies sperren.‹ Sie stöhnte auf.

Als Anna Maria an ihre Brüder dachte, verstärkte sich der Schmerz hinter ihrer Stirn. Viele offene Fragen plagten sie und raubten ihr fast den Verstand. Die Angst, dass Peter oder Matthias Leid widerfahren sein könnte, ließ sie immer wieder aufschrecken. Sie war sich sicher, dass einem ihrer Brüder etwas zugestoßen sein musste. Warum sonst hatte sie Schmerzen gespürt, obgleich ihr selbst nichts fehlte? Und wie sollte sie ihre Brüder retten, wenn sie hier festsaß?

Sie versuchte sich zu beruhigen. Plötzlich drängten sich die blauen Augen des Fremden in ihre Gedanken. Sie war sich sicher, dass sie ihn früher schon einmal gesehen hatte, doch wusste sie nicht, wo.

›Vielleicht, weil er Johanns Bruder ist‹, dachte sie. Aber es ist nur das Blau der Augen, das ihr gleich erschien. Ansonsten konnte sie keine Ähnlichkeit feststellen. Als sie auf dem Boden im großen Saal lag, hatte der Fremde sie nur kurz angesehen und sich dann gleichgültig von ihr abgewandt. Nichts hatte darauf hingedeutet, dass er sie kannte. Auch hatte er keinen Ton gesagt – weder zu ihr noch zu den anderen.

Johann hingegen hatte sie angebrüllt, dass sie undankbar sei und seine Gastfreundschaft nicht zu schätzen wisse. Anna Maria hatte nichts erwidert, sondern darum gebeten, sich zurückziehen zu dürfen. Daraufhin hatte Johann Gerhild gerufen, die Anna Maria in das Nebengebäude begleitete.

Auch Gerhild sprach kein Wort mit ihr, sondern schien mit den Gedanken woanders zu sein. Nachdenklich musterte Anna Maria sie. Ihr Blick wirkte gehetzt, und sie wanderte unruhig durch den Raum.

»Geht es dir nicht gut?«, hatte Anna Maria gefragt.

»Lass mich in Ruhe!«, hatte Gerhild geantwortet und war aus dem Gemach gestürmt.

Anna Maria spürte, wie ihre Augenlider schwer wurden. Kaum war sie eingeschlafen, weckten sie laute Stimmen aus dem Gemach des Landsknechts über ihr. Neugierig ging sie barfuß die Treppe hinauf und wartete auf der obersten Stufe. Da die Tür zu Johanns Gemach nur angelehnt war, konnte Anna Maria klar und deutlich die Stimme des Landsknechts und die Gerhilds erkennen. Angespannt lauschte Anna Maria und traute sich kaum zu atmen.

»Ich dachte er sei tot!«, jammerte Gerhild. »Schließlich brachtest du damals aus dem Wald seinen mit Blut durchtränkten Umhang zurück.«

»Was spielt das für eine Rolle? Wärst du sonst nicht unter meine Bettdecke gekrochen?«, fragte Johann bissig.

Sie schwiegen, doch dann setzte Gerhild erneut an: »Was sollen wir nun machen?«

»Meinst du uns oder dich?«

In dem Moment hörte Anna Maria Schritte auf dem Gang links von ihr und ging einige Stufen nach unten, um nicht gesehen zu werden. Jemand klopfte an die Tür und betrat das Gemach.

Rasch huschte Anna Maria erneut die Stufen nach oben. Als sie die Stimme desjenigen hörte, stockte ihr der Atem. Jetzt ahnte sie, warum ihr der Fremde bekannt vorkam. Neugierig lauschte sie an der angelehnten Tür. Der Schmerz pochte hinter ihrer Stirn und ließ sie taumeln. Doch die junge Frau wollte wissen, was nebenan gesprochen wurde, und versuchte mit aller Kraft, den Schmerz zu unterdrücken.

»Ich grüße dich, Gerhild! Ich wusste, dass ich mich um dich nicht sorgen musste«, sagte der Fremde.

Anna Maria glaubte Spott aus seinen Worten herauszuhören.

Bevor das Weib etwas erwidern konnte, bat er: »Ich möchte mit meinem Bruder sprechen – allein!«

»Aber Veit, ich kann dir erklären …«

Er unterbrach sie brüsk und sagte: »Wir können morgen miteinander reden – allerdings weiß ich nicht, was wir zu besprechen hätten. Es ist, wie es ist, und das ist gut so!«

Wieder musste Anna Maria nach unten fliehen, weil Gerhild im Begriff war, das Gemach zu verlassen. Das Weib murmelte wütend etwas vor sich hin und ging den Gang entlang zur Treppe, die hinunter zum großen Saal führte. Als die Tür des Speisesaals mit lautem Knall ins Schloss fiel, atmete Anna Maria erleichtert auf. Sie wagte sich wieder nach oben, und zum Glück war auch dieses Mal die Tür zu Johanns Gemach nur angelehnt. Als Stühle geschoben wurden, vermutete die junge Frau, dass die beiden Männer sich vor den Kamin setzten. Anna Maria wusste, dass sie die Tür nur einen winzigen Spalt weiter öffnen müsste, um die beiden Männer sehen zu können.

Vor Anspannung presste Anna Maria ihre Lippen fest aufeinander und schob die Holztür vorsichtig auf. Die beiden Brüder bemerkten sie nicht. Wie sie richtig vermutete hatte, saßen sie in den schweren Holzstühlen vor dem Feuerplatz.

Johann atmete laut aus, kratzte sich am Kopf und fragte: »Warum bist du zurückgekommen, Veit?«

»Freust du dich nicht, mich zu sehen?«

»Darum geht es nicht!«, antwortete Johann brüsk. »Wir hatten eine Abmachung, und du hast sie gebrochen.«

Veit verschränkte die Hände am Hinterkopf und starrte ins Feuer. Anna Maria konnte sein Gesicht von der Seite betrachten und überlegte, ob er tatsächlich der war, für den sie ihn hielt.

»Johann, ich hatte dir damals zwar gesagt, dass ich nicht mehr zurückkommen würde. Doch nun habe ich meine Meinung geändert.«

»Verdammt, Veit! Damit niemand dich suchen und aufspüren wird, habe ich jedem erzählt, dass du tot bist!« Als er Veits Gesichtsausdruck sah, fragte er entrüstet: »Was hätte ich denn tun sollen? Etwa die Wahrheit sagen? Anstatt dein selbst gewähltes neues Leben zu leben, tauchst du nach fast drei Jahren wieder auf und tust so, als seist du nie fort gewesen! Wie sollen wir den Leuten erklären, dass du von den Toten auferstanden bist?«

Beide schwiegen.

Anna Maria spürte die Spannung zwischen den Brüdern. Auch sie selbst war angespannt, denn ihr Verdacht erhärtete sich.

»Zwischenzeitlich ist viel passiert!«, fügte der Landsknecht leise hinzu.

»Ich habe vom Tod Franz von Sickingens gehört. Es tut mir leid, denn ich weiß, dass ihr enge Freunde wart!«

Johann ging nicht darauf ein, sondern fragte: »Woher wusstest du, dass ich auf Burg Nanstein zu finden bin?«

Veit lachte laut auf. »Welche Frage, Bruderherz! Hast du vergessen, dass meine Stärke im Heer das Auskundschaften der Gegner war?«

»Ich bin nicht dein Gegner!«, begehrte der Landsknecht auf.

»Das hoffe ich!«, spöttelte der Jüngere.

»Sag mir den wahren Grund, warum du zurückgekehrt bist und warum du alles aufs Spiel setzt. Geht es um Gerhild?«

»Wie kommst du darauf?«

»Könnte ja sein, dass du sie wiederhaben möchtest!«

»Nein, sei unbesorgt. Ich bin nicht wegen ihr zurückgekommen.«

»Verflucht, Veit! Warum dann?«

Veit zuckte mit den Schultern. »Das kann ich dir erst beantworten, wenn ich es selbst herausgefunden habe.«

Nachdenklich betrachtete Johann seinen jüngeren Bruder. »Was ist mit deinen Freunden?« Der Landsknecht gab dem Wort »Freunden« einen besonderen Unterton, den Anna Maria nicht zu deuten wusste.

Erstaunt blickte Veit seinen Bruder an. Er schien mit dieser Frage nicht gerechnet zu haben. »Ich wusste nicht, dass sie dich interessieren! Schließlich siehst du sie lieber tot als lebend.«

»Das stimmt! Jedoch hast du sie mir vorgezogen, was ich nie verstehen werde.«

»Als wir uns das letzte Mal gegenüberstanden, habe ich dir meine Beweggründe erklärt, Johann!«, antwortete Veit, und der Ton seiner Stimme wurde hart.

»Ja, ich weiß! Trotzdem kann ich es nicht nachvollziehen. Wir sind Brüder, Veit! Unsere Eltern würden sich im Grab umdrehen, wenn sie davon wüssten!« Johann sprang aufgebracht vom Stuhl auf, setzte sich jedoch einen Augenblick später wieder hin.

»Johann, ich bin müde und möchte von dir wissen, ob ich auf der Burg bleiben kann.«

Der Ältere überlegte und fragte dann: »Für wie lange?«

Veit zuckte mit den Schultern. »Den Winter über.«

»Du wirst mir die Weiber durcheinanderbringen, und ich werde deshalb mit den Männern Probleme bekommen.«

Um Veits Augen zeigten sich feine Lachfalten. »Auch ich bin älter geworden. Also, was ist?«

»Ich habe unserer Mutter auf dem Totenbett geschworen, auf dich aufzupassen. Diesen Eid werde ich erfüllen – auch wenn du es mir schwer machst.«

Anna Marias Füße waren durch den Steinboden eiskalt geworden. Sie tippelte auf der Stelle und stieß dabei gegen die Tür, die leise knarrte.

Erschrocken starrte sie durch den offenen Spalt. Der Landsknecht sprach weiter, nur Veit blickte zur Tür. Anna Maria verharrte in ihrer Bewegung. Der Fremde schien sie nicht gesehen zu haben, denn er wandte sich wieder seinem Bruder zu. Doch als er fragte: »Wer ist die junge Frau, die in der Halle gelegen hat?«, wusste Anna Maria, dass er sie bemerkt hatte.

Bei dieser Frage schnellte Johanns Kopf herum. Erregt sagte er: »Wage nicht, sie zu berühren!«

»Herrgott, Johann, ich will nichts von ihr. Es ist nur Neugier, da ich mich nicht erinnern kann, sie je bei dir gesehen zu haben.«

Der Landsknecht antwortete nicht sofort, doch dann erklärte er zögernd: »Sie ist eine Seherin!«

Ungläubig starrte Veit hinüber zur Tür. Anna Maria sah, dass nun ein breites, spöttisches Lächeln auf seinem Gesicht lag. »Eine Seherin, die nicht sieht, dass ihr Fluchtversuch scheitern wird?«

Anna Marias Wangen fingen an zu glühen.

»Weißt du denn nicht, dass Seherinnen nie ihr eigenes Schicksal erkennen können? Außerdem müssen sie Jungfrauen sein – nur dann haben sie diese Gabe! Wenn es dich also nach einer Frau gelüstet, dann kriech zurück zu Gerhild, aber lass die Finger von dem Mädchen.«

Abwehrend hob Veit die Hände in die Höhe. »Beruhige dich,

Johann! Ich verspreche dir, dass ich weder Gerhild noch die Seherin anrühren werde.«

»Pah«, schnaufte Johann verächtlich. »Wenn deine Versprechen etwas taugen würden, so wärst du nicht hier.« Er stand auf. »Und nun lass mich allein!«

Veit erhob sich und sagte: »Ich bin froh, dass es dir gut geht, Johann, und glaube mir, ich will keinen Streit zwischen uns.«

Dann blickte er zur Tür, und es schien Anna Maria, als kreuzten sich ihre Blicke.

Nach zwei Tagen Bettruhe hatten Anna Marias Kopfschmerzen nachgelassen. Sie ging in den großen Saal, um dort gemeinsam mit den übrigen Bewohnern von Burg Nanstein zu speisen.

Ein leises Raunen ging durch die Anwesenden, als sich Anna Maria zu ihrem Platz begab. Am Kopfende des Tisches saß Johann, daneben Gerhild und seitlich der Fremde, der schweigsam seinen Eintopf schlürfte.

Anna Maria nahm schräg gegenüber den Wolfsjägern Michel und Karius Platz, die sie spöttisch musterten und feixten. Unbekümmert erwiderte Anna Maria den Blick der beiden und fragte scheinheilig: »Wo ist denn Hans abgeblieben?«

»Hast wohl Sehnsucht nach ihm!«, stichelte Karius schmatzend. Angewidert verzog Anna Maria das Gesicht, als die Tür aufflog und Hans in den Saal wankte.

Angetrunken torkelte er um die Tische, als er plötzlich hinter Johanns Bruder stehen blieb und die Nase in die Höhe reckte. Wie ein Hund schnupperte er, drehte den Kopf nach rechts und links und sog laut die Luft durch die Nase ein. Dann beugte er sich zu Veit hinunter und roch an dessen Kleidung.

Die anwesenden Männer und Frauen hielten im Essen inne und schauten dem Schauspiel belustigt zu.

»Was soll das?«, fragte Johann stirnrunzelnd.

Hans hob die Hand, und sofort verstummte jegliches Gemurmel. Erneut roch er in alle Richtungen und presste dann mit einem Mal die Nase an Veits Hals. Der sprang blitzartig auf, umfasste die Gurgel des Wolfsjägers und setzte ihm seinen Dolch an die Kehle.

»Mein Bruder hat dich etwas gefragt!«

Jeder konnte erkennen, dass Veits Halsader hervortrat.

»Beruhige dich!«, krächzte Hans. »Sobald ich Wolfsgeruch in die Nase bekomme, kann ich nicht anders. Das ist eine Angewohnheit von mir!«

Seine Gefährten nickten zustimmend, und Anna Maria wagte es kaum aufzublicken aus Angst, die Szene könnte blutig enden. Aufgewühlt brach sie das Brot entzwei.

»Sag an, wer riecht hier nach Wolf?«, fragte Veit wütend.

»Du riechst wie der Wolfsbanner!«

»Wer ist der Wolfsbanner?«, fragte Gerhild neugierig.

»Jemand, der mit den Wölfen lebt und mit den Bestien auf die Jagd geht!«, erklärte Karius kauend.

»Jemand, der zum Werwolf geworden ist!«, fügte Michel geheimnisvoll hinzu. »Wir suchen ihn schon seit geraumer Zeit – sehen ihn nie, doch stets liegt sein Geruch in der Luft.«

»Woher wisst ihr, dass es der Geruch des Wolfsbanners ist, wenn ihr ihn noch nie zu Gesicht bekommen habt?«, entfuhr es Anna Maria nun.

Hans beachtete ihren Einwurf nicht weiter, schlug Veits Hand fort und richtete sich hustend auf. »Horch, was ich dir sage! Ich weiß, was ich weiß! Wir sind diesem verfluchten Kerl dicht auf den Fersen, und wenn wir ihn gefangen haben, werden wir das ganze verdammte Wolfsrudel bekommen. Und dann werden uns die weichen, wärmenden Felle reichlich Geld einbringen.«

Krachend fuhr Veits Dolchspitze in die Tischplatte, sodass alle erschrocken zusammenzuckten. Rasch griff er nach dem

Wolfsjäger, zog ihn dicht zu sich heran und schnupperte an dessen Kleidung und Haaren, sodass lautes Gelächter ausbrach.

»Der Einzige, der hier stinkt, bist du!«, schrie Veit und stieß Hans von sich, der stolperte und gegen die Saalwand torkelte. Während er seinen Dolch zurück in den Schaft steckte, fügte Veit drohend hinzu: »Komm mir nie wieder zu nahe! Das nächste Mal werde ich dich umbringen!«

Das laute Lachen Johanns durchbrach die plötzliche Stille, doch seine gute Laune wirkte aufgesetzt, denn er blickte grimmig drein.

Anna Maria schaute zaghaft in Veits Richtung. Sie erschauderte, als sich ihre Blicke trafen. Verhalten nickte Veit ihr zu, als seine Augen sich plötzlich weiteten. Still und unbemerkt waren zwei Männer hinter Anna Maria getreten, hatten sie an den Oberarmen gepackt und von der Bank gezogen. Schreiend versuchte die junge Frau sich zu wehren. Hilfesuchend blickte sie sich um und konnte in den Augen der Burgbewohner zwar Mitleid, aber auch Spott erkennen. Niemand erhob sich, um ihr zu helfen. Veit aber wirkte wie gelähmt.

Die beiden Männer führten Anna Maria vor den Landsknecht, der sie kalt anstarrte und erklärte: »Damit du nicht erneut auf dumme Gedanken kommst, lasse ich dich ins Verlies sperren und dich wie eine Gefangene behandeln. Wir werden uns erst wiedersehen, wenn du eine Vorsehung hast! Und hüte dich, mich hinters Licht zu führen. Ich erkenne eine Lüge, kaum dass sie ausgesprochen ist.«

Anna Marias Augen baten Veit ihr zu helfen, doch er wandte sich ab, und auch Gerhild senkte den Blick. Hämisches Lachen begleitete die junge Frau aus dem Saal hinaus.

Frierend lag Anna Maria auf dem Strohsack im Verlies. Es war so eisig in dem Gewölbekeller, dass das Gemüse in den Körben hart gefroren war. Selbst der dicht gewebte Pilgerumhang ihres Vaters und eine Decke, die die beiden Männer ihr zugeworfen hatten, änderten nichts daran, dass ihre Gliedmaßen taub vor Kälte waren.

Bellender Husten quälte Anna Maria ebenso wie ihr schmerzender Rachen. Bei jedem Schlucken hatte sie das Gefühl, ihr Schlund sei aus rohem Fleisch.

Anna Maria hatte in den folgenden Tagen niemanden zu Gesicht bekommen, und niemand schien sie zu vermissen. Zwar wurde dreimal am Tag die schwere Eisentür geöffnet, doch derjenige, der ihr das Essen auf die obere Treppenstufe stellte, zeigte sich ihr nicht.

»Als ob ich die Pest hätte!«, klagte Anna Maria leise.

Da sie kaum schlucken konnte, blieb das Essen unberührt. Das Einzige, was sie zu sich nahm, war das angewärmte Starkbier, das sie hastig trank, bevor es kalt wurde. Auch linderte es den kratzenden Schmerz in ihrem Hals ein wenig und machte sie benommen.

Irgendwann verlor Anna Maria jegliches Zeitgefühl. Sie befand sich in einer Art Dämmerzustand und nahm ihre Umgebung nur noch verschwommen wahr.

Sie fiel in einen tiefen Schlaf, und es schien ihr, als schwebe sie durch das Verlies. Sie glaubte, wohltuende Wärme zu spüren und dass ihr jemand sanft über das Gesicht strich. Nur wenn der trockene Husten sie quälte, schreckte sie auf. Dann meinte sie, einen Streit zu belauschen. Jemand brüllte: »Sie wird sterben!«, und ein anderer entgegnete: »Sie ist ein zähes Weib!«

Anna Maria glaubte zu ersticken. Wie ein Fisch auf dem Trockenen schnappte sie nach Luft und konnte trotzdem nicht durchatmen. Dann lullten heiße Dämpfe ihren Körper ein. Wohlriechende Kräuter erleichterten ihr endlich das Atmen.

Als Anna Maria wieder erwachte, befand sie sich erneut in ihrer alten Kammer. Behutsam strich sie sich über den Hals, der mit einem dicken Schal umwickelt war. Eine weiche Daunendecke bedeckte ihren Körper. Sie versuchte vorsichtig zu schlucken. Als sie erneut das Kratzen im Hals spürte, hielt sie inne.

Ein angenehmer Duft lag im Raum. Sie entdeckte mehrere kleine Schalen, die auf Hockern um ihr Lager standen. Heißes Wasser dampfe in ihnen und verströmte den Kräutergeruch.

Gerhild betrat das Gemach. Als sie sah, dass Anna Maria erwacht war, sagte sie ohne eine Miene zu verziehen: »Das Leben scheint dich wiederhaben zu wollen!«

»Stand es so schlimm um mich?«, krächzte Anna Maria.

Gerhild zuckte mit den Schultern und blieb ihr eine Antwort schuldig. Stattdessen reichte sie ihr einen Becher.

»Hier, trink das! Warme Milch mit Honig. Normalerweise bekommen das nur die Kinder zu trinken, doch Veit sagt, das würde deinen Schlund heilen. Weiß der Himmel, wer ihm das verraten hat. Auch die vielen Gefäße mit dem Kräutersud waren sein Einfall.«

»Wie lange bin ich schon in diesem Zimmer?«

»Ein paar Tage, schätze ich. Johann wollte dich im Kerker lassen, denn er ist immer noch zornig, weil du versucht hast zu fliehen. Es war Veit, der dich hierhergebracht hat. Ich verstehe ja nicht, warum ihm so viel an dir liegt. Er mag nämlich keine Frauen mit hellen Haaren!«

Gierig trank Anna Maria von der Milch, um nicht antworten zu müssen, aber auch, weil sie hungrig war.

Gerhild entfachte die Binsenlichter und sagte nebenbei: »Während du geschlafen hast, ist der erste Schnee gefallen.«

»Neeeeiiiin!«, entfuhr es Anna Maria, und sie ließ den Becher mit dem Rest Milch fallen. Keuchend erhob sie sich von ihrem Lager und schwankte auf das Fenster zu, dabei riss sie mehrere Hocker um. Der heiße Sud ergoss sich über ihre blanken Füße, doch sie spürte keinen Schmerz.

Kurzatmig schnappte sie nach Luft, als ein heftiger Hustenanfall sie in die Knie zwang. Gerhild versuchte sie vom Boden hochzuziehen, als der Landsknecht und sein Bruder in den Raum gestürmt kamen.

»Was ist passiert?«, fragte Veit.

»Hatte sie eine Vorsehung?«, wollte Johann wissen.

Veit hob Anna Maria hoch und legte sie zurück auf ihr Lager. Sie zitterte.

»Was hat sie gesehen?«, fragte Johann ungeduldig.

»Sie hatte keine Vorsehung! Ich erzählte ihr nur, dass es geschneit hat, und da schrie sie entsetzt auf.«

»Wegen des Schnees?«, brüllte Johann ungehalten. »Ist sie von Sinnen?«

»Du hast gehört, dass sie nichts gesehen hat. Schau sie dir an, Johann! Sie ist geschwächt und sehr krank! Lass ihr die nötige Ruhe, um gesund zu werden. Dann wird ihre Fähigkeit zurückkehren!«

»Meinst du wirklich?«

»Ja! Und jetzt geht!«, sagte Veit und scheuchte Gerhild und Johann hinaus. Beim Hinausgehen sah Gerhild sich noch einmal um, doch als sie Veits abweisenden Blick auf sich spürte, folgte sie dem Landsknecht wortlos.

Veit schloss die Tür und besah sich Anna Marias verbrühte Füße. Die Haut auf dem Fußspann war gerötet.

»Zum Glück kochte das Wasser in den Schalen nicht«, murmelte er.

Anna Maria beobachtete ihn durch einen Tränenschleier.

»Was hat Euch so aufgebracht?«, fragte er, während er die

Füße mit einem nassen Tuch kühlte. Anna Maria antwortete nicht, sondern schluchzte leise vor sich hin.

Nachdem Veit die Hocker wieder aufgestellt und die zerbrochenen Scherben des Bechers und der Schüsseln weggeräumt hatte, nahm er sich einen Schemel und setzte sich zu Anna Maria.

Freundlich blickte er die junge Frau an. »Wollt Ihr mir nicht erzählen, was Euch quält?«

»Wie hoch liegt der Schnee?«, flüsterte Anna Maria.

Veit musterte sie. »Warum wollt Ihr das wissen?«

»Bitte! Wie hoch?«

»Es liegt kein Schnee. Zwar hat es gestern tatsächlich geschneit, aber die weißen Flocken sind, kaum dass sie die Erde berührt haben, geschmolzen.«

Erleichtert schloss Anna Maria die Augen. Dann sah sie auf, und ihr Blick wurde hart. »Ich muss von hier fort! Und Ihr werdet mir helfen zu fliehen!«

»Das werde ich nicht tun!«, antwortete Veit brüsk.

»O doch, das werdet Ihr, Wolfsbanner!«

Anna Maria saß an einem der Tische im großen Saal und versuchte einige Löffel des noch warmen Gerstenbreis zu sich zu nehmen. Sie hatte über mehrere Wochen darniedergelegen, und erst heute, acht Tage vor dem Heiligen Abend, hatte sie gewagt, das Bett zu verlassen. Doch bei jeder Bewegung spürte sie, wie schwach sie war. Auch zeugten ihre Blässe und die eingefallenen Wangen von der schweren Krankheit.

Als das Frühmahl beendet war, hörte Anna Maria, wie Johann zu Gerhild sagte: »Ich werde mit Veit dem Verwalter im ›Löwensteinischen Haus‹ einen Besuch abstatten und ihm eine kleine Aufmerksamkeit bringen. Am Nachmittag werden wir zurück sein. Pack mir zwei Blutwürste ein, und füll mir ein kleines Fass von dem starken Bier ab.« Als der Landsknecht Gerhilds ärgerlichen Blick gewahr wurde, schnauzte er: »Kleine Geschenke erhalten die Freundschaft!«

Anna Maria spürte, wie Veit sie beäugte. Sie erwiderte seinen Blick und konnte den zynischen Zug erkennen, der um seine Mundwinkel lag. Sie war verärgert, und um ihn zu reizen, spitzte sie die Lippen und legte den Kopf in den Nacken. Veit schien ihre Absicht zu ahnen, denn seine Augen weiteten sich. Bevor sie das Heulen eines Wolfes nachahmen konnte, sprang er auf und sagte zu seinem Bruder: »Lass uns aufbrechen, Johann!

Leise lachend sah Anna Maria ihm hinterher.

Ungeduldig ging Gerhild in Johanns Gemach auf und ab. Es war bereits nach Mitternacht, und die beiden Brüder waren noch nicht zurückgekehrt.

Seit Gerhild wusste, dass Johann sie gegen Anna Maria austauschen würde, versuchte sie schwanger zu werden.

Nachdem die Woche zuvor erneut ihr Monatsfluss eingesetzt und ihre Hoffnung auf ein Kind zerstört hatte, war sie zu einer weisen Frau gegangen, um Rat zu holen. Die Alte hatte ihr Kräuter gegeben, die ihre Fruchtbarkeit stärken sollten. Gerhild hatte die Kräuter zu einem Sud gebraut und abends das Gebräu getrunken. Doch nun wartete sie bereits die halbe Nacht, und Johann kam nicht. »Was nützt das Zeug, wenn Johann mich nicht besteigt?«, schimpfte sie leise vor sich hin.

Gerhild war fast eingeschlafen, als sie laute Stimmen hörte. Eilig lief sie die Treppenstufen hinunter, denn die Geräusche schienen aus der Küche zu kommen. Sie überquerte den Burghof und betrat das Küchengewölbe. An einem schmalen Tisch auf einfachen Schemeln saßen Veit, Johann und ein Fremder zusammen und tranken aus großen Krügen Bier. Als Gerhild in die Küche stürmte, sah Johann sie aus glasigen Augen fragend an.

»Ihr wolltet seit geraumer Zeit zurück sein«, hielt sie ihm wütend vor.

»Ich kann kommen und gehen, wann immer ich will«, lallte Johann und hieb mit der Faust auf den Tisch. Veit und der Fremde lachten.

»Verdammt Johann! Ich habe mir Sorgen gemacht. Schließlich wissen wir, dass der Verwalter uns auf der Burg nur duldet.« Die Hände vor dem Brustkorb verschränkt, funkelte sie ihn zornig an.

Veit hob den Zeigefinger und erklärte in bierseliger Förmlichkeit: »Du bist unhöflich, Gerhild! Wir haben einen Gast, und du keifst hier herum wie ein Marktweib.« Er grinste Gerhild schelmisch an. Der Fremde musterte sie und versuchte sich mühsam vorzustellen, doch Gerhild konnte sein Gelalle nicht verstehen. Sie wandte sich von Veit und dem Unbekannten ab, stellte sich mit wiegenden Hüften hinter Johann und kraulte ihn im Nacken. Dann beugte sie sich zu ihm herunter und flüsterte ihm etwas ins Ohr.

Lachend zwinkerte Johann seinem Bruder zu, der daraufhin schwankend aufstand. Veit versuchte den Fremden am Arm hochzuziehen. Als auch der endlich stand, sagte er: »Wir wollen die beiden Turteltauben nicht stören, Andreas. Lass uns in den großen Saal gehen.«

Geduldig wartete Gerhild, bis Johann den Krug geleert hatte, dann gurrte sie: »Komm Liebster, lass uns nach oben gehen!«

Lachend griff Johann ihr ans Gesäß und lallte: »Das ist ein guter Vorschlag!«

»Das kann nicht dein Ernst sein!«, schimpfte Gerhild am nächsten Morgen.

»Schrei nicht so!«, zischte Johann und hielt sich den Kopf. »Mir dröhnt der Schädel, als ob sich ein Bienenschwarm darin eingenistet hätte.«

»Das kommt vom Saufen!«, zischte Gerhild voller Häme.

»Lass mich in Ruhe!«, brummte Johann und ließ sich zurück aufs Bett fallen.

»Selbst in deinem Zustand müsstest du einsehen, dass wir keinen weiteren Esser auf der Burg gebrauchen können!«

»Gottverdammt, Gerhild! In der Speisekammer lagert genügend für alle!«

»Da gebe ich dir Recht, Johann! Doch mittlerweile sind drei Esser mehr auf der Burg, die nicht eingeplant waren. Außerdem fressen sich ständig die drei Wolfsjäger bei uns durch.«

Als sie seinen verständnislosen Blick sah, erklärte sie: »Erinnere dich! Zuerst kam das Weib, dann dein Bruder und jetzt noch dieser Fremde. Wer ist er überhaupt? Seinen Namen konnte ich beim besten Willen nicht verstehen.«

»Sein Name lautet Andreas Täuber. Wir haben ihn gestern unten in Landstuhl getroffen. Er saß vor dem Gasthaus und sah erbärmlich aus.«

»Und weiter?«

»Nichts weiter!«

»Ihr nehmt einen Fremden mit auf die Burg, nur weil er erbärmlich aussieht?«

»Bald ist Heiliger Abend, und da sollte man barmherzig sein. Außerdem ist er kein Fremder – das haben wir bei einem Bier festgestellt.«

»Pah, bei einem Bier!«, äffte Gerhild ihn nach.

Johann überhörte ihre Boshaftigkeit und fuhr fort: »Andreas hat im Heer des Ritters Georg von Frundsberg von Schwaben gedient und Veit und ich im Heer des Franz von Sickingen. Beide Heere haben vor etlichen Jahren die Wahl von Karl V. zum deutschen Kaiser in Frankfurt unterstützt.«

»Und deshalb hast du ihm jetzt Unterkunft gewährt?«, giftete Gerhild verständnislos.

»Halt's Maul, Weib! Was mischt du dich in Dinge ein, die dich nichts angehen?«

»Da du dir anscheinend den Verstand wegsäufst, muss ich dafür Sorge tragen, dass im Winter niemand auf der Burg verhungern wird!«

Erzürnt erhob sich Johann vom Bett. Seine Finger bohrten sich schmerzhaft in ihre Hüfte, und sein Gesicht kam dem ihren sehr nahe. Sie konnte seinen vom Alkohol geschwängerten Atem riechen. Angewidert drehte sie den Kopf zur Seite. Doch seine Hand presste sie hart gegen ihr Becken, und mit der anderen umfasste er ihr Kinn, sodass sie ihn ansehen musste.

»Merk dir eins: Ich bin der Hausherr auf Burg Nanstein, und niemand sagt mir, was ich zu tun oder zu lassen habe. Und jetzt komm zurück ins Bett! Ich spüre einen wohligen Druck in meinen Lenden«, sagte er und heulte lachend wie ein Wolf.

Beim Frühstück hielt sich Veit ein feuchtes Tuch gegen die Stirn. Seine Augen waren gerötet, und bei jedem Geräusch zuckte er zusammen. Als Anna Maria ihn abschätzig betrachtete, blaffte er: »Was glotzt Ihr so?«

Der Fremde, der Veit gegenübersaß, sah ihn verständnislos an. »Warum bist du so unhöflich. Sie ist nicht schuld an deinem Brummschädel.«

Dankbar lächelte Anna Maria ihm zu. Daraufhin stand der Fremde auf, verbeugte sich und sagte: »Mein Name ist Andreas Täuber, Gnädigste. Mit wem habe ich die Ehre?«

Anna Maria musste über die gestelzte Anrede laut lachen und spielte mit. Sie reichte ihm die Hand, die er angedeutet zum Mund führte, und antwortete: »Man nennt mich Anna Maria, mein Herr!« Nun schmunzelte Täuber und setzte sich zu ihr. Als Anna Maria kurz über die Schulter blickte, kreuzten sich Veits und ihr Blick. Sie glaubte Traurigkeit in seinen Augen zu erkennen, was ihr einen Stich versetzte. Als er sich abrupt erhob und den Saal durchquerte, wäre sie ihm am liebsten nachgelaufen. Sie war verwirrt. Das eigenartige Gefühl, das sich in ihrem Körper vom Scheitel bis zur Sohle ausbreitete, erschreckte sie. Nachdenklich drehte sie sich wieder um und starrte auf die Tischplatte.

Neugierig forschte Andreas Täuber in ihrem Gesicht. Dann sah er Veit hinterher. Als Anna Maria aufblickte, lächelte er verständnisvoll und sagte: »Ihr mögt ihn!«

»Wie könnt Ihr so etwas Unsinniges behaupten?«, begehrte sie auf und versuchte ihren Worten einen ärgerlichen Klang zu geben, was ihr jedoch nicht gelang. Um Täuber abzulenken fragte Anna Maria: »Woher kommt Ihr?«

Er durchschaute ihre Absicht und statt zu antworten, sagte er: »Er scheint ein netter Kerl zu sein.« Anna Marias Augen funkelten ihn wütend an. Lachend beantwortete er daraufhin ihre Frage: »Ich komme aus Mühlhausen.« Dann erzählte er ihr von dem Überfall und von seiner Rettung.

»Das war sehr mutig von den jungen Burschen und dem Alten«, erwiderte Anna Maria, sichtlich bemüht, ihre Gefühle zu unterdrücken.

Täuber nickte. »Ja, das werde ich ihnen nie vergessen. Stellt Euch vor, Anna Maria, anschließend wurden wir erneut überfallen, und Peter, einem der Burschen, wurde der Arm zertrümmert.«

Anna Maria stutzte kurz, als sie den Namen hörte. ›Peter heißen viel Männer!‹, beruhigte sie sich dann und hörte Täuber weiter zu.

»Als Peter so schwer verwundet wurde, habe ich wie schon so oft erleben müssen, wie ein unbescholtener Mensch zum Mörder wurde.«

Erschrocken blickte Anna Maria zu ihm auf. »Wie meint Ihr das, Herr Täuber?«

»Peters Bruder Matthias …«

Weiter kam Täuber nicht. Seine Worte gingen in einem lauten Knall unter, denn als Anna Maria die Namen hörte, war sie mit einem Ruck aufgesprungen und hatte dabei die Holzbank umgeworfen, auf der sie saß. Da die meisten Burgbewohner zu dieser Stunde bei der Arbeit waren, hielten sich nur die Köchin und eine Küchenmagd im Saal auf. Finster sahen die beiden Frauen zu Anna Maria herüber.

Täuber half, die Bank wieder aufzustellen, als Johann in den Saal kam. Bereits an der Tür brüllte er der Magd zu: »Ich brauche ein kräftiges Frühstück! Bring mir Eier, Brot und Speck.« Als er den vorwurfsvollen Blick der Köchin sah, meckerte er: »Ich weiß, dass Fastenzeit ist! Doch bei dünnem Bier und trocknem Brot versagt mir bald die Manneskraft, und ein Mannsbild wie ich muss bei Kräften bleiben.«

Freundschaftlich schlug er Täuber auf den Rücken. »Wie ich sehe, hast du die Bekanntschaft unserer Seherin gemacht.«

Fragend hob Täuber die Augenbrauen und blickte Anna Maria erstaunt an. Fast unmerklich schüttelte sie den Kopf, und er schien zu verstehen.

»Mein Freund, wenn du das Weihnachtsfest mit uns verbringen willst, halte dich von ihr fern!« Johanns Augen bekamen einen kalten Ausdruck. Unbeeindruckt fragte Täuber mit einem verschmitzten Lächeln: »Aber mit ihr reden darf ich doch wohl?«

Johanns blaue Augen verengten sich kurz, dann aber lachte er aus voller Kehle und schlug Täuber erneut auf die Schulter.

Als die Köchin das Frühstück brachte, rieb Johann sich vor Freude die Hände. Anna Maria verabschiedete sich und verließ eilends den Saal.

In ihrem Gemach warf sie sich aufs Lager und schrie all die Anspannung der letzten Wochen in ihr Kissen hinein. ›Sie leben‹, dachte sie überglücklich, und ihre Augen strahlten voller Freude. ›Es war Peters Schmerz, den ich gespürt habe. Ich muss sofort zu ihnen! Ich muss nach Mühlhausen!‹

Wie ein Tier im Käfig ging sie im Zimmer auf und ab. »Veit muss mir helfen!«, murmelte sie leise. Bei dem Gedanken an ihn kehrte das eigenartige Gefühl zurück. Mit wild klopfendem Herz warf sie sich den Pilgerumhang über und ging hinaus.

Kalter, nasser Nebel hüllte Anna Maria ein, als sie den Burghof überquerte. Plötzlich wurde sie gepackt und in eine Mauernische gezogen. Andreas Täuber stand vor ihr.

»Erklärt mir, warum Ihr so erschrocken seid, als ich Euch von Mühlhausen erzählte? Habt Ihr etwas gesehen?«

Anna Maria hätte am liebsten laut aufgelacht. Wie einfältig die Menschen doch waren! Sie blickte den Landsknecht forschend an. »Kann ich Euch vertrauen?«

Täuber nickte. »Warum nicht?«

»Weil Ihr mir fremd seid! Doch da Ihr meine Brüder kennt, will ich es wagen.«

»Eure Brüder?«

Anna Marias Augen leuchteten. »Ja, Matthias und Peter sind meine Brüder, und dank Euch weiß ich nun, dass sie noch am Leben sind.«

»Von einer Schwester haben die beiden nichts erzählt.«

»Warum sollten sie? Sie wissen nicht, dass ich sie suche.«

Täuber holte tief Luft und schüttelte sich. »Erzählt mir bitte alles, denn ich kann Euch nicht folgen. Warum sucht Ihr Eure Brüder? Und warum seid Ihr dann hier auf der Burg? Wenn Ihr eine Seherin seid, dann müsstet Ihr doch alles über Eure Brüder wissen.«

Anna Maria trat einen Schritt aus der Nische hervor und blickte sich um. Der Nebel war so dicht, dass sie kaum etwas erkennen konnte – man würde sie hier also nicht sehen. Zufrieden wandte sie sich zu Täuber um und sagte: »Ich bin keine Seherin! Doch ich lasse Johann in dem Glauben, damit ich Ruhe vor ihm habe. Ich suche meine Brüder, weil ich im Traum gesehen habe, dass …«

»Also doch eine Seherin!«, unterbrach Täuber Anna Marias Redefluss und blickte sie nun zornig an.

Anna Maria musste an sich halten, um nicht laut aufzuschreien. Stattdessen begann sie von ihrem Leben zu Hause in Mehlbach zu erzählen und von der Nacht, in der sie ihre Gabe zum ersten Mal erkannte.

Erst als Anna Maria geendet hatte, merkte sie, dass feuchte Kälte durch den Mantel in ihren Körper gekrochen war. Nun zitterte sie und spürte ihre Füße kaum noch.

»Lasst uns zurück in die Burg gehen«, forderte Täuber sie auf. »Ihr holt Euch sonst noch den Tod hier draußen!«

»Gott bewahre! Ich bin gerade erst krank gewesen!«

Als beide aus der Nische hervortraten, stand Veit plötzlich vor ihnen. Anna Maria zuckte erschrocken zurück.

»Wie viel habt Ihr gehört?«, fragte sie ihn.

»Alles!«, antwortete er mit einem Blick, den Anna Maria nicht zu deuten wusste.

»Du darfst deinem Bruder nichts verraten!«, ermahnte Täuber ihn.

»Seid unbesorgt! Das wird er nicht!«, sagte Anna Maria und drängte sich an Veit vorbei.

Mitten in der Nacht, als Ruhe auf der Burg eingekehrt war, schlich sich Anna Maria aus ihrem Gemach in den großen Saal. Vorsichtig und darauf bedacht, niemanden zu wecken, huschte sie durch den Raum, bis sie die beiden Männer entdeckte. Vorsichtig stupste sie erst Täuber, dann Veit an und gab ihnen ein Zeichen, ihr zu folgen.

Niemand bemerkte die drei, als sie über den Burghof hinauf auf die überdachte Wehrplattform stiegen. In Kriegszeiten hatte sie als Hauptverteidigungsstellung gedient und zu dieser Stunde war sie menschenleer. Hier war man geschützt und konnte die Burganlage überblicken, ohne selbst gesehen zu werden.

Frierend rieben sich die beiden Männer die Arme.

»Verdammt, was wollt Ihr?«, schimpfte Veit mit gedämpfter Stimme.

»Ich will schnellstmöglich von hier fort! Und Ihr werdet mir zur Flucht verhelfen!«

Abwehrend hob Täuber die Hände. »Ich kann Euch nicht helfen, denn ich werde mich sofort nach Heiligabend in die Schweiz begeben.«

»Dann werden wir noch heute Nacht fliehen!«

Veit schüttelte den Kopf. »Bestimmt nicht! Die Krankheit hat Euch geschwächt, und mein Bruder hätte uns innerhalb kürzester Zeit eingeholt.«

»Ich bin so stark wie ein Pferd!«, erwiderte Anna Maria aufgebracht.

»Glaubt mir, ich habe lange genug in der Wildnis gelebt, um zu wissen, was es bedeutet, im Winter im Freien zu nächtigen. Ihr werdet keine zwei Tage überleben!«

»Unsinn! Ich bin monatelang allein in der freien Natur unterwegs gewesen und habe mich in manch gefährlicher Lage befunden.«

»Ja, an eine kann ich mich gut erinnern. Und um ein Haar wäre es böse ausgegangen.«

Anna Maria fühlte, wie es ihr fast die Sprache verschlug. Dass Veit so offen auf ihre erste Begegnung im Wald mit dem schwarzen Wolf anspielte! Sie spürte, wie sie in seiner Gegenwart erneut das Gefühl überkam, das sie sich nicht erklären konnte. Abrupt wandte sie sich von ihm ab und fragte stattdessen Täuber: »Wie weit ist es nach Mühlhausen?«

»Zu Fuß mehrere Wochen!«

»Und zu Pferd?«

»Habt Ihr ein Pferd?«, fragte Veit gereizt.

»Nein, aber wir könnten eines stehlen!«

»Ihr seid von allen guten Geistern verlassen! Man würde uns sofort hängen!«

»Jungfer Anna Maria, ich verstehe, dass Ihr Eure Brüder rasch wiedersehen möchtet. Doch sie werden auch in einem oder sogar in zwei Monaten noch in Mühlhausen sein. Sie sind dort gut untergekommen, und Peter braucht Ruhe. Warum diese Eile? Bedenkt, je weiter Ihr in Richtung Thüringen marschiert, desto kälter wird es. Der Wind ist eisig und der Wald dicht und düster. Auch sind die Wege vereist, und Ihr müsstet Schleichwege nehmen, damit Euch niemand begegnet. Veit hat Recht, Anna Maria. Kommt erst wieder zu Kräften, und bereitet Eure Flucht sorgsam vor.«

»Ihr versteht mich nicht! Ich habe den Tod einer meiner Brüder im Traum gesehen. Es lag Schnee, und das Schlachtfeld war mit Blut durchtränkt.«

»Ihr könnt mir glauben, Anna Maria. Im Augenblick ist die Lage ruhig. Obwohl wir in angespannten Zeiten leben, ist weder ein Aufstand noch ein Krieg in Sicht. Kein Feldherr würde bei dieser Witterung einen Angriff wagen, denn die Pferde würden sich in Schnee und Eis die Beine brechen.«

»Wie wollt Ihr das wissen? Schließlich gab es auch in Winterzeiten schon Kriege.«

Täuber blickte Veit lächelnd an. »Sie gleicht ihren Brüdern und lässt sich nicht in die Irre führen.«

Anna Marias ernste Miene hellte sich bei seinen Worten kurz auf. Veit jedoch ließ sich nicht beeindrucken. »Ich werde ihr nicht helfen. Mein Bruder würde uns überall suchen, und bei dem Wetter kämen wir nur schwer voran.«

»Die Verfolger aber auch!«, begehrte Anna Maria auf.

»Werdet erst gesund, und damit meine ich nicht, dass der Husten nachlässt oder die Nase nicht mehr läuft. Ich weiß wie krank Ihr gewesen seid«, erklärte Veit und blickte Anna Maria mit einem seltsam besorgten Blick an, der einen Hauch von Zärtlichkeit anzudeuten schien.

Anna Maria aber sah ihn nur zornig an und unterdrückte alle aufkeimenden Gefühle für ihn. Kalter Wind trieb ihr die Tränen in die Augen.

Am nächsten Morgen zerschlug der Winter ihre Fluchtpläne. Über Nacht hatte eine dicke Schneeschicht das Land bedeckt. Als die Burgbewohner zur Kirche nach Landstuhl aufbrechen wollten, versanken sie bis zu den Oberschenkeln in der weißen Pracht.

In Anna Maria tobten widersprüchliche Gefühle. Wut, Trauer und Selbstmitleid hüllten sie ein und verursachten ihr Übelkeit. Doch das seltsame Gefühl, das sie überkam, wenn sie an Veit dachte, ließ sie trotz ihres Kummers scheu lächeln.

Sie blickte von der Burgmauer hinunter. Das Land schien im Schnee zu versinken, und eisiger Wind blies ihr ins Gesicht. Für einige Augenblicke schloss sie die Augen und hörte in sich hinein. Sie konnte nichts Unangenehmes fühlen, im Gegenteil, sie glaubte sogar Frieden zu spüren. Ein feines Lächeln lag auf ihrem Gesicht, als sie die Augen wieder öffnete. ›Es geht ihnen gut‹, beruhigte sie sich und sagte leise: »Ich werde bald nach Mühlhausen gehen und sie nach Hause bringen. Das schwöre ich bei allem, was mir heilig ist!«

Plötzlich sah Anna Maria Veits Antlitz vor sich und sie dachte an die Blicke, die sie ausgetauscht hatten. »Er wird mir helfen«, sagte sie trotzig. »Er wird mit mir nach Thüringen gehen.«

## Kapitel 9

Gespannt blickte Hauser dem Bader über die Schulter, als der den Verband von Peters Arm entfernte.

»Bruder Paul hat gute Arbeit geleistet!«, stellten beide Männer erfreut fest und betrachteten zufrieden die rötliche Wundstelle. »Unsere Befürchtungen haben sich zum Glück nicht bewahrheitet. Die Wunde hat sich geschlossen und ist weder entzündet noch vereitert – Gott sei gedankt!«

»Versuche deinen Arm zu beugen«, forderte Hauser den Jungen auf, der seinen Arm angewinkelt am Körper hielt. Peter versuchte es zwar, es gelang ihm jedoch nicht, und mit schmerzverzerrtem Gesicht sank er zurück in die Kissen. »Es geht nicht!«

»Das macht nichts, mein Junge!«, tröstete ihn der Bader. »Im warmen Wasser haben wir schon so manch krummes Glied wieder gerade gerückt.«

Peter standen vor Anstrengung Schweißperlen auf der Oberlippe, trotzdem lächelte er. Als die beiden Männer keine Anstalten machten zu gehen, runzelte er die Stirn. »Was ist?«

»Ich platze fast vor Neugierde«, sagte der Bader und zog sich einen Schemel ans Bett. »Erzähl uns von deinem Vater!«

Mit bösem Blick sah Peter Hauser an, der erklärte: »Ich musste ihn einweihen! Schließlich ist er ein Gleichgesinnter.«

Peter atmete tief ein. »Was wollt Ihr hören? Mein Vater ist ein Mann wie jeder andere im Dorf – außer, dass er freier Bauer ist. Und der Einzige, der auf Wallfahrten gegangen ist. Ansonsten weiß ich über ihn nichts Außergewöhnliches zu berichten.«

Enttäuscht blickte der Bader zu Hauser. »Das klingt nicht nach Joß Fritz! Er ist weder gepilgert, noch war er freier Bauer. Joß war ein Kämpfer, konnte Reden schwingen und jeden in seinen Bann ziehen, sodass wir ihm gefolgt sind, ohne Fragen zu stellen.« Bei diesen Worten leuchteten die grauen Augen des Baders.

Plötzlich stutzte Hauser. »Wann waren die Pilgerreisen deines Vaters?« Peter überlegte und nannte die verschiedenen Jahre, an die er sich erinnern konnte.

»Das gibt es nicht!«, schrie Hauser auf. »Das waren doch die Zeiten der Bundschuhverschwörungen! Joß hat seiner Familie die Wallfahrten also nur vorgetäuscht. So schöpfte niemand Verdacht. Und über die Jahre führte er in Mehlbach das beschauliche Leben eines Bauern mit Frau und Kindern. Das traut sich nur einer – unser Hauptmann!«

»Herr Hauser, wollt Ihr behaupten, dass mein Vater seine Familie belogen hat? Dass er nie im gelobten Land war, um für unsere Sünden um Vergebung zu bitten? Dass sein Leben, unser Leben, eine Lüge ist?« Peter schrie die letzten Worte beinahe heraus, und seine Wangen glühten.

»Unsere Sünden werden nicht durch Wallfahrten vergeben!«, erklärte Hauser energisch. »Aber darum geht es auch gar nicht. Uns interessiert nur die Frage: Wer ist Daniel Hofmeister wirklich? Ist er tatsächlich der Mann, dem Tausende von Menschen vertrauten und dem sie bedingungslos folgten? Vieles lässt darauf schließen, auch wenn ich nicht weiß, wie es ihm möglich war, die Rolle eines Bauern in Mehlbach einzunehmen. Schließlich stammt Joß Fritz aus Untergrombach und war Leibeigener des Bischofs von Speyer. Trotzdem bin ich immer mehr der Überzeugung, dass dein Vater unser Hauptmann ist.«

Hausers Augen glänzten. Als er jedoch Peters abweisenden Blick sah, verflog das Leuchten, und er redete eindringlich auf den Jungen ein: »Dein Vater ist ein schlauer und mutiger Mann, Peter. Ich bin sicher, dass er euch nur belogen hat, um euch zu beschützen. Du darfst nicht wütend auf ihn sein, im Gegenteil, du musst stolz auf ihn sein!«

»Pah!«, stieß Peter verächtlich hervor und drehte den Kopf zur Seite. Nachdenklich blickte Hauser zum Bader, der stumm mit den Schultern zuckte. Erneut versuchte Hauser den Burschen zu überzeugen: »Dein Vater ist ein Held! Er wagte es, gegen Adel und Kirche zu kämpfen. Er forderte sogar die Abschaffung der Obrigkeit sowie aller Abgaben und hoffte auf göttliche Gerechtigkeit. So etwas riskiert nur jemand, der sich dazu berufen fühlt, Peter! Auch, wenn dein Vater letztendlich scheiterte, so hat er doch versucht das Schicksal von Tausenden zu verändern.«

»Joß wäre nicht gescheitert, wenn er nicht immer wieder verraten worden wäre!«, ereiferte sich der Bader.

»Ja, Gabriel, das ist wohl wahr.«

Peter wandte sich den beiden Männern zu. »Glaubt Ihr tatsächlich, dass mein Vater dieser Joß Fritz sein könnte?«

»Beschreibe ihn uns!«, forderte Hauser den Jungen erneut auf. Diesmal schilderte Peter jede Kleinigkeit, an die er sich erinnern konnte, und zeichnete die Form des dunklen Mals auf der linken Hand des Vaters mit dem Fingernagel aufs Betttuch. Selbst den silbernen Ring, den Hofmeister an Sonntagen trug, erwähnte Peter.

Während der Bader zuhörte, stahl sich ein breites Lächeln auf seine sonst so strenge Miene und verlieh ihm ein freundliches Aussehen. Freudig schlug er sich auf die Oberschenkel, dass die grauen Locken nur so wippten. »Ich will verdammt sein!«, rief er. »Das ist er! Das ist Joß, und er lebt!« Er klopfte Hauser auf den Rücken. »Lass uns nach Mehlbach gehen, Jacob! Ich will sein Gesicht sehen, wenn wir plötzlich vor ihm stehen. Was wird er für Augen machen!«

Hauser wartete, bis sich der Bader beruhigt hatte. »Ja, das ist ein guter Einfall, Gabriel! Doch bedenke: Joß hat seine Söhne losgeschickt, um sein Lebenswerk zu vollenden. Auch ich bin nach Mühlhausen gekommen, um mich Pfeiffer und Müntzer anzuschließen, denn die Zeit ist reif für Veränderungen! Und so werde ich auch erst mit dir nach Mehlbach reisen, wenn wir Joß voller Stolz sagen können, dass wir gesiegt haben.«

Der Blick der Baders wurde ernst. »Du willst dich den beiden Schwarmgeistern anschließen? Ich dachte du wärst ein Anhänger Luthers!«

Hauser machte eine wegwerfende Handbewegung. »Wenn du sie so nennst, dann hört sich das abfällig an. Sie sind keine Träumer, im Gegenteil! Was hat denn Luther erreicht? Doch lass uns ein anderes Mal darüber reden. Stimmst du meiner Überlegung zu?«

Der Bader zögerte, willigte dann aber ein. »Ach, Jacob, du hast immer einen klaren Kopf behalten. Einverstanden! Warten wir das neue Jahr ab, dann werden wir weitersehen.«

Peter hatte ihnen nachdenklich zugehört. Jetzt sagte er: »Matthias darf nichts davon erfahren – jedenfalls im Augenblick noch nicht.«

Hauser und der Bader nickten, als es klopfte und Matthias eintrat. Er hatte die Tür noch nicht geschlossen, da fragte er schon: »Ist Annabelle bei dir gewesen, Peter?« Dann erblickte er Hauser und den Bader. Der sah ihn finster an und brummte: »Ich hätte meine Tochter ins Kloster stecken sollen!«

Im Hinausgehen bemerkte Hauser lachend, jedoch so leise, dass Matthias es nicht hören konnte: »Auch er ist Joß' Sohn!« Das konnte den Bader allerdings nicht besänftigen. »Der andere wäre mir lieber!«

Als die Brüder allein waren, atmete Matthias laut aus. »Hast du seinen Blick gesehen? Als ob er sich auf mich stürzen wollte.«

Peter schien mit seinen Gedanken woanders zu sein. Erst als Matthias ihn erneut ansprach, sagte er: »Mach dir nichts draus, Matthias! Der Alte wäre froh, wenn du Annabelle wählen würdest.«

»Ach? Meinst du wirklich?« Verlegen kratzte sich Matthias am Kopf. »Ich hatte schon befürchtet, dass er sie doch noch in ein Kloster stecken könnte.«

»Darüber musst du dir keine Gedanken machen, denn der Bader droht nur. Außerdem sind die meisten Klöster geplündert und zerstört. Auch ist er ein Anhänger Luthers, und der lehnt Klöster ab.« Peter beobachtete seinen jüngeren Bruder. Sollte er ihm die Geschichte über ihren Vater erzählen?

»Vater ist auch ein Anhänger Luthers!«, überlegte Matthias laut. Erschrocken blickte Peter zu ihm auf.

»Weißt du noch, Peter, als Anna Maria unseren Vater darum bat, in ein Kloster eintreten zu dürfen?«

Froh, das Thema wechseln zu können, antwortete er: »Natürlich! Ich denke, der gesamte Ort hat den Streit zwischen den beiden gehört – so laut brüllte Vater.«

»Anna Maria blieb hartnäckig und hatte selbst vor Vaters drohender Bestrafung keine Angst.«

»Ich bin überzeugt, dass sie auch ohne seine Einwilligung ins Kloster gegangen wäre. Nur Mutters Tod hat es verhindert!«

»Warum wollte sie ihr Leben hinter Mauern verbringen?«

»Weil ihr Nonnen erzählt hatten, dass sie in einem Kloster nach Herzenslust singen und malen dürfte.«

Als Peter Mattias' ungläubigen Blick sah, musste er leise lachen. »Kennst du die Zeichnungen im alten Steinbruch? Unsere Schwester hat sie heimlich angefertigt. Vater ist der Ansicht, dass eine Frau sich um die Hausarbeit zu kümmern hat, und deshalb verbot er ihr das Zeichnen. Singen durfte sie nur im Gottesdienst. Eines Tages traf Anna Maria mit einer Ordensschwester zusammen, die ihr erzählte, dass man im Kloster über ihre Begabungen erfreut sein würde. Von diesem Augenblick an wollte Anna Maria unbedingt einem Orden beitreten.«

»Ich vermisse sie!«, flüsterte Matthias.

»Ich auch!«

»Sollen wir zurück nach Mehlbach gehen? Schließlich bist du verletzt, und es wäre keine Schande, wenn wir unverrichteter Dinge auf den Hof zurückkehren würden.«

»Nein!«, entgegnete Peter mit einer Heftigkeit, die Matthias erschreckte. »Wir werden für die Rechte der Bauern kämpfen – so wie Vater es uns befohlen hat. Bis es losgeht, werde ich vollständig genesen sein. Der Bader will mir helfen, dass ich meinen Arm wieder beugen kann. Wir müssen nur etwas Geduld haben, Matthias! Außerdem – was wäre mit Annabelle, wenn wir nach Mehlbach zurückkehren würden?«, neckte Peter den Bruder.

Matthias lächelte verlegen und erhob sich. »Ruh dich aus, Bruderherz! Du siehst müde aus.«

Nach seinem Besuch bei Peter machte Matthias sich auf die Suche nach Annabelle. In einer der Badestuben traf er sie schließlich an. Annabelle rieb sich Hände und Gesicht an ihrer Schürze trocken und blickte lächelnd zu ihm auf. Ihre Wangen waren gerötet, und einzelne Haarsträhnen hingen ihr feucht ins Gesicht.

»Was machst du hier?«, fragte Matthias, da er nicht wusste, was er sonst sagen sollte.

»Ich habe das Zubehör gereinigt. Heute war Aderlass.«

»Dein Vater hat Peter den Verband entfernt. Der Arm ist zwar krumm gewachsen, aber mein Bruder ist guten Mutes, dass er ihn bald wieder beugen kann.«

Verlegen standen sie sich gegenüber und schwiegen.

»Wirst du heute Abend mit den anderen ins Wirtshaus gehen?«, fragte Annabelle schließlich.

Matthias nickte. »Kommst du mit?«

»Um Himmels willen! Der Vater würde es mir nie gestatten.« Wieder herrschte Stille.

Matthias blickte Annabelle schüchtern an und näherte sich ihr langsam. Als er dicht vor ihr stand, sah er die Ader an ihrem Hals heftig pochen. Auch er hatte das Gefühl, als ob das Blut wild durch seinen Körper fließen würde. Ihre rosigen Wangen, ihre vollen Lippen, ihre Brustwarzen, die sich unter dem feuchten Kleid abzeichneten – all das rief in ihm das Verlangen hervor, sie endlich zu berühren und seine Lippen auf die ihren zu pressen. Vorsichtig strich er Annabelle eine Haarsträhne aus dem Gesicht und berührte dabei leicht ihre Wange. Annabelles Lippen bebten. Matthias drückte seinen Mund sanft auf den ihren. Annabelle erwiderte den Kuss, und als Matthias' Lippen fordernd wurden, stöhnte sie leise auf. Dann hörten sie Stimmen auf dem Gang und lösten sich rasch wieder voneinander. Keuchend blickten sie sich an. Ihre Wangen glühten wie im Fieber. Als die Stimmen näher kamen, verließ Matthias die Badestube. Gerade rechtzeitig, denn der Bader und ein Gast, der zur Ader gelassen werden wollte, betraten den Raum. Annabelle tat geschäftig und wagte kaum aufzublicken.

»Ach Peter! Komm mit ins Gasthaus! Die Jungs würden sich freuen, dich wiederzusehen. Seit Wochen hast du kaum das Zimmer verlassen«, versuchte Matthias seinen Bruder umzustimmen.

»Nein, Matthias! Ich habe Angst, dass ich mich stoßen oder mich jemand anrempeln könnte. Die Wunde ist zwar gut verheilt, aber noch empfindlich.«

Mitleidig sah Matthias seinen Bruder an, woraufhin Peter lachend sagte: »Schau nicht so betreten. Mir geht es gut. Schon bald bin ich wieder der Alte und werde dich unter den Tisch trinken.« Dann wurde er ernst. »Matthias, ich muss mit dir reden!«

Erschrocken fragte sein Bruder: »Ist etwas passiert?«

Peter verneinte. »In den Wochen seit dem Überfall habe ich viel über unseren Eid nachgedacht«, sagte er dann.

Matthias wusste im ersten Moment nicht, was er meinte.

»Das Versprechen, das wir uns im Beisein von Anna Maria am Grab unserer Mutter gegeben haben, dass keiner ohne den anderen heimkehren würde.«

Nun verstand Matthias. Peter fuhr fort: »Wir hoffen natürlich, dass wir beide zusammen und wohlbehalten nach Mehlbach zurückkehren werden. Doch wir müssen bedenken, dass einer von uns umkommen könnte. Wie schnell etwas geschehen kann, siehst du an mir.« Er zeigte auf den verletzten Arm.

»Was willst du mir damit sagen?«, fragte Matthias erschrocken.

Peter holte tief Luft. »Wir müssen darüber reden, was mit dem Leichnam passieren wird, sollte einem von uns etwas zustoßen.«

Matthias setzte sich auf Peters Lager. Sein Gesicht war kalkweiß, und sein Körper zitterte, als fröre er. »Ich will weder darüber reden noch darüber nachdenken, dass einer von uns umkommen könnte!«, flüsterte er heiser.

Peter griff nach Matthias' Hand. »Doch, Bruderherz, das musst du aber!« Dann erzählte er Matthias von seinem Plan, wie der Lebende den Toten nach Mehlbach bringen könnte. Matthias stand das Entsetzen ins Gesicht geschrieben. Er sprang auf und schrie: »Das kannst du nicht von mir verlangen!«

»Doch, das kann und werde ich! Du musst mir hier und jetzt versprechen, dass du es genau so machen wirst, sollte mir etwas zustoßen.«

»Ich kann das nicht! Du bist mein Bruder und kein Stück Vieh!«

Aber Peter ließ nicht locker: »Versprich es mir beim Leben unserer Schwester, dass du mir diesen letzten Wunsch erfüllen wirst.«

Matthias starrte ins Leere. Jeder Tropfen Blut schien aus seinem Gesicht gewichen zu sein, und er rang sichtlich um Fassung. Erst nach einer Weile, als er sich wieder ein wenig beruhigt hatte, nickte er. »Gut. Wenn es dein Wunsch ist, so willige ich ein.«

Dann ging er zu Tür, drehte sich aber noch einmal zu seinem Bruder um und sagte mit gebrochener Stimme: »Ich bete zum Herrn, dass uns nichts geschehen wird. Aber wenn doch, dann wäre es am besten, wenn wir beide den Tod finden würden!«

Als Bruder Paul Annabelle vor die Kornmarktkirche geleitete, stand Matthias an der Mauer und wartete auf sie.

Der Mann bedachte den Burschen mit einem grimmigen Blick. An Annabelle gewandt sagte er: »Ich hoffe, mein Kind, du lässt dich nicht vom rechten Weg abbringen!«

Mit gesenktem Blick antwortete das Mädchen: »Gewiss nicht, Bruder Paul!« und hielt hinter dem Rücken Zeige- und Mittelfinger gekreuzt, da es den Mönch wissentlich anlog. Zufrieden mit der Antwort legte Bruder Paul seine Hand auf ihren Scheitel und verabschiedete sich von ihr.

Eilig ging Annabelle zu Matthias und zog ihn hinter die Kirchenmauer, wo sie ihn stürmisch küsste. An der Art, wie er ihren Kuss erwiderte, wusste sie, dass etwas nicht stimmte.

»Was ist los, Matthias? Magst du mich nicht mehr?«

Seine Augen weiteten sich: »Annabelle, ich liebe dich! Mir ist das Herz nur schwer, weil ich heute darüber nachgedacht habe, dass mir etwas passieren könnte und ich dich dann nie wiedersehen würde.«

Liebevoll strichen ihre Finger über seine Wange. »Warum sollte dir etwas zustoßen?«

»Peter und ich sind aufgebrochen, um den Kampf der Bauern zu unterstützen. Da kann immer was passieren.«

Annabelle umfasste mit beiden Händen seinen Kopf, damit er ihr in die Augen blicken musste. »Du darfst so etwas nicht denken und nicht aussprechen, Matthias! Unser Gott ist gerecht! Warum sollte ausgerechnet dir etwas zustoßen?«

Hilflos zuckte er mit den Schultern. Seine Augen hatten einen so traurigen Ausdruck angenommen, dass es Annabelle schwer ums Herz wurde. »Lass uns nach Hause gehen, Liebster!«, forderte sie ihn auf.

Matthias zog sie an sich und flüsterte mit belegter Stimme: »Lass mich heute Abend zu dir kommen!«

Ihre großen grauen Augen forschten in den seinen. Sie nickte. »Ich werde auf dich warten!«

Friedrich, Michael und Johannes waren enttäuscht, als Matthias ohne Peter im Wirtshaus erschien. Als er jedoch erklärte, warum sein Bruder nicht mitgekommen war, nickten sie verständnisvoll.

»Das Wichtigste ist, dass er seinen Arm behalten hat. Wir können ihn am Sonntag besuchen. Das wird ihn sicher freuen«, sagte Johannes, und die beiden anderen stimmten zu.

Hauser, der Bader und die Burschen hatten an einem der hinteren Tische Platz genommen. Der Schankraum war gut besucht, und so dauerte es eine Weile, bis jeder einen Krug Bier vor sich stehen hatte. Durstig tranken sie.

Seit die jungen Burschen in anderen Häusern arbeiteten und wohnten, war es das erste Mal, dass sie wieder vereint zusammensaßen.

»Wie schmeckt euch die Arbeit?«, fragte Hauser und nahm einen weiteren Schluck Bier.

Friedrich, der beim Fleischer Frohne untergekommen war, stöhnte laut auf. »Ich hatte keine Ahnung, dass Metzger solch ein schwerer Beruf ist. Mir schmerzt die Schulter vom Tragen der halben Schweine, dass ich nachts kaum schlafen kann.« Friedrich rieb wehleidig seine Schulter, und der Bader schlug ihm lachend vor: »Komm zu mir in die Badestube. Im warmen Wasser löst sich der Schmerz.«

»Ich bade nicht öfters als ich muss!«

»Wenn es danach gehen würde, müsstest du jede Woche erscheinen!« Alle lachten schallend. Dann blickte Hauser fragend die beiden anderen jungen Männer an.

»Ich kann mich nicht beklagen!«, sagte Michael. »Ich muss im Schankraum das schmutzige Geschirr waschen und Krüge auffüllen. Zwar schmerzt mir vom Fässerrollen hin und wieder der Rücken, aber das ist halb so wild. Ich bin zufrieden mit meiner Arbeit.«

»Besonders die Küchenmagd soll dir gefallen, hab ich gehört!«, feixte Friedrich.

Michael grinste. »Ich kann dir sagen, solche Brüste hat die!«, schwärmte er und deutete mit einer Bewegung den Umfang an. Wieder lachten die Männer laut auf.

»Und du, Johannes?«

Der Bader hatte ihm eine Stelle in einer Messerschmiede in der Vorstadt besorgen können. Nun wollte er wissen, wie der Bursche zurechtkam. Doch Johannes druckste nur herum, bis der Bader mit der Faust auf den Tisch schlug.

»Wenn ich eines nicht leiden kann, dann ist es, wenn einer sein Maul nicht aufbekommt! Also, rede!«

Johannes zuckte zusammen. Dann begann er zögerlich zu erzählen. »Ich möchte nicht undankbar erscheinen, Herr Bader, denn als Ihr mir die Stelle in der Schmiede besorgt habt, war ich wirklich froh. Ich wollte schon immer das Schmiedehandwerk erlernen, aber als armer Bauernsohn blieb es mir durch die Zünfte verwehrt. Nun bin ich schon mehrere Wochen in der Schmiede, doch habe ich bis jetzt nichts lernen können. Den lieben langen Tag sitzt der Schmied an seinem Tisch, trinkt Bier und erzählt von Leuten, die ich nicht kenne. Dann jammert er, dass er wegen denen, die am lautesten geschrien hätten und dann doch angstvoll verstummt wären, nun vergeblich auf das Reich Gottes auf Erden warten müsse. Ich befürchte, Herr Bader, dass er sich bereits den Verstand weggesoffen hat, denn das ist wirres Zeug. Den Gesellen ist das einerlei. Sie sind froh, wenn sie beim Kartenspielen nicht gestört werden. Ich aber sitze herum und weiß nichts zu schaffen. Zuerst war es noch recht lustig, aber jetzt bin ich es leid. Zumal ich beobachtet habe, dass die Kundschaft unzufrieden wird.«

»Aber du bekommst genug zu essen, und einen Schlafplatz hast du auch?«, wollte Friedrich wissen. Johannes nickte.

»Dann sei zufrieden, dass du nicht schuften musst. Ich tausche gern mit dir, wenn du dich langweilst. Dann kannst du die Schweinehälften schleppen!«

»Du kennst den Schmied doch, Gabriel. Weißt du, warum er sein Geschäft vernachlässigt?«, mischte Hauser sich ein.

»Nein, ich weiß nur, dass Gunther schon so lang ich denken kann damit hadert, dass die Vorstädter nicht als Vollbürger gelten. Sie werden lediglich als Mitbewohner der Stadt angesehen und haben kein Wahlrecht. Als Pfeiffer und Müntzer …«

»Genau, von diesen Namen spricht der Schmied ständig!«, unterbrach Johannes den Bader.

»Dachte ich es mir! Es sind vor allem die Vorstädter, die die Prediger unterstützen, dazu gehört auch der Schmied.«

»Wer sind die beiden Männer, und was predigen sie?«, wollte Matthias wissen, der dem Gespräch gelauscht hatte.

Die Augen des Baders blickten den Jungen grimmig an, doch Matthias wich seinem Blick nicht aus. Stattdessen bestellte er eine neue Runde Bier für alle. Anerkennend lächelte Hauser, doch den Bader schien Matthias' Spendierfreudigkeit nicht zu beeindrucken. Auch beantwortete er seine Frage nicht. Deshalb hakte Hauser nach: »Ich weiß nur, was die Leute unterwegs erzählen. Doch du, Gabriel, kannst uns sicher mehr über Pfeiffer und Müntzer berichten.«

Der Bader trank aus seinem schweren Krug und wischte sich mit dem Handrücken über den Mund.

»Ich kenne tatsächlich beide. Pfeiffer ist in Mühlhausen geboren. Meine Mutter kannte die seine – eine Krämerin mit Namen Schwertfeger, aus einfachen Verhältnissen. Pfeiffer trat in das Zisterzienserkloster Reifenstein ein. Die Ordensbrüder sind entschiedene Gegner des Luthertums, doch Pfeiffer hatte sich mit den Schriften Luthers beschäftigt und ist ein Anhänger seiner Lehre. Er verließ das Kloster und wurde Kaplan auf Burg Scharfenstein auf dem Eichsfeld. Dort predigte er die lutherischen Lehren und wetterte gegen die Geistlichkeit und das Klosterwesen, sodass man ihn verhaften wollte. Daraufhin floh er zu Verwandten hier in die Wahlstraße – das war im Februar letzten Jahres. Auch in Mühlhausen predigte er, vor allem in der Vorstadt, wo er die meisten Anhänger fand. Die Menschen hier sind schon lange mit der unumschränkten Herrschaft des Stadtrates unzufrieden, dessen Macht und Gier ständig größer wird, und so kam einer wie Pfeiffer gerade recht. Mit seinen flammenden Reden goss er Öl ins Feuer und sorgte dafür, dass unter seiner Anhängerschar acht Männer gewählt wurden, die vom Stadtrat verlangten, dass man Pfeiffer als Pfarrer einstellen solle. Der Rat ging auf diese Forderung nicht ein, duldete aber Pfeiffers Predigten in der Nicolaikirche.«

»Genau so ist es, Jacob! Pfeiffer kann die Leute um sich scharren wie kaum ein anderer. Tagtäglich kamen mehr, um ihn sprechen zu hören. Nach der Messe stellte er sich sogar auf den Bierausruferstein und predigte gegen die katholische Geistlichkeit. Die Menschen hörten ihm begeistert zu, denn auch das Verhältnis zwischen Kirche und Bürgern ist angespannt. Bedenke, wir unterstehen nicht nur den weltlichen Gerichten, sondern auch den geistlichen, und Kirchenstrafen sind hart, mein Freund. Als jemand kam und öffentlich diese Gerichtsbarkeit anprangerte, jubelten ihm alle zu.«

»Nicht nur in Mühlhausen!«, fügte Hauser hinzu und blickte seinen Freund vielsagend an.

»Ja, das ist wahr. Viele sehen die Mitglieder der Orden als lästige Mitbewohner der Stadt, die uns das Brot schmälern. Auf einen Mann wie Pfeiffer haben die Leute gewartet.«

»Du nicht?«, fragte Hauser, der sich an den verblüfften Blick seines Freundes am Morgen erinnerte, als er erwähnte, dass er sich Pfeiffer und Müntzer anschließen wolle.

Erneut trank der Bader einen Schluck, bevor er antwortete: »Ich muss gestehen, dass auch ich mit der unumschränkten Herrschaft des Rates unzufrieden bin. Die, die reich sind, mehren ihr Vermögen, und die, die arm sind, werden arm bleiben. Seit letztem Jahr brodelt es in Mühlhausen. Die Menschen sind unzufrieden, und da kommt ein Schwarmgeist wie der Pfeiffer gerade recht. Ich halte Müntzer im Gegensatz zu Pfeiffer für fähiger, etwas zu verändern. Meiner Meinung nach ist Müntzer ihm überlegen, da er gebildeter ist. Er war Pfarrer in Allstedt, besitzt eine hervorragende Redegabe und spricht gelehrt. Und trotzdem hat er nur geringes Ansehen. Bei beiden stört mich aber, dass sie starrköpfig, ja fast besessen von ihren Ansichten sind. Im Grunde sind sie nur Anhänger Luthers, seine Gefolgsleute, aber keine Anführer des Luthertums.«

Hauser hatte ungeduldig zugehört und warf nun ein: »Luther ist weich! Er redet nur und verändert nichts. Er ist ›Bruder Mastschwein‹, wie Müntzer einmal sagte.«

»Luther hat Müntzer aber sogar mal eine Anstellung besorgt«, trumpfte der Bader auf.

»Ach, und das zeichnet Luther aus? Im Gegensatz zu ihm ist Müntzer erfasst vom Heiligen Geist, Gabriel! Was er sagt, ist der Wille Gottes, den ihm der Heilige Geist offenbart hat. Luthers Predigen von der Wichtigkeit der Bibel sind hingegen irreführend.« Hauser hatte sich in Rage geredet und nahm einen kräftigen Schluck Bier.

Die Blicke der Burschen wanderten zwischen den Männern hin und her. Gespannt warteten sie nun, was der Bader dazu zu sagen hätte.

»Ach Jacob! Wir beide wissen, dass Müntzer die Bibel missachtet. Der Christ aber erklärt sich über den Glauben an die Schrift.«

»Red keinen Unsinn, Gabriel! Ohne den Geist Gottes ist die Bibel nicht zu verstehen.«

»Nein, du redest Unsinn, mein Freund! Das Christentum braucht die Kirche, und die Kirche braucht Ordnung. Und die kommt nicht vom Heiligen Geist.«

»Blödsinn! Müntzer ist der Prophet, der die neue Ordnung bringt. Die alte Papstkirche und die Fürsten haben versagt.«

»Städte und Adel müssen die Neuerung aber mittragen.«

So ging es hin und her, und die beiden Männer saßen sich wie Streithähne gegenüber. »Du wirst mich nicht überzeugen können, Jacob!«, beendete der Bader schließlich den Wortwechsel.

»Das werden wir sehen!«, entgegnete Hauser und zwinkerte ihm versöhnlich zu.

Matthias hatte versucht, aufmerksam zuzuhören, doch allmählich schwand sein Interesse an Luther und Müntzer. Seine Gedanken schweiften zu Annabelle, und ein Gefühl der Vorfreude überkam ihn.

Als Johannes nur noch gähnte und Michael kaum mehr die Augen aufhalten konnte, verabschiedeten sich die vier Burschen von den beiden Männern und verließen das Gasthaus.

Vor der Tür empfing sie klirrende Kälte. Ohne viele Worte ging jeder seines Weges.

Je näher Matthias dem Haus des Baders kam, desto heißer wurde ihm. Am Eingangsportal spähte er in die Dunkelheit, um zu sehen, ob der Hausherr schon in Sicht war. ›Hoffentlich unterhalten sich Hauser und der Bader noch eine Weile‹, wünschte sich Matthias, während er leise die Tür öffnete und ins Haus schlüpfte.

Hastig stieg er die Treppe zu Annabelles Dachkammer hinauf und klopfte vorsichtig an. Als er ihre zarte Stimme hörte, drückte er die Türklinke hinunter und trat ein.

Durch die kleine Luke im Dach fiel nur wenig Licht. Als Matthias' Augen sich daran gewöhnt hatten, konnte er erkennen, dass Annabelle nur mit einem dünnen Hemdchen bekleidet vor ihm stand. Nervös fuhr er sich mit der Zunge über die trockenen Lippen. Annabelles Brustkorb hob und senkte sich. Ihre langen blonden Locken bedeckten ihre Brüste, trotzdem konnte Matthias sie prall und fest durch den dünnen Stoff durchschimmern sehen.

»Du bist wunderschön!«, flüsterte er.

Annabelle lächelte und öffnete die Kordel, die ihr Hemd zusammenhielt. Nun sah Matthias ihren schlanken Hals und die ebenmäßige weiße Haut. Als der Stoff von ihrer Schulter rutschte, zog sie ihn erschrocken hoch und umklammerte schamhaft lächelnd ihr Hemd. Für einen kurzen Augenblick hatte Matthias den Ansatz ihrer Brüste gesehen. Er trat zu ihr heran und küsste sie stürmisch. Als er spürte, wie Annabelle unter seinen Küssen erbebte, zog er sie auf ihr Lager. Zärtlich liebkoste er ihren Körper und konnte sich nur mit Mühe zügeln.

»Verlass mich nie!«, flüsterte Annabelle und öffnete ihre Schenkel.

## Kapitel 10

Veit schnitzte mit einem scharfen Messer aus einem zweifingerdicken Ast einen neuen Zinken, da die mittlere Spitze einer Mistgabel abgebrochen war. Das Ausbessern des Handwerkzeugs war eigentlich nicht seine Aufgabe, doch um allein zu sein, war er in den Stall gegangen und hatte die kaputte Mistgabel auf einem Holzklotz entdeckt.

Veit schnitt mit dem Messer in den Ast.

Was war nur los mit ihm? Seit Tagen tobten Gefühle in ihm, die er weder erklären noch verstehen konnte. Sobald Anna Maria in seiner Nähe war, schien er nicht mehr klar denken zu können. Zorn stieg in ihm hoch, wenn er Andreas Täuber mit Anna Maria zusammen sah. Erst am Vortag hatte er eilends den Raum verlassen müssen, weil Täuber der jungen Frau etwas zugeflüstert hatte, das sie zum Lachen brachte. Als Täuber anschließend spöttisch zu Veit herüberblickte, hatte er sich schwer zurückhalten müssen, um sich nicht auf den Landsknecht zu stürzen und ihm das Lächeln aus dem Gesicht zu prügeln. Stattdessen war Veit hinausgelaufen und hatte sich in den Schnee fallen lassen. Erst als seine Kleidung durchnässt war und er zu zittern begonnen hatte, wurde sein Herzschlag wieder ruhiger, war der Zorn verraucht.

Solche Gefühle waren Veit fremd, und er wusste sie nicht einzuordnen. Nie hatte eine Frau sein Blut in derart heftige Wallungen versetzt. Seltsamerweise spürte er nicht nur Zorn und Verzweiflung, sondern hatte auch sanfte, zärtliche Empfindungen, wenn er an Anna Maria dachte. Wenn Veit die junge Frau beobachtete, wie sie an der Burgmauer stand und in die Ferne blickte, wenn er sah, wie ihre Augen einen traurigen Ausdruck annahmen, fühlte er einen Stich im Herzen. In solchen Momenten hatte er das Bedürfnis, Anna Maria an sich zu ziehen, um sie zu beschützen.

Veit stöhnte leise auf.

Jetzt, da er in Ruhe nachdachte, wurde ihm manches klar. Nun glaubte er den Grund dafür zu kennen, warum er die Sicherheit des Waldes verlassen hatte und auf die Burg gekommen war.

An jenem Tag vor einigen Wochen war er inmitten des Waldes wieder umgekehrt, um nach Anna Maria zu sehen. Denn bereits damals hatte dieses seltsame Gefühl von ihm Besitz ergriffen. Als er dann im Schutz der Bäume zusehen musste, wie die Wolfsjäger Anna Maria gefangen nahmen, wollte er seine Deckung aufgeben und ihnen hinterhereilen. Doch die Pferde waren zu schnell für ihn. Er hatte aber gehört, wie Michel von Burg Nanstein sprach, und das hatte ihn beruhigt. Schließlich bewohnte mittlerweile sein eigener Bruder die Burg. Trotzdem hatte ihn tags darauf eine innere Unruhe erfasst, die ihn zwang, der jungen Frau auf die Burg zu folgen – allerdings mit der Absicht, dort nur kurze Zeit zu verbringen und dann in den Wald zurückzukehren. Doch seit Veit auf Nanstein weilte, schwanden seine Vorsätze von Tag zu Tag, und er wusste nicht, wie es weitergehen sollte.

Wütend rammte er das Messer in den Holzblock. Mit beiden Händen fuhr er sich durch das dunkelblonde, schulterlange Haar und ließ die Finger gefaltet auf dem Scheitel ruhen.

»Dieses verfluchte Frauenzimmer!«, murmelte er. »So weit kommt es noch, dass ich mir wegen eines Weibsbilds den Kopf zerbreche. Soll Täuber mit ihr anstellen, was er will!«

Scheinbar zufrieden mit dieser Entscheidung wandte er sich wieder seiner Schnitzerei zu, als plötzlich das Tor hinter ihm geöffnet wurde. Sofort stellten sich seine Nackenhaare auf, was nicht an dem kalten Wind lag, der ihm über den Rücken strich.

Veit tat, als hätte er nichts bemerkt, und schnitzte scheinbar ruhig weiter. Doch seine Muskeln waren angespannt, wie bei einem Tier, das zum Sprung bereit ist. Er ahnte, wer hinter ihm stand. Gespielt arglos fragte er: »Was willst du, Hans?«

Hämisches Lachen war zu hören. »Hast du auch Augen im Hinterkopf?«, fragte der Wolfsjäger spöttisch.

»Dein Geruch verrät dich!«, sagte Veit und drehte sich um. Er blickte den Alten durchdringend an. Der Wolfsjäger schlich um ihn herum und stellte sich hinter den Holzklotz.

»Horch, was ich dir sage: Deine Sinne haben sich wohl in den vergangenen Jahren geschärft – da draußen in der Wildnis?«

Fragend zog Veit eine Augenbraue in die Höhe.

»Du weißt nicht, wie ich das meine? Nun, vielleicht hilft dir das auf die Sprünge.«

Der Jäger holte hinter seinem Rücken ein Wolfsfell hervor. Die Größe verriet, dass es von einem jungen Wolf stammen musste. Veits Hände verkrampften sich um den Stiel der Mistgabel, sein Mund wurde trocken, und seine Muskeln zuckten. Mit einem Satz sprang er über den Klotz und zielte mit der Mistgabel auf die Kehle des Jägers.

Der Alte wich angstvoll zurück, doch Veit kam ihm nach und drückte ihn mit der Gabel gegen die Stallwand. Krachend fuhren die Zinken rechts und links von seinem Hals in die Holzwand und hielten ihn gefangen. Durch die Heftigkeit des Aufstoßens brach ein Zinken, und ein Splitter bohrte sich in die Haut.

»Du hast mich verletzt«, kreischte der Wolfsjäger, der spürte, wie das Blut an seinem Hals hinunterlief.

Ungerührt stand Veit vor ihm und presste die Gabel weiter gegen die Stallwand. »Woher hast du das Fell?«

Trotz der Angst, die Veit in den Augen des Jägers ablesen konnte, lächelte der hässlich.

»Es war nicht schwer, ihrer Spur im Schnee zu folgen. Bei der Kälte friert jeder Abdruck fest. Hat sich ganz schön gewehrt, das Mistvieh ...«

Weiter kam er nicht, denn während Veit mit der linken Hand die Mistgabel umklammert hielt, verpasste er ihm mit der rechten einen Schlag gegen die Nase. Als der Knochen zersplitterte, erinnerte das Geräusch an einen brechenden Ast.

Schreiend wand sich der Alte in seinen Schmerzen, konnte sich aber aus der Umklammerung der Zinken nicht befreien. Ungerührt näherte sich Veits Gesicht dem des Jägers. In seinen Augen lag ein böses Funkeln. »Ich habe dir gesagt, dass ich dich umbringen werde, wenn du mir zu nahe kommst. Beim nächsten Mal zerfetze ich dir die Kehle!«, sprach er und fletschte wie ein Wolf die Zähne.

»Ich wusste es!«, jammerte der Alte. »Du bist der Wolfsbanner!« Trotz der Schmerzen wagte er es nicht, sich zu rühren, und starrte Veit ängstlich an.

»Du weißt, was man über die Wolfsbanner sagt!«, flüsterte Veit ihm ins Ohr. »Sie rufen die Wölfe wie eine Schafherde zusammen und verwandeln sich selbst in einen Wolf! Hab Acht, wenn du dich schlafen legst, denn ein Wolfsbanner kann sich anschleichen, ohne dass man ihn bemerkt. Ein Wolfsbanner wird zum Werwolf und zerreißt sein Opfer bei lebendigem Leib! Aber wehe du verrätst auch nur ein Wort, dann werde ich dich holen!«

Der Wolfsjäger keuchte heftig. Blut floss aus seiner gebrochenen Nase und tropfte von seinem Kinn auf den Boden, wo es im Stroh versickerte. Auch aus der Wunde am Hals kam ein dünnes rotes Rinnsal.

Veits Mund näherte sich dem Hals des Jägers. Er konnte die Angst des Alten förmlich riechen. Als Veit mit der Zunge an der Wunde das Blut aufleckte, schrie der Wolfsjäger voller Grausen auf. Trotzdem konnte er sich nicht bewegen, denn die Zinken der Mistgabel hinderten ihn daran. Als Veit wieder von ihm abließ, war sein Mund blutverschmiert. Er legte den Kopf in den Nacken und stieß einen kurzen Heullaut aus. Anschließend blickte er den Alten durchdringend an, ließ die Mistgabel sinken und gab ihn frei.

»Du bist wahnsinnig!«, schrie der Jäger und verließ in Panik den Stall. Veits Lachen verfolgte ihn über den Hof.

Als der Wolfsjäger in der Burg verschwunden war, schloss Veit das Tor und spuckte angewidert das Blut aus. Mit Stroh wischte er sich über den Mund und säuberte seinen Bart.

Als sein Blick dabei auf das Wolfsfell fiel, überkam ihn Trauer. Vorsichtig hob er das Fell hoch und roch daran. Er schloss für einen Moment die Augen und dachte an die Wolfswelpen. Sollte das Fell tatsächlich von einem der Kleinen stammen? Wieder roch er am Pelz und besah es sich genau. Es konnte nur dem Weibchen gehören, denn ihre Brüder waren ein gutes Stück größer und dunkler gewesen. Seine Fingerspitzen durchkämmten das Fell. Als Veit die Narbe nicht finden konnte, atmete er auf. Der Pelz gehörte zu keinem seiner Wölfe. Trotzdem ging er angespannt hin und her.

›Ich muss herausfinden, ob die Welpen mir gefolgt sind‹, entschied er und eilte über den Burghof.

Als die Nacht sich über die Burg legte und alles in Dunkel tauchte, glaubte Anna Maria in der Ferne einen Wolf heulen zu hören. Erschrocken setzte sie sich auf und lauschte. Wieder durchdrang ein langgezogener Heulton die Stille – zwar nur schwach, aber sie war sicher, dass es ein Wolf war. Hastig zog sie sich Kleid und Schuhe über und hoffte, dass der dunkle Pilgerumhang sie in der Nacht unsichtbar machen würde.

Anna Maria verließ ihre Kammer und ging leise die Treppe hinauf. Vorsichtig öffnete sie die Tür zu Johanns Gemach und lauschte. Sein lautes Schnarchen übertönte jedes Geräusch. Auch Gerhild stieß leise pfeifend den Atem aus und schien fest zu schlafen.

Zufrieden schloss Anna Maria die Tür und schlich auf leisen

Sohlen den Gang entlang. Eilig huschte sie die Treppe hinunter und überquerte den Burghof. An der zerschossenen Mauer spähte Anna Maria in die Dunkelheit, doch es war nichts zu erkennen. Angestrengt lauschte sie, ob sie den Wolf erneut hören würde. Doch nur gespenstische Stille umgab sie. Plötzlich zuckte sie zusammen, denn sie glaubte einen Schatten zu erkennen, der sich auf die Burg zubewegte.

Da sie sich in Sicherheit wähnte, lehnte sie sich neugierig über die Mauer. Hin und her huschte der Schatten und war dann verschwunden. Angespannt lief Anna Maria die Mauer entlang bis zum Wachturm. Nichts war zu sehen. Enttäuscht drehte sie sich um, als sie erschrocken die Hand auf den Mund presste, um nicht laut aufzuschreien.

Veit stand hinter ihr.

Mit gedämpfter Stimme flüsterte sie zornig: »Müsst Ihr mich so erschrecken? Wo kommt Ihr her?«

Ohne zu antworten umfasste Veit ihr Handgelenk und zog sie zur überdachten Wehrplattform, wo sie vor einigen Tagen gestanden hatten. Als sie etwas sagen wollte, bedeutete er ihr zu schweigen. In diesem Augenblick kam Michel, der Wolfsjäger, auf den Hof, stieg auf die Mauer und erleichterte sich in den Burggraben. Anschließend verschwand er gähnend wieder in der Burg.

Anna Maria wandte sich Veit zu und fauchte ihn an: »Was soll das? Warum zerrt Ihr mich hier herauf?«

Müde setzte Veit sich auf die Holzplanken und sagte mit trauriger Stimme: »Sie sind mir gefolgt!«

»Wer?«, fragte Anna Maria und wusste im selben Augenblick die Antwort. »O nein! Nicht die Wolfsjungen! Dann waren sie es, die ich heulen gehört habe?«

»Nein, das war ich, als ich sie gerufen habe.«

»Sind sie gekommen?«

Er schüttelte den Kopf. »Sie haben sich sicherlich nicht getraut, denn ich rieche nach Mensch, und den fürchten sie.«

»Woher wisst Ihr dann, dass sie hier sind?«, fragte Anna Maria und setzte sich zu ihm auf den Boden.

»Ich habe einige Spuren im Schnee gesehen. Außerdem …« Veit hielt einen Moment inne, dann erzählte er Anna Maria von dem Zwischenfall mit dem Wolfsjäger. Nachdem er geendet hatte, sah er sie forschend an. Als Hans' Namen fiel, konnte Veit tiefe Verachtung in Anna Marias Augen ablesen. Sprach er hingegen von den Wölfen, wandelte sich ihr Blick, und ihre Augen glänzten freundlich.

Als Veit wenige Augenblicke zuvor Anna Maria vor dem Wachturm erspäht hatte, hatte ihn das für einen Moment von seiner Angst um die Wölfe abgelenkt. Am liebsten hätte er sie in den Arm genommen und seinen Kopf an ihre Schulter gelehnt. Ihm war mit einem Mal klar geworden, dass Anna Maria der einzige Mensch war, mit dem er über seine Sorgen sprechen konnte. Dass sie der einzige Mensch war, der ihn verstehen würde.

Anna Marias zog den Pilgerumhang dichter um sich. Veit wäre gerne näher zu ihr herangerückt, stattdessen sagte er: »Ich muss die Wölfe von hier fortlocken.«

»Zurück in die Schlucht?«

»Nein, die Wolfsjäger würden uns dort finden. Ich werde sie an einen anderen Ort führen.« Er zögerte einen Augenblick, dann fuhr er fort: »Ich habe beschlossen, Euch bei der Suche nach Euren Brüdern zu helfen, und die Wölfe werden uns begleiten.«

Anna Maria starrte ihn an. Dann fiel sie ihm um den Hals. Sie drängte sich schluchzend an ihn. Zögerlich umschlossen seine Arme sie.

Veit sog den Duft der jungen Frau ein. Gefühle, wie er sie noch nie zuvor gespürt hatte, brachen wie ein Sturm über ihn herein. Anna Maria hob den Kopf und fragte: »Wann werden wir fliehen?«

»Wir müssen die Flucht vorbereiten, Essen besorgen, warme Kleidung beschaffen. In zwei Tagen ist Weihnachten …«

»Aber warum nicht schon morgen?«, unterbrach Anna Maria ihn. »Wir nehmen uns das Essen aus der Speisekammer. Ich habe Angst, dass Hans den Wolfsjungen etwas antun könnte.«

»Um den müssen wir uns nicht sorgen. Sein Nasenbein ist gebrochen und das Blut in seine Augenhöhlen gezogen, sodass sie zugeschwollen sind. Als Johann versuchte die kaputten Knochen zu richten, hat Hans wie ein Schwein geschrien, das abgestochen wird.«

»Das geschieht diesem Scheusal recht! Weiß Johann was passiert ist?« Zu Veits Bedauern löste sich Anna Maria aus seiner Umarmung.

»Nein! Hans hat ihm erzählt, er wäre im Hof ausgerutscht und auf die Nase gefallen. Meine Drohung hat gewirkt. Trotzdem werde ich ihm in den nächsten Tagen auflauern und ihm nochmals Angst einflößen.« Ohne zu überlegen flüsterte Veit Anna Marias Namen und näherte sich ihr erneut. Doch bevor er sie an sich ziehen konnte, erhob sie sich und sagte: »Wir müssen Täuber einweihen.«

Veit glaubte in diesem Moment, dass jemand einen Eimer eiskalten Wassers über ihn ausgeschüttet hätte. Das Gefühl der Verbundenheit war verschwunden, und ein bitterer Geschmack breitete sich in seinem Mund aus. Verstört blickte er sie an. »Warum?«

»Vielleicht kann er uns helfen!«

»Dann fragt doch ihn, ob er Euch von hier fortbringen wird!«, entfuhr es Veit, und ohne ein weiteres Wort ging er davon.

Anna Maria blieb nachdenklich zurück. Was war in ihn gefahren? Eben planten sie noch gemeinsam die Flucht von der

Burg und die Rettung der Wölfe. Und dann sagte er solch dummes Zeug! Warum sollte Täuber ihr zur Flucht verhelfen? Der Landsknecht hatte ihnen doch bereits gesagt, dass er in wenigen Tagen Richtung Süden aufbrechen würde.

Anna Maria war verwirrt. Sie konnte Veits Verhalten ebenso wenig deuten, wie sie ihre eigenen Gefühle zu deuten vermochte. Obwohl Veits abrupter Abgang sie verärgerte, konnte sie das Kribbeln auf ihrer Haut, das die Berührung seiner Arme ausgelöst hatte, noch immer spüren. Sanft strich sie über den Stoff ihres Umhangs, wo Veit seine Arme um sie gelegt hatte.

Doch dann zupfte sie den Pilgerumhang zurecht, wie um seine Berührungen wegzuwischen. ›Verdammt!‹, schimpfte sie sich wütend in Gedanken, ›erst macht er mir Hoffnung, dass ich endlich diesem Gefängnis entfliehen kann, und dann lässt er mich hier stehen. Doch er wird mir helfen, denn er muss die Wölfe vor den Wolfsjägern in Sicherheit bringen. Trotzdem werde ich mit Täuber reden. Nur er weiß, wo ich meine Brüder finden kann.‹

Am Morgen des Heiligen Abends herrschte große Aufregung unter den Burgbewohnern.

»Alle werden ein Bad nehmen«, hatte Gerhild am Abend zuvor angeordnet. »Keiner geht dreckig und stinkend in die Kirche! Auch zieht sich jeder frische Kleidung an«, fügte sie im Befehlston hinzu, als sie das unflätige Gemurmel einiger Männer vernahm.

Bereits seit den frühen Morgenstunden erhitzten die Männer Schnee über einem offenen Feuer auf dem Burghof, denn die Frauen waren in der Küche mit der Vorbereitung für das Weihnachtsessen beschäftigt. Eimer für Eimer wurde das heiße Wasser in eine große Holzwanne gefüllt, in der normalerweise das geschlachtete Vieh überbrüht wurde.

Johann sollte seinen Männern als gutes Beispiel vorangehen

und als Erster ein heißes Bad nehmen, was er jedoch als lästig empfand. Damit er sich nicht vor dem Bad drücken konnte, stand Gerhild neben ihm. Während er sich entkleidete, schimpfte er wüst. Doch seine Flüche ließen Gerhild kalt. Zögerlich bestieg er den Zuber, der neben der Feuerstelle auf dem Burghof stand. »Mein Kopf ist in der Kälte! Ich werde mir den Tod holen, Gerhild«, jammerte er.

»Sei still, und beug dich nach vorn.«

Mit einer weichen Bürste und Seife schrubbte sie seinen breiten Rücken, woraufhin von Johann nur noch ein wohliges Grunzen zu hören war. Einer nach dem anderen tauchte in der Wanne unter, in die immer wieder heißes Wasser nachgegossen wurde. Als die Männer fertig waren, wurden die Kinder gebadet. Anschließend wurde das Wasser erneuert, und die Männer mussten den Burghof verlassen, denn jetzt kamen die Frauen in das Vergnügen eines Bades.

Vom Schuften in der Küche verschwitzt, genossen sie abwechselnd das warme Wasser. Nachdem Anna Maria ihre Haare mit Seife gewaschen hatte, spülte es eine der jungen Frauen mit klarem Wasser aus.

In dem Moment erblickte die Köchin hinter einem Fenster Karius, wie er die Frauen beobachtete. Als er trotz Schelte nicht verschwand, verpasste Gerhild ihm eine Ohrfeige, die ihn aufheulen ließ.

Endlich war es so weit! Die Burgbewohner stapften durch den tiefen Schnee in die Kirche nach Landstuhl, um die Geburt Christi zu feiern. Aufgeregt liefen die Kinder voraus, denn sie freuten sich auf das Krippenspiel, das alljährlich in der Kirche aufgeführt wurde.

Sogar der verletzte Hans wollte die Aufführung nicht verpassen und ließ sich zwischen Karius und Michel den Weg hinunter ins Tal führen.

Täuber gesellte sich an Anna Marias Seite. Als sie auszurutschen drohte, umfasste er ihre Taille und hob sie lachend hoch. Veit, der hinter den beiden ging, zuckte zusammen, als ob ihm jemand einen Schlag verpasst hätte.

Gerhild beobachtete Anna Maria, Täuber und Veit schon seit Tagen. Vergeblich versuchte sie, Johann ihre Beobachtungen mitzuteilen, doch der war in ein Gespräch mit der Köchin vertieft, die ihm in allen Einzelheiten das Weihnachtsessen beschrieb.

Von der Hofmauer von Burg Nanstein hatte Anna Maria auf die Sankt-Andreas-Kirche hinabblicken können, deren Turm ein Teil der Stadtbefestigung war. Nun stand sie zum ersten Mal vor dem Gotteshaus.

Anna Maria war dankbar, dass sie am Heiligen Abend die Kirche besuchen konnte, um für das Wohl ihrer Familie zu beten. Mit ernster Miene schritt sie mit den übrigen Burgbewohnern durch das Portal, das ebenso wie das Innere der Kirche mit Tannenzweigen geschmückt war.

Die Leute verstummten, als Johann mit den Seinen durch den Mittelgang schritt. Die meisten Bewohner von Landstuhl kannten den Landsknecht noch aus der Zeit, als er Franz von Sickingen diente. Einige nickten zum Gruße, und auch das Weib neben ihm wurde begrüßt. Gerhild ging stolz an Johanns Seite, als sei sie von Adel, obgleich ihre Kleidung eher schlicht war.

Als Veit an den Bankreihen der jungen Frauen entlangging, wurde hinter seinem Rücken getuschelt und gekichert. Anna Maria sah die begehrlichen Blicke, die sie Veit hinterherschickten. Als sie bemerkte, wie er einer jungen Frau zuzwinkerte, funkelte Anna Maria diese wütend an.

Als alle auf ihren Plätzen saßen, begann das Krippenspiel. Anna Maria konnte der Aufführung kaum folgen, denn ihr Blick verharrte auf Veit, der in der Bank vor ihr saß. Seine breiten Schultern, das glänzende Haar, seine Bewegungen, wenn er sich eine Strähne zurückstrich – all das lenkte sie ab. Gedanken, die allesamt mit ihm zu tu hatten, schwirrten ihr durch den Kopf, und manche trieben ihr Schamröte ins Gesicht. Sie bat Gott um Vergebung, und zugleich betete sie, dass er sie bei der Suche nach ihren Brüdern leiten würde.

Als das Lied »Maria durch ein' Dornwald ging« das Ende der Messe ankündigte, atmete Anna Maria erleichtert auf. Im Hinausgehen wünschten die Kirchgänger sich gegenseitig frohe Weihnachten und gingen dann in unterschiedliche Richtungen davon.

Wieder rannten die Kinder vorneweg den Berg hinauf, da sie sich nun auf das Festessen und die Süßigkeiten freuten, die es geben würde. Auf halben Weg summte Anna Maria die Melodie des letzten Weihnachtsliedes, und die Frauen stimmten ein. Mit glockenheller Stimme sang sie den Text.

Maria durch ein' Dornwald ging.
Kyrieleison!
Der hatte in sieben Jahrn kein Laub getragen!
Jesus und Maria.

Als Anna Maria alle Strophen gesungen hatte, blieben die meisten Burgbewohner stehen und klatschten erfreut.

»Du musst öfter für uns singen!«, rief die Köchin begeistert.

Als Anna Maria Veit anschaute, bedachte er sie mit einem sonderbaren Blick.

Im Großen Saal bogen sich die Tischbretter unter der Last der Speisen. Platten mit Schweinebraten und gedünstetem Karpfen standen auf dem Tisch. Gefüllte Pasteten, duftendes Brot, gedämpftes Gemüse und süße und würzige Kräuterküchlein ließen die Menschen nach dem Ende der adventlichen Fastenzeit ordentlich zugreifen.

Man prostete sich mit Starkbier zu, und die Kinder stopften sich die Münder mit in Fett ausgebackenen Teigkringeln und mit in Honig eingelegten Apfelscheiben voll. Nüsse sowie selbstgestrickte Strümpfe gehörten zu den Weihnachtsgaben. Mit roten Wangen und leuchtenden Augen saßen die Kinder auf dem Boden und leckten sich die klebrigen Finger.

Trotz der ausgelassenen Stimmung wurde Anna Maria wehmütig. Es war das erste Weihnachtsfest, das sie ohne ihre Familie verbrachte. Die Gedanken an ihre Brüder und dass sie nicht wusste, wo sie waren und wie es ihnen ging, hielten sie davon ab, unbeschwert zu feiern. Trotzig versuchte sie die Tränen zu unterdrücken und die traurigen Gedanken zu verscheuchen. Sie hielt Johann ihren leeren Krug hin, der ihn lachend auffüllte.

Bald waren die Menschen am Tisch in bierseliger Laune. Als die Platten sich geleert hatten, wurde Anna Maria gebeten zu singen. Das ungewohnte Starkbier, das sie getrunken hatte, dämpfte ihre Scheu, und so trällerte sie ein Liedchen nach dem anderen. Manche Lieder sangen die Burgbewohner mit, anderen hörten sie andächtig zu. Anna Maria genoss das Singen, denn es spendete ihr Trost.

Zur vorgerückten Stunde hingen die Kinder schlafend in den Armen ihrer Mütter, und einige Männer hatten schon den Kopf auf den Tisch gelegt und schnarchten laut vor sich hin. Es war Zeit, die Tafel aufzuheben und die Möbel wegzuräumen, damit das Lager auf dem Boden ausgebreitet werden konnte. Anna Maria half das Geschirr nach unten in die Küche zu tragen. Als sie erneut den Saal betrat, sah sie, wie Veit und Gerhild den betrunkenen Johann stützten und hinausführten.

Auch Anna Maria zog sich zurück. Summend bog sie in den dunklen Gang ein, der zu Johanns Gemach führte. Da der Schein der Binsenlichter aus seiner Stube nur schwach den Steingang erhellte, konnte sie Gerhild und Veit darin erkennen, ohne selbst gesehen zu werden. Als Anna Maria sah, wie Gerhild sanft mit den Fingern über Veits Wange strich, machte sie abrupt kehrt und ging einige Schritte zurück in die Richtung, aus der sie gekommen war. Verwirrt lehnte sie sich an die kühle Steinmauer.

Die Traurigkeit, die sie den Abend über zu unterdrücken versucht hatte, ließ sich nun nicht mehr zurückdrängen. Sie spürte, wie ihre Beine nachgaben, und setzte sich in die Hocke. Um nicht laut aufzuschluchzen, biss sie sich in den Handrücken. Sie wollte sich glauben machen, dass es die Sorge um ihre Brüder war, die ihre Stimmung trübte. Doch insgeheim wusste sie, dass es etwas anderes war.

Nachdem Veit den schnarchenden Johann ins Bett gehievt hatte, wollte Gerhild den Moment nutzen, um mit ihm zu reden. Sie zog ihn auf den Gang.

»Du warst recht still heute Abend. Was ist los mit dir?«, fragte sie ohne Umschweife.

Als sie seinen verständnislosen Blick sah, erklärte sie: »Ich weiß, dass sich die Seherin in mancher Nacht aus ihrem Gemach schleicht. Geht sie zu dir?«

Entsetzt blickte Veit das Weib an und schüttelte den Kopf.

»Dann geht sie wohl zu dem Landsknecht«, schlussfolgerte Gerhild nachdenklich.

»Zu Täuber?«, fragte Veit und rang um Fassung.

»Zu wem sonst? Wenn Johann herausfindet, dass die Seherin sich mit ihm einlässt, dann gnade ihm Gott.«

Stumm blickte Veit Gerhild an, die ihn aufmerksam musterte. Plötzlich erhellte ein Leuchten ihre Augen. »Du hast dich in sie verliebt!«, flüsterte sie und musste über sein erschrockenes Gesicht lachen.

»Red kein dummes Zeug!«

Gerhild ging einen Schritt auf Veit zu und strich ihm zärtlich über die Wange. »Doch, das hast du! Als wir zusammen waren, hast du nie diesen Blick gehabt. Was willst du jetzt tun?«

Veit zog nachdenklich die Brauen zusammen. »Was soll ich denn tun? Ich weiß nicht einmal, ob du Recht hast. Liebst du meinen Bruder denn? Weißt du, wie Liebe sich anfühlt?«

»Liebe!«, stöhnte Gerhild auf. »Wer liebt schon? Ich mag deinen Bruder, denn er sorgt für mich. Er ist auch ein guter Liebhaber. Doch ich werde ihn verlieren, weil Johann mich gegen die Seherin austauschen wird, wenn er ihre Fähigkeiten nicht mehr braucht. Sie soll ihm einen Sohn gebären!«

»Woher weißt du das? Hat er es dir gesagt?«

»Ich hörte, wie er es zu Heinrich sagte. Denn der soll mich bekommen!«

»Das ist ja wie ein Kuhhandel!«, ereiferte sich Veit.

»Wärst du nicht verschwunden, wären wir noch zusammen, oder?«

Veit zuckte mit den Schultern und blieb stumm.

»Warum bist du damals ohne ein Wort fortgegangen?«

»Es hat sich so ergeben.«

»Bitte, Veit, wenn du eines Tages wieder verschwindest, dann nimm die Seherin mit. Nur dann habe ich eine Zukunft mit Johann.«

»Was soll das heißen?«, wollte Veit von ihr wissen.

»Ich habe gesehen, wie du Wegzehrung entwendet hast, und ich weiß, wo du sie versteckt hältst. Du wirst wieder fortgehen – habe ich Recht?«

Er nickte.

»Bitte, nimm die Seherin mit, und bringe sie irgendwohin,

wo Johann sie nicht finden kann. Ich werde euch helfen, ungesehen zu verschwinden«, bettelte Gerhild.

»Aber Täuber …«

»Verflucht sei dieser Landsknecht! Er wird schon bald weiterreiten und sie zurücklassen, und dann wird mein Schicksal besiegelt sein. Deshalb bitte ich dich – geh und nimm das Frauenzimmer mit!« Gerhilds Stimme bekam einen flehentlichen Klang.

»Ich werde darüber nachdenken«, sagte Veit und ließ sie stehen. Gerhild ging müde zurück in Johanns Gemach, zog sich aus und legte sich dicht neben ihn.

Während sie ihn betrachtete, flüsterte sie: »Liebe – wie soll die aussehen?«, und schlief ein.

Anna Maria saß immer noch an die Wand gelehnt da und besah sich ihren Handrücken, auf dem ihre Zähne einen Abdruck hinterlassen hatten. Als sie aufblickte, stand Veit vor ihr. Erschrocken sprang sie auf.

»Was macht Ihr hier?«, fragte er grimmig. Sein Blick fiel auf den Bissabdruck auf ihrer Hand. Rasch versteckte sie sie hinter ihrem Rücken, und er verlor kein Wort darüber.

»Sobald es regnet und man keine Spuren erkennen und uns folgen kann, werden wir fliehen. Bis dahin geduldet Euch, und verhaltet Euch unauffällig.«

Ohne ihre Antwort abzuwarten ging Veit die Treppe nach unten in den Saal. Verwirrt schaute Anna Maria ihm nach. Nur langsam verstand sie, was er eben zu ihr gesagt hatte.

# Kapitel 11

Mit stolzgeschwellter Brust stand der Wollweber Michael Koch am Schanktisch und verkündete laut, dass Schwertfeger, genannt Pfeiffer, wieder in Mühlhausen sei.

»Das hat Heinrich nur uns zu verdanken!«, fügte er mit schwerer Zunge hinzu und bestellte ein weiteres Bier – das achte an diesem Abend. »Dieser 13. Dezember muss gefeiert werden!«, lallte er.

»Wen meinst du mit uns?«, fragte Hauser neugierig.

»Natürlich die Männer aus dem Achterausschuss! Das sind der Goldschmied Weißmehler, der reiche Gerber Kreuter und …«

Er überlegte, konnte sich aber an die übrigen Namen nicht mehr erinnern. »… und Müntzer kommt auch zurück. Dafür werden der Kürschner Rothe und die übrigen Anhänger Müntzers sorgen!«, beendete er seinen Satz und sah beifallheischend in die Runde.

»Hat Pfeiffer sich etwa in die Stadt gewagt?«

Koch blickte Hauser aus rot geäderten Augen an. Er schien angestrengt zu überlegen. Nach einer Weile und mehreren Schluck Bier holte er tief Luft und nuschelte: »Nein, natürlich nicht! Er ist in eines der Dörfer gegangen. Hier kann er sich nicht blicken lassen, schließlich hat man ihn fortgejagt. Aber dort kann er den Bauern endlich erklären, wie ungerecht man ihn behandelt hat. Jawohl, das kann er!«, ereiferte er sich. »Jetzt wird er ihnen sagen, dass der Rat die Wahrheit verschweigt und sich weigert, die Lasten der Bauern zu mindern. Pfeiffer und Müntzer fordern das Reich Gottes auf Erden, in dem es kein Unrecht gibt und die einfachen Menschen nicht durch Abgaben an die Mächtigen erdrückt werden«, fügte er hinzu und setzte den Bierkrug erneut an die Lippen. Dann verlor sich sein

Gelalle in Unverständlichem, denn der Mann war sturzbetrunken. Als er wankend ein weiteres Bier bestellen wollte, bot Hauser an, ihn nach Hause zu bringen. Koch wollte aufbegehren, doch er brachte nur unverständliches Gestammel hervor. Ohne zu zögern packte Hauser ihn unter den Armen und fragte den Wirt: »Wo wohnt er?«

»Er muss in die Losengasse.«

»Auch das noch!«, stöhnte Hauser und schleifte ihn hinaus.

Hauser trat durchgefroren in die Küche des Baders, wo dieser gerade damit beschäftigt war, seine Skalpelle zu schärfen. Bibbernd zog Hauser sich einen Stuhl an den Herd und wärmte seine Hände darüber.

Lachend hielt der Bader inne. »Mich bringen keine zehn Pferde in die Kälte hinaus – nicht einmal ein frisch gebrautes Bier beim Melchior.«

»Ich habe Wollweber Koch nach Hause gebracht. Das heißt, ich musste ihn tragen, denn er konnte kaum noch gehen. Wäre er in seinem Suff gestürzt, der Erfrierungstod wäre ihm sicher gewesen.«

»Was kümmert er dich?«, fragte der Bader erstaunt. Hauser zog die Mundwinkel nach unten.

»Du hast Recht, Gabriel! Ich mag den Koch nicht sonderlich leiden. Aber ich hoffte, dass er an der klaren Luft nüchtern werden und mir mehr erzählen würde.« Hauser blickte seinen Freund an und wartete die Wirkung seiner Worte ab. Umsichtig schärfte der Bader ein spitzes Messer, als er das Skalpell zur Seite legte und fragte: »Was könnte dir der Wollmeister erzählen, dass du ihn freiwillig durch die halbe Stadt trägst?«

»Du weißt es also nicht, obwohl im Bad stets der neueste Tratsch zu hören ist?«

Schweigend erhob sich der Bader und streckte sich. Aus einem geflochtenen Korb neben Hauser entnahm er ein Holzscheit mit Rinde und warf es in die Glut. Knisternd fing das Stück Holz Feuer, und Waldgeruch breitete sich schnell in dem kleinen Raum aus. Dann stellte der Bader zwei Tonbecher auf den Tisch und füllte angewärmtes Bier hinein.

»Nun, Jacob, dann erzähl mir, was ich verpasst habe!«

Der Alte wollte nicht glauben, was Hauser ihm zu berichten wusste, und sagte immer wieder: »Nein, nein, nein!«

Nachdenklich starrte er ins Feuer und schüttelte den Kopf. »Sie haben es tatsächlich gewagt, diese Rindviecher!«

»Warum bist du so wütend?«

»Dieser Pfeiffer wird erneut alle gegeneinander aufwiegeln. Er wird die Saat säen, die Müntzer aufgehen sehen will. Im Gegensatz zu Luther werden die beiden auch vor Gewalt nicht zurückschrecken.«

»Siehst du nicht zu schwarz, Gabriel? Sie wollen doch nur etwas verändern. Unter Luther …«

Weiter kam er nicht, denn der Bader hob die Hand und brachte den Freund zum Schweigen. »Lass gut sein, Jacob. Wir wollen heute nicht über den Vorteil des einen und den Nachteil des anderen streiten. Ich kenne die beiden. Pfeiffer ist mit Vorsicht zu genießen, und Müntzer ist ein schlauer Fuchs. Er wettert mit Bedacht gewählte, aber hitzige Worte von seiner Kanzel und lenkt so die Menschen in seine Richtung. Die Leute merken nicht, wie sehr er sie beeinflusst. So war es schon im letzten März. Müntzer soll sich über das Mallerbacher Heiligtum, eine Wallfahrtskapelle mit einem Marienbild und allerlei Weihegaben in den Nischen, erbost haben. Aber was kümmert das den Pfaffen? Seit jeher pilgern die Menschen aus der Umgebung in die kleine Kapelle dicht vor den Mauern Allstedts und bitten unseren Schöpfer um Hilfe, Heilung und um gesegnete Ernten. Doch plötzlich predigt Müntzer, dass in der Kapelle Abgötterei mit Wachsfiguren getrieben werde und dass man dort den Teufel von Mallerbach unter dem Namen Marias anbeten würde. Von Predigt zu Predigt hetzte er seine Gemeinde immer mehr auf. Am Gründonnerstag kam es dann, wie es kommen musste. Eine erboste Meute aus der Stadt stürmte die Kapelle, zertrümmerte die Einrichtung und setzte das kleine Bauwerk in Brand, was nicht allzu schwer war, denn das Kapellchen wurde nur von einem alten Klausner bewacht.«

»War Müntzer zugegen?«

»Ich sagte bereits, dass Müntzer ein schlauer Fuchs ist. Er beobachtete das Treiben aus sicherer Entfernung.«

»Woher willst du dann wissen, dass er seine Finger mit im Spiel hatte?«

»Jacob, halt mich nicht für dumm! Es war in der ganzen Stadt bekannt, dass es Müntzer war, der die Wut der Brandstifter und Plünderer auf die kleine Wallfahrtskapelle gelenkt hatte.«

Hauser schwieg, denn er wollte keinen Streit mit seinem Freund.

»Wo ist Pfeiffer in der Stadt untergekommen? Wieder bei seinen Verwandten?«, fragte der Bader.

»Koch sagte, er wäre in einem der Dörfer untergetaucht.«

»Dann wollen wir hoffen, dass er dort bleibt und man ihn nicht hinter die Stadtmauern lässt.«

Der Heilige Abend wurde für Peter zu einem wehmütigen Festtag, da er an Mehlbach und seine Familie denken musste. Als er mit Matthias darüber sprach, flackerte bei dem nur kurz das Heimweh auf, dann er war wieder durch Annabelle abgelenkt, mit der er zuletzt jede freie Minute verbrachte.

Peter musste sich eingestehen, dass er neidisch auf Matthias' Liebschaft war. Während er seit Wochen seine Zeit im Bett in seiner Kammer verbringen musste und von Tag zu Tag schwermütiger wurde, hüpfte Matthias glücklich durchs Haus. Täglich erzählte er seinem Bruder mit glänzenden Augen, wie einzigartig Annabelle sei.

»Wenn wir zurück nach Mehlbach gehen, werde ich sie mitnehmen und Vater vorstellen.«

»Das Geschrei des Baders möchte ich nicht hören!«, lachte Peter und musste sich zurücknehmen, dass es nicht bissig klang.

»Vorher werde ich natürlich bei Annabelles Vater um ihre Hand anhalten.«

Peters Augen weiteten sich. »Du willst sie heiraten? Wovon wollt ihr leben? Jakob wird Hoferbe werden! Was willst du tun, damit dein Frauchen keinen Hunger leiden muss?«

»Was soll das Gerede, Peter? Warum machst du meine Absicht schlecht? Nur, weil ich vor dir heiraten werde?«

Wütend verließ Matthias das Zimmer und knallte die Tür hinter sich zu. Peter musste sich eingestehen, dass er sich im Ton vergriffen hatte. Bekümmert blickte er auf die Bettdecke und kam ins Grübeln. Auch er hatte sein Herz an ein Mädchen verschenkt. Doch sie durften sich nicht lieben, da ihre beiden Väter zerstritten waren.

Peter rieb sich über die Augen und flüsterte: »Hinweg ihr quälenden Gedanken! Ich muss Matthias suchen und mich bei ihm entschuldigen.«

Mühsam erhob sich Peter von seinem Lager, denn die lange Bettruhe hatte ihn geschwächt. Seine Wangen waren vor Anstrengung gerötet, als er die Küche betrat. Der Bader und Hauser saßen am Tisch und knobelten. Erstaunt blickten sie auf. »Ah, unserem jungen Freund geht es sichtlich besser. Rote Wangen und ein Leuchten in den Augen, das lobe ich mir. Nach dem trüben Weihnachtsfest glaubte ich schon, dass du vor Selbstmitleid vergehen würdest. Zeig deinen Arm, Bursche«, forderte der Bader Peter in seiner gewohnt ruppigen Art auf.

Nachdem er sich die Wundstelle betrachtet hatte, nickte er und sagte: »Wir können nun mit der Behandlung im warmen Bade beginnen. Gleich morgen, bevor die Gäste kommen, werden wir anfangen.«

Vor Freude konnte Peter nur nicken. Hastig verließ er die Küche wieder und rief laut nach seinem Bruder.

Obwohl das Strecken und Beugen Peter Schmerzen verursachte, hatte ihn Ehrgeiz gepackt. Bereits am frühen Morgen, wenn die anderen im Haus noch schliefen, saß Peter in einem Zuber und machte seine Übungen. Da ihm im warmen Bade mehrere Male übel geworden war, überwachte Hauser das morgendliche Ritual. Auch half er ihm, die verkrampften Finger zu bürsten, um so die Nerven anzuregen.

Mit eisernem Willen verfolgte Peter sein Ziel, doch nach mehreren Wochen stand der Arm noch immer schräg vom Körper ab, und die Finger waren gebogen wie Krallen. Dennoch verkündete der Bader: »Peter, ich hätte nicht gedacht, dass du solch gute Fortschritte machen würdest.«

Hauser nickte zustimmend. »Ich muss gestehen, ich befürchtete sogar, dass du den Arm doch noch verlieren könntest. Aber wenn ich jetzt sehe …«

Weiter kam er nicht, denn Peter unterbrach ihn und sagte schroff: »Was spielt das für eine Rolle? Dieser Arm ist zu nichts mehr nütze, denn er wird verkrüppelt bleiben.« Erschrocken antwortete der Bader: »Na, na, junger Freund! Selbst wenn es so wäre, es ist der linke Arm! Der rechte ist gesund, und das zählt. Ich bin überzeugt, dass du den krummen Arm ebenso einsetzen können wirst wie den gesunden, wenn du weiter deine Muskeln kräftigst.«

Nachdenklich drückte Peter erst seinen rechten, dann seinen linken Oberarmmuskel. »Tatsächlich, die rechten Muskeln sind fester. Vielleicht habt Ihr Recht, Herr Bader! Also sagt, wie kann ich es anstellen, dass mein Krüppelarm gestärkt wird?«

»Du musst ihn mit leichten Gewichten belasten. Versuche einen leeren Holzeimer zu tragen und dabei den Arm zu beugen und zu strecken. Wenn es dir nach einiger Zeit zu leicht erscheint, dann fülle etwas Wasser in den Eimer. Kannst du auch diesen mühelos längere Zeit tragen, dann erhöhe die Wassermenge, bis der Eimer voll ist.«

»Das soll helfen?«, fragte Peter zweifelnd.

»Nur so wirst du die Muskeln stärken. Schonst du hingegen den Arm, wird er tatsächlich zu nichts mehr zu gebrauchen sein.«

»Aber ich kann nicht einmal mit meinem Daumen den kleinen Finger berühren. Er gehorcht einfach nicht!«

»Herrgott, Bursche! Jammere nicht, sondern befolge meine Anweisungen. Du bist der Sohn von Joß Fritz, und ein Fritz gibt sich nicht geschlagen.«

Erschrocken blickte Peter zum Bader auf. Sein Blick verfinsterte sich, und er war versucht zu widersprechen. Doch dann besann er sich und starrte auf seinen Arm. Als er wieder aufblickte, sagte er ruhig: »Ihr seid ein kluger Mann, Herr Bader, und deshalb werde ich jeden Tag üben, damit mein Krüppelarm wieder zu etwas nütze sein wird. Ein Fritz gibt nicht auf!«

»Das, mein Junge, wollte ich von dir hören!«

Matthias freute sich schon morgens auf die Nacht mit Annabelle und konnte kaum abwarten, bis es dunkel wurde. Hauser und er teilten eine kleine Kammer am Ende des Ganges. Ungeduldig wartete Matthias jeden Abend, bis Hauser schlief, um dann zu seiner Liebsten zu schleichen. Niemand sollte wissen, dass sie das Lager miteinander teilten. Matthias hatte allerdings den Verdacht, dass Hauser ihm den Schlaf nur vorspielte, damit er schneller zu Annabelle gehen konnte. Doch fragen wollte er ihn nicht. ›Hauptsache, er verrät mich nicht beim Bader‹, dachte er, als er auch an diesem Abend leise die Zimmertür hinter sich schloss.

Wenig später hielt Matthias Annabelle in seinen Armen und küsste sie zärtlich. Als sich ihre Lippen voneinander lösten, legte Annabelle sich auf die Seite und stützte den Kopf in die Hand. Die Finger der anderen Hand ließ sie über Matthias' nackte Brust gleiten.

Die Berührung ihrer Finger ließ Matthias erschauern. Er schloss die Augen und zog Annabelle über sich. Als sie auf seinem langgestreckten Körper lag, strich er ihre wilde Lockenmähne zurück und sah ihr lange in die grauen Augen. Mit einem tiefen Seufzer fragte er: »Willst du mich heiraten?«

Annabelle stemmte sich mit ihren Händen hoch und sah ihn ungläubig an. »Sag das noch mal!«, flüsterte sie erregt.

Matthias lachte leise und fragte erneut: »Willst du meine Frau werden?«

Ihre Augen fingen an zu leuchten, und sie antwortete strahlend: »Ja, ja, ja! Ich möchte deine Frau werden!«

Überglücklich zog Matthias seine Braut an sich und küsste sie zärtlich, dann stürmisch. Als ihre Leiber zu einem verschmolzen, hofften beide, dass diese Nacht nie enden mochte.

## *Kapitel 12*

Seit Veit von Gerhild gehört hatte, dass Anna Maria sich heimlich mit Täuber treffen wollte, schlief er kaum noch. Abends versuchte er krampfhaft, die Augen offen zu halten, da er nicht verpassen wollte, wenn Täuber seinen Schlafplatz neben ihm verließ.

›Hätte Gerhild geschwiegen, würde ich jetzt seelenruhig schlummern‹, grollte er, und seine Augen brannten vor Müdigkeit. ›Seit dieser Landsknecht aufgetaucht ist, spüre ich nur Zorn in mir!‹, schimpfte er in Gedanken und starrte in die Dunkelheit. Als ihn die Müdigkeit übermannte, gab er ihr nach. ›Sollen beide tun, was sie nicht lassen können‹, dachte er und drehte Täuber den Rücken zu. Er hatte kaum die Augen geschlossen, da spürte er, wie Täuber sich von seinem Lager erhob. Veits Herz klopfte schneller. Als er vor Aufregung laut zu keuchen begann, hielt er die Luft an. Am liebsten wäre er aufgesprungen und hätte den Landsknecht zur Rede gestellt. Doch stattdessen wartete er, bis Täuber den Saal verlassen hatte. Erst dann folgte er ihm.

Täuber ging gerade die Treppe nach unten in die Küche, als Veit den Burghof erreichte. ›Vielleicht täusche ich mich‹, hoffte er, ›und Täuber hat nur Hunger oder Durst.‹ Doch dann sah er, wie Anna Maria ebenfalls in Richtung Küche eilte. Veit starrte regungslos zu dem Eingang, in dem die junge Frau soeben verschwunden war. Die Furcht, sie zu verlieren, obwohl er sie nie besessen hatte, hinderte ihn daran, ihr nachzugehen. ›Vielleicht ist es Zufall, und beide haben Hunger verspürt‹, zog er seinen Verdacht ins Lächerliche, doch eine gehässige Stimme in seinem Kopf lachte ihn aus. ›Du Narr‹, schalt sie ihn, ›das Weib hat einen anderen dir vorgezogen. Einen, der sie zum Lachen bringt und von dieser Burg retten wird.‹

›Jeder weiß, dass man im Schnee sofort unsere Fußabdrücke erkennen würde. Schließlich muss ich auch an die jungen Wölfe denken‹, versuchte Veit sich in Gedanken zu rechtfertigen. Erneut lachte die Stimme in seinem Kopf voller Häme.

Veit rieb sich die Stirn und die brennenden Augen. Die eisige Kälte im Freien hatte ihn zuerst belebt, doch nun spürte er, wie bleierne Müdigkeit ihn überkam. Entmutigt wollte er zurück in den Schlafsaal gehen, als ein Geräusch ihn aufhorchen ließ. Versteckt hinter einem Mauervorsprung beobachtete er, wie Täuber in die Burg zurücklief. Veit erwartete, dass Anna Maria folgen würde – doch sie kam nicht. Die Zeit verging, und er wurde unruhig. ›Vielleicht hat der Hurensohn ihr etwas angetan‹, schoss es ihm plötzlich durch den Kopf, und er lief ohne zu zögern nach unten zur Küche. Schon draußen vor der Küchentür konnte er ein Schluchzen hören. Hastig stieß er die Holztür auf.

Weinend saß Anna Maria am Küchentisch, den Kopf auf die verschränkten Armen gebettet. Als Veit stürmisch eintrat, blickte sie erschrocken auf.

»Hat er Euch etwas angetan?«, fragte Veit erregt.

»Wer?«, fragte Anna Maria, doch dann verstand sie und schüttelte den Kopf. »Was denkt Ihr denn? Dummes Zeug!«

Sie wischte sich mit dem Handrücken über die Augen. Veit stand unschlüssig da, dann setzte er sich schließlich neben sie. »Was macht Ihr hier mitten in der Nacht, und warum weint Ihr?«, fragte er, und Sorge klang aus seinen Worten.

Anna Maria schnäuzte sich und antwortete: »Der Landsknecht erzählte mir von meinen Brüdern, und damit uns niemand belauscht, haben wir ein Treffen mitten in der Nacht vereinbart.«

Erleichtert atmete Veit auf. »Wird er Euch zu Euren Brüdern bringen?«

Erstaunt blickte Anna Maria auf. »Wisst Ihr nicht, dass Täuber in den nächsten Tagen in die Schweiz aufbrechen wird?«

Veit entspannte sich für einen kurzen Augenblick, um dann einen Stich in der Brust zu spüren. »Habt Ihr geweint, weil Täuber Euch verlassen wird?« Auch wenn ihn die Antwort schmerzen könnte, er musste Gewissheit haben.

Ungläubig sah ihn Anna Maria an. »Welch unmögliche Gedanken doch durch Euren Kopf schwirren! Täuber ist die einzige Verbindung zu meinen Brüdern. Wenn er geht, habe ich niemanden mehr, mit dem ich über Peter und Matthias reden kann. Mein älterer Bruder wurde schwer verletzt, und ich muss nun fürchten, dass er seinen Arm verliert oder gar an den Verletzungen stirbt. Scheinbar beschäftigt Euch aber nur die Frage, ob ich das Liebchen des Landsknechts sein könnte. Es erschreckt mich, was Ihr von mir denkt.« Anna Maria hatte sich erhoben und wandte sich zur Tür, doch Veit hielt sie am Arm fest.

»Verzeiht!«, bat er, »ich wollte Euch nicht zu nahe treten. Erzählt mir von Euren Brüdern.«

Obwohl ihre Augen eben noch böse gefunkelt hatten, setzte Anna Maria sich wieder zu ihm. Mit leiser Stimme berichtete sie, was der Landsknecht ihr erzählt hatte. »Als Täuber Mühlhausen verließ, lag Peters Verletzung erst wenige Tage zurück. Zwischenzeitlich könnte er Wundbrand bekommen haben und im Sterben liegen. Vielleicht musste man ihm auch den Arm abnehmen.« Erneut glänzten Tränen in ihren Augen.

»Wie wurde Euer Bruder behandelt?«, fragte Veit. Anna Maria erzählte von dem Mönch.

»Klosterbrüder sind sehr bewandert in der Kräuterkunde. Ich denke, dass Peter bei ihm in guten Händen ist«, versuchte Veit sie zu trösten.

»Und wenn er doch den Arm verliert? Ich kann mir meinen Bruder nicht als Krüppel vorstellen«, jammerte Anna Maria.

Veit blickte die junge Frau nachdenklich an. Erinnerungen kamen zurück, Erinnerungen an ein Geschehen, das damals sein Leben veränderte. Damals, als er gerade fünf Jahre alt war.

»Habt Ihr je den Namen Götz von Berlichingen zu Hornberg gehört?«, fragte er Anna Maria.

»Nein! Ist er ein Ritter?«

Veit nickte und lachte kurz auf. »Er ist ein starker Ritter! Berühmt wurde er durch seine Verletzung, die er im Landshuter

Erbfolgekrieg zwischen Bayern und Rheinpfalz vor mehr als zwanzig Jahren erlitt. In diesem Krieg musste er seine Hand einbüßen, aber er überlebte die furchtbare Verletzung. Später nannte man ihn ›den Mann mit der eisernen Hand‹.«

Anna Marias Augen weiteten sich. »Was war passiert?«

Veit musste nicht lange überlegen, um die Geschichte des Erbfolgekrieges zwischen den beiden Wittelsbacher Linien zu erzählen. »Wie so oft geht es bei solchen Kriegen um Macht. Zwischen den beiden Adelsfamilien gab es eine Abmachung, dass nur männliche Nachkommen erbberechtigt sind. Doch Herzog Georg von Landshut-Bayern scherte sich nicht darum, als er und seine Frau keine männlichen Erben gezeugt hatten. Georg, genannt der Reiche, vermachte sein Erbe seiner Tochter Elisabeth. Albrecht IV., Herzog von Bayern-München, erklärte ihm deshalb den Krieg. Götz von Berlichingen kämpfte auf Seiten Albrechts, als eine Feldschlangenkugel aus den eigenen Reihen seinen Arm streifte. Durch die Wucht der Kanonenkugel wurde der Schwertknopf gespalten. Ein Teil flog gegen seine Armschienen, der andere wurde in den Armpanzer getrieben. Die Ecken der Armschienen bogen sich nach außen, und seine Hand hing nur noch an einzelnen Hautfetzen. Den Erzählungen nach ist Götz von Berlichingen aber weder ohnmächtig vom Pferd gefallen, noch soll er etwas gespürt haben. Der Ritter habe sein Pferd nur gewendet und sei zu seinen Männern zurückgeritten. Mehrere Monate lag er schwer krank danieder. Als die Wunde endlich verheilt war, ließ er sich eine eiserne Hand anfertigen, deren Finger er durch eine besondere Vorrichtung im Inneren bewegen konnte. Trotz der fehlenden Hand führte Götz von Berlichingen weiter Fehden und kämpfte sogar an der Seite von Franz von Sickingen. Wenn Ritter von Berlichingen nicht in den Krieg zieht, so lebt er heute auf Burg Hornberg, die wunderschön auf einen steilen Bergsporn über dem Neckartal gelegen ist, und erfreut sich an seinem selbst angebauten Wein.« Veit ergriff Anna Marias Hand. »Ihr seht, Anna Maria, der Verlust eines Arms muss also nicht unbedingt das Ende bedeuten.«

Aufmerksam hatte Anna Maria Veit zugehört, doch nun starrte sie erschrocken auf ihrer beider Hände. Seine Hand fühlte sich warm an, ihre hingegen eiskalt. Als sie zaghaft ihre Finger bewegte, konnte sie Schwielen in seiner Handinnenfläche spüren. Sie hörte, wie Veit scharf die Luft einsog. Unsicher blickte sie auf und ertrank in seinen wasserblauen Augen. Veit erwiderte den Blick, und der Druck seiner Hand wurde fester.

Anna Marias Körper durchströmte ein Kribbeln, das ein seltsames, ihr fremdes Gefühl hinterließ. Innere Hitze brachte ihre Wangen zum Glühen. Veit zog sie an sich, und ehe sie es sich versah, spürte sie seine Lippen auf den ihren. Zuerst versteifte sich die junge Frau, doch dann gab sie nach. Als Veits Kuss fordernder wurde und sie spürte, wie er ihre Lippen zu öffnen versuchte, löste sie sich hastig aus seiner Umarmung. Verlegen blickte Anna Maria an ihm vorbei, denn er sollte nicht erkennen, wie sehr sein Kuss sie aufgewühlt hatte. Ihre Lippen brannten, und sie fuhr sich mehrfach mit der Zungenspitze darüber.

»Tu das nicht, Anna Maria!«, stöhnte Veit auf und versuchte sie erneut in seine Arme zu ziehen. Diesmal sprang sie rechtzeitig auf und stellte sich ans Tischende.

Anna Maria fühlte sich zerrissen. Bis zu seinem Kuss war sie fest davon überzeugt gewesen, dass sie Veit nicht leiden mochte. Deshalb zog sie sich jetzt auch von ihm zurück. Doch gleichzeitig sehnte sie sich nach seiner Umarmung und nach einem weiteren Kuss.

Veit konnte kaum noch klar denken. Hatte Gerhild etwa Recht gehabt? Liebte er Anna Maria? ›O Gott‹, dachte er, ›woran erkennt man Liebe?‹ An dem Gefühl in den Lenden, das ihn erregte? Am Herz, das heftig in seinem Brustkorb schlug? Oder an diesem zärtlichen Verlangen, das sich in ihm ausbreitete, wenn er Anna Maria nur anschaute?

Veit begehrte Anna Maria wie keine andere Frau vor ihr. Der Kuss hatte ihm verraten, dass er der Erste sein musste, der sie berührt hatte.

Veit seufzte. Wie sollte er handeln? Er war nicht geübt im Erobern einer Frau. Er war daran gewohnt, dass Frauen sich ihm willig hingaben, sobald er sie wollte. Wie sollte er Anna Maria verständlich machen, dass er sie begehrte, ohne sie zu erschrecken? Während die Gedanken nur so durch seinen Kopf jagten, hörte er Anna Maria fragen: »Woher wisst Ihr so viel über Götz von Berlichingen? Kennt Ihr ihn?«

Veit schluckte erschrocken, bevor er antworten konnte. Anna Marias förmliche Anrede hatte ihn zusammenfahren lassen. ›Sie weist mich zurück!‹, dachte er. Um jedoch seine Gefühle zu verbergen, beantwortete er ihre Frage in sachlichem Ton. »Die Kugel war aus den eigenen Reihen abgefeuert worden und hatte von Berlichingen nur gestreift. Sie traf einen anderen tödlich. Sein Name war Fabian Razdorf, ein treuer und beliebter Landsknechtführer. Er war mein Vater.«

Erschrocken blickte Anna Maria auf. Sie glaubte zu erkennen, dass die Erinnerung Veit schmerzte, und sie schämte sich dafür, diese Erinnerung in ihm wachgerufen zu haben.

»Es tut mit leid, dass ich nachgefragt habe«, stammelte sie.

»Das muss es nicht, Anna Maria! Die Erinnerung schmerzt nicht so sehr wie die Erkenntnis deiner Zurückweisung!« Veit stand auf und ging zur Tür, als Anna Maria ihn fragte: »Wie geht es nun weiter?«

»Wie ich Euch versprochen habe – sobald es regnet und man unseren Spuren nicht folgen kann, werden wir die Burg verlassen«, entgegnete Veit schnell und unterdrückte dabei jedes Gefühl in seiner Stimme. Dann ging er hinaus in die Kälte.

Als er zurück im Saal war und sich müde und erschöpft auf sein Lager legte, vernahm er leise Täubers Stimme neben sich. »Ich habe noch nie einen Sehenden gekannt, der so blind durchs Leben läuft.«

Als sich Täuber Anfang Januar auf den Weg nach Süden machte, ließ die Sonne die Schneedecke funkeln, als sei sie mit Juwelen besetzt. Doch schon am Nachmittag zogen dichte Wolken auf und färbten den Himmel grau. Von nun an umklammerte eisige Kälte das Land. Da niemand vorhersagen konnte, wie lang das schlechte Wetter anhalten würde, waren sich die Burgbewohner einig, dass man mit dem Holz sparsam umgehen müsse. Fortan würde nur der mannshohe Kamin im großen Saal brennen, und Anna Maria, Gerhild und Johann schliefen nun ebenfalls dort.

Damit die Flamme in der riesigen Feuerstelle nicht ausging, musste ständig Holz nachgelegt werden. Deshalb sollte das Brennholz vom Burghof in den Saal umgelagert werden. Diese Aufgabe übertrug Johann den Wolfsjägern. Nachdem die drei Männer die ersten Holzscheite an der langen Wand gestapelt hatten, weigerten sie sich weiterzuarbeiten und beklagten sich lautstark über die ungewöhnlich schwere Arbeit.

Hans, dem vor Anstrengung der Schweiß aus allen Poren floss, baute sich vor Johann auf und fragte herausfordernd: »Warum müssen nur wir das Holz herbeischleppen? Schließlich wärmt es doch jeden hier im Saal.«

Da fauchte Gerhild ihn an: »Ihr fresst euch seit Wochen durch, trinkt uns das Bier weg und verpestet die Luft mit eurem Gestank. Das Mindeste, das ihr tun könnt, ist, Holz heranzuschaffen.« Als Karius aufbegehren wollte, drohte sie: »Wenn es euch nicht passt, dann verlasst die Burg.«

Daraufhin arbeiteten die Wolfsjäger zähneknirschend weiter, und bis zum Abend bedeckte das Holz die gesamte Länge der Saalwand.

Doch obwohl Tag und Nacht das Feuer brannte, reichte die Wärme nicht aus, um die Kälte und die Feuchtigkeit des Mauerwerks zu bezwingen. Schließlich gab Johann Befehl, die Hälfte des Raumes abzuteilen und mit Stroh auszulegen. Danach wurden alle Tiere aus dem Stall in den Saal umgesiedelt, und der Gestank nach Mist und Dung überdeckte rasch den der Menschen. Aber auch die Wärme des Viehs konnte wenig ausrichten, und es war noch immer bitterkalt in dem hohen Steinraum. Zudem schlug sich der Atem an der Decke nieder und tropfte herunter, sodass sich auf dem Boden Pfützen bildeten.

Zuerst wurden die Kinder krank, dann die Erwachsenen. Das Blöken, Grunzen und Gackern der Tiere vermengte sich mit den ständigen Hust- und Niesgeräuschen der Menschen. Die Kinder quengelten und weinten. Als einige so schwer krank wurden, dass sie ihr Lager nicht mehr verlassen konnten, wollte Johann den Arzt rufen lassen. Doch die Wege nach Landstuhl waren vereist, sodass niemand in den Ort hinuntergelangen und aus Landstuhl niemand den Weg heraufkommen konnte.

Zwei Tage später verschied Augustins Schwester Thea, und am selben Abend verstarb eines der Kinder in den Armen seiner Mutter. Da der Boden hart gefroren war, konnte man kein Grab für die Toten ausheben. Ihre erstarrten Körper wurden in dünne Tücher gewickelt und im Gewölbekeller neben den Fässern abgelegt.

Als sich nachts der Wolfsjäger Michel heimlich Bier aus dem Keller holen wollte, erkannte er in seinem Suff nicht, dass die ausgetretenen rötlichen Sandsteinstufen mit einer dicken Eisschicht überzogen waren.

Erst am nächsten Morgen fand man seine steifgefrorene Leiche. »Genickbruch!«, stellte Johann ungerührt und fest und ließ Michel zu den übrigen Toten legen.

Michels Gefährte Hans blickte Veit, der am oberen Ende der Treppe zum Keller stand, anklagend an. Daraufhin machte Veit mit der Hand eine Bewegung, die einen Stoß andeutete. Hans wurde blass und mied fortan jeden Blickkontakt mit dem Bruder des Hausherrn.

Anna Maria kam kaum zu Ruhe. Von den frühen Morgenstunden an bis in die späte Nacht hinein war sie mit der Pflege der Kranken beschäftigt. Als die Köchin heftigen Husten bekam und wie so viele nicht mehr von ihrem Lager aufstehen konnte, übernahm sie zusätzlich die Pflichten in der Küche.

Zwar war Anna Maria nach dem Tod der Mutter auf dem elterlichen Hof für die Führung des Haushalts verantwortlich gewesen, doch hatte sie dort aus dem Vollen schöpfen können. So kam es ihr jedenfalls vor, nachdem sie die mageren Vorräte auf der Burg begutachtet hatte. Trotzdem versuchte sie aus dem Wenigen, was sie vorfand, gehaltvolle Mahlzeiten zu kochen.

Der eisige Wind, der um Burg Nanstein pfiff, zog durch jede Ritze im Mauerwerk. Mühsam versuchten die Männer, die Spalten mit Stroh, das mit Dung vermengt war, zu stopfen. Eines Nachts fegte heftiger Sturm einige Ziegel vom Dach der Burg, und durch die Löcher entschwand die Wärme. Keiner der Männer meldete sich freiwillig, um auf das vereiste Dach zu steigen und die fehlenden Tonplatten zu ersetzen, denn jeder wusste, wie gefährlich es war. Johann hatte keine Wahl, als das Los entscheiden zu lassen. Er nahm verschieden lange Strohhalme in die Hand und ließ jeden der Männer abwechselnd einen Halm ziehen. Als Veit den kürzesten zog, zeigte sein Gesicht keine Regung. Wortlos ließ er sich zur Sicherheit ein Seil um den Leib schlingen. Bevor Veit den Saal verließ, bedachte er Anna Maria mit einem kurzen Blick, und auch die junge Frau sah ihm besorgt hinterher.

Als er dann endlich nach einer Stunde blau gefroren, doch unversehrt zurückkehrte, wäre Anna Maria ihm am liebsten um den Hals gefallen, so erleichtert war sie, dass ihm nichts geschehen war.

Im Februar setzte heftiger Eisregen ein. Trafen einen die kleinen Eisstücke im Gesicht, brannte die Haut wie Feuer. Deshalb gingen die Burgbewohner nur noch vor die Tür, wenn es sich nicht vermeiden ließ, denn zudem verwandelte das Eis den Hof in eine spiegelglatte Fläche. Wegen der steilen Treppe wurde selbst der Gang zur Küche lebensgefährlich, sodass man einen Topf über das Feuer im Kamin hängte. ›Dann gibt es eben nur noch Kohl zu essen‹, dachte Anna Maria achselzuckend.

Nach Wochen ununterbrochener Kälte waren die Menschen geschwächt. Fast jeder kämpfte mit Husten oder Fieber und manch einer sogar mit dem Tod.

Auch Anna Maria war entkräftet, trotzdem kümmerte sie sich weiter um die kranken Burgbewohner. Mit Hilfe von heißen Kräuterdämpfen versuchte sie die Erkältungen zu lindern.

Es kostete sie große Mühe, den Hausherrn zu überzeugen, dass die Hühner geschlachtet werden mussten. »Die Kranken brauchen wärmende Hühnersuppe zu trinken. Nur so werden sie wieder zu Kräften kommen«, begründete sie ihre Forderung. Nur zögerlich stimmte Johann zu, denn der Viehverkauf war die einzige Einnahmequelle, die sie hatten, wenn der Winter vorbei war. Doch kaum hatte er Ja gesagt, nahm Augustin auch schon die Axt zur Hand und schlachtete das erste Federvieh. Lachend liefen die Kinder dem Huhn hinterher, das ohne Kopf durch den Saal flatterte.

Der Winter schien kein Erbarmen mit den Menschen zu haben. Auf den Eisregen folgte heftiger Schneefall, und es wurde sogar noch kälter.

Trotz des schlechten Wetters stand Anna Maria dick eingepackt in ihren Umhang und eine Decke hin und wieder an der Burgmauer und ließ ihren Blick in die Ferne schweifen. Um nicht auszurutschen, umwickelte sie ihre Füße mit Stroh – so wie sie es von zu Hause kannte.

Meist verließ sie den Saal, wenn alle anderen schliefen. Sie genoss die Stille und die klare Luft und betete stumm, dass bald Regen einsetzen würde.

Wieder einmal war sie den vielen Geräuschen und dem Gestank des großen Saals entflohen. Gedankenverloren betrachtete sie das Wappen der Familie von Sickingen über dem Burgtor, von dem im roten Stein nur noch fünf Halbkugeln zu erkennen waren. Der Rest des eingemeißelten Schildes war bei dem Angriff auf die Burg zerstört worden.

»Wisst Ihr, was die Kugeln zu bedeuten haben?«, fragte Veit, der unbemerkt hinter Anna Maria getreten war. Scheu starrte sie ihn an. Ihr Herz machte einen Satz und brauchte einen Augenblick, bis es sich wieder beruhigt hatte. Dann verneinte sie seine Frage.

»Der Sage nach sollen es fünf Schneekugeln sein.«

Als Anna Maria nichts erwiderte, fuhr Veit fort: »Vor einigen Jahrhunderten sollen sich zwei Brüder der Familie von Sickingen um das Erbe ihres Vaters gestritten haben. Als sie mit Waffen die Entscheidung austragen wollten, riet die Mutter zu einer Schneeballschlacht, um Blutvergießen unter den Geschwistern zu verhindern.«

Zweifelnd blickte Anna Maria nun zu Veit auf. Sie glaubte, ein Lächeln um seinen Mund zu erkennen.

»Ihr scherzt!«, erwiderte sie.

Tatsächlich lachte Veit nun leise. »Wenn mein Bruder Euch diese Kugeln erklären würde, hätte er Euch von einem Zielwerfen mit Schneebällen berichtet. Mir aber gefällt die Schneeballschlacht besser.«

»Welch ein Unsinn!«, lachte Anna Maria.

Im gleichen Moment fiel etwas auf ihre Nase. Erschrocken blickte sie nach oben, als ein weiterer Regentropfen in ihrem Gesicht landete. Ungläubig schaute sie zu Veit, der seine Arme ausbreitete. Plötzlich prasselte heftiger Regen auf sie nieder. So schnell der glatte Boden es zuließ, liefen sie zurück zur Burg. Bevor Veit die Tür öffnete, flüsterte er: »Wir müssen abwarten, ob der Regen anhält. Sollte es morgen noch regnen, verschwinden Schnee und Eis, und wir können fliehen.«

Ehe Anna Maria noch etwas erwidern konnte, hatte er sie in die Arme genommen und ihr einen Kuss auf den Mund gedrückt. Genauso unverhofft ließ er sie dann wieder los. Doch nun zog Anna Maria ihn an sich und küsste ihn sanft. Ungläubig starrte er sie an. Bestürzt senkte Anna Maria den Blick, wand sich aus seinen Armen und eilte in den Saal.

Der Morgen graute bereits, doch Anna Maria lag noch immer wach auf ihrem Strohlager. Sie zitterte am ganzen Körper, und das hatte nichts mit der Kälte zu tun. ›Wie konnte ich mich nur so gehen lassen?‹, haderte sie mit sich. ›Was wird er von mir denken? Eine Frau, die sich einem Mann an den Hals wirft, wird man für ein leichtes Mädchen halten! Liederlich würde Vater sie schimpfen.‹ Anna Maria schämte sich. ›Ich werde Veit nie wieder küssen‹, schwor sie sich, bevor sie endlich Schlaf fand.

Am nächsten Morgen traute sich Anna Maria nicht, Veit in die Augen zu blicken. Er hingegen suchte ihre Nähe, sodass sie fürchtete, die anderen Bewohner könnten es bemerken. Als Veit erneut neben ihr stand, zischte sie unbeholfen: »Lasst mich in Ruhe!« und verließ den Saal.

Als Veit aufblickte, sah er direkt in die Augen seines Bruders.

Grimmig brüllte Johann: »Wage es nicht, Veit! Sonst werde ich vergessen, dass wir Brüder sind!«

Das ließ die Burgbewohner aufhorchen, doch sie verstanden den Sinn dieser Worte nicht. Gerhild hingegen ahnte den Grund für Johanns Aufbrausen, doch es kümmerte sie nicht. Mit bleichem Gesicht und dunklen Augenrändern schlich sie aus dem Saal.

Durch Johanns Gebrüll aufmerksam geworden, beobachtete der Wolfsjäger Hans aus sicherer Entfernung die beiden Brüder.

Veit spürte die Blicke des Alten auf sich und ballte vor Zorn die Hände zu Fäusten. Nur zu gern hätte er ihm erneut die Nase gebrochen. Doch er wusste, dass er Ruhe bewahren musste, wenn er mit Anna Maria die Burg unbemerkt verlassen wollte.

»Das Wetter bringt mich noch um!«, stöhnte Gerhild auf und hielt sich die Schläfen. Sie stand im Vorratskeller und zählte mit Anna Maria die Kohlköpfe, um zu sehen, was nach den harten Wochen an Essen noch übrig war.

»Wann werden die Toten begraben?«, fragte Anna Maria und blickte in den dunklen Teil des Vorratskellers, in den man die Leichen gelegt hatte. »Auch wenn es hier unten immer noch eisig kalt ist, sie müssen endlich unter die Erde gebracht werden.«

Gerhild hielt inne und folgte ihrem Blick. »Augustin hat versucht ein Loch auszuheben, doch der Boden ist noch immer knüppelhart gefroren. Selbst mit der Spitzhacke konnte er nichts ausrichten.«

Plötzlich würgte Gerhild und erbrach sich.

»Was hast du gegessen? Es gab doch nichts Grünes!«, fragte Anna Maria erschrocken.

Gerhild wischte sich mit dem Handrücken über den Mund. »Kannst du das nicht erkennen, Seherin?«, giftete sie und setzte sich ermattet auf ein Fass.

»Möchtest du einen Schluck Bier?«, fragte Anna Maria mitfühlend und übersah bewusst Gerhilds Feindseligkeit.

Die schüttelte den Kopf und würgte erneut. »Bereits seit Wochen schlucke ich dieses Kraut, doch nun krampft mein Magen, sobald ich nur daran denke. Sicherlich habe ich zu viel davon genommen.«

»Ist es ein Heilkraut?«

»So etwas Ähnliches«, erklärte Gerhild vage. Um das Gespräch zu beenden, stand sie auf und sagte: »Lass uns nach oben gehen. Wir sind hier fertig.«

Zu Anna Marias Freude regnete es zwei Tage ohne Unterbrechung, und es wurde wärmer. Auf der Burg schmolz das Eis, und aus Schnee wurde Matsch. Doch in den Tälern verwandelte sich jedes Bächlein in einen reißenden Fluss, da der hartgefrorene Boden das viele Wasser nicht aufnehmen konnte. Riesige Wasserflächen verwandelten Wiesen, Äcker und Weiden in eine Seenlandschaft.

Nachdenklich stand Veit an der Burgmauer. Er blickte ins Tal, das mit braunem Wasser getränkt schien, als Hans und Karius sich zu ihm gesellten. Veit tat, als habe er sie nicht bemerkt.

»Horch, was ich dir sage!«, sprach Hans ihn an. »Ich weiß, was du mit der Kleinen vorhast, doch ich werde dich finden, denn ich bin der Beste im Spurenlesen!«

»Dann hör du mir jetzt genau zu, Mistkerl! Solltest du mir oder Anna Maria zu nahe kommen, werde ich dich umbringen.«

Hans lachte laut auf. »Schon wieder eine Drohung!« Blitzschnell fuhr Veits Faust nach vorne und traf Hans auf der Nase, was diesen sogleich aufheulen ließ. Dann wandte sich Veit an Karius, der ängstlich zurückgewichen war. »Und dir Dummkopf schneide ich ohne Vorwarnung die Kehle durch, solltest du mir oder der Frau im Wege stehen.«

Mit diesen Worten drehte er um und ging zurück in die Burg. Es war höchste Zeit! Sie durften keine weiteren kostbaren Tage mehr vergeuden.

Ohne Vorwarnung weckte Veit Anna Maria mitten in der Nacht und gab ihr ein Zeichen, sich leise anzukleiden und den Pilgerstab und den Umhang mitzunehmen. Schweigend folgte sie ihm nach draußen. Als Anna Maria auf dem Burghof Gerhild stehen sah, wurde sie unruhig, da sie sich darauf keinen Reim machen konnte. Fragend blickte sie Veit an.

»Es ist so weit, Anna Maria. Wir werden heute Nacht fliehen«, erklärte er ihr.

Wortlos reichte Gerhild der jungen Frau einen Rucksack mit Essen und einen gefüllten Wasserschlauch. Auch für Veit, der wie Anna Maria einen wärmenden Umhang trug, hielt sie Verpflegung bereit. Dann zog Gerhild Veit von Anna Maria fort und redete leise auf ihn ein. Immer wieder sah sie dabei zu der jungen Frau herüber.

Mit ungutem Gefühl beobachtete Anna Maria die beiden. Als Veit Gerhild lange umarmte und ihr sanft über die Wange strich, hätte Anna Maria sich am liebsten auf das Weib gestürzt. Stattdessen wandte sie sich ab und starrte in die Dunkelheit. Dann kam Veit zu ihr und fragte leise: »Bist du bereit?« Anna Maria nickte. Bevor sie hinter Veit über die zerschossene Mauer kletterte, drehte sie sich noch einmal um. Aber Gerhild war verschwunden.

Jetzt stapfte Anna Maria hinter Veit durch die Nacht. Ein letztes Mal blickte sie zurück, doch die dunklen Wolken, die dicht an dicht hingen, behinderten ihre Sicht. Endlich lag die Burg hinter ihnen.

# Kapitel 13

Die Gassen in Mühlhausen waren geschwärzt von der Asche, die die Menschen über das Eis streuten, um das Gehen darauf zu erleichtern. Doch rasch verwandelte sich die dunkle, dichte Staubschicht in eine schmierige Masse, die an den Schuhen aller und den Rocksäumen der Frauen kleben blieb.

Seit Wochen gingen die Leute nur noch vor die Tür, wenn es sich nicht vermeiden ließ. So stöhnten die Handwerker und die Kaufleute, dass ihre Einnahmen merklich zurückgingen, und auch die Wirte schimpften über die Kälte, da weniger Gäste in ihren Schankräumen saßen – erst recht seit dem Tod des Wagners Kuntze. Er war nach einem feuchtfröhlichen Wirtshausbesuch in einer dunklen Gasse ausgerutscht und betrunken liegen geblieben. Am nächsten Morgen fand man seinen leblosen Körper steifgefroren. Doch irgendwann schreckte auch solch ein tragischer Unfall nicht mehr ab, und es zog die Männer wieder hinaus ins Wirtshaus.

Nach mehreren Wochen des Stubenhockens fühlten sich Hauser und der Bader wie ausgetrocknet und beschlossen, schleunigst das Gasthaus aufsuchen zu müssen.

»Welch ein Unfug!«, schimpfte Annabelle, als Hauser versuchte Matthias und Peter zu überreden, mit ihnen zu kommen. »Ihr habt stets genügend Bier getrunken, schließlich stehen im Keller etliche Fässer. Warum wollt ihr es wagen, euch auf dem Weg den Hals zu brechen?«

»Das verstehst du nicht Annabelle! Du bist ein Weib, doch wir sind Männer, und Männer gehen nun mal ins Gasthaus. Wir wollen uns unterhalten, Neuigkeiten erfahren, lachen und in Gesellschaft ein oder zwei Krüge Bier trinken.«

»Pah!«, schnaubte Annabelle, als sie sah, dass auch Matthias eine Jacke überzog. »Als ob es bei zwei Krügen Bier bleiben würde!«

»Vielleicht hat Annabelle Recht, und ich sollte besser hierbleiben!«, warf Peter ein, der befürchtete, auszurutschen und sich erneut den Arm zu brechen.

»Red kein dummes Zeug, Bursche! Dein Bruch ist verheilt und dein Arm durch Bäder und Übungen gekräftigt«, erwiderte der Baader grimmig. »Es wird Zeit, dass du vor die Tür kommst, sonst wirst du noch zu einem Jammerweib!«

Wütend wollte Peter aufbegehren, doch Hauser fasste ihn beschwichtigend am Arm. »Matthias und ich werden dich unterfassen, dann kannst du sicher auftreten.« Aufmunternd zwinkerte er ihm zu. So willigte Peter ein und warf sich seinen Umhang über. Im Hinausgehen hörte er, wie Matthias Annabelle zuflüsterte: »Ich werde nicht lange bleiben – warte auf mich!«

»Ahh!«, stöhnte Hauser vor Wonne. »Das erste Bier schmeckt einfach am besten!« Mit dem Ärmel wischte er sich über den Mund. An diesem Abend verspürten anscheinend viele Männer den Wunsch nach einem kühlen Bier in geselliger Runde, denn die Tische im »Blauen Hecht« waren gut besetzt. Bereits nach kurzer Zeit wurde die Glocke über der Theke angeschlagen, als Zeichen, dass das Bierfass leer war. Eifrig rollte Michael ein neues aus dem Ausstieg vom Keller. Erst jetzt sah er seine ehemaligen Weggefährten Michael und Friedrich und lächelte ihnen zu. Nachdem das Fass an Ort und Stelle stand und angeschlagen war, fragte Michael den Wirt, ob er sich zu seinen Freunden setzen dürfe.

»Zuerst gehst du rum und fragst, wer noch was will«, brummte der Wirt. »Dann kannst du dich meinetwegen kurz zu ihnen setzen. Aber sobald ich dich rufe, kommst du zurück. Hast du verstanden?«

Michael nickte und machte sich sogleich daran, die Bestellungen aufzunehmen.

Als er sich schließlich an den Tisch zu seinen alten Weggefährten gesellte, wurde er mit lautem Gejohle begrüßt. Nachdem er sich bei Peter nach seinem Befinden erkundigt hatte, wollte Hauser wissen: »Gibt es Neuigkeiten, die du uns erzählen kannst?« Michael schüttelte den Kopf. »In den vergangenen Wochen waren kaum Fremde im Schankraum. Der Mann, der da allein am Tresen steht, ist der erste seit langem.«

Die Männer wandten die Köpfe zum Tresen, aber außer Hauser schenkte keiner dem Mann länger Beachtung. Nachdem Hauser den Fremden ein Weilchen beobachtet hatte, gab er dem Wirt ein Zeichen, nahm zwei gefüllte Krüge entgegen und ging zum Tresen hinüber. Hauser stellte sich kurz vor, gab dem Fremden einen Bierkrug und lud ihn an seinen Tisch ein. Erfreut über diese freundliche Geste, gesellte der Mann sich zu ihnen. Er hieß Christian Kleeberger, kam aus dem Süden und wanderte von einem Ort zum nächsten.

»Um diese Jahreszeit kann das kein Vergnügen sein«, sagte Friedrich nachdenklich, der sich inzwischen auch zu seinen Freunden an den Tisch gesetzt hatte. Er selbst war dankbar, bei Metzger Frohe ein Dach über dem Kopf zu haben.

Doch der Fremde lächelte nur zaghaft. »Das ist wohl wahr, aber ich bin es nicht anders gewohnt, deshalb macht es mir nichts aus. Ich finde immer ein trockenes Plätzchen, wo ich nächtigen kann, und ich treffe immer freundliche Menschen, die mir ein Bier ausgeben.« Mit diesen Worten erhob er den Krug und prostete jedem zu.

»Was geht in der Fremde vor sich?«, fragte Hauser neugierig.

»Habt ihr schon von den drei Haufen gehört?«, fragte Kleeberger. Friedrich prustete los. »Ich kenne nur einen Haufen!«

Kopfschüttelnd rollte der Bader mit den Augen und murmelte: »So viel Dummheit ist nur schwer zu ertragen!«

»Aber woher soll er auch wissen, was gemeint ist? Schließlich hat er nicht die Erfahrung, die wir haben, Gabriel.«

»Dann erklär es ihm, damit er nicht noch dumm stirbt!«

»Später«, antwortete Hauser und fragte neugierig: »Von welchen Haufen sprecht Ihr?«

»Der Baltringer Haufen in Oberschwaben, der Allgäuer Haufen und der Seehaufen in der Nähe von Lindau. Jeder ist mehrere tausend Mann stark. Der stärkste soll der Seehaufen sein mit über zwölftausend Mann, von denen jeder fünfte ein Landsknecht ist. So haben sie ein Waffenlager, das sich sehen lassen kann. Man spricht von einer Unzahl Musketen und anderer Feuerwaffen. Sogar Kanonen sollen sie in ihrem Hauptlager in Bermatingen am Kehlhof in der Nähe des Bodensees haben.«

»Solch ein Haufen ist unüblich«, stellte der Bader nachdenklich fest.

»Von was redet Ihr?«, fragten Matthias und Peter wie aus einem Munde.

Hauser nahm einen Schluck Bier und setzte dann zu einer Erklärung an: »Bereits seit einiger Zeit rotten sich im Reich unzufriedene Bauern und Handwerker unter einem Anführer zu sogenannten ›Haufen‹ zusammen. Bis jetzt waren sie militärisch schwach organisiert. Doch anscheinend ändert sich das gerade. Werden die anderen Haufen auch durch Landsknechte verstärkt?«

Kleeberger nickte. »Vom Allgäuer Haufen weiß ich es mit Bestimmtheit. Vom Seehaufen erzählt man sich außerdem, dass sogar Geistliche dazugestoßen sein sollen.«

Ungläubig sahen sich Hauser und der Bader an, während Kleeberger fortfuhr: »Als Letztes habe ich vom Baldringer Haufen erfahren, dass der Ulmer Bürgermeister versucht hat mit den Bauern zu verhandeln. Angeblich hat er sie aufgefordert, ihre Beschwerden niederzuschreiben.«

»Ich kenne das von meiner Heimat Stühlingen, doch gebracht hat es nichts!«, flüsterte Hauser, und sein Blick verfinsterte sich. ›Wie so oft in den letzten Wochen‹, dachte Peter bei sich, denn er hatte Hauser so manches Mal mit düsterer Miene in der Stube sitzen sehen.

»Oh!«, sagte der Fremde erschrocken. »Wenn du aus Stühlingen bist, dann kennst du sicher auch die Geschichte von der Frau des Grafen von Lupfen, die Schneckenhäuser suchen ließ.«

Wieder nickte Hauser und sagte bitter: »Wegen ihr starb meine Frau Lizzi, und mein Sohn muss deshalb bei seiner Tante leben.«

Es überraschte Peter, dass Hauser von Florian sprach, denn seitdem er den Jungen der griesgrämigen Alten übergeben hatte, hatte er seinen Namen mit keiner Silbe mehr erwähnt.

»Wärt Ihr nicht fortgegangen, so brauchte Florian auch nicht bei der Alten zu leben!«, warf Matthias Hauser nun unbarmherzig vor. Peter stieß seinen Bruder in die Seite, um ihn zum Schweigen zu bringen.

»Glaube nicht, dass ich meinen Jungen gerne bei seiner Tante gelassen habe! Sobald ich kann, werde ich ihn wieder abholen.«

»Wann soll das sein?«, stänkerte Matthias und scherte sich nicht um den bösen Blick, den sein Bruder ihm zuwarf.

»Das weiß ich nicht«, antwortete Hauser ehrlich. »Doch eines weiß ich bestimmt: Zuallererst muss sich was ändern!«

Um das Gespräch auf ein anderes Thema zu lenken, schaltete sich jetzt Peter ein und fragte den Wanderer: »Welche Beschwerden wird der Baltringer Haufen vorbringen?«

»Ich vermute sie werden die Leibeigenschaft beklagen, darum bitten, den Zins zu senken, und sicherlich auch hoffen, dass sie keine Frondienste mehr erfüllen müssen. Im Grunde wollen sie das abschaffen, was alle Bauern im Land beklagen.«

»Was erzählt man sich vom Allgäuer Haufen?«, wollte nun der Bader wissen, und Peter war erleichtert, dass es ihm gelungen war, den Streit zwischen seinem Bruder und Hauser zu beenden.

»Vor wenigen Tagen traf ich einen Wanderer, der mir erzählte, dass ein gewisser Jörg Schmid ihr Führer sein soll. Er ist Bleichknecht und stammt aus der Nähe von Kempten.«

»Wieso ein Bleichknecht und kein Bauer?«, unterbrach Peter ihn interessiert.

»Er kann lesen und schreiben, was Bauern selten können«, erklärte Kleeberger. »Bereits Ende Januar soll er dem Bundeshauptmann zu Ulm persönlich eine Klageschrift übergeben haben. Aber das ist nun schon wieder einen Monat her. Wegen des schlechten Wetters können nur spärlich Nachrichten übermittelt werden.«

Hauser rückte näher an Kleeberger heran. »Weißt du auch Neues über Müntzer zu berichten?«

Kleeberger nickte. »Er ist bereits auf dem Weg nach Mühlhausen!«

Annabelle lag wütend neben Matthias und hielt sich die Ohren zu. Zornig stieß sie ihn mit dem Ellenbogen an. »Nicht nur, dass du stinkst, als hättest du ein ganzes Fass Bier allein ausgesoffen. Jetzt schnarchst du auch noch so laut, dass jeder im Haus weiß, dass du bei mir liegst. Jeden Augenblick wird sicherlich mein Vater ins Zimmer kommen und dich finden.«

Matthias öffnete ein Auge und lallte: »Dein Vater ist nicht mehr fähig zu stehen, geschweige denn Treppen zu steigen. Du kannst beruhigt schlafen.« Sofort schlief er wieder ein und schnarchte weiter. Immer noch aufgebracht stand Annabelle auf und ging nach unten. »Wenn ich eh nicht schlafen kann, dann knete ich wenigstens den Teig für morgen schon vor«, murrte sie leise.

Als sie die Küche betrat, sah sie im schwachen Schein des Binsenlichts Peter am Tisch sitzen. Überrascht fragte sie ihn: »Kannst du auch nicht schlafen?«

»Ich war noch nicht im Bett.«

»Du klingst, als ob du nichts getrunken hättest.«

»Habe ich auch nicht. Das Bier hat mir heute nicht geschmeckt.«

Annabelle füllte Milch in zwei Becher und reichte Peter den einen. Lächelnd nahm er einen Schluck. »Ich muss ständig an zu Hause denken«, sagte er traurig.

»Das kann ich verstehen«, erwiderte Annabelle. »Matthias hat mir versprochen, mich mit nach Mehlbach zu nehmen, wenn alles vorbei ist.«

Peter seufzte vernehmlich. »Das ist so etwas, was ich nicht begreife, nicht erklären oder verstehen kann. Niemand weiß, worauf wir warten. Ist es ein Aufstand oder eine Erklärung oder ein Haufen, der sich hier bilden wird und dem wir folgen werden?« Er sah, dass Annabelle ein Lachen unterdrücken musste, deshalb erklärte er ihr, was er heute im Gasthaus erfahren hatte.

»Hast du darüber mit meinem Vater oder Hauser gesprochen?«

Er schüttelte den Kopf. »Dein Vater und Hauser sind da unterschiedlicher Meinung. Hauser wartet auf Müntzer, und dein Vater ist Luther-Anhänger. Ich denke, dass Hauser mit einem Aufstand rechnet. Dein Vater hofft hingegen, dass man Luther friedlich folgen wird.«

Peter strich sich mit den Fingern durch seine dunkelblonden Haare. »Weiß du, Annabelle, mein größtes Problem ist, dich und meinen Bruder glücklich miteinander zu sehen.« Als er ihren erschrockenen Blick sah, fügte er hastig hinzu: »Auch ich habe eine Liebste und vermisse sie von Tag zu Tag mehr. Wenn ich dich und Matthias zusammen sehe, dann würde ich am liebsten zurück nach Mehlbach laufen. Und das Schlimmste ist, dass ich Susanna nie gesagt habe, wie sehr ich sie mag. Im Gegenteil! Wochen vor meiner Abreise habe ich sie gemieden, weil unsere Väter sich nicht ausstehen können. Im Grunde ist ihr Vater der Streithammel. Mein Vater hat stets versucht dem alten Nehmenich zu helfen, doch der hat jede Hilfe abgeschlagen. Aber anstatt mich einen Teufel um die beiden alten Sturköpfe zu scheren, habe ich genau das getan, was man von mir erwartete.«

»Welche Gefühle hegt Susanna für dich?«

»Sie mag mich, das weiß ich. Doch ihr Vater hatte ihr Prügel angedroht, sollte sie sich wieder mit mir treffen.«

»Und du bist dir deiner Gefühle für sie ganz sicher?«

Peter nickte.

»Dann musst du sie aufsuchen, sobald du zurück bist. Wohnt sie auch in Mehlbach?«

»Nein, einen Ort weiter, in Schallodenbach.«

»Erzähl mir von eurer Heimat.«

»Hat Matthias das nicht getan?«

»Doch, aber jeder sieht es anders.«

In bunten Bildern beschrieb Peter Mehlbach und den Hofmeister Hof, erzählte ihr von seinen Brüdern Jakob und Nikolaus und schilderte alles so, dass Annabelle es sich vorstellen konnte.

»Unsere Schwester Anna Maria würde dir gefallen. Ihr gleicht euch, und das nicht nur vom Namen her.«

»Ja, ich fand es lustig, als Matthias mir ihren Namen nannte.«

»Vater hat uns unsere Namen gegeben, und er wählte jeden mit Bedacht. Er sagte stets, dass er aus Tradition, Dankbarkeit und tiefem Glauben heraus Namen aus dem alten Testament ausgesucht hätte. Mein Name bedeutet ›Fels in der Brandung‹, weil mein Vater früh von mir angenommen hat, dass ich auch in brenzligen Situationen einen kühlen Kopf bewahren würde.«

»Wie konnte er wissen, wie du sein würdest?«, fragte Annabelle.

Peter lachte in sich hinein. »Genau dieselbe Frage habe ich ihm auch gestellt. Er sagte mir, dass ich damals, als er mich das erste Mal auf dem Arm hielt, sein Gesicht genau betrachtet hätte. Und dann sei ich ganz friedlich eingeschlummert. Vater lachte verschmitzt und erklärte mir, dass er der Meinung sei, dass wer bei seinem Anblick unbekümmert schlafen könne, sich auch sonst durch nichts erschüttern ließe! Und so nannte er mich Peter.«

Annabelle lächelte und wollte dann wissen: »Und was bedeuten die Namen deiner Geschwister?«

»Bei Jakob ist das einfach zu erklären«, fuhr Peter fort. »Jakob ist im Alten Testament der Stammvater, und da mein Bruder Jakob der Erstgeborene ist, wurde er nach ihm benannt. Matthias wäre bei der Geburt beinahe gestorben. Stunde um Stunde hat Vater für ihn gebetet. Als der Tod gebannt und das Leben den Kampf gewonnen hatte, nannte er ihn deshalb Matthias – Geschenk Gottes. Anna Maria ist sein Augenstern, verständlich, schließlich ist sie das einzige Mädchen. Da Maria als Vorname wenig gebräuchlich war, nannte Vater sie Anna Maria. Anna bedeutet Liebreiz, und liebreizend ist sie wahrhaftig. Als mein jüngster Bruder geboren wurde …« Peter geriet mit einem Mal ins Stocken und verstummte dann ganz. Ungeduldig wartete Annabelle, dass er weitersprach, doch Peter war schlagartig bewusst geworden, dass sein Vater bei Nikolaus' Geburt weit fort gewesen war. Ein weiterer Beweis für Hausers Verdacht, dass hinter Daniel Hofmeister tatsächlich Joß Fritz steckte.

»Also, was war nun bei der Geburt deines jüngsten Bruders?«, hakte Annabelle nach, als Peter noch immer schwieg.

»Mein Vater weilte damals nicht zu Hause in Mehlbach, und so musste meine Mutter sich allein einen Namen überlegen. Sie wählte Nikolaus für ihren vierten Sohn. Als Vater schließlich zurückkehrte, hatte sie den Namen schon ins Kirchbuch eintragen lassen. Er fand den Namen unpassend für einen Bauernsohn, konnte ihn aber nicht mehr ändern lassen. Deshalb gab er meinem kleinen Bruder einen zweiten Namen: Adam, wie der erste Name im Alten Testament. Und so hatten wir schließlich alle biblische Namen.«

»Und dein Vater hat sein Vorhaben bei allen seinen fünf Kindern in die Tat umgesetzt«, strahlte Annabelle. »Hat denn sein eigener Name auch eine Bedeutung?«, wollte sie von Peter wissen.

Peter zögerte einen Moment, doch dann antwortete er mit einer Stimme, die fremd klang: »Ja, und ich finde, dieser Name passt am besten zu seinem Träger. Daniel bedeutet: Gott sei mein Richter!«

»Wie meinst du das?«, fragte Annabelle erschrocken.

»Ich hoffe, dass kein weltliches Gericht jemals über meinen Vater richten wird. Nur Gott allein soll über ihn richten, denn Gott ist stets auf der Seite der Gerechten.«

Bevor Annabelle noch etwas erwidern konnte, war Peter schon aufgestanden und hinausgegangen und ließ das Mädchen ratlos allein zurück.

## *Kapitel 14*

Die Kinder hielten sich die Ohren zu, als die Stimme des Landsknechts erneut durch den Saal dröhnte. »Sucht sie! Schaut in jeden Raum, in jede Nische, in jede Ecke!«

Sofort schwirrten die Burgbewohner aus, um Veit und Anna Maria zu finden.

Das Frühmahl war fast beendet, als Johann bemerkte, dass Veit nicht wie sonst an der Tafel saß. Und auch Anna Maria war nirgends zu sehen. Sogleich schickte er einen der Knaben los, seinen Bruder zu holen. Als der Junge ihn jedoch nicht finden konnte, wurde der Landsknecht misstrauisch. Er ließ eine Magd nach Anna Maria sehen, doch auch sie bestätigte ihm, dass die Seherin nicht in ihrer Kammer war.

Langsam dämmerte es Johann, was der Grund dafür sein konnte, dass die beiden nicht auffindbar waren. Erzürnt sprang er auf und brüllte: »Das kann er mir doch nicht antun! Nicht mir, seinem Bruder!« Als er aber Hans, den Wolfsjäger, gehässig lachen sah, wusste er, dass sein Verdacht stimmte: Veit war mit Anna Maria geflohen.

Während die anderen Burgbewohner zu ihrem Tagwerk aufbrachen, blieben Johann, Gerhild und Hans im Saal zurück. Der Hausherr packte den Wolfsjäger am Kragen und fuhr ihn an: »Was weißt du über die beiden?«

»Was fragst du mich? Frag dein Weib, schließlich lag sie mitten in der Nacht nicht auf ihrem Lager!«

Abrupt ließ Johann ihn los und wandte sich Gerhild zu. »Was hast du damit zu schaffen?«

»Nichts, Johann! Mir war unwohl letzte Nacht, und so bin ich nach draußen gegangen, um frische Luft zu schnappen.«

Johann forschte in ihrem Gesicht. Doch er sah nur tiefe Schatten unter ihren Augen. Ohne ein weiteres Wort wandte er sich wieder dem Wolfsjäger zu. »Du hast gehört, was Gerhild sagt. Also, erklär du mir, was hier los ist!«

»Bist du blind, dass du es nicht bemerkt hast?«

»Sprich nicht in Rätseln, ich bin nicht in Stimmung dafür!«, tobte Johann.

Ungläubig schüttelte Hans den Kopf. »Aber du, du musst es doch gesehen haben!« Er sah ungläubig zu Gerhild.

»Lass du mich in Ruhe! Ich habe genug mit mir selbst zu tun und kann mich nicht auch noch um andere kümmern!«, erwiderte sie bissig.

»Anscheinend bin ich der Einzige, dem nicht entgangen ist, dass dein Bruder es auf diese Seherin abgesehen hatte und sie es auf ihn«, wandte Hans sich daraufhin wieder spöttisch an Johann. Mit einem Sprung war der Landsknecht bei ihm und packte ihn am Kragen. »Pass auf, was du da sagst. Du weißt genau, dass Veit das niemals wagen würde! Er weiß, wie wichtig die Seherin für mich ist.«

»Ich kenne das Geheimnis deines Bruders!«, krächzte der Wolfsjäger.

Gerhild wurde hellhörig. »Welches Geheimnis meint er?«, fragte sie Johann.

Doch der blaffte nur: »Verschwinde, Gerhild!«

Aber so leicht ließ Gerhild sich nicht einschüchtern, und sie wiederholte ihre Frage. Johann funkelte sie böse an. »Hast du nicht gehört, was ich dir befohlen habe?« Als sie erneut widersprechen wollte, brüllte er: »Halt's Maul, und geh mir aus den Augen!«

Gerhild erkannte, dass dies nicht der rechte Zeitpunkt war, um mehr zu erfahren. Erhobenen Hauptes verließ sie den Saal. Kaum schloss sich die Tür hinter ihr, packte der Landsknecht den Wolfsjäger noch fester und zischte: »Wage niemals wieder im Beisein anderer eine Andeutung über meinen Bruder zu machen! Hast du verstanden? Niemals!«

Hans nickte, und Johann ließ von ihm ab. Mit unterdrückter Wut in der Stimme fragte er den Alten: »Wohin könnte Veit mit ihr gegangen sein?«

Bevor Hans antwortete, schaute er sich im Saal um. Da sie allein waren, getraute er sich auszusprechen, was ihn schon länger beschäftigte: »Wir beide wissen, dass Veit der Wolfsbanner ist, nach dem ich seit geraumer Zeit suche.« Johann blickte ihn scharf an und wollte etwas erwidern, entschied sich aber anders und schwieg. Durch das Schweigen ermutigt, sprach der Wolfsjäger weiter: »Einige Wölfe sind Veit zur Burg gefolgt.« Der Landsknecht hob erstaunt eine Augenbraue. »Ich habe deinem Bruder gedroht, dass ich die Bestien umbringen werde.

Deshalb wird er sie in Sicherheit bringen wollen und sie in die Wolfsschlucht in den Wäldern von Landau führen.«

»Ich kenne die Wolfsschlucht, denn ich weiß alles über Veit!«, unterbrach Johann ihn und sah ihn herausfordernd an.

»Dann weißt du auch, Landsknecht, dass Wolfsbanner gefürchtete Kreaturen sind, die man töten und verbrennen muss!«

»Schweig«, schäumte der Landknecht wütend und wurde erneut handgreiflich. Er drückte dem Alten fast die Kehle zu, als er sprach: »Such die beiden, und bring sie zurück. Meinem Bruder darfst du eine Abreibung verpassen. Doch wage es nicht, mir zu erzählen, dass er bei einem Unfall zu Tode gekommen wäre. Denn dann werde ich dich von der Burgmauer stoßen, aber erst nachdem ich dir beide Hände abgehackt habe. Der Seherin darf kein Haar gekrümmt werden. Jungfräulich und unversehrt bringst du sie mir zurück. Wenn nicht …«

Mit dieser unausgesprochenen Drohung stieß er den Wolfsjäger von sich. Der Alte fasste sich an den Hals und brachte krächzend hervor: »Wie hoch wird meine Belohnung sein?«

»Du wagst es, das zu fragen? Du unverschämter Hund, mach, dass du fort kommst!« Der Landsknecht war drauf und dran, den Wolfsjäger eigenhändig aus dem Saal zu werfen, doch der Alte war schon nach draußen gestürmt, bevor er ihn zu fassen bekam.

Als Johann schließlich allein war, starrte er verbittert in den Kamin, in dem die Glut hellrot leuchtete. »Wie konnte Veit mir das nur antun?«, fragte er sich wieder und wieder.

Der Morgen dämmerte bereits. Anna Maria lief warmer Schweiß den Rücken hinunter, obwohl der Regen eiskalt auf sie herabprasselte.

Veit trieb Anna Maria immer wieder zur Eile an. Wenn sie zu

weit hinter ihm zurückblieb, kam er ihr entgegen, umfasste ihre Hand und zog sie mit sich. Obwohl ihre Beine schmerzten und ihr Magen knurrte, wagte sie nicht, um eine Rast zu bitten. Sie wusste, dass der Abstand zwischen Nanstein und ihnen noch nicht groß genug war. Noch durften sie keine Zeit vergeuden.

Der Himmel war in hellgraues Licht gefärbt, und der Regen fiel in feinen Tropfen, als sie eine weite Ebene überquerten. Anna Maria glaubte in der Ferne Wölfe zu erkennen und blieb stehen, um Veit die Tiere zu zeigen. Er nickte.

»Sie folgen uns schon eine Weile. Ich bin gespannt, ob sie sich uns nähern werden. Komm, Anna Maria, da drüben unter den Obstbäumen können wir kurz rasten.«

Die Vorstellung, sich endlich ausruhen zu können, beflügelte die junge Frau. Mit großen Schritten folgte sie ihrem Begleiter.

Ein dicker Ast, der von einem Baum gebrochen war, diente ihnen als Sitzfläche. Anna Maria streckte ihre Beine aus und rieb über ihre Waden. Als Veit das sah, schmunzelte er. »Du bist es nicht mehr gewohnt, weite Strecken zu gehen.«

»Die Monate auf der Burg haben mir nicht gutgetan. Innerlich brennen meine Beine wie Feuer! Solche Schmerzen sind mir völlig neu.«

Veit gab Anna Maria ein Stück Brot und ein Stück Käse. Als sie etwas sagen wollte, machte er ihr ein Zeichen zu schweigen. Abrupt stand er auf und heulte wie ein Wolf. Sogleich antworteten die Wölfe und kamen über die Ebene auf Veit zugelaufen. Sie schnupperten und sprangen schwanzwedelnd an ihm hoch. Als er sich hinkniete und mit ruhiger Stimme zu ihnen sprach, leckten sie ihm winselnd übers Gesicht.

Begeistert beobachtete Anna Maria die Begrüßung. »Es sind die vier Kleinen! Gott sei Dank ist keinem von ihnen etwas passiert«, rief sie glücklich. Niemals hätte sie geglaubt, dass sie sich so darüber freuen würde, die vier Wölfe wiederzusehen.

Plötzlich trat einer der Wölfe zu Anna Maria und begann, an ihr zu schnuppern. Sie blieb starr sitzen und wagte kaum zu atmen. Doch dann erkannte Anna Maria die Wölfin und traute sich nun auch, sie zu streicheln. Das Tier winselte und leckte der jungen Frau das Gesicht. »Sie erkennt dich!«, stellte Veit fest. Er saß auf dem Boden, und die drei anderen Wölfe lagen eingerollt neben ihm.

»Die Welpen sind groß geworden«, sagte Anna Maria und streichelte das Weibchen, das sich neben sie gelegt hatte.

»Wie bist du zum Wolfsbanner geworden, Veit?«, fragte sie dann unvermittelt.

Veit sah erstaunt auf. Dann bat er sie, ihre Frage zu wiederholen.

Anna Maria tat, wie ihr geheißen, und nun erhellte ein Lächeln Veits Gesicht. »Es ist das erste Mal, dass du mich beim Vornamen nennst und mich duzt. Weißt du das?«

»Ach ja?«, erwiderte Anna Maria und spürte, dass sie trotz der Kälte heiße Wangen bekam.

Veit stand auf und sagte: »Wir müssen weiter, Anna Maria! Wenn wir einen Platz für die Nacht gefunden haben, werde ich dir meine Geschichte erzählen.« Er reichte ihr die Hand und zog sie zu sich hoch. Beide standen dicht zusammen. Vertraut lächelten sie einander an. Veit musste an sich halten, um Anna Maria nicht in seine Arme zu ziehen. Aber die Angst, die augenblickliche Vertrautheit auf diese Weise zu zerstören, hinderte ihn daran. Stattdessen drückte er ihr sanft einen Kuss auf die Stirn. »Komm meine Schöne, wir ziehen weiter.«

Auch Anna Maria spürte eine zuvor nicht gekannte Vertrautheit mit Veit. Die Erinnerungen an die Welpen und die Freude, dass die Wölfe auch sie erkannt und angenommen hatten, empfand sie wie ein gemeinsames Band zwischen ihr und dem Wolfsbanner. In ihrem Bauch kribbelte es, und sie ergriff Veits Hand und ließ sich von ihm mitziehen.

Am Nachmittag wurde der Regen heftiger. Der Pilgermantel hing nass und schwer an Anna Marias Körper.

»Woher weißt du, in welche Richtung wir gehen müssen?« Sie schnaufte, als sie einen Hügel hinaufstiegen.

»Ich habe Andreas Täuber gefragt, bevor er die Burg verließ. Allerdings können wir nicht die Wege nutzen, sondern müssen querfeldein gehen. So haben unsere Verfolger es schwerer, uns aufzuspüren.«

Anna Maria blieb stehen und beugte sich keuchend nach vorne. Die Wölfe warteten in einigem Abstand. Als sie wieder gleichmäßig atmen konnte, fragte sie: »Glaubst du, dass Johann uns suchen wird?«

»Nein, er wird nicht selbst nach uns suchen, sondern nach uns suchen lassen. Mein Bruder wird die Wolfsjäger auf uns hetzen!«

Anna Marias Augen weiteten sich bei dieser Vorstellung. »Diese beiden Widerlinge?«

»Sie sind die besten Spurenleser weit und breit!«

»Dann werden sie uns finden!« Anna Maria erschauderte.

»Das denke ich auch! Allerdings hoffe ich, dass sie uns zuerst in der Wolfsschlucht suchen werden. Hans hat keinen blassen Schimmer, dass wir uns in entgegengesetzter Richtung bewegen. So hätten wir einen Vorsprung von über einer Woche.«

»Wie lange brauchen wir, um nach Mühlhausen zu gelangen?«

Veit zuckte mit den Schultern, dann schätzte er: »Vielleicht drei Wochen.«

»Warum haben wir nicht dein Pferd genommen, mit dem du damals auf die Burg gekommen bist? Dann wären wir schneller.« Aus Anna Marias Stimme konnte er einen leichten Vorwurf heraushören.

»Mit dem Pferd wären wir nur schneller, wenn wir die üblichen Wege nehmen würden, aber nicht, wenn wir uns durchs Gehölz schlagen müssen. Außerdem habe ich gehofft, dass wir zu Fuß die Wölfe wiederfinden würden.«

Sein Blick schweifte zu dem kleinen Rudel. Versöhnlich nahm Anna Maria seine Hand und drückte sie sanft. Plötzlich donnerte es in der Ferne, und ein Blitz zuckte am Himmel.

»Komm, bevor das Gewitter über uns ist, müssen wir einen Platz für die Nacht gefunden haben.« Veit griff nach Anna Marias Hand, und zusammen liefen sie Hand in Hand den Hügel hinunter über eine Wiese in ein kleines Wäldchen hinein.

Anna Maria war überrascht, wie schnell Veit einen Platz für ihr Nachtlager gefunden hatte. Er hatte eine Wildschweinmulde mit trockenem Laub ausgepolstert und Tannenzweige so gegeneinandergestellt, dass sie ein Dach bildeten, an dem der Regen abfließen konnte.

Erschöpft zog Anna Maria den nassen Umhang aus und legte sich hin. Veit lag dicht neben ihr.

Als der Donner über ihnen grollte, verschwanden die Wölfe im Wald, und sie waren allein. Anna Maria lag angespannt neben Veit, der behutsam seinen Arm unter ihren Kopf schob. Als er spürte, dass sich ihr Körper versteifte, flüsterte er: »Du musst keine Angst haben, Anna Maria! Ich würde dir nie Leid zufügen.« Daraufhin ließ sie es zu, dass er ihren Kopf behutsam auf seine Brust zog. Anna Maria atmete laut ein und aus und entspannte sich.

Sie konnte hören, wie Veits Herz dumpf in seinem Brustkorb schlug. Mit geschlossenen Augen sog sie seinen Duft ein und fühlte sich wie betrunken.

»Nun erzähl mir deine Geschichte, Veit!«, forderte sie ihn auf. Anna Maria spürte, wie er ihr einen Kuss aufs Haar hauchte.

»Es gefällt mir, wie du meinen Namen aussprichst.«

Ungläubig hob Anna Maria den Kopf und blickte ihn an. »Was kann man bei Veit falsch sagen?«

»Nichts! Aber wenn du ihn aussprichst, dann klingt es besonders melodisch.« Lächelnd legte sie sich wieder hin und wartete, bis er zu erzählen begann.

»Es ist schon einige Jahre her. Mein Bruder und ich waren eben von einer Fehde zurückgekehrt. Ich hatte mir angewöhnt, nach jeder Heimkehr einige Tage im Wald zu verschwinden, um allein zu sein und zu jagen.

Als ich einen Hirsch verfolgte, fiel ich jedoch einen Abhang hinunter. Bewusstlos blieb ich liegen. Als ich wieder zu mir kam, lag ich in einer Höhle.«

»Die Geschichte erinnert mich an meine eigene!«, lachte Anna Maria.

»Ja, so könnte man es sehen. Aber ich erblickte damals einen alten, grauhaarigen Mann. Und mein Bein war bei dem Sturz gebrochen. Der Alte hatte mich zu sich in die Höhle gebracht. Ich weiß zwar nicht, wie er das anstellte, aber als ich erwachte, war mein Bein bereits geschient. Zwei Monate musste ich bei ihm bleiben, und in dieser Zeit erzählte er mir von seinem Leben. Einst war er Apotheker gewesen, der ferne Länder bereiste, um fremde Kräuter zu studieren. Als er von einer dieser Reisen in sein Heimatdorf eine Wölfin mitbrachte, die er einem Jäger abgekauft hatte, weil der sie in einem Käfig misshandelte, verlangten die Menschen im Dorf, dass er den Wolf töten solle. Doch der Alte weigerte sich und entließ die Wölfin in die Freiheit. So kam das Gerücht auf, er selbst sei ein Werwolf. Die Dorfbewohner nahmen ihn daraufhin gefangen und wollten ihn auf dem Scheiterhaufen verbrennen. Doch bevor sie das tun konnten, wurde das Dorf von einem Rudel Wölfe überfallen, und der Mann konnte fliehen. Seitdem verkroch er sich in der Höhle und lebte allein. Seit Jahren hatte er mit keiner Menschenseele gesprochen und wollte von mir wissen, was außerhalb des Waldes vor sich ging. Wie die Luft zum Atmen sog er meine Berichte in sich auf. Im Gegenzug erzählte er mir alles über Wölfe, denn in den Wochen, die ich bei ihm verbrachte, zog er einen Wurf Wolfswelpen auf. Eines der Jungen war tiefschwarz.«

Anna Maria setzte sich auf. »War das der Wolf mit den glühenden Augen?« Veit nickte. Als ein Blitz den Himmel für einen Moment erhellte, konnte Anna Maria den traurigen Blick in seinen Augen erkennen.

»Er war später der Leitwolf des Rudels, bis die Wut sein Wesen vollkommen veränderte.«

»Warum bist du damals bei dem Alten geblieben?«, fragte Anna Maria.

»Er hatte ein bösartiges Geschwür im Rücken, das nicht abheilte und sein Fleisch faulen ließ. Zusehends wurde es größer und verursachte ihm starke Schmerzen, zumal kein Kraut Linderung brachte. Als er spürte, dass seine Zeit gekommen war, nahm er mir das Versprechen ab, dass ich mich um die kleinen Wölfe kümmern würde. Eines Nachts verschwand er dann im Wald, und ich habe ihn nie wiedergesehen.«

Betroffen schwieg Anna Maria. Mitfühlend streichelte sie über Veits Arm. »Wusste dein Bruder, wo du warst?«

»Natürlich suchte Johann nach mir und fand mich, als ich mit den jungen Wölfen auf die Jagd ging. Es war nicht leicht, ihm zu erklären, dass ich nicht mehr zurückkommen würde. Mein neues Leben gefiel mir nämlich mehr und mehr. Und erst in der Abgeschiedenheit hatte ich bemerkt, wie sehr ich des Kämpfens und Tötens müde war, und mir war klar, dass ich das Leben eines ›Wolfsbanners‹ meinem vorherigen Leben vorzog. Auch wenn es Johann schwerfiel, er musste meinen Entschluss billigen – ich ließ ihm keine andere Wahl.«

»Hast du denn die Menschen nicht vermisst?«

»Anfangs schon. Doch dann habe ich an all das Böse gedacht, was ich erlebt hatte. An die zerstückelten Leichen und das Elend. So wurde die Sehnsucht nach menschlicher Gesellschaft immer schwächer.«

Veit schwieg einen Moment, und Anna Maria glaubte, seinen Blick auf sich zu spüren. Als er erneut sprach, klang seine Stimme rau. »Ich habe wirklich geglaubt, dass ich allein leben könnte. Bis zu dem Tag, als ich dir begegnete. Da wusste ich, dass ich mich selbst belogen hatte.«

Erstaunt hob Anna Maria den Kopf und suchte in der Dunkelheit Veits Blick. Sie konnte seinen warmen Atem auf ihrem Gesicht spüren, und sein Bart kitzelte ihre Haut. Behutsam zog er sie näher zu sich heran. Sanft suchten seine Lippen die ihren, und bevor sie sie fanden, flüsterte Veit ihren Namen.

Nie zuvor hatte Anna Marias Herz so schnell geschlagen, nie zuvor war ihre Haut so empfindsam gewesen. Als seine Lippen sich öffneten, überzog ein wolliger Schauer ihren ganzen Körper. Wenn das Liebe war, dann wollte sie sich ihm hingeben – jetzt und in diesem Augenblick.

Veits Kuss wurde fordernder. Seine Hände ertasteten Anna Marias Körper, und als er ihr begehrliches Stöhnen hörte, begriff er, dass sie bereit war. Doch Veit hielt inne und löste sich sanft von ihr. Und im gleichen Moment wusste er auch, warum er das tat. Denn sein Gefühl für Anna Maria hieß Liebe. Er begehrte sie nicht, weil der Druck in seinen Lenden stärker wurde, und auch nicht, weil ihr liebreizender Anblick sein Herz schneller schlagen ließ. Bei jeder anderen wäre es so gewesen. Nicht aber bei Anna Maria. Er begehrte sie, weil er sie liebte.

Als er spürte, wie Anna Marias Körper sich wieder versteifte, erklärte er ihr: »Jede andere Frau, Anna Maria, hätte ich jetzt zu meiner Geliebten gemacht. Doch du bist etwas Besonderes, und deshalb ist dies nicht die richtige Zeit und nicht der richtige Ort.«

Anna Maria verstand nicht, was er meinte, doch bevor sie etwas erwidern konnte, flüsterte er: »Ich liebe dich!«

Das graue Morgenlicht erhellte schwach den Wald, als Anna Maria in Veits Armen erwachte. Seine Augen waren geschlossen und seine Gesichtszüge entspannt. Gleichmäßig hob und senkte sich sein Brustkorb. Da er noch schlief, konnte Anna Maria in Ruhe sein Gesicht betrachten. Sein dicker Bart verdeckte fast vollständig Mund und Wangen. Vorsichtig strich sie ihm das Haar zurück, und nun kamen dunkle Augenbrauen und eine hohe Stirn zum Vorschein. Sie entdeckte eine Narbe, die rechts über seine Schläfe bis zum Haaransatz verlief. Zärtlich fuhr sie mit der Fingerkuppe darüber, als Veit erwachte. Himmelblaue Augen umrahmt von dunklen Wimpern strahlten sie an.

»Guten Morgen, meine Schöne!«, flüsterte er und zog Anna Maria an sich, um sie zu küssen. Als sie sich wieder voneinander lösten, stöhnte er mit einem schelmischen Augenzwinkern: »Es fällt mir wirklich schwer, standhaft zu bleiben!«

Anna Maria lächelte. Dann fuhr sie erneut über die Narbe auf seiner Stirn und fragte: »Woher hast du die?«

»Als ich einst mit dem schwarzen Wolf um meinen Rang im Rudel kämpfte, hat er mich mit seiner Kralle verletzt. Und ich habe noch eine weitere Narbe bei diesem Kampf davongetragen.« Veit zeigte auf sein Kinn.

Anna Maria lachte. »Die ist unter deinem Bart aber gut versteckt.«

»Bei der nächsten Gelegenheit werde ich mich rasieren und dir die Narbe zeigen«, versprach Veit ebenfalls lachend. Doch dann wurde er ernst. »Jetzt wird es aber Zeit! Wir müssen weiter.«

Nachdem sie etwas Brot und Käse gegessen hatten, zerstörte Veit den Unterstand, damit nicht zu erkennen war, dass hier jemand gelagert hatte. Anna Maria sah sich suchend um.

»Die Wölfe werden uns folgen«, erklärte Veit, der ihren Blick zu deuten wusste.

Zwar hatte es aufgehört zu regnen, doch Wind kam auf, und Anna Maria zog den klammen Pilgerumhang fester um sich. »Denkst du, dass es heute wieder schneien wird?«

Veit sah angestrengt zum Himmel. »Das kann ich dir nicht

sagen. Wir haben erst Anfang März, da ist alles möglich.« Als er ihren besorgten Blick sah, fragte er: »Warum fragst du?«

»Wegen meiner Brüder. In meinem Traum war der Boden mit Schnee bedeckt.«

Stumm nahm Veit sie in die Arme und drückte ihr einen Kuss auf die Stirn. »Komm, Anna Maria! Wir wollen keine Zeit verlieren.«

Als sie aus dem Wald heraustraten, folgten ihnen die vier Wölfe in sicherem Abstand.

Gegen Mittag sahen Veit und Anna Maria in der Ferne eine Rauchsäule in den Himmel steigen. Ihr Weg führte sie darauf zu, und beim Näherkommen wehte ihnen der Geruch verbrannter Erde entgegen. Vorsichtig durchquerten sie die langen Rebstockreihen eines Weinbergs. Je näher sie der Rauchsäule kamen, desto mehr veränderte sich der Weinberg. Die anfangs geordneten Reihen boten nun einen Anblick der Verwüstung, als hätte ein Dutzend Pferde sie überrannt. Die Rebstöcke waren zertrampelt oder aus dem Boden gerissen worden.

Anna Maria und Veit konnten schließlich in der Ferne eine Mauer erkennen, und der Feuergeruch wurde zunehmend stärker.

Die Wölfe, die ihnen noch immer folgten, schienen den Brandgeruch zu fürchten, denn sie liefen winselnd den Weinberg hinauf und verschwanden zwischen den Rebstöcken.

Krähen zogen schreiend ihre Kreise. Zögerlich gingen Anna Maria und Veit um die grob gehauene Steinwand herum, bis sie vor einem Eingang standen. Ein schweres Holztor hing schief in den Türangeln und war vom Rauch geschwärzt.

»Warte hier!«, befahl Veit. Doch Anna Maria schüttelte den Kopf und umfasste ängstlich seinen Umhang. Veit zog sein Schwert, öffnete das Tor und ging hinein. Anna Maria folgte ihm so dicht, dass sie gegen ihn prallte, als er abrupt stehen blieb. Die junge Frau stieß einen Schrei aus. Das Bild, das sich

Anna Maria bot, ließ sie erstarren. Vergeblich versuchte Veit sie vor das Tor zu zerren, doch es war bereits zu spät.

Wie in Trance wankte Anna Maria über den Hof. Sie hörte zwar, dass Veit zu ihr sprach, doch seine Stimme hatte keinen Klang.

Sie ging von Leiche zu Leiche und blickte in die leeren Augen der toten Nonnen. Einige der Leiber waren mit Mistgabeln aufgespießt, andere aufgeschlitzt worden. Wieder andere baumelten, den Strick um den Hals, an dem einzigen Baum im Hof. Eine Ordensschwester hing mit entblößtem Gesäß über dem Rad eines Fuhrwerks. Im Angesicht des Todes hatte sie die Augen weit aufgerissen. Das Blut an ihren Beinen war getrocknet. Es war ein Bild des Grauens, das sich Veit und Anna Maria bot.

»In diesem Kloster scheint der Teufel persönlich gewütet zu haben«, stammelte die junge Frau.

Plötzlich drang ein leises Stöhnen zu ihr durch und riss sie aus ihrer Betäubung. Anna Maria blickte sich um und entdeckte zwei Ordensfrauen, die übereinander lagen. Die eine lag auf dem Bauch und wurde vom Körper der anderen fast völlig verdeckt.

»Veit!«, schrie Anna Maria, der sogleich an ihre Seite gestürmt kam. Mit erhobenem Schwert stellte er sich neben sie. Wortlos zeigte Anna Maria mit dem Finger auf die beiden Leiber. Wieder war ein Klagelaut zu hören.

Veit ließ das Schwert zu Boden gleiten, fiel auf die Knie und rollte behutsam den oberen Körper zur Seite. Er strich der Frau die blutverkrusteten Haare aus dem Gesicht, sie war tot. Eine hässliche Wunde klaffte in ihrer Stirn. Als Anna Maria das Gesicht der Nonne erkennen konnte, stammelte sie: »Schwester Gabriele!« und hielt sich schluchzend die Hand vor den Mund.

»Du kennst sie?«, fragte Veit. Bevor Anna Maria antworten konnte, hörten sie erneut das Stöhnen. Veit drehte nun die Frau auf den Rücken, die unter der Toten gelegen hatte. Blut sickerte aus zwei Wunden in ihrer Brust.

»Bernadette!«, schrie Anna Maria und sah, wie die Lider der Angesprochenen kurz flackerten.

»Wir müssen sie ins Haus tragen!«, sagte Veit und hob die Verwundete vorsichtig hoch.

Nachdem Veit sich die Verletzungen der jungen Nonne angesehen hatte, wusste er, dass es keine Rettung für sie geben würde. Anna Maria fragte mit leiser Stimme: »Wird sie sterben?«

Veit konnte nur nicken. »Wir werden bei ihr bleiben, bis sie es überstanden hat!«, versprach er und nahm Anna Maria in den Arm.

»Wer hat das getan? Wer ist zu so etwas fähig?«, fragte sie unter Tränen.

»Ich weiß es nicht. Bleib bei ihr! Ich gehe wieder nach draußen und beerdige die Toten.« Anna Maria setzte sich neben die Sterbende. Behutsam ergriff sie deren kalte Hand.

Während Anna Maria mit dem Daumen sanft über die Hand der Sterbenden strich, kamen ihr Gedanken an den Tag, an dem sie den beiden Ordensschwestern zum ersten Mal begegnet war. Es war der Abend, an dem der Vater sehr aufgebracht war. Daran konnte sie sich noch gut erinnern. Er hatte einen heftigen Streit mit seinem ältesten Sohn Jakob ausgetragen, und Anna Maria hatte sich nicht getraut, ihm ihr Anliegen vorzubringen.

*Mehlbach, Mai 1521*

Anna Maria trieb ihre kleine Schafherde durchs Tal unter die blühenden Apfelbäume. Als sie den schmalen Bachlauf, der sich sanft durch die Aue schlängelte, erreicht hatte, kniete sie sich nieder und labte sich an dem klaren Wasser. Zufrieden lehnte sie sich an den Stamm eines alten Apfelbaums und schaute der grasenden Schafherde zu. Die Lämmer, die das Osterfest überlebt hatten, sprangen übermütig um sie herum.

Für einen Moment schloss Anna Maria die Augen und streckte der Sonne das Gesicht entgegen. Nur das Blöken der Schafe und das Summen der Insekten war zu hören. Erst am Abend musste sie die Herde in den Stall zurücktreiben, bis dahin konnte sie sich ausruhen.

Plötzlich schlug Anna Maria die Augen auf. Beinahe hätte sie den Auftrag der Mutter vergessen, einen Beutel voll Löwenzahnblätter zu sammeln.

Anna Maria sah sich um und stellte fest, dass die Wiese mit den gezackten, länglichen Blättern übersät war. Rasch füllte sie den Beutel und verzog dabei angewidert das Gesicht. Sie hasste den bitteren Geschmack des Salats, der aus diesen Blättern zubereitet wurde. Doch die Mutter achtete streng darauf, dass jeder im Frühling genügend davon aß. »Das reinigt den Körper vom langen Winter!«, mahnte sie streng, wenn die Tochter und der jüngste Sohn sich weigern wollten.

Das junge Mädchen mochte den Löwenzahn nur, wenn die gelben Blüten sich in weichen weißen Flaum verwandelten. Ihr Bruder Nikolaus lief dann wie ein junges Fohlen über die Wiese und trat gegen die Blüten, sodass Wolken aus weißen kleinen Flöckchen durch die Luft schwirrten.

Die Maßlieben hingegen gefielen Anna Maria sehr, zumal sie die ersten Blüten waren, die den Frühling ankündigten. Die Wiese war von den gelben Köpfchen mit den schmalen weißen Blättern übersät.

Als sie genügend Blumen gebrochen hatte, verflocht sie Stängel für Stängel zu einem Blütenkranz und begann zu singen. Glockenhell erklang ihre Stimme im Tal.

Mit der fertigen Blütenkrone im Haar legte sich Anna Maria in die Wiese und schaute den vorbeiziehenden Wolken zu, als sie plötzlich Stimmen hörte. Hastig setzte sie sich auf.

Zwei Frauen in Ordenstracht kamen den kleinen Hügel herab

und schauten sich immer wieder um. Schon von weitem riefen die beiden Frauen dem Mädchen zu: »Bist du allein?« – »Ja!«, antwortete Anna Maria, woraufhin die eine der beiden lachend losrannte und wie ein Lamm, das endlich aus seinem Verschlag durfte, umhersprang. Außer Atem stand sie vor Anna Maria und hielt sich die Hüfte. Langsam kam die andere hinzu und sah ihre Begleiterin strafend an. Beide schienen nicht viel älter als Anna Maria zu sein. Die Langsame war klein und gedrungen, die andere war das Gegenteil von ihr und schien nicht stillstehen zu können.

»Wer seid ihr?«, wollte Anna Maria wissen.

Immer noch schwer atmend antwortete die Ungestüme: »Ich bin Schwester Bernadette, und das ist Schwester Gabriele. Hast du eben so himmlisch gesungen?«

Erschrocken blickte Anna Maria auf. »Hat man das dort oben gehört?« Während Schwester Bernadette sich bückte und eine Blüte nach der anderen brach, sagte sie: »Ja! Wir sind deinem Gesang gefolgt. Du hast eine wunderbare Stimme, für die du dich nicht zu schämen brauchst!« Verlegen senkte Anna Maria den Kopf.

»Woher kennst du den lateinischen Text? Lebst du auch in einem Kloster?«

Anna Maria errötete und antwortete schnell: »Nein, ich heiße Anna Maria und bin die Tochter des freien Bauern Daniel Hofmeisters. Ich kann diese Sprache zwar singen, aber nicht verstehen.«

»Wir lebten im Kloster Lichtenberg, und nun sind wir auf dem Weg zu unseren Schwestern in der Nähe von Worms.«

Ungehalten sagte die dickliche Nonne: »Wenn die Äbtissin bemerkt, dass wir uns von dem Fuhrwerk entfernt haben, dann hören wir die Englein auf Erden singen.«

»Sie hält ihren Mittagsschlaf, und du weißt, dass dieser tief und fest ist. Bis Tantchen aufwacht, sind wir längst wieder bei ihr.« Lachend rückte Bernadette ihre Haube zurecht.

»Ja, du hast gut lachen. Sie ist *deine* Tante, und deshalb werde ich wieder alles ausbaden müssen!« Wütend funkelte Gabriele Bernadette an. Doch die bemerkte es nicht, denn sie hatte sich bereits im hohen Gras ausgestreckt und bat Anna Maria, für sie ein Lied zu singen.

Verlegen stimmte Anna Maria eine Weise über den Frühling und das Osterfest an. Aufgeregt jubelte Schwester Bernadette: »Oh, das kenne ich! Das kenne ich!« und stimmte bereits die zweite Strophe an. Nun erklangen zwei helle Mädchenstimmen durchs Tal. Noch nie hatte Anna Maria so leidenschaftlich und laut gesungen. Vor Aufregung bekam sie heiße Wangen und feuchte Hände.

»Ich wollte, ich dürfte immer so singen!«

Erstaunt hob Bernadette die Augenbrauen. »Die Arbeit geht viel leichter von der Hand, wenn man dabei singt, nicht wahr, Gabriele?« Die hatte sich ebenfalls im Gras niedergelegt und schnarchte leise vor sich hin.

»Das mag wohl sein«, erwiderte Anna Maria, »aber der Vater verbietet mir das Singen ebenso wie das Malen.«

Nachdenklich blickte Bernadette das Mädchen an, als ihre Augen zu leuchten begannen und sie vorschlug: »Dann tritt in unseren Orden ein. Das Kloster nimmt gerne Mädchen wie dich auf, die über solch wunderbare Talente verfügen. Im Kloster kannst du den lieben langen Tag summen und singen. Natürlich nicht, wenn wir uns zum Gebet versammeln«, erklärte sie wichtig. »Und auch dein Geschick beim Malen wirst du im Kloster sicherlich nutzen können.«

Anna Maria konnte vor Freude kaum klar denken. Malen und singen nach Herzenslust? Aufgeregt fragte sie: »Wie kann ich eurem Orden beitreten? Was würden meine Pflichten sein?«

Mit einem milden Lächeln auf den Lippen beantwortete Bernadette geduldig Anna Marias Fragen. »Mein Vater wird meinem Wunsch bestimmt nicht zustimmen wollen, deswegen musst du mir die Vorteile des Klosterlebens erklären, damit ich ihn überzeugen kann.« Anna Maria wollte alles über den Orden, die Tradition und den Alltag im Kloster wissen und sog Bernadettes Erzählung gierig in sich auf. Als sie endlich mit Antworten gesättigt zu sein schien, fügte Bernadette hinzu: »Ich wusste immer, dass ich ins Kloster gehen wollte. Schon als kleines Mädchen spürte ich diesen Drang. Meine Eltern hatten keine Einwände, und so nahm mich meine Tante, die Äbtissin, in ihre Obhut.«

»Wolltest du nie heiraten und einen eigenen Hausstand gründen?«, fragte Anna Maria neugierig.

Erschrocken antwortete Bernadette: »Gott bewahre! Nein, das käme mir nie in den Sinn, denn ich bin wie meine Tante Theresa. Der ist es auch nie gelungen, ihren Verstand einem Mann unterzuordnen, dem es daran fehlt. Welche Gnade, wenn Gott einer Frau die Tyrannei eines Ehemanns erspart.«

Als die Schwester Anna Marias erschrockenen Blick sah, musste sie so laut lachen, dass Gabriele davon aufwachte. Hastig sprang sie auf und rief: »Ach Herrgott, wir müssen zurück! Das gibt sicherlich ein Donnerwetter!« Ohne sich zu verabschieden rannte sie so schnell es ihre kurzen Beine zuließen den Hügel hinauf. Auch Bernadette erhob sich. Sie streifte ihre dunkle Tracht glatt und blickte Anna Maria ernst an. »In der Welt hier draußen ist kein Platz für ein Mädchen, wie du es bist. Rede mit deinen Eltern über den Eintritt in ein Kloster. Nur dort wirst du frei sein.« Sprach es und folgte Gabriele hurtig die Anhöhe hinauf.

Nachdenklich blieb Anna Maria zurück und schaute den beiden Nonnen hinterher, bis sie hinter den Bäumen auf dem Hügelkamm verschwunden waren. Anna Marias Herz pochte heftig in ihrer Brust. Bei dem Gedanken, unbekümmert das tun zu dürfen, was das Schönste in ihrem Leben war, breitete sie ihre Arme aus und drehte sich vor Freude im Kreis.

Als sie die Schafherde zusammentrieb, reifte in ihr der Gedanke, dass sie noch heute mit den Eltern sprechen wollte.

Zurück auf dem Hof, sperrte Anna Maria die Schafe in den Verschlag und gab ihnen frisches Wasser und Futter. Als sie zum Wohnhaus ging, sah sie ihren Bruder Matthias an der Hofmauer lehnen.

»Was machst du hier?«, wollte sie wissen. Doch Matthias bedeutete ihr zu schweigen. Da hörte sie schon den Vater durchs ganze Haus brüllen. Kurz darauf schien ihr älterer Bruder Jakob dem Vater genauso laut zu antworten. Erschrocken sah Anna Maria Matthias an.

»Sie streiten schon geraume Zeit«, erklärte er. »Es wundert mich, dass Vater Jakob noch nicht verdroschen hat, so wie der ihm Gegenwort bietet.«

»Warum streiten sie denn?«

»Es geht um Jakobs Liebchen!«

»Jakobs Liebchen? Ich wusste nicht mal, dass er eines hat«, antwortete Anna Maria erstaunt. »Wer ist sie?«

»Ich kenne sie nicht. Habe nur aus dem Streit herausgehört, dass sie aus Schneckenhausen sein soll.«

Wieder war die erzürnte Stimme des Vaters zu hören. »Du sollst Vater und Mutter ehren!«

Jakob erschien an der Haustür, drehte sich dann aber wieder um, ging zurück und antwortete aufgebracht: »Ich habe das vierte Gebot stets befolgt und tue es auch jetzt. Aber ich bin kein kleiner Junge mehr, den man übers Knie legt, wenn er nicht in der Spur geht.«

»Das Weib ist bereits einem anderen versprochen!«, brüllte Hofmeister.

»Sie hat die Verlobung gelöst«, antwortete Jakob diesmal ruhig. »Vater, ich bin ein Mann und werde Sarah heiraten.«

»Das wirst du nicht wagen!«, hörte Anna Maria nun die Mutter entsetzt rufen.

»Vater, Mutter, ihr kennt Sarah nicht. Sie ist fleißig und eine anständige Frau!«

»Du machst uns zum Gespött der Leute! Man heiratet keine Frau, die einem anderen versprochen ist. Das schickt sich nicht für einen Hofmeister! Ich will dieses Frauenzimmer nicht auf meinem Hof sehen. Hast du verstanden!«

Jakob schien etwas zu erwidern, doch Anna Maria konnte es nicht verstehen. Dann hörte sie den Vater noch lauter brüllen als zuvor. »Solltest du es trotzdem wagen, werde ich dich enterben, und Peter wird den Hof erben. Du wirst nichts besitzen, nichts!«

»Tu, was du nicht lassen kannst!«, schrie Jakob an der Haustür und stürmte über den Hof.

Kaum war Jakob zum Tor hinaus, steckte Matthias die Hände in die Hosentaschen und stolzierte wie ein Gockel vor Anna Maria auf und ab.

»Was soll das werden?«

»Ich übe!« Anna Maria sah ihren Bruder fragend an.

»Wenn Vater herausfindet, dass Peters Liebchen die Tochter des alten Nehmenich ist, kann es gut sein, dass er ihn auch enterbt. Und dann bin ich der Hoferbe«, erklärte er schadenfroh.

»Wage es ja nicht, Peter beim Vater zu verpetzen, mein Lieber. Dann bekommst du eine Tracht Prügel, dass du dich nicht mehr hinsetzen kannst«, versprach Anna Maria Matthias, der sie nun gespielt zerknirscht ansah. Doch sie ging nicht weiter darauf ein, denn andere Gedanken plagten sie. Nach der heftigen Auseinandersetzung mit Jakob war nun ein denkbar ungünstiger Moment, um mit ihren Eltern über ihr Vorhaben, ins Kloster einzutreten, zu sprechen. Anna Maria seufzte. Das würde sie wohl oder übel verschieben müssen.

Bereits am nächsten Tag nahm Anna Maria all ihren Mut zusammen. Als sie am Morgen mit ihren Eltern in der Küche beim Frühmahl saß, erklärte sie trotzig: »Ich möchte singen und malen, ohne dass ich mich dabei schlecht fühlen muss oder gescholten werde. Deshalb möchte ich in ein Kloster eintreten!« In ihren Augen lag ein unnachgiebiger Blick, der abwechselnd vom Vater zur Mutter wanderte. Unheilverkündende Stille breitete sich in der Küche aus, bis Hofmeister mit der Faust auf den Tisch hieb und schrie: »Sag nicht, dass diese Teufelsbilder im Steinbruch von dir stammen!«

Anna Maria nickte zaghaft, und ihre Mutter sah sie entgeistert an. Wieder schlug Hofmeister auf die Tischplatte, dass die Frauen zusammenzuckten.

»Das hätte ich mir denken können, dass dies dein Werk ist!«, brüllte er wütend. »Keiner der Buben ist zu solch einer Schmiererei fähig.«

Hofmeister fiel es schwer, an sich zu halten. Zornig rief er: »Von Klöstern steht nichts in der Bibel. Die angeblichen guten Taten, mit denen sich die Nonnen immer rühmen, sind nichts wert. Ebenso wie singen und malen. Das ist alles fauler Zauber! Nur der Glaube an die Bibel, vermittelt durch die Gnade Gottes, zählt.« Damit wollte er das Thema beenden, doch Anna Maria wäre nicht die Tochter ihres Vaters gewesen, hätte sie das einfach hingenommen. Sie hatte sich gut eingeprägt, was die Ordensschwester ihr am Vortag erzählt hatte, und so entgegnete sie vorlaut: »Die Klostertradition ist vielleicht nicht biblisch, aber sie ist sehr alt. Glaube ohne Werke ist fruchtlos. Nonnen tun mit ihrem enthaltsamen Leben doch Buße für die Sünden der Welt.«

Als sich das Gesicht der Mutter rot verfärbte und der Vater die Augen verengte, wusste Anna Maria, dass sie zu weit gegangen war.

»Niemand kann durch das, was er tut, Gott für andere beeinflussen. Diese verdammten Nonnen haben nur versucht, dir etwas einzureden. Stimmt's? Wo bist du ihnen begegnet?«, brüllte Hofmeister. Als Anna Maria zu Boden blickte und schwieg, fuhr er fort: »Du kannst mir nicht weismachen, dass das auf deinem Mist gewachsen ist und du freiwillig den Dienst in einem Kloster auf dich nehmen willst. Diesen Floh kann dir nur eine Nonne ins Ohr gesetzt haben. Und außerdem hat das Klosterleben nichts mit dem echten christlichen Leben zu tun. Selbst Luther hat erkannt, dass die Nonnen in den Klöstern oft unglücklich sind. Das Leben dort ist hart, und wenn du einmal in ein Kloster eingetreten bist, so kannst du es nie mehr verlassen. Warum also solltest du freiwillig in ein Gefängnis gehen wollen?«

»Nein, Vater, es ist nicht so, wie du denkst! Es ist meine Entscheidung vor Gott, einem Kloster beizutreten! Und überhaupt, was macht dich so sicher, dass Luthers Reden über die unglücklichen Ordensschwestern nicht nur dazu dienen, die Klöster aufzulösen, damit deren Besitz an den Adel oder sogar an die Bauerndörfer fällt?«

»Das können unmöglich deine eigenen Worte sein!«, schrie Hofmeister. Schnell hatte er sich jedoch wieder gefasst, und seine Stimme war jetzt kalt: »Du wurdest geboren um zu heiraten, Kinder zu bekommen und dich einem Mann unterzuordnen. Jedes andere Leben ist falsch! Und deshalb werde ich auch schleunigst einen Ehemann für dich suchen. Das wird dir deine Hirngespinste austreiben, und du wirst gezwungen sein, den Platz im Leben einzunehmen, der dir zusteht. Es ist beschlossene Sache: Im nächsten Herbst wirst du heiraten!«

Damit verließ Hofmeister den Raum, und Anna Maria konnte dem nichts mehr entgegensetzen. Ihre Unterlippe bebte, als sie hilflos ihre Mutter anblickte.

»Wage es nicht, mich so anzusehen. Das hast du dir selbst zuzuschreiben«, fuhr diese sie an, bevor sie kopfschüttelnd hinzufügte: »Wie kannst du nur auf solche Gedanken kommen?«

Anna Maria wurde von einem lauten Wortwechsel aus ihren Gedanken gerissen. Erschrocken stand sie auf und eilte nach draußen.

Veit stand mit gezücktem Schwert vor einem jungen Mann, der nicht älter als Anna Maria zu sein schien.

»Was hast du hier zu suchen?«, schrie Veit ihn an.

»Ich habe den Rauch gesehen und wollte nach den Nonnen schauen«, stammelte der Bursche.

»Lüg mich nicht an!« Veit teilte mit einem wuchtigen Schlag die Luft, sodass das Schwert laut am Kopf des Jungen vorbeizischte. Eingeschüchtert wich der junge Mann einen Schritt zurück.

»Du wolltest plündern! Gib es zu!«

»Nein«, flüsterte der Fremde, »das würde ich nie tun! Ich bin Tagelöhner und komme jedes Jahr zur gleichen Zeit hier vorbei, um den Nonnen bei ihrer schweren Arbeit im Weinberg zu helfen. Dafür geben sie mir zu essen und ein Lager außerhalb der Klostermauern – oben, in einem kleinen Verschlag im Berg. Jetzt ist wieder die Zeit, in der ich ihnen helfe. Als ich den Rauch und Wölfe in den Hängen gesehen habe, überkam mich ein ungutes Gefühl, und ich bin hierhergelaufen. Doch ich kam zu spät.« Die letzten Worte hatte er nur noch geflüstert, denn sein Blick war an einer der Leichen hängen geblieben.

Anna Maria konnte Tränen in seinen Augen erkennen. »Ich glaube, er sagt die Wahrheit«, sagte sie an Veit gewandt, der daraufhin das Schwert sinken ließ.

»Weißt du, wer das getan haben könnte?«

Zögerlich antwortete der Bursche. »Im ganzen Land werden Klöster und sogar Kirchen geplündert und in Brand gesteckt. Doch heute erlebe ich zum ersten Mal, dass man Nonnen Leid zufügt. Sonst hat man sie nur vertrieben, aber nicht getötet. Doch fehlt es nie an bösen Menschen, die Lust verspüren, anderen das Leben zu nehmen.«

»Aber warum diese Überfälle auf Klöster?«, fragte Anna Maria.

Der junge Mann zuckte ratlos mit den Schultern, doch Veit entgegnete: »Ich habe gehört, dass schon seit einigen Jahren versucht wird, den Klerus, der die Menschen aussaugt, zurückzudrängen. Anscheinend greifen einige dabei jetzt zu anderen Mitteln.« An den Fremden gewandt, sagte er dann: »Komm, hilf mir, Bursche! Du kannst den Nonnen einen letzten Dienst erweisen« und drückte ihm eine Schaufel in die Hand.

Nachdem die Toten beerdigt waren, trat Veit zu Anna Maria, die wieder an Bernadettes Seite wachte und die Hand der Sterbenden hielt. »Ich habe den Burschen fortgeschickt«, flüsterte er. Unter Tränen schilderte Anna Maria ihm jetzt ihre Begegnung mit den beiden Nonnen vor einigen Jahren in Mehlbach. »Wäre ich ihnen gefolgt«, wisperte sie, »mich hätte sicher das gleiche Schicksal ereilt.« Veit nahm Anna Maria in den Arm, und ihr Kopf sank auf seine Schulter.

Schwester Bernadette schien sich ihrem Schicksal nicht fügen zu wollen. Am vierten Tag erwachte sie aus ihrem Dämmerzustand. Mit glasigen Augen blickte sie zu Anna Maria auf. »Ich habe deine Stimme schon einmal gehört«, flüsterte sie. Als Anna Maria sie an ihre Begegnung auf dem Hügel vor Mehlbach erinnerte, huschte ein Lächeln über das Gesicht der Nonne, und sie bat: »Sing mir ein Lied!« Mit heller Stimme sang Anna Maria dasselbe Lied wie damals. Veit stand neben ihr und lauschte. Als Anna Maria zu singen aufhörte, zitterten Bernadettes Lippen, doch sie blieb stumm. Ein friedlicher Ausdruck lag auf ihrem Gesicht, bevor sie ihren letzten Atemzug tat. Als Anna Maria begriff, dass sie von ihnen gegangen war, vergrub sie weinend das Gesicht in den Händen.

Veit beerdigte Bernadette neben ihren Schwestern auf dem kleinen Friedhof bei den Klostermauern. Am darauffolgenden Morgen setzten Anna Maria und Veit ihren Weg nach Mühlhausen fort, froh, den Ort des Grauens hinter sich lassen zu können.

# *Kapitel 15*

Auf seinem Weg von Oberschwaben nach Thüringen lauschte Thomas Müntzer dem Wort des gemeinen Mannes und nutzte die Gelegenheit, um Gleichgesinnte zu treffen. Auch schürte er mit seinen eigenen Reden das Feuer, das fast überall im Reich loderte. Mitte Februar erreichte Müntzer die Reichsstadt Mühlhausen, wo seine Anhänger ihn stürmisch begrüßten. Schon bald wählten sie ihn zum Pfarrer in der Marienkirche, dem größten Gotteshaus der Stadt. Von Stund an nutzte er jede Gelegenheit, um zu predigen – sogar auf dem Land und in den Vorstädten der Reichsstadt. Stets hatte er die Bibel dabei und ließ in seine Reden einfließen, dass der Geist des Herrn über ihn gekommen sei, um die Armen zu trösten und die Kranken gesund zu machen.

Die Menschen strömten aus den Dörfern in die Stadt hinein, um Müntzer reden zu hören. Der Stadtrat war anfangs hilflos und ließ ihn gewähren, ordnete dann jedoch die Schließung der Stadttore an. Nun brach der Sturm innerhalb der Stadtmauern los. Müntzers Anhänger vertrieben die katholischen Geistlichen, Nonnen und Mönche, zerschlugen die Bilder in den Kirchen und plünderten die Vorräte in den Klöstern.

Jacob Hauser war berauscht von Müntzers Reden und versäumte nicht eine einzige. Auch heute saß er in der ersten Bankreihe der Marienkirche und ergötzte sich an Müntzers Worten.

Wie immer stand dieser mit seinem pelzbesetzten Prophetenmantel auf der Kanzel, sauber rasiert, in dem Wissen, dass seine Aufmachung die Wirkung seiner Worte noch verstärken würde.

»Die Macht soll gegeben werden dem gemeinen Volk!«, rief er, und die Menschen jubelten ihm zu. Dann sah Müntzer einige Zuhörer in den ersten Reihen eindringlich an, und als er sich deren Aufmerksamkeit sicher war, fuhr er leise fort: »Deshalb musst du, gemeiner Mann, selber gelehrt werden, damit du nicht länger verführt werden kannst.«

Nach Müntzers Predigt stand Hauser vor dem Portal der Kirche und sah, wie der Prediger ins Deutschherrenhaus ging, in dem er eine Wohnung bezogen hatte. Mutig folgte ihm Hauser.

Müntzer hatte bemerkt, dass jemand hinter ihm her gekommen war. Er wandte sich zu Hauser um und fragte: »Was kann ich für Euch tun?«

»Ich bin gekommen, um mich Euch anzuschließen, Herr Müntzer.«

»Dann geht, guter Mann, und unterstützt die Bauern.«

»Nein, das meine ich nicht. Ich möchte eine besondere Aufgabe haben.«

»Ich verstehe nicht recht, was Ihr wünscht.«

»Ich habe damals Joß Fritz unterstützt …«

»Welches Amt hattet Ihr bei ihm?«, unterbrach ihn Müntzer mitten im Satz.

»Ich war Fahnenträger!«

Müntzer lächelte. »Das könnte die Fügung Gottes sein, denn ich werde eine Fahne anfertigen lassen – dreißig Ellen lang, aus glänzender Seide und in den Farben des Regenbogens. Wie ist Euer Name?«

»Jacob Hauser.«

»In wenigen Wochen wird diese Fahne fertig sein, und du, Jacob, wirst dann das Banner als Symbol der Verheißung vor uns hertragen dürfen.«

»Warum ein Regenbogen?«

»Ihr kennt die Sintflutgeschichte in der Bibel? Die Sintflut kommt, weil die Menschen sündig wurden. Nur Noah mit seiner Familie und den Tieren überlebte. Nach der Sintflut lässt

Gott einen Regenbogen am Himmel erstrahlen. Der Regenbogen ist das Zeichen für Gottes Bund mit den Menschen. Gott verspricht, dass nun, da eine neue, gottesfürchtige Zeit angebrochen ist, nie wieder eine Sintflut kommen wird. Doch wir, die Auserwählten, haben einen neuen Bund mit Gott. Die Erhebung gegen den Adel und die Papstkirche ist die neue Sintflut. Mit mir an der Spitze wird der Bauernaufstand die alte, korrupte, sündhafte Ordnung hinwegspülen. Der Regenbogen ist das Zeichen des Bundes der wahren Gläubigen mit Gott und auch das Zeichen des sicheren Sieges!«

Hauser verbrachte von nun an mehr Zeit im Haus des Reformators als beim Bader. Er lernte all jene kennen, die bei Müntzer ein und aus gingen. So auch Heinrich Pfeiffer, der Pfarrer in der Nikolaikirche war. Rasch wurde Hauser klar, worin Müntzer und Pfeiffer sich unterschieden. Müntzer sah sich als der Auserwählte, der Gesalbte, der von Gott gesandt war. Pfeiffer hingegen übernahm die Rolle Johannes des Täufers, des Verkünders.

Eines Morgens kam Hauser hinzu, als Müntzer und Pfeiffer an einem Tisch in der Stube mehrere bedruckte Blätter studierten. Der Prediger sah kurz auf, wies stumm auf einen freien Platz und erklärte Hauser: »Das sind die zwölf Artikel, die die Bauern in Memmingen aufgestellt haben. Überall im Land werden sie nachgedruckt.«

Als Hauser nicht antwortete, zog Pfeiffer spöttisch eine Augenbraue hoch und sagte: »Du weißt anscheinend nicht, was sie bedeuten.«

Hauser sah Pfeiffer grimmig an, woraufhin der Pfarrer milde lächelnd erklärte: »Die Bauern im Schwabenland haben ihre Beschwerden aufschreiben lassen. Mehr als dreihundert Eingaben kamen zusammen, die in den wesentlichen Punkten übereinstimmen. Diese Übereinstimmungen wurden zu zwölf Artikeln zusammengefasst.«

»Die da lauten?«, knurrte Hauser.

»Das Übliche: Abschaffung der Leibeigenschaft und des kleinen Zehnten. Freie Jagd, Fischfang und Holzung. Verringerung der Frondienste und so weiter. Du kennst solche Forderungen sicher noch aus deiner Zeit beim Bundschuhaufstand.«

Hauser nickte. Müntzer wurde ungeduldig und sagte: »Nun ist es gut damit. Widmen wir uns lieber unseren Aufgaben – der Absetzung des Stadtrates.« Überrascht blickte Hauser auf.

»Dank dir, Heinrich, muss sich der Rat seine Herrschaft mit den Achtmännern teilen. Dadurch ist er geschwächt worden und muss nur noch gestoßen werden, um gänzlich zu fallen. Das wollen wir in Angriff nehmen, denn die alte Ordnung muss weg! Die Zeit ist gekommen für die Herrschaft der wahren Gläubigen, und ich, Thomas Müntzer, werde ihr Seelenwart sein und sie anführen.«

Kurz darauf, im März 1525, sollte es Müntzer und Pfeiffer tatsächlich gelingen, den Rat von Mühlhausen abzusetzen. Eine neue Stadtregierung von erwachsenen Männern wurde gewählt, den sie »Ewigen Rat« nannten.

Getreu seinem Leitspruch »Alles soll gemeinsam sein« ließ Müntzer sogleich Korn und Tuch aus dem Pfarrhaus des Deutschen Ritterordens beschlagnahmen und gab es den Armen. Die leer stehenden Klöster und Pfarrhäuser stellte er den Obdachlosen zur Verfügung. Gold- und Silbergeräte der Geistlichkeit wanderten in die Kriegskasse. Aus den Messgewändern ließ Müntzer Kleider für die Mädchen der Kirchenchöre schneidern. Von nun an sangen sie im Anschluss an seine Predigten Gottes Verheißung.

Die Geschehnisse in Mühlhausen sprachen sich schnell herum. Vielerorts wurden die Ereignisse in der Reichsstadt als Vorbild genommen und lösten große Unruhen aus. Bauern weigerten sich, den Zehnt oder säumige Zinsen zu zahlen, und lehnten sich gegen Amtmann und Kirche auf. Müntzers Saat war aufgegangen, und das Feuer, das seine Lehren entfacht hatte, breitete sich rasend schnell aus. Doch Müntzer träumte davon, dass es die ganze Welt erfassen möge. Da er wusste, dass dies nicht ohne sein Zutun passieren würde, ließ er aufrüsten.

Während bewaffnete Reiter und Bürger in Mühlhausen zur Musterung aufgefordert wurden, predigte Müntzer, dass eine neue Erde geschaffen werden würde, die der Prophet vorhergesagt hatte.

Landsknechte wurden angeworben, Waffen, Schlachtrösser, Zugpferde sowie Schießpulver gekauft und Kanonen gegossen. Bezahlt wurde alles aus den beschlagnahmten Kirchenkassen.

Während sich in der Reichsstadt die Menschen kampfbereit machten, hatten sich im übrigen Reich bereits Bauern und Bürger erhoben und stürmten Burgen, Klöster, Schlösser und geistliche Landsitze. Im Süden, in Sachsen, Hessen und in den thüringischen Fürstentümern bildeten sich Bauernheere, die ständig größer wurden. Wagemutig schworen die Männer einander, dass sie in Zukunft keinen Herrn mehr über sich dulden und Gottes Wille allein als Richtschnur anerkennen würden.

Müntzer wusste, dass er und die Bauern gemeinsame Ziele hatten. Sie alle wollten eine entscheidende politische Veränderung und das Ende der alten Kirche. Müntzer wusste aber auch, dass ihn nur wenige Bauern vorbehaltlos unterstützten. Die Bauern wollten handfeste Verbesserungen ihrer Lage. Vor der Begeisterung Müntzers für das Reich des Heiligen Geistes auf Erden schreckten sie jedoch großenteils zurück.

Der letzte Tag im März neigte sich seinem Ende, als Hauser Peter und Matthias mit in Müntzers Haus nahm. Der Bader weigerte sich noch immer, sich Müntzer anzuschließen, und war deshalb zu Hause geblieben.

Als die drei Männer Müntzers Stube betraten, saß der Prediger nachdenklich auf einem Stuhl. Ein Fremder hatte ihm gegenüber Platz genommen.

Müntzer blickte kurz auf, nickte den dreien zu und wandte sich dann wieder seinem Besucher zu. Stumm setzten sich Hauser und die beiden Burschen an den Tisch.

»Dietrich, Dietrich, das sind keine guten Nachrichten«, stöhnte er. Der Fremde blickte misstrauisch zu Hauser und den jungen Männern. Müntzer sah seinen Blick und winkte ab. »Das ist Jacob Hauser, ein Getreuer, und das sind seine Freunde. Zwar kenne ich die Burschen noch nicht, aber wenn Jacob sie mitbringt, dann können wir ihnen trauen.« Müntzer lächelte Peter und Matthias freundlich zu und stellte den Fremden vor: »Das ist Dietrich Wismeler, ein wahrer Freund. Viele seiner Familienangehörigen sind meine treuen Anhänger. Dietrich kommt von einer Reise zurück und bringt leider schlechte Nachrichten.«

Hauser und die Burschen blickten den Fremden neugierig an. Der räusperte sich und erzählte dann: »Im Neckartal gibt es einen Hauptmann mit Namen Jäcklein Rohrbach. Er ist sprunghaft in seinen Entschlüssen und eigensinnig in seinen Ideen. Zwar ist er ein bekannter Schläger, doch das stört rebellische Männer nicht, zumal er verführerisch reden kann. Immer mehr Menschen schließen sich Rohrbachs Haufen an, und sein Einfluss wird stetig größer. Aber obwohl sie gegen den Adel kämpfen, kämpfen sie jedoch nicht für Gott. Rohrbach hat nicht die richtige innere Einstellung zu unserem Aufstand. Er und seine Männer wollen durch abschreckende Gewalttaten ihr Ziel erreichen. Das zeigt auch, dass sich Rohrbach ausgerechnet mit Margarete Hofmann zusammengetan hat, die man auch die ›Schwarze Hofmännin‹ nennt. Sie ist von niederer Herkunft und als Hexe verschrien. Und sie ist von brennendem Hass gegen die Obrigkeit erfüllt. Man erzählt, sie könne zaubern und habe Rohrbach in ihrer Gewalt. Da sie mit seiner Hilfe Rache an der Obrigkeit nehmen will, steht demnach das Schlimmste zu befürchten. Aber nicht nur das! Es heißt, wenn sie einem Mann den Segen erteilt, sei er unverwundbar. So erbitten die Bauern reihenweise den Segen der Schwarzen Hofmännin und folgen ihr blind!«

Mit großen Augen hatten die beiden Burschen Wismelers Ausführungen gelauscht. Nachdenklich sah Hauser zu Müntzer, dessen in Falten gelegte Stirn nichts Gutes verhieß. Aufgewühlt rief er: »Ich verabscheue solch frevelhaftes Verhalten und werde es nicht dulden. Wenn ich einen Jäcklein Rohrbach gewähren lasse, werden andere es ihm gleichtun, und unser Aufstand könnte scheitern. Wie können wir auf Gottes Hilfe vertrauen, wenn wir Verbrecher und Hexen in unseren Reihen dulden?« Er hielt einen Moment inne und schien kurz nachzudenken. Dann wandte er sich Wismeler zu. »Ich werde einen Brief verfassen und ihn Rohrbach zukommen lassen. Darin werde ich ihn auffordern, sich uns anzuschließen und seinen falschen Weg zu verlassen. Denn er führt sein Schwert nicht im Sinne Gottes. Und niemand darf den vom Geist ergriffenen, den wahren Christen im Weg stehen!«

»Aber was machen wir, wenn Rohrbach nicht darauf eingeht?«, wollte Wismeler nun von Müntzer wissen.

Von einem Moment zum anderen flackerte Wut in Müntzers Augen auf, und seine Stimme bekam einen furchterregenden Klang, als er sprach: »Ich bin wie Gideon, der Held des Alten Testaments. Gideon hat die Götzendiener, die nicht nach Gottes Willen handelten, im eigenen Volk, ja sogar in der eigenen Familie bekämpft. Und so wie Gideon werde auch ich all jene bekämpfen, die vom Weg abgekommen sind.«

# Kapitel 16

Die Wolfsjäger kehrten müde, durchgefroren und ausgehungert nach Burg Nanstein zurück.

Gerhild hörte die beiden bereits auf dem Weg in den großen Saal laut fluchen. Nur mit Mühe konnte sie sich ein Lachen verkneifen. Zehn Tage hatten die beiden Männer die falsche Gegend nach den Flüchtigen abgesucht. Zehn Tage, die Veit und Anna Maria zu einem großen Vorsprung verholfen hatten.

Als Gerhild die Saaltür öffnete, saßen die Wolfsjäger mit Johann zusammen an einem Tisch. Am Ausdruck auf Johanns Gesicht erkannte Gerhild, dass er schlechte Laune hatte, und sie setzte sich wortlos neben ihn.

»Ihr wollt mir weismachen, dass ihr nicht eine einzige Spur von Veit und dem Weib gefunden habt?«, fragte Johann misstrauisch. Karius konnte nur stumm nicken, da er an einem Stück Fleisch kaute. »Schmeckt das gut!«, schwärmte er zwischen zwei Bissen und überging die Frage. »Das erste richtige Mahl, seit wir aufgebrochen sind.«

Hans sah seinen Wegbegleiter mürrisch an. Er labte sich lieber an dem heißen Würzwein, der seinen Körper wärmte. Die Nächte in den Wäldern waren kalt und feucht gewesen. Seine Glieder schmerzten, und der Wein betäubte langsam seine Sinne.

»Seid ihr auch in der Wolfsschlucht gewesen?«, fragte Johann und forschte in den Gesichtern der beiden Männer nach der Wahrheit. Wieder nickte Karius.

Johann wurde ungehalten. »Geht es auch deutlicher?«, zischte er.

Karius wischte sich mit dem Ärmel das Fett vom Mund und antwortete: »Wir waren überall. Stimmt doch, Hans?«

»Glaube mir, Johann, wir haben jeden Winkel, jede Höhle in diesem gottverdammten Wald abgesucht. Das Einzige, was wir fanden, waren seltsame Zeichnungen an einer Höhlenwand. Doch nicht eine Spur von deinem Bruder und der Seherin.«

»Verflucht!«, brüllte Johann. Erregt sprang er auf und ging im Saal auf und ab. »Irgendwo müssen sie doch geblieben sein!«

Plötzlich sagte Karius, der sein Mahl schmatzend beendet hatte: »Vielleicht sind sie nicht in diese Richtung gegangen!«

Hans schaute ihn aus glasigen Augen an. »Wo sollen sie denn sonst hin sein? Horch, was ich dir sage, ich kenne Veit! Er wird die Wölfe in Sicherheit bringen wollen!«

»Wölfe?«, fragte Gerhild ungläubig. Johanns Augen funkelten den Alten zornig an. Dann befahl er unwirsch: »Gerhild, verschwinde!«

»Nein, Johann! Du wirst mich nicht erneut vor die Tür verbannen. Jetzt will ich wissen, was es mit den Andeutungen auf sich hat«, forderte sie mit unnachgiebigem Blick.

Johann wusste, dass er ihr die Wahrheit über seinen Bruder nicht länger verheimlichen konnte. Er nickte.

»Euch will ich nicht dabeihaben. Haut ab!«, fuhr er die Wolfsjäger an. Daraufhin verließ Karius fluchtartig den Saal. Hans folgte ihm schwankend.

Als Johann und Gerhild allein waren, fing er erst zögerlich, dann in immer flüssigeren Worten an, ihr die Geschichte seines Bruders zu erzählen. Als er mit den Worten »Jetzt kennst du die Wahrheit!« geendet hatte, starrte Gerhild ihn nur entsetzt an. »Veit hat mich wegen dieser Bestien verlassen?«

»Sein Verlangen nach dir kann nicht groß gewesen sein.«

»Schweig!«

»Sind das etwa Tränen, die ich in deinen Augen erkennen kann?«, fragte Johann ungläubig.

Ungehalten rieb sich Gerhild über das Gesicht. »Monatelang habe ich um diesen elenden Hurensohn getrauert, weil ich dachte, dass er von Wölfen zerfleischt worden wäre. Stattdessen ist er zum Wolfsbanner geworden – zu einer Kreatur, die gefürchtet und gejagt wird.« Gerhild konnte den Ekel, den sie in diesem Moment für Veit empfand, kaum unterdrücken. »Wie konntest du sein Spiel nur mitspielen? Nachdem du ihn im Wald gefunden hast, hättest du ihn zurückbringen müssen. Vielleicht hätte man ihn heilen können«. Gerhild wandte sich kopfschüttelnd ab. Dann schoss ihr ein Gedanke durch den Kopf. »O mein Gott«, rief sie entsetzt aus, »Anna Maria schwebt in Gefahr!«

Schon war sie versucht, ihr Geheimnis preiszugeben und Johann zu erzählen, in welche Richtung Veit und Anna Maria tatsächlich geflohen waren, als der Landsknecht mit ruhiger Stimme sagte: »Du hast Veit gesehen und ihn erlebt! Glaubst du wirklich, dass er zur Bestie geworden ist? Oder dass er krank ist?«

»Nein. Und wenn du mir diese Geschichte nicht erzählt hättest, würde ich keinen Gedanken daran verschwenden, dass Veit gefährlich sein könnte. Er ist seinem Wesen nach noch immer derselbe Mann, der uns vor Jahren verlassen hat.«

Dann stand sie auf und ging wortlos hinaus. Sie war froh, dass sie an sich gehalten und Veit und Anna Maria nicht verraten hatte.

Johann blieb grübelnd zurück. Anscheinend hegte Gerhild immer noch Gefühle für seinen Bruder, und er wusste nicht, ob ihm das gefiel.

Nach dem entsetzlichen Geschehen im Kloster mieden Veit und Anna Maria jegliche Menschenansammlung aus Angst, auf mörderische Banden zu treffen. Deshalb führte ihr Weg sie durch unwegsames Gelände, nasse Wiesen, Morast und Wälder. Jeder Baum und jeder Strauch diente ihnen als Deckung. Sie gingen nur in ein Dorf, um Brot zu kaufen, und verließen es so schnell wie möglich wieder. Auch die Angst, dass die beiden Wolfsjäger Hans und Karius sie finden könnten, trieb sie voran.

Stets im sicheren Abstand folgten ihnen die Wölfe querfeldein. Erst am Abend, wenn Veit für sich und Anna Maria einen Unterstand gebaut hatte, kamen die vier Jungtiere näher und ließen sich streicheln.

Anna Maria und Veit waren nun bereits seit zwei Wochen unterwegs, in denen sie nie richtig zur Ruhe gekommen waren. Trotz Nässe und Kälte hatten sie es nur selten gewagt, ein Feuer zu entfachen, an dem sie sich wärmen und ihre Kleider, die ihnen oft klamm am Körper hingen, trocknen konnten. All das forderte seinen Tribut ebenso wie das karge Essen, das sie seit Wochen zu sich nahmen. Anna Maria war am Ende ihrer Kräfte.

An diesem Tag kamen sie nur schleppend voran, da Anna Maria neben der Erschöpfung auch Kopfschmerzen plagten. Obwohl sie kein Wort darüber verlor, erkannte Veit, dass jeder Schritt für sie eine Qual war.

Am frühen Nachmittag, als in einer Talsenke ein Buchenhain vor ihnen lag, legte Veit einen Arm um Anna Marias Taille und erklärte: »Wir werden jetzt schon unser Lager aufschlagen und uns bis morgen Mittag Ruhe gönnen. Außerdem werde ich heute Nacht mit den Wölfen auf Jagd gehen und uns ein ordentliches Stück Fleisch mitbringen, das wir über einem Feuer braten können.« Als Anna Maria widersprechen wollte, strich er ihr zärtlich über die Wange. »Keine Angst, meine Schöne! Weit und breit befindet sich keine Siedlung, und der Wald liegt so weit abseits, dass wir hier auf keine Menschenseele treffen werden.« Dankbar legte Anna Maria den Kopf an seine Brust und atmete erleichtert aus.

Veit suchte im Wald einen Platz aus, den man nicht sofort einsehen, von dem sie aber die Lichtung beobachten konnten. Nachdem das Lager fertig war, legte sich Anna Maria erschöpft nieder und schlief sofort ein.

Mitten in dunkler Nacht wurde sie durch einen fürchterlichen Laut aus dem Schlaf gerissen. Erschrocken fuhr sie hoch und erkannte Veit, der auf dem Boden kauerte und in Richtung der Lichtung spähte. »Was ist passiert? Was war das für ein fürchterlicher Schrei?«, fragte sie bange. Obwohl sie kaum etwas erkennen konnte, wusste sie, dass etwas nicht stimmte.

»Ich habe die Wölfe zur Jagd gerufen«, erklärte Veit mit einer Stimme, die ihr fremd war. »Schlaf weiter, Anna Maria! Ich werde erst im Morgengrauen zurück sein«, sprach er und verschwand zwischen den Bäumen.

Anna Maria lag wach und horchte ängstlich in die Dunkelheit hinein. Sie hoffte, dass der Morgen bald dämmern würde. Doch die Müdigkeit übermannte sie, und sie schlief wieder ein.

Als Anna Maria erneut erwachte, knisterte ein Feuer, und der Duft von gebratenem Fleisch ließ ihren Magen knurren. Ausgeruht setzte sie sich auf und sah die Wölfe, die unweit des Feuers schliefen. Veit saß vor den prasselnden Flammen in der Hocke und drehte ein dickes Stück Fleisch an einem Spieß, der zwischen zwei Astgabeln lag. Der Duft des Fleisches ließ Anna Maria das Wasser im Mund zusammenlaufen. Erfreut wollte sie Veit umarmen, als sie zurückschreckte. Sein Bart war mit Blut verkrustet, und auch sein Gewand hatte einen großen roten Fleck auf der Brust.

»Was ist geschehen?«, fragte sie verstört. »Hast du dich verletzt?«

»Nein, du musst dir keine Sorgen machen. Das Blut stammt von dem Wild, dass wir erlegt haben.«

»Aber dein Bart ist ebenfalls von Blut getränkt!«, stammelte sie verwirrt.

»Ich konnte mich nicht waschen«, entschuldigte er sich. »Sobald wir an einen Bachlauf kommen, werde ich das Blut abwaschen und den Bart rasieren. Doch nun iss, damit du wieder zu Kräften kommst.«

Veit säbelte mit dem Messer die gegarte äußere Schicht des Bratens ab und reichte Anna Maria das Fleisch.

Sie spürte, dass er ihr auszuweichen versuchte. Nur zögerlich nahm sie das Fleisch von der Messerspitze entgegen. Doch als Anna Maria den warmen Braten auf ihrer Zunge schmeckte, war das ungute Gefühl verflogen, und sie bat um mehr.

Die Männer von Burg Nanstein standen mit dem Hausherrn auf dem Burghof und besprachen die Arbeiten für den nächsten Tag, als der Wolfsjäger Hans zu ihnen stürmte. »Ich weiß jetzt, wohin Veit und die Seherin geflüchtet sind«, rief er schon von weitem. Bevor der Alte mehr erzählen konnte, packte Johann ihn am Arm und zog ihn fort.

Als sie außer Hörweite der anderen waren, sagte Johann mit eisiger Stimme: »Du Narr! Du lernst es wohl nie!«

»Horch, was ich dir sage, und du wirst mir dankbar sein«, erwiderte Hans und rieb sich erfreut die Hände.

»Komm mit in mein Gemach«, forderte Johann ihn auf und ging mit schnellen Schritten die Treppe hinauf.

Nachdem Johann sich überzeugt hatte, dass sie allein waren, forderte er den Wolfsjäger auf: »Nun sprich!«

»Ich war unten in Landstuhl im Gasthaus. Du weißt, dass dort die Hacken-Frieda arbeitet ...«

»Du meinst die flatterhafte Alte, die mit jedem ins Bett steigt?«, unterbrach Johann ihn spöttisch.

Gleichgültig zuckte Hans mit den Schultern: »Das ist mir einerlei, wenn's drückt, dann drückt es. Auch Täuber, der Landsknecht, war mehrmals bei ihr und hat ihr von Mühlhausen erzählt.« Abwartend blickte der Wolfsjäger Johann an. Der schien nicht zu verstehen und brummte: »Was ist daran so besonders? Ich weiß, dass er in Thüringen war.«

»Ach ja?«

»Ja, du Depp!«

»Dann weißt du sicher auch, dass er überlegt hatte, wieder dorthin zurückzukehren.«

Johann ging zornig auf den Alten los, packte ihn am Kragen und flüsterte: »Wenn du mich ärgern willst, wird dich das teuer zu stehen kommen. Also, sprich nicht in Rätseln.«

Johann stieß den Mann grob von sich, sodass er gegen die Wand prallte. Laut fluchend wollte der Wolfsjäger den Raum verlassen. Um das zu verhindern, nahm Johann den Krug mit Wein vom Tisch und füllte zwei Becher. Den einen reichte er dem Alten, der seinen Becher gierig in einem Zug leerte.

»Das hat mir gefehlt!«, schmatzte er und leckte sich die Lippen. Johann verstand und schenkte nach.

»Erzähl endlich, sonst ist es mit meiner Geberlaune vorbei!«

»Nach unserem Schäferstündchen fragte mich die Hacken-Frieda, wie sich der Landsknecht entschieden hätte. Ich verstand nicht, was sie meinte, und da erklärte sie, dass Täuber unschlüssig war, ob er in die Schweiz gehen oder seine Freunde nach Mühlhausen begleiten sollte.«

»Welche Freunde?«, fragte Johann unwirsch und wusste im selben Augenblick die Antwort. »Veit und Anna Maria!«

Hans lachte höhnisch und hielt Johann ein weiteres Mal seinen leeren Becher entgegen.

Vor Freude summend stieg Gerhild die Treppenstufen zu ihrem Gemach hinauf. Heute hatte sie endlich die Antwort erhalten, auf die sie mit Bangen gewartet hatte. Doch ihre gute Laune war mit einem Schlag verflogen, als sie den Wolfsjäger zusammen mit Johann in weinseliger Laune in ihrem Schlafgemach antraf.

»Gerhild, wir wissen jetzt, wohin Veit und die Seherin geflohen sind«, rief Johann ihr freudig entgegen. Fragend blickte sie ihn an. »Nach Mühlhausen!«, erklärte Johann.

Der Schreck fuhr Gerhild in die Glieder. Sie wandte sich schnell ab und tat geschäftig, aus Angst, ihre Augen könnten ihre Gefühle verraten.

»Was sollen sie denn in Mühlhausen wollen?«, brachte sie schließlich hervor.

»Was sie da wollen, weiß ich nicht, aber dass sie dorthin unterwegs sind, ist gewiss.« Johann erzählte ihr, was der Wolfsjäger in Landstuhl erfahren hatte.

»Dieser elende Hurensohn!«, murmelte Gerhild, als Täubers Name fiel.

»Morgen in aller Frühe werden Karius und ich uns auf den Weg nach Mühlhausen machen und dir die beiden Ausreißer zurückbringen«, versprach der Jäger.

»Aber warum?«, stammelte Gerhild.

Ungläubig blickte der Wolfsjäger sie an. »Warum, fragst du? Horch, was ich dir sage, Johann braucht die Seherin, und Veit ist zu einer grausamen Bestie geworden!«

»Du unsäglich dummer Kerl, mach, dass du aus meinem Gemach verschwindest«, schrie Gerhild erregt.

Hans, der durch den Weingenuss mutig geworden war, baute sich vor Gerhild auf und zischte: »Wer bist du, dass du so mit mir sprichst? Du wirst ein Niemand sein, wenn Johann dich verstoßen hat.« Ungläubig schaute Gerhild zu Johann, der nichts sagte, sondern sie nur stumm anblickte.

Gerhild erkannte, dass sie Johanns Achtung verlieren würde, wenn sie das Benehmen des Wolfsjägers duldete. Deshalb holte sie aus und schlug ihm so fest sie konnte mit der Faust auf die Nase. Ein leises Knirschen war zu hören, und Hans jaulte auf. Als er spürte, wie warmes Blut aus seiner Nase tropfte, hob er die Hand, um zurückschlagen. Doch Johann brüllte: »Wage es nicht!«

Der Wolfsjäger unterdrückte seinen Zorn, denn er wusste, dass jedes weitere Wort zu seinem Nachteil wäre, und verließ hastig den Raum.

Stumm blickten Gerhild und Johann sich an.

»Warum lässt du Veit erneut suchen? Du weißt doch, was dieser grässliche Mensch mit ihm machen wird«, klagte Gerhild. Johann setzte sich auf das Lager und starrte vor sich hin. Dann blickte er auf und erklärte: »Hans wird meinem Bruder nichts antun, das musste er mir schwören, doch ich brauche die Seherin! Ich will Burg Nanstein für mich haben, und sie soll mir dabei helfen.«

Gerhild konnte nur mit Mühe die Frage nach seinen Gefühlen für die Seherin unterdrücken. Stattdessen wanderte ihr Blick die nackten Steinwände des Gemachs entlang. »Was gibt es hier, wofür es sich lohnen würde, eine Fehde mit dem Bruder des Verwalters des Kurfürsten anzuzetteln?«

Johann brauchte nicht lange zu überlegen. »Nanstein ist eine herrschaftliche Burg, die einst einem großen Ritter gehört hat.«

Diese Antwort entlockte Gerhild ein müdes Lachen. »Ich bitte dich, Johann! Diese Felsenburg wurde zusammengeschossen! Nur noch wenige Steine stehen aufeinander, und der ständige Wind zieht durch alle Ritzen. Auch wird dir Eckbert von Hauen die Burg nicht kampflos überlassen und den Rest ebenfalls zerstören. Du hast weder die Leute noch das Geld, um einem Kampf standzuhalten.«

»Ich habe mehr Kriegserfahrung als Eckbert von Hauen. Franz von Sickingen wäre stolz, wenn er wüsste, dass ich, sein treuer Landsknecht, sein Erbe aufrechterhalte«, ereiferte sich Johann. Er ging zu der großen Wandöffnung und schob das Fell davor zur Seite. Zwischen den Gitterstäben, die vom Boden bis zur Decke reichten, blickte er hinunter nach Landstuhl.

»Bevor sie die Burg erreichen, werden wir sie von hier oben mit schweren Geschützen unter Feuer nehmen.«

»Johann, sei vernünftig!«, bat Gerhild. »Viele deiner Leute sind im Winter gestorben. Wovon willst du die nötigen Landsknechte anheuern? Gib die Burg auf, und behalt die Erinnerung an Franz von Sickingen in deinem Herzen ...«

»Schweig!«, unterbrach er sie unwirsch. »Wie kannst du es wagen, mir Ratschläge zu erteilen, du undankbares Frauenzimmer!« Seine Augen verdunkelten sich, und er blickte sie wütend an.

Gerhild schluckte mehrmals, hielt aber seinem finsteren Blick stand. Dann flüsterte sie: »Ich bekomme ein Kind von dir!«

Ungläubig starrte Johann Gerhild an. Nichts verriet in diesem Moment seine Gedanken. »Woher weißt du das?«, fragte er schließlich, und Gerhild war es, als zittere seine Stimme.

»Ich war heute Morgen bei der Hebamme in Landstuhl. Sie hat meine Vermutung bestätigt.« Regungslos verharrte Johann vor ihr, dann legte er ihr beide Hände auf die Schultern. Als er zu ihr sprach, klang seine Stimme weich und freudig: »Wird es ein Junge werden?«

Für einen winzigen Augenblick schloss Gerhild die Augen. Als sie sie wieder öffnete, kullerte eine Träne über ihre Wange. »Das liegt in Gottes Hand!«, flüsterte sie.

»Horch, was ich dir sage! Kein Weib auf dieser Welt taugt etwas!«, fluchte Hans und spukte voller Verachtung auf den Boden. »Es sind alles Hexen, die nichts weiter im Sinn haben, als uns Männern zu schaden.«

Karius blickte gelangweilt von seinem Pferd zu Hans hinüber. Seitdem sie sich auf den Weg nach Mühlhausen gemacht hatten, schimpfte der Alte ununterbrochen über die Frauen, besonders über eine – Gerhild!

Allerdings konnte Karius die Wut des Alten verstehen. Schließlich war der Wolfsjäger sich sicher gewesen, dass der Landsknecht ihn in die Reichsstadt schicken würde, um Veit und Anna Maria zurückzubringen.

Bereits im Schlaf hatte Hans seine Belohnung klimpern hören. Doch stattdessen teilte ihm dieser elende Landsknecht mit, dass er nicht mehr nach Veit und Anna Maria zu suchen brauche, da er sich entschlossen habe, Burg Nanstein aufzugeben. Aus diesem Grund würde er die Fähigkeiten der Seherin nicht mehr benötigen.

Natürlich versuchte der alte Wolfsjäger den Landsknecht umzustimmen, doch vergeblich. Als Hans dann noch den hämischen Blick Gerhilds bemerkte, fegte er voller Wut die Krüge vom Tisch und wurde daraufhin der Burg verwiesen.

Karius hätte bleiben können, doch er war dem Alten gefolgt.

»Nun werde ich Rache nehmen!«, schwor Hans mit erhobener Hand und gab keine Ruhe. »Ich werde Johann den Kopf des Wolfsbanners und den der Seherin vor die Füße werfen.«

Karius blickte erschrocken auf. »Willst du sie töten?«

Der Blick des Wolfsjägers bekam einen wahnsinnigen Glanz. »Da Johann keine Jungfrau mehr benötigt, werde ich meinen Spaß mit ihr haben, und der Wolfsmensch darf dabei zusehen.«

Als Anna Maria frühmorgens erwachte und aus dem Unterstand blickte, konnte sie nur mühsam einen Schrei unterdrücken. Ungläubig starrte sie auf die dichte Schneedecke, die das Land verhüllte.

Angstschweiß trat auf Anna Marias Stirn, und ihr Atem ging keuchend. Veit erwachte neben ihr und wollte sie wie jeden Morgen in seine Arme ziehen, doch sie stieß ihn zurück.

»Was ist mit dir?«, fragte er verwirrt.

»Schnee!«, wisperte Anna Maria und begann zu zittern. Erst jetzt sah Veit die weiße Pracht. Sorgenvoll blickte er zu Anna Maria und versuchte sie zu trösten: »Das muss nichts bedeuten, meine Schöne!« Seine Hände glitten zärtlich über ihren Rücken, doch sie fauchte: »Lass das!«

Wortlos stand Anna Maria auf, nahm ihren Pilgerumhang und schritt barfuss in den Schnee hinaus. Nach einer Weile stellte Veit sich neben Anna Maria, vermied es jedoch, sie zu berühren. »Welcher Tag ist heute?«, fragte sie mit schwacher Stimme. Veit rechnete nach und sagte: »Es müsste einer der letzten Tage im März sein.«

»Aber wie ist es möglich, dass es jetzt noch schneit? Mit jedem Tag, den wir dem Frühling näher kommen, hoffte ich, dass mein Traum vom Schlachtfeld im Schnee eine Täuschung und keine Vorsehung war!«

»Auch wenn der Winter vorbei ist, kann es trotzdem noch schneien. Meine Mutter erzählte mir einst, dass zu meiner Geburt Ende Mai die Landschaft mit einer dünnen Schneeschicht bedeckt gewesen sei.«

Ungläubig blickte Anna Maria Veit an, sagte aber kein Wort. Zitternd vor Kälte ging sie zurück zum Unterstand und weigerte sich weiterzuziehen.

So überraschend, wie der Schnee gekommen war, so schnell schmolz er auch wieder. Die warmen Sonnenstrahlen vertrieben Anna Marias ängstliche Gedanken, und als sie einige Tage später auf einer Aue die ersten bunten Blütenköpfe entdeckte, sprang sie wie ein junges Pferd vergnügt durch das Gras.

Veit stellte derweil fest, dass sie bereits länger unterwegs waren, als Täuber für die Reise veranschlagt hatte. Zuerst befürchtete Veit, dass sie sich verirrt haben könnten oder im Kreis gegangen waren. Doch im nächsten Dorf, in dem sie etwas zu essen kauften, erklärte ihm ein Bäuerlein, dass sie nur noch wenige Tage von Mühlhausen entfernt seien.

Jeden Tag trieben die beiden Wolfsjäger ihre Pferde bis zur Erschöpfung an – besonders seit Hans in einem Dorf von einem Bauern erfahren hatte, dass ein Mann, der nach der Beschreibung des Alten nur Veit gewesen sein konnte, sich erst kurz zuvor nach dem Weg nach Mühlhausen erkundigt hatte.

Auch heute waren die Pferde von dem harten Ritt nass geschwitzt und hatten Schaum vorm Maul. Trotzdem trat Hans seinem Ross immer wieder in die Flanke. Karius blieb keine andere Wahl, als es ihm gleichzutun, und auch er peitschte sein Pferd vorwärts.

Erst als die Nacht hereinbrach und man kaum noch etwas erkennen konnte, brachte Hans sein Pferd in den langsamen Schritt. Karius zügelte seinen Gaul ebenfalls und ritt neben Hans. »Wann rasten wir?«, maulte er und stellte sich in den Steigbügeln auf. »Mich schmerzt jeder Knochen im Leib.«

»Horch, was ich dir sage! Wir müssen uns eilen, damit wir den Vorsprung des Wolfsbanners aufholen.«

»Seit Tagen gönnen wir uns kaum eine Rast. Sicher sind er und das Weib längst in Mühlhausen angekommen!«, schimpfte Karius und rieb sich das Gesäß.

Der Wolfsjäger schüttelte den Kopf. »Die beiden sind zu Fuß unterwegs und werden meist den Schutz der Wälder suchen. Das kostet Zeit.« Hans lachte hämisch. »Wie alle Weibsbilder wird die Seherin jammern, und Veit muss deshalb öfter rasten.«

»Warum sollten sie durch die Wälder gehen, wenn die Reitwege kürzer sind?«

»Du Hohlkopf!«, schrie Hans. »Veit führt die jungen Wölfe mit sich und kann deshalb nur abseits der Wege gehen.«

»Aber wie willst du sie da finden?«

Der alte Wolfsjäger hob den Kopf und reckte die Nase in die Höhe. »Den Gestank der Wölfe und des Wolfsbanners kann ich aus der Ferne riechen. Horch, was ich dir sage! Meine empfindliche Nase hat mich zu einem der besten Wolfsjäger weit und breit gemacht.«

»Wenn …«, begann Karius erneut, wurde jedoch von Hans unterbrochen. »Halt's Maul, und such lieber einen Unterstand.«

Am Rand einer Lichtung stand ein zerfallener Schuppen, der ihnen als Nachtlager dienen würde. Während Karius die Pferde absattelte und mit Grasbüscheln trocken rieb, suchte Hans nach Laub und Ästen, um den festgetretenen Boden im Unterstand zu polstern. Nach einem Mahl, das aus einem verschrumpelten Apfel und einem trockenen Stück Brot bestand, labten sie sich an Johanns Bier, das Hans heimlich in ihre Wasserschläuche gefüllt hatte.

»Das war schlau von dir!«, feixte Karius und reichte Hans das Behältnis. Zwischen zwei Schlucken sagte der Wolfsjäger verbittert: »Johann wird spüren, was es heißt, mich zu hintergehen. Ich werde seinen Bruder, den Wolfsbanner, in Stücke hauen. Schlaf jetzt! Wir werden vor Morgengrauen aufbrechen.«

»Was springt für mich dabei heraus?«, fragte Karius unzufrieden.

Hans gähnte. »Horch, was ich dir sage! Wenn ich mit der Hure fertig bin, gehört sie dir!«

In der Ferne konnte Anna Maria bereits die Turmspitzen der Kirchen von Mühlhausen erkennen. Ein Gefühl von Glück durchströmte ihren Körper, da sie ihren Brüdern endlich nahe war.

»Bald!«, flüsterte sie. »Bald werde ich euch wiedersehen!«

Leichter Wind wehte ihr ins Gesicht, als sie die Augen öffnete. Veit stand vor ihr und lächelte sie an.

»Ich kann es kaum erwarten!«, rief Anna Maria und schmiegte sich in seine Arme.

Veit genoss das Vertraute, das sich auf der Flucht zwischen ihnen entwickelt hatte, und er konnte sich ein Leben ohne Anna Maria nicht mehr vorstellen. Jede Faser seines Körpers verlangte nach ihr, und von Tag zu Tag fiel es ihm schwerer, standhaft zu bleiben – besonders nachts, wenn die Wärme ihres Körpers ihn erregte. Nacht für Nacht streichelte Anna Maria ihn zärtlich, schmiegte sich eng an ihn, weil sie geliebt werden wollte. Nur mit Mühe konnte er dann nach draußen flüchten, um in der kühlen Nachtluft wieder einen klaren Kopf zu bekommen. Stets folgten ihm Anna Marias leises Lachen und die Frage: »Warum nicht hier und nicht heute?«

»Weil ich keine Tannennadeln am Hintern spüren will!«, lautete dann seine Antwort.

»Wann werden wir Mühlhausen erreicht haben?«, riss Anna Maria Veit aus seinen Gedanken.

»Morgen Abend könnten wir vor den Stadttoren sein.«

»Könnten?«, fragte sie verunsichert.

»Bevor wir die Stadt betreten, werde ich mit den Wölfen auf die Jagd gehen, damit sie hier im Wald zurückbleiben.«

»Wie sollen sie wissen, dass sie uns nicht folgen sollen?«

»Es ist eine Art Zeremonie. So verabschiede ich mich stets von ihnen, und sie werden erst wiederkommen, wenn ich sie rufe.«

»Einen Tag früher oder später spielt nun auch keine Rolle mehr«, murmelte Anna Maria und blickte sehnsüchtig nach Mühlhausen.

Veit und Anna Maria wanderten weiter, bis die Dämmerung sie einhüllte. Vor ihnen lag eine Lichtung, in deren Mitte sie einen Teich umsäumt von Weiden ausmachen konnten. Dichter Wald schmiegte sich an das Gewässer.

Plötzlich reckte Veit den Kopf in die Höhe und schnupperte in die Luft. Er spitzte die Ohren und lauschte angestrengt in die Nacht. Immer wieder blickte er angespannt in die Dunkelheit. Die Wölfe kamen näher und schienen seine Aufregung zu spüren. Unruhig strichen sie um seine Beine und winselten.

Nachdem Veit den Waldboden näher betrachtet hatte, huschte ein Lächeln über sein Gesicht, und er nickte zufrieden.

Anna Maria, die ihn stumm beobachtet hatte, fragte nervös: »Was ist?«

»Wir werden eine gute Jagd haben. Siehst du die vielen Eichenbäume? Sie versprechen viele Wildschweinrotten.« Er zeigte auf den Boden zwischen den Bäumen am Waldesrand. »Hier haben die Wildschweine den Boden nach Eicheln, Würmern und Käfern durchwühlt. Sobald ich uns aus den Weiden einen Unterstand gebaut habe, werde ich mit den Wölfen losziehen.«

Nachdem das Lager errichtet war, suchte Veit einen massiven Ast, der halb so lang wie er selbst und gerade gewachsen war. Das eine Ende schnitzte Veit spitz wie bei einem Speer. Dann hob er die Lanze an und übte einige Würfe.

Anna Maria beobachtete ihn mit mulmigem Gefühl im Bauch. Als Veit von der Jagd gesprochen und sie dabei angeblickt hatte, war sie zusammengezuckt.

Auch dieses Mal hatten sich seine Augen verdunkelt und einen merkwürdigen Glanz angenommen. Sie traute sich kaum, mit ihm zu sprechen oder ihn zum Abschied zu küssen.

Bevor der Wald Veits Schatten schluckte, hörte Anna Maria den schaurigen Laut, mit dem er die Wölfe rief.

Anna Maria legte sich nieder und spähte in die dunkle Nacht hinein. Wind ließ die Wipfel der Bäume hin und her wogen. Auf dem Teich kräuselte sich das Wasser, und die Mondsichel spiegelte sich darin wider. Ein Gefühl der Sicherheit und Ruhe überkam Anna Maria. Der Druck, der oft schwer auf ihr lastete, ließ nach, und sie atmete tief durch.

Die junge Frau konnte es kaum erwarten, ihre Brüder in die Arme zu schließen und mit ihnen nach Hause zu gehen. ›Ich bin auf eure Gesichter gespannt, wenn ihr Veit kennenlernt!‹, dachte sie und lächelte in sich hinein. Anna Maria wusste, dass besonders Peter Veit genau in Augenschein nehmen würde. Schon während ihrer Kindheit hatte er auf jeden ihrer Verehrer eifersüchtig reagiert. Manchmal hatte Peter dem Burschen Prügel angedroht, manchmal auch Anna Maria, wenn sie sich trotz Peters Verbot heimlich mit dem Jungen traf.

Doch Peter würde Veit mögen, da war sich Anna Maria sicher. Sie spürte, wie ihre Augenlider langsam schwer wurden. Schlaf übermannte Anna Maria, und so hörte sie nicht mehr, wie der Wind aufheulte.

In ihrem Traum glaubte Anna Maria bekannte Stimmen zu hören. Auch war es ihr, als lecke ein Wolfjunges ihr übers Gesicht. Sie wollte das Junge wegstoßen, doch es wurde böse und knurrte. Immer wieder fuhr sich Anna Maria mit der Hand übers Gesicht, doch das Lecken hörte nicht auf. Gereizt schlug sie um sich, als jemand sie an den Füßen packte und aus dem Unterstand zog.

In diesem Augenblick erwachte Anna Maria und wusste, dass es kein Traum war.

Sie schlug die Augen auf und schrie im selben Moment. Das Gesicht mit der Hakennase, das sich ihr entgegenbeugte, kannte sie gut. Ungläubig starrte sie in die Fratze.

»Horch, was ich dir sage! Habe ich nicht versprochen, dass ich euch finden werde? Der Wolfsgestank hat euch verraten und mich hierhergeführt.«

Karius stand neben Hans und hielt sich die Wange. »Das Miststück hat mich gekratzt!«, jammerte er.

»Halt's Maul! Freu dich lieber, dass du sie schon bald besteigen darfst.«

Sogleich warf sich Karius auf Anna Maria, die unter seinem Gewicht vor Entsetzen aufschrie. Hans zog ihn an den Haaren zurück und schimpfte: »Du dämlicher Hornochse! Was habe ich dir gesagt? Den ersten Ritt bekomme ich!«

Als Anna Maria das hörte, versuchte sie auf die Beine zu kommen und fortzulaufen. Doch der Wolfsjäger packte sie und warf sie mitleidslos zu Boden. Schmerz durchfuhr ihren Körper und hinderte sie am Atmen. Wieder beugte sich der Alte über Anna Maria und flüsterte mit erregter Stimme: »Wehre dich nur, du Wildkatze! Ich mag es, wenn unter mir kein starres Holz liegt!«

Anna Maria schrie Veits Namen, als Karius ihr brutal ins Gesicht schlug. Die Haut an ihrer Augenbraue platzte auf, und ein feines Blutrinnsal lief ihre Schläfe herab.

Ihr Kopf dröhnte. Der Schmerz und die Angst raubten ihr die Sinne, trotzdem schrie Anna Maria erneut nach Veit und trat wild um sich. Erst als der Wolfsjäger mit der Messerspitze auf ihr Auge zielte, hielt sie inne.

»Horch, was ich dir sage! Du kannst so viel schreien, wie du willst! Der Wolfsbanner ist mit den Bestien fort und hört dich nicht. Du glaubst wohl, dass wir dumm sind? Wir haben euch eine Weile beobachtet und abgewartet, bis diese Kreatur weit genug fort war. Er wird dir nicht helfen, du Miststück! Du gehörst uns.«

Doch Anna Maria wollte sich nicht kampflos ergeben. So fest sie konnte trat sie um sich, kratze und biss. Jedes Mal, wenn sie einen der Wolfsjäger traf und er schmerzvoll aufschrie, hoffte sie, fliehen zu können. Doch auch die Männer gaben nicht auf, und schließlich schlug Karius sie mit einem Knüppel nieder. Besinnungslos blieb sie liegen.

Hans tippte Anna Marias leblosen Körper an. Als sie leise aufstöhnte, verzog ein hämisches Lächeln seinen Mund. Wütend lief Kariaus mit dem Knüppel hin und her. »Sieh, was die Hexe gemacht hat. Mein Gesicht brennt wie Feuer.«

Hans konnte im Schein des Mondes blutige Kratzspuren erkennen, die quer über Karius' Gesicht liefen. »Beruhige dich! Wir werden das Weibsstück jetzt fesseln und knebeln. Dann kann sie uns nicht mehr gefährlich werden. Hast du die Stricke mitgebracht?«

Kariaus nickte und reichte Hans die Schnüre. Mit einer band

er Anna Marias Hände hinter dem Stamm einer Weide zusammen.

Als Anna Maria zu sich kam, trat sie erneut heftig um sich und schrie nach Veit. Doch der Wind verschluckte ihre Schreie. Lachend befahl Hans: »Such zwei kräftige Äste, die eine Elle lang sind.« »Was willst du damit?«, wollte Karius wissen. »Das wirst du schon sehen. Such jetzt!«, knurrte Hans ungehalten.

»Du elender Hurenbock! Wenn Veit zurück ist, wird er dich umbringen!«, tobte Anna Maria, die in Panik an den Fesseln zerrte. Doch sie zogen sich nur enger und schnitten ihr in die Handgelenke. »Mach die Fesseln los!«, forderte sie und versprach mit leiser Stimme: »Ich werde nicht fliehen!«

»Wenn ich mit dir fertig bin, wirst du kaum noch kriechen können«, feixte Karius und brachte Hans die gewünschten Pflöcke. Der besah sich die Stangen und nickte zufrieden.

Anna Maria hatte keine Ahnung, was der Alte vorhatte. Stumm beobachtete sie die beiden. Ihr Kopf schmerzte von Karius' Schlag, und ihr war übel. Jedes Mal, wenn sie versuchte mit ihrem Blick den Wolfsjägern zu folgen, würgte es sie. Sie schloss die Augen und hoffte, dass das elende Gefühl bald vorbeigehen würde. Aber noch mehr hoffte sie, dass Veit zurückkommen würde. Anna Maria lag bewegungslos da und hörte nur noch ihr pochendes Herz.

Als jemand an ihrem linken Fuß zog, schrie sie auf und öffnete die Augen. Mit dem anderen Bein trat sie nach Karius, der ein Seil um ihren Knöchel band. Hans klopfte währenddessen mit einem Stein einen der Äste in den Boden. An diesem Pflock band er ihr linkes Bein fest. Auch um Anna Marias rechten Knöchel wurde ein Seil gewickelt und an dem anderen Ast, den Hans zwei Armlängen vom ersten entfernt in den Boden geschlagen hatte, festgezurrt.

Anna Maria lag nun angebunden und wehrlos auf dem Boden – ihre Beine weit gespreizt.

Als die junge Frau mit letzter Kraft ihre Angst hinausschrie, riss Karius ein Stück Stoff von ihrem Rock und stopfte es ihr in den Mund. Er beugte sich über sie, sodass sie seine dunklen Augen sehen konnte. »Jetzt ist Ruhe! Das hätten wir sofort mit dir Miststück machen sollen«, stöhnte er mit erregter Stimme und rieb seine Wange an der ihren. Tränen der Angst, der Wut und des Ekels verschleierten Anna Marias Blick. Ihr Herz schlug wild, und mit dem Knebel im Mund konnte sie kaum atmen. Immer wieder zerrte sie an ihren Fesseln, und die Stricke gruben sich immer tiefer in ihre Haut.

Karius war so erregt, dass er sich auf sie warf und seinen Körper an ihrem rieb. Hans, der einen Augenblick nicht aufgepasst hatte, zerrte ihn wütend hoch und versetzte ihm eine saftige Ohrfeige. »Wage es ja nicht, dich erneut vorzudrängeln. Dann wirst du leer ausgehen, das schwöre ich dir!«

»Dann beeil dich endlich! Ich kann kaum an mich halten!«, bettelte Karius mit zittriger Stimme und zog seine Hose bis zu den Knien herab. Als Anna Maria sein angeschwollenes Gemächt sah, schrie sie auf, und ihr wurde schwarz vor Augen.

## *Kapitel 17*

Der Duft von Kräutern erfüllte die gesamte Badestube. Trotzdem goss Annabelle wohlriechende Öle ins Wasser nach, da sie hoffte, dass die Dämpfe sie beruhigen würden. Während das warme Wasser langsam erkaltete, strich sie sich unbewusst immer wieder über den Unterleib. Heute hatte sie sich vorgenommen, Matthias endlich zu sagen, dass sie schwanger war. Viel zu lange hatte sie es aufgeschoben, weil sie von Tag zu Tag gehofft hatte, sie habe sich geirrt. Doch am Morgen hatte sie mit Erschrecken festgestellt, dass sich ihr Bauch bereits leicht wölbte.

Zwar nur zart und sicherlich auch nur für sie sichtbar, trotzdem konnte sie die Wahrheit nicht länger verheimlichen – auch wenn sie bangte, ihr Geheimnis preiszugeben.

Als Annabelle an ihren Vater und an Bruder Paul dachte, wurde ihr flau im Magen. Natürlich hatte sie gewusst, dass es eine Sünde war, vor der Hochzeit mit einem Mann das Bett zu teilen, schließlich hatte Bruder Paul sie stets ermahnt, sittsam zu sein. Doch sie verzehrte sich nach Matthias und seinen Liebkosungen, und da ihre Liebe für ihn ständig wuchs, hatte sie ihr schlechtes Gewissen früh im Keim erstickt, hatte einfältig gehofft, nicht schwanger zu werden. Doch nun würden es bald alle Leute sehen können und mit dem Finger auf sie zeigen. Annabelle hörte schon, wie man sie als Hure beschimpfen würde.

›Und was wird bloß der Vater dazu sagen?‹, fragte sie sich voller Angst. Schließlich hatte er sie einst ins Kloster stecken wollen, um sie vor lüsternen Mannsbildern zu beschützen. Würde er Matthias oder ihr Leid zufügen? Erst letztes Jahr hatte ein Vater seine Tochter halb totgeschlagen, weil sie sich einem Mann vor der Ehe hingegeben hatte. Den Burschen hatte man nie wieder gesehen.

Annabelle tauchte mit dem Kopf im Wasser unter, um die erdrückenden Gedanken zu verscheuchen. Als sie wieder auftauchte, vermischten sich ihre Tränen mit dem duftenden Badewasser.

›Was wird Matthias sagen?‹, fragte sie sich stumm. ›Wird er sein Versprechen einlösen und mich heiraten?‹

Ein zaghaftes Lächeln entspannte für einen kurzen Augenblick ihre Gesichtszüge, und sie hoffte inständig, dass Matthias sich über das Kind freuen würde.

Annabelle war allein im Haus, da die Männer nach getaner Arbeit ins Wirtshaus gegangen waren, um Müntzer zu treffen. Matthias hatte versprochen, vor den anderen zurück zu sein.

Als Annabelle sich abtrocknete, überkam sie erneut ein Gefühl der Angst beim Gedanken daran, wie der Vater ihre Schwangerschaft aufnehmen würde. Aber vielleicht würde es ihn versöhnen, wenn Matthias sie schnell heiraten würde. Nachdenklich setzte sich Annabelle vor das offene Feuer und trocknete ihre Haare.

Es war spät, als Matthias zu Annabelle unter die Bettdecke kroch. Ihr Körper verströmte einen herrlichen Duft nach Frühling. Er schnupperte an ihrem Hals und sog den Geruch ihrer Haut ein. Liebevoll betrachtete er die Schlafende. »Du bist wunderschön!«, flüsterte er und drückte einen zärtlichen Kuss auf ihre unbedeckte Schulter.

Annabelle lächelte mit geschlossenen Augen und drehte sich ihm zu. Langsam öffnete sie die Augenlider. »Du riechst nach Bier!«, murmelte sie.

»Und du nach grünen Wiesen und Blumen!«, lachte Matthias leise und fuhr mit dem Zeigefinger über ihre samtweiche Haut.

»Das kitzelt!«, flüsterte sie und drängte sich an ihn.

Erschöpft legte Annabelle ihren Kopf auf Matthias' Brust. Wie fast jede Nacht hatten sie sich geliebt, doch dieses Mal vermochte sie nicht, sich zu entspannen. Im Gegenteil, Annabelle spürte, dass sie unruhig wurde, denn sie wollte ihm endlich von dem Kind erzählen. Doch bis jetzt hatte sie dazu noch keine Gelegenheit gehabt. Als sie sich ihre Worte zurechtgelegt hatte und gerade ansetzen wollte, Matthias die Neuigkeit zu berichten, kam er ihr zuvor und sagte: »Annabelle, wir haben heute mit Thomas Müntzer gesprochen. Stell dir vor, überall im Reich schließen sich Menschen zusammen und wollen gegen die Missstände kämpfen. Müntzer erzählte, dass sein Freund Hans Sippel in der Nähe von Eisenach ein Bauernheer aufgestellt hat, zu dem täglich weitere Männer stoßen.«

Matthias sprach wie berauscht weiter, doch Annabelle hörte

nicht zu. Die Begeisterung, mit der er von den Ereignissen berichtete, machte ihr Angst.

Mehrmals öffnete sie den Mund, um Matthias zu unterbrechen, doch zögerte immer wieder.

»Müntzer hat uns die Fahne gezeigt«, schwärmte Matthias jetzt. »Schade, dass du sie nicht sehen kannst, Annabelle! Auf glänzendem weißem Tuch ist ein großer Regenbogen zu sehen, unter dem auf Lateinisch der Spruch ›Das Wort des Herrn bleibe ewiglich‹ gestickt ist. Müntzer hat es uns übersetzt. In wenigen Tagen werden wir aufbrechen, und Hauser wird mit der Regenbogenfahne voranmarschieren. Wie gern würde ich meine Fahne ebenfalls zeigen, doch das hat Vater verboten. Trotzdem werde ich voller Stolz mein Fahnenstück unter meinem Hemd auf der Brust tragen. Ach Annabelle, endlich ist es so weit. Peter und ich können den Auftrag unseres Vaters erfüllen!« Zufrieden streckte Matthias sich aus und war bald eingeschlafen.

Annabelle hingegen lag wach. In seiner Freude hatte Matthias nicht bemerkt, dass sie immer stiller geworden war. Auch ihre Tränen hatte er nicht wahrgenommen. Enttäuscht presste sie ihr nasses Gesicht ins Kissen. Was sollte sie tun? Annabelle wusste, dass es Matthias' Pflicht war, den Wunsch seines Vaters zu erfüllen. Aber war es nicht auch seine Pflicht, bei ihr und dem Kind zu sein? Die Sorgen lasteten schwer auf ihr und nahmen ihr die Luft zum Atmen. Annabelle lag noch lange wach und grübelte. Der Morgen kündigte sich bereits an, als sie endlich eine Entscheidung getroffen hatte.

Hauser wurde durch ein zaghaftes Klopfen an seiner Stubentür geweckt. Verschlafen schlurfte er zur Tür, doch als er öffnete und Annabelle auf dem Gang stehen sah, war er schlagartig hellwach. »Ist etwas passiert?«, fragte er bestürzt, als er ihr bleiches Gesicht bemerkte.

»Ich muss mit Euch sprechen, Herr Hauser«, sagte Annabelle mit zittriger Stimme. Nachdem er sich angezogen hatte, folgte er ihr in die Badestube, wo sie ungestört waren.

Als Annabelle ihm berichtet hatte, was ihr auf dem Herzen lag, verschleierten Tränen ihren Blick. »Es ist Matthias' Herzenswunsch mit Euch zu ziehen und für ein besseres Leben zu kämpfen. Würde er von dem Kind erfahren, das ich erwarte, würde er hierbleiben, aber unglücklich sein. Ich kann ihn jedoch nur ziehen lassen, wenn ich weiß, dass er gesund zurückkehren wird. Deshalb, Herr Hauser, möchte ich Sie bitten, auf meinen Matthias aufzupassen, damit ihm kein Leid geschieht. Er ist so voller Tatendrang und so ungestüm, dass ich befürchte, er könnte in eine gefährliche Lage geraten. Bitte versprechen Sie mir, dass Sie ein Auge auf ihn haben und auf ihn aufpassen werden.«

»Annabelle, das ist eine große Verantwortung, die du mir auferlegst«, sagte Hauser und fühlte sich sichtbar unwohl beim Gedanken daran, welche Rolle Annabelle ihm zudachte.

Die junge Frau nickte. »Dessen bin ich mir bewusst, Herr Hauser. Aber Sie sind der Einzige, auf den er hören wird.«

Hauser dachte an seinen Sohn Florian. Wie glücklich wäre er, wenn es jemanden gäbe, der auf Florian achtgeben und ihn vor Leid bewahren würde. Deshalb sagte Hauser schließlich: »Ich verspreche dir, Annabelle, dass ich mich um Matthias kümmern werde.«

Dankbar umarmte ihn die junge Frau.

»Du bringst ein großes Opfer, mein Kind!«, fügte Hauser anerkennend hinzu.

Annabelle konnte kaum die Tränen zurückhalten. »Glauben Sie mir, Herr Hauser, ich hatte mir alles anders vorgestellt. Nun weiß ein Fremder, dass ich ein Kind erwarte, der Vater des Kindes jedoch nicht. Und was wird erst sein, wenn ein jeder sehen kann, dass ich ein Kind bekomme? Und wie sage ich es meinem

Vater?« Annabelle schluchzte und schlug die Hände vors Gesicht. Hauser sah, wie verzweifelt sie war, und legte väterlich den Arm um die junge Frau, um ihr ein wenig Trost zu spenden.

Als der erste Hahnenschrei erklang, stand Annabelle auf und ging zur Tür. »Bringen Sie ihn gesund zurück!«, bat sie mit leiser Stimme und verließ die Badestube.

Der Goldschmied Dietrich Wismeler saß geduldig vor dem Schreibtisch Thomas Müntzers und wartete.

»Langensalza erbittet unsere Hilfe«, erklärte der Reformator kurz und sagte dann: »Also, Dietrich, was gibt es so Wichtiges, dass es nicht warten kann?« Müntzers Augen blickten den Mann streng, aber neugierig an. Wismeler räusperte sich und erzählte: »Der Bote, der Jäcklein Rohrbach Euren Brief überbringen sollte, ist heute zurückgekehrt.« Fragend sah Müntzer den Goldschmied an.

»Es sieht nicht gut aus, Thomas!«

»Spannt mich nicht auf die Folter, Dietrich, sprecht!«

Im Folgenden erfuhr Müntzer von Wismeler, dass Jäcklein Rohrbach in der Zwischenzeit wie befürchtet gemeinsam mit der Schwarzen Hofmännin plündernd durchs Land zog. Sechstausend Bauern hatten sich ihnen angeschlossen, und kurz vor Ostern lagerten sie in der Nähe der Stadt Weinsberg in Württemberg.

Als sie hörten, dass nur wenige Soldaten auf der nahen Burg Weinsberg weilten, reifte in Rohrbach der Plan, Festung und Stadt einzunehmen. Zuerst versuchte er den Burgherrn Graf Ludwig von Helfenstein zu überzeugen, dieser solle ihm die Burg freiwillig überlassen. Helfenstein ging scheinbar darauf ein, wollte aber nur Zeit schinden, da er auf Verstärkung aus Stuttgart hoffte.

Zu dieser Zeit erhielten die Bauern Nachricht von der Donau, dass dort der adelige Heerführer Georg Truchsess von Waldburg ein Blutbad unter Aufständischen angerichtet hatte. Das schreckte Rohrbach und seine Mannen nicht, sondern schürte ihre Wut nur, und sie setzten dem Weinsberger Burgherrn eine letzte Frist, bis zu der er ihnen die Burg übergeben haben sollte. Von Helfenstein aber erlag dem Irrtum, die Stadt und die Burg mit Hilfe der Bürger verteidigen zu können, und er hatte nicht mit dem Verrat einiger Weinsberger Bürger gerechnet, die sich mit Rohrbach verbündeten und den Rebellen die Stadttore öffneten.

Am Ostersonntag stürmten die Bauern die Stadt, verschonten aber die Bürger, die sich in ihren Häusern verschanzten. Schnell war nach der Stadt auch die Burg erobert, und von Helfenstein wurde ebenso wie seine Ritter gefangen genommen. Nur wenigen seiner Männer gelang die Flucht. Die Bauern plünderten die Burg, die Häuser der Geistlichen, das Haus des Schultheiß, des Stadtschreibers und des Bürgermeisters, sowie die Kirche und die Sakristei.

Während die Bauernhorde sich an Wein und Speisen labte, ließ Rohrbach die Gefangenen auf eine große Wiese vor die Stadt bringen und bewachen. Unter ihnen waren auch die Frau des Grafen, sein zweijähriger Sohn sowie ihre Zofen und Dienerinnen. Rasch wurde über die Männer das Todesurteil verhängt, die Frauen und der Knabe hingegen sollten verschont bleiben.

Gemeinsam beratschlagten die Bauernrebellen, wie die Verurteilten zu Tode kommen sollten.

Die Schwarze Hofmännin schlug sogleich vor, die Gefangenen durch die Spieße zu jagen, und die Vorstellung, auf diese Weise grausame Rache an dem ihr verhassten Adel nehmen zu können, bereitete ihr sichtlich Vergnügen.

Rohrbach war dagegen, da man seiner Ansicht nach Gefangene nicht unehrenhaft abschlachten dürfte und nur schlimmste Verbrechen die Jagd durch die Spieße rechtfertigten.

Es fiel dem Goldschmied schwer, die Fassung zu bewahren, während er nach Worten suchte, um seinen Bericht fortzusetzen.

»Rohrbach wurde überstimmt, und so war es beschlossene Sache: Die Gefangenen sollten durch die Spieße laufen. Als die junge Gräfin um Gnade für ihren Mann flehte, riss die Schwarze Hofmännin ihr lachend die Kleider vom Leib und zerrte sie gemeinsam mit ihrem kleinen Sohn auf eine Mistkarre. Zur Abschreckung der Obrigkeit sollte die Gräfin auf der Karre durch Heilbronn gefahren werden.

Die Bauern bildeten auf der Wiese vor den Mauern von Weinsberg mit ihren Speeren eine Gasse. Der Hofmusikant Nonnenmacher erlaubte sich einen Scherz und rief: ›Herr Graf, nun spiele ich zu Eurem letzten Tanz auf!‹

Unter Beifall der Bauern wurden die Verurteilten einer nach dem anderen durch die Gasse getrieben, und auch Rohrbach fand nun Gefallen an dieser Art der Bestrafung. Als schließlich alle Verurteilten tot auf der Wiese lagen, wurden die Leichen geplündert und geschändet.

Besonders grauenvoll verfuhren die Schwarze Hofmännin und Jäcklein Rohrbach mit dem Leichnam des Grafen. Nachdem sie ihm die Kleidung vom Leib gezerrt hatten, traten und beschimpften sie ihn. Dann schlitzten sie ihm den Leib auf und rieben sich mit seinem Körperfett die Schuhe und die Lanzen ein.«

Je länger Müntzer Wismelers Bericht gelauscht hatte, umso erregter wurde er. »Ich wusste, dass dieser elende Mensch unser Vorhaben gefährden würde. Der Zorn des Adels wird keine Grenzen kennen. Sie werden furchtbare Rache nehmen, denn Graf Ludwig von Helfenstein war der Schwiegersohn des Kaisers. Jeder Bauer wird für Rohrbachs Tat büßen müssen«, rief er und ballte die Hände zu Fäusten. Beschwörend blickte er Wismeler an und erklärte: »Wir wollen kämpfen und ehrlich siegen. Jeder Adelige und jeder Priester, der uns, den Kämpfern

Gottes, als Feind entgegentritt, soll sterben. Aber nicht so. Was in Weinsberg geschah, ist grausam und unehrenhaft. Gott wird sich von uns abwenden, wenn wir keinen guten, keinen achtbaren Kampf ausfechten.«

Müntzer stützte sein Gesicht in beide Hände. »Wo sind Rohrbach und die Schwarze Hofmännin jetzt?«

Der Goldschmied zuckte mit den Schultern. »Angeblich soll der Haufen in Richtung Stuttgart unterwegs sein.«

Müntzer stöhnte leise auf. »Hoffen wir, dass die Gräueltat von Weinsberg Rohrbachs Ruf schadet. Hoffen wir auch, dass sich sein Haufen aufgerieben hat.«

## *Kapitel 18*

Veit hatte die Wölfe zur Jagd gerufen. Als Erster antwortete der Stärkste des Rudels. Er reckte seinen Kopf empor und stieß einen hohen, klagenden Ton aus, der langsam abklang. Dann stimmte der zweite Wolf mit ein und schließlich auch die beiden anderen. Ihr eindringlicher Gesang ließ Veits Körper erzittern.

Die Wölfe folgten Veit, der mit schnellen Schritten zwischen den Bäumen hindurchlief. Der Wald war dicht bewachsen, sodass das Licht des Mondes nur schwach durch die Baumwipfel drang. Doch Veit fand sich mühelos im Dunkel der Nacht zurecht. Manchmal überkam ihn das Gefühl, selbst ein Wolf zu sein. Nicht nur, dass er in der Dunkelheit gut sehen konnte, ebenso roch er die Beute bereits aus weiter Ferne. Auch jetzt nahm er den Geruch der Wildschweine wahr, obwohl er sie weder sah noch hörte. Zwar konnte er in dieser Nacht auch Rehe, Kitze und Hasen mit seinen Sinnen wahrnehmen, doch heute wollte er Jagd auf einen jungen Eber machen.

Veit liebte die Jagd mit den Wölfen und konnte seine Erregung kaum zügeln. Es gab verschiedene Arten, das Wild zu stellen. Er konnte die Beute allein erlegen und den Wölfen ihren Teil abgeben. Oder er würde das Beutetier verletzen, während die Wölfe es hetzten und rissen. Allein sein Jagdruf würde genügen, um seinem Rudel zu vermitteln, wie sie vorgehen würden.

Je tiefer die Wölfe in den Wald vordrangen, desto schwieriger fiel es Veit, ihnen zu folgen. Als er über umgefallene Baumstämme klettern musste, verschwanden die Wölfe aus seinem Sichtfeld. Sofort stieß er den Sammelruf aus, und es dauerte nicht lange, und die Wölfe antworteten ihm. Zwei kamen sofort zu ihm gerannt und sprangen freudig an ihm hoch, und auch das Weibchen trottete hinterher und tat es den Brüdern nach.

Doch ein Wolf blieb verschwunden. Dieses Mal jaulte Veit noch lauter, bis das säumige Tier widerstrebend zurückkehrte. Veit funkelte es böse an, was dem Wolf nicht zu gefallen schien. Er lauerte in einiger Entfernung und zog die Lefzen hoch. Veit knurrte und fletschte die Zähne, und der Wolf tat es ihm gleich.

Nicht erst in dieser Nacht war Veit aufgefallen, dass das Männchen aufsässig war und ihm seinen Rang im Rudel streitig machen wollte.

Ohne zu zögern warf Veit den Speer zur Seite und stürzte sich auf den Wolf, der sich knurrend wehrte und zu beißen versuchte. Veit wusste, dass es für ihn gefährlich werden konnte. Doch er musste sich durchsetzen und beweisen, dass er der Rudelführer war. Als er das Ohr des Wolfes zu fassen bekam, biss er kräftig hinein. Winselnd lief das Tier davon. Veit wischte sich das Blut vom Mund und stieß erneut den Sammelruf aus. Diesmal kam der Wolf sofort angelaufen, und Veit schaute an ihm vorbei. Nun sprang das Männchen an ihm hoch und legte ihm die Pfoten auf die Schultern.

Veit hatte den Zweikampf gewonnen. Er rief sein Rudel erneut zur Jagd. Und dieses Mal blieben alle Wölfe dicht an seiner Seite.

Bevor Veit die Rotte sah, hörte er bereits das Schnauben der Tiere, und seine Anspannung wuchs. Auch die Wölfe wedelten aufgeregt mit den Ruten.

Zufrieden grunzend pflügten die Wildschweine mit ihren Schnauzen den Waldboden um. Rasch hatte Veit einen jungen Eber in der Rotte entdeckt.

Veit durfte nicht zögern, denn sobald die Wildschweine den Geruch der Wölfe wahrnahmen, würden sie fliehen. Als der junge Eber ihm die Seite zuwandte, warf Veit den Speer mit ganzer Kraft. Das laute Quieken des getroffenen Tieres schallte durch den Wald, und die Rotte stob auseinander. Sogleich rannte Veit zu dem aufgespießten Eber, der in Todesangst erbärmlich schrie. Mit einem schnellen Stich ins Herz erlöste er das Tier von seiner Qual. Als die Wölfe sich knurrend näherten, verteidigte Veit seine Beute zähnefletschend. Dann schnitt er den Eber an der Unterseite auf, nahm die Gedärme heraus und überließ sie den Wölfen. Mit wenigen Bissen verschlangen diese die Innereien. Rasch schnitt Veit große Stücke aus dem Tier, nahm das blutige Fleisch zwischen die Zähne und warf es mit Schwung den Wölfen zu.

Veit spukte das Blut aus und wischte sich mit dem Ärmel über den Bart. ›Bevor ich Anna Maria wecke, werde ich im See ein Bad nehmen und meinen Bart abrasieren‹, nahm er sich vor, als er eine Hinterkeule aus dem Eber schnitt.

Mittlerweile war es weit nach Mitternacht. Zufrieden legte Veit sich die Keule über die Schulter und ließ die Wölfe mit dem Kadaver zurück. Erst wenn er erneut den Sammelruf ausstoßen würde, würden sie ihm folgen.

Anna Maria atmete hektisch und glaubte an dem Knebel in ihrem Mund ersticken zu müssen. Die gefesselten Arme und Beine schmerzten höllisch, während sie in Todesangst auf Karius starrte, der mit heruntergelassener Hose über ihr stand und jammerte: »Was ist jetzt? Soll ich sie bespringen?«

»Gib endlich Ruhe, du unsäglicher Dummkopf!«, erwiderte Hans und stieß ihn zur Seite.

Der Alte hatte das Lager durchsucht, aber außer einem verschrumpeltem Apfel nichts gefunden. Er biss hinein und stellte sich vor Anna Maria.

»Wie liegst du bloß da? Es schickt sich nicht für ein junges Ding breitbeinig vor einem Mann zu liegen«, höhnte er, während er einen weiteren Bissen von dem Apfel nahm.

Verzweifelt zog Anna Maria an den Fesseln, die sich immer noch tiefer in ihr Fleisch schnitten. Hans warf den Rest des Apfels in den Wald und beugte sich über sie. Er schnupperte an ihrem Hals und umfasste grob ihre Brust, dann flüsterte er mit rauer Stimme: »Wo ist das Geld?«

Anna Maria schüttelte mit aufgerissenen Augen den Kopf.

»Horch, was ich dir sage! Ich weiß, dass ihr Geld dabeihabt. Johann hat mir meine versprochene Belohnung nicht ausgezahlt, weil ihr uns an der Nase herumgeführt habt. Deshalb hole ich mir das Geld von euch. Also, wo ist es?«

»Davon weiß ich gar nichts!«, schimpfte Karius und zog seine Hose hoch. »Warum hast du mir nicht gesagt, dass sie Geld haben? Wolltest wohl alles für dich allein haben?«, entrüstete er sich.

»Halt's Maul, Karius! Noch haben wir das Geld nicht. Im Lager war nichts, und der Wolfsbanner wird es sicher nicht mitgenommen haben. Also, wo ist es?«, fragte er die junge Frau erneut und trat mit voller Wucht gegen ihr rechtes Bein. Der Schmerz ließ Anna Maria aufheulen. Er nahm ihr den Knebel aus dem Mund, doch statt zu antworten, schrie sie so laut sie konnte nach Veit.

Hans knebelte sie erneut und fluchte ungehalten: »Na gut, du

Miststück! Wenn du kein Geld hast, dann werde ich dich jetzt reiten, wie es vor mir noch kein anderer getan hat.«

Hans kniete sich vor Anna Maria und schob ihr den Rock hoch, als er etwas klimpern hörte. Karius, der aufgeregt an seiner Hose nestelte, schien davon nichts mitbekommen zu haben.

›Warum mit dem Dummkopf teilen?‹, dachte Hans und wandte sich Karius zu. »Stell dich dahinten zwischen die Bäume, damit ich dich nicht sehe!«, befahl Hans.

»Warum?«

»Horch, was ich dir sage! Ich will keinen Zuschauer haben!«

»Hast wohl Angst zu versagen, alter Mann!«, prustete Karius los und stapfte lachend zu den Bäumen.

Je näher Veit dem Lager kam, desto unruhiger wurde er. Er wusste nicht warum, aber eine dunkle Ahnung trieb ihn zur Eile.

Inmitten der Bäume hielt er inne und schnupperte. Als er den sonderbaren Geruch wahrnahm, schlug sein Herz schneller. Er rannte einige Schritte weiter, roch erneut und war sich nun sicher, dass er sich nicht getäuscht hatte. Es war der unverkennbare Gestank der Wolfsjäger.

Veit warf die Keule achtlos auf den Waldboden und ließ auch den Speer fallen. Nichts sollte ihn behindern. Nur das Jagdmesser behielt er in der Hand. Seine Schritte beschleunigten sich, bis er endlich das Lager zwischen den Bäumen erkennen konnte.

Veit pirschte sich dicht heran und versteckte sich hinter einem dicken Baumstamm. Die beiden Wolfsjäger sah er nun deutlich, und er konnte hören, dass sie sich um Geld stritten. Anna Maria jedoch konnte Veit nicht entdecken. Als er sie dann angepflockt auf dem Boden liegen sah, konnte er nur mit Mühe einen Schrei unterdrücken. In diesem Augenblick stellte Karius sich vor den Baum, hinter dem Veit lauerte. Und während der jüngere Wolfsjäger noch hämisch über den alten lachte, nahm Veit das Messer und schnitt ihm von hinten die Kehle durch. Karius sackte gurgelnd zu Boden. Achtlos ließ Veit ihn liegen und eilte vorsichtig, um nicht gehört zu werden, auf den alten Wolfsjäger zu.

Hans hatte zwischenzeitlich das kleine Geldsäckchen, das Anna Maria in ihren Unterrock eingenäht hatte, gefunden. Mit seinem Messer schnitt er es ab und schüttete die Münzen in seine Handfläche.

»Schau an, schau an!«, murmelte er leise. »Zwar nicht so viel, wie Johann mir versprochen hatte, aber genug für mich allein.« Er steckte den Geldbeutel in seine Tasche und erklärte vernehmlich: »Nun werde ich mich dir zuwenden, Miststück!«

Anna Maria hatte nicht aufgehört, an den Seilen zu zerren, und hatte immer wieder versucht ihre Schenkel zusammenzupressen. Doch es hatte nichts genützt. Nun war sie mit ihren Kräften am Ende und wollte sich schon ihrem Schicksal ergeben, da sah sie Veit. Er stand hinter dem Wolfsjäger und gab ihr ein Zeichen, sich ruhig zu verhalten. Anna Maria schloss die Augen.

Als Hans sich über Anna Maria beugte, um seine Lippen auf die ihren zu pressen, wurde er grob an den Haaren nach hinten gezogen. »Karius!«, brüllte er wütend »Gedulde dich! Du bekommst deinen Sprung!«

»Ich bin es, du miese Ratte!«

Als der Wolfsjäger Veits Stimme hörte, stockte ihm der Atem. Hans spürte, wie ein Messer an seiner Kehle ritzte. Doch anstatt ihn zu töten, stieß Veit den Wolfsjäger zu Boden. Als der das blutverschmierte Gesicht über sich sah, wusste er, dass Karius tot war und dass auch seine letzten Minuten angebrochen waren. Trotzdem bettelte er winselnd um sein Leben. »Es war nur Spaß, Veit! Horch, was ich dir sage! Ich hätte dem Weib nichts Böses antun können!«

»Keine Angst!«, hörte er Veit mit kalter Stimme sagen. »Ich werde dich nicht töten – ein Toter ist genug. Gib mir das Geld, und ich lasse dich laufen.«

Mit zittriger Hand zog Hans den Beutel aus seiner Tasche. Erwartungsvoll blickte er Veit an, der einige Schritte zur Seite trat, um den Wolfsjäger vorbeizulassen.

Zögerlich stand Hans auf und ging langsam zu den Bäumen hinüber. Als er dort Karius in einer Blutlache liegen sah, lief er schreiend in den Wald hinein.

Derweil kniete Veit bei Anna Maria, entfernte den Knebel und schnitt ihre Fesseln durch. Nur unter Schmerzen konnte sie die Arme bewegen. Hände und Fußgelenke waren geschwollen und mit Blut verkrustet. Als Veit sie sanft in seine Arme zog, brach Anna Maria schluchzend zusammen.

»Warum hast du ihn laufen lassen?«, wimmerte sie unter Tränen. »Er hätte mich sicherlich umgebracht!«

»Das weiß ich, Anna Maria. Und er wird seine gerechte Strafe bekommen.«

Anna Marias Blick folgte Veit, als er zu den Bäumen hinüberging. Dort atmete er tief ein und stieß dann laut den Sammelruf für sein Rudel aus.

Sie wusste, dass er jetzt die Augen schloss, um seine Sinne zu schärfen. Anna Maria glaubte in der Ferne die Wölfe antworten zu hören. Veit legte den Kopf in den Nacken und heulte einen Ton, den Anna Maria noch nie zuvor gehört hatte. Dann kam er zu ihr zurück und sagte mit dumpfer Stimme: »Die Jagd hat begonnen!«

Anna Marias Wunden waren tief und nässten. Veit sammelte Weidenblätter und zermahlte sie zwischen zwei Steinen. Mit dem Brei bedeckte er die tiefen Schnitte an Anna Marias Handgelenken und verband sie mit Stofffetzen ihres Unterrocks. Anna Maria schlief erschöpft ein.

Veit ging zu Karius' Leiche und zog sie an den Beinen tiefer in den Wald hinein. In einer flachen Senke ließ er den Körper liegen. »Die Wölfe werden sich um dich kümmern!«, sagte Veit, als ob der Tote ihn hören könnte. Zurück im Lager vernahm er zwischen den Bäumen ein Schnauben. Er ging dem Geräusch nach und fand die Pferde der Wolfsjäger an einen Baum gebunden vor. Erfreut löste Veit die Seile und führte die Pferde zum Lagerplatz. Dort sattelte er die Tiere ab und ließ sie grasen.

Während Anna Maria schlief, watete Veit in das eisige Wasser des Teichs, um sich das Blut abzuwaschen und den Bart loszuwerden. Er atmete tief ein und aus und spürte, wie die Anspannung allmählich von ihm abfiel und er innerlich ruhig wurde.

Als Anna Maria erwachte, brannte ein Feuer, über dem Veit einen Karpfen grillte. Erstaunt blickte sie in sein sauber rasiertes Gesicht. »Wie geht es dir?«, fragte er besorgt. »Besser!«

Erleichtert zog er sie an sich. »Wenn sie dir Leid zugefügt hätten ...«

»Es ist vorbei!«, unterbrach ihn Anna Maria. Sie wollte nicht reden und auch nicht darüber nachdenken, was mit Hans und Karius im Wald geschehen war.

Einige Tage später waren Anna Marias Gelenke abgeschwollen, sodass sie nach Mühlhausen aufbrechen konnten. Obwohl sie vor Pferden Angst hatte, ließ sie sich von Veit in den Sattel heben. Er setzte sich hinter sie und führte das zweite Pferd am Zügel mit.

»Zumindest müssen wir jetzt nicht mehr querfeldein gehen«, sagte er und lenkte die Pferde auf den Weg, der nach Mühlhausen führte.

Anna Maria zitterte wie Espenlaub, als Veit an die Hauspforte des Baders Gabriel klopfte. Eine junge Frau öffnete und blickte Anna Maria erstaunt an.

»Wir haben gehört, dass die beiden Burschen Matthias und Peter Hofmeister aus Mehlbach hier untergekommen sind«, sagte Veit, da es Anna Maria anscheinend die Sprache verschlagen hatte.

»Du bist ihre Schwester!«, flüsterte die junge Frau, und Anna Maria nickte. Veits Blick wanderte zwischen den beiden Frauen hin und her.

»Woher weißt du, wer sie ist?«, fragte Veit verblüfft.

»Sie gleicht ihren Brüdern sehr! Ich heiße übrigens Annabelle und bin die Tochter des Baders. Und die Braut deines Bruders Matthias«, fügte sie leise hinzu. Dann füllten sich ihre Augen mit Tränen. »O nein! Du hast sie in deinem Traum gesehen, und nun sind sie tot!«, schluchzte sie auf.

Erst jetzt schien Anna Maria aus ihrer Erstarrung zu erwachen. »Ich habe sie nicht gesehen«, stammelte sie.

»Gott sei gedankt!«, rief Annabelle. »Doch möchtet ihr nicht hereinkommen?«, bat sie freundlich. Anna Maria antwortete nicht, sondern fragte nach ihren Brüdern.

Annabelle sah sie bekümmert an. »Sie sind nicht mehr hier. Vor einigen Tagen sind sie mit dem Haufen des Thomas Müntzer fortgezogen, um für die Rechte der Bauern zu kämpfen.«

Anna Maria wurde blass, und ihre Beine gaben unter ihr nach. Veit fing sie auf und trug sie ins Haus.

In der Küche setzte er sie auf einen Stuhl und bat um einen Becher Wasser. Nachdem Anna Maria einige Schlucke getrunken hatte, kehrte die Farbe in ihr Gesicht zurück.

»Was sollen wir jetzt nur machen?«, wandte sie sich hilfesuchend an Veit.

»Weißt du, wo ich mehr über ihren Verbleib erfahren kann?«, fragte Veit Annabelle.

»Ich werde meinen Vater bitten, mit dir zu Müntzers Haus zu gehen. Dort wird man dir Auskunft geben können.«

Der Bader betrachtete Anna Maria mit großen Augen und sagte: »Du gleichst deinem Vater sehr!«

»Woher kennt Ihr meinen Vater?«

»Das ist eine lange Geschichte, die dir deine Brüder erzählen können«, erklärte er schmunzelnd. »Jetzt gehen wir zu Wismeler, der weiß, wo sie sind.«

Anna Maria wusste nicht, wann sie zuletzt ein Bad genommen hatte. Der Kräuterduft des warmen Wasserdampfs beruhigte ihr Gemüt, und sie entspannte sich. Während Anna Maria im Zuber lag, wusch Annabelle ihre Kleidung. Dann ging sie zu Anna Maria in die Badestube und setzte sich auf den Rand des Bottichs. Anna Maria blickte Annabelle an und sagte mit einem Lächeln auf den Lippen: »Du bist also die Braut meines kleinen Bruders. Erzähl mir von euch beiden!«

Als Veit und der Bader zurückkehrten, saßen die beiden Frauen erwartungsvoll in der Küche. Annabelle hatte Anna Maria eines ihrer Kleid gegeben, da ihres noch nicht trocken war.

»Was habt ihr in Erfahrung gebracht?«, fragte Anna Maria ungeduldig, und der Bader begann zu berichten.

»Dietrich Wismeler, ein enger Vertrauter von Müntzer, erzählte mir, dass Pfeiffer zunächst allein mit sechshundert seiner Mannen nach Langensalza aufgebrochen ist, um dort die Einwohner bei ihrem Kampf zu unterstützen. Die Langensalzer lehnten ihre Hilfe jedoch ab. Daraufhin zogen die Männer um Pfeiffer zum Zisterzienserkloster Volkenroda. Sie plünderten und zerstörten es und brachten anschließend das erbeutete Vieh, Getreide und sonstiges Gut nach Görmar, um es dort unter den darbenden Menschen zu verteilen. Als sie ihr Lager aufschlugen, stieß dann auch Müntzer und eine Schar von vierhundert aufständischen Bauern aus dem Eichsfeld zu ihnen. Mit ihnen verbündet zog der Mühlhauser Haufen los und überfiel weitere Klöster. Zurzeit sollen die Männer auf dem Eichsfeld von Worbis nach Duderstadt unterwegs sein. Ihr müsst also nur den verbrannten Klöstern folgen, dann findet ihr Müntzer und seine Mannen«, erklärte der Bader mit verächtlichem Spott in der Stimme.

»Ihr verurteilt das Vorgehen Müntzers?«, fragte Veit erstaunt.

»Wenn ich es gutheißen würde, hätte ich mich ihnen angeschlossen. Aber ich bin hiergeblieben!«, antwortete der Bader knapp.

Veit entgegnete nichts und sagte stattdessen: »Wir würden gern diese Nacht hierbleiben, wenn Ihr es gestattet, und uns morgen dann auf den Weg nach Duderstadt machen.«

Der Bader nickte.

»Wie weit ist es bis dorthin?«, fragte Anna Maria ängstlich.

»Nur einen Tagesritt«, tröstete Annabelle sie.

Anna Maria konnte nicht fassen, dass sie in einem weichen Bett lag. Seit Wochen hatte sie davon geträumt, und nun ruhte sie sogar in dem Zimmer, in dem Matthias genächtigt hatte.

Aufgeregt wartete Anna Maria auf Veit, der ebenfalls ein Bad nahm. ›Würde heute Nacht die besondere Nacht sein?‹, fragte sie sich in Gedanken, bevor sie friedlich einschlummerte.

Als Anna Maria erwachte, war es taghell und der Platz neben ihr leer. Erschrocken kleidete sie sich an und ging hinunter in die Küche, wo sie auf Veit traf. Beschämt schlug sie die Augen nieder.

»Guten Morgen meine Schöne! Hast du gut geschlafen?«, fragte er und lächelte sie an. Da Annabelle hinzukam, fragte Anna Maria: »Reiten wir jetzt los?«

Veit nickte und nahm dankbar ein Bündel mit Wegzehrung von Annabelle entgegen. »Wenn ihr Müntzers Haufen findet, müsst ihr nach der Regenbogenfahne Ausschau halten. Der Fahnenträger heißt Jacob Hauser, und in seiner Nähe werden auch Matthias und Peter sein«, gab Annabelle ihnen mit auf den Weg.

Beide Frauen umarmten sich zum Abschied. Dann verließen Veit und Anna Maria das Baderhaus, holten die Pferde aus dem Stall und machten sich auf den Weg.

## *Kapitel 19*

Thomas Müntzer wusste von Anbeginn, dass er seine Vorstellung von einem Gottesreich auf Erden nicht kampflos würde umsetzen können. Und auch wenn die Mühlhauser Bauern ihm folgten, er würde weitere Anhänger für seine Pläne benötigen. So machte er sich daran, die Bürger der thüringischen Stadt Allstedt für seine Sache zu gewinnen. Sie standen ihm besonders nahe, da er einst ihr Pfarrer gewesen war. Am Vorabend seines ersten Zuges als Bauernführer wandte sich Müntzer mit beschwörenden Worten in einem Brief an die Allstedter: *Überall im Reich sind die Bauern erwacht und streiten den Streit des Herrn. Auch unsere Zeit ist gekommen, und die Bösewichter müssen dran! Sehet nicht hin, wenn die Gottlosen jammern und flehen wie die Kinder. Habt kein Erbarmen, denn es ist Zeit. Wir dürfen nicht länger schlafen. Lasst euer Schwert nicht kalt werden! Lasst es nicht lahm werden! Solange sie leben, könnt ihr nicht ohne Furcht sein. Das ist euer Tag, und Gott geht vor. Folget! Folget!*

Inständig hoffte er, dass sie nun seinen Kampf unterstützen würden.

Ende April riefen die Bürger von Frankenhausen, einer Stadt idyllisch am Südhang des Kyffhäusergebirges im Norden Thüringens gelegen, Müntzer und seinen Haufen um Hilfe, da sie sich gegen ihren Rat erheben wollten. Einen Tag später rückten die Männer aus Mühlhausen – unter ihnen auch Peter und Matthias Hofmeister – in Richtung Frankenhausen ab. Unterwegs in Ebeleben, das nur einige Marschstunden nordöstlich von Mühlhausen lag, zwangen die Bauern unter Drohungen den Grafen von Schwarzenberg und den Grafen von Stolberg, ihrem Haufen beizutreten.

Unzählige Lagerfeuer erhellten den Nachthimmel bei Ebeleben. Immer wieder stoben von den knisternden Holzscheiten Funken in die Höhe, die wie Glühwürmchen durch die Luft flogen. Tausende Männer saßen um die Feuerstellen, lachten, knobelten und redeten durcheinander. Manch einer lag eingerollt in seinem Umhang unter einem Strauch oder Baum und schlief, erschöpft vom langen Marsch.

In einem abgesonderten Bereich blökte, muhte und grunzte das erbeutete Vieh. Immer wieder zerrten Männer ein Tier heraus und schlachteten es. Streunende Hunde leckten das Blut vom Boden und jaulten um einen Knochen.

Die Burschen Peter, Matthias, Friedrich, Johannes und Michael saßen mit Hauser um eines der flackernden Lagerfeuer. An einem Spieß grillten sie ein besonders großes Stück Fleisch, das sie Friedrich verdankten, der beim Schlachten geholfen hatte.

»Habt ihr gesehen, wie die Alte heute Morgen versucht hat, die Kerzenständer zu retten?«, fragte Michael in die Runde. Die anderen nickten, und Johannes rief: »Ich hätte nie gedacht, dass Plündern so viel Spaß machen könnte.«

»Sogar die Grafen gaben keine Gegenwehr!«, lachte Matthias.

»Ich würde mich auch nicht wehren, wenn sich ein Haufen vor meinem Haus versammeln würde«, stimmte Hauser ein.

»Die hohen Herren machen sich vor Angst in die Hose! Vor allem, wenn hundert Männer das Haus stürmen, um die Beute rauszutragen«, feixte Friedrich.

»Es war schlau von Müntzer, die Adeligen zu zwingen, unserem Haufen beizutreten«, meinte Peter, und sein Bruder fügte an: »Hast du gehört, wie Graf zu Stolbergs Stimme gezittert hat, als er Müntzers Forderungen wiederholen musste?«

»Welche Forderungen? Verdammt, ich habe nichts hören können!«, maulte Johannes.

»Der Graf muss seine eigenen Schlösser einreißen lassen und den Adelstitel ablegen. Außerdem muss er alle Abgaben aufheben, die nicht mit der Bibel belegt werden können«, zählte Peter auf.

»Hoffen wir, dass die Grafen Müntzers Forderungen ausführen und nicht vorher fliehen«, sagte Hauser mit einem Augenzwinkern.

»Es hat mich allerdings gewundert, dass keiner seiner Bauern ihn des Unrechts angeklagt hat, als sie von Müntzer dazu aufgefordert wurden«, dachte Peter laut.

Hauser stimmte Peter zu, doch sein Blick schweifte hinüber zum benachbarten Lagerfeuer, wo Müntzer, Pfeiffer und einige andere Männer mit den Händen wild in der Luft fuchtelten. Neugierig geworden, bat er: »Peter, pass auf mein Fleisch auf!« Dann verließ er seinen Platz und schlenderte zu den Bauernführern hinüber. Nach einem kurzen Gruß setzte er sich zu ihnen ans Feuer. Nur Müntzer nickte ihm wohlwollend zu, die übrigen Männer beachteten ihn nicht und fuhren in ihrem Gespräch fort. Als ihre Unterhaltung immer lauter und hitziger wurde, hob Müntzer abwehrend die Hände und sagte: »Beruhigt eure Gemüter! Natürlich habe ich den Frankenhausern unsere Unterstützung zugesagt. Ich ließ ihnen einen Brief zukommen, in dem ich sie aufgefordert habe, mutig zu sein und sich auf Gott zu verlassen. Dann würde er auch ihrer kleinen Truppe Kraft geben.«

»Das war weise gesprochen!«, lobte Hauser Müntzer.

»Aber auch wir auf dem Eichsfeld benötigen Eure Hilfe. Ihr müsst uns ebenso vor den Angriffen des Adels schützen«, sagte einer der Fremden gereizt, der mit den übrigen aus Nordhausen zu Müntzers Haufen gestoßen war.

Hauser blickte zu den fremden Männern, die mürrisch um das Feuer saßen. Von Müntzer wusste er, dass das Eichsfeld ein Landstrich war, der teilweise in Thüringen und im Hessenland lag, und dass sich die gesamte thüringische Region mit ihren Städten und Burgen in Aufruhr befand. Nun lag alle Hoffnung der Eichsfelder auf Müntzer.

»Mit Eurer lauten Bitte um Unterstützung habt Ihr unseren Haufen bereits gespalten, und ein Teil will mit Euch aufs Eichsfeld ziehen!«, grollte Müntzer. Er schwieg für einen Moment und fügte dann hinzu: »Vielleicht sollten wir den Haufen teilen. Ein Haufen kämpft auf dem Eichsfeld, und der andere greift die Festung Heldrungen an. Es ist von großer Bedeutung, dass es uns gelingt, die Burg einzunehmen. Denn Graf von Mansfeld wird sie als Stützpunkt benutzen wollen, und der gesamte Adel wird sich dort versammeln. Zerstören wir dieses ›Adlernest‹, helfen wir auch den Frankenhausern, denn die Burg ist ein strategischer Ausgangspunkt, von dem der Adel die Angriffe in die Umgebung planen und ausführen wird.«

»Bis wir mit unserem Haufen vor Burg Heldrungen sind und sie eingenommen haben, ist der Aufstand auf dem Eichsfeld längst niedergeschlagen«, versuchte Pfeiffer Müntzer für den Plan des Eichsfelders zu gewinnen.

»Solltet Ihr den Haufen tatsächlich teilen wollen, Herr Müntzer, wer wird dann den Haufen anführen, der uns auf dem Eichsfeld unterstützen soll?«, warf einer der Männer misstrauisch ein.

Müntzer fühlte sich mehr und mehr in die Enge getrieben, da die Anführer der verschiedenen Gruppen auf eine Antwort warteten. Schließlich gab er Hauser und Pfeiffer ein Zeichen, ihm zu folgen. Außer Hörweite der Eichsfelder sagte er zu Hauser: »Ihr könntet die Bauernrebellen anführen, schließlich habt Ihr bei den Bundschuhaufständen Erfahrungen gesammelt.«

Pfeiffer musterte Hauser, als sähe er ihn zum ersten Mal, und gab dann zu bedenken: »Jeder Mann, der hier vor dem Feuer sitzt, will, dass Thomas Müntzer ihn anführt und kein anderer.«

Hauser musste lächeln. Er ahnte, dass Pfeiffer befürchtete, er würde ihm seinen Platz bei Müntzer streitig machen wollen. Doch das hatte Hauser nicht vor. Deshalb pflichtete er Pfeiffer bei: »Heinrich hat Recht, Thomas! Sie folgen Euch und Eurem Plan! Bedenkt, dass Ihr den Rückhalt der aufständischen Gruppen verlieren könntet, solltet Ihr sie nicht anführen. Auch benötigt Ihr schwere Geschütze, um die Festung einzunehmen, und die stehen in Mühlhausen.«

Pfeiffer nickte Hauser anerkennend zu. Müntzer jedoch blickte starr zu den Eichsfeldern hinüber und sagte: »Es ist gegen meinen Willen und erst recht gegen meine Überzeugung, aber man lässt mir keine andere Wahl, als die Eichsfelder zu unterstützen. Jacob, schwingt die Regenbogenfahne als Zeichen, dass wir mit Gott an meiner Seite siegen werden!«

So zog der Mühlhauser Haufen, verbündet mit den Aufständischen vom Eichsfeld von Ebeleben nach Heiligenstadt und Duderstadt. Unterwegs plünderten sie weitere Klöster, Stifte und Pfarreien. Ein halbes Dutzend Schlösser und zwanzig weitere Adelssitze wurden eingenommen. Überall brannten die eroberten Gebäude, denn eigens bestellte Brandmeister aus Mühlhausen zündeten auf Befehl von Müntzer und Pfeiffer alles an.

Im Fürstenbistum Fulda hatte Landgraf Philipp von Hessen den Aufstand der Bauern erfolgreich niedergeschlagen. Nachdem sein Heer Verstärkung durch die Herzöge von Braunschweig erhalten hatte, folgte er der Bitte seines Schwiegervaters Herzog Georg von Sachsen und zog nach Thüringen, um dort ebenfalls gegen die Aufständischen zu kämpfen. Zweitausendfünfhundert Fußkrieger und tausend Berittene, die meist dem Adel entstammten oder ihm dienten, wollten mit vereinten Kräften gegen die Bauernrebellen vorgehen.

Vereint zog das Heer gegen Eisenach. Schon von weitem konnten die Männer vor den Toren der Stadt fünf aufgespießte Häupter sehen. Beim Näherkommen erkannte der Landgraf den abgeschlagenen Kopf von Müntzers Freund Hans Sippel, der als ehemaliger Landsknecht den Werra-Haufen angeführt hatte.

Philipp von Hessen lachte hämisch, als er hörte, wie Sippel zu Tode gekommen war. Der Müntzer-Freund und vier weitere Bauernhauptmänner waren mit ihren Leuten in der Hoffnung nach Eisenach gekommen, der Rat würde ihrem Bund beitreten. Doch die Eisenacher wussten, dass Landgraf Philipp mit einem großen und gut ausgerüsteten Heer im Anmarsch war. So entschieden die Ratsmitglieder stattdessen, Sippel und seine Mitstreiter gefangen zu nehmen und enthaupten zu lassen. Damit konnten sie Landgraf Philipp bei dessen Einzug zeigen, dass die Eisenacher auf der Seite des Adels standen.

Die Männer aus Sippels Werra-Haufen hatten aus der Ferne mit angesehen, wie ihr Anführer unter dem Schwert des Scharfrichters sterben musste. Angstvoll waren sie auseinandergelaufen. Während ein Teil in seine Heimatdörfer zurückgekehrt war, waren andere nach Franken gewandert, um sich dem dortigen Bauernhaufen anzuschließen. Viele aber setzten auf Thomas Müntzer, der sich angeblich von seinem Zug ins Eichsfeld auf dem Heimweg nach Mühlhausen befand. Deshalb versuchten die Flüchtigen ungesehen durch die Wälder in die Reichsstadt zu gelangen.

Müntzer und Pfeiffer sahen bereits bei ihrer Ankunft in Mühlhausen den Allstedter Haufen vor den Toren lagern. Die Allstedter waren dem Aufruf des Predigers gefolgt und warteten nun auf ein Zeichen von ihm. Als Müntzer ihnen mitteilte, dass er nun nach seiner Rückkehr vom Eichsfeld für den versprochenen Zug nach Frankenhausen rüsten würde, willigten sie ein, ihm bedingungslos zu folgen.

Anfang Mai hatte der Frühling endgültig gesiegt, und die Natur stand in voller Blüte. Nach dem langen bitterkalten Winter genoss Anna Maria die Wärme, während sie mit Veit über das Eichsfeld ritt.

Wie es der Bader spöttisch vorhergesagt hatte, wiesen die geplünderten und brennenden Gebäude Veit und Anna Maria den Weg. Doch jedes Mal kamen sie zu spät. Die Haufen waren bereits weitergezogen und hatten nur Ruinen und verbrannte Erde zurückgelassen. Überall bot sich ihnen das gleiche Bild, und schon von weitem konnten sie den Gestank von Unrat und Verwesung riechen. Ein Feld aus erkalteter Asche erzählte von Tausenden von Männern an unzähligen Lagerfeuern. Zuhauf lagen Tierkadaver und abgenagte Knochen auf den Lagerplätzen herum. Leere Bier- und Weinfässer waren zurückgelassen worden, und hier und da lag ein vergessenes Schwert oder steckte eine Lanze im Boden.

Frauen aus den umliegenden Ortschaften durchsuchten die Lagerstätten nach verwertbaren Resten, um ihre Kinder zu versorgen. Ihre Männer hatten sich den Aufständischen angeschlossen und ihre Familien im Stich gelassen.

Immer wieder konnten Veit und Anna Maria beobachteten, dass Bäuerinnen sich wie räudige Hunde um einen Knochen stritten, an dem noch etwas Fleisch hing. Anna Maria wurde immer stiller, je länger sie über die Stätten der Verwüstung ritten.

Keiner, dem die beiden unterwegs begegneten, konnte Auskunft geben, wohin der Mühlhauser Haufen marschiert war. So ritten Veit und Anna Maria kreuz und quer über das Eichsfeld, bis sie schließlich Mitte Mai in der Nähe von Nordhausen erfuhren, dass Müntzer mit seinen Mannen zurück nach Mühlhausen gezogen war.

»Jetzt werden wir deine Brüder sicherlich finden«, sagte Veit und trat seinem Pferd in die Flanke.

»Sag, dass es nicht stimmt!«, schrie Anna Maria und sah Veit entgeistert an. Er wusste nicht, was er antworten sollte. Abgekämpft waren sie wieder in Mühlhausen angekommen und sogleich zum Haus des Baders geeilt. Doch dort mussten sie erfahren, dass sich Müntzer nur kurz in Mühlhausen aufgehalten hatte und vor mehreren Tagen mit wenigen Hundert Mann nach Frankenhausen aufgebrochen war. Und auch Peter und Matthias hatten in begleitet.

Wie ein Häufchen Elend saß Anna Maria auf einem Schemel in der Küche und konnte kaum mehr einen klaren Gedanken fassen. Mitfühlend stellte Annabelle ihr eine Schüssel mit warmer Hühnerbrühe auf den Tisch. »Hier, trink! Das wird deine Nerven beruhigen.«

Mit zittrigen Fingern führte Anna Maria die Schüssel zum Mund. Veit nickte Annabelle dankbar zu und fragte dann den Bader: »Unterwegs hörten wir stets, dass Müntzer mehrere Tausend Männer bei sich hätte. Warum sind jetzt nur wenige Hundert mit ihm gezogen, um den Frankenhausern zu helfen?«

Der Bader zuckte mit den Schultern. »Genaues weiß ich nicht, aber es gibt verschiedene Gerüchte darüber. Ein Teil der

Männer soll gemeutert haben, da die Beute zu gering ausgefallen sei. Statt die Wertsachen den Rebellen zu überlassen, mussten sie für Nahrungsmittel eingetauscht werden. Anderen soll der lange Marsch durchs Eichsfeld in die Knochen gefahren sein. Auch schürte das Ereignis in Eisenach die Angst vor den Fürsten, denn man sagt, Landgraf Philipp rüste zum Marsch gegen Mühlhausen.« Veit sah den Bader fragend an, und der beschrieb ihm in drastischen Worten die Enthauptung von Sippel und seinen Mannen. Dann fügte er hinzu: »Außerdem wird gemunkelt, dass Pfeiffer und Müntzer sich zerstritten hätten. Pfeiffer will Mühlhausen beschützen und Müntzer sein Versprechen einlösen. Deshalb hätten sie sich getrennt.«

Veit stützte beide Ellenbogen auf die Tischplatte und vergrub sein Gesicht in den Händen. »Was sollen wir jetzt machen?«, fragte er und blickte Anna Maria an.

Kreidebleich saß sie ihm gegenüber. Er konnte sehen, wie die letzte Kraft, die letzte Hoffnung aus ihrem Körper wich. Beide hatten jeden Tag auf dem Eichsfeld gehofft, dass ihre Suche bald zu Ende sein würde. Doch bei jedem weiteren verlassenen Lager, auf das sie stießen, wurde die Enttäuschung größer.

»Ich weiß es nicht«, flüsterte Anna Maria. »Ich bin müde und will heute keine Entscheidung mehr treffen müssen. Ich möchte nur schlafen, um endlich aus diesem Alptraum zu erwachen.«

Nachdem Annabelle Veit versprochen hatte, sich um Anna Maria zu kümmern, gingen er und der Bader in das Gasthaus, in dem Heinrich Pfeiffer häufig verkehrte.

Tatsächlich trafen sie ihn dort an, und als Veit Peters und Matthias' Namen erwähnte, erhielt er Gelegenheit, Anna Marias Geschichte zu erzählen. Geduldig hörte Pfeiffer zu und fragte dann: »Ich verstehe nicht, was Ihr von mir verlangt?«

»Ich möchte von Euch wissen, ob Ihr Müntzer bald zurückerwartet, oder ob er in Frankenhausen verweilen wird.«

»Junger Freund! Müntzer wird bis zum bitteren Ende in Frankenhausen kämpfen. Ich hatte ihm geraten, in Mühlhausen zu bleiben, um die Stadt zu schützen. Doch er wollte nicht auf mich hören. Stattdessen versuchte er mich zu überzeugen, ihm zu folgen, denn Gott habe ihm in einem Traum offenbart, dass er alle Bürger des neuen Gottesstaates der aufgehenden Sonne entgegenführen müsse. Nur dann werde der Sieg gewiss sein. Deshalb zog Müntzer gen Osten, nach Frankenhausen.«

»Aber warum seid Ihr nicht mit ihm gegangen? Man erzählte mir, dass ihm nur wenige Hundert Männer gefolgt seien.«

»Das ist wohl wahr! Aber auch ich hatte kurz vor dem Eichsfeldzug einen Traum und war überzeugt, dass dieser Kampf die Vernichtung des Adels bringen würde. Doch nichts dergleichen ist geschehen. Außerdem, junger Freund, liegt mir Mühlhausen als meine Vaterstadt mehr am Herzen als Frankenhausen.«

Annabelle überredete Anna Maria, ein warmes Bad zu nehmen.

»Du hattest keine Gelegenheit, Matthias und Peter zu sehen?«, fragte Anna Maria ungläubig.

Annabelle schüttelte den Kopf. »Nein, sie waren nur zwei Tage in der Stadt, und diese Zeit verbrachten sie mit Müntzer. Bevor Matthias erneut abreiste, schickte er mir einen Boten, der mir ausrichtete, dass es ihnen gut ginge.« Als sie von Matthias sprach, leuchteten ihre Augen. »Leider gelang es mir nicht, ihnen zu sagen, dass du sie suchst«, fügte Annabelle hinzu.

»Ist schon gut«, erwiderte Anna Maria, »warten wir ab, was Veit im Gasthaus in Erfahrung bringen kann.«

Anna Maria schmiegte sich in das weiche Betttuch und genoss die warme Luft, die durch das kleine Fenster strich. Das Bad und das Gespräch mit Annabelle hatten ihr gutgetan, und sie spürte, wie der Druck in ihrem Kopf nachließ.

Sie träumte von einem Schlachtfeld. Unfähig sich zu bewegen, sah sie sich im Nachthemd inmitten von Toten und Verletzten stehen. Schnee wirbelte durch die Luft und vermischte sich am Boden mit dem Blut, das in einer breiten Rinne durch den Acker floss. Sie sah ihre Brüder – der eine kniete, der andere lag in seinem eigenen Blut auf dem Boden. Die Worte, die sie miteinander sprachen, kannte sie bereits – es waren die gleichen wie in all den Träumen zuvor. Tränen trübten ihren Blick. Als sie sich wieder rühren konnte und nicht mehr wie gelähmt an einem Fleck verharren musste, eilte sie auf Peter und Matthias zu. Doch als sie vor ihnen stand, bemerkten die Brüder sie nicht. Um auf sich aufmerksam zu machen, beugte Anna Maria sich zu ihnen hinunter und erstarrte – der Schnee hatte sich in Asche verwandelt.

Anna Maria wälzte sich unruhig hin und her. Im Halbschlaf spürte sie, wie Tränen ihre Wangen hinunterliefen. Plötzlich erschauerte sie, denn eine ungewöhnliche Kälte kroch ihre Beine hinauf. Anna Maria schrie aus Leibeskräften und wusste doch, dass sie niemand hören würde. In Gedanken murmelte sie: ›Ich hab dich erkannt, du bist gebannt!‹ Doch es nützte nichts, die Kälte ließ nicht nach. Dann wehte ihr unvermittelt ein eisiger Lufthauch ins Gesicht, und sie erstarrte und wagte kaum zu atmen. In diesem Augenblick wusste sie, dass jemand die Kammer betreten hatte, um von ihr Abschied zu nehmen.

## *Kapitel 20*

Thomas Müntzer stand auf der Stadtmauer von Frankenhausen und blickte hinunter zu den Männern, die ihr Lager auf einem weiten Feld vor den Toren der Stadt aufgeschlagen hatten. Selbst an unwegsamen, felsigen Stellen am Fuß des nahen Hausbergs konnte er Lagerfeuer brennen sehen, vor denen Männer saßen. Von hier oben schätzte er die Aufständischen auf mehrere Tausend Mann aus Langensalza, Nordhausen, Sondershausen, Dingelstädt, Sangerhausen und den Dörfern ringsum. Sie hatten sich außerhalb der Stadt versammelt, um mit Müntzer für ihre Rechte zu kämpfen. Trotzdem war er nicht zufrieden. Erneut hatte er feststellen müssen, dass seine Macht bei den Aufständischen nicht so groß war, wie er es sich erhofft hatte. Warum sonst waren ihm nur wenige Hundert Mann nach Frankenhausen gefolgt? Es verbitterte ihn, dass auch Heinrich Pfeiffer ihn nicht begleitete und stattdessen in Mühlhausen geblieben war.

Müntzer fürchtete, dass den wenigsten der versammelten Männer das Schicksal des Reichs am Herzen lag. Die meisten waren nur gekommen, um für ihre eigene Region zu streiten.

Müntzers Blick verfinsterte sich, als er die mansfeldischen Bergknappen unter den Bauernrebellen ausmachen konnte. Auch von ihnen waren nur wenige seinem Aufruf gefolgt, obwohl er immer geglaubt hatte, gerade unter den Bergleuten eine große Anhängerschaft zu haben. War es ihrem Landesherrn, dem Grafen Ernst von Mansfeld, gelungen, sie umzustimmen?‹, überlegte Müntzer. ›Und schwankte nicht ein mancher in seiner Überzeugung?‹

›Nein‹, beruhigte er sich selbst, ›sie werden die Rücksichtslosigkeit des Adels nicht vergessen haben. Besonders die Frankenhauser werden sich daran erinnern, wie Graf Ernst von Mansfeld während des Ausbaus seiner Festung Heldrungen die Bauern zu Frondiensten zwang, sodass ihre Äcker nicht bestellt werden konnten. Warum sonst nannten sie den Grafen einen Tyrannen, der keine Rücksicht auf die Bedürfnisse seiner Untertanen nahm?‹

»Auch wenn ich nur Prophet und kein Soldat bin, werden sie doch auf das hören, was ich ihnen sage. Mit der Kraft meines

Glaubens und der Gewalt meiner Worte werde ich sie überzeugen, mir zu folgen!«, sprach Müntzer sich selbst Mut zu. Dann stieg er von der Stadtmauer hinunter und ging hinaus, um den Bauernrebellen zu predigen.

Mit sorgsam gewählten Worten erinnerte sie Müntzer an die Gerechtigkeit ihrer Sache. Auch sprach er ihnen Mut zu, in den Kampf zu ziehen. Vor allem aber schürte er erneut ihren Hass auf den Adel.

Um seinen Worten Taten folgen zu lassen, ließ Müntzer drei Gefolgsleute des Grafen Ernst von Mansfeld, die in die Gefangenschaft des Frankenhauser Haufens geraten waren, öffentlich hinrichten, um auch dem letzten unentschlossenen Bauern seine Stärke zu zeigen.

Thomas Müntzer wusste die Rebellen nach dieser Predigt zwar auf seiner Seite, doch um seinen Kriegsplan stand es schlecht. Leichsinnig war er einem Händler aufgesessen, der das Geld genommen, aber kein Schießpulver geliefert hatte. Nun waren sechstausend Frankenhauser mit Hakenbüchsen und Geschützen ausgestattet, aber es fehlte an Pulver, um die Kugeln abfeuern zu können.

Müntzer musste sich einen neuen Plan überlegen, denn die vereinigten Heere der Fürsten näherten sich Frankenhausen immer mehr – unter ihnen mehr als zweitausendfünfhundert Berittene. Obwohl Müntzer mehr Fußsoldaten auf seiner Seite hatte, wusste er, dass sie gegen die beweglichen und kampferprobten Reiter machtlos waren.

Die Bauernhauptmänner beratschlagten und einigten sich, dass man eine Wagenburg auf dem Feld vor dem Frankenhauser Stadttor errichten würde, die bis an die Stadtmauer heranreichen sollte.

Die Wagen, die man zum Transport von Waffen oder Verpflegung benötigt hatte, wurden in einem großen Halbkreis vor dem Stadttor aufgestellt. So entstand ein weiter, geschützter Platz, der zusätzlich mit einem Graben umgeben wurde, um die Pferde und ihre Reiter auszubremsen und die eigenen Leute vor überraschenden Angriffen zu schützen.

Als die Wagenburg fertiggestellt war, lagerten viele Aufständische dahinter – unter ihnen auch die Burschen Friedrich, Michael, Johannes, Peter und Matthias. Es war bereits Mittag, als Hauser sich zu ihnen gesellte. Die Regenbogenfahne hatte er stets bei sich und gab sie nicht aus der Hand.

»Wie geht es euch?«, fragte er die Burschen, die ihn aus müden Augen anblickten. Zur Aufmunterung verteilte er einen Laib Brot unter ihnen.

»Ich wüsste etwas Schöneres, als hier zu sitzen«, versuchte Johannes zu scherzen, während er an einem Stück Brot kaute.

»Das kann ich mir vorstellen!«, stimmte Hauser ihm zu. »Habt ihr Bewegungen auf der anderen Seite beobachten können?«, fragte Hauser und sah hinüber zu den fürstlichen Heeren.

Peter zeigte mit dem Finger zwischen die Bäume und erklärte: »Leichte Geschütze wurden auf den Wegen aufgestellt. Auch haben Soldaten dort Stellung bezogen.«

»Ja, ich weiß! Ich konnte sie bereits von der Stadtmauer aus sehen«, grummelte Hauser kauend. »Sie werden die Wagenburg umstellen, damit wir nicht in den Kyffhäuser Wald ausbrechen können«, überlegte er. »Doch dank des Hausbergs liegen zwischen uns und den Truppen fast fünfhundert Schritte Höhenunterschied. Und die gilt es erst einmal zu überwinden. Zumal die Adeligen bei einem Angriff nicht über den Hauptweg kommen können, da er südlich um die Stadt verläuft. Ihnen bleiben nur die schlechten, unwegsamen Wege, und die kosten Kraft und Zeit.« Er nahm einen weiteren Bissen Brot und fuhr dann fort: »Sie werden versuchen uns mit ihren Geschützen aus der Wagenburg und der Stadt hinauszutreiben, um uns dann mit Reitern anzugreifen.«

Michael wurde bleich, und auch Johannes blickte Hauser ängstlich an. »Werden wir sterben?«, flüsterte Michael. Nachdenklich blickte Hauser die Burschen an. »Wenn es losgeht, schaut stets, wo meine Fahne weht, und kommt zu mir. Ich werde euch beschützen.« Aufmunternd zwinkerte er ihnen zu und ging zurück in die Stadt.

Als das Ratattatom der Landsknechttrommeln einsetzte, blickten sich die fünf Freunde ängstlich an. »Wir werden uns gegenseitig beschützen«, sagte Peter mit rauer Stimme.

»Wie willst du das anstellen?«, wollte Friedrich wissen und zeigte auf Peters steifen Arm.

»Dank der Übungen ist der verkrüppelte Arm fast so stark wie der gesunde. Und glaubt mir, bevor ich mich geschlagen gebe, werden zuvor einige Landsknechte ins Gras beißen müssen.« Lachend schlug Friedrich Peter auf die Schulter.

Hauser war nicht wohl zumute. Die Lage, in der sie sich befanden, beunruhigte ihn zunehmend. Er war sich bewusst, dass die meisten Aufständischen und ihre Anführer keine Vorstellung hatten, was sie bei einer Schlacht erwarten würde. Die Männer waren weder kriegskundig noch fähig, wie Soldaten zu kämpfen. Außerdem waren viele nicht restlos von der gemeinsamen Sache überzeugt. Gerade jetzt, wo die Lage ernst wurde, waren viele eher bereit zu verhandeln, als zu kämpfen. Die Fürsten hatten den Hauptmännern ein Friedensangebot gemacht, das den Aufständischen freien Abzug versprach. Das lockte viele, doch das Versprechen war auch an eine Bedingung geknüpft: Müntzer und seine Anhänger sollten lebend ausgeliefert werden. Zwar wurde das Angebot unter den Hauptmännern hitzig beraten und von der Mehrheit entrüstet zurückgewiesen. Doch wie lange noch konnte Müntzer die Männer mit seinen flammenden Predigten an sich binden?

Als Antwort auf das Friedensangebot ließen die Bauern den Fürsten einen Brief überbringen, in dem sie ihnen mitteilten, dass sie Blutvergießen vermeiden wollten und es ihnen nur um den Erhalt göttlicher Gerechtigkeit gehe. Auch verliehen die Bauern ihrer Absicht Ausdruck, von jeglicher kämpferischen Handlung abzusehen, würden auch die Fürsten einer friedlichen Lösung zustimmen. Doch statt einer friedlichen Antwort, ließen die Adeligen Geschütze um die Wagenburg aufstellen. Daraufhin schickte Müntzer die Grafen von Stolberg, von Rüxleben und von Werthern zu den Fürsten. Er hoffte, dass Edelmänner mehr ausrichten würden als ein Stück Papier der Bauern.

Hauser bezweifelte, dass die Thüringer Grafen im Sinne der Aufständischen verhandeln würden, denn schließlich waren sie nicht freiwillig auf ihrer Seite. Müntzer hatte sie mit Drohungen gezwungen, sich seiner Bewegung anzuschließen. Und Hauser traute den Edelmännern nicht.

Als die Grafen am späten Vormittag zurückkehrten, kamen sie mit leeren Händen. Sie hatten drei Stunden Waffenstillstand als Bedenkzeit aushandeln können, mehr nicht.

Müntzer unternahm einen zweiten Versuch und sandte die Grafen am selben Tag ein weiteres Mal zu den Fürsten, damit sie für alle um Gnade bitten sollten. Als Jacob Hauser den Rathaussaal der Stadt, den Müntzer und die Hauptmänner zur Beratung nutzten, Stunden später betrat und in die ernsten Gesichter des Predigers und seiner Mitstreiter blickte, beschlich ihn ein ungutes Gefühl. »Was ist geschehen?«, fragte er.

»Die Fürstenpartei hat die Grafen Stolberg und Rüxleben zurückbehalten. Durch Graf von Werthern lassen sie uns ausrichten, dass sie nicht weiter über Thomas Müntzer verhandeln. Sollten wir ihn und unseren Widerstand nicht aufgeben, werden sie angreifen.«

Ungläubig starrte Hauser von einem zum anderen. Sein Blick blieb an Müntzer hängen, dessen Gesichtsausdruck er von zahlreichen Verhandlungen her kannte. Es schien, als wolle der Prediger die Bauernführer mit seinem Willen durchdringen, um sie auf seiner Seite zu halten.

»Wissen die Männer von dem Angebot der Fürsten?«, fragte Hauser.

»So etwas spricht sich wie ein Lauffeuer herum«, sagte einer der Hauptmänner und blickte Müntzer herausfordernd an. »Ihr müsst mit den Bauern reden, bevor Unruhe entsteht.«

Müntzer nickte. »Ich werde zu ihnen sprechen, damit sie gestärkt in den Kampf ziehen können. Ihr, Jacob, werdet derweil die Fahne hinter mir schwenken.«

Als Müntzer und Hauser vor das Stadttor von Frankenhausen traten, wo das Bauernheer lagerte, blickten sie nicht in die Gesichter von Männern, die entschlossen als freie Bürger kämpfen wollten. Vielmehr starrten ihnen viele tausend angstvolle Augen von Knechten entgegen, die allen Mut verloren hatten.

Müntzer schloss für einen Augenblick die Augen und holte tief Luft. Dann erhob er die Stimme und redete mit der Sprache eines Propheten. Er wusste, dass es jetzt galt, die Masse zu begeistern, und es musste ihm allein mit der Kraft seiner Rede gelingen, die Knechte, die vor ihm standen, in ihren Gedanken in freie Bürger zu wandeln. Die Männer mussten in sich spüren, wie sie nicht länger feige waren, sondern mutig wurden. Mit donnernder Stimme erinnerte Müntzer sie daran, dass der Aufstand auf Gottes Befehl begonnen hatte. Im gleichen Atemzug verfluchte er die Fürsten als Gottlose, die versuchten, Zwietracht unter den gläubigen Menschen zu säen.

»Fürchtet die Geschütze nicht«, rief Müntzer den Männern zu. »Erinnert euch, dass Gideon, Jonathan und David mit wenigen Auserwählten viele Tausend geschlagen haben. Erinnert euch, was unsere Fürsten tun? Sie nehmen sich der Armen nicht an, hören die einfachen Leute nicht, sprechen nicht Recht, halten die Straßen nicht von Gesindel frei, wehren nicht Mord und Raub, strafen keinen Frevel, verteidigen nicht die Witwen und Waisen, helfen nicht den Armen, schaffen nicht, dass die Jugend recht erzogen wird.«

Inzwischen hatte das Wetter umgeschlagen, und nach dem Regen klarte der Himmel auf. Während Münzter sprach, schwenkte Hauser wie befohlen die Regenbogenfahne über dem Kopf des Predigers, als plötzlich am Himmel ein echter Regenbogen zu sehen war.

»Seht«, rief Müntzer, »Gott sendet uns ein Zeichen. Er sagt uns, dass er auf unserer Seite steht, und er droht den mörderischen Fürsten. Er will nicht, dass ihr gemeinsame Sache mit den Gottlosen macht.«

Eine Woge der Begeisterung ging durch die Menge. Hunderte stimmten den Choral »Komm, Heiliger Geist, Herre Gott!« an. Andere riefen durcheinander: »Tot oder lebendig! Dreinschlagen! Haun und Stechen! Nur die Bluthunde nicht schonen!«

Die Worte Müntzers und der plötzliche Regenbogen hatten die Zuhörer in einen Rausch versetzt. Plötzlich herrschte in der Wagenburg ein wildes Gedränge, da nun auch die Frankenhauser und weitere Haufen aus der Stadt herbeistürmten, um sich dem Kampf zu stellen. Die Aufständischen bemerkten jedoch nicht, wie sie dabei ihre Verteidigungsposten verließen.

Landgraf Philipp von Hessen erkannte sogleich die plötzliche Unordnung innerhalb der Wagenreihen von seinem Stützpunkt aus und wusste, dass die Gelegenheit günstig war.

Obwohl der vereinbarte Waffenstillstand noch immer galt, ließ Philipp seine Geschütze abfeuern und gab damit dem fürstlichen Heer das Zeichen zum Angriff. Völlig unvermutet stürmten die fürstlichen Reiter zusammen mit dem Fußvolk los und überrannten die Wagenburg.

Die Aufständischen waren von dem vehementen Angriff dermaßen überrascht, dass kaum einer Zeit hatte, zu den Waffen zu greifen. Einige wenige konnten sich mit Dreschflegeln, Sensen oder sonstigen Hieb- und Stichwaffen verteidigen. Da Landgraf Philipp seine Geschütze jedoch taktisch klug hatte aufstellen lassen, gab es für die überrumpelten Bauern kein Entkommen.

Als die erste Geschützkugel innerhalb der Wagenburg einschlug und Erdreich, Gliedmaßen und Leiber durch die Gegend flogen, versuchten viele Bauern in Todesangst in die Stadt zu fliehen, da sie sich dort in Sicherheit wähnten. Verwundete krümmten sich auf dem Boden und wurden von den Fliehenden totgetrampelt. Andere waren nach dem Aufschlag der Kanonenkugel taub und orientierungslos. Mit blutenden Ohren drehten sie sich im Kreis und wussten nicht, wohin sie laufen sollten.

Johannes hatte sich während Müntzers Predigt von seinen Freunden entfernt. Als ein Kanonengeschoss in einen Wagen einschlug, wurde er von Splittern getroffen. Sofort rannte Matthias zu ihm, doch fand er Johannes nur noch leblos und verstümmelt vor. Schreiend fiel Matthias auf die Knie und merkte nicht, dass er inmitten einer Blutlache kniete.

Peter kroch aus seiner Deckung hervor und zog seinen Bruder hinter den Schutz eines umgekippten Wagens. Gleichzeitig schweifte sein Blick umher und suchte in dem Durcheinander nach der Regenbogenfahne. Aus den Augenwinkeln konnte Peter erkennen, wie Landsknechte in den Kreis der Wagenburg stürmten und jeden Aufständischen niedergemetzelten, der ihnen unterkam. Das Flehen der Bauern um Gnade und ihre Gebete gingen in dem lauten Tamtamratattatam der Trommler unter. Schlachtrösser sprangen über die Barrikaden und ließen den Boden erbeben. Fliehende Bauern wurden von ihren mächtigen Hufen getroffen und niedergeritten.

Die Luft war erfüllt von den Angst- und Schmerzensschreien der Verwundeten, dem lauten Knallen der Geschütze und Gewehre sowie dem dumpfen Klang der Trommeln.

Rauchwolken verschleierten die Sicht, und Qualm brannte in den Augen der Männer. Der Geruch des Schießpulvers vermischte sich mit dem des Bluts der Toten und Verletzten. Zu Tausenden wurden die rebellischen Bauern getötet, und ihr Blut floss in einer breiten Rinne den Berg hinunter.

Endlich erblickte Peter die bunte Fahne, die Hauser hoch in die Luft hielt. Mit seinem gesunden Arm zog er Matthias mit sich und rannte auf den Alten zu, der bei ihrem Anblick erleichtert schien.

»Bleibt dicht bei mir!«, brüllte Hauser gegen den Lärm an. »Lasst uns versuchen in den Wald zu fliehen!«

»Ich werde nicht fliehen, sondern kämpfen!«, brüllte Matthias aufgebracht und riss sich von Peter los. Mit wutverzerrtem Gesicht irrte er zwischen den Toten umher, bis er eine Lanze fand, die er wie eine Trophäe über seinen Kopf hielt.

Peter versuchte Matthias einzuholen, als er von einem Mann abgelenkt wurde, der blutüberströmt auf ihn zu wankte. Es war Friedrich, der eine klaffende Wunde in seiner Wange hatte. Hauser zog ihn ebenso wie Peter hinter ein Wagenrad und untersuchte die Verletzung. »Es ist nur eine tiefe Fleischwunde, mein Junge!«, stellte er nüchtern fest.

»Ich muss zu Matthias!«, schrie Peter den beiden zu, als eine abgefeuerte Geschützkugel in seiner Nähe einschlug und ihn zurückschleuderte. Hauser wollte Peter aufhelfen, als er zu erstarren schien. Friedrichs und Peters Blick folgten dem seinen auf das Schlachtfeld hinaus. Am Berghang, im steinigen, schwer passierbaren Gelände, konnten sie im Getümmel erkennen, wie ein Landsknecht auf Michael zulief, der verwirrt umherirrte. Bereits im Laufen schwang der Mann sein Schwert und hieb mit einem Schlag dem Burschen den Kopf ab. Geräuschlos sackte Michaels Körper nach vorne, während sein Kopf den Hang hinunterrollte.

Matthias, der Michaels Hinrichtung gesehen hatte, lief schreiend mit der Lanze in der Hand auf den Landsknecht zu. Fast blind vor Tränen stolperte er über die Leichen auf dem Boden, bis er keuchend vor dem Gegner stand. »Du Schwein!«, schrie er, doch seine Worte wurden vom Lärm des Angriffs verschluckt.

In gebeugter Haltung und die Muskeln angespannt, standen sich Krieger und Bursche gegenüber. Mit vor Wut verzerrtem Gesicht versuchte Matthias den Landsknecht mit dem Speer zu verletzen. Doch der war geübt und wich den Attacken mühelos aus. Er schien sich einen Spaß daraus zu machen, Matthias hin und her zu scheuchen.

Peter, der hundert Schritte entfernt stand, wusste, dass Matthias den Kampf mit dem Soldaten nicht gewinnen konnte. Erregt brüllte er ihm zu, sich in Sicherheit zu bringen. Als Matthias nicht reagierte, rannte Peter auf den Landsknecht zu und flehte um Gnade für seinen Bruder. Auch Hauser verließ die sichere Deckung und folgte Peter. Er schwenkte die Regenbogenfahne über dem Kopf, um den Söldner abzulenken. Als ihn nur noch wenige Schritte von dem Krieger trennten, rief Hauser: »Deine Fahne, Peter! Zeig sie ihm!« Im Laufen riss Peter sich das Fahnenstück unter dem Hemd vom Leib und schwenkte es.

Doch es war zu spät. Ein wuchtiger Schwerthieb drang in Matthias' Körper ein.

Als der Landsknecht zum tödlichen Hieb ausholen wollte, schrie Hauser ihm zu: »Der arme Mann in der Welt mag nit mehr genesen!« Da hielt der Soldat inne und blickte die beiden Männer an. »Wer bist du, dass du mich mit diesen Worten aufhältst?«, fragte er mit finsterer Miene.

»Das sind die Söhne von Joß Fritz. Sie tragen seine Fahne auf dem Leib!«, schrie Hauser mit schriller Stimme

»Was kümmert es mich? Fritz' Kampf wurde vor langer Zeit entschieden. Nun wird ein anderer gefochten«, höhnte der Landsknecht mit erhobenem Schwert. Unbeirrt blickte Hauser den Mann an und sagte: »Auch du hast einst für unsere Sache gekämpft. Deine abgehackten Finger verraten dich. Sieh die vielen toten Bauern. Ihr habt bereits gesiegt, und du bekommst von den Fürsten deinen Sold, einerlei, wie viele Männer du abschlachtest. Lass den Burschen in Frieden sterben.«

Der Landsknecht blickte zu Matthias und knurrte: »Ich würde ihm einen schnellen Tod bescheren. So aber wird er leiden müssen.«

Dunkles Blut sickerte durch Matthias' Kittel. Peter sah den Mann eindringlich an und flüsterte: »Bitte!«

Der Landsknecht ließ das Schwert sinken. Mit einem letzten Blick auf den Sterbenden drehte er sich um und schritt den Berg hinauf, um im Getümmel der Sieger unterzutauchen.

Matthias schrie vor Schmerz auf, als Peter und Hauser ihn in den Schutz mehrerer großer Felsen am Rande des Hausbergs zogen. Unterdessen ging das Gemetzel weiter.

Peter setzte sich hinter seinen Bruder und legte dessen Kopf in seinen Schoß. Hauser kniete sich ebenso wie Friedrich neben Matthias, der bleich und zitternd dalag. Ein kurzer Blick auf die klaffende Wunde in seiner Brust reichte aus, um zu wissen, dass

Matthias sterben würde. Hauser riss den Stoff der Regenbogenfahne von der Fahnenstange, um Matthias damit zu wärmen.

»Peter«, flüsterte Matthias und suchte nach der Hand seines Bruders. »Jetzt werde ich Annabelle nie wiedersehen!«

»Rede kein dummes Zeug, Bruderherz! Du wirst gesund werden und mit ihr nach Mehlbach zurückkehren.« Peter versuchte sich zusammenzunehmen und schluckte schwer, während Friedrich wie versteinert auf dem Boden saß. Auch Hauser konnte nur mit Mühe die Tränen zurückhalten. Er haderte, ob er Matthias von Annabelles Schwangerschaft erzählen sollte. ›Aber was würde das ändern?‹, dachte er bitter. ›Matthias wird sterben! Sicherlich wird es für ihn leichter sein zu gehen, wenn er sich keine Sorgen machen muss, was aus seinem Kind wird.‹

Als Peter den Berg hinaufschaute und sah, wie Feldgeistliche den Sterbenden ihren Segen gaben, schnürte ihm die Verzweiflung die Luft ab. Keuchend schloss er die Augen. Tränen, die sich unter seinen Augenlider sammelten, blinzelte er zornig fort.

»Herr Hauser«, flüsterte Matthias heiser, »wer ist Fritz?«

Der Alte hatte gehofft, dass Matthias den Namen nicht gehört hätte. Als Peter ihm zunickte, erzählte er in wenigen Sätzen die Geschichte ihres Vaters.

»Warum hat er uns das nie gesagt?«, fragte Matthias mit kraftloser Stimme.

»Die Antwort auf diese Frage kann uns nur unser Vater geben«, antwortete Peter.

Matthias hustete Blut. Dann flüsterte er unter großer Anstrengung: »Peter, ich habe Angst vor dem Tod.«

»Du musst keine Angst haben, du bist ein guter Mensch, Matthias. Geh zu Anna Maria, und erzähl ihr von uns!«

»Anna Maria!«, flüsterte Matthias, dann bäumte er sich ein letztes Mal auf, bevor seine Augen brachen.

Immer wieder strich Peter über die kalten Wangen seines Bruders. Die Schreie der Verletzten drangen nur verhalten zu ihm durch. Wie durch einen Nebelschleier sah er, wie ein Mönch sich zu Friedrich beugte und seine Wunde versorgte. Als der Klosterbruder sich auch über den toten Matthias neigte, erwachte Peter aus seiner Erstarrung und schrie ihn an, dass er sich wegscheren solle.

»Wir müssen Matthias beerdigen!«, versuchte Hauser Peter zu überzeugen, »die Landsknechte werden nicht rühmlich mit den Toten umgehen.«

Aus tränennassen Augen blickte Peter den Alten grimmig an und sagte: »Mein Bruder und ich haben uns gegenseitig einen Schwur geleistet, und diesen werde ich erfüllen.«

Fragend sah Hauser ihn an. Auch Friedrich horchte auf, als Peter stockend erklärte, dass er den Toten nicht in der Fremde zurücklassen würde.

Hauser starrte Peter entsetzt an und sagte mit heiserer Stimme: »Das wirst du nicht schaffen, bis Mehlbach ist es zu weit!«

»Doch, das werde ich«, erklärte Peter entschlossen. »Ich habe einen Plan.« Mit wenigen Worten weihte er seine Freunde ein, und Friedrich zeigte sich sogleich bereit, ihm zu helfen und das dafür Nötige zu beschaffen.

»In dem Durcheinander wird das aber einige Zeit dauern«, gab Hauser zu bedenken. »Was willst du bis dahin mit dem Toten machen? Wir können uns unmöglich weiter hier verstecken, denn irgendwann werden sie uns finden!«

Peter nickte, denn auch er hatte gesehen, dass Landsknechte den Hang nach versteckten Rebellen absuchten und die Toten ausraubten.

»Wir werden Matthias beerdigen. Wenn wir ein passendes Fuhrwerk haben, werde ich ihn wieder ausgraben.«

## Kapitel 21

Seit Anna Maria im Traum den toten Matthias gesehen hatte, sprach sie kein Wort mehr, und auch Veit vermochte sie nicht zu trösten. Ohne sich von Annabelle oder dem Bader zu verabschieden, waren sie mitten in der Nacht nach Frankenhausen aufgebrochen.

Am Nachmittag konnten sie Rauchwolken erkennen und bereits weit vor den Toren der Stadt die Geschütze, Gewehrsalven und das unmenschliche Kriegsgebrüll hören.

Anna Maria trieb Veit zur Eile an, doch er zügelte stattdessen das Pferd und stieg ab. Er musste seine ganze Kraft aufbringen, um Anna Maria davon abzuhalten, einfach loszustürmen.

Stumm warteten sie, bis alle Kanonen schwiegen und das Kampfgeschrei verstummt war. Erst dann wagten sie es, bis zum Schlachtfeld weiterzureiten, in der Hoffnung, die beiden Brüder zu finden.

Der mit Tausenden von Toten übersäte Kampfplatz vor den Toren der Stadt erinnerte Anna Maria an ihren Traum. Sie betete in Gedanken, dass sie Peter und Matthias finden würde. Doch nachdem sie erfolglos in die Gesichter unzähliger Leichen und verletzter Männer geblickt hatte, brach sie weinend zusammen. Veit nahm sie in die Arme und wartete geduldig, bis sie sich beruhigt hatte.

Inzwischen war es später Abend. Veit stützte Anna Maria, und gemeinsam betraten sie die Stadt.

Bleiche und verängstigte Menschen huschten im Licht von Fackeln durch die Straßen von Frankenhausen. Niemand beachtete das Paar oder sprach es an. Jeder schien nur darauf bedacht zu sein, rasch nach Hause zu gelangen.

Zwischen den Häuserzeilen herrschte gespenstische Stille, und nichts verriet, dass hier noch wenige Stunden zuvor ein erbitterter Kampf getobt hatte. Nur das Blut auf dem Boden der Gassen und an den Wänden der Häuser ließ das Gemetzel erahnen.

Anna Maria erschauderte, als sie auf dem Marktplatz die blutroten Lachen sah, in denen sich das flackernde Licht der Fackeln spiegelte. Voller Entsetzen ging sie an enthaupteten Leichen vorbei, die zu einem Berg übereinandergestapelt worden waren, die abgehackten Köpfe achtlos auf Karren geworfen.

Da Veit die Kleidung eines Landsknechts trug, ging er beherzt auf einen Söldner zu, der auf dem Brunnenrand saß und sich an einer Flasche Wein labte.

»Was ist hier geschehen?«, fragte er.

»Wo kommst du her, dass du das nicht weißt?«, lallte der Mann.

»Von Süden«, log Veit. »Ich wollte mich euch anschließen, doch anscheinend bin ich zu spät gekommen!«

Hämisches Lachen war die Antwort, bevor der Söldner prahlte: »Wir haben die Aufständischen abgeschlachtet wie Vieh. Selbst als sie in die engen Gassen flohen und sich in den Häusern versteckten, haben wir sie aufgespürt und niedergestochen. Wie Schweine haben sie gequiekt.«

Bei der Vorstellung wurde Anna Maria übel, und sie zog Veit am Ärmel fort. »Wie sollen wir meine Brüder hier finden?«, fragte sie verzweifelt und zitterte am ganzen Körper. Leichter Regen hatte eingesetzt. Veit sah, dass Anna Maria fror, und schlug deshalb vor: »Lass uns in die Kirche gehen. Vielleicht können wir dort etwas über sie in Erfahrung bringen.«

Als die beiden das Gotteshaus betraten, bot sich ihnen auch hier ein Bild des Schreckens. Wo sie auch hinschauten, konnten sie Verwüstung und Blutspuren erkennen. Bänke waren zertrümmert, Scheiben zerbrochen worden.

Suchend sahen sich Veit und Anna Maria um, doch die Kirche schien leer. Dann konnten sie leises Gemurmel vernehmen – so, als spreche jemand ein Gebet.

Während sie auf den Hauptaltar zugingen, zog Veit leise sein Schwert aus der Scheide. Mit der Schwertspitze hob er vorsichtig das Altartuch hoch, als ein schriller Schrei sie zusammenfahren ließ.

»Tut mir nichts«, kreischte eine helle Stimme.

Veit beugte sich nach unten und erblickte einen jungen Mönch. »Wir werden dir nichts tun!«, versprach er, und zögerlich kroch der Bursche hervor. Seine Augen waren vom Weinen gerötet.

»Wo ist der Priester oder der Kaplan?«, fragte Veit.

»Beide sind tot – von Frauen erschlagen!«, antwortete der Junge mit zittriger Stimme. Als er des Entsetzens in Anna Marias Gesicht gewahr wurde, erklärte er: »Wie im Blutrausch wollten die Fürsten dreihundert gefangene Frankenhauser, darunter auch den alten Priester und den Kaplan, auf dem Marktplatz enthaupten lassen. Nach Schuld oder Unschuld der Männer wurde nicht gefragt. Als einige Frauen der Gefangenen um Gnade für ihre Männer bettelten, schlug man ihnen vor, sie sollten den Kaplan und den Priester totschlagen, dann würde man ihren Männern das Leben schenken. Und die Weiber haben ohne zu zögern mit Knüppeln auf meine Brüder eingedroschen, bis sie sich nicht mehr rührten.« Schluchzend hielt sich der Mönch die Hände vors Gesicht.

Anna Maria ließ sich kraftlos auf einer Kirchenbank nieder.

»Hast du von einem Mann namens Hauser gehört?«, fragte Veit den jungen Mönch, der sofort den Kopf schüttelte.

»Er soll Müntzers Regenbogenfahne getragen haben«, erklärte Veit. Als der Mönch den Namen des Predigers hörte, zuckte er merklich zusammen.

Anna Maria versuchte den Mönch zu beruhigen. »Ich suche meine Brüder, die für Müntzer gekämpft haben. Ich will sie nach Hause holen!«

»Du wirst deine Brüder nicht finden. Tausende von Aufständischen sollen getötet und in Massengräbern verscharrt worden sein. Und den Namen Müntzers solltet Ihr nicht leichtfertig erwähnen. Sie töten jeden seiner Anhänger.« Der Mönch hielt inne und fügte dann leise hinzu: »Nachdem die Gefangenen enthauptet waren, zog es die Landsknechte in die Wirtshäuser. Ich bin zu den Toten auf dem Marktplatz geschlichen, um ihnen die Letzte Ölung zu geben, in der Hoffnung, unser Herrgott möge gnädig mit ihnen sein. Dabei habe ich beobachtet, wie ein Bursche, etwa in meinem Alter, ein großes buntes Tuch im Brunnen auf dem Marktplatz auswusch. Er hielt das Tuch in die Höhe, und ich konnte Blutflecken und die Farben eines Regenbogens erkennen.«

»Wann war das?«, wisperte Anna Maria.

»Es dämmerte bereits.«

»Weißt du auch, wo der Bursche abgeblieben ist?«, fragte Veit erregt. Der Mönch schüttelte den Kopf. »Nein. Ich konnte nur sehen, dass er in Richtung Schlachtergasse davoneilte.«

Als Peter Hauser und Friedrich in seinen Plan einweihte, wusste Friedrich sofort, wo er alles Notwendige dafür bekommen würde, und hatte sich auf den Weg in das Viertel der Metzger gemacht. Obwohl die Schlachthäuser am äußersten Ende der Stadt lagen, benötigte man wenig Zeit, um dorthin zu gelangen, da man nicht durch den Stadtkern musste. Doch heute schien Friedrich eine Ewigkeit zu brauchen.

Immer wieder musste er sich verstecken, da Landsknechte Gasse für Gasse durchsuchten. Einmal konnte ihn nur ein Sprung hinter eine Mauer retten. Dort hielt er sich versteckt und wartete, bis die Soldaten vorbeigezogen waren.

Bei ihrer Suche nach Müntzer drangen die Landsknechte rücksichtslos in die Wohnungen der Bürger ein und stießen Jung und Alt auf die Straße, um anschließend die Häuser nach dem Flüchtigen zu durchsuchen. Jeder der Soldaten hoffte den Prediger zu finden, um die Belohnung, die die Fürsten für seine Ergreifung ausgesetzt hatten, zu erhalten. In seinem Versteck hinter der Mauer betete Friedrich, dass man weder Müntzer noch ihn entdecken würde.

Nachdem die Stimmen verhallt waren und wieder Ruhe in der Gasse herrschte, spähte Friedrich vorsichtig hinter der Mauer hervor. Erst als kein Laut mehr zu hören war, schlich er geräuschlos im Schatten von Hauswand zu Hauswand und presste dabei mit zittrigen Händen die noch feuchte Fahne an seinen Oberkörper.

Friedrich war entrüstet gewesen, als er begriffen hatte, dass seine Begleiter Matthias in der Regenbogenfahne beerdigen wollten. »Aber nicht mit den Blutflecken darauf! So werden wir ihm nicht die letzte Ehre erweisen.« Daraufhin hatte er die Fahne unter seinem Hemd versteckt und war losgezogen, um sie auf seinem Weg ins Metzgersviertel in einem Brunnen auszuwaschen.

Während Friedrich weiter durch die Gasse lief, überlegte er angestrengt, wie er vom Schlachthof ungesehen in den Wald gelangen konnte, als er im Halbdunkel mit einem Mann zusammenstieß.

Unruhig ging Hauser am Waldrand auf und ab. Endlich hatte es aufgehört zu regnen, und die dunklen Wolken zogen fort, sodass sie einen rot gefärbten Himmel über dem Kyffhäuser Wald freigaben.

›Morgen wird es einen schönen Tag geben!‹, dachte der Alte zynisch, als er das Farbenspiel am Horizont beobachtete.

Es war Hauser und Peter gelungen, den Leichnam unentdeckt vom Schlachtfeld wegzuschaffen und im nahen Wald in einem Erdloch zu verbergen. Während Peter am Grab seines Bruders wachte, war Hauser Friedrich in die Stadt gefolgt. Doch selbst nach Stunden hatte er den Burschen nirgends finden können. Zu vorgerückter Stunde war es für Hauser zu gefährlich geworden, da es überall von Landsknechten wimmelte. Immer wieder hatte er sich verstecken müssen und so war er erleichtert, als es ihm gelungen war, wieder ungesehen aus der Stadt hinauszugelangen. Jetzt wollte er hier im Schutz der Bäume auf Friedrich warten, um ihm den Platz zu zeigen, wo Matthias beerdigt lag.

Hauser blickte erneut zum Himmel. Als er den Halbmond sah, wusste er, dass die verabredete Zeit verstrichen war. Peter, so war er sich sicher, würde bereits alles vorbereiten.

»Wo bleibt Friedrich nur?«, schimpfte er, als er plötzlich das Rattern von Rädern auf felsigem Grund vernahm.

Hauser versteckte sich hinter einem Baum. Als er Friedrichs Stimme erkannte, die leise auf das Pferd einredete, stellte er sich erleichtert dem Burschen in den Weg. Freudig blickte Hauser auf und erstarrte im selben Moment, als er in die Augen eines Landsknechts schaute.

Peter sah hinauf zum Mond und wusste, dass es Zeit war, Matthias' Leichnam aus der Erde zu holen. Regentropfen vermischten sich mit seinen Tränen.

Mit bloßen Händen schaufelte Peter die Erde fort und spürte keinen Schmerz, obwohl er sich die Haut von den Fingerkuppen rieb und die Fingernägel tief einrissen. Keuchend zog er seinen Bruder an den Beinen aus dem feuchten Loch und lehnte sich erschöpft mit der Leiche im Arm an einen Baumstamm.

Immer wieder wischte Peter den Moder von Matthias' Stirn, dann drückte er dem Toten einen Kuss auf die fahle Haut. Peter verfluchte seinen Vater, er verfluchte Müntzer, und er verfluchte diesen gottverdammten Aufstand.

Warum musste Matthias für das Unrecht, das im Reich herrschte, sein Leben lassen? Warum musste er sterben? »Bist du nun zufrieden, Vater?«, hätte er am liebsten in die Nacht hinausgeschrien. Weinend presste er seine Wange gegen Matthias' Stirn.

Als er ein Pferd schnauben hörte, blickte er angestrengt in die Richtung, aus der das Geräusch gekommen war. In diesem Augenblick trat seine Schwester Anna Maria zwischen den Bäumen hervor, und Peter glaubte den Verstand zu verlieren. Erst als sie zu ihm sprach und er ihre Stimme hörte, wusste Peter, dass sie leibhaftig vor ihm stand. Weinend fielen die Geschwister sich in die Arme.

»Matthias!«, flüsterte Peter heiser und zeigte auf den Toten.

»Ich weiß!«, sagte Anna Maria und strich ihrem älteren Bruder liebvoll über die tränennasse Wange. Traurig blickte sie auf ihren toten Bruder hinunter und setzte sich zu ihm auf den Waldboden.

Sie berührte behutsam Matthias' steife kalte Finger und streichelte zart darüber. Ihr Weinen war stumm, nur ihr Körper zuckte merklich bei jedem Schluchzen.

Mittlerweile waren auch Hauser, Friedrich und Veit hinzugetreten. Argwöhnisch blickte Peter Veit an, als Hauser flüsterte: »Er ist ein Freund deiner Schwester.«

Peter setzte sich zu Anna Maria auf den Boden, und wie früher legte sie ihren Kopf an seine Schulter. Leise erzählte er ihr von dem Kampf und Matthias' Tod. Erst als Hauser zur Eile mahnte, erhoben sich die Geschwister.

»Anna Maria«, sagte Peter, »Matthias und ich haben uns geschworen …«

»Ich weiß!«, unterbrach sie ihn. »Deine Freunde haben es mir erzählt.«

Ängstlich blickte Peter seine Schwester an.

»Auch mich hat Matthias gebeten, dass wir ihn nach Hause bringen, als er im Traum von mir Abschied nahm.«

Erleichtert wandte sich Peter Friedrich zu. »Hast du alles auftreiben können?« Dabei starrte er jedoch Veit an. An seine Schwester gewandt fragte er dann: »Wer ist er?«

Nur kurz huschte ein feines Lächeln über ihr Gesicht. »Ohne ihn hätte ich euch niemals gefunden!«

Peter nickte Veit stumm zu und wandte sich erneut an Friedrich: »Wo hast du das Fuhrwerk versteckt?«

»Es steht hinter der nächsten Baumreihe.«

Peter ging hinter Friedrich her, und als er Wagen und Pferd sah, war er zufrieden. Wie besprochen hatte sein Freund eine große Wanne mitgebracht, die bis zum Rand mit Salz gefüllt war. Darin eingebettet wollten sie den Toten nach Mehlbach bringen.

Als Peter, Hauser und Friedrich den steifen Körper in die Regenbogenfahne einwickeln wollten, gab Veit zu bedenken: »Der Leib muss nackt auf dem Salz gelagert werden. Nur so …« Er verstummte, als er Anna Marias entsetzten Blicks gewahr wurde. Sie presste die Hände vors Gesicht und unterdrückte nur mit Mühe einen Schrei. Hilflos trat Veit zu ihr und umarmte sie.

Peter schloss die Augen, denn er wusste ebenso wie Friedrich und Hauser, dass Veit Recht hatte.

Anna Maria küsste ihren toten Bruder ein letztes Mal auf die Stirn, dann verschwand sie zwischen den Bäumen.

Die Männer betteten den nackten Leichnam in der Wanne, in der man üblicherweise geschlachtete Schweine abbrühte, auf

Salz. Nachdem Matthias' Körper vollständig mit den weißen Körnern bedeckt war, legten sie Äste darüber, sodass niemand eine Leiche darunter vermuten würde.

Veit war ihnen unterwegs von großer Hilfe. Allein auf dem Weg von Frankenhausen nach Mühlhausen wurden sie zweimal von einer Horde Landsknechte aufgehalten, die ihnen argwöhnisch Fragen stellten. Mutig trat Veit ihnen entgegen, und es gelang ihm, sie mit den Namen der Feldherrn, denen er gedient hatte, einzuschüchtern.

Peter lenkte das Fuhrwerk, Anna Maria saß neben ihm. Stockend, immer wieder von Schluchzen unterbrochen, erzählte sie ihm, weshalb sie sich auf die Suche nach ihnen gemacht hatte. Sie berichtete von ihrer Gefangenschaft auf Burg Nanstein und von den hilfsbereiten Menschen, die sie unterwegs kennengelernt hatte. Auch von ihrer Liebe zu Veit sprach sie und blickte dabei ihren Bruder schüchtern von der Seite an. Peter ergriff ihre kalte Hand und sagte: »Ich mag ihn!« Anna Maria erwiderte erleichtert den Druck seiner Finger.

Als sie an der Kreuzung ankamen, von der eine Wegrichtung nach Mühlhausen und die andere nach Südwesten führte, bat Hauser Peter das Fuhrwerk anzuhalten.

»Ich werde euch hier verlassen!«, erklärte der Alte mit zittriger Stimme.

»Wollt Ihr nicht meinen Vater wiedersehen?« Fragend blickte Peter auf.

»Manchmal ist es besser, wenn man die Vergangenheit ruhen lässt!«, antwortete Hauser und starrte in die Ferne. »Ich habe Sehnsucht nach meinem Sohn und will ihn so rasch wie möglich zu mir holen.« Verhalten räusperte er sich. »Doch zuerst werde ich zu Annabelle gehen und ihr von Matthias' Tod berichten.« Leiser fügte er hinzu: »Ich werde bei ihr sein, wenn sie ihrem Vater gesteht, dass sie ein Kind von Matthias erwartet.«

»O nein!«, entfuhr es Anna Maria, und auch Peter blickte Hauser bestürzt an.

»Ich hätte es ahnen müssen!«, sagte Anna Maria und dachte daran, wie sie Annabelle mehrmals schützend die Hand auf ihren Bauch hatte legen sehen.

»Herr Hauser«, bat Anna Maria, »richtet Annabelle aus, dass sie und das Kind jederzeit nach Mehlbach kommen können. Sie erwartet das Kind eines Hofmeisters, und das gehört auf den Hofmeister Hof!« Nickend pflichtete Peter seiner Schwester bei. Hauser lächelte und versprach, Annabelle dieses Angebot zu unterbreiten. Dann nahm er nacheinander von allen Abschied und machte sich auf den Weg in Richtung Mühlhausen.

Tage mühevollen Reisens lagen hinter den vier Freunden. Je näher das Fuhrwerk der Heimat kam, desto unsicherer wurden Anna Maria und Peter. Obwohl es Matthias' ausdrücklicher Wunsch gewesen war, in Mehlbach neben seiner Mutter beerdigt zu werden, fürchteten die Geschwister, dass ihre Familie und die Leute im Dorf sie dafür verurteilen würden, den Leichnam durch das halbe Reich gefahren zu haben. Auch scheuten sie den Zorn des Kirchenvorstehers.

Anna Maria und Peter hatten lange beratschlagt und waren sich schließlich einig, dass niemand von dem in Salz gelagerten Leichnam erfahren durfte. Sie würden Matthias im Geheimen eine kirchliche Beerdigung zukommen lassen.

Am frühen Abend des zehnten Reisetages kamen Peter, Anna Maria, Veit und Friedrich in der kleinen Siedlung Otterberg an, die nur eine knappe Stunde Fußweg von Mehlbach entfernt lag.

Inmitten von Sumpfland und Teichen stand ein ungewöhnlich großes Steingebäude mit zahlreichen kleinen Nebengebäuden. Es war ein Zisterzienserkloster, in dem zwanzig Mönche lebten.

Anna Maria und Peter wussten, dass die Mönche arm waren und das Kloster im kältesten Winter nicht beheizen konnten. Auch lebten die Glaubensbrüder nur von dem, was die Teiche und die Felder hergaben. Da die Gegend um das Kloster jedoch nass und sumpfig war, waren die Ernteerträge sehr gering.

Selten verließen die Mönche die Abtei, denn ihr Leben bestand nur aus Beten und Arbeiten.

In der Nähe des Klosters zügelte Peter das Pferd und stieg mit Veit und Anna Maria vom Fuhrwerk herunter. Sie wollten zu dritt zur Pforte gehen, während Friedrich bei ihrem Gefährt warten sollte. Beherzt klopfte Veit an die Klosterpforte. Es dauerte eine Weile, bis ein Mönch seinen Kopf durch das kleine Fenster streckte.

Nachdem Peter mit ernster Miene sein Begehren geschildert hatte, schwieg der Mönch fassungslos. Er konnte nicht glauben, was er da eben gehört hatte. Doch bevor der Bruder etwas erwidern konnte, zeigte Anna Maria ihm die Geldstücke in ihrer Hand. »Das soll eine Spende für Eure Abtei sein.«

Tonlos sagte der Mönch: »Wartet, ich werde mit dem Abt sprechen.«

Die Nacht wurde nur von einigen Sternen erhellt, als die Männer das Grab auf dem Friedhof von Mehlbach schaufelten. Anna Maria stand am Grabstein ihrer Mutter und hielt in Gedanken ein Zwiegespräch mit ihr.

Priesterbruder Stephan, dem der Abt die Erlaubnis erteilt hatte, Matthias mit kirchlichem Segen zu bestatten, hielt sich abseits und murmelte leise einen Psalm.

Als das Grab tief genug war, hievten Peter, Veit und Friedrich mühsam die Wanne vom Fuhrwerk. Vorsichtig, als ob sie den Leichnam verletzen könnten, kratzten sie das Salz von dem Toten. Anna Maria schaute nicht hin, doch sie ahnte, dass der Anblick der Leiche kein schöner war.

Matthias' nackter Körper wurde in die Fahne gehüllt und in das Grab gelegt. Als Anna Maria zu ihm hinunterblickte, sah sie die bunten Farben des Regenbogens.

Während der Pater Gebete für den Toten sprach, wurde Anna Maria scheinbar durch eine Bewegung oberhalb der Grabreihen abgelenkt. Sie blickte auf und erschrak. Dort, an einen Baum gelehnt, glaubte sie Matthias stehen zu sehen, der ihr freundlich zulächelte.

Mit Tränen in den Augen hob sie leicht die Hand und winkte ihm zu. Dann verschmolz die Gestalt mit der Dunkelheit.

Anna Marias Herz schlug heftig. Sie nahm weder die Gebete des Paters noch die Geräusche der Nacht um sie herum wahr. Nur das Bewusstsein, dass sie Matthias für immer verloren hatte, drang zu ihr durch. Alle Gefahren, die sie auf sich genommen hatte, alle Angst, die sie ausgestanden hatte, waren umsonst gewesen. Sie hatte ihn nicht retten können, sie hatte versagt.

Anna Maria spürte Veits Blick auf sich. Sie schaute zu ihm auf. Er schien ihre Gedanken zu erahnen, denn er ergriff ihre Hand und zog sie sanft an sich.

Anna Maria lehnte sich an seine Brust. Sein gleichmäßiger Herzschlag brachte Frieden in ihre Seele, und sie spürte, wie das Leben in ihren Körper zurückkehrte. Anna Maria blickte zu dem Baum, an dem ihr Matthias erschienen war, und sie bat den toten Bruder um Vergebung.

In diesem Moment schien ein Lufthauch ihr Gesicht zu streicheln, und da wusste sie, dass alles gut werden würde.

# Nachwort

Der Bauernkrieg, den ich als zeitlichen Hintergrund für meine Geschichte im vorliegenden Roman gewählt habe, war kein Krieg im modernen Sinn. Er war eine Serie von Volksaufständen, die zwischen 1524 und 1526 die Gebiete zwischen Basel und Halberstadt, der Saar und dem Erzgebirge erschütterte. Getragen wurden diese Aufstände von Bauern, die, vom Beginn der Reformation ermutigt, ihre revolutionären Forderungen stellten. Sie protestierten gegen die Einschränkung ihrer Rechte und die Abgabenlast. Vom Adel militärisch ausmanövriert und von Luther verurteilt mussten die Aufständischen jedoch aufgeben.

Die Zeitgenossen schätzten, dass der Bauernkrieg 100 000 Tote gefordert habe.

Trotz der militärischen Katastrophe sind die Bauern nicht von der politischen Bühne verschwunden. Auf dem politischen Weg über Gesuche und Verhandlungen sowie auf dem Rechtsweg durch Prozesse haben sich einzelne Dörfer und einzelne Bauern auch nach dem Ende des Bauernkriegs immer wieder mit ihren adeligen Herren auseinandergesetzt. Der Reichstag von 1526 schließlich bestätigte, dass den Bauern kein Unrecht geschehen dürfe. Die Reformation wurde nach 1525 aber endgültig zu Angelegenheit des Adels.

Vom Leben *Joß Fritz'*, der tatsächlich die Bundschuhaufstände angeführt hat, sind den Historikern nur die Eckdaten bekannt.

Was Fritz zwischen den Aufständen gemacht hat oder wann und wo er gestorben ist, weiß man nicht. Deshalb eignete sich seine Person vorzüglich, um für sie ein Doppelleben zu erfinden. Sein Leben als freier Bauer und seine Familie in Mehlbach sind reine Fantasie. Alle geschichtlichen Ereignisse um seine Person hingegen entsprechen der Wahrheit.

*Jacob Hauser* war tatsächlich Joß Fritz' Fähnrich, und auch der Landsknecht *Kilian* kämpfte einst an seiner Seite.

*Thomas Müntzer* wurde nach der Schlacht von Frankenhausen am selben Abend gefangen genommen und auf der Burg Heldrungen mehrere Tage lang grausam gefoltert.

*Heinrich Pfeiffer* hingegen wurde bei Eisenach aufgespürt.

Beiden Schwarmgeistern wurden inmitten des fürstlichen Heeres die Köpfe abgeschlagen und diese anschließend zur Abschreckung vor Mühlhausen auf Pfähle aufgespießt.

*Jäcklein Rohrbachs* Gräueltat auf dem Weinsberg, an der auch der Hofmusikant *Melchior Nonnenmacher* und Margarete Renner, die *Schwarze Hofmännin*, beteiligt waren, hatte sich im Reich herumgesprochen. Als der Heerführer Georg III. Truchseß nach einer Schlacht Rohrbach und Nonnenmacher festgenommen hatte, erwartete sie ein furchtbarer Tod. Mit zwei Meter langen Eisenketten schmiedete man sie an einen Baum und schichtete um den Stamm Reisig, trockene Äste und Holzkloben auf. Dazwischen wurden kleine Fleckchen freigelassen, auf die man gerade einen Fuß setzen konnte. Das entfachte Feuer fraß sich rasch durch das trockene Geäst, und die beiden Verurteilten hüpften schreiend von einem freien Fleck zum nächsten, bis sie brüllend vor Schmerzen in der Glut zusammenbrachen und für immer verstummten.

Die *Schwarze Hofmännin* soll in Heilbronn in Haft genommen und nur wegen ihres »onverhutten mont«, ihres »unbehüteten Mundes«, angeklagt worden sein. Dank des Zuspruchs ihres Leibherrn soll sie aber wieder freigelassen und 1535 eines natürlichen Todes gestorben sein.

Anhand von Überlieferungen habe ich versucht, das Leben *Franz von Sickingens* und das Geschehen um seine Person detailgetreu wiederzugeben. Ich hoffe, dass ich die Räumlichkeiten der Burg Nanstein, die ich nur von alten Zeichnungen, Berichten und durch meine Besichtigungen kenne, anschaulich beschreiben konnte.

Ganz meiner Fantasie entsprungen ist die Figur des *Landsknechts Johann*. Er und seine Mannen haben somit nie auf Burg Nanstein gelebt.

Die Figur des *Wolfsbanners* ist überliefert. Es gab tatsächlich Menschen, die mit den Wölfen auf die Jagd gingen. Da man Angst hatte, dass sich Wolfsbanner in Werwölfe verwandeln könnten, wurden sie wie die Wölfe gejagt und getötet.

# Dank

Der Roman »Die Gabe der Jungfrau« stellte an mich eine große Herausforderung, da die darin vorkommenden geschichtlichen Ereignisse sehr komplex waren. Deshalb wurde es besonders schwierig, das Wichtigste herauszufiltern und für den Leser in die Geschichte interessant einzuweben.

Über dreißig Fachbücher, die ich zwar nicht alle nutzen konnte, aber trotzdem anlesen musste, stapelten sich auf meinem Schreibtisch. Unzählige E-Mails und Ausdrucke sowie CDs mit Arbeiten über den Bauernaufstand waren ebenso Grundlage der Recherche wie das Internet.

Doch all die gedruckten Informationen waren mir nicht so hilfreich wie die vielen Fachleute, die mir mit Rat und Tat zur Seite standen. Damit ich die Geschichte um Anna Maria und ihre Suche nach ihren Brüdern spannend und fachlich genau schildern konnte, führte ich unzählige Gespräche mit Menschen aus unterschiedlichen Berufen und Sparten.

Geduldig beantworteten sie jede noch so simple Frage, und oft haben wir stundenlang zusammengesessen und über Lösungen diskutiert und Erklärungen gesucht.

Dank ihres Fachwissens wurde »Die Gabe der Jungfrau« zu einem detailgenauen und, wie ich finde, interessanten und spannenden Roman.

Mein Dank gilt:

Monika Metzner, Journalistin aus Lübeck. Jeder ihrer Kritikpunkte war konstruktiv und brachte mich stets ein Stück weiter. Monika bremste meinen Eifer, wenn die Geschichte um die Bundschuhaufstände und den Bauernkrieg zu fachlich wurde, und trieb mich an, wenn die Spannung abflachte. Ihre Hilfe wollte ich bei keinem meiner Romane missen.

Dr. phil. habil. Johannes Dillinger; Historiker in Oxford. Er bestärkte mich darin, für Joß Fritz ein Doppelleben zu erfinden, sodass Daniel Hofmeister zu einer interessanten Schlüsselfigur wurde. Auch die Figur des Wolfsbanners wurde dank Dr. Dillinger im Roman zum Leben erweckt. Außerdem beantwortete er mir unermüdlich in zahlreichen E-Mails meine Fragen und ließ mich an seinem Wissen teilhaben.

Nicole Fournier, Diplom-Forstwirtin, und Peter Schneider, Diplom-Ingenieur Forstwirtschaft, Saarbrücken. Durch sie wurde die Figur des Kastanien-Martins erschaffen. Dank ihres Fachwissens konnte ich die Wälder zur Zeit des 16. Jahrhunderts beschreiben und wusste, worauf ich dabei achten musste. Auch stellten sie den Kontakt zu Volker Albert, Polizeihauptkommissar in Pfeffelbach, her, sodass ich die Wilderei glaubhaft schildern konnte.

Monika Jungfleisch, Journalistin, und Volker Junge, Pfarrer in Riegelsberg. Im stundenlangen Gespräch brachten sie mir Luthers Denken und Handeln näher. Dank ihrer zahlreichen Fachbücher konnte ich die Gegensätze zwischen Müntzer und Luther anschaulich darstellen.

Elli H. Radinger, Fachbuchautorin und Wolfsexpertin, Wetzlar, und Werner Freund, Wolfsforscher und Fachbuchautor, Merzig. Beide erklärten mir das Verhalten der Wölfe und ließen mich an ihren Forschungen teilhaben. Auch prüften sie einige Abschnitte auf die Richtigkeit der Darstellung.

Dr. Utz Anhalt, Historiker in Hannover. Er stellte mir seine Veröffentlichungen über Wölfe, Werwölfe und Aberglauben im Mittelalter zur Verfügung, sodass ich die Ängste der Menschen zur damaligen Zeit anschaulich beschreiben konnte.

Dr. med. Marion Luise Puhl, Medicio Chirurgo, Universität Rom. Sie war mir bei allen medizinischen Fragen eine große Hilfe, und dank ihres Wissens wurden Beinbrüche und andere Verletzungen »ordnungsgemäß« versorgt.

Theo Schohl und Erich Bader aus Landstuhl, die mir Burg Nanstein und Franz von Sickingen näherbrachten. Rudi Fluhr aus Hochspeyer, der mir die Umgebung von Mehlbach, Katzweiler und Schallodenbach erklärte.

Den Einwohnern von Mehlbach, die mir ihre Dorfgeschichte näherbrachten.

Autorenehepaar Iny und Elmar Lorentz, Autorin Rebecca Abe und Autor Harald Huber sowie meinem Sohn Carsten, die eifrige Testleser waren. Auch meiner Tochter Madeleine, die die Zeichnung von Burg Nanstein anfertigte.

Zum Schluss ein Dankeschön an meine Lektorin Iris Kirschenhofer vom Goldmann Verlag für ihre Geduld und Begeisterung und auch dafür, dass sie mir meine »Wünsche« erfüllte.

# Bibliographie


Aller, Willi: *Der Aufstand der Bauern und Bürger im Jahr 1525 in der Pfalz.* Speyer: Zechnersche Buchdruckerei 1998.

Althaus, Paul: *Luthers Haltung im Bauernkrieg.* Tübingen: Buchdruckerei H. Kaupp 1952.

Arbeitskreis »Ortschronik Mehlbach«: *Heimatbuch von Mehlbach.* Ramstein: Röhricht Multi Media Point 2005.

Bader, Erich: *Sickingenstadt Landstuhl Burg Nanstein.* Ramstein: Paqué Druck und Verlag 2009.

Blickle, Peter: *Der Bauernkrieg. Die Revolution des gemeinen Mannes.* München: C. H. Beck Verlag 2002.

Blickle, Peter: *Die Revolution von 1525.* München: R. Oldenbourg Verlag 2004.

Breuers, Dieter: *Versklavt und Verraten.* Bergisch Gladbach: Lübbe Verlag 2005.

Burgard, Paul: *Tagebuch einer Revolte.* Frankfurt/Main: Campus Verlag 1998.

Buszello, Horst; Blickle, Peter; Endres, Rudolf (Hrsg.): *Der deutsche Bauernkrieg.* Paderborn: UTB 1984.

Freund, Werner: *Der Wolfsmensch.* Melsungen: Verlag J. Neumann-Neudamm 1988.

Hertz, Wilhelm Dr.: *Der Werwolf.* Vaduz: Sändig Reprint Verlag 1973.

Jordan, Reinhard: *Chronik der Stadt Mühlhausen bis 1525.* Bad Langensalza: Verlag Rockstuhl 2001.

Klett, Bernhard (Hrsg.): *Die bürgerlichen Unruhen in Mühlhausen und der Bauernkrieg in Nordwest-Thüringen.* Monatsschrift für die Heimat, Jahrgang 2, Heft 5. Mühlhausen: Urquell-Verlag Erich Röth 1925.

Kühnel, Harry: *Alltag im Spätmittelalter*. Köln: Verlag Styria 1984.

Lau, Franz; Bizer, Ernst: *Die Kirche in der Geschichte*. Göttingen: Vandenhoeck & Ruprecht 1964.

Lenk, Werner: *Dokumente aus dem deutschen Bauernkrieg*. Leipzig: Verlag Philipp Reclam 1983.

Leubuscher, Rudolf Dr.: *Wehrwölfe und Thierverwandlungen im Mittelalter*. Allmendingen: Verlag der Melusine 1981.

Lortz, Joseph; Iserloh, Erwin: *Kleine Reformationsgeschichte*. Freiburg: Herder 1969.

Schultz, Hans Jürgen: *Luther kontrovers*. Berlin: Kreuz Verlag 1983.

Sievers, Leo: *Revolution in Deutschland, Geschichte der Bauernkriege*. Frankfurt/Main: Fischer Taschenbuch 1980.

Suozzi, Roberto M.: *Dizionario Delle Erbe Medicinali*. Rom: Newton Compton Editori 1995.

Zimmermann, Wilhelm: *Der große deutsche Bauernkrieg*. Köln: Parkland Verlag 1999.